极致沉迷

ji zhi chen mi

U0431426

GUANGDONG TRAVEL & TOURISM PRESS
中国·广州

**图书在版编目（CIP）数据**

极致沉迷 / 弥萝著. -- 广州：广东旅游出版社，
2024.7
ISBN 978-7-5570-2781-0

Ⅰ．①极… Ⅱ．①弥… Ⅲ．①言情小说－中国－当代
Ⅳ．①I247.5

中国版本图书馆CIP数据核字(2022)第087162号

# 极致沉迷
JI ZHI CHEN MI

弥萝 / 著

◎出版人：刘志松　◎总策划：胡晨艳　◎责任编辑：何方　◎责任技编：冼志良
◎责任校对：李瑞苑　◎策划：廖妍　阿鲁　◎设计：颜小曼　孙欣瑞　◎图片绘制：
烦焖鸡米饭

出版发行：广东旅游出版社
地址：广州市荔湾区沙面北街71号
邮编：510130
电话：020-87347732 020-87348887（销售热线）
印刷：长沙鸿发印务实业有限公司
地址：长沙黄花工业园三号
邮编：410137
开本：889毫米×1194毫米　1/32
印张：11
字数：480千字
版次：2024年7月第1版
印次：2024年7月第1次
定价：45.80元

# 目
# 录

▼

▲

# 目录

# 第一章

**在成为著名演员前，我是顾明绰**

*在少年的记忆里，这条路，是沈星为他照亮的。*

第一节

一年一度的金龙奖颁奖典礼。

鹭城文化艺术中心的灯光忽然暗了下来，只剩大屏幕上不断播放着的电影片段，一帧一帧，令人眼花缭乱。

一束白光在场内晃动，一一照亮最佳男主演候选人的脸庞，或英俊冷清，或老成持重，或痞气不羁……模样气质大不相同，引发的躁动却是相同的。

"这一届的金龙奖最佳男主演会是谁呢？"大会主持人薛恺鸣站到了台下，左右皆是当今影坛的核心力量。

"阿绰，你有没有想过自己会连冠？"主持人踏上两级阶梯，之后席地而坐，把话筒送到了去年的金龙奖最佳男主演顾明绰面前。

聚光灯和场内的目光皆落在了顾明绰的脸上，年轻的男人眉眼精致，肌肤冷白如雪。他正笑着，嘴角上翘的弧度似经过了严密的计算，优雅明亮得恰到好处。

"做梦的时候想过。"

"哈哈哈……"

场内的气氛顿时被顾明绰带动，笑声从各方传来。

薛恺鸣也被他逗乐，低笑着问道："是觉得对手太强了，只敢在梦里想想？"

顾明绰佯装诧异道："鸣哥，你怎么知道？"

薛恺鸣一本正经地说："你是不是应该问全国人民谁不知道这事儿？高老师、谢老师、崔老师、简老师，个个都是演技炸裂的实力派。"

对此，顾明绰深表赞同，点头道："所以我敢在梦里想想，已经很勇敢了。"

顾明绰的话再度引发了众人的笑声：

"扑哧！"

"哈哈哈，我拥有同款勇敢。"

薛恺鸣笑得双眼都眯成了两条细缝，问道："有点'凡'？"

"我不烦。"

"是'凡'，'凡尔赛'的'凡'。"

顾明绰也不知道是真听不懂，还是装听不懂，鸦青色的眼睫毛轻颤，一脸脆弱懵懂。

薛恺鸣问道："不懂？"

顾明绰回答："不懂。"

薛恺鸣夸张地深呼吸，之后拔高音量说："颁奖礼结束后，你留下来，我详细给你讲讲。现在，下一个问题，你觉得今天谁最有可能拿走最佳男主演奖杯？"

闻言，顾明绰收敛了玩笑的神色，澄净的目光从另外四个候选人脸上掠过。而后，他虔诚认真地说："四位前辈的影片我都看过，输出都很有层次，感情也充沛。每一部影片我都看了不少于两遍，每一次看体会都不相同。在我个人看来，像这样高质量地完成角色就已经赢了，奖项不过是锦上添花。"

他嘴角绽出一抹笑，继续说："我和四位前辈都能平常心对待。"

薛恺鸣点头，忽然伸长手，把话筒递给了顾明绰后面的最佳男主演候选人简宏达，问道："达哥，阿绰能代表你吗？我记得上次你在一个综艺里说，今年要再拿不到最佳男主演就影。"

全场顿时哄笑成一片。

简宏达接过麦克风，凑至唇边，说："之前是这么说的，但我现在改变主意了。"

"改成什么了？"

"我等到阿绰再夺最佳男主演后息影。这孩子帅气有才华，人又谦虚，颇有我当年的风采。"

薛恺鸣笑着追问："那万一等下最佳男主演就是他呢？"

简宏达佯装沉吟了一会儿，回道："那我再改，等和他合作了之后再息影。"

顾明绰起身朝着简宏达鞠躬，说道："谢谢前辈爱护。"

薛恺鸣抬头看向另一处，说道："在座的各位大导演，请务必安排，让达哥早点退休。"

顾明绰是五位最佳男主演候选人当中年纪最小的，还未到二十五岁，已经手握3A级最佳男主演奖座，票房破五十亿，影视界新生代当仁不让的扛旗人。对他，四位大前辈眼中尽是赞赏之色，亦真心希望他能够走得更远。

"谢谢鸣哥和各位最佳男主演候选人幽默有趣的输出，下面有请第三十二届金龙奖颁奖嘉宾，知名导演田望川和上届最佳女主演张娴。"台下笑声还未歇尽，台上的女主持忽然发声，将颁奖礼推到了最激动人心的时刻。

大屏幕上的剧情片段又开始滚动。

寒暄过后，张娴翻开名单。之后，她望向台下，一字一顿道："第三十二届金龙奖最佳男演员，《体面》顾明绰。"

大屏幕上的画面也在这时停在了顾明绰带着血渍的脸上。他在《体面》中扮演了一名警方的卧底，只身潜入毒窟，在警方和毒枭之间玩转"无间"，最后，破获大案重回警队。

导演田望川说："恭喜阿绰连冠。"

最佳男主演名单出炉时，在后台等待演出的国内顶级女团 Maple Leaf（枫叶）已经准备妥当。她们正坐在长凳上，透过电视看到了台前的一幕幕。

"顾明绰就是最佳男主演收割机，国内快满贯了吧？而且他才二十五岁，太厉害了。"说话的是 Maple Leaf vocal（枫叶主唱）李羡婷，生了一张"萝莉脸"，声音却空灵出尘，女神范儿十足。她有些感慨，忘记了姐妹们之间"沈星在场时不提顾明绰"的约定。

身旁的队友提醒道："哎，别那么大声，星星在呢。"

"嗷。"李羡婷猛然回神，回过头看向窝在一个角落玩《消消乐》的沈星，伸出两只"小爪爪"装可怜，"星星，对不起对不起，不要不开心。"

沈星抬起头来，冰蓝色的双眸闪烁着细碎的笑意，反问道："我为什么要不开心？你们不会也把外面传的那些当真了吧？"

微博和一些匿名论坛时常有人传沈星和顾明绰不和。次数多了，当真的人也越来越多，连经纪人胡亚均都曾私下问她跟顾明绰是怎么回事，因为有些照片看着还真像那么回事儿。

可事实上，除却几次演出时的碰面，顾明绰和沈星再未接触过，想闹不和都没机会。

"我跟他都没说过话，怎么不和？当然也不排除他单方面同我不和。"

小姐妹们被沈星的话逗笑了，也放下心来。

李羡婷起身走向沈星，硬挤进她的单人沙发里坐下，亲昵地环住她的肩膀，笑眯眯地说道："我们也没多想，只是尽量避开可能让你不开心的人和事儿。听你这么一说，我们就放心了。而且就我看，这哥们儿是暗恋你才装冷艳的，不是有句话叫越是沉默，越是有故事嘛。顾明绰暗恋你哟。开心吗，星星？"

李羡婷越说越上头，感染了其他队员，大家纷纷起哄：

"顾明绰感觉是铁汉柔情那类的。"

"小哥哥不仅帅，还有腹肌。"

"星星上。"

沈星看着忽然打了鸡血般的小姐妹，一阵无语。

"砰砰砰……"

没多久，休息室的门被敲响，然后场务推开门，冲里面喊："小姐姐们，到你们了。"

"来了。"

"走了，唱完收工。"

沈星起身往外走，浅蓝色的裙摆优雅晃动，像一条款款摇尾的美人鱼。

当晚，#顾明绰连冠金龙最佳男主演#和#沈星深海美人鱼#两个话题先后登顶热搜，热度爆棚，牢牢地锁定着热搜前二的位置。

身为一方当事人，顾明绰半点不在意。他正靠床而坐，专注地刷着沈星的超话。

他的卧室风格偏北欧，深沉冷清，唯有床头柜和茶几处有几抹亮色——薄荷绿色的台灯、各种色彩绚丽的盲盒公仔、漫威联名的保温杯……这些物件看起来像女孩子的，同卧室的整体风格完全不搭，但顾明绰近乎固执地让它们待在他的目光所及之处。

在微博搜索与沈星相关的内容这件事，顾明绰做过很多年了，久到他已经记不清最初是什么时候了。但时光静逝并没有带走他的快乐，每每看到她跳舞、她的浅笑，他都会觉得幸福，并汲取到能量。

【神级的美貌，神级的舞台。】

【别拦着我，我要溺死在小姐姐的蓝眸里。】

【锁骨能养鱼了吧？如果可以，我想做里面的鱼。】

【超大声：漂亮小姐姐，请多多出来营业吧！】

【排一下。】

【这姐气质绝了，浅蓝色太适合她。】

【有些东西天生的，真的羡慕不来。】

……

一条一条，顾明绰看得分外仔细，他眉眼微弯，像极了点亮沉沉夜幕的那轮上弦月，温柔皎洁。

第二天，周日，沈星难得休息。

她站在空荡荡的冰箱前，在回家蹭饭和下楼添置些食物之间反复犹疑。最后，她决定下楼，因为那间叫作"Fall in（集合）"的超市里藏着不输米其林水准的马卡龙。她已经连续工作了68天，买盒马卡龙奖励自己不过分吧？

甜到腻的马卡龙彻底振奋了沈星的情绪，她蓝色的眸子被点亮，折射出令人目眩神迷的亮光。她转身去了衣帽间，再出来时，红色的印花连衣裙外搭了件牛仔外套，中性和浪漫对撞，竟意外和谐。出门时，她又拿了墨镜和口罩，将自己遮得密不透风。

早上九十点的光景，超市才开门，人还不多。

沈星推着购物车，径直朝超市深处的烘焙区而去。还隔得老远，沈星就看到了鲜亮的马卡龙色，欢喜地加快了脚步。车轮骤停，她的手碰到马卡龙的长盒时，竟……意外地碰触到了他人的指尖。

沈星下意识地低头，那是一只男人的手，皮肤冷白，骨节分明，像某种泛着冷冽色泽的金属，漂亮得无与伦比，却又不失力量，赞一句"手控福音"都不为过。

"抱歉。"心绪浮动间，沈星轻声致歉。

她的纤手回撤，拿了另外一盒马卡龙。

随后，离开。

从头到尾，沈星在烘焙区没有待够一分钟。

一身黑衣同她一般全副武装的男人站在原地，视线一直追随着她的背影，被她碰触过的手指蜷缩向手心，似乎是想将她的温度保留久一些。

第二节

早晨，黑色座驾朝着鹭城中心区而去。

阳光穿透过层层叠叠的树影，落在来往的车辆上，勾勒出一圈圈斑驳细碎的光影。

沈星坐在车后座，塞着耳机昏睡。昨晚熬到两点才睡，即便睡够了六个小时，精神状态也无法和正常睡六个小时相比。

也不知道过了多久，耳边传来助理叶欣的声音："星星，醒醒，快到了。"

沈星幽幽转醒，双眸含水，含混不清地问："嗯，我睡了很久吗？"

叶欣一本正经地说："没很久，也就睡了一路。"说到最后，一个没绷住，她"扑哧"笑出声来。

沈星瞥了叶欣一眼，没再说话，拿过包把耳机塞了进去。

等她收拾妥帖，叶欣把保温杯递过去，又开始唠叨："喝点热水，我听你嗓子都有点哑了。演唱会就要到了，一定要多注意。你都不知道'繁星'有多凶，上次你的眉毛疑似画细了这么一点，平哥微博的评论区就被攻陷了，一万多条评论，大部分是教他化妆的。你要是演唱会前感冒了，我就完了。"

沈星显然已经习惯了这种叨叨，神色自若地抔开了保温杯，小口小口地喝着水。

等叶欣说完，她才笑着问："怎么个完法？"

叶欣眨巴眨巴眼，做了个抹脖子的手势，说："万箭穿心，死路一条。"

"你那明明是抹脖子。"

"这是重点吗？重点难道不是我要死了吗？我死了，谁来照顾你呢？"话到最后，叶欣一脸泫然欲泣的模样。

沈星被叶欣夸张的表演逗笑，空出了一只手，轻轻地拍了拍小叶的肩膀。

"别怕，我在，你就在。"

"一直陪我到隐退吧。"

很多人都说沈星是天之骄女，却自降格调蹚进浑水。

可她不在乎，她喜欢唱歌跳舞，喜欢舞台之上热情明亮的自己。在她看来，歌手就是个职业，而她有幸将爱好变成了职业，仅此而已。同时，她也知道这份职业并不是长久之计，因为职业的特殊性、家族的压力……也许未来某一天，她不得不离开，所以她珍惜每一次的舞台，把每一次都当成最后一次。

叶欣完全没料到会得到这么个回应，怔了怔才回过神，心底暖成一片，回道："好，我陪你一起。"

几分钟后，座驾驶进创美传媒所在的新联大厦地下停车场。

沈星和叶欣下车，往电梯的方向走时，叶欣注意到前方玻璃窗的广告换了。

德国高奢，Casa（卡萨）腕表。

顾明绰是品牌百年来唯一的华人代言人。广告中的顾明绰一身合身的手工西装，内搭的衬衣雪白，纽扣扣到了最上面一颗。他的眉眼精致，目光疏冷倨傲，一眼看过去，像极了从童话中走出的王子。

"Casa这回该乐死了，广告宣传还没一周，代言人就连冠金龙最佳男主演，热度持续大涨。"叶欣的目光停在顾明绰手腕上的那只百万钻表上，"不过说真的，小哥哥真的帅，三百六十度无死角的那种。"

叶欣不追星，也不迷帅哥，在沈星身边工作三年，很少提及别的明星。

这番热情夸赞实属罕见，引得沈星侧眸看向她，问道："有这么帅？以前很少听你夸谁。"

叶欣收回视线，再说话时，声音已经染上了些许激昂："那必须的！你不觉得吗？"

"我……没想过这个问题。"沈星被问到了，眸光微滞。此刻之前，她从未思考过顾明绰帅不帅这个问题。

叶欣心想：这到底是他魅力不够，还是我家沈总眼光太高？

"那你现在仔细看看？"叶欣被沈星的话噎得心口疼，沉默半晌才勉强找回声音，"白皮、个高、额头饱满、鼻子挺翘、睫毛无限接近两厘米，穿衣显瘦脱衣有肉，绝对是帅哥中的战斗机。"

叶欣的语速很快，还一副急切模样，逗乐了沈星。

沈星眉眼微弯，说道："小叶子，我觉得你可以出道说相声了，或是专业'绰吹'，顾明绰工作室需要你！"

叶欣傲娇地抬起下颌，说："那可不。顾明绰为什么还不带着高薪来挖我？"

"你这么有实力，他一定会来的。"

"唉，他还是别来了。"

"为什么？"

"他颜值是高，但比起我们仙女星，那还差远了。二选一的话，我永远站星星。人鱼公主！"

"这话我爱听，年底双倍年终奖。"

沈星和叶欣一路说笑，很快便把顾明绰忘到了脑后。

半个小时后，Maple Leaf 五人齐齐出现在了会议室里。室内灯光大亮，却也压不住国内女团天花板 Maple Leaf 的光芒，她们或妩媚，或清艳，或明朗。她们一起出现时，像是五束光源聚拢，光线强烈到灼眼。

"我们是 Maple Leaf，Maple Leaf 最强！"

每一次团聚，五个女孩儿都会和经纪人胡亚均叠手高喊，幼稚得像一群孩子。她们次次都会笑成一团，发誓下次不再这样了，可再见时，又来。如此反复，三年就这么过去了。

"开始吧，争取半个小时结束。"说话的是 Maple Leaf 的经纪人胡亚均，也是创美传媒合伙人。

不到四十岁的胡亚均，已经是国内优秀的经纪人之一了。Maple Leaf 从成团到今天都是他负责的，姑娘们对他很信赖。

"嗯。"

"其实时间长点也没事儿，我乐意和小姐妹，还有均哥待在一起。"

"我也是，成天拍拍拍，脸都要笑僵了。"

伴着吵嚷，几个人坐了下来。

胡亚均的目光从姑娘们脸上掠过，笑道："知道你们累，但怎么办呢？想成为最强，必定会经历这些。不过，我可以答应你们，演唱会过后，给你们放一周假，爱上哪儿玩上哪儿玩，机票和酒店的钱算我的。"

五人听到这话，眸底顿时燃起火光，精神也好了许多。

李羡婷问道："北欧也可以？"

胡亚均点头："你要是不嫌时间赶，别说北欧了，北极都行。"

"哈哈哈……"

"均哥，你是怕我们都去北极，才说休一周的吧？"

……

胡乱地闹了一阵，回归正题。

胡亚均同队员们讨论了一些新工作，有团体的，也有个人的。

几项过后，胡亚均看向沈星，眉眼间有犹疑。

"怎么了，均哥？"沈星发现了胡亚均的异样，主动询问道。

胡亚均如实回道："英国潮牌 Layla（蕾拉）向你发出了广告提案，合作对象是顾明绰，你想接吗？"

此话一出，不止沈星，其他团员也愣在当场。

半晌静默，慕夏首先发声："接，为什么不接？Layla 是有名的轻奢潮牌，我可喜欢了。而且星星都说了，跟顾明绰也没什么不可调和的矛盾，话都没说过几句。"

其他小姐妹也都觉得不必太在意外界的传闻，Layla 是个极好的资源，能拿下对沈星是极好的。

"星星，你的意思呢？"听取了队员的意见后，胡亚均将问题抛回给了沈星。

他不会勉强艺人做她们不愿做的事情，挤压太过，只会逆反。再加上沈星是他十顾星创地产向沈熙松求来的，他答应过任何时候都要以沈星的意愿为主。

在众人讨论时，沈星其实一直在思考。

Layla 的代言确实是个好资源，但她和顾明绰……

心绪几经浮动，沈星的答案渐渐清晰。她不想，也没必要去经历尴尬，哪怕仅仅只是一种可能性。

"均哥，帮我推了这个代言。"

第二天，顾明绰从经纪人胡燃那里得知了沈星婉拒 Layla 代言的事儿。这时，他正在片场躺在摇椅上晒太阳，身旁还趴着一只胖猫。难得的好光景，可顾明绰的脸上一片冷清，指腹沉沉地刮过胡燃发过来的那行黑字，就像是想将它们一一抹除。

结果却是徒然。

也不知道过了多久，顾明绰轻轻合上了眼，身体随着躺椅摇晃，渐渐陷入深度睡眠。他做了一个梦，一个他再熟悉不过的梦……

深夜，晦暗脏污的路口。

他厌倦了那个家，于是故意挑衅了上门要债的混混，随后就像条野狗一样被人按倒在地，一桶桶脏水不停地往他身上浇。污糟渗入伤口，针刺般的痛蔓延开来。渐渐地，他寻死的想法大过了对外婆的不舍。

他疲倦地合上眼，好想睡，想就这么睡过去，再也不要醒来……

"你们干什么？放开他。"几个人高马大的黑衣男人朝他们冲了过来。

他们身后停着一辆黑色的幻影，车窗半开，车灯的光亮勾勒出一个女孩儿精致的容颜。她随意地扫向了骚乱的方位，双眸竟是冰蓝色的。

几个混混慑于来人的气势，再加上顾明绰这样子再打下去可能会出乱子，对了对视线后，准备散去。

临走时，手臂有文身的男人蹲在顾明绰身旁，用手拍打他的头，以微弱的音量冷声道："贱种，今天算你好运。下次见面还没有钱的话，看谁还能救你。"

第三节

梦是真的。

顾明绰被送到医院，转醒时，救他的人还在，是一位四五十岁的大叔，身形微胖，穿着黑色的衣衫，看着憨厚喜气。

看到顾明绰转醒，大叔冲他和善地笑笑，问道："醒了？睡得还好吗？"

顾明绰苍白着脸色回道："谢谢您救了我。"

大叔给他递了杯热水，说："应该的，那种情况，任谁看到了都会搭把手的。"

顾明绰费力地扯了扯嘴角，想对大叔笑笑，却被一阵撕裂的疼痛击中，不由得蹙眉。

大叔察觉到，问道："疼了吗？要叫医生吗？"

顾明绰摇头，说："不用，只是扯到伤口了。"

"暂时的，忍忍就过去了。"大叔笑着说道，而后从裤子口袋里掏出一张纸放到了顾明绰面前。

顾明绰下意识地垂眸看去，竟是一张支票。数清楚"1"后面的零后，他抬眸看向大叔。

大叔坦荡地迎着他的视线，解释道："你的情况我已经了解过了，这些钱是星创集团借给你的，利息跟银行一样，还款期限十年。"

"星创集团？"

"是的，国内大型的地产公司之一。这张支票，是由集团老总沈熙松亲自签发的。我是沈家的司机，薛齐。"

伴着薛齐的话音，顾明绰的视线再次垂落，落在了支票的右下角，那里确实签着沈熙松的名字。

"你们为什么要帮我？"顾明绰不明白，"这些钱对于沈家来说虽不多，但投资到别处，回报率会远超过银行利率，而且……十年后，我也未必还得起这笔钱。"

薛齐还是温和地笑，仿佛没有什么能够影响到他的心情。

他直白地对顾明绰说："其实最先发现你的是沈小姐，让我们下车看看的也是她，这张支票也是她求的。"

沈熙松不会拒绝沈星，就算这一百万最后打水漂了，他也不会多眨下眼。

"我想沈小姐给出这张支票时，根本没有考虑过你还不还得起的事情，她只是不想眼睁睁地看着一个少年被原生家庭毁掉。她说你并没有什么过错，不该承受那么多。

"不要辜负她为你做出的努力，好好生活，好好照顾外婆。至于债务，尽力而为。"

一句"你并没有什么过错，不该承受那么多"勾动了少年深埋在心底的委屈，他紧紧地盯着支票，眼眶渐渐染上猩红。

薛齐像是察觉到了顾明绰的情绪波动，沉默了半晌才又说道："碰到了就是你的运气，无须想太多，只用考虑抓住还是放弃。"

又是长久的沉默。

顾明绰的指尖碰到支票的边沿，一滴泪落在支票上，水渍慢慢洇开来。

"替我谢谢她，十年之内，我必定连本带利还清这笔钱。"

其实，顾明绰老早就能还清这笔钱了，但他一直没有还。

一是舍不得斩断同沈星的牵绊；二是想亲自将钱还到她的手上，并对她说声谢谢。

在过去几年里，他试过几次，可都失败了。他想靠近她，却又怕靠近她，只能卑微地躲在暗处追逐光亮，像一个见不得光，却贪婪成性的窃贼。

四月初时，顾明绰结束了电影《越界》的拍摄。休整两天后，他回到了永寒里陪外婆。

春日阳光大好，连常年见不到光的永寒里都被光影氤氲，寒意不再。

顾明绰和外婆闵惠兰坐在家门口，边剥毛豆边闲聊："二狗子五一结婚，他让我问你有没有空。有的话，就来喝杯喜酒。"

二狗子本名陈苟信，在家里排行老二，从小就被家里人和周围邻居唤作二狗子。他抗议过几次，什么用都没有，只好由着长辈们去了。他还有个小名儿，叫二胖，因为从小到大，他就没苗条过。

外婆的话勾起了顾明绰对陈苟信的记忆，他低敛的黑眸中漾出微弱的暖光。

"阿绰，不是外婆说你，人家二狗子比你还小一岁都娶媳妇儿了，你再拖，该成老大难了。"外婆对顾明绰波动的情绪一无所知，自顾自地往下说着，话音中的嫌弃将顾明绰从回忆中拽出。

他凝眸，眼中泛起笑，说道："外婆，二十五岁正是大好的年纪，怎么到您这儿，就成了老大难了呢？"

外婆专注地剥豆，埋怨却没停："我在永寒里住了快七十年了，只认这里的理。搁这儿，二十五六岁就是老大难。你外公像你这么大时，你妈都……"

外婆的话戛然而止。

顾明绰睨着她，轻笑，以揶揄的口吻道："怎么突然停了？怕我伤心？"

见外婆还是闷闷不说话，顾明绰连忙敛了痞笑，安慰道："不会的，如果您不提起，我都忘了有这么个人存在了。"

顾明绰没有说谎，从他有记忆开始，他就不喜母亲顾怡佩。现在的他舍弃了对父母的期待，过得平静又幸福。他想赚更多的钱，好好守着外婆，远远地看着沈星，余生足矣。

"阿绰……"外婆抬起头，温柔的阳光穿透过混浊的眼波裹住了顾明绰，令他心暖，浅笑自嘴角荡开。

"嗯？"

"忘掉是对的，别再让她绊着你了。她现在还找你要钱吗？有的话，告诉外婆，我打死她，就当从来没发生过这个女儿。"

提及顾怡佩，闵惠兰心里只有恨，恨她不争气，恨她没有善待顾明绰。这么好的一个孩子，差点毁在她的手上。

这些年，闵惠兰不止一次地想，如果顾怡佩再去找阿绰要钱，她就和顾怡佩同归于尽，把清静彻底还给阿绰。

"外婆……"顾明绰将剥好的豆子抖到了瓷碗中，豆壳落地。

他拍净了手，随后握住外婆的手，温柔细致地摩挲着上面凸起的血管，轻声说："放心吧，我不会再给她一分钱。只要我不想，她也见不到我。"

外婆心安了几分，但又想到什么，说道："我听二狗他们说，你现在是大明星，如果有人刻意针对你，那些不堪的过去全部会被挖出来，一桩桩一件件，全是刺向你的刀……"

顾明绰笑着，眼中跳跃着细碎的星光。

"外婆，别担心这些有的没的，我们一身干净，堂堂正正做人，怕什么？只管大声说话，挺起脊梁走路。

"不会投胎而已，没严重到要以死相抵吧？"

外婆定定地看了顾明绰半晌，把剥开的生豆塞进了他的嘴里。

顾明绰下意识地张嘴，咬开咀嚼，一股涩味于他的口腔中蔓延开来。

啧，真难吃。

外婆却在这时将话题带回到原处："就你会说，可光忽悠我这个老太婆算不得什么本事，哄个漂亮小姑娘回来，才是天大的本事。

"加把劲儿吧，外婆年纪大了，想在走之前见见外孙媳妇儿，亲自把传家宝给她。"

顾明绰的俊脸染了笑意，说："咱们家还有传家宝？我怎么不知道？"

外婆嫌弃地瞥了他一眼，说道："你不知道是对的，反正也不是给你的。"

"哈哈哈！"

"笑，只管笑。

"有决定了给二狗子回个信，去不去都回。他一直念着你，也不敢多联系，就怕你成了大明星嫌弃他。我说了多少次不会的，他都不信。说来说去，这事儿都怪你，一忙就昏头。那是跟你一起长大的朋友，再忙也得联系……"

老太太一叨念起来就没完没了，顾明绰听着，一点都不觉得烦。

后面老太太端着毛豆去了屋里做饭，顾明绰从裤子口袋里掏出手机，在微信通讯录里翻到了"二狗子"，点开对话框，空白一片。

自从五年前换了新手机，他们就再未交谈，偶尔几次见面，也都是匆匆忙忙的。

想了想，顾明绰发了信息。

【狗子，祝你幸福。等你摆酒那天，我们喝几杯。】

午饭时，顾明绰收到了陈苟信的回信，字里行间欢喜难掩：【哥，你能来真的太好了，咱们不醉不归。】

顾明绰的目光落在"咱们"二字上，心中微暖。

晚饭过后，顾明绰沿着幽长森冷的小巷出了永寒里。

他一身黑衣，全身没有一点亮色，可就算这样，仍然帅气扎眼。

隔着一条马路，顾明绰一掠而过，但沈星还是认出了他。她下意识地回头，顾明绰已经上了一辆黑色的座驾，消失在她的视线之中。

叶欣见状，好奇地问："星星，你看什么呢？"

沈星收回了视线，如实道："我好像看到了顾明绰，他住这里吗？"

永寒里她是知道的，二环内最后的城中村，各大地产公司眼中的香饽饽。

叶欣沉吟片刻后说："好像是，顾明绰刚出道那阵，负面新闻满天飞，骂他穷鬼，学习不好，母亲嗜赌如命，上课睡觉、下课打架、考试交白卷是他的日常。"

这些沈星都不知道，听完，她亮着眸子讶异道："他以前这么出格的吗？后来呢？"

"后来，他成了最年轻的最佳男主演，奖项和实力傍身，负面新闻就少了些。不过也有传闻说他背后有人，替他压了下来。"

话到这里，叶欣终于意识到自家沈总的不对劲儿，忽然"咦"了一声，小脸显露出戏谑的表情，问道："你怎么突然关心起顾明绰来了？"

沈星稍顿，回道："随口问问。"

"随口问问？你以前从来不多问，是不是看上人家小哥哥了？如果是顾明绰的话，我觉得可以。"

"你觉得可以？"沈星被叶欣逗笑，不自在散去，"刚才还说上课睡觉、下课打架、考试交白卷是他的日常。"

叶欣仍然振振有词："但那些都过去了，现在的他不一样了，努力上进，也不乱来。"

"嗯。"这次，沈星没再反驳叶欣。

她身在圈中，见得多听得多，顾明绰真是风评最好的那一类人，严谨专业，洁身自好，真正把演员当成了一份事业在做，她欣赏这种态度。

"他是个很专业的演员。"

叶欣笑眯眯地说："是吧，所以他是真的与众不同？"

沈星冷眼扫向叶欣，以她特有的冷清语调说道："恭喜，你这个月的奖金没了。"

"这年头，真话都不能说了吗？"

"很好，年终奖也没了。"

"星星，星妹，原谅我。呜呜呜，我以后再也不说真话了。"

"太好了，明年的年终奖也省了。"

……

012

一路说笑，沈星的座驾停在了青沐工作室门口。

"沈小姐，好久不见。"工作室负责人徐沐洋已经在外面等，为她开了车门，随即热情万分地招呼道。

沈星轻笑，克制有礼地说："徐总监，好久不见。"

今晚实业大鳄傅家在私家庄园设春宴，碍于两家的交情，沈星答应同父母一同前往，而她的私人行程妆发造型一直是由青沐负责。

"傅先生刚请人送来了几套礼服和珠宝，要试试吗？"三人往里走时，徐沐洋侧过头问沈星。

沈星小脸冷冷清清的，轻声说："不用，我自己带了。"

徐沐洋了解她，提过了就作罢。

十来分钟后，沈星提着裙摆缓缓地走出了试衣间。钻石镶金，高贵冷艳，再加上那张混血神颜，活脱脱的异域公主。

"我们星星美起来，没仙女什么事儿了。"叶欣第一时间来到沈星的身旁，竖起大拇指赞叹道。

沈星对镜细看，不一会儿，对徐沐洋说："就这样吧。傅先生送来的退还给他，我会同他说。"

徐沐洋笑答："那最好了，这件也确实适合。"

之后他们专注妆发，再无话。


傅家，青眠庄园。

傅海屿走进宴会厅时，握在手心的手机忽然传出叮咚声响。他抬高手，把手机送到目光所及之处，徐沐洋的信息随即映入他的眼底。

【傅先生，沈小姐穿了自带的礼服。您送过来的那些，我找人给您送回去好吗？】

傅海屿微微勾起嘴角，转而对身旁的助理陈韬说："联系徐沐洋，拿回那些为沈小姐准备的东西。"

陈韬点头应下。

傅海屿提步往前，神色自若地走进人群，谈笑风生。但他骗不了自己，沈星的拒绝令他的心情染上灰霾。

沈星来时，傅海屿亲自去接车。

他绅士范儿十足地替她拉开了车门，护着她出来。沿路的灯光打在两人身上，任谁看，都是一对璧人。

"今晚很美。"当宛若异域精灵般的姑娘站在傅海屿身旁，鼻尖萦绕着她特有的淡香时，傅海屿心中的灰霾顿时散了大半。

"谢谢。"沈星笑了笑，清雅浅淡，不见一丝热络，"我爸爸妈妈来了吗？"

傅海屿回道："刚到。"

"谢谢，你忙你的，我去找他们。"

说完，沈星在保镖的簇拥下朝着宴会厅的方向而去。她的步子不大不小，背脊挺得笔直，一对漂亮的蝴蝶骨于薄纱之下若隐若现。

有关她的一切似被神明祝福过，美好得难寻瑕疵。

爱上，太过容易了，可打动她，又比什么都难。她总是能轻易得到一切，时间久了，习惯成自然，能入得了她眼的东西越来越少，更别提打动她的心了。

傅海屿的目光追着沈星的背影，心绪浮动，带出了一股前所未有的无力感。

第四节

宴会厅，主桌。

沈熙松和太太凯瑟琳正和老友们轻松随意地闲聊。傅海屿的母亲侯宁坐在凯瑟琳身旁，拉着她说个不停。凯瑟琳出生在德国，四国混血，眉眼深邃，十分美艳。她嫁到中国二十多年，早已练就一口纯正的中文，不带一丝口音。

后面有人提到了沈星，说好久没看到小姑娘了。

凯瑟琳朝那人笑了笑，星辰一般的双眸中氤氲着宠溺与无奈，叹了口气，说道："别说你了，我和老沈也好久没见着人了，行程比老沈还要满。"

沈熙松冷着脸说："自找罪受，在家养养花搞搞烘焙不舒坦吗？偏生挑个最累人的活，她那行程单密密麻麻的，光看都觉得头疼。"

"星星受累，松哥心疼了。"

"搁我也心疼，千娇百宠养大的闺女，疼都来不及，哪里舍得她受累。"

"我倒是希望我的两个孩子能像星星这么乖巧，有事业心，但没有，他们成日不着家，花钱如流水。"

说笑声中，沈星在侍应生的引领下来到了沈熙松和凯瑟琳身边，从背后搂住了妈妈的脖颈，下巴亲昵地搁在妈妈深凹的肩胛处，语气柔和："妈妈今天真美。"

稍顿了一下，沈星又看着爸爸，笑眯眯地打招呼："爸爸，好久不见。"又对其他人说，"叔伯阿姨，晚上好。"

众人皆笑着点头以示回应。

沈熙松却嘴硬道："你还记得自己有爸爸？"

沈星放开妈妈，拉住沈熙松的手晃了晃，撒娇道："当然记得，我想做得和爸爸一样好才这么努力的。我演唱会后休假一周，陪爸爸和妈妈。"

她甜蜜蜜的模样，像糖蜜揉成的人儿，任谁都舍不得说她半句。

"来，星星，到阿姨身边坐。"侯宁热情地招呼沈星坐，眉眼间的那股欢喜劲儿藏都藏不住。

"谢谢阿姨。"沈星也没推拒，大方地坐到了侯宁和母亲中间的位置上。

"你进来时看到海屿了吗？他去门口接你了。"坐定后，侯宁似想到了什么，忽而问道。

片刻犹疑后，她补充道："听说你到了，他乐得哟，以后铁定也是个有了媳妇儿忘了娘的。"

桌间坐的大都是见惯世面的老江湖，哪里猜不出侯宁的小心思。想来也在情理之中，傅、沈两家有旧，两个孩子无论学历样貌，还是家世，都是上上之选，十分登对。

众人的目光下意识地落到了沈熙松身上，等待他表态。过往他很少谈及沈星的未来，可今天侯宁就差没直说沈星是她未来儿媳妇了。

果不其然，没等沈星回话，沈熙松就抢先接下了话茬："是星星求他接的还是怎么？逮着她说个什么劲儿？"

沈熙松的话太过直接，拂得侯宁脸热失了言语。

可沈熙松像没瞧见似的，兀自往下说着："你劝海屿歇歇他的心思。星星的经纪人胡亚均跟我说了，她的职业比较特殊，三十岁前都不能谈恋爱，我也答应了。"

沈熙松直接惯了，这回涉及女儿更不用说，当着一桌子老友，他也没想过收敛，把自己的态度毫不遮掩地摆在台面上，只因为不想女儿尴尬和为难。

场面难免静滞，沈熙松的老友吴明湛见状，笑呵呵地出声打圆场："小辈的事儿交给小辈自己去磨吧，我们这些老的，约着喝茶、钓鱼就成了，是不是凯瑟琳？"

凯瑟琳望着侯宁笑笑，优雅动人地说："我也是这么想的，无论孩子们怎么样，我都最爱和宁儿喝下午茶。"

"听你们的，以后再不管小辈的事儿了。"气氛缓和，侯宁也渐渐释然，"老沈，还真是个护犊子的。"

凯瑟琳笑道："你今天才知道的吗？"

"早知道了，但没想到护得这么狠。"

沈熙松嗤笑一声，没再说话。

吴明湛瞥了他一眼，插话道："这才哪儿跟哪儿啊？等星星有了喜欢的人，那时候才是真正的修罗场。"

话毕，他转向一直乖顺安静的沈星，笑眯眯地问："是吧，小星星？"

沈星循声看向爸爸，瞧他绷着脸一脸冷漠，不禁莞尔一笑，调皮地学话："是吧，爸爸？"

而后她就看到帅爸爸的脸骤然沉冷下去，连忙补充："那都是七八年后的事儿了，现在讨论太早了，先聊些别的。"

"哈哈哈。"

"星星这求生欲。"

"我总算是知道凯瑟琳为什么越来越活泼了，家里有一对宝。"

被叫到的凯瑟琳佯装头疼扶额，说道："我太难了。"

晚上十点许，傅海屿带沈星来到庄园牧场，这里空旷宁静，微凉夜风拂动时，带着些许青草混合泥土的气味。

"怎么了？"停住时，沈星问身旁的傅海屿。

傅海屿卖神秘："再等两分钟。"

沈星若有似无地应了声，再未说话。两分钟后，她的视线被闪亮的灯火牵引，落在了远处高耸入云的摩天大楼之上，绵延起落，一堵堵玻璃幕墙上全都亮着"唯爱星星"四个字。

怔了半响，沈星收回目光，定定地看着傅海屿。

夜色之中的傅海屿比平日里还要清贵温柔，被黑色西装衬得宛若王子，可沈星仍然没有一丝心动的感觉。

"屿哥，我以为我已经说得够清楚了。"沈星已经记不得这是傅海屿第几次表白了，但她记得每一次她都回绝得很直白。她不想伤害任何人，也不想自己经历完全可以避开的烦恼与尴尬。

傅海屿心里苦笑，沈星确实说得够清楚了，但他真的还没办法放下。

他还想多坚持一会儿。

"星星，我不想以后后悔。我想表白到第520次，如果那时候你的想法仍旧没有变，我不再打扰你。"

沈星看着他，蓝眸澄净，未见一丝波澜。

"你知道我不会改变的。"在沈星看来，靠时间磨出来的都不是爱情。可能磨到最后，很多人会将就，但她不会，因为有没有爱情，对她而言没差。

傅海屿勾了勾嘴角，问道："我坚持，万一呢？"

沈星无奈地说："屿哥，如果你到现在还在期待万一，只能说你对我还不够了解。我如果喜欢你，我不会一再拒绝，甚至会主动表白。所以别再把时间放在我身上了，再过多少次，我的答案仍旧不会变，你一定能遇到自己的有缘人的。"

再一次，沈星明明白白地拒绝了，漫天星光、璀璨灯火都没能点亮她的眉眼。

几年了，她以为时间会淡化傅海屿的执念，一切都会安静地回归原处。可她想错了，傅海屿非但没放弃，还即将踩到她的舒适线。

"现在我已经感受到了负担，屿哥，再有一次的话，我会跟爸爸谈及这件事。"明说后，沈星朝傅海屿绽开微笑，同他道别，"如果没有别的事，我先走一步，明天还有工作。"

傅海屿笑着点头。

沈星离开，不远处两个便衣保镖一直在等她。

第二天一早，话题＃唯爱星星＃飞速蹿至热搜前排。话题内，氛围热烈。

【今天又是吃柠檬的一天。】

【有钱人的爱情，你根本想象不到。】

【星星谁啊？太招人嫉恨了。】

【女主角玛丽苏本人。】

……

吵吵嚷嚷间，话题持续升温，早间十点许已经登顶热搜。

有营销号趁着热度爆料，直指浪漫灯幕的男女主人公是傅海屿和沈星。

由于沈星的热度，沈星和傅海屿的名字很快出现在了实时上升热点，后面不知道谁介入了，昙花一现后消失，各大营销号也删掉了相关内容。

＃唯爱星星＃的热度也渐渐下降，在中后排沉沉浮浮。

顾明绰工作室位于鹭城二环的兆丰环球大楼内，因为热搜，时不时有讨论声传出：

"唉，什么时候有人愿意为我点亮整个鹭城的摩天大楼，我一定嫁给他。"

"谁不想？听说男主角是傅海屿，华鑫实业，'豪门'中的战斗机，人也长得贼帅。"

"对的,我要是有沈星五分之一的颜值,我做梦都能笑醒,九头身甜心。"

……

大家聊得正起劲时,顾明绰和助理肖伟从外面走了进来。

肖伟一进来就笑着问道:"说什么呢,这么热闹?前台都能听到声音。"

闻言,几个员工立马安静了,纷纷回过头来同顾明绰打招呼。

"绰哥,早。"

顾明绰轻笑道:"早。"他并未太在意员工在上班时间闲聊,提步往前,准备先去胡燃的办公室聊聊。

他走后,肖伟仍然揪着聊天的内容不放。

有人告诉肖伟,有人点亮了整个鹭城的摩天大楼,字幕全是"唯爱星星"。

当这些话一字不落地飘进了顾明绰的耳朵里时,他不由自主地想到了沈星,脚步渐缓。

稍顿,他拿出了手机,眸色不自觉地染上了一层薄霜。

第五节

顾明绰看到时,热搜还在。

他随意挑了个营销号的博文,径自去评论区翻了翻。这时候傅海屿和沈星的名字早已不在热搜上,可评论区依然有人提及,而且占据了十分醒目的位置。

顾明绰看到内容时,情绪无法自抑地染上了灰霾。

傅海屿,他是知道的,甚至可以说印象深刻。

那年顾明绰拿了薛齐的支票,当晚就出院了。

他留了十万块给外婆,其余的全部交给了母亲顾怡佩,并告诉她这是最后一次给她钱,以后她是生是死都同他没有关系。

从那之后,顾明绰就像变了个人,再也不打架迟到早退,笔记做得比谁都工整。以往落下那么多的功课,想一朝一夕补齐是不可能的事情,但他始终埋头在做,家里的灯光夜夜亮到午夜两三点。

对此,同学奇怪,老师欣慰。

教导主任还专门把顾明绰叫到办公室夸了一顿,不断地对他说:"坚持下去,你也能进入名校学习。家里困难也不用担心,老师们给你凑凑。"

顾明绰心中微暖,第一次觉得这头发稀疏的小老头儿有点可爱。

高三的那年春天,顾明绰在电视节目上看到了名导田明的新电影《无恙》在全国范围内招募青少年演员,地点在鹭城隔壁的桐城。

顾明绰挑了个周末,去了那里。

他坐的是嘈杂不堪的绿皮火车,可他半点都不在意,心里被莫名的情绪塞得满满的。

时至傍晚,顾明绰见到了导演田明。

田明四五十来岁,模样斯文俊雅,目光炯炯有神,似裹挟着星星。

田明导演的目光在少年瘦削的身板上停了半晌,然后将他带到了桐城的一条老街道上。道路两旁楼宇高高矮矮，皆破败不堪，环街的河道水色深绿，流动时，带出了浓烈的腐臭味。

顾明绰一直很安静。

田明导演开口问道："你觉得我会选你吗？"

顾明绰笔直地对上田明的目光，冷静坚定地说："不知道，但我想试试，一次不行就两次，两次不行就三次，只要我不放弃，不断地试，机会就一直存在。"

此刻，少年心至坚：我一定能还清那一百万，一定能让外婆过上好日子。

"很好。"田明眼底漾起了一丝淡淡的笑意，"脱掉鞋，绕着邕宁村跑一周。"

田明同时明白地告诉顾明绰，这条路并不好走，田间地头多的是硌脚的石子和扎人的杂草，跑动过程中，一旦出现犹疑，试镜终止。

顾明绰点点头，二话没说就脱下了脚上泛白的帆布鞋。

在田明喊了开始后，他疾步朝着前方而去。他身侧，一台摄影机始终跟着他。那时候，顾明绰还不知道，跟着他的人是田明的御用摄影师，屡次斩获各大电影节最佳摄影奖的陈勉。

每一步都走得不容易，顾明绰的脚在持续不断的痛感中渗出血，可他的步子不曾放缓，清醒且毫不迟疑地探索着这个古老贫穷的村落。

大半个小时后，他回到了田明面前。

田明低头看了眼他污糟的脚，问道："疼吗？"

顾明绰却笑了，回道："不经一番寒彻骨，怎得梅花扑鼻香？"

那抹笑缓和了少年的老成和冷清，明亮得就像早晨八九点的太阳。

多少年了，田明都忘不了。

事实也证明，顾明绰之后，再无陈无恙。

半个月后，顾明绰接到了《无恙》剧组的通知。他乐疯了，抱起外婆在家门口的空地上打转。这也是少年长到十八岁，第一次近距离碰触到希望。

而这条路，是沈星为他照亮的。

第二天放学，顾明绰不知不觉晃到了沈星所在的著名高中圣安中学。他站在校门口的百年古树下，等到了晚上七八点，也没能见到那个救他出苦海的女孩儿。

这日过后，他就跟着魔似的，一有空就会来到圣安中学外，也不知道自己在期待什么。

时间久了，学校门口的保安都认识顾明绰了。

一次闲聊，保安得知他是在等沈星，答应帮他带个话。

第二天，顾明绰按约定来，见到的却是傅海屿。

两人面对面站在古树下，傅海屿上下打量了顾明绰，轻慢一笑："我认得你，附近最有名的不良少年，父亲不详，母亲嗜赌如命，家住永远看不到光的永寒里……"

此刻，傅海屿憎恨起自己超强的记忆力，如果可以，他真不想记住顾明绰这样的底层渣滓。

"你找星星干什么？找她借钱？还是动了其他的心思？"

顾明绰冷眼看他，说："我找的人是沈星，一切都与你无关。"说完转身，一秒钟都不想多留。

傅海屿的骄傲被挑起，他伸手拦住顾明绰的去路，换了笑颜，可笑意分毫未到眼底。他又说："说清楚，不然这事儿完不了，我必须保证她的安全。"

同时，不远处有几个少年围了上来。精致的制服、优越的样貌、嘴角漫不经心的弧度，每一个细节都在无声地冲顾明绰叫嚣：这是你无论怎么努力都无法触及的世界，沈星不是你想见就能见到的人。

因而顾明绰越加沉寂。

可这种沉默落在傅海屿眼里就是心虚，是默认。他嘴角勾勒出一抹轻蔑的弧度。

"喜欢星星？"傅海屿的语气是询问，但心里已经认定顾明绰动了不该动的心思。怒气兜头时，他拧开手中那瓶价值几十美元的进口矿泉水，浇到了顾明绰的头上。周围人来人往，他也浑然不在意，一心只想浇灭顾明绰的痴心妄想。

"醒醒吧，她永远不会多看你一眼，不然出来的为什么是我呢？"

……

顾明绰沉溺在散乱的思绪里，失神地站在原地。

肖伟不经意瞥到，几个阔步来到他的身边。

"哥，想什么呢？"肖伟关切地问着，目光扫向他的手机。

顾明绰下意识地收起手机，对肖伟扯出一抹笑，说道："没什么，看了眼你们说的热搜。"

肖伟真没想到会得到这么个答案，失笑道："没想到你是这样的绰哥。"

顾明绰不想继续这个话题，说："准备准备，半个小时之后出发，我先找燃哥聊聊。"

肖伟点头应下。

顾明绰来到胡燃的办公室前，屈指敲了几下，随后推开了门。

胡燃看到他，脸上漾开笑意，说："来得正好，有点急事找你。"

顾明绰走到面前的位置坐下，戏谑道："还有燃哥觉得急的事儿？"

"当然有，只是我不常在你面前说罢了，得保持经纪人的威严。"

说着，胡燃从办公桌的抽屉里拿出了珍藏的红柑普洱，放到顾明绰面前，问道："来点儿？"

顾明绰说"好"，然后拿着茶踱到休息区，就着那里的茶具冲了一壶热茶。霎时间，清甜的柑橘香在办公室弥漫开来。

他再回来时，胡燃推了份合同到他面前。

顾明绰一边倒茶，一边问道："什么合同？"

胡燃同他解释："一个综艺节目，《云上之战》。下周就要开录了，选定的演技导师突然传出负面新闻，把庭哥急得焦头烂额。昨天一天他就给我打了七八通电话，老熟人了，我不知道怎么拒绝，所以问问你的意思。"

顾明绰喝了两口茶才翻动合同粗略地看了看，说："我答应过田导，要控制在镜头前的曝光。"

当年，顾明绰凭借《无恙》拿到人生中的第一个 3A 级别最佳男主演。田明曾语重心长地交代，想要成功，必须耐得住寂寞，控制在镜头前的曝光，不要踏足小荧幕，不要出演综艺，广告质量比数量更重要。

这些年来，顾明绰也一直是这么做的。

"田导的话没错。"胡燃将茶杯拢在手心，睨着顾明绰，眼底亮着微光，"但那只是针对演员来说的。阿绰，你难道不想做得更多，绘制出属于自己的商业版图？"

顾明绰听着，眸色黯了黯，因为在今天之前，胡燃从未跟他说过这些。一直以来，胡燃事事由着他，放任他以自己的方式成长。

"燃哥，你想做什么？"沉默片刻，顾明绰直白地问出了心中的疑惑。

胡燃淡声回应："从我答应跟你合作的那天开始，我就在等今天，我想要做的从来不是最佳男主演的经纪人，而是一个泛娱乐产业的合伙人。"

跟他当年料想的一样，顾明绰稳稳当当成长了起来，整个新生代无人能出其右，性格稳定。这时候，出演综艺推高人气，再不会影响到他。

"这次综艺对你大有益处——同电视台交好、国民度飙高、高额的演出费……你想想，三天后给我答复。"

"好。"

出了胡燃的办公室，顾明绰和肖伟离开。

车上，顾明绰仰靠在椅背上，双目轻合。胡燃说的话不断地在他脑海中响起，最后，竟勾缠出几丝深埋不为他所知的野心。

如果可以，他想做得更好。

那样的话，他是不是能离沈星更近些？那时候，他是不是能淡定自信地站在她面前，对她说声"谢谢"。

黑色的座驾一路往前。

晨光透过车窗，细致无声地勾勒着顾明绰的眉眼，温柔得令人心醉。

只因他想起了他的皎月。

也就是在此刻，他第一次动了想碰触皎月的心思。能量虽微弱，却真真切切地种下了，再无抹除的可能。

第二天一早，《云上之战》如期宣布阵容。

顾明绰到这时才知道这是一个女团类竞技节目，参与的皆是线上最强女团：Silk（丝绒）、Maltose（麦芽糖）、Blossom（盛放）和 Maple Leaf。

还未宣布到 Maple Leaf，顾明绰就已经开始暗暗期待。

上天是眷顾他的，晚间六点整，《云上之战》官微宣布了最后一组嘉宾——国内最强女团，Maple Leaf。

云上之战：【如火般的颜色，惊艳了一整个秋。Maple Leaf 的小姐姐们来了，期待她们在节目中惊艳春光。】

官微评论区瞬间炸开：

【我的天呀，明空台这次下血本了，线上最强女团到齐了。】

【腥风血雨预定，不过我喜欢！】

【Maple Leaf 就没在怕的，任何时候，正面刚。】

【期待女团王者诞生。】

【Maple Leaf，女团真天花板，胜负心都非同一般的强。】

【Maple Leaf 给妈妈冲。】

【乖巧坐等 ACE（王牌）沈星的绝美舞台。】

【这种级别的对战，期待解锁新舞不过分吧？】

【激动地搓手。】

......

官宣后不到一刻钟，Maple Leaf 几个队员的单人热搜纷纷上榜。其中 # 沈星舞台精灵 # 越过所有，强势占据着榜单第一。事实上，只要沈星的名字一出，必定会引发屠榜。

超话热闹得如同过年，绝美视频和美图飞不停。

其中有一段视频是十八岁的沈星在人生中的第一场演唱会上，穿着粉色的纱裙，跳了一支芭蕾舞，身姿纤长曼妙。舞动间，群纱飘逸，若隐若现地勾勒出她不盈一握的腰肢和笔直紧绷的长腿，再加上那双蓝眸和精致立体的小脸，让人感觉人间精灵不过如此。

博主附文：【别问，问就是姐宝最美。斜眼笑 .jpg】

顾明绰默默地看着这一切，一缕一缕的欢喜从心底卷起，推着他的嘴角上扬。

光洁的落地窗面清晰地映出了他俊逸的脸。

春风十里，不及他含笑的眉眼。

对顾明绰而言，此刻世间万物都不及她可爱。

# 第二章 ▼

## 星星，能和我一起跳一支华尔兹吗？

*对顾明绰而言，此刻世间万物都不及她可爱。*

第一节

《云上之战》首次录制，Maple Leaf 五人于公司集合，一齐前往明空台。

团员们这段时间各忙各的，难得聚在一起，吵吵嚷嚷，人前的优雅矜持全被抛到九霄云外。

"我听亚均哥说这次的导师都贼厉害，随便一个都是能引发娱乐圈地震的大人物。"闹了一路，快到明空电视台时，才有人提及正事儿，"问他是谁又不说，神秘兮兮的。"

说这话的是慕夏，微嘟着小嘴，像只可爱的小包子。

李羡婷没忍住，伸手揉捏了一把，说："啧，手感真不错。"

沈星三人笑个不停。

笑声稍歇，队长明娅接话："可能是为了保证神秘感，我们做好自己即可。"

主舞容涵美艳绝伦的小脸透出几分漫不经心，不以为意道："这样的修罗场真不想掺和，但不去，有些人还以为我们怕了她们了。"

闻言，李羡婷轻嗤了一声："怕她们？她们是门面比我们的漂亮，还是高音比我们炫？"提到门面时，李羡婷朝沈星抛了个妖娆的 Wink（眨眼）。

几个顶级女团资源大幅度重合，又都是漂亮骄傲的主儿，想要谁服输都是不可能的事儿。这次节目能促成，也是因为捆绑已形成，不来，等同于露怯。与其如此，还不如硬扛。流量炸街不说，没准儿还能借着节目突围。

"婷婷说得对，Maple Leaf 就是最强的。"明娅轻声道，强队队长的气势却半点没有消减。

然后，她像往日一般伸出手，手心朝下，说："来吧，不过一战。"

姐妹们层层叠起手，齐声道："Maple Leaf 最强。"

明空台是国内最强卫视台之一，财大气粗，时不时有综艺大爆出圈。攻坚了一个女团，其他只能被迫营业。一旦进入营业状态，各家都想成为最强，Maple Leaf 也不会例外。

明娅带着队员进到摄影棚时，死对头 Blossom 已经到了，她们同样也是五个人。

看到 Maple Leaf，Blossom 的 ACE（王牌成员）魏诗茵立马绽开笑颜，阴阳怪气地说："可真有时间观念，次次踩着点到。"

这一嗓子，把摄影棚中大半人的注意力带到了 Maple Leaf 几人身上。

明娅遥遥一笑，意有所指地说："这说明我们 Maple Leaf 从不迟到。"

温婉地针尖对麦芒。

魏诗茵还是一副人畜无害模样，继续说："现在是没有，以后呢？次次踩点，难免会撞见意外。"

稍顿，她将目光转向沈星，问道："是吧，沈星？"

魏诗茵和沈星，同样出身优渥，同样为顶级女团的 ACE，同样年轻貌美有才华，甚至同年同月生。她们之间有太多的相似之处，被传不对付也不是一天两天的事儿了，但像这样明目张胆地针锋相对，还是破天荒头一次。

沈星终于正眼看魏诗茵，说道："在绝对的实力面前，没有意外两个字，不过还是谢谢你的关心。"说完，提步走向 Maple Leaf 的座位。

她全程神色都是冷冷清清的，情绪和声音未见一丝波动。

明娅几人跟了上去，再未多给魏诗茵眼色。

魏诗茵也不在乎，冷嗤一声，收回了目光。

Blossom 队长邓静珊说："鸣哥交代了，不要跟其他队伍起冲突，至少明面上不要。"

魏诗茵懒懒地抬眼，眼里满是笑，说道："你觉得就沈星那高贵冷艳的劲儿，我能跟她起冲突吗？放心吧，我就闹闹她。"

邓静珊点头道："你有分寸就好，别闹大了收不了场。

"沈星可不是吃素的主儿，无论人气和自身实力，还是家世背景，我们都惹不起。"

魏诗茵若有似无地应了声，事实上并未太把这事儿放在心上。

沈星确实有实力，但她魏诗茵也不是什么虾米、紫菜，看不顺眼撩拨针对两下在她看来真不是什么了不得的大事儿。


一刻钟后，摄影棚灯光大亮，照得场内纤毫毕现。

四组线上最强的女团分两侧坐定，颜值炸屏，青春无敌。

舞台正中央，一扇门缓缓打开，明空台两位当家主持人许珉和陈先和并肩阔步走出。

来到女孩儿们中间站定后，许珉将话筒凑至嘴边，朗声笑道："欢迎小姐姐们百忙之中抽空来到《云上之战》，我是你们年过四十的小哥哥，许珉。"

场内众人和搭档陈先和爆笑。

有人轻喊："珉哥有四十岁了吗？完全看不出来。"

其他人附和："对，我一直以为他才三十岁出头。"

被赞年轻，许珉乐开了花，挨个同夸赞他的女团队员击掌。

疯闹间，陈先和做了自我介绍，随后把节目往下推。

"《云上之战》是国内第一档零剧本明星真人秀节目，除了演出时间和流程，所有的一切都是未知的。"

场内所有的大屏幕伴着他的话音亮起，展示出节目规则。

竞技分三轮。

第一轮：全新单曲首发。

第二轮：出演指定音乐剧。

第三轮：终极舞台（导师助力挑战全新风格）。

投票方式：现场观众（泛娱乐产业专业人士）+ 五位导师。

终极舞台获胜，即为节目最佳。

"各位，明白了吗？"

各队皆道："明白。"

许珉笑着说："很好，接下来为小姐姐们介绍业务能力超强的导师团。"

"会很严格吗？没做好会被骂吗？"

"嘤嘤，有点紧张了。"

"我们这叫不叫重回新手村？"

"哈哈哈，有点像。"

导师的压迫力是极强的，还没出场，场内的气压就低了些。

陈先和说："导师们严不严格我没法说，我只知道经过这一次，大家的各项业务能力将有大幅度飞跃，因为几位导师是真的强。"

说话间，他半侧过身望向舞台深处紧闭的那扇门，介绍道："第一位导师，30代女团天花板，瑜伽世界冠军，陈伽宜。"

烟幕散开时，纤瘦高挑、妆容精致的陈伽宜走出，几方大屏幕播放的全是她的高光时刻。从至高女团ACE到瑜伽世界冠军，30代的她堪称励志典范，实力超强。

她之后，手握几个重磅IP的超人气作家兼新锐导演任冉、歌坛实力唱将洛笙、蓝血挚爱商业摄影师徐天先后上台。当真就跟胡亚均说过的那样，个个都是业务能力超强的大人物，场内尖叫不断。

声浪鼎沸时，许珉暂缓介绍下一位导师，将目光扫向众导师，问道："最后一位导师，各位老师在后台见着了吗？"

四人都说见着了。

许珉又说："那劳烦四位老师给小姐姐们一些提示，让她们猜猜，猜对的组合可以自行选择顺位之战的出场顺序。"

四位导师没有异议。

仪态导师陈伽宜提示道："同妹妹们差不多的年纪，20代。"

唱功导师洛笙接着说："不是'爱豆'，实力炸街，有国际奖项加持。"

两条提示已经隐隐勾勒出第五位导师的画像，队员们不由得开始猜测：

"不是'爱豆'，电影演员？超模？歌唱导师有笙哥了，不可能有两位歌手。"

"对，舞蹈业或者话剧老师也有可能。"

"但二十代呢。"

……

讨论渐渐激烈。

Maple Leaf 这方也在讨论，沈星显得有些心不在焉，不知道怎么的，这两条提示一出，她的脑海里竟不由自主地浮现出顾明绰那张冷清俊逸的脸。

20 代、最佳男主演、实力炸街，竞演中又设了音乐剧表演环节，必定会有演技导师镇场……

李羡婷唤了沈星一声，问道："星星，想什么呢？都出神了。"

沈星凝眸，嘴角微翘，溢出一抹笑，问李羡婷："猜错了没关系对吗？"

"没说……就是没关系吧？"

"星星猜出是谁了吗？"

"先别管对不对，冲了再说。"

这句有些大声，引来了离她们较近的陈先和的关注。

陈先和望向 Maple Leaf 所在区域，笑着问道："星星，有答案了吗？"

沈星望过去，眸中亮着笑意，回道："瞎猜的。"

陈先和摆摆手，说道："没事儿，万一对了呢？"

沈星点点头，大方地吐露出自己的猜想："顾明绰。"

她的声音清甜，就像一股甘泉滑过门后等待的顾明绰心间，似酒醉人，一张薄唇在她看不见的地方缓缓翘起。

陈先和有些诧异，毕竟给出的两条提示划出的范围还是挺宽泛的，而且沈星和顾明绰传不合已久，可沈星还是第一时间想到了他，也没有在节目里避忌提及他的名字。

"对了吗？"慕夏眼巴巴地瞅着陈先和，打破了他的愣怔。

陈先和眸光闪动，带着几分笑意说："对了，恭喜 Maple Leaf，一击即中。"

话音还没落全，他已经转过身看向被门遮掩的舞台深处，朗声喊道："让我们用最热烈的掌声欢迎本次竞演演技导师，不久前才强势连冠的金龙最佳男主演，顾——明——绰——"

"啊，还真猜中了！"

"星星，你太棒了。"

"绝了。"

……

现场氛围再度升级，赞叹声不断。

一身黑衣的顾明绰踩着声浪来到舞台中央，站到了两位主持人中间，笑颜明亮，彬彬有礼地说："大家好，我是顾明绰。"

掌声雷动。

见主持人许珉笑了半天没合嘴，顾明绰睨着他，调侃道："珉哥，你这么喜欢我吗？嘴角都要突破天际了。"

"哈哈哈……"全场爆笑。

许珉却理直气壮地说："你应该问，在场谁不喜欢你。"

他将手中的话筒转向，对准了嘉宾和观众，问道："大家喜欢顾老师吗？"

观众异口同声道："喜欢。"

顾明绰眉眼染上了笑，说道："谢谢，我会尽全力做得最好，不负大家的喜欢。"

在顾明绰另一侧的陈先和问道："这次是阿绰综艺首秀吧？有什么特别的考量吗？"

顾明绰低笑回道："被燃哥打着来的。"

许珉被逗乐，追问："他为什么打你？"

顾明绰一本正经地说："他嫌我过得太过沉闷无趣，说再这么下去，随时可能羽化飞升，他会亏得血本无归。"

说到这事，顾明绰也笑开了，说："这人间不值得。"

许珉闻言，一把揽住他的肩膀，打气道："同情你，但来都来了，给女团队员和电视机前的观众展示一下国际最佳男主演的实力，捍卫导师的尊严。"

顾明绰看着他，问道："怎么展示？"

陈先和接话："请看大屏幕。"

霎时间，几方大屏幕出现了导师任冉的著作《离离》中的一段文字。

【少年卑微，心里藏着明月，却不敢同任何人言说，只能独自离去，在异乡辛劳打拼。功成名就后他做的第一件事情便是回到梦开始的地方，月光却已被他人掬入怀中。两人对望，不过几米的距离，但谁也跨不过。】

顾明绰目光扫过一行行的黑色字幕，怔在当场，好在场内没人看出他的异常。

许珉看完后，看向顾明绰，问道："这段内容出自任冉老师的《离离》，想请顾老师以独角戏的方式呈现，可以吗？"

顾明绰迅速从情绪中抽身，回以轻笑："可以。"

掌声响起时，两位主持人退到一旁，将舞台交给了顾明绰。

场内灯光微黯，悠扬柔缓的轻音乐响起，顾明绰瞬间化作少年陈离，将自己的爱情化作了四幕戏。

第一幕，少年走过静谧的街角，穿着白裙的少女正端坐在钢琴前，纤长的手指在黑白琴键上不断跳动，带出了一连串空灵清澈的琴音。这一幕透过落地窗毫无遮掩地映入少年的视线，牵绊住他的脚步。那一日，他站在离她五米开外的地方，听了一首又一首，迟迟没有离开。

第二幕，少年很快发现女孩儿在隔壁的重点高中上学，是集万千宠爱于一身的天之骄女，同他这种连学费都交不起的穷鬼完全不同。天与地的差别令他清醒克制，努力不再想她，结果却是徒然。从那个红叶铺地的秋日起，他贫瘠无趣的生活里便多了一件事：每日等她坐上那辆他可能永远都买不起的豪车才离去；

再后来，他默默远走，默默努力，再苦再难，心中念想从未消失，他知道自己终会回去，以前所未有的光鲜模样。有一天，他做到了，头等舱，一身光鲜；

结果却是她站在他人身旁，而他依旧是她眼中的陌生人。错身而过时，陈离的眼角有泪滑落，晶莹透亮，那是少年的爱情。

……

沈星近距离地看着从顾明绰眼角涌落的那滴晶莹滚圆的泪珠，禁不住想：这样纯真坚韧的少年郎，这般澄澈坚定的爱情，如果他早些开口，结果是不是会不同？

她问自己，答案未知，但至少会为他一试。

第二节

"太强了。"

"我都哭了，天啊！"

掌声和赞叹声随着逐渐亮起的灯光响起。

顾明绰还没完全从情绪走出，黑眸深邃氤氲着泪意，猝不及防地撞上了沈星的目光，还没来得及反应，佳人已敛下眼睫，藏起了那抹悠远迷人的蓝，似乎有些怅然若失。

顾明绰落座，五位导师齐聚。

许眠看向 Maple Leaf 的方向，笑着说道："星星，请选择 Maple Leaf 在顺位战的出场顺序。"

全场的目光尽数落在了沈星身上。

她和队长明娅对了对眼神，随后笑着说："我选第一个出场。"

许眠有些讶异，不解地问："为什么？第一个出场在理论上并不占优势。"

事实上，绝大多数队伍会在大赛中避开第一个出场。

沈星眼睫轻眨，说："我们想证明绝对实力能够碾压一切。"

玩笑的口气，却展现出强烈的胜负心。

她们是 Maple Leaf，国内最强女团，来这里，只为证明自己是最强的。

场内的气氛凝固了一瞬，被陈先和的笑音打破："很好，ACE 已经进入应战状态。

"那就开始吧，其他三队队长出列抽签，抽取顺位之战出场顺序。"

三队队长出列抽签。

结果是 Silk 压轴，Maltose 和 Blossom 分列第二和第三。

抽签结束后，顺位之战任务通过大屏幕发布。

【任一队员，挑战夜色中独舞。】

【由五位导师和现场专业评审团投票排出先后，排名决定前两轮竞演的出场顺序。】

给了参赛队伍数十秒消化后，许眠问道："还有疑问吗？没有的话，各自回休息室商量准备。下午三点，开始顺位之战。"

各队回到休息室。

私密的空间里，本性失了克制，隐约迸发而出。

Silk 的休息室。

团员田欣担忧地说："Maple Leaf 还是那么凶悍。"女孩儿声音清澄，带出了几分微弱的怯意。

队长陈雅琳走到她的身边，将纤手搭在她的肩上，柔声地安抚道："没关系的，她们的凶悍并不是冲着我们来的。而且我们才成团，上升空间还很大，这次来学习为主，放轻松。"

田欣轻轻"嗯"了声，脸色缓和了几分。

另一位队员这时挤到她们身边，插话道："琳琳说得不错，我们争取不垫底，剩下就看热闹。魏诗茵傲成那样，Maple Leaf 不捶她才怪。"

隔壁，Blossom 休息室。

魏诗茵独自坐在角落，小脸冷肃，一副生人勿近的模样。

其他队员知道她是不高兴沈星开场就出尽了风头，贴心地没过去打扰她。等她缓过劲儿，队长邓静珊才拖了把椅子坐到她的对面，定定地睨着她，问道："顺位之战，你来好吗？"

魏诗茵沉默了半晌，绽开笑颜，回道："好啊。"

一刻钟的休整过后，全员回归录制现场。

第一组出场，Maple Leaf。

她们没有意外地派出了 ACE 沈星。

此时，沈星已经换上了一袭粉色的纱裙，一眼望过去，同五年前她首次惊艳舞台并无二致，身姿曼妙柔婉，脸庞冷艳绝伦。

倏地，场内灯光熄灭，只剩一束柔光打在她的身上。

她随着音乐点足直立，碎步慢行，白皙的手臂轻摆，纤腰慢扭时轻纱被带起，勾勒出芭蕾独有的优雅柔靡。这舞姿落在众人眼中，像极了人鱼公主深夜悄悄出水，于夜色中尽情舞动。

一身光华，乱人心。

沉沉墨色之中，顾明绰的目光前所未有的放肆、贪婪，一个细微的碎步都不想错过。这是他第一次在离沈星这么近的地方看她跳舞，空气里似乎都氤氲着她的香气。

时隔五年，同样的舞曲，她的舞步越加笃定自信，优雅坚韧得令他挪不开眼，也让他清楚地意识到，无论他怎么努力，他和她之间都隔着漫长的距离。

一曲末了，沈星停下舞步，众人却还沉溺于氛围之中，静默半晌，掌声才响起。

两位主持人来到沈星身旁，眼中含着点点惊艳。

许眠赞叹道："太美了，我总算是懂了那句：最美的脚步声是足尖敲击地板的声音。"

沈星轻轻颔首，面容含笑地说："谢谢。"

陈先和问道："时隔五年再次跳起《拿波里》选段，什么感觉？"

沈星回答："对这个故事有了更深刻的理解，好的爱情给人无上的勇气，也能改变很多事情。"

许眠忽然戏谑道："小姑娘长大了，想恋爱了是吗？"

全场哄笑，Maple Leaf 的小姐妹笑得尤其大声。

许眠瞥了眼 Maple Leaf 所在的方向，笑道："问星星呢，你们笑那么大声做什么？"

慕夏说："没什么，想看星星谈恋爱，肯定贼甜。"

李羡婷附和："那是，人间蜜糖了解一下。"

"听你们这么一说，我也想嗑糖了。"许眠一本正经地附和，随后，转向沈星，

"星星，介意给大家分享一下你的理想型吗？"

沈星不假思索地说："不介意，但我没有深想过这个问题。"

她的日子其实单调又无趣，小时候练琴练舞蹈，鲜有时间接触外人，长大了又一心扑在舞台上，再加上行程太满，根本没心力顾及其他。

闻言，陈先和提议道："那现在想想，咱不差那点时间。"

"哈哈。"沈星被他逗笑，不过还是应了声"好"，于众人注视下细细思量起来。

不一会儿，她轻声道："我的理想型人要帅，要才华横溢、明亮贴心，有没有钱无所谓，我有。"

最后一句逗得全场爆笑，连顾明绰都低笑出声，冷峻半退，显得越发俊逸脱尘。

镜头掠过他，笑颜被投放到几方大屏幕上，惊艳了所有人的视线。沈星也看见了，心跳竟没来由地乱了节奏。

她这才体会到了顾明绰的魅力，心中暗道：难怪会有那么多人喜欢他，笑起来眉目温柔含情，太过招人。

这一幕同样落入了两位主持人的眼中，他们齐刷刷地看向顾明绰。

许眠玩笑道："星星，你看我们顾老师怎么样？"

沈星下意识地看向顾明绰，笑容微僵。不过很快，她便镇定下来，笑着道："顾老师很好，就是太帅太有才华太有钱。"

许眠又把话题抛给了顾明绰："顾老师，你要不要考虑去整个容，往丑里整的那种，然后咸鱼点儿，把存的钱花光？"

场内笑声、起哄声不断。

顾明绰笑着回道："好。"

导师陈伽宜顺势问他："那阿绰的理想型是什么样的？我好像没看过你恋爱，连绯闻都没有。"

七年了，他大半时间都站在流量顶峰，零绯闻，只在理论上存在可能性，但顾明绰做到了。

所有的目光因为这问题落到顾明绰的脸上，包括沈星的。

顾明绰的目光在沈星的脸上停了片刻，嘴角微勾，不疾不徐地开口："我的理想型：漂亮爱笑，大眼睛长头发，会跳舞。"

或者更应该说：他的喜欢，每一样都同沈星有关；从头到尾，唯她而已。

……

沈星过后，另外三队全都出动了 ACE。

热情的森巴，柔美优雅的中国舞，刚劲酷帅的街舞，杀招尽出，炸得现场高潮迭起。

最终结果排名：Maple Leaf、Blossom、Silk、Maltose。

现场公布第一轮竞演的出场顺序：Maltose、Silk、Blossom、Maple Leaf。

第一次录制为期两天。

摄影棚的录制结束后，全员去往鹭城西郊的华宵森林公园，节目组在那里租下了帝王别墅，睡房在二三楼，一楼有水吧、练舞房、健身房。

别墅的后院靠山，运气好还能看到小松鼠和猴子在其中戏耍，前院则有大大小小的温泉密布。

敞亮舒适，环境宜人。

女团队员放了行李后下楼，在一楼参观晃悠，惊叹声频出。说说笑笑间，人越来越多。大家平日因为工作时常碰面，不管心里怎么想的，明面上还算和谐热络。

沈星坐在一旁，话很少，但神色显轻松，看着心情还不错。

后面不知道谁提到了顾明绰，厅内的气氛瞬间被点燃。

魏诗茵听着，忽然莫名其妙地笑了两声，将目光投落到沈星身上，说道："咱们这位小哥哥，不仅演技好，眼光也好。"

在场的人都清楚她这话是说给沈星听的。

"魏诗……"李羡婷火气兜头，本想直接回去，却在这时触到队长明娅的目光。她虽然不情不愿，到底还是把人的话吞了回去，然后偏开头，将魏诗茵漠视得彻底。

沈星也懒得理魏诗茵，直接扶着膝盖站起身来。往前走时，她隐约听到魏诗茵冷声说了句"装什么装"，但她没回头，也不在意。很小的时候她就懂得了一个道理，她不可能让所有人喜欢，也没有这个必要。

穿过长长的走廊，沈星来到了茶水间外。玻璃门大开着，屋内的一切毫无遮掩地映入了她的视线。

顾明绰正在磨咖啡豆，眉眼低垂，纤长的眼睫像两片薄薄的蜻蜓羽翼时不时颤动。他也穿着运动服，明亮的颜色把他衬得越加白皙精致，比阳光更抢眼。

沈星愣怔片刻后才回过神来，好在顾明绰并未发现。他太过专注，把研磨好的咖啡豆倒入镇压器时才发现沈星的存在。

他的目光僵了一瞬，显然没想到会在走廊最深处的茶水间撞到沈星。不过很快，他便恢复如常，低声问沈星："来杯热拿铁？"

"谢谢。"沈星走近，对顾明绰面前的那套近乎专业的咖啡机十分感兴趣，"节目组也太贴心了。"

香甜的气息前所未有的近，顾明绰的身体变得紧绷，可都这样了，他仍片刻都舍不得挪开视线。此刻的他就像一个干渴力竭的旅人，突然看见了绿洲甘泉，志忑得不敢靠近，怕是幻影空欢喜一场。但更多的还是渴望，亟待甘泉续命，付出所有都在所不惜。

"不是，这些是我带来的。"

当心心念念了多年的女孩儿来到自己身边，顾明绰强逼着自己撤回了目光，将躁动的情绪一寸一寸压了下来。他不敢告诉她这些咖啡机是因为她才会出现在这里，他希望她能在任何她想的时候，喝到她最爱的只加五分之一包砂糖的热拿铁。

最好，还是他亲手磨的。

沈星对他的想法一无所知，笑道："顾老师可真会享受。"

顾明绰若有似无地应了声，手也没停，轻巧熟练地往压出的咖啡液里冲入牛奶。咖啡和牛奶自然分层，下层是咖啡和牛奶的混合液，表层是绵密的奶泡和油脂，清晰地勾勒出一张可爱的笑脸。

杯子递到沈星面前时，她的眸光泛亮，由衷地赞叹道："顾老师的拉花技术也太强了吧，好可爱。"

她低着头，因而错过了顾明绰眼中薄薄的宠溺。

"喜欢吗？"顾明绰低声问，在她回应前，撕开了糖包的一角，精准地往杯中倒入了五分之一。

沈星怔怔地看着奶泡上的糖粒，心里泛起一丝丝涟漪：顾老师放糖的习惯竟然同我一模一样。

第三节

沈星没多问，只当顾明绰和自己一样喜甜又怕胖才会这么克制。

恰巧而已。

这么想着，沈星敛下心中微悸，言笑晏晏："谢谢，我最喜欢热拿铁了，每天早上都要来一杯，没有的话那一天都没精神。"

顾明绰不动声色地把她的娇艳藏入眼底，笑道："尝尝？"

"嗯。"沈星捧着瓷杯轻啜一口，奶和咖啡融合而出的香苦滋味瞬间侵占了整个味蕾，柔腻势不可当，她不由得赞叹，"很好喝。"

出乎意料的好喝。

她本以为就是一杯中规中矩的拿铁，甚至可能难喝。

正在为自己张罗咖啡的顾明绰侧眸瞥了她一眼，眼中闪烁着细碎的光亮。他很想对她说"如果你喜欢，以后有机会都给你研磨"，就如同之前的每一次，他还是说不出口。面对她时，卑微和懦弱总能轻易地主宰他。本质上，他还是贫穷的，无论他现在看起来多强势，账户里有多少钱，最后都只能笑笑，寡淡到自己都憎恨。

顾明绰眼中的光亮不自觉地淡了几分，沈星敏感地感受到他的变化，目光在他的脸上停了停。但她没多问，也不太擅长化解这种冷滞，便垂下眸子安静地喝着咖啡，没再发出一点声音。

此刻的她不会想到，即便是这种沉寂的陪伴，只要是她给的，对于顾明绰而言都是糖与养分，尝过，便再难放手，就算前方是万劫不复，亦克制不住贪恋。

下午三点，别墅外的茂密草坪。

春光不燥，微风正好。

"下午体能特训，伽宜老师负责。"下午的录制只有许珉一个人主持，他也是一身运动服，看着年轻了好几岁，"其他四位老师也必须参与。"

死宅任冉不服，哼道："妹妹们竞演，为什么我们这些做导师的还要跟着体能特训？"

许珉眉梢轻挑，睨着他，理直气壮道："拥有健康的体魄才能陪着妹妹们走向高远，不特训的话，走几步就累得哼哼唧唧，你一个导师不觉得丢人？"

任冉被这话气笑了："敢情做了导师也没有坐缆车上高远的特权？不配在高处等着？"

许珉淡淡地说："没有，而且合同里明白写着……"

任冉打断他的话,急切地问:"合同里写什么了?"

"录制时的细节解释权归许珉和陈先和所有,我要求你跳你就得跳。"

"就你这话,你让我裸跑我也得听你的?"

两个加起来快八十岁的男人没油盐地吵闹,逗得全场哄笑。

任冉看向在镜头外爆笑的赵导演,不满地怒吼:"老赵,你坑我?我为了谁才来这里的?"

赵导演在场外回应:"裸跑的路上,我与你一路同行。"

任冉败给了老友赵导演的厚脸皮,认命地加入体能训练。不过他也没放过许珉,强拉了许珉一起。

陈伽宜一身运动装,长发束起,素颜,仍光彩照人。她自信地面对所有人,说:"运动不只是瑜伽普拉提,也不一定要在健身房或是借助各种器材,只要你想,它随时随地都可以存在,比如步行,比如俯卧撑,又比如跳舞……"

"所以伽宜老师今天要教我们跳舞吗?"队伍里有人喊。

陈伽宜看着众人,笑着摇头说:"不是,我今天想看大家跳舞,不合格的话,需要接受加强训练:平板支撑五分钟五组,跳绳一小时,分两次完成。"

妹妹们都是笑眯眯的,因为她们不仅舞跳得好,平日里运动量也大。可对于几个中青年宅男来说,就是比赚一千万还难的大挑战,他们咋咋呼呼吵成了一团。

"不行了,我要毁约。一小时,我答应,我的肥肉都不答应。"

"哈哈哈。"

"老赵,你是不是想累死我然后继承我的版权?"

"老许,快祭出你台柱子的特权,给哥几个杀出条生路。"

太逗了,妹妹们女神包袱碎了一地,爆笑不断。

陈伽宜却还是冷艳模样,说道:"安静。"

草坪上顿时安静下来。

她的目光从众人脸上掠过,最后停在顾明绰的脸上,嘴角弯出了一道细微的弧度。

"顾明绰出列。"

她的话带出了一连串窸窸窣窣的议论声。

顾明绰往前两步,走出队列。

四目相对时,陈伽宜道出了自己的想法:"想看顾老师隐藏的舞蹈技术吗?炸街的那种!"

众人的目光带着诧异,全都落到了顾明绰身上。

"哦……"

"顾老师会跳舞吗?还是炸街的那种?!"

"阿绰,走一个。"

顾明绰不满道:"为什么是我?燃哥跟我说我来负责帅就可以了。"

任冉道:"老赵还跟我说来了只用喝茶呢,这些导演和经纪人说的话能信?"

许珉这时甩出扎心一刀:"我们明空台的行为模式——先骗过来再说。"

"哈哈哈。"

"这哪是什么偶像竞技节目,'沙雕'综艺实锤了。"

"不该来的,才第一期就笑出了鱼尾纹。"

"哈哈哈,此处可以进护肤品广告。"

哄闹时,陈伽宜直直地盯着顾明绰,又说道:"跳舞是为了让你更帅。两年前,顾老师专门师从陈晨老师学习过舞蹈,大家还记得《南浔》中的那段独舞吗?"

《南浔》中,顾明绰扮演了一位性格偏执的富家少爷,没有热爱没有信仰,荒唐奢靡地过到了二十岁。冬日的傍晚,白雪铺地,他从豪车中下来。不经意望天,竟发现有人站在狭窄的天台踮着脚跳舞。距离有些远,他看不见舞者的样貌,却被那一抹红刺了眼,连带心都不规则地跳动了一下。他破天荒地管了一次闲事,寻到了天台,也终于看清了舞者的样貌——是个同他一般大的女孩儿,舞姿热烈,小脸被泪痕糊得狼狈不堪。

他怔了怔,朝她伸出手,说道:"下来。我也给你跳一支舞。"

那一日,少年脱下了精致保暖的衣物,为寻死的姑娘跳了一支舞。舞姿热烈性感,破开了他的冷清与偏执,温暖了女孩儿的视线,幸运地熬过了死志。

"记得,那角色太带劲儿了,那是我第一次看顾老师的电影。"

"而且男女主角没有成为 CP,从头到尾都是淡淡的。"

"真的无 CP,当时我以为会扑的,结果小爆了,我记得票房接近四个亿吧?"

陈伽宜的话勾起了众人对《南浔》这部戏的记忆,大家你一言我一语,渐渐热闹。

沈星没说话,因为她没有看过顾明绰的任何一部电影。就算有时候去影院时正好撞到他的电影上映,她也会挑别的影片看。当时不觉得,现在想起,她莫名有些想笑。

沈星,你是有多幼稚。

网传他讨厌你,你就绷着劲儿抗拒他?

顾明绰此刻背对着沈星,看不见她的表情,对她的想法更是一无所知。

他看着陈伽宜,笑着妥协:"谢谢大家这么喜欢《南浔》。今天有机会,氛围也好,就为大家再跳一次那支舞。"

哪知,陈伽宜还是说不行。

顾明绰和其他人都愣住了。

没有台本,谁也不知道下一秒会发生什么,全员处于未知的状态。

陈伽宜眼底涌出笑意,不怀好意地说:"跳过的没什么意思,敢不敢挑战女团舞?"

"阿绰,咱走吧,这破节目咱不录了。"

"走走走,太难为人了。"

"老赵,俺鄙视你。"

众人愣住,缓过神来后,任冉哥几个拥到顾明绰身旁,推搡着他作势要走。

莫名挨了一刀的赵导演喊冤:"这次跟我有什么关系?导师我管不了。"

任冉狠呸了一声。

见现场再次乱成一团,顾明绰却笑个不停,安慰道:"哥,没事儿。"

"什么没事儿?"

"女团舞，我很擅长。"

"哈哈哈，冉哥都蒙了。"

顾明绰的意外发言阻住了老男人们的脚步，呆呆地看着他。

导师徐天不敢置信地确认："真会？"

顾明绰笃定地点头，说："真会。"

几个老男人莫名其妙地嘀嘟起来，又一块儿把顾明绰拱回了原来的位置。

"火速安排，我们想看。"

"必须看。"

陈伽宜笑出声，说道："那有请顾老师，要跳什么，音乐老师准备。"

顾明绰稍顿，回道："Maple Leaf 的《Silent》（《沉默》）。"

沈星睨着他，蓝眸中掠过一丝莫名的神采。

慕夏在这时轻喊出声："顾老师跳《Silent》，真的假的？"

顾明绰微微转身，目光不期然撞入一抹蓝。还是那样迷人，他不由得愣怔，而后微笑道："试试就知道了，能请各位小姐姐同我一起吗？"

Maple Leaf 众人笑得乐不可支。

明娅代表团队应了下来："可以，期待顾老师版本的《Silent》。"

顾明绰弯着眉眼对着镜头说："谢谢，如果我跳得不好，请电视机前的'枫叶'轻点拍。"

"哈哈哈，顾老师好懂。"

"只管跳，我代表'枫叶'原谅你。"

许珉终于记起自己是个主持人，认真地说："那就开始，音乐老师，《Silent》请播放。顾老师，你准备跳哪个位置？"

顾明绰笑答："星星的。"只是吐露出星星两个字，他便觉得幸福。他庆幸自己来了，想在这里留下更多更美好的记忆。

许珉强忍着笑，说："那星星原地休息，和大家一起看看这位临时 ACE 的实力到底行不行。"

沈星比了个"OK"的手势。

许珉倏然正色，同在正式舞台上一般，沉声道："Maple Leaf 的特别舞台，action（开始）。"

话音还未落全，《Silent》的前奏便响了起来。

顾明绰踩着轻快有节奏的乐点最先跳起，伸手，摆腰，举手投足都妖娆动人。一开始，就把气氛掀到了最高点，沈星在一旁笑得合不拢嘴。

周围笑声不断，叫好连连。

三分半钟，一曲末了。

顾明绰和 Maple Leaf 的其他队员舞步才停，甚至没来得及喘口气，现场突然响起了《南浔》里的那首舞曲。

顾明绰愣住了。

众人很快反应过来，爆笑声、起哄声此起彼伏：

"顾老师，继续啊。"

"这节目太刺激了，从导演到音乐老师，全都不走寻常路。"

"哈哈哈，顾老师下期不想来了。"

许珉和任冉上前推顾明绰，催促道："跳，哥想重温神级舞台。"

"衣服要不要脱了？"

顾明绰冷冷地横了两人一眼，作势拍了拍身上的灰尘，一秒化身病娇南浔，顶着张全天下最冷艳的脸，跳着最热烈艳丽的舞。

尖叫声顿时连成了片。

演员的隐藏魅力通过这期节目无限发散，比胡燃和他自己预想中还要迅猛。


第四节

当晚，留宿华宵森林公园。

两位主持人自掏腰包请一众演职人员吃晚餐，地点定在了距离公园四千米外的一个农家乐。到达时，已经是夜间七点多。

碧空如洗，繁星点点，较城市多了几分难言的悠然与恬静。

当天又是工作日，用餐的人并不多。一行人占了农家乐的后院，夜景大好，也隔开了不必要的窥探和麻烦。

导师和工作人员分散地坐着，隔了四组女团。

顾明绰和任冉坐在一起，他右手边迟迟没人敢坐。

任冉不禁好笑，揶揄道："你平时是不是成日冷着脸，以至于妹妹们没人敢和你坐？好几个了，全都跟上了发条似的自动跳开你旁边的位置。"

这话一出，众人全往这边看。

顾明绰无奈的表情逗得大家直发笑。赵导演笑得尤其大声。

这时，正好沈星和李羡婷走过来，手里都端了筐粉粉嫩嫩的樱桃。进屋的时候老板娘招呼摘的，可把姑娘们乐坏了。

"星星，你去那里坐吧。顾老师现在算得上 Maple Leaf 的编外人员了吧？《Silent》跳得真不错。"赵导演冲着沈星吆喝。

沈星下意识地寻找顾明绰，他刚好抬头，两道视线在半空中相触。

猝不及防。

两人齐齐怔住，定格数秒，才记起挪开目光。

沈星敛下了微乱的心神，坦然地回了"好"，提步朝顾明绰走去。

顾明绰看着渐行渐近的她，说不出的紧张，连呼吸都要小心翼翼，心跳也渐渐失去控制。

"吃吗？"还没来得及平复情绪，沈星已经来到顾明绰身旁坐下，主动把小筐子递到他面前，轻声问道。

顾明绰的目光落到沈星的脸上，冷清中忽然糅入了一丝暖意，如冬日白雪消融。

他问道："酸吗？"

沈星摇摇头，说："不知道，你先尝尝告诉我？"

顾明绰被她的话逗笑："怕酸吗？"

"嗯。你呢？"

"我也怕。"

其实，他不怕的。连死都不怕的人，怎么可能怕酸呢？可这一刻，他想"怕"，想和她一样。

"那我们一起尝一尝？"沈星觉得这是最好的办法了，即使是酸的，也有人同她一起经受。甜的话更好，两个人，加倍的甜。

顾明绰被"我们"两个字乱了心神，顿了顿，才回过神来，答道："好。"

而后，一人拈起一颗。七分酸三分甜，离好吃差很远。

顾明绰下意识地看向沈星，她似星的蓝眸眯成了两条细缝。

对顾明绰而言，此刻世间万物都不及她可爱。

难得闲暇，风景氛围也好，在座的人大都神色含笑，兴致高昂。

大锅的焖鹅、整只烤鸡，再配上农家自酿的樱桃酒和青梅酒，对于饮食需要克制的演艺圈人士来说，说句出格都不过分。

许珉贴心地考虑到了这些，特别招呼老板烫了几碟时令的蔬菜，无油无盐，但胜在清甜，入口的感觉极好。

沈星因为演唱会在即，只敢用青菜和水果果腹。

她吃东西的样子很秀气，细嚼慢咽。明明只是些水果和蔬菜，却被她吃出了山珍海味的感觉。

顾明绰眼角的余光一直未离开沈星，看她吃得这么香，禁不住问道："没有油也没有盐，能好吃吗？"

他没笑，一本正经的模样，澄澈黑亮的眸子中亮着的全是怀疑。

沈星循声看向他，先是点头，等吞咽了口中的食物，才开口说话："好吃，你要尝尝吗？这里的蔬菜和果子都很鲜甜。"说完便注视着他。

顾明绰却没点反应，只是静静地看着她碟子里的蔬菜，那模样像极了在犹豫。

霎时间，一个荒唐的念头击中了沈星，她的神色变得莫名。

缓了缓，她放轻声音问顾明绰："你不会是挑食吧？不爱吃蔬菜？"

明明只有两个人能听到的音量，可顾明绰的脸忽然发烫，他完全没料到沈星会如此轻易就洞穿他的习惯。

沈星的目光从他的俊脸上扫过，顿时什么都知道了。她没再说什么，神色浅淡地拿起了一个干净的印花瓷碗，用公筷夹了少量的蔬菜到碗里。她觉得好吃的几种都夹了，末了，放到顾明绰面前，轻声说："尝尝，蔬菜含有大量的纤维素，可以抑制热量的吸收，对身体好的。"

顾明绰垂眸看进碗里，几种蔬菜摆得整整齐齐，心底暖成一片。默了片刻，他抬头看着沈星，说："谢谢。"而后提筷，低头慢慢吃起了那一碗蔬菜。

没放任何酱料，清甜中泛着淡淡的草酸滋味，说不上好吃，但顾明绰还是一根不剩全吃完了。

沈星看了一会儿，收回目光，吃净了自己碗中的食物。

一阵无声，直到沈星像是想到了什么，忽然开口："顾老师，你平时都怎么减重？"

顾明绰微侧过头看她，如实道："我没有专门减重。"

沈星盯着他瘦削精致的脸，接着问道："那你每天都像今晚这么吃吗？"

顾明绰耐心地回道："嗯。"

沈星说不出话来了，当下就觉得老天爷太不公平。他每天晚上这么吃都能保持这种状态，而她，水喝多了都会肿。

顾明绰眸中映出她艳丽的娇颜，嘴角勾出一道细微的弧度，问道："怎么了？"

"没什么，就是有点羡慕。"沈星也好想吃什么都不胖。那样的话她就能肆无忌惮地吃马卡龙，喝放整包糖的热拿铁……光想想，就觉得美好。

顾明绰总算是触及她的想法，嘴角的笑痕越深。他想了想，出声道，声音轻得就像情人间的呢喃："这有什么好羡慕的？我还羡慕你呢。"

"羡慕我什么？"

羡慕你拥有父母的疼爱，羡慕你活得无忧无虑，羡慕你笑里没有任何杂质。

可这些话顾明绰一句都没说，只是平淡道："除了你刚才说的所有。"

沈星心知他是在哄人，依然禁不住嘴角上扬。

两人的互动从头到尾都是淡淡的，克制有距离。可落在魏诗茵眼里，她莫名觉得顾明绰并不像传闻说的那样讨厌沈星。相反的，他待沈星耐心又绅士，情绪虽然淡淡的，但和不喜欢相距甚远。

思及此，魏诗茵的眸中泛出冷光。

酒足饭饱时，暮色已沉，有些习惯早睡的人熬不住，凑了两辆车回去了。

沈星没走。

队里的两个小可爱李羡婷和慕夏平日里就喜欢热闹，这会儿酒至微醺，想她们提早走是万万不可能的事儿。队长明娅也没过多管束，留了滴酒未沾的沈星看着她们，就同容涵先回去了。

沈星没走，顾明绰也不可能走。

对他而言，有沈星在的地方，便是幸福之所在。

人少了，剩下的人干脆聚成一桌。

桌上的残碟都给撤了，换上了几碟下酒小菜和烧烤。

许珉才拿起串鸡脆骨，就听赵导演吆喝："一直喝太没意思，搞几个助兴的小游戏怎么样？"

许珉说："没问题啊。"

其他人也跟着起哄。

赵导演沉吟片刻，说："猜酒拳，还是真心话大冒险？有其他的点子也可以提。我老了，也不知道二十代流行什么。"

说着，人转向顾明绰，问他："哎，阿绰，你平日夜场玩什么？"

顾明绰神色冷清，一字一顿地倾吐出两个字："睡觉。"

顿时，爆笑声四起。

任冉揶揄道："你这是提前进入退休生活？"

顾明绰慵懒地靠着椅背睨他，回道："早睡和吃蔬菜一样，有利于身体健康。"

任冉"嘿"了一声，随即反问："早睡？那你刚才不跟车走？"

顾明绰勾了勾唇，说："我这不是不放心你吗？等着背你回去呢。"

任冉"呸"了一声，还想喷人。

赵导演没再给机会，大声说："你跟他吵什么？过亿粉丝一人一口唾沫就能把你给淹死百八十遍。"

任冉怕了，瞬间消音。

最后，大票数通过了"真心话大冒险"的游戏。

第一轮，陈伽宜负责转酒瓶。

几圈后，瓶口指向了沈星，席间的目光尽数落在她的脸上。

许珉说："星星，你点个人提问。"

有人不赞同："自己指定提问人？刺激没了大半。"

许珉睨向那人，淡笑道："你误会了，单纯星星这样。"

"为什么？"

"颜即正义。等你长得跟星星一样好看时，我也让你指定提问人。"

众人被气乐了，笑声蔓延。

顾明绰的目光在人群中变得放肆，透出妄想。他在想：如果是我，不仅会让她指定提问人，还会替她完成所有，令她一切舒心。

沈星并没有不自在，早已习惯这样的场面，笑道："那我选伽宜姐。"

陈伽宜莞尔一笑，问道："觉得我会放水？如果是这样，我建议你换个人。我可是真心话大冒险界的超级魔王，下手特别狠的那种。"

"没事儿，我就喜欢狠的。"

笑声一片。

陈伽宜沉默数秒后，问："那真心话还是大冒险？"

沈星回答："真心话。"

陈伽宜紧接着问："星星，你想过自己大概多少岁结婚吗？"

怔了怔，沈星说："以前没想过，但如果碰到了喜欢的，随时都可以。"

此话一出，周遭哗然。

陈伽宜也十分诧异地说："看你的工作状态，我一直以为你是个事业心很重的人。"

沈星的每一次舞台，无论是团队还是个人，都是火力全开，没有留一丝余力。她身家丰厚，却不见一丝娇气，行程表满满当当，起早贪黑是日常。

沈星笑答："对我而言，事业心和爱情并不冲突。爱情没来时，我专注事业。当它来时，我两者都要。小孩子才做选择，不是吗？"

两者一样的珍贵，她会尽力找到平衡的方式。

说到这里，李羡婷和慕夏一左一右地抱住沈星，撒娇一般在她肩头蹭，不停地夸自家小星星霸气。

可陈伽宜从顶流女团中走出，她比谁都知道实现"两者都要"要付出多少努力。情绪上头时，她给众人讲了件真实的事情。

一对男女，都是三十代的顶流，他们在大热时偷偷相恋，却在爱意深沉时说了分手，败给了自己的前程和资本的压力。

"如果一定要二选一呢？"

已经不止一个问题了，但没人在意。因为讨论的事情对在座的大部分人来说都是有可能遭遇的，很容易引发共情。

有人选爱情，有人反复犹豫选了事业。轮到沈星时，她已经沉思许久，最终，她选择了爱情，理由是钱已经足够多了，事业也未必要一直做艺人，看到父母辈的甜蜜爱情后，她也期待遇见自己的一心人。

沈星实诚地表达出自己的态度后，任冉点到了从头到尾安静得跟座石雕似的顾明绰："阿绰呢？顶流的事业与爱情，你选什么？"

顾明绰凝眸看向任冉，眼睛轻眨，笃定地开口："我会选她。"

如果有一天，他能得到沈星的爱情，他可以放下所有，哪怕是他的这条命。

一切由她开始，又由她终结，对他而言就是圆满。可他有机会吗？连夜里她都不肯入梦，她又怎么可能爱上他？

他的声音低哑，隐约带出了一丝颓凉。

所有人都忽略了，唯有沈星的目光在他脸上停留了数秒，似是察觉到了什么。

第五节

游戏玩了一轮又一轮。

众人"杀"疯了，跟真心话杠上了，能说的皆和盘托出，毫无保留。

夜渐渐深沉，明早又还有录制，许珉和赵导演都觉得差不多了，合计之后建议道："最后一轮，完了回去休息。"

众人说："好。"

这次，赵导演亲自转动了啤酒瓶。他的力道很大，瓶子猛烈地转了好几圈后，速度才渐渐缓下来。最后，瓶口竟直直地指向了顾明绰。

赵导演笑声震天，问道："真心话还是大冒险？"

顾明绰眼底也漾开了笑，回答："您想我选什么我就选什么。"

赵导演还真替他选了："那就选真心话吧。"

顾明绰点头道："嗯，您想听什么真心话？"

顾明绰太过合作，好像真心话对他而言没有一丝难度。

赵导演忽然觉得没意思，改口道："那还是大冒险吧，一晚上的真心话了，听得耳朵都疼了。"

顾明绰哑然失笑，却还是点头应下了。

赵导演想了想，朗声道："也不难为你了，就给大家来个节目，当给我们第一天的录制收尾。"

顾明绰仍然没有推辞，思量片刻后，说："给大家跳支舞吧。"

说话间，他站起身来，猝不及防地朝沈星伸出了手。

月华如水，他俊逸得不似真人，低哑温柔的声音从喉间溢出："星星，能和我一起跳一支华尔兹吗？《It's only the fairytale》（《这只是童话》）。"

这个歌名沈星再熟悉不过了，她的手机歌单不停更换，而这首歌始终存在，反反复复地听，从未厌烦，她也曾在杂志采访中提及这首歌是她最喜欢的单曲之一。可她从未想过会从顾明绰嘴里听到这个歌名，甚至当众邀她跳华尔兹，不由得愣怔出神。

其他人也都是错愕惊诧。

顾明绰还是一派沉静，叫人看不出任何端倪。

"可以吗？"他再次温声地询问。

沈星回过神来，没有犹疑地将手放入顾明绰的掌心，说道："可以，我很喜欢《It's only the fairytale》。"

柔腻入掌心，灼得顾明绰的心都在颤抖。他眸色微黯，拢起手指，将她的手包入手心。牵起她时，他对音乐老师说："能帮我放这首歌吗？"

音乐老师回道："可以。"十数秒过后，他用手机外放了歌曲。

带着淡淡忧伤的音乐响起时，掌声、起哄声此起彼伏。

顾明绰手掌空握成拳触到沈星的腰，绅士到令人心动。

沈星不由得朝他弯了弯唇，跟随着他的脚步翩翩起舞。夜风突然拂过，卷起了几片落叶在他们身边沉浮打转儿。明明场地不对，音响也简陋，两个人还穿着松松垮垮的运动服，却梦幻浪漫得不像话。

"我宣布我酸了。"

"顾老师和星星相拥跳舞，算不算'活久见'系列？"

"我总算是知道大家为什么都喜欢嗑糖了，太香了。"

"冉哥，笔给你，偶像剧安排起。"

"回酒店就安排。"

"哈哈哈，那倒也不必？"

……

优雅冷清和明艳甜蜜糅合在一起太过迷人，掀起哗然。沈星恍若未闻，目光若有似无地勾勒着顾明绰的容颜，一寸一寸，精致得宛若刻刀雕琢而出。饶是她见过了许多帅气的男人，也记不起谁能比顾明绰亮眼。

"在看什么？"感受到了沈星的目光，顾明绰勾起嘴角，轻声问道。

沈星怔了怔，如实道："突然发现你真的很帅。"

心上人的夸赞，哪怕只是就事论事，不含半点男女情愫，顾明绰都欣喜万分，愉悦地低笑出声："这是我以前不帅的意思？"

"也不是，以前没太关注。"

不知道从什么时候开始，沈星总是避着顾明绰走，更不会去关注他，想来是因为外界的那些传言，她虽不信，可骄傲不允许她再靠近他。一刀切，避开了一切可能出现的不适和麻烦。这次因为工作不得已见面，她莫名觉得顾明绰并不像外界传的那样讨厌她，而是温柔又绅士。两人甚至有许多的共同点，比如喝拿铁只放五分之一包的糖；比如都不喜酸；又比如都喜欢《It's only the fairytale》……

"嗯。"顾明绰轻应了声。

此后，两人都没再说话，直至一曲终了。

回到住处，沈星先去洗漱了。

洗漱完出来时，李羡婷和慕夏还没收拾好，沈星没急着睡，从包里抽出了自己的 iPad，准备找些有趣的综艺节目来看。

沈星点开播放器，搜索，回过神才发现自己在搜索栏中输入了"顾明绰"三个字。

沈星不禁问自己：沈星，你在干什么？

但是没有答案，最后她只能以"可能是这个名字今天出现过太多次让自己起了惯性"这样的理由说服了自己，然后冷肃着小脸点下了全网搜键。

霎时间，顾明绰这些年出演过的电影尽数显露于她的视线之中。她看到了《南浔》，想起了下午顾明绰跳的那支舞。

第二天，全员早起。

顾明绰应节目组要求进行演技教学。他将四组队员打散，抽签重分组。

有人问为什么要这样做，顾明绰耐心地解释："熟悉的人熟悉的氛围，喜怒哀乐都会定式化。这时候表现出的状态，是本色演出，不叫演技。希望特训过后，大家对舞台表现力有新的认识。"

态度专业，实力超群，说出的话自然让人信服。

顾明绰离开后，四个小组开始钻研他留下的作业——三分钟小短剧《俗世》，演绎喜怒哀乐中任何一种情绪。剧本全部由任冉亲自撰写，团队定稿。

沈星不巧和魏诗茵分到了一组，为了避免不必要的麻烦，沈星主动来到了魏诗茵面前，直言道："这是工作，希望你不要把情绪带到工作中来。"

魏诗茵睨着她，眼睫颤动，冷嗤道："不用你教我做事，你保证自己演技不会拖后腿就行了。"

沈星停顿片刻，说道："尽量。"

演技真的不是沈星的优势项，这也是为什么邀约不少她也没接过一部电影或是电视剧。

说完，沈星径自走开，从头到尾她都是冷清笃定的模样。

魏诗茵盯着沈星的背影，一股气堵在心口，憋闷得慌。

第一期录制结束前，四队初排。

顾明绰出现在了练舞室挨个指导，冷淡却耐心，迅速赢得许多好感。

轮到沈星时，她的神色略有些不自然，感觉就像把自己的短板毫无遮掩地摊开在死对头眼前。好在顾明绰并未察觉，像对其他人一样的耐心。

"笑得有些僵。想象一下，你在海岛度假时，突然捡到了一个发财系统，从此往后，无论你做什么，都能一本万利。"顾明绰的声音低沉而温柔，可他的话沈星不是太懂。

她轻声重复："什么是发财系统？"

顾明绰试着解释："你可以理解为金手指，开挂也行，可以让你暴富的那种。"

"我没法想象。"她这种务实主义者，根本没有幻想发财的能力。

顾老师教学失败，沉默片刻，换了种方法，说道："那你想象一下接收了我所有的房子。"

沈星眨眨眼，神色莫名。

顾明绰问："怎么……"结果"了"字还没说出口，他就意会过来——地产大鳄的千金，自然是不会对房子产生什么特别的情绪。

"哈哈哈。"沈星忽然爆笑，声音失控，引来了诸多目光。

节目组在外看着传来的照片，私下闲聊。

许珉说："阿绰和星星这种状态怎么看都不像不和啊？"

任冉瞥了他一眼，不以为意道："营销号的话能信吗？他们能拿着一张图编出十万字的故事，情节跌宕起伏，起承转合一个环节不差。"

陈伽宜感慨："看着这俩就忍不住露出姨母笑，赵导演可以拍一档恋爱综艺，铁定爆。"

赵导演盯着屏幕"嗯"了一声，对陈伽宜的"戏言"表示了赞同。

顾明绰和沈星，双顶流，化学反应又强烈，聚在一起绝对炸街。

恋爱综艺第一顺位预定。

而在今天之前，没人敢想。


一周后，节目正式播出。

顶流之间的战争、重磅的导师团，放送不到十分钟，四组女团悉数登上热搜。再加上几个单人热搜，轮番轰炸，流量超标。

当顾明绰和 Maple Leaf 合作演绎《Silent》的名场面播放后，顾明绰突然空降热搜第一。没多久，话题加沸，评论量暴增。

【除了牛，我不知道说什么了，楼下来。】

【论跳舞，我只服顾明绰。】

【哈哈哈，哥哥站在 Maple Leaf 的小姐姐们中间竟然毫无违和感。】

【你一票我一票，送哥哥女团 C 位出道。】

【以为粉上了个电影演员，结果却粉上了一个灵魂舞者。】

【我们哥哥，一个被电影事业耽误了的舞台王者。】

【实力 slay（秒杀）全场！！】

……

多少年了，"星影"早已习惯专注顾明绰。以他今时今日的实绩和影视界地位，犯不着拉踩捆绑任何人，但这股足以排山倒海的流量，觊觎眼红的人太多。话题加沸没多时，就有营销号挖出顾明绰和沈星不和的旧事说。来来回回只有那么几张照片，但男女主人公都是自带流量的人儿，每每带出场，相关营销号必定能获得超高的流量。

一个金 V，也就几条微博的事儿。这次也没什么不同，一则顾明绰与沈星不和的推文出后，营销号自发联动，迅猛地将 # 顾明绰沈星 # 推上热搜，热度堪称核爆。

话题内部似修罗场，女生原罪，尖酸刻薄。有一条赞顾明绰是鉴"白莲"达人的评论在几条推文的评论区挂顶，点赞数过万。

顾明绰看完节目，习惯性地登上微博看了眼。

恶评太过显眼，他不禁蹙眉，顿时失去了继续翻看的兴致。他理智还没回笼，就已经拨通了胡燃的电话。

第六节

嘟嘟响了几下，电话接通，胡燃的声音略显低哑："喂，怎么还没睡？"胡燃好像在应酬，周围说笑声没断。

顾明绰冷冷道："还没，刚看完综艺。"

提及综艺，胡燃忽然低笑出声，说："知道吗？你又把微博给引爆了。"

胡燃对顾明绰的热度和本事是清楚的，只是没料到第一期话题就爆了。这会儿他正在跟人谈项目，加持不少。

顾明绰轻轻"嗯"了声："看到了，哥，你帮我做件事儿。"

胡燃闻言怔了怔，而后道："你说。"

"通过工作室回应下我和沈星的不和传闻。"

胡燃清楚原因，但他没有说破，只是说道："这么多年了，这样的捆绑如果对沈星不利，创美早就出面了。"

创美之所以保持沉默，是因为这样的捆绑对沈星和 Maple Leaf 都有益处。顶级女团的战争杀得昏天暗地，多少人都盯着 Maple Leaf 占据的那块蛋糕，一步都不能退。

同影视界新生代的扛旗人捆绑，沈星的人气直接挂顶。只要顾明绰不翻车，和他捆在一起的沈星就不会翻车，反之亦然。

几年下来，顾明绰和沈星看似不和，实则在互相提供养分，快速成长。这也是为什么创美财大气粗，却对不和传闻始终睁一只眼闭一只眼的原因。这时候解绑，无论对节目，还是两人的未来来说，都没有益处。

沉默半晌，顾明绰仍然坚持道："澄清吧，我会用另外的方式让我们两个人的名字联系在一起。"总之，他无法看到人骂她黑她后无动于衷，他总得做点什么。

"另外的方式？"胡燃重复顾明绰的话，话音中透出几丝兴味，"想通了？"

顾明绰受了沈星的帮助，踏进娱乐圈多半也是因为她的事儿，胡燃是知晓的，但顾明绰太过隐忍，他只愿远远地看着，胡燃这个做经纪人的也无法强逼着他往前。再加上顾明绰和沈星之间家世上的差距，结果会怎么样，真的谁也不知道。

一步也不敢妄行。

电话那头的顾明绰似乎被问到了，陷入无边沉默。

好半晌后，他才艰涩地开口："想通什么？我只是想用更友好的方式同她相处。"

胡燃感受到了顾明绰的低落，安抚道："阿绰，当年你找到我的时候，我就知道你能闯出一番大事业，不然我不会再带艺人。你一定要相信自己，总有一天，顾明绰三个字会变得硬核有分量，无论在哪个行业都是。"

顾明绰低笑两声，眼底漾起细碎的温暖。

他真的给自己找了一个很棒的经纪人。每回情绪低落时，燃哥总能把他从负面情绪中拉出来，让他相信未来是有希望的。

"知道了，燃哥，别熬太晚，别喝太多酒。"

"睡去吧，澄清的事儿交给我。"

"嗯，挂了。"

说完，双双挂了电话。

胡燃将手机搁到餐桌上后，成田影院的张总笑着睨他，问道："阿绰？"

胡燃点头，拿起酒杯跟张总碰了碰，眼神因为回忆变得悠远柔和，叹了口气，说道："挺不容易的一孩子。当年他找到我时，只有十八岁，穿着一身廉价的旧衣服，眼神倔得跟头孤狼，而且很聪明，知道带着作品来找我。"

那时候，胡燃已经因为身体原因淡出娱乐圈两年了，也没有再回去的打算。可顾明绰站到他面前时，他动摇了。

那时候他才知道，自己仍然有野心。他想走向制高点，他想亲手打造出一个传奇，以后提及经纪人，业内首先会想起他胡燃，而不是像现在这样，平凡隐没在众生之中。

"我当时就问他能给我什么？他回说，'现在的我什么都给不了你，但未来，我有的，一半都给你'。"

当时胡燃就顶不住了，不是为钱，而是少年带着股特别的劲儿。

这些过往，包间里的大佬们都是第一次听到，觉得特别新鲜。

胡燃话音还未落全，申安创投的肖总就笑着揶揄道："你就这么出山了？不像你的个性啊！"

胡燃循声睨他，说道："换你也顶不住。现在看，我这次，值了。"

肖总笑着说："那可不，家里藏着一印钞机，我们这些老的，未来都指着他呢。"

一听这话，胡燃连忙讨饶："肖哥，您是我亲哥。还有各位大佬，我和孩子以后就仰仗大家了。"

众人皆笑，不管是真心还是应酬，明面上总归是和谐熟络的。顾明绰有实力有流量，他们有资源有钱，糅合在一起，注定双赢，聪明人都不会放过这样的机会。

"敬未来！"

"合作愉快。"

觥筹交错间，越来越多的资本大佬加入顾明绰的阵营，陪他绘制一幅新的商业版图。

同时，顾明绰的要求也被胡燃传达下去。

很快，顾明绰工作室便挂了澄清出去。

顾明绰工作室：【Boss说他不认强加给他的不和，请大家多多关注《云上之战》，见证小姐姐们的成长。】

工作室的微博一出，各方缓缓打出了一串问号。

粉丝们也被"吓"得不轻，评论区板砖和糖果狂飞。

【咦，顾明绰的工作室竟然有人？】

【顾明绰到今天还活着，纯血厚。微笑脸.jpg】

【既然活着，活动图和行程搞起来。你哥是顶流，望你知晓。】

【顾明绰请不起造型师吗？去哪里都是素颜一身黑衣？】

【有一说一，这段的曝光还是不错的。】

【好的综艺搞搞没问题。】

【该骂骂，该表扬表扬，保持这个节奏。】

……

网上闹得不可开交。

这些消息很快就被工作人员传到了胡亚均的耳朵里。

他勾了勾唇，翻了胡燃的微信号发过去一条信息。

【怎么想到澄清这事儿了？】几年过去了，胡亚均以为已经和胡燃达成了一致，虽然两人并未就此事碰过面。

两三分钟后，胡亚均收到了回信：【阿绰的意思，他似乎有新的想法。】

胡亚均追问：【什么想法？】

胡燃赶时髦地发了个微笑脸，随后又道：【他不告诉我，孩子大了，有秘密了。】他却在腹诽：这秘密要是泄出去，微博必定被冲到宕机，所以还是谨慎些好。

胡亚均没再多问。

绑定已经深入人心，想解开，也不是一朝一夕的事儿，而且胡燃和顾明绰怎么看怎么像友军，无须太过盯防。


是夜，沈星在家。

习惯使然，偌大的落地窗被窗帘遮得严丝合缝。室内整体是灰蓝色调，原木色的地板上铺着柔白色的地毯。纯白的墙面配上蓝色的装饰画和灰白的沙发抱枕，色彩层次感十足。

推开落地窗出去，是一个天台小院。

天台上有一张木桌和几张蓝色藤椅，桌面有桌灯一盏和水培植物两三盆，角落里的一个木质秋千架正随着夜风上下摆荡。

这里沈星在家时最爱待的地方。

只吃露水的夏夏小仙女：【顾老师竟然澄清了呢！@坐拥万千星辰仙女星】

慕夏@沈星时，沈星正窝在沙发里补顾明绰的电影。听到声响，她下意识地拿起手机瞄了眼。

群里吵个不停。

草莓和蓝莓骨灰级爱好者仙女婷：【我说过什么来着？越沉默就越有故事！就我们顾老师这表现，绝对是暗恋我们星星。】

美到无人能敌仙女涵：【他真的跟传说中有点不一样，看着冷清，但人挺好的。】

仙女团团长明娅：【世界未解之谜又少了一件。】

李羡婷说：【就这事儿你们不觉得奇怪吗？】

另一人问道：【奇怪什么？】

【全网都在传顾明绰讨厌星星，但他的粉丝团很少攻击她，难道我次次都看

漏了？】

群里顿时陷入静默。

因为李羡婷的话半点不假，但这就是个悖论。如果放在其他男明星身上，有人跟她们哥哥捆绑，严重的能被追着骂好几年，逼到退圈都有可能。

好半晌，终于有人说话。

【可能我们星星太完美了，她们开不了口？】

【也有可能演员和"爱豆"还是有差别的。一座最佳男主演的奖杯，就够他吹一辈子了，真没必要下凡跟人撕。】

【顾老师牛，我要粉他！！】

沈星没立刻回复，登到微博。

点进带着他和她名字的词条之中，一眼便扫到了顾明绰工作室的回应。她散漫地翻了翻底下的评论，发现真的和夏夏她们说的那样，顾明绰的粉丝对她没有很热络，却也没见任何辱骂攻击。

沈星虽不太上微博，也不怎么关注粉丝的事儿，但也知道这种状态是比较完满的了。

【星星？人呢？】

【睡了吧？十点睡觉的队伍。】

【哈哈哈，老干部作息。】

沈星转回到微信时，姐妹们都在召唤她。

她弯了弯唇，为这场讨论做总结：【刚去看了，但我觉得这是他应该做的。】

顿了顿，她又补充道：【是吧？】状似询问，实则饱含了小情绪。

如果不是顾明绰，根本不会有这些传闻。她刚点开照片看过，他的神色冷清，当真是像对她有意见。

回应沈星的是一连串的"哈哈哈"，还有无条件的附和。

【没错，千错万错都是顾明绰的错。】

【下次见面，要求顾老师请吃饭赔罪。】

【还得送一次演技特训。】

【啊，他怎么那么会演？我哭，全靠眼药水！】

吵吵嚷嚷间，夜已深，连月亮都藏进了云层里。


第七节

两人的热度持续发酵，#顾明绰 沈星#这个词条在热搜榜单从深夜挂到天明，第二天晚间都还在榜单中间位置徘徊，流量强且绵长，惹人艳羡。

两边的经纪人和代言商高兴了，但不高兴的人也不少。

鹭城会所，走廊深处的隐蔽包间。薄烟缠着麻将声弥漫开来，撞击到墙面，带出了几丝颓废奢靡。

傅海屿的领带已经被扯下，被随意扔在一边，衬衣的纽扣开到了第三颗，露出白皙细腻的颈部肌肤和一截纤细的锁骨。

他手中的烟燃到一半，烟头星火明灭，面前搁着一部手机，屏幕还亮着，显然是才看过。

"不舒坦就撤掉，几个钱的事儿。"见傅海屿颓闷了一晚上，好兄弟陈卿看不下去了，凑过来劝道。

傅海屿仍旧低眉垂眼不吱声。

陈卿也不介意，兀自说着："你就是太在意沈星，她在娱乐圈那么红，和人绑定上几次热搜真不是什么大事儿。"

说到热搜，傅海屿烦躁地摁灭手中的烟，看向陈卿，说道："不是热搜的事儿。"

陈卿不明所以地问："那是什么？"

傅海屿约莫是被这热搜烦狠了，对好友明说后，几近一字一顿："因为某人别有用心。"

"某人？顾明绰？"闹得这么大，陈卿一个不怎么关注娱乐圈的人都知晓了，可仍然不懂傅海屿怎么想的，"他一个没后台没家底的戏子，就算对星星存了心思，又能怎么样？星星能看上他？沈家人能同意？"

有些资本的都瞧不起在娱乐圈混的，无论他们看起来多么光鲜亮丽。

陈卿是其中之一，所以他不懂傅海屿的心思。

傅海屿的神色没有因为陈卿的话缓和半分，冷声说："阿卿，你还记得高三那年我在学校门外见到的那个混混吗？那个人就是顾明绰，当时他是来找星星的。后来我向闵特助打听过，那时候星星找沈叔要了一张一百万的支票，我想就是给顾明绰的。"

沈星看着像个软萌精致的洋娃娃，其实性子淡得很，她从不会主动做什么，可她为顾明绰破了例，一出手就是一百万。那时候她甚至都不认识顾明绰。

这不是个好兆头。

陈卿想了想，对这事儿没有任何印象，只能劝道："就算那一百万是给顾明绰的又怎么样？这都多少年过去了，你认为星星还记得起他吗？如果记得的话，这些年为什么跟他形同陌路？"

他伸手揽住了傅海屿的肩膀，继续说道："海屿，听哥们儿一句，放宽心，不然还没追着星星，你就已经疯了。顾明绰，再奋斗个一百年，也比不上你。"

傅海屿没再说什么，心里的不安和烦躁仍在。

天再次亮起时，顾明绰前往城西的荔风农庄拍杂志《时尚》的封面。

两组造型过后，中场休息。顾明绰站在古朴清幽的门厅中和摄影师徐天闲聊，两人之前本就相识，后又在《云上之战》中做导师，日渐熟悉。

再次合作，氛围大好。

"有没有想过尝试中山装，肯定惊艳，今天的景也合适。"聊到接下来的拍摄，徐天忽然提议道。

顾明绰也不排斥，只问道："这火急火燎的，上哪儿找合适的中山装？"

"这你就别管了，只说肯不肯拍。"

顾明绰睇着徐天，说："我怎么觉得哥你是有备而来呢？"

徐天大笑几声后说："职业病，你体谅一下。你休息会儿，我找雪姐聊聊。"

雪姐叫徐雪映，杂志方的负责人。

"嗯，你忙你的。"

徐天拍了拍顾明绰的肩膀，随即离开。

顾明绰正准备找助理肖伟，有个工作人员停在他面前。

是个瘦瘦高高的小年轻，一脸微笑，明亮有礼地说："绰哥，荔风庄园的主人黎先生过来了，想跟您打个招呼。雪姐让我来问问您的意思，不过去也没关系。"

说着，小年轻侧身指向徐雪映和徐天的方向，确实多了两张生面孔。

顾明绰没有多想，说道："那我跟你过去一趟。"打个招呼而已，也不是什么大事儿。

没一会儿，顾明绰和工作人员来到了徐雪映等人跟前。

"雪姐。"顾明绰轻松随意地打了声招呼。

徐雪映睨着他，眼底有笑，介绍道："阿绰，这位是借荔风庄园给我们拍摄的黎诚简先生，这位是他的朋友陈先生。"

顾明绰伸出手，挨个打招呼："黎先生，陈先生。"

简单寒暄过后，黎诚简提出私下聊聊，顾明绰点头应下。

他们来到僻静处。

一排长长的木栅栏旁，前方是苍茫农场，宽阔得似乎没有边际。

黎诚简燃了一支烟，递给顾明绰。

顾明绰轻声推拒："谢谢，我不抽烟。黎先生，想聊些什么？"

黎诚简把烟凑到唇边，抽了一口。吐烟时，他才回顾明绰，态度也不如之前友善，甚至还透着些居高临下的倨傲。

"确切地说，是他找你。"说着，他指了指陈卿。

顾明绰看向陈卿，眸色已经淡了几分。至此，他已经清楚地意识到两人来者不善，而他并不知道缘由，也实难喜欢。

顾明绰没再说话，只是定定地注视着陈卿，目光毫不回避。

陈卿没等来他露怯，只能开口："我听说你喜欢沈星？"

问题极为直接，却惹得顾明绰低头轻笑。

顾明绰再抬头时，问道："我喜欢不喜欢和陈先生你有关系吗？"

陈卿勾了勾唇，而后侧过身面对围栏，双手随意地搭在上面。

他像是没听到顾明绰的话，兀自说着："如果真的是，我劝你趁着一切还没开始收了这个心思，沈星不是你这样的人能够触及的。她身边的男人，随便拉出一个都是拥有海岛和庄园的贵公子，可以予她显赫又无尽的财富，你能给她什么？"

陈卿的话音轻缓，却直白到伤人。

从头到尾，顾明绰都知道自己和沈星的差距。正因为知道，他始终牢牢地守着自己的心，不准自己太靠近沈星。可无论是傅海屿，还是眼前的陈卿，还是一次次地提醒他，想要他泯灭心中唯一的光。

可他怎么能呢？没了那束光，他的世界会重回污黑。他可能会再度迷失在里面，不知前路在哪儿。

顾明绰反驳的话就这么被愤意与惶然逼出："我能给她什么同样跟你没有任何关系，沈星的心意也不是你能决定的。"

之后，顾明绰像是想到了什么，顿了几秒，轻慢地勾唇："傅海屿已经怂得不敢现身了吗？劝退情敌都要借朋友之手？"

陈卿被这一记反杀激出了火气，神色轻蔑，再懒得伪装。

"和傅海屿做情敌？你拿什么跟他做情敌？"

"我就算你一年到头不停地拍，你能拍几部？再加上广告和各种活动，顶破天一个亿。你需要不停拍几百年才有可能追上傅海屿，这里面还没算这几百年里傅海屿的财富增值。

"几百年，顾明绰。

"你活得到那天吗？"

对话至此，顾明绰觉得没意思极了。

钱已经腐化了他们的骨髓和思想，凡事唯金钱论。眼下的状况，他叫不醒他们，也不想被他们侵扰，各走各路，才是正道。

思及此，顾明绰转身，阔步离开，连"再见"都没有说，完全不在乎撕破脸。

陈卿"少爷脾气"上头，冲着顾明绰的背影冷声道："出了这里，你会知道往后赚一个亿都困难。何必呢？"

可顾明绰再未回头，背影瘦削，却透着任谁也无法折损的力量。

"他……"陈卿面子挂不住，又不能逮着顾明绰削，只能转过身找黎诚简抱怨。

结果黎诚简的神思都不知道飞到哪个犄角旮旯了，眼神飘忽得很。

陈卿顿时更来气了，大声说道："黎诚简，你在想什么呢？老子在这儿给兄弟杀情敌，你就发呆？"

到最后，陈卿气极反笑，伸长腿狠狠踢向黎诚简。

黎诚简退开，把烟捻灭才出声，神色莫名地问："你有没有觉得顾明绰像一个人？"

陈卿没把他的问题往心里去，随口一问："像谁？"

黎诚简眄着陈卿，轻声说："纪家那位。"

以前黎诚简不太关注娱乐圈的事儿，也没见过顾明绰本人，在热搜上多是看个热闹就出来了。这次近距离接触顾明绰，他忽然觉得顾明绰的样貌同纪家纪平西有六七分相似，尤其是那双幽黑冷清的眼睛，简直如出一辙。

"哪儿像了？"陈卿听着，下意识地冷嗤，"顾明绰，就一没有爹的野种。就算纪家的几个大佬在外面有人，也不会去那永远见不得光的永寒里。

"你眼睛是不是不灵光了？不灵光了哥们儿出钱给你换一双。"

"滚。"经陈卿这么一说，黎诚简也觉得自己的想法过于荒谬。

顾明绰回到徐天身旁。

徐天一脸关切地问："认识？"

顾明绰老神在在地说："不认识。"

徐天被他气笑了："不认识人家拉着你单独聊？"

顾明绰不愿再提及刚才的事儿，故意打趣道："可能我帅？"

"滚蛋！"徐天低笑骂道，这茬就此揭过，"过去看看我专门给你准备的中山装。"

话音还没落全，徐天便迫不及待地揽着顾明绰的肩膀往造型师那儿带。

顾明绰跟上他的脚步，疑惑地问："专门？"

"别怀疑，就是专门！

"信我，这组照片拍了绝对能火出圈。"

"我不一直搁圈外站着吗？"

"阿绰，哥以前怎么没发现你这么臭屁呢？"

# 第三章 ▼

## 以热拿铁为名

热拿铁 CP：【两人都爱热拿铁，只放五分之一包的糖，这是春天里的第一粒砂糖。】

第一节

清晨，太阳还在云端踟蹰，沈星便已出门。

她手里除了手袋，还握着一个大红苹果，这是出门前阿姨硬塞给她的，说是每天早上吃个苹果，一天都会平平安安。而这事儿，阿姨已经不间断地做了近十年了。

沈星已经习惯，甚至依赖，四处飞时也会自己买些苹果，每天早上吃一个。

她出来时，车门已经半开，小叶在里座冲她挥手。

"早，小叶子。"

"早，星星。"

沈星上车，坐定，对司机陈哥道了声早安，而后说："先去趟公司，均哥给我发信息，说有事情找我。"

司机颔首道："好的，沈小姐。"随后发动了车，朝着创美传媒而去。

沈家离创美传媒不到十千米，避开了上班高峰期，半个多小时就到了。

沈星径自来到了胡亚均的办公室外，抬手屈指敲了敲门。

"进来。"屋内传出胡亚均的声音，沈星推门进入。

"均哥，早安。"

"早，坐！"

沈星走近，坐到他对面的位置上，问道："是有什么急事吗？"

也不怪沈星这么想，今早十点，她必须出现在华宵森林公园录制新一期的《云上之战》，均哥却在这个节骨眼让她务必回公司一趟，以往都是怎么方便舒坦怎么来。

胡亚均说："也不是什么急事儿。"

说着，他稍稍俯身，拉开了办公室最上层的抽屉，从里面拿出了两个精致的信封。

信封送到沈星面前时，她瞥了眼，问道："演唱会的门票？"

她不久前才拿了几张给了妈妈，让妈妈请家人和朋友来看。

胡亚均点头。

沈星有些好奇地问："给谁的？"

距离演唱会只有不到十天的时间了，均哥手中竟然还有 VIP 位置的门票。

胡亚均眉眼带笑地说："这就是我让你专门跑一趟的原因。"

见沈星不明所以，胡亚均也没多遮掩，直接说道："给顾明绰和他的经纪人胡燃的。"

"知道了。"沈星伸手接过，"均哥和他们有交情？"

演唱会的 VIP 位置只有少量对外发售，其余的不是送给代言商高层，就是同创美传媒有业务往来的资方。VIP 位置从来都是稀罕物，均哥却留了两张给两个不相干的人。除了那莫须有的传闻，无论是 Maple Leaf 还是均哥，都和顾明绰方面没什么干系，也很少联系。

"没什么交情。"没了信封，胡亚均手中空落，下意识地十指交扣平放在桌面上，一派温雅，"但未来很难说。"

"好吧。"沈星没再多问，"交给顾明绰就可以了是吗？需要带话吗？"

"没了。"

"那我先走了，上午十点要到拍摄地，怕堵车。"

"去吧。大好的机会，多和顾明绰学学表演技巧，以后用得着。"

"嗯，走了。"


昨夜睡得极好，上了车沈星毫无睡意。

和小叶子聊了一阵后，她拿出手机分享了实时位置到小仙女的群组里，后面跟了条信息——

【路况还行，半个小时能到，over。】

没等回应，她转到微博，习惯性地点开了热搜界面。熟悉的名字闯入视线时，她的心，莫名漏跳了半拍。

# 顾明绰中山装 #

沈星睨着加沸的话题愣怔了片刻，纤指微动，点了进去，看到话题置顶了摄影师徐天的微博。

摄影师徐天：【他是我见过的穿中山装最好看的男人。@ 顾明绰】

微博里就一张图，顾明绰一身黑色中山装，纽扣扣到最上面一颗，儒雅禁欲，万般迷人。饶是沈星见惯了绝美的人和物件，目光也在图片上停留了许久。

沈星回过神后，目光掠过评论区，热闹非凡。

【除了高级，我已经想不出什么词来夸了。】

【顾明绰太帅几个字我说累了。】

【哥哥最近这曝光，我太可了，请务必继续保持。】

【@ 顾明绰工作室 @ 胡燃 民国戏接一批。】

【这位哥的可塑性我真的服了，穿什么像什么。】

【我等一个"古偶"，风姿绰约武功盖世顾少侠。】

【哈哈哈，综艺都来了，古偶理论上还是存在希望的？】

……

看着古偶那条评论，沈星的脑海中不自觉地浮现出顾明绰身着黑色锦袍，清冷倨傲的模样。别说，他还真挺适合古偶。

入神时，沈星的嘴角弯出了一丝弧度，虽然很细微，却还是被身旁的叶欣捕捉到。她眼巴巴地凑近，想瞧瞧沈星在看什么，问道："你看什么呢？一脸姨母笑。"

沈星眉心一跳，下意识地用手掩盖住屏幕。

"没看什么。"她悄悄地挪手锁了手机屏幕。

叶欣本来只是随口一问，看她的反应，深觉不对劲，问道："没看什么你那么紧张作甚？"

沈星小脸微烫，辩驳道："没紧张。"

叶欣睨着她，细细打量，点了点头，说道："你紧张了，还是上课看'课外书'被老师逮到的那种紧张。"

沈星仍一口咬定："我没有，哪有什么课外书？"

课外书？

叶欣突然"扑哧"笑出声，注意力意外被牵走，开始给沈星科普。

"课外书就是言情书，当然也有可能是耽美……"叶欣说得极为专业，一看就知道没少看，但太过专业也有副作用——沈星越听越蒙。

可沈星没再问，故作明白地频频点头，一心只想叶欣跳过方才那茬。

此刻她不知道，不久后全世界都知道了她在浏览顾明绰相关微博——

手滑的锅。

沈星手滑点赞后不过几秒，有粉丝通过超级星饭团发现了她的行踪。

超话里开始有零星的帖子。

初时，帖子画风大都是：

【缓缓地打出一个？】

【姐宝这是手滑了？】

【小姐姐 8G 网速在线吃瓜。】

【我赌一包辣条，小姐姐三十秒内一定会撤销。】

流量实在太强，不到五分钟，已经有金 V 营销号带着沈星的点赞图发布文章了。其中一位叫"白富美揭秘"的，粉丝多达两百万。

白富美揭秘：【前有顾明绰主动澄清不合传闻，今有神颜小公主公开点赞顾明绰相关微博，我能说我隐隐闻到了爱情的味道了吗？退一步，合作也行。】

豪门和娱乐圈向来自带热度，更遑论这次的两位主人公还是线上最热的顶级流量。瞬间，大量评论涌入，路人当糖来嗑，事业粉呼吁专注作品。

各自的激进"毒唯"，直接把营销号喷成了筛子。

不到一刻钟，话题 # 沈星点赞 # 已经出现在热搜前五。

经纪人胡亚均知晓时，位置再次大幅度上升，同 # 顾明绰中山装 # 一上一下，热度爆灯。

胡亚均看完气笑了，当即致电沈星。

没一会儿，电话接通，沈星裹挟着疑惑的声音传来："均哥，怎么了？"

胡亚均声音含笑："就是问问你，打算怎么处理热搜？"

沈星愣了愣，问道："什么热搜？"

胡亚均引导她："让小叶登微博看看。"

沈星照着他说的做。

叶欣看过后愣住了，也明白了沈星原来刚才在看帅哥，还给点了赞。

她一脸莫名地把自己的手机递到了沈星面前。

沈星垂眸扫了眼，忙不迭解释："我没点赞。"

胡亚均忍着笑，说："我知道，但现在热搜已经挂上去了，加沸是迟早的事儿。"

沈星在心里狠骂了自己一通，同时细思，取消点赞已经错过了最佳时机，这时候再取消只会引发更多的揣测。但不取消……顾明绰不就知道了她在关注他的动向？只是想一想就觉得难为情！

啊……

她怎么那么倒霉？

情绪浮动时，她忍不住瞪了身旁"幸灾乐祸"的叶欣一眼。

叶欣满脸无辜。

察觉到电话那头的沉寂，胡亚均不禁勾了勾唇，安慰道："其实没什么，特别是在顾明绰主动澄清不合传闻之后。"

再加之两人这段时间还在一起录制综艺，点赞对方热搜，真不是什么了不起的大事儿。

沈星这才从情绪中抽身，轻轻"嗯"了一声。

也只能这么想了。

结果完全如胡亚均所想，沈星点赞顾明绰的话题很快热沸。

但因合情合理，除了部分激进粉丝，舆情从头到尾一直在可控的范围。唯有一点超出了胡亚均的想象，那就是两个人因为这次有了 CP 粉，话题上榜不到两个小时，CP 粉已经在微博、贴吧等几个平台设置了专门的账号。

名曰：热拿铁 CP。

因为两人都曾在杂志专访中提及自己最爱喝的饮品是热拿铁。

账户开通后初次营业——

热拿铁 CP：【两人都爱热拿铁，只放五分之一包的糖，这是春天里的第一粒砂糖。】

是凑巧，还是命中注定？众说纷纭，却像一根根红线，牢牢地绑着红线两端的他与她。

闹得太大，Maple Leaf 的姐妹很快都知道了，轮着去炸群。

沈星抵达录制地时才再次拿起手机，未读消息已经 99+。

她爬了几层楼放弃了，心绪已经受到影响，将手机拢入掌心。

往别墅走时，她忽然转头问叶欣："为什么你们都那么八卦？"

叶欣把沈星的话当成了赞誉，笑得眉眼都挤在了一起。

"我们不是八卦，是在意顾明绰和你的爱情。

"炸街的那种！"

沈星觉得心好累，想炸街的那种！

第二节

沈星是在茶水间找到顾明绰的，他又在磨咖啡豆。

顾明绰同样一身黑色的装束，同样的专注，唯一不同的是这次他嘴角噙着一丝笑，看起来心情不错，并且第一时间察觉到了沈星的到来。

"来了。"他转过头，神色柔和，似被和煦春阳吻过。

"嗯。"沈星敛下尴尬的情绪，走近他。

在他面前站定后，沈星把胡亚均给的两个信封双手递到了顾明绰面前。

顾明绰暂停了手边的事儿，接过信封，问道："是什么？"

沈星回道："Maple Leaf 的演唱会门票，四月二十六日那场，均哥让我带给你的。"

顾明绰的手悄悄收紧，使得信封面上显露出细微的凹痕。

然而沈星并未察觉，兀自说着："为了这事儿，均哥今天早上专门让我回了趟公司。"

说完，顾明绰仍然没有反应。他似乎陷落到某种情绪中，怔怔地看着信封面上的花纹。

"顾老师？"沈星轻声喊他，猜测他的想法，"你要是没空的话，不去也没关系的。"

顾明绰蓦地回神，说："有空，只是没想到会收到这么珍贵的礼物。"

有些话他没说，也不敢说。

Maple Leaf 的演唱会，只要行程允许的，顾明绰每一场都会去，就算需要跨过千山万水去到国外。

每一次，他都会像个普通的粉丝掐着时间抢门票。时常经历秒空，最后只能觍着脸求助燃哥。在此刻之前，他从未想过有一天会收到沈星亲手送来的演唱会门票。

幸福骤然袭来，猛烈得几乎让他得意忘形，又怎么可能没空呢？

沈星轻笑道："那就好。"

顾明绰的目光停在她眼中的那抹蓝上，说道："谢谢，我会转交给燃哥。要咖啡吗？当作谢礼。"

沈星没有拒绝。

几分钟后，她从顾明绰手中接过了泛着清甜奶香的热拿铁。

送至嘴边时，她忽然来了一句："我来时看微博，手滑点赞了你的热搜相关，如果……"沈星想道歉，她虽不是故意的，但或多或少都会影响到顾明绰。

不想顾明绰没有给她这个机会，直接掐断了她的道歉："没事，我不介意，正常人际交往嘛！"

沈星望着他笑了笑，心中释然不少，然后捧着咖啡杯凑到唇边轻啜了一口，有些无奈地说道："做艺人真不自由，一举一动都会被关注、被放大，无所遁形。"

顾明绰却说："但没有这种关注，我们也走不到今天。任何东西都是双面的，就像水，可载舟，也可能覆舟，看开一些就好。"

沈星十指交叉环住瓷杯，目光柔和地注视着顾明绰，问道："顾老师都是怎么说服自己看开的？"

顾明绰勾了勾嘴角，说道："每回想不开的时候我都会对自己说，顾明绰你知足吧，没有这些关注，你可能就没电影可以演了。就算有，票房也可能只有三五百。你确定自己能受得了？"

更重要的是这个圈子里有沈星，为了能看到她，他能妥协和付出得没有底线。

"你呢，可以问问自己，如果演唱会场馆里只有三五个人，受得了吗？"

他的台词功底太强，话音还未落全，沈星的脑海中就倏然铺开了画面——Maple Leaf 五人站在敞亮的舞台上，可容纳万人的场馆内只有稀寥的几个人。

那场面足以致郁。

顾明绰看着忽然沉闷的姑娘，眼尾笑意蔓延，浅淡却旖旎。

"能看开了吗？"

沈星点点头，轻声道："这么一想，失去一些自由也是值得的，不过界就好。"

她深邃的蓝眸中多了几分莫名的神采，全是因顾明绰而生的。

随着接触增多，她越发觉得顾明绰其实是个温暖又通透的人，特别是他笑的时候，冷清的黑眸被点亮。世间万般美好，都不及他眼中的那缕柔光。


沈星点赞顾明绰的影响持续发酵。

当天下午，凯瑟琳现身凯撒酒店，同圈子里几个贵妇太太约了下午茶。

其间，成通创投的张太太忽然问她："星星是不是谈恋爱了？这会儿还在热搜上挂着呢。"

凯瑟琳轻抿了一口咖啡，而后拢着杯子笑道："是吗？她还没跟我说，是个什么样的人？"从旁人嘴里听到女儿的恋爱传闻，凯瑟琳的神色没有一丝变化。如果硬要找出点变化，大抵就是眸色稍稍黯了些。

听凯瑟琳问及男方，张太太的眉宇间染上了一丝莫名的神色。

她犹豫了片刻，才说道："KK，我也是听说的，你听听就过了。这还没影儿的事，可别闹星星。"

凯瑟琳颔首。

张太太说："听说是叫顾明绰，演电影的，我看家里的小辈在群里说他挺红的，就是……"

看到张太太欲言又止，侯宁略显急躁："有什么说什么，支支吾吾招人烦。"

席间其他人差不多都是这意思。

张太太睇着凯瑟琳，发现她没什么情绪波动，讪笑了一声，接着往下说："后面，我专门去看了，小伙子长得确实挺标致，就是家庭太复杂了些。他以前住在永寒里那个杂乱的地方，母亲嗜赌如命，父亲不详。

"我这不知道就算了，知道了真舍不得星星跟这种人扯上关系。多漂亮的一小人儿，疼都不够，哪舍得她去那样的人家遭罪？"

"两人这会儿都有情侣粉了，遍布各大新媒体平台，天天扒细节和互动，说是什么糖。这对星星能好？你可得注意点儿，KK。"

张太太说这些话当真是没半点坏心，在她看来，沈星就是帕米尔高原顶端的白雪，洁白无瑕，生来炫目。而顾明绰就似污水、草芥，是完全配不上沈星的。光是想，张太太都觉得硌硬，所以想劝。

侯宁默默听完，心里有些不是滋味。

她觉得傅海屿各项条件都是万里挑一的，又痴心喜欢星星多年，到头来还比不过一个来自永寒里的戏子。但这些话不方便当着凯瑟琳说，只能装聋作哑。

"注意什么？你说的热搜我早上看了，星星就是给人点了赞，这就成了牵扯了？星星是个大姑娘了，她有交朋友的权利。"

"婷儿也就是让凯瑟琳多注意点儿，没毛病。娱乐圈那地方出了名的脏乱差，能出什么干净的人？星星那是有人护着，不然你看看！"

其他几位太太适时表达了自己的看法。

凯瑟琳耐心地听完，才笑道："我替星星谢谢姨母们对她的关心，但星星已经长大了，她是独立的个体，有自己的想法，我和老沈信任她，不会干预她。

"即便沈星真的爱上了一个出身贫寒的男孩子，我们仍会信任她，支持她的选择。"

"KK，你和老沈爱女心切，自然是什么都能接受，但沈老他们呢？"

沈家可不是就一个星创集团那么简单，财富深不见底，政商界人脉甚广。沈熙松虽是沈家二少，不能继承家族祖业，但早些年，沈老的一则访问见报。当时沈老就说沈家主产业归老大沈熙柏，其余的流动资金和固定资产大都给沈熙松。

尽了最大的可能端平一碗水。

圈子里一阵哗然，有熟人向老爷子问及这事，沈老认得相当干脆。

他的原话是："我让儿子受委屈，都不能让我的小星星受委屈，我不会给外人嘴碎她的机会。"

当时沈熙柏也在沈老身旁，听到"小星星"三个字顿时面露慈爱之色，插话道："三代就这么个小公主，怎么宠都不过分。"

由此可见沈星在沈家的受宠程度。

这种情况下，沈星再喜欢顾明绰，沈老也不可能点头。

凯瑟琳仍然笑着，稳得似乎没有什么能够挑动她的情绪，她淡淡地说："这就要看星星自己的本事了。"

在凯瑟琳看来，只要星星有心，什么都不是事儿。

老爷子会妥协，沈熙松会退让，因为对于他们而言，没有什么会比星星的幸福更重要。

临江公馆。

傅海屿抵家时，已经是深夜十点许。

侯宁还在客厅里看电视，听到声响倏然起身，走出沙发往门口走，挡在了傅海屿面前。

"这都几点了？你怎么不干脆明天早上再回来？"侯宁面有愠色，就差把"恨铁不成钢"几个字大写加粗刻脑门上了。

傅海屿走近母亲，无奈道："妈，我是真的忙。"

侯宁一听这话更火了，声音不知不觉染上厉色："忙忙忙，再忙下去我未来儿媳妇就要没了。"

侯宁是真的喜欢沈星，家世、学历、模样样样拔尖儿就不说了，还是混血儿。试问哪家长辈不想抱两个混血萌娃出门溜达？

反正她是想得心疼了。

可眼前这个不成器的东西，多少年过去了，还是温温暾暾、不紧不慢。

"你看了网上的热搜吗？听说星星最近和一个叫顾明绰的男明星走得很近。今天你张阿姨和凯瑟琳阿姨聊了这事儿，凯瑟琳阿姨的态度很宽容。

"再这么下去，我怕他们两人一个圈子的，见面机会多，共同话题多……现在确实没什么，但时间久了呢？那时候还有你什么事儿？"

一句接着一句，侯宁将心里的担忧和怨气毫无遮掩地摊在了傅海屿面前。

傅海屿早就知道了，缓了一天，以为已经压下了情绪，现在被母亲这么一激，他发现这一日的冷静自持都是自欺欺人。

他眸色微冷，压了压情绪，大手抚上母亲的背脊，温声安慰："妈，您是太在意星星了才会动气，但热搜在娱乐圈是常规操作，星星那么红，根本避不开。以后还会有，您气得过来吗？"他说话时，将人带到了餐厅，扶着坐下。

傅海屿去洗手，回来时，手中多了一杯温水。

他把水搁到侯宁面前，说道："以前，星星和顾明绰还传过不和，好些年了。"

傅海屿说这些，只为让母亲知道一个热搜说明不了什么，一天一个样，根本没必要在意，重要的从来都是沈星怎么想。

"算你有理。"傅海屿的话令侯宁的神色缓和了些许，"但这不是你放松的理由，要加把劲儿，让妈妈早点喝到儿媳妇茶。还有，顾明绰家里的情况光是听我都胆战心惊的，你看紧点儿，不要让他沾到星星。"

傅海屿笑了笑，说道："放心吧，我一直看着呢！"

"那你赶紧上楼休息。"聊完了正事儿，侯宁开始心疼儿子了，"要喝汤吗？等会儿我给你热热送上去。"

"不用了，我累了，想早点睡。"

"那赶紧的，明早让阿姨给你做点好吃的。"

"嗯，谢谢妈，您也早点休息。"哄好了母亲后，傅海屿离开。

转身的那一霎，他脸上的笑容敛尽，眼中寒意横生。

他回到房间，锁了房门，隔出了一片静谧私密的空间，他的不甘和志忑突破禁制，疯狂地绞杀着他的理智，连最烈的伏特加都镇压不了。

稍稍冷静下来后，他打给了助理。

电话接通时，他哑声吩咐道："明天早上的行程推后或取消，我有其他事情。"

翌日，天还没亮透，傅海屿即起身前往华宵森林公园。

傅海屿觉得有必要和顾明绰碰一次面了。

从最近的态势和陈卿传的话可以看出，顾明绰绝对别有用心。

但他配吗？

早上九点，早间的录制开始。

节目组要求分组讨论第一轮竞演创意，每一组需选定一位导师旁听并给予意见。Maple Leaf 第一顺位，明娅想都没想就选了顾明绰。

主持人许珉笑道："为什么？顾老师在歌谣界查无此人，可能帮不到你们。"

明娅笑着回答："但顾老师挑剧本的能力很强，他知道自己适合什么市场，需要什么，没准儿能提供不一样的意见。"

这理由让人无从反驳。

许珉转向顾明绰，问道："被队长这么夸，顾老师你有什么想法？"

顾明绰忽然朝着 Maple Leaf 众人微微鞠躬，认真地说："谢谢队长信任，我一定会努力做好的。"

明娅连忙上前，恭敬地低头同他握手，说："前辈，请多多指教。"

陈先和却在这时问沈星："星星，你满意队长这个决定吗？"

沈星循声抬头，眯眼笑，问道："不满意的话给换吗？"

陈先和还没来得及回应，就被许珉抢白："ACE 想换人呢，顾老师你还不抓紧时间表现表现？"

两位主持人明目张胆地搞事情。

顾明绰下意识地看向沈星，眼中的笑意还未散，光影氤氲，不小心晃到了她的眼。

"星星，请给我一次机会，我会做得很好。"过了一会儿，顾明绰才开口，声音明净温柔，嘴角噙着笑。

这在旁人看来是再正常不过的回应，沈星却在这一刻被伤感击中，她仿佛看见那日他曾演绎过的少年站到了她的面前，温柔却孤勇地摊开了自己所有的底牌。

心弦被挑动的下一秒，沈星说："欢迎顾老师加入 Maple Leaf。"

第三节

气氛大好。

许珉一脸姨母笑地宣布："那就恭喜顾老师喜提 Maple Leaf 的 C 位，从此，Maple Leaf 进入了双 C 位时代。"

紧接着，掌声和揶揄声四起，全是冲着顾明绰去的。

"以后没了电影拍，还能去 Maple Leaf 混口饭吃。"

"混？顾老师可是 C 位！"

"果然王者到哪儿都是王者。"

"那是星星大度，真 PK 谁胜谁负还很难说。"

顾明绰也不在意，或者更应该说他没精力在意。

心头无尽欢喜涌动，离进发只有一步之遥，连压制都要耗尽他全部的心力，哪里还有闲暇顾及其他？

然而踩在他心尖跳舞的姑娘对他的想法一无所知，还在对他笑，明眸善睐，娇靥似花。

这一幕幕无遮无掩地映入来到录制现场的傅海屿眼中，他的心脏像是被异物刺中，传来猛烈而绵长的痛感。

傅海屿还来不及显露任何情绪，叶欣已经发现了他："傅总，来看星星？"怕影响拍摄，她放轻放柔了声音，但还是引来了些许视线，其中包括抽空来到华宵探班的明空台副台长沈唐。

"傅先生，怎么有空过来？"沈唐面露喜色，阔步迎了上去。

傅海屿敛下了心中翻涌的情绪，勾了勾嘴角，绽开一抹温浅得体的笑，说道："来探您，还带了午餐。"

沈唐同他握手，意有所指地说："是来探我，还是来探星星？"

傅海屿坚持道："探您。"

沈唐被他逗得直发笑，不过再未闹他，而是说："等等吧，早上的拍摄就快结束了。"同时没忘夸赞沈星，"星星的综艺感很强，不输专业人士。"

傅海屿跟着笑，谦虚道："那也是沈台慧眼识珠。"

寒暄了两句，傅海屿问："沈台，午餐送到哪儿？"

沈唐才到不久，也不是太清楚。

他招了场务来问，得到答案后，揽着傅海屿的肩膀往别墅里走，说："去里面喝杯茶，边聊边等。"

节目结束后，一群人陆续走出，见到傅海屿后，眸光闪动，神色各异。

顾明绰同他对视一眼，淡淡地收回了视线，根本不在意他来没来。

反倒是沈星皱了下眉头，氤氲出些许情绪。

她犹豫片刻，走向傅海屿和沈唐的位置，熟络地打招呼："台长，屿哥。今天大忙人们集体休假？"

她浅笑嫣然，恍若那一瞬的不快不曾存在过。

顾明绰却在此时敛下眸子，避开了不远处的一切。

沈唐招呼沈星坐到自己身旁，笑着说道："我可不是放假。上期收视率太给力，台里专门遣我过来请大家吃晚饭，结果赶了巧撞上个送午饭的。"

"大伙儿别拘谨，趁热吃。

"你们先聊着，我过去和几位导师坐坐。"

傅海屿牵起嘴角，说道："您忙您的。"

沈唐拍了下他的肩膀，笑着离开。

沈唐走后，傅海屿贴心地拆了一副筷子递给了沈星。

沈星道谢，接过。

人多，不方便深谈。

沈星本不想多说什么，却在傅海屿拧开了一瓶苏打水递过来时改变了主意。

"屿哥。"她的声音很轻，刚刚够两人能听到的音量。

傅海屿笑着应了声，眸中温柔难掩。

沈星直白地说道："我以为我说得足够清楚了。"

傅海屿温声回道："我明白，我只是来看看你。就算是普通朋友，探个班也不过分吧？"

这话一出，沈星没辙了。

稍顿，她淡声道："一次不过分，多了就过分了。"

提前堵死了傅海屿再来的可能。

傅海屿失笑，但还是说"好"，几分无奈和宠溺从尾音蔓延开来。

沈星定定地看了他几秒，像是在确定他是敷衍还是真心。可眼前的人永远都是一副温和笃定的模样，恍若所有人所有事儿都在他的掌控之中，不会出现一丝偏差。

迷人吗？是迷人的吧！

但她不喜欢。

这么想着，沈星收回了目光，垂下眸子专心用餐。

两人之间再无话。

另一边，顾明绰没有动过筷子，从头到尾都在喝面前的那杯柠檬水。

任冉问他为何不吃，他说今天断食。

偶尔断食这事儿在娱乐圈太常见了，更别说顾明绰这种时常要面对挑剔的电影镜头的人。

任冉心疼了，说道："那你回房休息，不吃坐在这里多遭罪。"

顾明绰想横竖也坐了一阵，该给的面子都给了，于是拿了手机，起身离开餐厅。

几乎是第一时间，沈星抬眼，看向他的方向。她思绪停滞时，耳边响起傅海屿的说话声，是对沈唐说的："您先吃着，我走开一会儿。"

沈唐颔首。

沈星回过神来，收回了被顾明绰牵走的视线，也因此错过了傅海屿的动向——他跟随着顾明绰的脚步，朝着节目组的休息区去了。

别墅三楼的天台，顾明绰和傅海屿并肩扶栏而立。正午的阳光洒落，影影绰绰地勾勒出两道出挑的身影。

好长一段时间，谁都没有开口，任由着静谧在这片空间深沉发酵。

"要烟吗？"忽然，傅海屿打破了沉寂。他拿出烟盒抽出了两支，递了支到嘴边咬住，点燃。星火亮起时，他横过手，将另一支递到了顾明绰面前，动作非常流畅潇洒。

顾明绰凉声道："谢谢，我不抽烟。"

"不抽烟"三个字气笑了傅海屿，过往的记忆也在这一瞬变得清晰。

他迎着风吸了口烟，远眺天际，不紧不慢地说道："我以前查过你，喝酒、打架什么都干，远近出了名的不良少年，这会儿竟然不抽烟了？为了端住偶像包袱，还是真洗心革面了？"

傅海屿面带微笑地说着，就像身旁站着的是他的老朋友。

顾明绰却直言道："我想我们并没有熟到可以私下闲聊的程度。"

傅海屿笑了笑，说："没错，我来也不是找你闲聊的。"

顾明绰无声地勾了勾唇，面色冷寂。

傅海屿就像穿进了一出独角戏中，从头到尾都是他一个人自说自话。他不喜这种感觉，但眼前的顾明绰已经不是当年那个一无所有的贫穷少年了。只要他想留有余地，便无法像当年那般轻慢无礼地对待顾明绰。

"顾明绰，我是专门来找你的。"收拾好自己的情绪，傅海屿再度开口，这一次，他直接摊牌，"保持和沈星的距离，像过去几年那样。我送你《殇》的男主演和一纸广告合约，Kranky（克兰基）和Pioulard（皮奥兰德）随你挑。另外，你未来成立娱乐公司，我注资两个亿。"

这些都是胡燃现在正在谈的项目，或多或少都有些阻滞。而他，可以全部给顾明绰，以表他的诚意。

傅海屿语态一如既往的温和，可这些迷惑不了见识过他真正面目又修过微表情的顾明绰。

顾明绰轻笑一声，开口道："傅总果然财大气粗。"停顿两秒，话锋骤转，"但我这个人想要什么，喜欢自己去争取，不喜欢被人用钱砸。"

"自己争取？包括沈星吗？"

顾明绰于这时侧过身，直面傅海屿，眸色凉淡，冷冷道："傅海屿，七年过去了，你还是活在自己的世界里。"

傅海屿缓缓转身，眼底划过冷然，压迫感陡然蹿出。

可顾明绰丝毫不惧，兀自往下说："你早该知道无论是我还是沈星，都不可能按照你的意志行事。沈星也不是你的个人物品，你无权驱离任何一个爱慕她的男人。

"说得难听点，你现在同其他爱恋她的男人有什么区别？"

他的话音冷淡，也没有带情绪，却精准戳中了傅海屿的痛楚。

傅海屿冷声道："没区别？顾明绰，我该说你单纯还是蠢呢？"

下一秒，真心话脱口而出，一句接着一句，如迅猛汹涌的波浪砸向顾明绰。

"除开其他，单说家庭，你觉得沈家长辈能接受你这样的？

"不，他们不会，就算你有天成立了自己的影视公司，身价百亿，也没人看得上你。

"上流社会就是这么冷漠势利，泾渭分明，不是单有钱就能得到认可的。

"现在只是一条热搜，你就让星星遭受了许多议论，让她从人人艳羡的天之骄女沦为茶余饭后的谈资，再往后，只会更严重。

"所以，收起你那廉价的心思，她跟你就不是一个世界的人。"

闻言，顾明绰笑了，带起的光影掩盖住了眼底的苍凉。

"今日已经不同往日，不试试怎么知道呢？"

傅海屿冷嗤道："试试？你拿什么试？靠着那还没有影子的影视公司？"

听出他的话里满是不屑，顾明绰的表情却未见一丝变化，语气平稳："这就不劳傅总你费心了，我今天敢说，自然有本事做到。"

靠近了，他就没法再后退了。

他只想留在她的目光所及之处，温暖相陪。

对话到此，在顾明绰看来已经结束了，他和傅海屿之间再没什么可说的。

顾明绰随即弯唇，扯出一抹笑，说："如果没有别的事，我先走一步。"

他的目光在傅海屿身上停了两秒，转身离开。

霎时一阵风起，带来了傅海屿带着讥诮的声音："那就玩玩，顾明绰。"

午饭过后，傅海屿和沈唐一道离开。

对于他的来去匆匆，沈星感觉有些不对劲，但也没花时间细想。

《云上之战》继续录制。

下午的拍摄结束时，已近傍晚。绯红色的云层不断蔓延，点亮了暮色，美得灼人眼。

有人兴奋地提议，最近外食太多，能不能自己动手整点家常菜。

赵导演听完眼睛亮了，答应得相当干脆，但也提出了条件，就是这一段必须入镜头。

众人戏谑他录节目录到疯魔，却也认可这段入镜可能带出的收视率和讨论量，再加之签的合同就是零剧本演出，象征性地闹腾了一阵，纷纷应了下来。

别墅有厨房和现成的调味品，准备些食材就够了。

李羡婷和慕夏接下了去三千米外的园区生鲜卖场买食材的任务。

沈星想去周围走走，决定同姐妹们一道。

"谁开车送妹妹们去买菜？"任务分配结束后，许珉忽然喊道，顿时引来了众人的目光。

静了半分钟，就听顾明绰凉声道："我送吧。"

他的神色很淡，看不出任何的情绪波动。

许珉说："好，阿绰开车我放心，身手也好。"

闻言，任冉笑着问了句："买个菜，需要什么身手？"

对此，许珉颇为理直气壮地说："怎么不需要？妹妹们美颜盛世，必须时刻一级警戒。"

顿时，任冉的骂声和妹妹们的夸赞声纠缠四散，热闹不已。

顾明绰没再说话。从他的角度正好可以看见沈星的侧脸，肤若凝脂，琼鼻高挺，蜻蜓羽翼般的长睫掩住了令他万般着迷的冰蓝。

似精灵，近在咫尺。

这些是他心心念念的求而不得，一朝得到，本应该欣喜。可他发现，并没有，他好像被卷进了一个旋涡，不可逆地越陷越深。

慕夏、李羡婷、沈星、顾明绰和一个摄像师，一行五人上了一辆别克商务车。

车上路后，慕夏再也按捺不住内心的激动，明知有摄像机对着，仍怀着敬仰之情对顾明绰道："顾老师，今天过后，咱们也是有同过车的交情了，能向你求张签名照吗？"

顾明绰透过车后视镜看了她一眼，笑着回道："可以。"

他姿态亲和，惹得慕夏激动地抱住了身旁的沈星，兴奋地宣布："从今往后，我就是顾老师的颜粉和事业粉。"

提起事业，慕夏眼睫颤动，好奇地问道："顾老师，你想过演古偶吗？"

顾明绰没听明白："什么是古偶？"

这话把一车子的人都给逗乐了。

李羡婷给他解释："古偶就是古装偶像剧，武侠和奇幻都可以。"

沉吟片刻，顾明绰回道："听你这么一说，我想起一件事，出道至今，我都没收到过古偶的剧本。"

他的神色认真，但提及的内容太过匪夷所思，连自认很少八卦的沈星都忍不住讶异："怎么会？一个都没有吗？"

顾明绰轻轻地应了一声。

慕夏跟撞了鬼似的，杏眸圆睁，不解道："怎么会这样？"

顾明绰倒没太在意地说："可能我的形象不太适合。"

沈星忽然接话："我觉得不是这个原因。"

她同以往无异的清冷模样，透过后视镜落在顾明绰眼里。

顾明绰莫名觉得可爱，嘴角在她看不到的地方悄悄地弯了弯，问道："哦？那你说是什么原因？"

沈星又道："可能是你太高冷了，导演都不敢找你。"

沈星说这话时，李羡婷和慕夏下意识地看向对方，视线相撞时，她们交换了自己内心的想法：我们家星星不会是在记恨顾明绰这些年的冷淡吧？不然说不通啊？

沈星就是女神本人，无论舞台还是私下都不食人间烟火，各种诋毁和漫骂看看也就过了，很少对什么上心，这回竟当着镜头点顾明绰的不是。众所周知，顾明绰的风评是极好的，怎么掰扯都跟高冷没什么干系，他的高冷只对她。

顾明绰大半的注意力都在沈星和开车上，对后排的"眉来眼去"一无所知，眸色因沈星的话黯淡了些。他想问是什么让沈星产生这种想法，但碍于摄像机正对着，他敛下了情绪，一本正经道："各位制片人和导演，从今往后，我顾明绰定将高冷两个字锁进抽屉里，请多多投喂古偶剧本，万分感激。"

车厢里的气氛顿时变得欢乐。

慕夏热情地助力偶像："请各位制片人和导演看看我们哥哥，人帅、演技好又敬业，绝对不会让大家失望。"

李羡婷也跟着凑热闹："我们哥哥身手也好，飞檐走壁小意思。"

短暂的安静后，慕夏转向沈星，一脸的急切，催促道："星星，快，给点加持送顾老师古偶出道。"

看着这样的慕夏，沈星突然觉得自己从未了解她，眼中闪过一丝无奈。但无奈归无奈，她还是想让慕夏保有快乐，顺着慕夏的心意轻声道："顾老师爆爆糖体质，演什么爆什么。收视爆灯必备，您值得拥有！"

"哈哈哈，不愧是 ACE，卖起'安利'来也是卖力！"

"未来顾老师要是真的接到了古偶，一定要请我们三个吃饭。"

"一定！"

一路说笑，采购组来到了市场，往左是菜市场，往右是杂货市场。约莫是工作日，两边的街道都是人迹寥落，冷冷清清。

"我想去那边看看。"沈星往右看去，蓝眸微亮。这样的小市场，她从未接触过，感觉新奇极了。

慕夏循着她的视线看了一眼，说道："去吧去吧，顾老师跟着你。"

沈星有些犹豫，但不过瞬息，这些犹豫就败给了跃跃欲试。她目光转向，落在了顾明绰的脸上，有些不确定地问道："会麻烦你吗？"

顾明绰说："不会。"能够得到和沈星单独相处的机会，是他梦寐以求的，又怎么会觉得麻烦呢？

"张哥，照顾好她们。"

"放心。"

之后，兵分两路。

为了避开麻烦，沈星和顾明绰戴上了口罩，缓步往市场里走去。私下里两人都不是话多的人，走了好长一段，皆是静默无声。

沈星停在了一个首饰档前，长架上摆放着许多藏银的首饰，款式各异，有些看起来很别致又不失质感。

她拿起一根红绳，绳子末端挂着一只藏银的小兔子。

半晌，她放下。

而后她又拿了一个雕花银镯，没一会儿，又放下。

每一次都是小心翼翼，眸中的光亮也骗不了人，但她始终没有说出想要买的意思。

顾明绰看着她，眼中闪过一丝异色，忍不住开口："没有喜欢的话，我们去前面看看。"

沈星像是受到了惊吓，眼睫微微颤动，手也停滞在半空中。

"不是的。"回过神来时，沈星再次将饰品放回了长架上，朝店家轻轻颔首后，和顾明绰一道离开。

稍稍走远，她才继续方才未完的话："我妈妈常说珠宝是女人最好的朋友，也是有灵魂的，必须善待。我买了，也用不上，这对它们来说，并不公平。"

顾明绰听了之后，微微怔了怔，旋即轻笑了一声。

"笑什么？"沈星问道。

顾明绰没说话，径自返回到饰品摊位前，精准挑出了沈星刚看过的四件饰品，朗声问老板："老板，这些一共多少钱？"

老板算了算："买这么多，给你算便宜点儿，收个吉利数，六百块。"

约莫是怕他嫌弃贵，老板又补充解释："主要是这个镯子贵，我自己手工雕的，比较费时。"

顾明绰"嗯"了一声，随后拿出手机扫了二维码付款。

整个过程不到两分钟，沈星还没搞清楚状况，顾明绰就将装了饰品的绒布束口袋递到了她面前，说道："给你。"

沈星不接："我没说要买。"

"知道，我要买的，给你的圣诞礼物。"

沈星被他逗笑："顾老师，现在才四月。"

顾明绰的手仍然没有撤回，有理有据道："有法律法规限定四月不能送圣诞礼物吗？"

沈星睨着他，一脸难以置信，就像是在说没想到你是这样的顾明绰。提前八个月送圣诞礼物还理直气壮的，真的没有谁了。

顾明绰看着她的眼睛，心中暗笑。

他没有再逗她，认真说道："我们中国不是有句古话：子非鱼，焉知鱼之乐？可能对这几件饰品来说，你的喜欢就是它们毕生最大的欢喜。而且我相信，你一定会照顾好它们，怎么样都比它们继续待在这里好。"

沈星垂眸看了眼安稳地躺在他手心的绒布袋，渐渐释然。

半晌，她伸出手拿起，说："谢谢顾老师的圣诞礼物，等着我回礼。"

顾明绰点点头，因为戴着口罩，看不出过多的情绪，可沈星知道他的心情不错。因为她发现了一个秘密，顾明绰的情绪晴雨表是眼睛。每当他情绪低落时眸色都会变淡，开心时黑眸中就像藏着星星灿亮，会发光。

"还要逛吗？"顾明绰不知道自己已被看穿，笑容半敛，又恢复到冷冷清清的模样。

"要。"沈星回道，声线中隐约染上喜意。

"嗯，那去前面看看。喜欢糍粑吗？"

"什么是糍粑？"

"呵，我带你去看看就知道了。"


姐妹们洗漱时，沈星迟迟没动作。

她坐在沙发上，将几件首饰摆在腿上，一件一件地拿起试，半个小时了，仍然未见疲倦。

"沈星星，我说你到底有完没完？几样东西，试了半个小时了。"李羡婷裹着浴巾走了过去，没有一丝生疏羞怯。

她走近，窝坐在沈星身旁，用手指拈起那个雕花手镯，啧了一声，揶揄道："好看是好看，但比起你那些古董珠宝，差距还是挺大的。上次戴着尼亚之心去酒会，我也没见你有这兴致。"

"喜欢它们什么？因为是和顾老师一起买的？"

沈星看向她，伸手抽走了自己的手镯，没好气道："胡说八道，我是因为喜欢而喜欢，跟其他任何人和事儿都没关系。"

李羡婷目光轻闪，追问道："是吗？"

沈星一边开始收自己的首饰，一边说："是。"

"行吧，那下一个问题。"

沈星一脸无奈："什么？"

李羡婷忽然变得神秘兮兮，声音轻柔得能掐出水来："跟顾老师约会是什么感觉？那可是线上最热最夯的男人了！"

沈星手间的动作停滞，语速却飞快："没感觉。"

音量无法抑制，拔高了些。

这话落进贴了张面膜从浴室走出的慕夏耳朵里，她轻声问："什么没感觉？"

她按着脸上的面膜，慢吞吞地踱到沈星另一边坐下。

乳液的香气拂面而来，沈星突然觉得有点头疼。

李羡婷说："我刚问她跟顾老师约会有什么感觉，她说没感觉。"

"什么？"听到"顾老师"三个字，慕夏顿时不淡定了，惊嚷出声。因为动作太大，她脸上的面膜脱落，"啪嗒"一声掉到她手上。

她可怜的面膜。

但这会儿慕夏真没闲工夫管它了，只顾揪着沈星刨根问底："为什么？早知道这样我就跟你换，买什么菜呀。"

"怎么能这样？呜呜呜……小星星，你辜负了我的一片心意。"

慕夏看起来丧丧的，面膜也没法让她振奋。

沈星看着她，半晌，伸手揉了揉她的头顶，轻声开口："我告诉你一个秘密。"

"什么？"慕夏的声音还是颓颓的。

"这些配饰都是顾老师送的圣诞节礼物。"说到圣诞节礼物时，沈星的记忆被拉回到几个小时之前，嘴角微微上翘。

也许，她并不是完全没感觉的。

和顾明绰一起逛街，她很放松，也学到了很多。他似乎什么都懂，总能适时讲出朴实无华却能轻易触动她的道理，还有很多很多的典故与趣事。

糍粑，也很好吃。

"顾老师送的？"

"圣诞节礼物？"

李羡婷和慕夏几乎同时道，关注点出现分歧，成功地将沈星从情绪中拉扯而出。

沈星望着两人轻轻颔首。

"乖乖，我又可以了！"

"哈哈哈，顾老师这脑回路。"

"感觉又是一位神仙级别的钢铁直男！"

"他怎么说服你的？"爆笑过后，李羡婷问道。以她对沈星的了解，沈星不会轻易接受任何人的礼物，哪怕跟傅海屿从小一起长大，沈星也没收过一件。

沈星组织了下语言，把当时的一幕幕细化讲给姐妹听。

"那些话触动了我，而且以后我会回礼的，不过……那也是八个月以后的事情了。"

潜台词很明显：我肯定不会像某人一样提前八个月送圣诞礼物。

两个小姐妹被沈星的神补充逗笑。

慕夏来劲儿了，盘腿侧坐盯着沈星，眸子被两簇小火光彻底点亮，问道："那你们有交换联系方式吗？我也想加顾老师。"

沈星微微一怔，旋即摇了摇头。

瞬间，慕夏心情又丧了，无意识地把手中的面膜揉成了团。

沈星犹豫了片刻，好心地提醒道："宝贝儿，你的面膜被你揉成团子了。"

"啊……"慕夏的目光蓦地往下，一手的黏腻，顿时蔫毛了，"面膜就这么没了。星星，我恨你！"

吵嚷间，她的手也没停，试着拯救自己的面膜。

沈星一脸无辜地说："我什么都没做。"

揉烂了天价面膜的慕夏愤怒地指控："你有。呜呜呜，我真的太惨了，面膜没了，小哥哥的微信也没有。"

沈星无语了。

李羡婷兴致勃勃地看戏，觉得差不多了，才对沈星说："真的怪惨的，星星你就哄哄她。"

沈星睨着她，问道："怎么哄？"

李羡婷眼中掠过一丝异彩，说："顾老师就住对面，几十步路而已，你去给她要个联系方式，不费事儿。"

沈星听着，总觉得现在这走向有些不对，但还没来得及细想，就见慕夏朝她绽开笑颜，明亮得赛过骄阳，顿时觉得对与不对不是那么重要了。

也确实不是什么大事儿。

于是，沈星妥协道："那你等着，我去给你要你家哥哥的联系方式。"

慕夏感动，猛地抱住沈星，小脑袋在她胸前胡乱地蹭："爱你哟，星星。下次有机会，还让你和顾老师单独约会。"

沈星当下只想仰天长啸：我不想要什么约会，只想找个地儿一个人静静！

沈星踩着拖鞋直接出门了。

经过了几间房，她来到了顾明绰住的房间门口。门上挂着一个古朴的木雕门牌，上面印刻着"青色流萤"。

沈星没犹豫，轻轻地敲了两下门。第一次没人应，等了等，又敲了两下，房间里仍然没有动静。她没再多等，提步离开。

"星星？"没走几步，身后传来了开门的声响，伴随而来的是一个熟悉的声音。

沈星停下脚步，转身面对他，两人的视线于半空中相撞。

顾明绰装束简单。

上衣是短袖，优越的手臂线条毫无遮掩地显露于沈星的视线之中。他可能才从浴室出来，头发上还有水，走廊的灯光打在上面，投射出一圈圈令人目眩神迷的光影。那双黑眸也是，像被温水浸过，不复平日里的冷清。

"有事吗？"沈星愣怔间，顾明绰再度开口。

"嗯。"沈星敛了心神，再次走近，越来越清晰地感受到从他身上辐射而出的热意，莫名有些不自在。她直说了来意，本能地想快点离开。

"呵……"顾明绰低笑出声，眉眼被笑意点亮，有一种说不出的英俊迷人。

随后，他报了一串数字给沈星："微信账号就是手机号。"

沈星解锁手机，输入，说道："知道了，加了。

"谢谢顾老师，晚安。"

两人站得极近，她的鼻间萦绕着的全是他的气息，薄荷香，但并不冷冽，很好闻。

可渐渐地，她生出了轻微的眩晕感，想要逃离。

像是感觉到了她的情绪，顾明绰心底无法抑制地涌出失落。他稍稍敛下眼睫，藏起了自己的情绪。

"晚安。

"我进去了就通过验证。"

"嗯。"沈星心不在焉地应了句，转身离开。

顾明绰目送她远去，直到沈星消失在他的视线里，他才回到房间。

踱步到电视柜旁，他俯低身把手机拿起来解锁，点开微信通过了沈星的加好友请求。他看着对话框里跳出的提示：【你已经添加了坐拥万千星辰仙女星，现在可以开始聊天了】，顿时生出了一种不真实的感觉，盘旋在心底的低落在这一刻被驱尽。

顾明绰点开沈星的朋友圈，发现她并没有屏蔽他。她很少更新，半年里，只有稀寥的几张照片。可这些对于顾明绰来说是宝藏，也是养料。他本想挨个点赞，但又怕唐突了佳人，只能默默地一张一张存进自己手机里。

末了，顾明绰给她发了一条信息，简简单单的，不带一丝情绪。

【通过验证了，晚安。】

两分钟后，他收到了回复——一个可爱的小表情，小猫斜眼笑，看着软萌极了。同时发过来的，还有两条加好友的请求，他若有似无地动了动嘴角。


节目播出后，顾明绰从未收到过古偶剧本的事引发热议。Maple Leaf 在场，免不了被卷入其中。

话题 # 顾明绰古偶 # 热搜挂顶加沸时，讨论量激增。

【这是为什么？顾明绰不配吗？】

【对啊，为什么？演技和流量都在线，冷艳起来，就是谪仙本人啊。】

【哥哥的求生欲都快炸屏了，求各位制片人和导演看看他。】

【哈哈哈，那就勉为其难地为哥哥求一个吧。】

【对对对，星星最后那个表情，无奈又宠溺，苏死了。】

【看预告，下一期该开战了吧？】

【Maple Leaf，给妈妈冲！】

热拿铁 CP 官微也于流量鼎盛时发布了一条短视频。

视频中顾明绰一脸认真地对着沈星说："星星，请给我一次机会，我会做得很好。"

沈星的目光凝滞了一瞬，旋即朝他绽开笑颜，似春阳绚烂。

配文:【星星实力宠溺。】

这时候,热拿铁CP的粉丝数已经多达五万,距离账号生成才仅仅一周。

第二天下午两点,意大利豪车品牌Pioulard在没有任何预警的情况下,官宣顾明绰为其百年历史上首位大中华区代言人。

上次的热度还未散尽,紧接着又是一把火。

热度叠加,越烧越旺。

粉丝忙不赢,吃瓜群众平白得了热闹,微博热闹得像过年。

但这远远没完,一个小时后,也不知道是有意还是碰巧撞车了,瑞士高奢彩妆品牌Sis(希思)也跟着宣布了其年度代言人。

Sis彩妆:【欢迎沈星小姐加入Sis大家庭,出任品牌大中华区代言人。@沈星】

消息一出,没多久就加沸,挤下了顾明绰相关热搜。

一直以来,Sis都被誉为流量风向标,启用的代言人皆是当年最热最夯的,再加上财大气粗格局高挂,是没有争议的惊天大饼。

官宣即腥风血雨,没有一次例外。

这次也一样,宣后不到一刻钟,话题内部和沈星超话先后炸开了。

赞和弹各一半,战况激烈,让人触目惊心。

【天哪,均哥为什么总是这样闷声造大饼?初看到,以为自己在做梦!】

【经过这一轮,星姐是新生代第一梯队实锤了吧。】

【牛。】

【该夸夸,电影什么时候有?】

【果然哪里都是资本说话。】

【搞不赢就酸人家"资本咖",你星姐一路第一顺位进Maple Leaf的好吧?】

【废物也就这点本事了。】

【蹭热度成性。】

【真的,没有顾明绰就不能活了?】

【现在谁在第一?眼睛没用就拿去捐掉。】

【酸到眼睛都滴血了这是?】

……

但团粉和"繁星"数量众多,再加上工作室介入,情况很快得到了改善。无论搜索页还是超话,皆恢复到可控的状态。


城西的一间摄影棚。

里面正在拍e家的最新大刊,主人公是借由玄幻剧《明月传说》爆出圈的新生代花旦倪清虹。

e家五大杂志之一,能撕下本是极为高兴的,可跟沈星这个代言比起来,顿时就不香了。

中途休息去洗手间时,都听到有人在议论,那时候倪清虹刚关上隔间的锁扣。

"沈星那个广告看了吗?我有点想败了。"

"我也想败,但价格太不友好了!"

070

"不友好是对的，代言人全都贵得很。"

"但流量也大啊，沈星的颜，我太喜欢了。我感觉她要是单飞的话，线上的剧花和影花都该有危机感了。"

"时尚和商业价值这块，沈星无敌，但影视界和剧圈她因为混血受限了。"

两个人明显是业内人士，聊起来头头是道。

洗完手，她们先后进到了隔间。

门锁扣紧的声响传出时，倪清虹拨开了锁制，款款从里面走出。洗手时，她对镜检查了自己的妆容，然后嘴角勾了勾，露出一丝不屑的笑。

倪清虹回到摄影棚，离约定的拍摄时间还有几分钟，她从助理郭敏处拿过手机，发出一条短信：【嘿，能帮我问问沈星今晚穿什么吗？不想撞了。微笑脸.jpg】

她发完就锁了手机递回了助理，同时叮嘱："来短信了立刻告诉我。"

郭敏收起手机，点头。

没多长时间，不远处传来了摄影师的喊声。倪清虹投入到拍摄中，十几分钟后，她收到了回信。

【晚装：e.b 早春度假，珠宝：Vinida（维尼达）。】

春天的鹭城天暗得早，不到晚上七点，已是暮色沉沉。

沈星和叶欣出现了在青沐工作室，徐沐洋亲自动手为沈星打理妆发。e.b 今年的早春度假系列风格复古，所以徐沐洋将沈星偏棕的长发掠过耳际，在一侧固定，同时分出一小束编成辫子。细长的发辫成型后，围着发丝绕圈，于耳后束起了一个发髻，白皙柔美、线条流畅的天鹅颈毫无遮掩地显露而出。

"星星，可以吗？"

沈星对着镜面笑道："极好的，小叶子。"

小叶子秒懂她的意思，将带来的小保险箱放到梳妆台上。

沈星拨动密码，接着推开了箱子的上盖。

一套是 Vinida，另一套是昨天奶奶听说她要参加 Juliet（朱丽叶）时尚晚宴，特别让妈妈带给她的，说外面的珠宝都比不上这个。

认真计较起来，奶奶并未夸大。这套首饰是珠宝大师 Sky Fall（天幕坠落）的最后作品，几经转手，落入奶奶手中，真古董，也是真珍贵。沈星看到时，也是吓了一跳。

"Sky Fall 的 First snow（初雪）？"徐沐洋一眼就认出了这套珠宝，眼中晕开一丝难以置信，"说它失去踪迹多少年了，原来一直在你这儿？"

"托星星你的福，我也算是见过世面的人了。"徐沐洋开玩笑道。

沈星莞尔一笑，说道："我也是今天才得到，之前一直在我奶奶那儿，没人知道。"

"沈老夫人藏得真好。"

沈星"嗯"了一声："主要她买了都是做收藏的，不太容易被人看到，她不太爱佩戴饰物。"

提及奶奶，沈星的话比平时多了些，嘴角始终噙着一丝淡笑。

徐沐洋由衷地赞叹道："沈家人的感情真的好。"

鹭城几个大家族到了第三代，大都闹得不可开交，唯有沈家和纪家，始终兄友弟恭，亲密无间。

"既然是奶奶的心意，就戴这套吧，风格也搭。"徐沐洋说。

沈星的目光落在那支钻石花枝上，突然想起了顾明绰买给她的那个手镯，上面的花纹竟同这花枝十分相似，蓝眸中不自觉泛出笑意。

"就这个，小叶子，把我的包拿过来。"

闻言，叶欣把包递给她。

沈星当着两人开了包，拿出了一个平平无奇的束口袋，从内里抽出了一只纤细的藏银手镯。

"星星？"徐沐洋没跟上她的想法。

沈星当即没说话，倾身拿过了那个花枝手镯后才道："我想夹带私货。"

说这些话时，她的蓝眸灿亮，光影流转，带出了一丝丝莫名的欢喜。


半个小时后，创美传媒发布沈星的 Juliet 时尚晚宴定装照片。

创美传媒：【最美中国风，最美的中国姑娘。@沈星】

配齐九张图，正面、侧面、背影、珠宝特写……张张惊艳，处处绝美。

末了，例行标出。

妆发：青沐徐沐洋。

摄影：欧宁。

晚装：e.b 早春度假。

珠宝：Sky Fall 初雪系列

一刻钟后，#沈星 Juliet 时尚晚宴#已经冲上热搜。出现即为中前排，到晚上八点时，她再一次登顶热搜。

【啊啊啊，我死了！】

【血槽被抽空了。】

【我就不一样了，我还想要。老板，饭饭，饿饿。】

【我也想要，盛世美颜就该多多出来走红毯。】

【敲黑板：星姐的珠宝是珠宝大师 Sky Fall 最后的作品，已经失去踪迹三十多年了，有钱都买不到的真古董。】

【星姐牛。】

【女明星之间的战争，太激烈了。】

【强到一骑绝尘，才不会被捆绑。】

闹得沸沸扬扬时，拥有六百万粉丝的时尚营销号 Fashion focus（时尚焦点）带实物图科普了沈星的晚宴战衣。

列珠宝时提及：【Sky Fall 初雪系列的手镯是一支钻石花枝，但星姐手腕上还多了一个藏银手镯，花纹同钻石花枝相似，但是确定不是系列中的单品。】

粉丝：【管他呢，好看就行。】

吃瓜群众：【隐隐闻到了瓜的味道。】

不久后，热拿铁 CP 也发了张图，图片中是华宵杂货市场的一条幽深街道，两侧店铺林立。

没有说话，只是配了一个斜眼笑的表情，看得吃瓜群众云里雾里。

# 第四章 ▼

**顾明绰，我信你**

此刻，他只想咬一口甜，一口沈星钟爱的甜。

第一节

哐当——

倪清虹挥落了化妆台上的玻璃杯，撞到地面，带出了一记尖锐的声响，溅开了一地水。

"容涵，你个贱人。"她咬牙切齿地骂道，"敢骗我。"

倪清虹之所以会认识容涵，是因为容涵是她堂哥倪南焱娇养的一只"金丝雀"。

当年容涵能冲破海选大军顺利出道，除了她本身的实力，倪清虹猜想倪南焱应该也出了些力。

一次意外，倪清虹得知这件事。一开始，她没觉得有什么，也不敢吱声，因为她这个堂哥脾气变化莫测，手段也阴狠。别说倪清虹了，整个鹭城也没几个人敢惹。直到今年，沈星和 Maple Leaf 的风头越来越盛，倪清虹才找机会接触到容涵。容涵也不知道是怕倪清虹把秘密爆出，还是看在倪南焱的面子上，对她有求必应。

但这次竟然……

助理郭敏和造型师不知道倪清虹为什么突然发这么大火，缩到一边，给了她时间缓和才上前。

造型师徐莲喜双手搭在倪清虹的肩膀上，打量镜中精致无瑕的小脸，发现她即使冷着脸，也别有一番韵味，让人根本硬不下心来。

"怎么了?

"别气了，不好看。"

发泄了一通，倪清虹已经没那么恼怒了，细想之下，忽而觉得可能不是容涵骗她，而是沈星突然换了珠宝。

Sky Fall 的遗作。

沈星，这次算你狠。

晚宴在即，就算倪清虹再有钱，短时间内也找不出能够压 Sky Fall 一头的珠宝，只能暂时作罢。

"知道了，不气了，刚吓到你们了吗?"心绪几经纠缠，倪清虹冷静下来，对镜朝徐莲喜笑了笑。

徐莲喜暗自松了一口气，轻声说："怎么会？只是担心你，我们继续好吗？"

倪清虹颔首，再未说话。

城市的另一边，顾明绰已经收拾好，坐在家中的大凉台上，一壶清茶，一部手机，悠闲自在。他刷到了沈星的定妆图，视线久久不能离开。

当他翻到细节图，发现了她腕间的那个藏银手镯，眸光微怔，嘴角抑不住地向上翘。

"哥，你吃面吗？"顾明绰正欢喜时，肖伟的说话声从屋里传来。

顾明绰循声往屋里看了一眼，回道："不吃了。"

顿了顿，他又道："我下楼一趟，一刻钟后出发。"

肖伟从厨房探出半个身子，有些好奇地问道："干什么去？"

顾明绰起身，阔步走向玄关换鞋："买吃的。"

肖伟按着心口说："哥，我的面煮得有那么难吃？"

顾明绰心情大好，嘴角的笑意始终未散，说道："不是，今晚不能吃面条那么饱腹的食物，我去买点甜食补充热量就好。"

"那你以前出席那些个晚宴不都是吃米饭和面条？两碗都吃过。

"还有啊，你不是不爱吃甜食吗？"

肖伟不停念叨，越说越觉得顾明绰是为了逃避他做的面条才胡乱编个理由。可这次，已经没有人再回答他了。关门声传来，顾明绰彻底消失在他的视线里。

肖伟腹诽：不吃算了，我自己吃。

顾明绰进了电梯，来到大厅外找到了自己的单车，全副武装地骑着它奔向Fall in超市，浑然不在意自己穿着全手工高定西装踩单车有多么惹眼。

此刻，他只想咬一口甜，一口沈星钟爱的甜。

顾明绰的速度是前所未有的快，没几分钟，单车已经停在了Fall in超市门口。他一路小跑进去，如愿买到了一盒，也是最后一盒，心中莫名欢喜。

在烘焙店的柜台处结账时，顾明绰的脑海中突然闪过一束光。

他问店员："请问您这边有小尺寸的包装盒吗？我想把这些马卡龙分装。我可以另外加钱。"

店员想了想，回道："有的，钱就不用了。"

随后，店员拿着那一盒马卡龙进了烘焙室，再出来时，马卡龙已经被分装好，用了装蛋黄酥的盒子，却意外合适。

顾明绰黑眸微亮，连连道谢。

最后，他只拿走了其中的三个，剩下的送给了帮了他大忙的店员。

顾明绰迟到了两分钟，肖伟站在黑色的宾利前睨着他，怨念道："吃什么了？能比我做的面好吃？"显然还没从刚才的打击中走出。

顾明绰从西装口袋里掏出一个马卡龙给他，娇艳欲滴的粉。

肖伟愣了几秒，仍然没有显露出一丝想要接过的意思。

顾明绰再度往前，同肖伟错身而过时，把马卡龙强塞进他的手心。

肖伟下意识地拒绝："我不吃。"

可顾明绰已经坐到了车里。

肖伟只好拉开车门跟了进去，跟某人拗上了："我不爱吃。"

顾明绰没看他，兀自开了盒子，一口一个。

咀嚼两下，巧克力馅料的滋味在口腔里蔓延开来，霎时间，顾明绰心情大好，眉眼间宛若淬上了春光，俊朗柔和得让自诩见惯了某人美貌的肖伟心神都被晃了一下。

肖伟态度开始松动，问道："真好吃？我听别人说，这东西就好看，味道不怎么样。"

顾明绰这才看向他，回道："那是他们没找到好吃的。信我，这个真好吃。"其实他真正想说的是沈星都爱吃的，滋味怎么会差呢？

这么一说，肖伟还真想尝尝了。但就这，他也没忘记早前受到的"羞辱"，不依不饶道："行，我尝尝，下次你也得尝尝我做的面，贼好吃的。"

"好，两碗。"顾明绰这会儿心情大好，自然是有什么应什么。

"那就这么说好了。"肖伟这才消停，从背包里拿出了口香糖和保温杯，十分贴心道，"吃了甜食喝口热水。"

他随后把胡燃的叮嘱带给顾明绰："燃哥说 Juliet 晚宴很重要，让你用心点儿，能不能顺利打进傲慢的时尚圈就看这次了。"

Juliet 时尚晚宴在国内已经举办了十二届，这次是顾明绰第一次受邀，意义深重。他在电影圈地位超然，实绩和商业价值也都跟上了，但他的家庭背景注定了他的时尚之路会比其他人困难许多。

以往，顾明绰并不在意。

他来到这个行业的收获已经远远大过他最初所想，剩下的顺其自然就好。但现在不同了，他有了新的目标，他想为自己争取一次。

思及此，顾明绰沉下眸子，说道："知道了。"

"嗯。"

话题就此揭过，肖伟小心翼翼地吃起自己那份马卡龙。

他还是不太喜欢，但这是顾明绰的心意，意义大过滋味本身。

这次 Juliet 时尚晚宴举办地址定在了城西的天堂围，那是个依山傍水的地儿，亭台楼阁林立。

入场"红毯"也不是真的红毯，而是一条幽长的玻璃栈道，内里不断有绝美的光影绽放，氤氲开来。栈道的尽头竖着一把巨大的山水画蒲扇，上面已经有不少签名了，大都龙飞凤舞，不细看，根本无法辨认出是谁。

主持人何昔年和许欣雯站在蒲扇前，挨个采访着来宾。

看到一辆黑色宾利开过来，何昔年忽然扯开嗓子大声说："那是星星的车吗？"

许欣雯不太确定道："咱们顾明绰也是黑色宾利，姗姗的好像也是。"

何昔年点点头，说："也是，等等再看。"

过了一会儿，车停稳。

守在栈道前的礼仪先生上前，帮忙拉开了车门。

没多久，精灵般的人儿出现在何昔年和许欣雯的视线之中。

何昔年振奋不已道："是星星，星星戴着失去踪迹三十六年的 Sky Fall 初雪系列来了。"

许欣雯眼中盈满了笑，说道："被你这一喊，我都有些激动了。Sky Fall 先生的初雪系列上一次出现在人们的视野里，还要追溯到三十多年前的香港艺术品拍卖会，成交价高得令人咋舌。之后再没有消息了。"

两人说话时，沈星轻轻拽着裙摆，踩着玻璃栈道，款款朝着蒲扇而来。抵达时，她依照礼仪小姐的指引，在蒲扇上留下了自己的名字，随后来到两位主持人中间。

何昔年递了一支麦克风给沈星。

沈星轻笑地接过："谢谢年哥。"

许欣雯先开的口："星星，先跟镜头前的观众朋友们打个招呼，这段录影会在下周于天空商台全国放送。"

沈星正对镜头，一脸明艳笑意，字正腔圆道："大家好，我是沈星。"

何昔年问道："星星介意和大家分享一下这套 Sky Fall 吗？大家都太惊讶了。红毯开始时我看过热搜，已经第一了。"

沈星轻笑一声，说道："其实我也是今天才知道。中午的时候，妈妈突然来公司找我，手里还拎着一个小型保险箱。"

"哪，奶奶送你的。"她的语态似极了妈妈凯瑟琳。

两个主持人被她逗得直发笑。

何昔年顺着她的话说："不瞒你说，我也想要个和沈奶奶一样的奶奶。"

搭档许欣雯拿话扎他，一点都没留情面："你完了，我等会儿就去跟何奶奶说。"

"哈哈。"

"这段剪掉，必须剪掉！奶奶，我是爱您的。"何昔年耍宝道，还高高地抬起手，对着镜头比了一个大大的爱心。

末了，他缩着肩头不敢再多话。

许欣雯成为主导，澄清含笑的目光落于沈星纤细莹润的手腕上，问道："星星，你手腕上的那个手镯有什么特别的意义吗？还是只是觉得适合？"

闻言，沈星的目光下意识地垂落，落在了藏银手镯的古朴花纹之上。

片刻后，她回过神来，冲着许欣雯笑了笑，回道："两者都有。"

"哦？"

沈星将右手搭在手镯上，解释道："这个手镯是一个朋友送的，虽不是很贵重，但我很喜欢。最初我有些迟疑，害怕自己买回家就会丢在一边，如果那样的话，不如让它留在市集等待有缘人。但那个朋友跟我说他信我会好好地对待它们，也许跟着我，就是这个手镯的欢喜所在。"

许欣雯听完，由衷地赞叹道："哇，你朋友好会说。"

何昔年却在这时冷不丁地问道："男朋友还是女朋友？"

迎接他的是许欣雯的冷眼。

他哈哈大笑，改口道："男性朋友还是女性朋友？"

沈星不愿再多说，冲他眨眼，有一种说不出的灵俏。

"这是秘密，不能告诉你。"

"哈哈哈，行行行，那换个问题。"

沈星轻轻颔首。

何昔年当真转移了话题："星星，可以说说你未来的工作计划吗？我是指像今天这样的个人活动。"

这个问题绝非偶然，或是一时兴起。

事实上，随着沈星的人气飙涨开始大幅度领先 Maple Leaf 其他队员后，她是否会单飞已经成了许多人关注的问题。

许欣雯也定定地看着她，等待着答案。

沈星沉吟片刻，脸上的笑容淡了些，神色变得认真，一字一句地说："在未来很长的一段时间里，我和其他队员一样，都是以团队的活动为主。如果还有剩余的时间，又刚好有机会，我想尽可能多地尝试。综艺也好，电影电视剧也好，想多多向大家展示不一样的沈星。真的很感激大家这么多年的喜欢。"

这个答案官方，滴水不漏，她的个人采访也就此告一段落。

"谢谢沈星小姐接受我们的采访。"

"玩得开心，里面请。"

沈星朝两人优雅地颔首，随后在礼仪小姐的引领下去往内场。

她这时还不知道，紧跟着她走上玻璃栈道的人是顾明绰。

"好的，又一位宾利车主来了，他是谁呢？"侧面看不到车牌，两个主持人只能瞎猜。

下来的竟是顾明绰。

他整了整西装，扣上纽扣，脚步也没停，笃定帅气地走上了玻璃栈道。

许欣雯远远地看着他，赞叹道："真的真的太帅了……"

何昔年做作地拨了拨头发，故意说道："比我还帅？"

许欣雯侧过脸剜了他一眼，毫不留情地说："那是必须的！"

何昔年像是被利箭穿心，一脸伤痛地按住心口处。

顾明绰腿长脚长，很快走过大半玻璃栈道。

看到何昔年做作的模样，他抑制不住笑出声："年哥，你还好吗？"

这话一出，何昔年马上就不装了，大声说："好得很，和最佳男主演同框能不好吗？"说着亲自迎了上去，亲切热情地握住顾明绰的手，"见你一次，真的不容易。"

顾明绰笑答："我的错，以后一定多多出来活动。"

何昔年说："这话我爱听，粉丝会感谢我的。"

说着，何昔年亲自把顾明绰带到了蒲扇前，从礼仪小姐的托盘里拿了笔递给他。

"先签名。"

顾明绰点头，接过笔，黝黑的目光从蒲扇上掠过，想找个空白的地儿签名。不想看到了沈星的名字，他眸光微凝。停了停，他拧开了笔盖，把自己的名字签在了沈星的旁边。比肩而立，似极了亲密无间。但这一幕落在两个主持人眼中，也就一个凑巧，此刻任谁也不会想到顾明绰对沈星存了心思，心心念念多年，早已深刻骨血。

"来来来。"顾明绰才签好名，何昔年就迫不及待地进入访问环节。

顾明绰站在两位主持人中间，求饶道："哥，问题简单点儿成吗？太难了我怕不会答。"

何昔年挺干脆地说："那是肯定的。"

话音方落，问题来了。

"最近做导师开心吗？出道后的综艺初体验，有什么特别的考量吗？"

顾明绰说："挺开心的，队员们很有活力，明明可以靠脸吃饭，却还是拼劲十足。"

何昔年好整以暇地睇着他，问道："你好意思说别人？你自己不也是这种人？"

顾明绰低笑出声："两位不也是这样的人吗？都这么好看了，为什么还这么拼？"

一罐迷魂汤浇下去，两位主持人美滋滋的，眉眼微弯。

顾明绰接着往下说："会出演是因为想尝试新的领域，想多多地向大家展示不一样的顾明绰。"

这话一出，许欣雯当即指出："你这话几分钟前有人说过了，几乎一字不差。"

顾明绰闻言，眸光微闪。

何昔年回忆一番，说道："还真是，哈哈，星星刚也是这么说的。"

随后，他补充道："星星刚进去，来之前，你们是不是对过答案？"

顾明绰笑了笑，说："也有可能这就是标准答案。"

访问结束后，顾明绰在礼仪小姐的引领下进入内场。

灯光迷离的宴会厅里人来人往，但他只用了一眼，便从人群中寻到了沈星。她正在同e家的主编沐烟闲聊，右手拿着一个红酒杯，杯中酒液轻晃，带出了一圈圈酒红色的波纹，卷出了一个漩涡，轻易就拽住了他的视线。

他深陷其中，良久才从旋涡里抽离，目光远远地顺着她流畅的手臂线条滑落，落在了那个低廉的藏银手镯上。

半晌后，他提步朝着沈星的方向而去。

他和e家关系密切，过去同主编打个招呼是再正常不过的事儿。

顾明绰早已不是当年那个用打架、抽烟宣泄沉郁的少年了。他英俊有才华有地位，财富也累积到令普通人望尘莫及的程度。走在人群里，人们会像他关注沈星那样关注他，是举手投足皆令人难以忽略的存在。

沐烟随着众人的视线看了过来，嘴角勾了勾，朝着顾明绰招手，喊道："阿绰。"

顾明绰走近，绅士范儿十足地同沐烟握手。

"烟姐，好久不见。"

"合作了就等于见了。"

沐烟又看向沈星，问道："你们都合作过了，不需要我再介绍了吧？"

沈星朝顾明绰小幅度地颔首，姿态自然地打招呼："顾老师。"

可沈星自己知道，她并不如表面上那样自然。套在她手腕的那个手镯因为顾明绰的出现变得沉重，有一瞬，她甚至想将它藏起，不叫他看见。

莫名其妙的矫情，也不够大方，但她控制不了，好在顾明绰并没有注意到。

同她打过招呼后，顾明绰便和沐烟闲聊。

再往后，恩师田导来了，顾明绰被他拉着到处晃。顾明绰走后，沈星的目光不自觉地被他牵走。她发现，很多女人都在看他。

电影演员，自带高光。

而顾明绰是电影演员中的顶流。前些天，沈星在有关他的热搜话题中看到一篇长文，里面列出了他所有的作品，七年十五部，无论票房爆没爆，口碑都是极好的。

最后，作者得出了结论——

【顾明绰无疑是有天赋的，但他最难能可贵的不是天赋，而是他够坚定。七年来，顶着3a级最佳男主演之名，一直扎根大银幕，从未出走。但这七年，他也得到了许多。他靠着一部部作品证明自己是新生代最强的电影演员，没有之一。只要主演栏中打上"顾明绰"三个字，观众就会默认这部影片质量上乘。

这是什么？

这是实力，也是口碑。从今往后，只要他不作死，他就能稳步向上。而如你如我的观众都愿意进影院买单。

很高兴遇见顾明绰，并见证最佳男主演养成之路。未来到底在哪里，我也想跟他一起去看看。】

当时，沈星专门去看了评论区，留言大多数都是大段大段的，或是对某部影片的感受，或是描述影片中某个惊艳的瞬间，思想深刻，极具可读性。

她花了些时间阅读，开始体会到顾明绰的魅力。

"是不是很帅？"沐烟同老友闲聊完转头，捕捉到了沈星眼中的恍惚，揶揄道。

沈星拉扯住心绪，眼睫轻轻颤了一下，须臾间恢复如常，凝眸对上了沐烟的视线。

"嗯。"

沐烟笑着说："神明的偏爱。"

她之后有些好奇地问沈星："所以你们以前到底有没有不和？碍于不和传闻，我一直不敢找你们两个一起拍封面。"

在沐烟眼里，顾明绰和沈星其实是一类人，都有才华，颜值爆灯，性格也好，愿意为事业付出努力，并且爆红过后依然能做到脚踏实地。更重要的是，流量和实力比肩而立，无论做什么都有人买单。她老早想请两人拍封面了，可私交甚笃，不自觉地为两人着想，怕两人不好意思拒绝她，见面又尴尬，因而一拖再拖。

沈星解释道："没有的事，顾老师不是澄清过了吗？"

"嗯。"沐烟点点头，"那你排斥与他合作吗？"

沐烟的问题让沈星想起了那个被她推掉的广告代言，心境同那时大不相同。

"有合适的可以合作。"

沐烟闻言，眸光微亮，说道："这话我可听进去了，如果有机会合作，Elsa（艾尔莎）必须是第一封。"

沈星不由得轻笑了一声："顾老师都还没点头呢。"

沐烟笃定道："我的邀约，他不会拒绝。他入行的第一封，就是我给他的。"

过往，在整个时尚圈都还在观望时，是 Elsa 为顾明绰敲开了这个圈子的门。七年一年一封，金九银十经常的事，说是 Elsa 亲生儿子都不过分。

这份情，顾明绰一直记得。

这点从他爆红之后依然一年一封可见一斑。

顾明绰和沈星的位置在一排，中间隔着三个人。顾明绰的位置靠里，回座时必定会经过沈星的位置。

酒宴快开始时，宾客陆续回到了自己的位置。

顾明绰也终于被田导放开，往自己的位置而去。

经过沈星的位置时，他站在众人的视线死角，把揣在口袋里半天的蓝色马卡龙抛到了沈星的怀里。

沈星被砸中，愣住了。

第二节

沈星垂眸看去，竟是个马卡龙。

她几乎下意识地伸出双手，将马卡龙握在掌心，随后抬头，可那人已经走出了她的视线。她侧眸看去，顾明绰已经坐定，直视前方，侧颜精致，冷冷清清的，仿佛刚才偷偷丢给她甜品的人不是他一样。

沈星悄悄地将小小的马卡龙藏进了手包里，等心跳缓和了些，从里面抽出了手机，手指在屏幕上敲敲，随后点下发送键：【顾老师？】

隐约一声轻响，顾明绰拿起手机，等屏幕上的字眼凝实在他的视线，薄唇抑制不住地翘起，回道：【我听别人说女孩子穿礼服前都不怎么吃东西，我吃饭的时候看到有就打包了一个，给你补充能量。】

言语朴实，却暖了沈星的蓝眸。

她由衷地回道：【谢谢。】

理智被软化，她忍不住多说了句。

【我喜欢马卡龙。】

顾明绰见了，眸光向暖。

他知道的，所以才带来给她。

【嗯，巧克力馅儿的。】

【好，我也经常买巧克力馅儿的。】

晚宴兼颁奖礼开始，两人再未交流。

颁奖结束后，主办方邀请所有来宾上台合影。各种历史级别的大同框，C 位之争也就此展开。谁都想站 C 位，却又没几个敢站，怕明日照片出街时被撕成碎片。

最后，Juliet 晚宴的主办方之一，时尚集团 Hsiao（萧）的中国区总裁 Ulrica（乌里卡）带着大花旦徐雅致和沈星站了过去。

名导、大热的新晋花旦、最佳男主演通通都要往边上站。

自有它的一套规则。

酒会开始前，短暂休息。

沈星将奖杯交给了叶欣，然后去了洗手间。从隔间出来时，她意外地撞见倪清虹从外面进来。两人偶尔会在节目或是颁奖礼见到，不算熟络，但见面打个招呼还是要的。

"倪小姐。"

倪清虹笑笑，一切恰到好处，出口的话却是："我看到了。"

沈星不懂，问道："看到什么？"

倪清虹直白明了地说："顾明绰丢了什么给你？"

说话时，有些莫名的情绪破出，虽然倪清虹已经极力隐藏。

沈星不喜，蓝眸冷了下来，淡淡道："这跟倪小姐有什么关系呢？"停了两秒，"他既然敢在公开场合这么给我，能是什么？值得倪小姐踩过线专门问一句。"

倪清虹的唐突撩动了沈星的脾气，说话没有留任何余地。

倪清虹没料到沈星会反应这么大，怔了怔，换了一副笑脸，略带歉意地说道："我这个人就是好奇心太重，如果让沈小姐不高兴了，抱歉。"

沈星直直地睇着她，凉声道："如果没有别的事情，我先走一步。"虽还维持着表面的和睦，但沈星脸上和眼中的笑意皆不再，气场冷酷强大，丝毫没将倪清虹看在眼里。

沈星也没等她再回应，兀自踱到洗手台前洗手烘干，而后转身离开。

她身后的镜子倒映出倪清虹精致的脸庞，瞳仁沉黯，狠戾不加掩饰。


第二天上午十点许，各大时尚博主和五大刊像私底下约定过，齐齐放出了这届 Juliet 晚宴的内场图。各有各的视角，展现的细节也大不相同，但每一帧皆是奢华精致，牢牢守住了 Juliet 晚宴在时尚界的水准和地位。

强推之下，各种热搜应运而生。

绝对 C 位的徐雅致和沈星引发众多关注，Juliet 晚宴的话题里吵得炸锅——

【这位姐站在总裁旁边也是一脸冷艳模样。】

【星姐：C 位，站了也就站了。】

【时尚地位比肩大花了这是！】

【楼上的就别捧杀了，默默"舔颜"不香吗？】

【就是，我等着下次星姐戴着天价古董珠宝大杀红毯的时候。】

【由此可见，作品什么的都不重要。】

【又来了又来了，那么多年度金曲都被狗吃了？】

【合着只有电影和电视剧算实绩了。】

【顾明绰和田导都站第二排了，没见人家出来酸。】

……

沈星的名字被大量提及，上午十一点刚过，单人热搜上榜。没多久，热搜话题中涌入大量的通稿，内容几无二致。

通稿列出了沈星和倪清虹在 Juliet 晚宴中的着装，两人穿的都是 e.b 早春度假系列，因此亲昵地称呼两人为 e.b girls，有营销号甚至蹭着沈星的超强热度，发起投票。

【你认为沈星和倪清虹谁更适合 e.b？】

一篇又一篇，只差把"捆绑"两个字大写加粗打在通稿的标题上了。

胡亚均得知这事时，正和创美传媒幕后大老板纪二公子纪平桦喝茶汇报工作。

胡亚均说电话时，纪平桦听了个大概。

电话刚挂断，纪平桦便一脸散漫地望着胡亚均笑，问道："怎么样？想怎么维护你的宝贝疙瘩？"

发现纪平桦的眉眼竟同顾明绰有几分相似，胡亚均觉得惊奇，脱口而出："纪二，有没有人说过你像一个大明星？"

还真有，但纪平桦没明说，反问道："像谁？"

胡亚均回道："顾明绰，特别是眼睛，像复制粘贴的。"

纪平桦是公认的纪家最好相处的男人，自然不会在意这种善意的玩笑。

他笑了笑，说道："其实你不是第一个说这话的人，很多朋友也说过。"

胡亚均追问："你自己觉得像不像？"

"我没深究过，晚上回去仔细看看。"

"呵……"胡亚均被他气乐了，之后，没再纠结这个问题。

在胡亚均的认知里，顾明绰和纪平桦就是八竿子打不到一块去的两个人，再说，长相跟明星相似的人很多，即使两人真的相像，也不是什么稀奇事儿。

胡亚均言归正传："倪清虹这次发通稿捆绑我们星星，太不地道，我不可能由着她。"

"我们星星"四个字牵起了纪平桦的嘴角，他漫不经心地应和："那就该怎么办怎么办，不用给倪南焱面子。"接着又问，"你打算怎么不由着她？"

胡亚均翘起嘴角，勾勒出一道莫名的弧度："通稿一句不提珠宝，那我们就大提特提。Sky Fall，必须全场最佳！"

纪平桦瞅着他的嘚瑟劲儿，散漫地戏谑道："就你这护短的劲儿，活像一只护着崽儿的鸡妈妈。"

对此，胡亚均并不反驳："是又怎么了？Maple Leaf 是我的心血，我得靠着它吹一辈子，怎么护着都不过分。不过呢，我这也是借了纪二你的势。"

今天要不是纪平桦垫着底背书，他再怎么不高兴也得把倪南焱考虑进去。

一罐迷魂汤迎头浇了下来，纪平桦手臂上的毛孔都颤抖。

"行了行了行了，你可别给我灌迷魂汤了，不利于我的成长。"

胡亚均冷呵一声："你都奔三的人了，还想怎么成长？就算可以，也只有未来的纪太太有这个能力。"

提及未来纪太太，纪平桦的脸色顿时变得沉重，重重地叹息了一声："唉，人生太艰难。"

胡亚均在心里暗笑，表面还是关切地问："怎么呢？"

"还能有什么？老太太发话了，今年中秋必须带女朋友回家，不然就别回家了，说纪家人很多，不缺我一个。"

这话出来，胡亚均由暗笑变明笑，特大声的那种。

纪平桦睨着他，眸光淬着冷意，像尖刀一般剜向胡亚均，冷冷道："信不信我开除你？"

事关饭碗，胡亚均明知不可能，还是象征性地压了压自己的笑声。

"行行行，我不笑了。"他还热心地建议，"为了感谢你对我的那份知遇之恩，我给你出个主意。"

纪平桦眸光暖了几分，说道："说，再瞎掰扯就炒了你。"

胡亚均自动忽略了自己不爱听的话，笑眯眯地道："到了那天，缘分来了自然好。要是没来的话，我把夏夏借你一天。她人美声甜就不说了，长辈缘杠杠的。怎么样，我这主意不错吧？"

胡亚均觉得自己的这个点子妙极了。

可某人完全不懂欣赏，不仅如此，眼中刚生出的那点暖意倏地被怒火烧尽。

纪平桦冷声冲胡亚均吼："滚！今天下午五点过后，我不想再在创美看见你。"

"好的，这就去。

"江湖再见，Sir。"

胡亚均睨着某人的怒容数秒，慢条斯理地收拾好散开的文件夹，离开了。

他昂首挺胸，步履优雅。

纪平桦看到后，气到差点呕血。

"到底谁是这家公司的老板？"

胡亚均这种搁古代是不是就是那种功高盖主，夹着尾巴做人都分分钟会被主上杀头的炮灰？怎么到了2021年，他蹿到飞起了？

通稿热度蔓延时，顶奢珠宝 Sky Fall 突然发微博认领了沈星佩戴的初雪系列。

Sky Fall：【很高兴初雪能遇见如初雪般的她，期待未来有深度合作。@沈星 @创美传媒】

深度合作？

大饼新鲜出炉，热点瞬间被打散。

倪清虹火气兜头，上微信丢了一张照片给傅海屿。

【都公开打情骂俏了，你还要忍吗？】

照片中，顾明绰从沈星身旁走过，抛了个物件给她。距离隔得有些远，放大后影像虚化，根本看不清是什么，但用来激怒傅海屿足矣，特别是在他向顾明绰下了最后通牒之后。

此时，傅海屿正在华鑫集团的会议室。灯光大亮，照得室内纤毫毕现。他端坐于长会议桌的主位，生产和进出口部门的高层分坐两侧，有人正在做工作汇报，面朝着傅海屿的方向。

傅海屿看似专注沉静，实则不是，他的心绪被倪清虹发过来的照片搅乱成一团。

顾明绰怎么敢？

他又是在什么时候同星星亲近到这种程度的？

按照傅海屿的认知，顾明绰抛了什么给沈星不重要，重要的是他做了这件事情。这意味着沈星给了他底气，让他笃定即使这么做了也不会出现不好的后果。而这种底气，同沈星从小便熟识的傅海屿从未得到过。

思绪纠缠时，傅海屿的眸色染上了晦暗。

可面上，他仍是一派淡漠如水的模样。

会议结束，他回到自己的办公室，私密静谧的空间令他放松。脱下儒雅温和的外衣，真正的他倨傲轻慢，憎恶违逆。

他因为喜欢沈星不得不忍让压抑，但顾明绰算个什么东西？

脑海中掠过"顾明绰"三个字时，傅海屿情绪涌动，倏地出手将办公桌上的物件全部挥落在地。笔记本电脑、保温杯、各种文件和书籍先后撞到地面，带出了透着戾气的声响。

半晌，恢复平静。

傅海屿优雅且缓慢地起身，从一摊水渍中拣回了自己的手机。

是夜，九点许。

微博一个挂着金V标志、粉丝多达1400万的营销号"娱乐圈绝地"突然发文。文章最开始就带了顾明绰的大名，之后的每一个字都像尖刺，意图将顾明绰三个字牢牢地钉死在耻辱柱上。

【最近呢，咱们这位十八岁就拿到了人生第一尊最佳男主演奖座的顾明绰频繁登顶热搜，绝地被迫关注，脑海里有且只有一个想法：现在真是什么垃圾玩意都能成为流量，成为万众偶像。

他的演技，绝地也是认可的，但他仍然不被神化、不配成为流量，因为潜在的危害太大。为什么这么说呢？今天绝地就给大家三百六十度无死角地"科普"一下咱们这位顾明绰。】

正文下方，带了十几张照片，全都是顾明绰年少时的，打架、抽烟、打耳洞、把一头乌发染成灰白……有些之前从未曝光过。

几分钟后，"娱乐圈绝地"又发了一条打补丁。

【哦，还有一点忘记了说，你们这位二流子最佳男主演，还有一个万年赌棍老娘，常年混迹赌场。你们说她一个贫寒的女人，哪儿来的钱一直这么赌？】

这个营销号轻易引发了诸多猜想。撇开顾明绰母亲逢赌必胜这个不可能的原因，可能性就只有她变坏或是有人在背后源源不断地给她供给，而这个供给人极大可能是顾明绰。

虽是旧事重提，可当事人的热度实在太强，此文出现不到十分钟，评论区就乱到炸锅。热评前十，竟然全都是不利于顾明绰的评论。

【怪不得出来出演综艺，捞快钱补给赌棍老娘吧？】

【这是什么稀烂玩意儿?】

【娱乐圈就是垃圾堆,永远没有最乱,只有更乱。】

【封杀吧,这样的人作为顶流,下一代堪忧。】

【滚回永寒里吧。】

【不怪你,毕竟某最佳男主演也只有演技和那张脸可以说道了。】

【白头发?顾明绰的品位真心让人不忍直视。】

……

流量狂欢,卷出一个风暴旋涡。

顾明绰站在风眼中,随时有可能被毁灭。


黑料爆出后不到半个小时,胡燃已经出现在了顾明绰的套房中。

昏暗的大凉台,两人围坐在一张小圆桌旁,桌上摆着一壶热茶。胡燃的指间夹着一支烟,茶香和烟草香纠缠在一起,于他们四周摆荡蔓延。

胡燃狠吸了一口烟,星火明灭时,他对顾明绰说:"不用担心外婆,我找了一队保安过去了。"

话音低沉,一如往常。

顾明绰若有似无地颔首,说道:"谢了,燃哥,我又给你添麻烦了。"

胡燃勾了勾唇,不甚在意道:"从我决定带你的那一刻开始,我就没想再过平常的生活。在娱乐圈,安稳注定庸碌、默默无闻。"

而他胡燃,也不是来娱乐圈图安稳的。

顾明绰闻言,笑意冲破层层阴郁在眼底蔓延。

胡燃睇着他,似回忆往昔,半晌后笑道:"这点事儿不算什么,生而为人,谁还没点迷茫中二的时候?"

特别是在原生家庭那么糟糕的情况下。

在胡燃看来,顾明绰已经做得很好了。如果是他,未必有能力从泥沼中走出。

"这次公关做好了,未来你就是励志偶像,那些过去和你的母亲再无法阻挡你往上的路。"

"嗯。"

"哥,有件事情我一直没同你说。从五年前开始,我每年都会以外婆的名义捐赠两千万到旨在救护原生家庭恶劣的青少年的幼芽救助基金。"

顾明绰的情绪很淡,声音也不够响亮,但这并不妨碍胡燃突然振奋。

胡燃的声音无法自抑地拔高:"这……阿绰,你怎么不早说?"

有了这些捐赠证明,这次公关赢面大增。

顾明绰曾迷失过,但他没有放弃自我,自己走出来不说,还运用自己的力量帮助那些同他有着相似遭遇的青少年。

"今天之前,我没想过向任何人提及这件事。我愿意我就做了,如此而已。"顾明绰眺望远处,缓缓道出自己的想法,"但我现在改变主意了。"

"我不想再为不负责任的父母背负什么了。

"我想通过这次事件让更多的人知道幼芽救助基金,想让跟我一样的可怜孩子看到走出的希望。"

随着年纪的增长，顾明绰从愤恨到自暴自弃，再到彻底释然。

他终是决定站出来，直面这一切。

他想堂堂正正地活在阳光下，享受自己的权利，承担自己应尽的义务。

"现在，就让子弹再飞一会儿。"

再一次性解决。

第三节

【唉，是不是有人要整顾老师啊？多少年前的事儿又翻出来讲。】

顾明绰短时间内再次热搜有名，事业粉慕夏围观了全程，心绪难平，往小仙女群里连丢了几条消息。

【摊上那么个妈，他能怎么办？太惨了，换了是我，估计也不知道该怎么办了。】

最先炸出来的是同样在吃瓜的李羡婷。

【我也觉得是有人在整他，最近他的势头太强势了。】

【而且这些旧料能说明什么呢？说他少年顽劣？还不准人家长大懂事了？】

说到这里，很少聊八卦的队长明娅都浮出水面。

【这些事情如果发生在普通人身上，真算不得什么大事儿。但他是顾明绰，微博粉丝近亿，这里面有多少青少年没人知道。他作为偶像，吃了偶像的红利，就有责任和义务引导他们平稳地走向成熟。】

【他也迟早要直面这些过去。】

慕夏身为"爱豆"，心知明娅说的是对的，只是人心都是肉长的，难免有偏袒：【那你们觉得这次顾老师会面对吗？伤口被挖开，多疼啊。】

明娅隔着屏幕都感受到了慕夏的低落，发了个摸摸头的表情，随后安慰道：【那可是顾明绰，你当他过去的七年是在玩儿？而且"星影"不可能因为这种程度的负面新闻就放弃他。只要流量还在，商业价值就会在，顾明绰就永远不可能真正倒下。】

【等回应吧。】

看到这些，慕夏心宽了几分，但还是有些担心：【顾老师那破烂工作室，多少年了，我就没看过他们回应什么。】

流于表面的话一出，一直潜水窥屏的容涵忍不下去了。

她跳出水面，恨铁不成钢地道：【什么时候才能不傻白甜？嗯？】

【真要是破烂工作室，顾明绰能安稳地走到今天？早被人撕成碎片了，至少一万次。】

其实胡燃比任何人都强势，从他这些年为顾明绰撕下的资源就可见一斑，而那些所谓的负面新闻，时间线始终停留在出道前，不断地炒剩饭，杀伤力一次比一次弱。

默默窥屏的除了容涵，还有沈星。

慕夏第一次说话时，她便转到微博粗略看了一眼，感触最深的是顾明绰全球粉丝后援会的那句：【等！】

简简单单的一个字，在她看来，暗藏着浓烈的情感和对顾明绰的笃定。

他们信他。

其实她也是信的，莫名的。

即便曾经行差踏错，现在的他都是积极向上的，才华横溢，明亮灼眼。

这一等，就是三日。

顾明绰三个字始终挂在热搜榜单上，在每每位置下落时，都会被莫名的力量扫到前排。背后操纵的人显然不打算轻易放过他，永寒里的生活照片也被各路校友、朋友发言陆续曝光，深度挖掘着顾明绰。

对"星影"而言，这几天就是煎熬，但除了个别激进的粉丝，其他的比平时更加低调。除了超话，不再在任何地方发言，只差把"等"字刻在脑门上了。

谁也不知道顾明绰在想什么，外婆也是。事发后，胡燃即刻派了六个保安在通往永寒里的巷口守着。虽未叨扰任何人，但每日有人进进出出，难免会觉得奇怪。很快，这事儿就传到了闵惠兰的耳朵里，她立马打给了顾明绰。

顾明绰让她安心，并保证一周内会妥善处理好所有事情。可从头到尾，他一句没提发生了什么事儿。他不愿说，老太太也没拽着他问。

挂了电话之后，闵惠兰联系到了陈苟信。陈苟信没多犹豫全跟她说了，主要是想着顾明绰那么红，老太太真拗上了迟早会知道，还不如由他说明看着。

说的时候，陈苟信已经做足了老太太听完会发的心理准备。

可结果，闵惠兰很平静，短暂的沉默后，对他说："二狗，你今晚得空吗？送我去个地方。"

陈苟信大概猜出了老太太的想法，温声劝道："外婆，我得空，可这会儿阿绰正烦心着呢，咱不给他添乱，行吗？"

陈苟信从小就跟顾明绰相熟，在顾家的时间多过自己家，老太太对陈苟信而言，就是自家亲奶奶。长大后他去了外面，但无论年节还是平时，只要他回到永寒里，必定会来顾家陪闵惠兰坐坐，偶尔还会留下来吃顿饭。多少年来，他从来都是有什么说什么。

闵惠兰也不瞒他，说道："我有分寸，但这个事儿，错在我。我要没生出顾怡佩这个混账东西，阿绰不会活得这么苦，不会总像现在这样被人戳脊梁骨。

"我得处理，至少得拿棍子抽她一顿，不然我这口气很难顺，时间久了，会憋出病。我不想病，我还想活着看你和阿绰娶妻生子呢！"

老太太噼里啪啦说了一长串，声音越来越大，炸得陈苟信耳朵都疼了。

他把手机从耳边撤开了些，准备再劝劝，哪知老太太舒缓了口气，又道："你要是不带我去，我找别人了。"

音量较之方才轻了许多，威力却巨大。

陈苟信有些慌："外婆，这样不好，真不合适！"

闵惠兰不以为然地说："好不好我都要去，你只用告诉我你愿不愿意陪我去。"

停顿了两秒，她冷声道："你可以不去，但不准同阿绰说。"

陈苟信忽然觉得他以前对外婆的认知太过片面了，思量片刻，陈苟信暗叹了一口气，妥协了。

"晚上八点，您从赵婶家出去。"

除了长期住在永寒里的人，很少有人知道还有一扇门能走出永寒里。兜兜转转，迂回曲折，却能通向阳光。

"但是先说好，快去快回，见着了您也不能太激动。

"好吧？不同意的话，您就找别人。"

"行！"

两人谈妥，闵惠兰回到了自己的房间，从衣柜的深处搬出了一个原色的木箱。已经有些时日了，箱子的边角有些磨损。

她拨开锁制，开了箱。里面锁着一本相册和一些杂物，不值钱，却是她这一生最最珍贵的物件。

目光片刻凝滞，她抽出了那本相册，粗略翻了几页，全都是顾明绰。照片上的他，总是冷着一张脸。他从小就不爱拍照，留存下来的每一张都是她要求的。少年不想她遗憾伤心，虽不情不愿，但最后还是配合拍照。那时候谁会想到这般抗拒镜头的孩子会成为最佳男主演呢？

想到过去，闵惠兰的眸色暖了几分，心中所想也越加坚定。

良久，她小心翼翼地将相册放回原处。

合上木箱前，她从里面抽出了一个黑色的文件夹。

和陈苟信约定后，闵惠兰给顾怡佩发了短信。一个多小时后，仍未见回复，打电话给她，结果一样。她多少有些恼怒，但这些并没能打消闵惠兰要找顾怡佩的想法。为了阿绰，就算是需要搭上她这条老命，她都不会多眨下眼，别说被自己的女儿漠视这种小事儿了。

当鹭城电视台的古老挂钟时针指向晚上八时，闵惠兰和陈苟信会合，神不知鬼不觉地离开了永寒里。这时，她仍然没有联系到顾怡佩。

陈苟信是个好脾气的，耐心地载着老太太转了几个顾怡佩常去的地方。花费了近两个小时，夜风染了凉，连个人影都没见着。

"外婆，太晚了，咱先回去？"陈苟信怕老太太困，温声劝道，"您要是真想见她，我明天再带您出来。说不定她是有事儿耽搁了，没看到电话，明早看到了就回复您了。"

话越往后，陈苟信的音量越弱，因为连他自己都觉得这话假得很。

闵惠兰被这傻小伙儿给气笑了："怎么没声儿了？自己都觉得不能信？"

陈苟信嘿嘿傻笑两声，赶忙转移话题："外婆，您找佩姨想干什么呢？您就算打她骂她，她也不会改。"

顾怡佩是陈苟信见过的最狠心的女人，沉迷赌博抛家弃子，受过的教训真不少，最严重的一次，阿绰都被人打到入院了。可她似乎从未悔改，风头过了，依然我行我素。这样的人，又怎么会在乎老太太的打骂呢？

"我已经不期待她改了，也无所谓了。"闵惠兰听着，搁在黑色帆布袋上的手不自觉地蜷紧，"我只要她把欠阿绰的还来。"

她要在自己离开这个世界前确保阿绰再也不会被上一代的污糟伤害。

闵惠兰说这些话时，神色坚毅脸颊紧绷。

陈苟信看着，忽然一阵恍惚，脑海里蹿出一个念头：就老太太现在这气势，徒手也敢直击陨石。

他心绪不由得激昂，说："好！继续找。我就不信了！"

临近转钟时分，闵惠兰终于接到了顾怡佩的电话。顾怡佩约了两人在一间叫"飞饭拉浆"的海鲜大排档见面。

约一刻钟后，闵惠兰和陈苟信抵达。

目光四顾，很快找到顾怡佩。她坐在一棵古树下，正在接电话，白衣黑裤的简单装束，面容保养得还算不错，只是表情刻板冷漠，厚厚的脂粉也无法完全遮掩因为长期熬夜生出的青黑色。

夜风浮动，她散落的发丝随风摇曳，带出了一阵馥郁的香气，也将枯萎分叉的发尾显露于人前。

"哎，我妈来了，先不说了。"她一直在说电话，直到闵惠兰坐到了她的对面。

她挂断电话，给闵惠兰和陈苟信各添了一杯茶。

动作间，她看着陈苟信笑了笑，说："时间过得真快，二狗子都长这么大了，现在在哪儿上班？"

陈苟信勉强扯了扯嘴角，回道："在一家外企，做IT。"

顾怡佩又是一笑，问道："出息了，可把陈嫂高兴坏了吧？"

陈苟信小幅度地点点头，心想：你儿子不是更出息，也没见你这个做妈的有多高兴。

就这么不冷不热地寒暄了几句，顾怡佩将目光转向母亲闵惠兰。

"妈，这么晚找我什么事情？"顾怡佩冷淡直接，就像对面坐着的是个陌生人。

闵惠兰打量着她，想从她的脸上找寻情绪波动，可是什么都没有。

闵惠兰的心彻底冷了，硬了。

她直接问顾怡佩："阿绰的消息你有关注吗？"

闻言，顾怡佩短暂地怔了怔，回道："他都跟我断绝母子关系了，我为什么还要关注他的消息？"

顾怡佩撒谎了。她专门注册了一个微博，偶尔她会上去看看，搜索框里最常出现的名字就是顾明绰。每次看完，那晚她都会做梦，梦见她和阿绰母慈子孝。

小小的少年长大了，成了一个拥有近亿粉丝的演员。

未来某一天，他还会把他喜欢的姑娘带回家。时间成熟了，他们会结婚，生一个漂亮的小娃娃。小两口工作都很忙，把孩子交给了她和妈妈，一家人和和美美地生活在温暖敞亮的大屋子里。

可这些梦，并没能把她拖出深坑。当天亮起，顾怡佩就像被神秘的力量控制牵引，再一次走向赌桌。歇斯底里地叫嚷、狂热地下注……她笃定这才是她向往的生活。如此反复，一年又一年。

闵惠兰似是早料到顾怡佩会这么说，神色未见波动。

"我今天来主要是给你两个选择：一，戒赌；二，找到阿绰的父亲，是谁都好，让他知道孩子的存在。"

"你选！"

"不选的话，我会用自己的方式找出那个男人。"

一个没读过多少书，常年同贫穷相伴的老太太，为了自己的外孙，展现出前所未有的强势和智慧。

陈苟信吓得一哆嗦，凝眸望过去，在心里疯狂地为老太太点赞。

顾怡佩脸色冷若冰霜，好半天才憋出了几个字："不可理喻。"

闵惠兰全然不在意，兀自从黑色的帆布袋里抽出了一个文件夹，笔直地推到顾怡佩面前，说道："顾怡佩，阿绰出生的前一年跟你打过交道的男人就那么几个，其中有三个是极为密切的，阿绰的父亲大概率是其中一个。

"你如果不出面，我不介意闹得满城风雨。就阿绰现在的名气，太容易了。我不清楚你是真不清楚阿绰的爸爸是谁，还是为了保护谁，我也不在乎，我只想阿绰过得好。

"该受辱骂和指责的是你，还有那个男人，为什么苦的却是我的阿绰？"

闵惠兰如此决然是因为受够了，再不愿忍受孩子被人戳脊梁骨。

这些话成功地激怒了顾怡佩，她脸上的木然和冷漠瞬间退尽，愤怒地吼着，声音略压抑："您疯了吗？

"闹大了阿绰就能全身而退？

"您这是害他。"

闵惠兰却还是一脸冷淡，像极了一座没有感情的人形雕塑。

"害他？这事情跟他有什么关系？任何一个孩子都没办法选择自己的出身。

"大多数人的心都是肉做的，他们终会理解。"

"妈……"

"选！天亮前告诉我你的答案。"

顾明绰红了七年，老太太也不再是当年那个无知卑微的妇人，她拥有足够的财富和能力去实施心中所想。

"这个袋子里有那几个男人的背景资料，你如果拒绝，我明天就会去纪氏找纪钜维。"

"纪钜维"三个字一出，闵惠兰终于从顾怡佩眼中捕捉到了一丝波动。这丝波动虽然稍纵即逝，但瞒不过她。她知道自己赌对了，若有似无地弯了弯嘴角。

"这份调查报告花了我几十万，母女一场，我免费送给你。

"希望这份报告能够唤回你的记忆，避免遗漏。"

闵惠兰转向陈苟信，说道："二狗，走了。"

陈苟信看得正带劲儿，下意识地应了声："啊？"

闵惠兰冷声重复："走了！"

陈苟信猛地回神，连忙应道："好好好，走走走……"

他迅速起身扶起了老太太，往停车的方向而去。

走了很长一段，背后仍然安静，他不自觉地回头看了眼顾怡佩，她仍旧保持着他们离开时的坐姿，神色木然。黑色的文件袋无声地躺在她面前，可自始至终，她都不曾碰触。

一眼过后，陈苟信收回目光。

他有些好奇地问："外婆，您刚说的是吓佩姨的吗？还是……"

"阿绰真有可能是纪钜维的孩子"这句他没说出来。

一缕微光于这时点燃了闵惠兰混浊的眸子。片刻沉默过后，她回应了陈苟信的问题："我也在等答案。"

第四节

这一夜，顾怡佩的记忆被强行唤醒。

二十几年前，她只有二十岁，风华正茂，也没沾上赌。她白天上学，晚上兜转各地打工。那时候，她的心里充满了对未来的憧憬，笃定有一天自己能带着母亲走出永寒里。

直到二十岁生日那天，她遇见了纪钜维。

他受了情伤，日日和兄弟来玩酒吧买醉。男人英俊潇洒，举手投足都是贵公子气度，加上因失恋而生的颓靡，就像一种毒，让人沾染上了就再难戒掉。

最初顾怡佩只是远远地看着他，即使怦然心动了。因为她很清楚纪钜维是谁，同自己完全不同，可缘分就像被猫咪耍得到处乱滚的毛线球，猝不及防间，滚到了她的面前。

有一天，纪钜维输了真心话大冒险，出现在顾怡佩面前，一脸温柔甜蜜地对她说："我喜欢你。可以和我跳一支舞吗？"

他身后起哄声四散开来。

顾怡佩知道只是个游戏，却还是败给了他温柔的目光。她说"好"，然后将手放进了他的掌心。那一晚，她搭着他的臂弯，克制不住的除了心跳，还有突破防线的爱意。

初次动心，甜蜜过世间所有。防线破开后，再遮掩成了奢侈，而后续发生的种种无一不在证明两个人确实是有缘分的。日复一日，爱意滋生。

可好景不长，没过多久，纪钜维向她提分手。

"为什么？"顾怡佩站在两人同居的小公寓里，仰头望着纪钜维，一脸难以置信地问道，"你玩我？还是觉得我出身不好？"

纪钜维想抱她，却在绝望地压抑着。

半晌后，他实话实说："她怀孕了。"

他没指明那个"她"是谁，但顾怡佩知道。

她叫梁咏书，纪钜维的初恋，情伤也是因她而生。

"呵……"顾怡佩笑声破碎，透着不甘。为什么都是堂堂正正地恋爱，她却要成为被放弃的那个？

"纪钜维，你实话告诉我。

"你是不是爱她多过我？即便她没有怀孕，只要她回来，你就会放弃我，是吗？"

纪钜维想说不是，但嗓子眼就像被异物堵住，短暂失语。

也因而错过了最佳的解释时机。

顾怡佩开始抗拒他，说："你别回答了，我不想知道了。你走吧，明天天黑之前，我会搬出这里。"

话到这里，纪钜维再也克制不了心中的情绪，伸手抱住了顾怡佩。

"对不起。"明知这话无用又廉价，但除了"对不起"，他也不知道该说些什么表达自己此刻的愧疚和歉意，"你以后可以一直住在这里。除了这里，我已经将城中几处房产和一些公司的股份转到了你的名下。有了这些，你以后不用那么辛苦。一定会幸福的。"

纪钜维难得话多，也不知道是想安慰顾怡佩，还是为了说服自己。

熟悉的体温软化了顾怡佩的不甘和怒火，她像个被戳爆的气球，靠在男人的胸前号啕大哭。

半个小时后，她从情绪中抽身，也退出了纪钜维的怀抱。

"纪钜维，我不是出来卖的，没有理由要你的任何东西。"顾怡佩再次抬眸看他时，眼中已经没有泪，也没有爱情，"就这样吧，以后你走你的阳关道，我过我的独木桥。放心，我不是死缠不放的人。以后，我不会再去找你。"

这夜过后，顾怡佩的双脚再次踩进现实。

但初心，仍然未动摇。

幸福虽短暂，却是真心换真心。对她而言，已经足够。

可老天并没有放过她。

她怀孕了。

她很慌，但慌乱过后，她还是决定留下孩子。没有了纪钜维，拥有一个他的孩子，是不是也是一种幸福？

她一个人偷偷地去医院为孩子建档，一次不落地产检。

渐渐地，她的心变得安定幸福。

她更加努力工作，想好好照顾宝宝和妈妈。

就这么过了三个月，她骨架纤细，孕肚丝毫不显。一日结束晚班，她从店铺走出，撞见了一个妆容服饰皆明润精致的女人。

女人笑着对顾怡佩说："顾小姐，我们能单独聊聊吗？我是纪钜维的太太梁咏书。"

就这一句，顾怡佩已经可以断定梁咏书并不像她外表看起来的那样温润无害。

顾怡佩建起防备，扯出明亮笑意，一脸无辜地问道："我同你有什么好聊的呢？我一没抢你男朋友；二没勾搭你老公，你犯得着来我面前炫耀你纪太太的头衔？"

梁咏书没料到顾怡佩会这么强势，怔了怔，扯破了伪装，不复方才的温柔可亲："倒是牙尖嘴利，不过真犯不着。我这次来找你并不是为了炫耀，只是圈里的人都在说纪钜维在我情绪化闹分手时找了个替身消磨时间。听得多了难免好奇，就过来看看。乍一看还真挺像，就是配置太低级……"

"老板娘，想吃点什么？"大排档的服务生忙过一轮后，发现顾怡佩还保持着刚才的坐姿，便走了上去，"心情不好就吃点好的。吃饱了，心就宽了，只想高唱一句啥都不是事儿。"

小伙子看着就二十上下的年纪，可想法通透，说起道理来大气都不带喘的。他近乎强势地将顾怡佩从回忆的旋涡中拉出。她涣散的目光开始凝实，落在小伙子脸上，歉然地笑笑，说道："今天有点急事儿，先不吃了，改天一定来。"

小伙子笑了，露出两个小酒窝，说："没事儿，姐。"他突然改了称呼，亲切也热情，"别想太多，活得开心比什么都重要。"

顾怡佩点点头，由衷地道："谢谢！"

说完，她拿着闵惠兰留下的那个黑色文件袋，走入深沉夜色之中。她漫无目的地往前走着，一千米、两千米……

等她回过神来时，竟来到顾明绰常住的小区外。高级社区，外人需要接受盘查登记了才能进入，阻住了她前行的脚步，也拦住了意图采访顾明绰的各路记者。

顾怡佩目光掠动，一一找出了他们。几分钟后，她转身离开。

顾怡佩这一夜都在徒步，每一步都像踩在刀尖上。身心都在痛，但痛到极致之后，她发现无论是心绪和视线都前所未有的清明。

她突然意识到自己好愚蠢。

因为梁咏书的几句话，她伤害了母亲，也伤害了她发誓要好好爱护教养的孩子。

二十多年里，她一直守着自己的不甘和愤怒过活，把初心抛到了深沟，造成的那些伤害，死一万次也弥补不了。悔意不断发酵时，她木然的黑眸被水雾氤氲。终于，用了漫长的二十五年，她找回了哭泣的能力，与她的孩子同岁。


天蒙蒙亮时，顾怡佩给闵惠兰发了两条信息。

第一句：【对不起，妈。】

第二句：【属于阿绰的一切，我会为他拿回来。】

做完这一切，她走进浴室，再出来时，已是一身清爽。她挑了件黑色的束腰连衣裙换上，把来不及修剪的长发绾起，淡妆拂面时，清丽破开了木然。

上午九点时，她来到时纪集团的前台，不带一丝情绪地说："我找纪钜维。"

前台行政没见过找大老板态度还这么强势的，不自觉地皱起眉头，但明面上还是客气地问："您是？"

"顾怡佩。"

"那您有预约吗？"

"没有。"

"那……"

顾怡佩耐心渐失，冷声道："你只用告诉他顾怡佩来了，如果他说不见，我立刻走。"

"这……"但顾怡佩的气势太过强大，前台怕万一闹出乱子不好收场，颤抖着打给了纪钜维的特助吴廷海。

"吴特助，有位顾怡佩小姐找纪先生，她说请务必告知纪先生她的名字。"

两分钟后，前台收到了吴廷海的回电："麻烦你送顾小姐上来。"

当初刚分手时，因为愧疚，也因为费尽心力也无法抹尽的爱情，纪钜维一直派人跟着顾怡佩，想确定她过得好不好，还会在她遇到困难时借由别人的手给予帮助，直到她再次恋爱，并生下了孩子。再后来，他偶尔得知她沾了赌瘾，替她还清了赌债之后，找上门想跟她谈谈，结果被一盆从二楼浇落的污水兜头。

不欢而散。

之后，各自负气的两个人再未见过面，那份短暂的爱恋看似淡化在时光里。

"怡佩……"四目相对时，纪钜维艰涩地开口。他突然发现，他以为早已忘却释然的往事其实一直深藏在心底，没想，不过是没人去挑动罢了。当刺激足够时，那些美好的记忆全部跃然眼前，甜蜜的、生动的……因为被封存，仍然如新。

"纪先生。"从不甘和愤怒中抽身的顾怡佩脱胎换骨，宛若新生，冷然却生动，"我来是有几件事想跟你谈谈。"

顾怡佩的态度令纪钜维清醒，恢复到平时清雅的模样。

"坐。"

顾怡佩坐下。

纪钜维递给她一杯温水，问道："什么事？"

说话时，纪钜维的目光若有似无地从她脸上拂过。她虽然不复年轻，但她身上的那股劲儿似乎又回来了。他一直没告诉她，他喜欢的就是那股冷冽，明明过得很艰难，可是在她眼里，好像都不是事儿。和她在一起时，他总是乐观明朗的，烦事不沾身。

"谢谢。"顾怡佩没有碰水杯。

纪钜维像是没有感受到她的冷淡，坐回到皮椅中，注视着她，目光中尽是温柔和包容。

这是顾怡佩曾经最爱的，最后却成了她的劫。

再次得到时，她已心如止水。

而且她今天来，也不是找他叙旧情的。

"纪先生，你时间宝贵，我就直说了，速战速决。

"顾明绰是你的儿子。不信的话，你可以找根他的头发做 DNA 比对。"顾怡佩面色淡如水，就像在说一件同自己毫无关联的事情。

为了激发放大纪钜维的愧疚，她故意强调："无论你信不信，我顾怡佩有且只有你一个男人，我和孩子的悲剧都是你一手造成的。"

迟到的指控猛烈地砸到了纪钜维的脸上，他极度错愕，死死地盯着顾怡佩。

半晌后，他才艰难地开口："你……说什么？"

看他这般，顾怡佩心底涌出莫名的快感。

她微微弯了弯唇，重复道："我说顾明绰身上流着你的血，你和我说分手时，我已经怀孕了。"

约莫是觉得打击力度还不够，顾怡佩又残忍地补了一刀："没想到吧，你选择了一个孩子的同时，也放弃了另一个。但他凭什么被放弃呢？就因为他的妈妈蠢，没有发现自己身体的异状。"

纪钜维的心被这些话刺痛，人也因此清醒了些，问道："你为什么不告诉我？"

顾怡佩冷笑："告诉你有什么用？让我打掉孩子？还是改变选择？"

纪钜维无言以对。

当时那种情况，他怎么做都是错。他知道了又能怎么样呢？总有一对母子要受委屈，甚至极有可能如顾怡佩所说，她和他的孩子根本没有机会来到这个世界。

可那个孩子明明是父母爱情的结晶。

"但我当时很幸福，我爱那个小生命，努力工作，想照顾好妈妈和宝宝。"顾怡佩对纪钜维脸上的震惊和伤痛视若无睹，兀自往下说着。

只是话到这里，她的情绪也不再受控，声线染上了激动："梁咏书为什么要来找我？为什么要一次又一次地羞辱我？"说着，她从手机里找出了一条录音，颤抖着按下了播放键。梁咏书和她的对话清晰地传到纪钜维耳中，每一个字都像尖刀扎在他的心上。

"我是替身吗，纪钜维？

"如果我是，你就是个彻头彻尾的渣男。我顾怡佩就当自己被狗咬了一口，你又有什么资格知道孩子的存在？你根本不想要他。

"我孩子受的委屈，一半在我，另一半都要算在你和梁咏书这对狗男女身上。"

顾怡佩眼中泪雾蔓延，模糊了她的视线，可思绪却是清明的，此刻她越发觉得自己蠢，为了一对狗男女，让自己的孩子和妈妈遭了那么多的罪。

"今天，我要你们还！

"第一，纪家必须承认阿绰，如果他愿意他的名字必须堂堂正正地进入纪家；第二，纪平西拥有什么，阿绰一个子都不能少；第三，你必须亲自去跟阿绰说声对不起，告诉他他是爸爸妈妈爱情的结晶。你要是做不到这三点，我就把你百年纪家和你那位贤良淑雅的纪太太在新媒体平台上爆了再爆。

"我不过烂命一条，事到如今，我什么都做得出来。"

当怒气全然宣泄，顾怡佩终于知道，忍让只会让自己憋屈痛苦，只会亲者痛，仇者快。

"差点忘了告诉你，我手上还有更精彩的证据。她当年怀疑我的孩子是你的，经常找人骚扰我，我工作换到哪里，她的骚扰就跟到哪里。

"想干什么？让我不堪重负打掉孩子？

"以前我总是想就这么算了吧，你已经做了选择，放有情人好好生活。再苦再难我没想再找你，可你们为什么还要一直来逼迫我？现在我改变主意了，我这么不幸，傲慢到恶毒的你们又凭什么幸福呢？

"纪钜维，你认真想想。"

顾怡佩留下这句话便起身走了，脚步决然。

那一天，纪钜维把自己锁在办公室里，从早晨到日暮，所有的行程推的推，延的延。

晚间时，纪平西有些不放心，来到了纪钜维的办公室外。

纪平西原地犹豫半晌，抬手敲响了纪钜维的办公室的门。

几乎是同时，门内传来门锁拧动的声音，父子两人撞了个正着。

四目相对时，两人又几乎同时开口：

"爸……"

"平西……"

纪平西笑道："您先说。"

纪钜维点头，说："走吧，跟爸爸找个地儿喝一杯。"

两人去到了纪氏集团的高管餐厅，占了整个露台。

灯光昏黄，风清月明，氛围是极好的。

可这一切，纪钜维没有心思体味，猛灌了几口冰淬过的伏特加后，他才开口："平西，你有个弟弟。

"他的眉眼几乎跟你一样，可爸爸以前不知道他的存在，什么都没给过他……"

纪平西被震惊击中。

纪钜维却在这时流下了男儿泪，饱含着内疚与悔恨。

长到这么大，纪平西从未看过父亲流泪。

"爸……"

借着酒意，纪钜维把封存了二十几年的过往全部化作言语说与纪平西听。

最后，他看着比以往沉闷许多的纪平西说："平西，爸爸和顾怡佩在一起时，是单身状态，且已打定主意不再同你母亲纠缠。分分合合，一次又一次，太累了。

"但爸爸舍不得放弃你，所以我放弃了顾怡佩。这是我的选择，为此背负了二十几年的愧疚和伤痛，我应得的。

"可都这样了，你的母亲还是一步步将她逼进绝路。

"顾怡佩崩溃，我的孩子没有父爱，最后连母爱都没了。她为什么要这样？她凭什么？从头到尾，没有人对不起她……"

杀人诛心，顾怡佩一击就把纪钜维的心打得粉碎。

对于过去，他虽痛虽愧疚，但不曾后悔。可是此刻即使酒意已上头，他的心依旧在被悔恨绞杀。血肉模糊之下，他第一次对一个人生出了恨意。

第五节

顾怡佩甚至不曾出现在纪家，就轻易打破了纪家的平静。

面对面对质后，纪钜维确定顾怡佩说的都是事实，当夜就搬出家里。

纪平西自虐似的听了全程，沉默得就像一座没有感情的冰雕。直到纪钜维离开后，他才缓慢从沙发上起身，走到胡乱砸着家中物件的母亲身边，神色淡得不见任何情绪。

顿了顿，他问梁咏书："为什么？"

梁咏书骤然停住手间的动作，循着声音看向纪平西，问道："为什么？"她压抑着声音重复，"如果不是我一时冲动，她怎么可能有机会近钜维的身，又怎么可能怀孕？她不配！这些都是她从我这里偷去的。"

纪平西看着梁咏书，眼中掠过莫名的情绪，说："妈，你什么时候才能明白你是人，其他人也是人，都是有情绪有感情的，也没有任何一段感情是经得起不断试探消耗的。

"爸爸已经不爱你了，从他爱上顾怡佩的那天开始，他就决定放弃你和他的这段感情了。可是造化弄人，他妥协了。

"但他和顾怡佩并没有亏欠你什么。

"你有没有想过，顾怡佩肚子里的那个孩子是我的弟弟？"

纪平西其实知道答案，他一直知道。

他和爸爸在母亲眼中都是工具人，是她炫耀时的资本。他们的喜怒哀乐，永远抵达不到她的心里，也无法牵动她眼中的情绪。就像此刻，梁咏书只觉他疯魔不孝，歇斯底里地指责他为了两个外人驳斥自己的母亲。

沉郁的疲惫在这一刻击中了纪平西，他径自转身，随着父亲的脚步离开了家。

梁咏书的尖锐指责一直跟着他，却没能截停他的脚步。

纪平西不堪沉郁，连环电话叫醒了纪平桦。

半个多小时后，两人出现在了鹭城会所，选了个临海的包间，伴着一百八十度的海景席地而坐，一人开了一瓶红酒，对着瓶子吹。

这样的事儿纪平桦没少干，可对于纪平西，却是破天荒头一回。

纪平桦心中疑惑渐深，却也没有多问。

一瓶红酒过半时，纪平西终于开口："平桦，你还有个哥哥，你知道吗？"

纪平桦当他说笑，痞气地发笑。灯光洒落在他的长睫上，折射出令人炫目的光影。

他不答反问："是不是顾明绰？好几个人都说我们长得像了。你说他会不会真是我爹背着我老娘在外面和别的女人偷生的？

"啧，这要是真的，我爹这辈子算是完了。

"惨，实在是惨。"

纪平桦在纪平西面前从来都是个话痨，开了话匣子必不可能轻易合上。

如果是往常，纪平西肯定会被纪平桦逗笑，但这次他笑不出来，嘴角轻扯，带出的全是苦涩。

"真的那么像吗？

"我对比过了，真的像，特别是眼睛，纪家标配！"话到这里，纪平桦突然意识到不对劲，"哥，该不会……"

纪平桦吓得头脑一空，话都没法说全。

纪平西侧过眸子睇着他，默了半晌，若有似无地"嗯"了一声。

十数秒后，他补充："不过不是你爹，是我爹。"

顾明绰还真是他哥？

纪平桦的嘴巴张成"O"形。

心绪散乱时，红酒瓶落地，猩红的酒液涌出，沾湿了纪平西的长裤。

"什么？！"纪平桦顿时清醒了，从地上起来，半蹲在纪平西面前，盯着他问，"伯父在外面乱搞了？"

纪平西木然地摇头。

因为爱情而生，不该背负任何道德枷锁，本应被万千宠爱的孩子。

纪平桦急死了，追问道："那哪儿来的孩子？"

纪平西将自己知道的全部说给了纪平桦听。

纪平西信纪平桦，也只有他可以诉说。

"伯母她……真的……""作"字都到纪平桦的唇边了，他想了想，又咬碎咽回肚子里，"说来说去，顾明绰最惨。"

一场造化，三个成年人皆选了最差的一条路，使得最无辜的孩子遭受了最惨烈的痛楚。

"那现在是什么情况啊？老太太要是知道她有个孙子流落在外，还遭了这么多的罪，能砍死你爹妈。

"怪不得老太太那么喜欢顾明绰，原来血脉相连，亲孙子！"

纪平桦越说越激动。

纪平西眼中也终于漾开笑意，他将酒瓶拢在手心，说道："你去看看谁在后面放料针对顾明绰，有必要的话，出面敲打敲打。

"其他的就交给当事人吧。"

纪平桦不由得沉沉地叹了口气："真够狗血的！"

纪平西却笑了，语气淡淡地说："至少所有人都还在。"

一切都还有修补的机会。


新一期的《云上之战》，顾明绰缺席。

录制开始前，沈星去了趟茶水间。少了馥郁的咖啡香和那个人，这个茶水间显得异常冷清。装了一杯温水，沈星便匆匆离去。

她捧着水杯安静地坐在客厅的一角，等待着录制。

很快，越来越多的人来到厅内。

魏诗茵来后，挑了个头，一群人轻声细语地聊起了顾明绰的事儿，声音虽不尖厉，可终究是在戳人的痛楚。

沈星被莫名的不快驱动，从座位上起身，准备离开。结果她还没走几步，被魏诗茵叫住："走什么啊？觉得我们这种聊八卦的人不配和你坐一起？"

魏诗茵的话成功阻止了沈星离开的脚步。

沈星转过身睨着她，眸光泛冷，说话毫不留情："是啊。"

两个字就把魏诗茵脸上的笑容打得支离破碎。

可沈星恍若未觉，兀自往下说着："没有人能选择自己的父母，其中也包括在座的你们。小时候打架、抽烟，是不对，但也不是什么值得一次又一次拿出来说的不堪和龌龊，更何况，他改过了。你还曾经穿过山寨礼服呢。照你现在这逻辑，我是不是逮着这事儿嘲你一辈子？"

"你！"魏诗茵气极，面容染上了青白。

沈星深深地看了魏诗茵一眼后离开。

她重回茶水间，第一次生出了主动向人说些什么的心思。

可是当她拿出手机，写写删删好几回，还是没能够发出一条信息。

最后，她发了一张大海的照片到微信朋友圈。

配文：【熬过去，就会海阔天空。】

没多久，顾明绰刷到了这条朋友圈。他下意识地觉得这是沈星写给他的，嘴角抑制不住地上扬。

五分钟后，"神隐"了多日的顾明绰现身微博，亲自回应近期风波。

顾明绰：【从我有记忆开始，我的生活里就只有外婆。不知道父亲是谁，母亲长期缺席，愤怒和恨意无处宣泄，在心里累积发酵。即使外婆给了我满满的爱，我还是一天比一天叛逆。大家看到的那些照片，就是我的曾经，是一个少年跌跌撞撞地野蛮生长。

对此，我要对所有爱着和爱过我的人说声抱歉。

后来，我有幸遇见了光，得到了温暖，从那以后，我再未抽过一支烟打过一次架，除了剧情需要，绝不碰我的头发。我心中有缺，但还是尽了最大的努力向阳而生。如果仍有没做好的地方，我很抱歉，但请相信，那已经用尽了顾明绰所有的力气。

二十岁那年，我存下了人生中的第一个五百万。我以外婆的名义全部捐给了旨在救助原生家庭有缺的孩子们的幼芽救助基金。之后，每年两千万，不曾间断。

在眼前一片黑暗时，有人牵着我走出迷雾，我也想成为像她一样的人。说这么多不为辩解洗白，只是希望大家以顾明绰为戒，让这世界上的"顾明绰"少一些，再少一些。同时呼吁请求有能力的大家，如果在某个拐角碰到需要救助的人，请给予他一个微笑，或是力所能及的帮助。

因为这些，可能会成为他或她走出绝境的养料。

再怎么困难，心都向阳而生。

另外，成年后，我不曾给过顾女士一毛钱。】

顾明绰在微博末尾附上了这些年捐赠的发票，从二十岁至今，整整八千五百万。

等得头发都快掉了的顾明绰三大粉丝团几乎同时转发，一样的话——

【哥哥，只管往前走。再怎么困难，我们都会陪着你向阳而生。】

【二十几年过去了，顾明绰所遭受的一切终于毫无遮掩地显露于所有人眼前，言语理智朴实，承认错误，担起责任，展现出一个公众人物该有的担当。】

【哥哥，呜呜呜。】

【这种痛，原生家庭有缺的孩子才能共情。太伤了，真的，有些人努力了一辈子，都没能补全那个缺口。】

【我看得眼泪飙出来不说，拳头都硬了。】

【这要不是外婆和那位好心人，小哥哥就完了。】

【看得我一阵后怕，赶忙摸到幼芽救助基金捐了五千块。】

【唉，我也是。】

【@娱乐圈绝地，人血馒头好吃吗？】

【@娱乐圈绝地，靠着对一个不幸的人二次伤害获取流量，你就不怕遭天谴吗？】

【@顾明绰校友@娱乐圈秘闻，赶紧来，和顾明绰对线。】

······

舆情引爆时，顾明绰的恩师田明转了他的微博力挺。

田明：【阿绰第一次站到我面前的时候，他还只有十八岁。试镜时，我让他在满是杂草和石头的田间地头跑，跑到最后，他的一双脚污糟不堪，还渗着血，但通过跟拍的镜头，我发现他眉头都没皱一下。我很好奇，问他，你不疼吗？他回说，没感觉。

我当时只当他是为了得到角色嘴硬，后来才知道比起他曾经经历的，试镜经历的这些真算不了什么。我很心疼，但碍于是他的家事不好多提。

一路看着他走到今天，特别骄傲、欣慰。同他合作了几部戏，片场老烟枪都时常诱惑他，我却没看过他抽一支烟，心智特别坚定。】

田明之后，越来越多的人现身力撑顾明绰。

中午时分，沈星竟现身微博转发了顾明绰的长文：【希望顾老师未来一直走花路，我也想尽微薄之力救助有需要的小天使。】

留言的末尾，沈星带了一张电子捐款发票，她一出手就是一千万，豪气得令人咋舌，也成功地将舆情的焦点带到了自己和未来的救助上。

【啧，"霸道总裁"沈星又上线了。】

【星星炫富都是如此与众不同，别人晒游艇爱马仕，她晒捐赠支票。】

【星姐是不是可以叫作霸气护顾老师？】

【天哪，再这么搞下去，也要嗑 CP 了。】

【"美强惨"和白富美，真的不要太好嗑。】

【我宣布，我已经在热拿铁 CP 的坑底呈大字形躺平了。】

【嘿，楼上的，大字型太占地方了，收敛点儿，给姐妹留个位置。】

【随着顾老师和小姐姐的脚步，捐赠走起。助力小可爱健康成长。】

【+1。】

【+2。】

······

胡亚均怎么都没想到自家对什么事儿都冷冷清清，就算要干也是默默干的小仙女会主动站到流量中央替人出头，还豪气地捐了一千万，生生拗出了霸道总裁人设。

他一时激动，笑喷了。

纪平桦进会议室时，刚好撞见这一幕。

纪二公子忽然变纪三，心里不甚舒坦，见什么想什么："笑什么？口水都喷出来了，丢人。"

胡亚均抬眼，睨着某人，毫不客气地反驳："我搁空无一人的会议室里笑有什么可丢人的？"说话时，他刻意加重了"空无一人"四个字。

"倒是你，躁什么？"虽是问句，但胡亚均的语气却非常笃定。

纪平桦听着，像一只被戳爆的气球，以肉眼可见的速度迅速干瘪。

胡亚均很少见他这样，玩笑的神色不自觉地收敛了些。

"怎么了？想说吗？"

纪平桦想说的，但不能说，何况这会儿心还乱着，根本不知道从何说起。他只能道："以后再说这事儿。"

胡亚均点点头，没再追问，将话题带到了别处："这个点你怎么来公司了？"

纪平桦虽是创美的第一大股东，但他其实不太管事儿，只是每周三例行来公司一趟，每次来不是跟几个管理层聊聊，就是叫来下午茶跟同事瞎掰扯。这日非年非节非周三，撞见他就跟撞到鬼一样稀罕。

纪平桦冷声道："想让你给我查查是谁在背后整顾明绰？"

他说谎了，这事儿他大可以自己干，速度大概率比胡亚均快，可他就是来公司了。

原因影影绰绰，叫他看不真切，直到被胡亚均问及。

纪平桦脑海中莫名浮现出慕夏的脸，凶巴巴的，见他就，却无与伦比的生动和让人安心。

答案浮于水面，纪平桦有些难以接受，暗自将自己骂到臭头。

纪平桦，你被虐出病变了吧？

本来就心情不好，还想找虐？

好在胡亚均并没多想，满心好奇在别处："你怎么突然问这个？"

纪平桦不动声色地敛下躁乱的心绪，恢复了一贯不正经的表情，笑道："就想看看哪个不长眼的搞我哥。"

胡亚均怔了数秒才意会到纪平桦在说什么，失笑骂道："纪二，你是不是闲得慌？你不会觉得顾明绰跟你长得有几分相似就把他当你哥吧？"

纪平桦安静地看着他，腹诽：他本来就是我哥，有血缘的那种。

但他说出口的话却是："叫你查就查，哪那么多废话？"

末了，他还给自己的行为找到了合理的支撑："这些年不管有心还是无意，他都帮了星星和我们创美不少。如果背后真有人恶意搞他，我能帮就帮帮；如果没有，他的澄清已经足够让他全身而退。"

这话，胡亚均也是赞同的。

顾明绰真跌落神坛，对沈星而言，真的不是什么好事情。

"行，我查查！"

说完，胡亚均当着纪平桦的面开始联系圈中人。

很快，有人给了他一条信息。

【陈卿，娱乐圈绝地的老友。不久前，陈卿和黎诚简还去了荔风庄园找顾明绰，不知道聊了些什么。】

"怎么了？"纪平桦看着胡亚均握着手机发愣，低声问道。

胡亚均回神，直接把手机递给了纪平桦。

纪平桦显然也没有料到是这个人，不免一怔，而后沉眸思量。

"你说……会不会是傅海屿？"

"动机呢？"

纪平桦眸光微闪，回道："因为他觉得星星是他的私有物。"

可在他纪家人面前炫富搞事儿，怎么看怎么像脑子有坑。

# 第五章 ▾

## 我选星星
无论她在不在，
她永远都是他心中爱的第一顺位。

第一节

这一日，纪平桦罕见地磨到了下班点。

他走出会议室，踩着长长的玻璃栈道往前台而去。走到半途，他同回公司拿东西的慕夏撞了个正着。

慕夏本来笑眯眯的，一看到纪平桦，脸上的温度瞬间降到冰点。如果可以，她只想高贵冷艳地同他错身而过，但这世界就是这么残忍，现实永远不可能胖过理想。

纪平桦是创美大老板，见到他，她必须低下高贵的头颅，哪怕是假装的。

这么想着，慕夏费力地扯动嘴角，小声喊道："老板。"

纪平桦看着一脸不情不愿的慕夏，心火骤然蹿起，烧得他无比烦躁。

但就这样，他也没舍得说出一句重话，只是冷然道："回来了。"

慕夏表现得像个没有感情的机器人，点头道："嗯。"

晚了她几步进来的助理杜婧依眼见着大老板脸色阴冷，就知道自家小可爱又开始轴了，连忙上前打圆场："纪先生。"

纪平桦轻轻颔首道："辛苦了，要没别的安排，早点回家休息。"

杜婧依笑着说："谢谢纪先生关心，收拾收拾就走了。"

纪平桦没再多说什么，径自越过慕夏往前，很快就没了踪影。

杜婧依感觉到压迫消散，不由得呼出了一口气，拽着慕夏不停叨叨："别人家艺人都是把老板当祖宗哄着供着，怎么到你这儿就是成日气他呢？

"你知不知道，那是纪家的少爷，创美的大老板。

"慕夏，不是，祖宗，你能不能对他好点儿？至少别气他。"

话说得一串连着一串，气都不带喘的。

一直安静地往前的慕夏倏然侧过头看助理，为自己"代言"："我刚刚对他很客气，只是你来得晚，没看见。"

"真的假的？"杜婧依有点不相信，Boss（大老板）刚才那副表情同平时跟慕夏针锋相对时一模一样，"那他为什么冷着脸？"

104

慕夏漫不经心地说道："那我哪儿知道？我看着像他肚子里的蛔虫？"

两人边说边走，很快走到玻璃栈道的尽头，确认指纹开了门。

慕夏第一眼就瞧见了在不远处同人闲聊的胡亚均，她走了过去，参与其中。良久后，她随着胡亚均去了他的办公室。

伴着门锁套合的声响，一片静谧私密的空间被隔出，慕夏乖乖地坐定，问道："均哥，那个讨厌鬼今天怎么会来？"她杏眸灼灼，映出火光，同方才的冷艳完全不同。

胡亚均眼中漾开笑，明知故问："哪个讨厌鬼？我没见着啊？"

慕夏没好气地直接点名："就是纪平桦那个讨厌鬼，我刚看他出去了，你千万别说没见着，我不会信的。"

胡亚均被逗笑，认真地问她："给哥说说，纪二怎么着你了？"

末了，还将慕夏刚对他说的话原封不动地还了回去。

"你千万别说没有，我不会信的。"

慕夏愣了三秒，回道："我没怎么着他，是他每回看到我就冷着脸。都这样了，我难道还得巴着他？

"我看着像那种会对狗男人卑躬屈膝的女人？

"凉了，都不可能！

"再说了，我这样的神级美貌，他凉了我都凉不了。"

慕夏语速快得很，手上的动作却优雅妖娆。发丝被撩动，带出了一缕缕微弱却能撩动人心的暗香。

这些胡亚均看多了，无论姑娘们怎么伪装，他都能透过表象抓到她们的本真。所以，慕夏的长篇大论过后，他只说了一句话——

"你喜欢他。"

因为喜欢，所以不自觉地将纪平桦的反应放大，而纪平桦也是这样。

这叫什么？

外表男神女神，实则两格恋爱新手生生将可以双向奔赴、全程高唱《甜蜜蜜》的偶像剧演成鸡飞狗跳、一地鸡毛。

"你说什么？"慕夏蒙了。

胡亚均睨着她，说道："耳朵不好使了？我说你喜欢他，所以才那么在意他的一举一动，然后无限脑补。"

这回慕夏听清楚了，想激烈反驳，但转念一想，又觉得不必如此。因为假的真不了，她不认，谁还能按着她认不成？

少顷，她的情绪已经藏于精致的妆容之下，轻声说："我没有。除非有一天他当着全网号一声'慕夏小姐姐全世界最美'，我才会勉强考虑一下。"

撂下狠话后，她起身走人。

胡亚均也没拦她，直到她的指尖碰触到门把手，他才喊道："夏夏……"

"还有事儿？"慕夏转身，一副不耐烦的模样，"哥，你有什么事儿快点儿说，女明星的时间太宝贵了！"

胡亚均睨着她，强忍着笑说："知道知道，就两句话。"

慕夏不置可否地轻哼了声。

接下来的时间，胡亚均抢着赶着把早前同纪平桦讨论的事儿拣重点说给了慕夏听，成功地看到小姑娘冷下脸，杏眸被怒火点亮泛红。

"你上次不是跟我说你是顾明绰的事业粉吗？我想着你可能想跟纪二过去看看。"

慕夏的心绪成功被挑引，蠢蠢欲动。不过，她觉得这些没必要让胡亚均知道，于是朝他绽开笑颜，说道："谢谢均哥。我确实想去，但是没时间，你知道的，女明星的美貌大过天，我得抓紧时间回家睡美容觉。"

说完离开，再未回头。

胡亚均看着门开了又合，笑着摇了摇头。

慕夏回到休息室，里面温馨敞亮。站在巨幅的落地窗前，绚丽的夜景可尽收眼底。这是慕夏平日里最喜欢的地方，每逢晚间回公司，她都会在落地窗前赖会儿。

可这次，她似乎失了这个兴致，进来后，都没往落地窗那里看一眼。

杜婧依察觉到不对劲儿，问道："你怎么回事儿？看着神不守舍的。"

慕夏把自己摔进沙发里，回道："没事儿。"可仰头靠在沙发背上盯着手机的模样怎么看都像心事重重。

杜婧依的目光在她身上停了停，撤走，没再多问。

慕夏确实有点想跟去看看，毕竟她最爱的就是这种打脸戏码，被打的还是整顾老师的渣人，可她又不想主动发信息给纪平桦。

如此纠结反复……

终于，慕夏坐正，咬着牙拨通了纪平桦的电话。

铃音响起的刹那，她有些忐忑，怕他不听电话越走越远，又怕他听了语气冷淡，矫情得她自己都憎恶。

好在纪平桦很快就接通了电话，几乎同一瞬，低沉温和的声音从那头传来。

"你打算怎么修理那个姓傅的？"来到鹭城会所门口，慕夏终于忍不住开口，想着纪平桦要杠上傅海屿，她的每一个毛细孔都在激烈躁动。

纪平桦循声看向小脸被口罩和墨镜遮没了的姑娘，抬了抬眉，问道："谁跟你说我要修理他的？"

"啊？"慕夏怔了怔，旋即伸手摘下了墨镜，向某人投以谴责的目光，"那你来干什么？和他喝酒？那我不去了。他整我偶像，我怕我见到他后忍不住抢酒瓶敲爆他的头。"

有了对比，纪平桦忽然觉得小可爱对他也不是那么凶残，心情莫名好转了。他冲她笑笑，就像一块被热牛奶浇融的巧克力，醇香又温柔。

慕夏猝不及防，心弦被撩动了一下。

她还愣着，纪平桦的声音再度响起，蕴着深浓笑意："这样啊？那我们也进去整整他。"

"怎么整？"慕夏的目光变亮。

"见机行事。"纪平桦没具体说，主要也说不清楚，傅海屿的态度才是决定后续的关键，"待会儿我说什么是什么，你不要招惹他。"

慕夏不高兴地冷哼一声，心想：傅海屿又不是什么大人物，有什么招惹不得的？但她也清楚这声叮嘱是纪平桦的关心，虽不情愿，但还是点头妥协。

数分钟后，会所大客户经理钱品阁带着两人敲响了傅海屿的包间门。

是陈卿开的门，明明站在门口的是钱品阁，他第一眼看到的却是纪平桦，眼中掠过一丝讶异。

钱品阁冲着陈卿笑了笑，随后道明来意："纪先生说有事儿找傅先生，我就带他过来了，希望没有打扰大家。"

陈卿藏起了讶异，笑答："老朋友了，怎么会是打扰呢？"

随后，他招呼纪平桦："今天怎么有空？"

纪平桦淡淡地说："有点事儿想找傅海屿聊聊。"

陈卿眸色黯了黯，觉得今晚的纪二有点反常。但人都搁面前站着了，于情于理，都该请他进去坐坐。

"他在里面，进去聊。"

纪平桦轻轻颔首，带着慕夏进了包间。

简单寒暄过后，纪平桦和傅海屿走到了落地窗旁，隔着茶几而坐。

红酒杯相撞时，傅海屿不冷不热地问道："什么事？"情绪肉眼可见的不佳。

纪平桦轻抿了口酒，喉结轻滚时，带出似裹了丝绒的笑声，令人熟悉的漫不经心，没有丝毫攻击性，但这些终究只是表象。

傅海屿不会傻白甜地认为纪平桦是个没脾气、没棱角的富二代。

事实也是。

面对傅海屿，纪平桦全然撤下了伪装，说话直接，没有任何兜转："以后不要碰顾明绰。"

"扑哧……"傅海屿轻笑，难以置信地看着纪平桦，显然是没料到他是为顾明绰而来，"你跟他很熟？"

纪平桦笔直地对上傅海屿的视线，长睫微颤，问道："你觉得呢？"

傅海屿是知道答案的，正因为知道，才乱了心绪，有些不解地问："那为什么？"

纪平桦很想把真相直接砸在傅海屿的脸上，告诉他顾明绰不是他能够碰的。可是当下一切还乱得很，DNA比对还没能安排，顾明绰的态度未知……每一个人都小心翼翼，怕再次行差踏错。

此刻纪平桦再怎么火，也只能忍。

定定地对视，倏然，纪平桦的目光转向，落在坐在一群贵公子和名媛中仍然高冷的慕夏身上，嘴角不自觉地上扬，轻笑一声。

傅海屿循着他的目光看去，不明所以地问道："怎么？"

纪平桦缓缓地撤回目光，看向傅海屿时，嘴角的笑意还未散尽。

他找了个对傅海屿而言荒诞且羞辱性极强的借口："因为我们夏夏是顾明绰的铁粉，她找到我这儿来了，我不好拒绝，只能过来找你聊聊。"

傅海屿果然愣住了。

纪平桦不管他，兀自往下说着："另外，不管你愿不愿意承认，顾明绰和沈星都是利益共同体。只要有我在一天，就不允许人碰。你喜欢沈星你就去追，没人拦你。但仗着这份喜欢去打击假想的情敌，恕我直言，太不地道，也不符合你华鑫继承者的身份。"

一句"low 得很"纪平桦到底是没说出口。

可对于傅海屿这种骄傲自负又极度聪明的人来说，说到这个份上已经足够。

"如果我不呢？"傅海屿沉默了半晌，忽然勾起嘴角。

纪平桦散漫地晃着红酒杯，微微一笑，回道："不也没什么。

"不过是多个人下场玩儿罢了。"

"看来纪二你这次是动了真心了。"傅海屿状似开玩笑道，目光却半侧，若有似无地勾勒着慕夏的侧颜。

纪平桦仍然在笑，但语气更冷了："那也不及屿少你，但我会努力向你学习看齐！"

温柔一刀，彻底撕破脸。

清晨，一缕阳光闯进了永寒里。

闵惠兰拿着大扫把清扫着门口的碎叶，灰尘扬起，像是踩着晨光翩翩起舞。老太太心情似乎不错，嘴角一直微微上翘，但这种好心情并未持续多久，因为顾怡佩回来了，手里还拎着大包小包。

母女沉默对望，良久后，闵惠兰冷然地开口："你来这里干什么？"

顾怡佩俯身放下手中的包袋，略过了闵惠兰的质问，兀自说道："妈，从今往后我再不赌了。"

闵惠兰闻言愣住，好一会儿才回过神来。

是件好事吗？

肯定是的，但她的这个决定来得太晚了。

二十几年了，阿绰已经长大，她这个做母亲的也已经被伤得千疮百孔，只剩一颗金刚心。

"你想怎么样都是你的事情，不用专门来告诉我。走吧，这个家不欢迎你。"

闵惠兰冷淡地说完，握着大扫把转身。

顾怡佩看着母亲纤薄的背影，鼻子忽然发酸。这一瞬，她恨极了自己，想不通自己过去为什么像被鬼迷了心窍一般，看不到母亲和阿绰的伤痛。

"妈，我下次再来看您。

"您好好保重。"

看着闵惠兰走到大门口放下扫把，顾怡佩再度开口。

闵惠兰稍顿，回过头，说道："不用了，带着你的东西赶紧走，我消受不起。每次看到你，我都要少活几年。"

"妈……"

顾怡佩还想再说些什么，但这次闵惠兰倏然伸手，再次握起了大扫把，朝前挥去，一副要揍人的模样。

"滚。"至此，她的声线已染上了厉色。

可顾怡佩一步都没退，一直定定地注视着她。闵惠兰累积了二十多年的怨和怒被彻底点燃，催生了一股子狠劲儿，一下接一下地朝着顾怡佩抡去。

顾怡佩问自己：疼吗？疼的，特别是当扫帚上的木刺划过脸时。

但她就像石化了一般，从头到尾一步都没有动，直到闵惠兰累了，气喘吁吁地停了下来。

闵惠兰又厉声喝道："滚！"

这次，顾怡佩没敢再多停留，就怕刺激太过，让老太太遭罪。

"妈，这些您收着，我先走了。"

"拿走。"

顾怡佩转身之际，老太太的推拒已经清晰坠落她耳边。

顾怡佩没有再回头，兀自往前走。

出乎意料的是，闵惠兰没再叫她。

"砰……砰……"

少顷，身后传来巨响，顾怡佩回头，只见老太太拿出了锤子抡向她留下的东西，每一下都倾尽力道。顾怡佩愣愣地看着，心被尖刀围猎绞杀，皮囊之下，尽是鲜血淋漓。

良久，她转身离开，脚步惶然急促，带出的全是悲伤。

时间如水滑过，顾明绰可以说是安然地从这次风波中全身而退，代言不仅一个没少，还多了两个——一个是幼芽救助基金，另一个是苏黎世皮具制造商Kranky。那些曾被傅海屿用于轻贱他的筹码，全部落入了他的手中。

这一切都在向傅海屿传递着一个信号：顾明绰再不是当年那个不名一文、任人冷眼低看随意对待的少年了。他自身有实力，也有很多人爱他支持他，甚至愿意为他站出来，连纪二和沈星也……

傅海屿挡得了多少，又能挡到几时？

周三，顾明绰回归《云上之战》录制。

他故意来早了些，想给沈星磨杯热拿铁。哪知道他前脚才进茶水间，沈星后脚就跟了上来。

"顾老师。"

顾明绰下意识地转过身，只见沈星站在不远处，淡紫色的针织衫搭配白色的短裤，清新甜美，长腿逆天，他的目光不由得凝滞，像是受到了什么惊吓一般。

沈星没见过他这副模样，竟觉得有点可爱。

"怎么了？几天不见就不认识了？"欣赏了一番某人呆滞的模样后，沈星笑道。

盈盈笑音将顾明绰从惊诧中拽出，他长睫闪动，瞬息恢复到平日里矜贵明净的模样。

"怎么会？只是没想到你会来这么早。"

沈星走近了两步，又问道："那顾老师为什么来这么早？还是你每次都是这么早？"

熟悉的香气拂过鼻翼，顾明绰只觉沉静安定。

他微笑着说："每次都差不多这个时间，生物钟太可怕。"

这回，换沈星讶异了。

"从鹭城到这里至少两个小时，现在……"她拿高自己的手机看了眼，"八点十分，所以顾老师你五点就起床了？你那么早起来都做什么？"

"健身、看书，或者磨咖啡。"

顾明绰顺势问道："那你呢？"他想了解她更多，一些在网络上搜索不到的信息。

"我啊，习惯下午或者晚上看书、健身，早上都是用来睡觉的。"沈星自然而然脱口而出，对眼前的人没有一丝防备和戒心，"如果行程是早上的，必定要上五个闹钟，每五分钟一次。"

顾明绰无声地描摹着她的娇靥，耳边是她空灵含笑的声音，一颗心渐渐被莫名的情绪塞满，再没心力伤怀或是愤恨。

"这样也挺好。"顾明绰由衷地说道。如果可以，他也想像沈星一样能够安睡到天明，几个闹钟催促才能转醒。

"嗯。"沈星轻轻地应了声，随后道，"今天能借顾老师的咖啡机吗？"

顾明绰怔了怔，让出了咖啡机前的位置，问道："有我的份吗？"

沈星蓝眸染笑："当然。"

她洗净手站到咖啡机前，握着咖啡机摇柄，怡然自得地摇着。咖啡豆随着手柄的转动，"咯吱咯吱"地响着，渐渐散发出沁人心脾的香气。

她的记忆被刺激，浮出，问道："顾老师，你知道吗？我喝咖啡也只放五分之一包糖。"

说话时，她看向顾明绰，以为他会惊诧，却不想他眸光微僵。

顾明绰愣了片刻，才笑着对她说："怎么这么巧？"

他的声音如往常般清冷，可落在沈星耳朵里，她莫名觉得他有些不自在。但这种情绪太过微弱，她不是太确定，甚至觉得是自己想太多。

很快，她的视线和心绪皆挪开。

她笑着点头，说道："就是这么巧，我发现时，也觉得很巧。"

高挑纤瘦的姑娘沐浴在晨光之中，美丽被无限放大加浓，晃了顾明绰的眼。有些难受，可他片刻都舍不得抽离，一直细致地勾勒着她的侧颜，说贪婪也不为过。

直到沈星似感受到，再次掀动眼睫看向他，他才悄然收回视线，成功地错开了她的目光。

沈星什么也没看到，无从了解他的心意，喃喃道："当时我就在想，这种习惯重合的概率大吗？总觉得不太大。"

"喝拿铁少糖很常见，但……"顾明绰抬眸时，眼中的情绪已尽数收敛，澄澈沉静无波无澜，"特意精确到五分之一应该不常见。"

"可世界那么大，偶尔撞到一两个，也很正常。"

　　顾明绰喜欢这种场景，虽然这并不是他真实的喜好，而是从沈星那里偷来的，但这些喜好增多了他和沈星之间的话题，令他可以在她身边多待些时候，也不会让她觉得尴尬特意。或许未来某一刻，她会知道他喜欢的并不是热拿铁，而是她的喜欢，而他没有哪一刻比现在更笃定那一刻会很快到来。

　　沈星将磨好的热拿铁送到了顾明绰眼前，眼中笑意浓烈。

　　他接过后，动手开了一包糖，精准地倒入了五分之一。

　　当黄糖落在莹白的奶沫之上慢慢融化，透出甜蜜诱人的色泽，手心充斥暖烫，还未尝一口，顾明绰的心和意志全部被揉碎。

　　情绪兜头时，他忽然对沈星说："我的好朋友五一结婚，新娘是你的粉丝。如果方便的话，我想邀你一块儿去。"

　　等顾明绰回过神来时，话已经说了大半，想收回是万万不可能的了。他的眼中掠过一丝惶然，怕唐突了佳人，也怕难得的亲近被自己破坏。

　　他环着咖啡杯的手指不自觉收紧。

　　很快，他察觉到沈星蓝眸微凝，想要补救："你不去的话也没有关系，只是一个普通的……"

　　哪知"邀约"两个字还没来得及说出口，顾明绰便收获欢喜。

　　"五一刚好休假，可以一起去。"沈星竟答应了，虽不含什么特别的情绪，却包含着足以令顾明绰欣喜若狂、彻夜难眠的力量。

　　他低哑地回了声"好"，随即状若无事地垂下眼睫。

　　因为不用想他都知道此刻自己的眼中有光，灿亮的、欢喜的，她一眼就能捕捉到的。

　　第二节

　　新一期的《云上之战》录制，真正意义上拉开了竞技的序幕。

　　第一轮竞演：全新单曲首发。

　　不到一个月的时间，各女团不仅要完成歌曲创作，还要制作音源排舞，时间很是紧迫。各队都铆足了劲，谁也不想在全国范围放送的节目中输。

　　四大女团会集，引发的热度堪称核爆。只是录制日，各大新媒体平台和匿名论坛全部流量超标。营销号除了不停从匿名论坛搬料，还发起了各种投票，不断挑事引战。各方激进粉丝混战成一团，带着节目和四个参赛团队的名字轮番轰炸热搜。

　　但这些，并不妨碍各方包括路人对这场比赛的关注，他们的态度平和中立，也不失火热急切。

　　【啊啊啊，终于要来了吗？我等这一天等得心都要碎了。】

　　【今天录了，是不是要下周才能播？啊，为什么不现场直播？】

　　【小姐姐们敢下场就已经赢了。】

　　【我不关注输赢，我只在乎天籁之音和美颜大长腿！来吧，让我的鼻血流干。】

　　……

晚间七点四十五分，《云上之战》节目组出现在了梦幻华宵的演出场馆——蝴蝶峡谷。

依山傍水的舞台，许珉和陈先和置身其中，左侧五位导师一列排开，右侧是五十二位泛娱乐领域中的专业人士。

内场，四组女团分边而坐，皆是衣妆精致。

倒计时过后，场内传出一个低醇悠远的男声：

"这里是明空台《云上之战》第一场竞演演出现场。

"有请节目主持人许珉——陈先和——"

伴着如雷的掌声，许珉和陈先和走到舞台中央。

"第一次感受到了巨星的待遇。这地方不错，我喜欢。"许珉眉眼微弯，一开嗓，就把极其高级的氛围揉捏得轻松搞笑。

陈先和佯装讶异地睇着老搭档，问道："你不是一直都是巨星吗？妹妹们都是看着你的节目长大的。"

许珉直接失语，周遭却声浪炸开。

"哈哈哈，我听到了珉哥心碎的声音。"

"哥什么哥？叫叔！"

"三二一，一起来。"

众人齐喊："叔！"

阵阵声浪中，许珉看向了闹得最凶、没有半点导师模样的任冉，直接点名："妹妹们叫我叔我没意见，毕竟我也长了她们十几岁，但任冉你多少岁的人了，跟着凑什么热闹？我要是叔，你也必然是叔叔辈。"

任冉没脸没皮地咧嘴笑，问道："是吗？我怎么记得我才过十八岁生日？成年了，终于可以去参加选秀了。"

许珉转向了在塔楼上控场的赵导演，嘶吼道："这种人怎么能做导师？也不怕带坏妹妹们？"

赵导演拿起扩音器凑至唇边，一脸冷肃地说："导师都是台长选定的。"潜台词很明显：够胆的话，找台长说去呀。

"哈哈哈。"

"别吵了，我笑得妆都要掉了。"

"这节目日常'沙雕'。"

"咱叔是被主持人事业耽误的笑匠，哈哈哈。"

……

喧嚣不断时，陈先和看老搭档怪可怜的，上前两步拍了拍他的肩膀，费力地压住笑，安慰道："没事儿，夕阳也能红满天。"

许珉被他气笑了："你这还不如不说呢。"

吵嚷过后，节目回到正轨。

陈先和的目光落在导师的位置上，首先问了陈伽宜："通过这段时间的观察，伽宜老师认为哪一队的赢面最大？"

陈伽宜沉吟，不一会儿，凑近话筒，面带微笑，以她特有的温柔腔调说："高手对招，谁都有可能胜，加油。"

陈先和"嗯"了一声，目光转向任冉，问道："任老师呢？"

"我的想法同伽宜老师相同，重在参与。只要超越了自己，就是赢。"

任冉的话说得十分到位，许珉却呛道："这会儿倒是会说话了。"

任冉振振有词："我一岁零八天就会说话了，说的第一个字就是……叔！"

两个老男孩儿再次跨到掐架的边沿。

陈先和无奈地失笑，随即朝着任冉旁边的顾明绰喊话"管管你叔，录节目呢。"

顾明绰侧眸看着任冉，极其自然地喊了一声："叔。别闹了，全国放送的节目呢。"

场内爆笑，连一直克制的陈先和都忍不住了，低低笑出声来。唯有任冉，作势整了整衣领，安静了下来。

"顾老师一出手就知道有没有。"陈先和赞叹道，之后，回到因声浪中断的话题，"那顾老师觉得第一场竞演谁会赢？"

顾明绰的目光滞了两秒，须臾绽开笑，说："输和赢，比赛结束前，只能靠猜。"

当所有的人都认为他会给出同任冉和陈伽宜一样的答案时，他再次出声："但如果胜负由我，我希望 Maple Leaf 赢。"

这些话极有可能会把他推入"不够专业"的旋涡之中，甚至影响到他后续评价的含金量，可以说得上是突发，现场也因此陷落沉寂。

许珉和陈先和下意识地对看了一眼，顷刻之后，许珉打破了静谧："为什么呢？"

他大大方方地问，让方才的那一幕有了成为节目效果的可能。

顾明绰朝他绽开笑颜，用众人熟悉的明朗坦荡的口吻说："我不是 Maple Leaf 的 C 位？想自己的队赢不是很正常？"

答案抛出时，氛围再次被点燃，似火，带着灼热，渐渐蔓延开来。顾明绰亲自丢出钩子，然后化解危险又费事，可他甘之如饴。因为他想支持沈星，即使只能暗中，即便所有人都认为他是在做节目效果。

声浪高涨，许珉朗声压了压，宣布第一组竞演女团——Maltose。

全新单曲《误》，风格是团队最为擅长的轻爵士。

舞台灯光尽黯，伴着氤氲水雾，像是来自森林的清新怡人的音乐声响起。

四个队员站位不停变动，舞步轻盈惊四座，无论是歌声还是舞步，都美得无与伦比，惹人沉溺。

音乐消失时，掌声雷动。

其他三组竞争对手也由衷地为她们鼓掌。

许珉和陈先和阔步来到 Maltose 身旁，纷纷赞叹道：

"真是太美了。"

"真女团天花板级的表演。"

虽说 Maltose 实力强悍，但相较于其他三组，她们一直是最不被看好的，排位赛也是垫底。可第一轮竞演，姑娘们状态神勇。

"谢谢。"

"谢谢大家。"

四个队员朝着主持人和舞台的各个方向微鞠躬。

"这舞排了多久？太好看了。"等她们缓了口气，许珉笑着问道。

Maltose 队长许丛心回道："大概一周的时间，天哥看到后都惊呆了。"从繁忙的日常之中挤出时间真的太难太难了，可也让她们意识到，她们真的无所不能。

许丛心提及的天哥，是 Maltose 的经纪人。

"哈哈。"陈先和听完直笑，"正常的，我们也惊呆了。"

"姑娘们真的很棒！"

"掌声送给美貌和才华兼具的 Maltose。"

霎时间，现场掌声涌动。

后来的时间，主持人邀请了两位导师为 Maltose 的表演做点评。

结束后，Maltose 退场。

许珉的目光落到 Silk 所在的方位，笑着问："你们准备好了吗？"

Silk 众人态度笃定，齐声说："准备好了。"

许珉又问："有信心赢吗？"

回应他的是 Silk 队长陈雅琳："不想赢的女团不是好女团。"

罕见的锋芒外露，还未正式上场，就已经把现场的气氛带热。

许珉笑得眼睛都眯成了细缝，直言道："好家伙！我都热血沸腾了。"

陈先和接话："下面，我们将舞台交给 Silk。"

许珉说："掌声给 Silk。"

话音未散，Silk 几人已经来到舞台中央。

灯光明灭，她们隐约能看见空气中的水雾。水雾伴着风，拂过她们裸露在外的肌肤，有些冷，却也让她们清醒。即使对手强劲，即便所有的人都认为走到最后的会是 Maple Leaf 或是 Blossom，她们也想倾尽全力拼一把。

她们并未像 Maltose 一般选择自己擅长的，而是选择挑战自己，制作演绎了一首中国风的歌曲。当音律响起时，秀美的姑娘水袖轻动，一股深浓的古典中国风拂面而来。

Blossom 第三组上场。

她们的穿着十分性感，从座位上走出时，满屏都是盛世美颜和大长腿，企图几乎写在了脸上。

许珉问她们："前所未有的性感尺度吧？"他目光晃动，落在了被黑色裹胸和白色热裤勾勒得性感惹火的魏诗茵身上，"至少对茵茵来说，是。"

魏诗茵笑了笑，回道："是的，为了赢，拼了。"

"看了两队的表演后，觉得 Blossom 的胜率有几成？"许珉例行问了句。

魏诗茵闻言，湿漉漉的目光状似不经意地从沈星的脸上一掠而过，而后明艳自信地回道："我们的目标只有一个，就是赢！"

同 Silk 和 Maltose 的奋力一搏不同，Blossom 一直觉得 Maple Leaf 没什么了

不起，输和赢不过是那场的状态。而这次，无论是 Blossom 还是魏诗茵，就没想过会输。全国放送，热度炸街，碾压了 Maple Leaf，她们就是最强。这样的机会，这样美妙的结局，试问谁舍得放过？

因为魏诗茵的话，场内火药味渐浓，议论声从舞台四面涌来。

"哇，妹妹们今天都好直接。"

"搞得我都有些紧张了。"

"对呀，胜负欲直接写在脸上了。"

"这才对嘛，竞技就该有竞技的模样。"

"加油！"

主持人退到两侧，将舞台交给了 Blossom。

旋律响起，节奏强劲如鼓擂，再加之性感惑人的舞步，舞台很快沸腾，Blossom 近乎轻易点燃了全场。魏诗茵前所未有的投入，举手投足性感到令人热血沸腾。

四分多钟的舞台结束，场内众人半晌没回过神来。直到两位主持人出声，才带起了阵阵掌声，一浪高过一浪。

到此，Maple Leaf 显得有些被动。

明快、优雅、性感都被其他三队演绎得淋漓尽致，无论是主题还是空间，她们都面临着挑战。

Blossom 的舞台结束后，Maple Leaf 五人来到了舞台中央，她们穿着金属银的套装，妆容冷艳，唯有眼影绚烂。

陈先和站在一侧，笑意盈盈地打量着她们，心有疑惑地问："歌曲的主题是外太空？很酷的感觉。"

慕夏朝着他眨眼，顶着最冷艳的妆容说着最可爱的话："你猜？"

陈先和失笑，正准备说话，不料被身边人抢了先，还是用唱的："不猜不猜我不猜……"

奇奇怪怪的唱腔，还破音，逗笑了一大片。

最后，队长明娅揭晓谜底："Robot（机器人）。"

Maple Leaf 果然跳出了所有人的猜想，主题新颖又出挑，引发一阵赞叹。

"所以你们要挑战机械舞？"

"很少女孩跳这个对吧？"

因妆容比平时更加冷艳的沈星点头，眼角轻扬，带出了几分笑："是，但舞蹈本身，是不分男女的。

"我们想跳，也就跳了。"

精致冷艳到让人有距离感的女孩儿一开口，场内声浪骤起。

"Cool girl（酷女孩）。"

"星星棒！"

"我太喜欢姑娘们这种强势冷艳劲头了。"

顾明绰的目光被牵引，费尽心神，也难挪开一寸。

许珉于声浪中高呼："说得好。顾老师都能跳女团舞了，妹妹们为什么不能挑战机械舞？"

"哈哈哈。"

"阿绰是不是想说：这是哪里？我在干什么？"

"你们可悠着点吧，再这么下去，我大侄子下期就不来了。"

……

沈星循着声浪看向顾明绰所在的方向，两道目光不期然撞到一起，皆明亮过以往。

沈星朝他微笑，冷艳微退，若有似无地绽出一丝狡黠灵动，备受瞩目下，独给他一人的。

之后，舞台被 Maple Leaf 彻底掌控。

断断续续的重音响起，像极了机器人从静滞中醒来，沉吟低语。Maple Leaf 五人脸上没有一丝表情，冷艳苍白，宛若机器人偶。随着音乐律动，身体的每一个关节都像是可以拆卸再组装的，能够随意移动扭转。中段，音乐忽然燃起，其他几个机器人恍若未觉，兀自玩着自己的，唯有中间的沈星加重了舞动的幅度，折手震臂，高难度的动作频现，惹得现场惊叹声连连。

舞曲终了，"机器人"不小心碰到音乐盒。

细微的音乐响起，五个"机器人"受到惊吓，慌忙停止了舞步。

重归静滞。

良久过后，掌声和赞叹声后知后觉地响起。

许珉和陈先和踩着声浪来到了她们身旁，视线却分落到两侧。

陈先和睨着众导师，最先问到的仍是女团大前辈陈伽宜。

"如果十分满分，伽宜老师觉得这段表演可以得到几分？"

陈伽宜有些激动地按住面前的灯，红色亮起时，她由衷地夸赞道："我给十分。

"主题新颖，演绎时感情和技巧都在线。

"五个小'机器人'在夜深人静时背着主人偷偷胡闹，可爱死了。"

说到这里，陈伽宜朝着 Maple Leaf 的方向竖起了大拇指。

"很棒。

"继续努力。

明娅几人朝她颔首轻笑道："谢谢伽宜老师。"

"谢谢。"

气氛大好，许珉却忽然叫到顾明绰，语气揶揄："顾老师，作为 Maple Leaf 的编外 C 位，你觉得队员们的这次舞台可以得到几分？"

全场的视线皆落到顾明绰的身上。只见他笑了笑，深邃冷清的黑眸被点亮。

"九分。"

又一次，出乎意料。

许珉问他："为什么呢？那一分扣在哪里了？"

"我就谦虚一下，叔您怎么还当真了呢？"

一句话带出了一连串的笑声。

116

许珉气得直摇头："现在这世道，已经不适合像我这样的老实人生存了。"

笑闹过后，Maple Leaf 回到了自己的位置。

许珉和陈先皆敛起玩闹的神情，肃然道："下面进入第一轮投票环节。"

"第一组，Maltose……"

一周后，节目如期全国放送。

第一轮竞演的结果也透过小荧幕为众多观众知晓。就着这热度，节目还未结束，各队轮番带着自己的曲目轰炸热搜，其中最热的当数 Maple Leaf 的机械舞。

话题 #Maple Leaf 舞台王者# 很快登顶热搜，转瞬加沸。话题内一水的夸夸夸，花样百出，都不带重样的。

只有少数人打开方式清奇。

其中的一位，非营销号，粉丝却多达三百万。发文内容大都同热门的剧集和电影有关，幽默有趣，又紧贴流行，忠实粉丝多，也活跃。她剪辑了顾明绰同 Maple Leaf 所有的互动，配文——

【越看越觉得咱们小哥哥真把自己当成了 Maple Leaf 编外 C 位了。捂脸笑.jpg】

一期一期分开看，真不觉得。

经过这么一剪辑，再配上文字和特效，看着还真像那么回事。不仅是路人，连双方粉丝都笑喷，转发和留言不断。

【你一票，我一票，送顾明绰 C 位出道。】

【被电影事业耽误的女团 ACE。】

【哈哈哈，笑死了。我看哥不是想 C 位出道，他是想转型成冷面笑匠，以一己之力制造了节目大半的笑点。】

【真的，节目开播前，我还想哥哥去做导师，不会把小姐姐们吓哭吧？现在明白了，对不起，是我没见识。】

【星星时常一脸无可奈何。】

【哈哈哈，能怎么办呢？只能宠着让着。】

【霸道总裁和她的小娇夫。】

【妥妥的拿错剧本系列。】

……

第三节

经过这么一闹，稍晚时，沈星和顾明绰的名字又一次绑定在一起，强势攻占热搜。在第一的位置上，挂了接近十二小时。

第二天，周日，Maple Leaf 时隔两年的全国巡演拉开了序幕。

第一站，鹭城，晚八点。

时间还早，顾明绰和胡燃在场地附近找了家烤肉店吃晚餐。

肉被烤得"嗞嗞"作响时，胡燃的目光停在顾明绰纤长浓密的睫毛上，犹豫片刻，他低声问道："最近……是不是太高调了？"

到现在，顾明绰和沈星的名字还搁热搜中排挂着呢。

"给哥说说，你到底怎么想的？"

顾明绰正在给肉翻面，闻言，手微顿。沉吟片刻，他开口道，声音低柔："我只是控制不了自己。"明明知道现阶段该控制，但他做不到。每每看到沈星，他就不自觉想靠近想多待一会儿，哪怕什么都不说什么都不做。

顾明绰话里藏着什么样的情绪，胡燃比谁都清楚。

他轻声叹了口气，宽慰道："克制不了才是正常反应。"

沈星之于顾明绰就是光，有谁得到光后，还想站在它的背面呢？

"但你跟她的差距是客观存在的，想要进一步，势必要拼一把。"

在胡燃看来，沈星大概率不会在意门当户对这种事，但沈家老爷子可能在乎、舆情也在乎，再加之两人流量都那么大，风吹草动都能霸占热搜整日。如果真恋爱了，没有势均力敌，两边都可能被啃噬。

顾明绰会被人冠以吃软饭的小白脸或是豪门女婿的名头，他的家世会成为黑粉攻击沈星的由头。长此以往，谁都受不了。几年前，演艺圈伉俪陈鹏和王雨晴就是这么散的，胡燃不想让顾明绰经历这些。

几番思量后，胡燃罕见地向顾明绰提出了要求："以后行事必须有度，最多也只能像现在这样。想抱得美人归，每一步都必须稳。你的情敌……不用我提醒你了吧？"

都是傅海屿那个圈子的，是顾明绰再拿五个最佳男主演也无法碰触到的。

顾明绰默了默，点头。

"我尽量。"

开场前一个小时，创美传媒公布演唱会部分细节图。

配文：【妹妹们已经美美地抵达现场，你们呢？】

没一会儿，评论区多出了海量带地标图片的评论。

【已到南海路，over。】

【正在鹭平路拿鲜花，over。】

【地标鹭风路，看到糖葫芦走不动路了，over。】

【地标洛杉矶，呜呜呜，什么时候甜甜的小姐姐才能属于我？】

【我已经在体育馆外两个小时了，激动得心脏都要跳出来了。】

【啊，我也是。报个确定位置，我去找你。】

【还有一个小时，王者归来！】

……

当这些评论映入凯瑟琳的眼帘，她不自觉勾了勾唇，还模仿粉丝的语气留了条评论：【车正经过鹭南路，期待 Maple Leaf 的舞台，over！】

沈熙松瞥了妻子一眼，提醒道："车上少看手机，对眼睛不好。"

他的神色冷肃，言语间透着酸气，显然十分介意妻子看手机多过看他。

凯瑟琳捕捉到他话中的酸意，眉眼微弯，回道："知道了。"说罢，收起了手机。

沈熙松一股气打在了棉花上，心里莫名不是滋味。一时之间，他也没想好再说些什么，干脆收声。

车又走了一段，他才别扭地开口："刚看什么呢？眉开眼笑的。"

凯瑟琳对沈熙松牌这别扭模样太过熟悉，可都经历了那么多，她还是觉得可爱有趣，忍不住逗他："吃醋啦？能问问你喝的哪种醋吗？香醋、陈醋，还是白米醋？"

说话时，她半敛着眸子，一副漫不经心的模样。

沈熙松面子挂不住，冷声斥道："胡说八道。"

"最好是那样。"凯瑟琳抬眸，睇着沈熙松那张轮廓深邃的脸，多少年了，心动的感觉仍在，"毕竟和自己的女儿吃醋，不是什么值得骄傲的事儿。"

沈熙松又是一阵无言，脸部线条却肉眼可见地软化了。

凯瑟琳似笑非笑，话音里裹挟着一丝戏谑："怎么不说话了？觉得丢人？能有丢人的觉悟是好事儿，代表你还有得救。"

"你这……"沈熙松平日里没少被妻子揶揄挖苦，他早已习惯，甚至视之为夫妻间的情趣，十分享受。但之前大都是两人独处，最多也就多了女儿沈星。这次，司机老刘搁前排竖着耳朵听呢。

沈熙松老脸挂不住，端着最冷艳的表情讨饶："你就不能给我留点面子？"

凯瑟琳轻笑一声，随了他的意思，主动将话题带到了别处："我刚在微博看星星演唱会相关的内容，她的粉丝很多，很多人喜欢她。"

"嗯。"沈熙松回道，"她喜欢就让她去体会去经历，但这一行，注定不是什么长久之计。"

话到这里，沈熙松像是想到了什么，忽然停住，随后状似不经意地问："星星没恋爱吧？"

这问题来得没头没尾，凯瑟琳有些莫名其妙："怎么突然问这个？"

沈熙松找了个借口："老姜跟我说的，星星最近经常和一个叫顾明绰的男演员上热搜。"

有些细节沈熙松没敢说，每次热搜他都去看了，连"热拿铁CP"他都知道。每回看到，他都气得血压飙高，恨不得把顾明绰那臭小子捏成碎末。但他答应过凯瑟琳，不到万不得已，不干预女儿的人生，所以只能忍，即便头上悬着一把刀。

这事儿凯瑟琳专门同胡亚均沟通过，之前没和沈熙松聊起，不过是觉得没提及的必要。这会儿他问了，她自然不会瞒着他，一字一句说得明明白白。

末了，她还特别叮嘱："别去打扰那个孩子，他对星星没有坏心。而且星星已经长大了，什么该做什么不该做，她心里有数。"

听完妻子的话，沈熙松的心绪安定不少。他点点头，虽有些不情不愿，到底是应下了这事儿。这茬就此揭过，夫妻两人有一搭没一搭地聊着，平常却温馨。黑色的幻影稳稳地停在鹭城体育馆前。

凯瑟琳拿起手袋准备下车时，耳边突然传来沈熙松的声音："老婆，你说星星喜不喜欢顾明绰？"

凯瑟琳："……"

演唱会开场前十分钟，顾明绰和胡燃进入场馆。他们的位置是极好的，第二排正中。往前走时，即便顾明绰已经全副武装，还是招引来不少目光。

"哎，那是不是绰哥？身形看着好像啊。"

"可能真的是，旁边的那个燃哥，他的经纪人。"

"天啊……"

"绰哥，看这里。"

终于有人没克制住，激动昂扬地叫了声。

霎时间，场内大半的目光都投向走道。

顾明绰循着声音望去，抬手挥了挥。

"我死了，绰哥回应我了。"

"天啊，真的是！！！"

"果然人帅穿什么都好看，一件黑 T 恤加白鞋，就能穿出高定范。"

"那可是顾明绰，你当顶流的名头是大浪打来的？"

"没有没有，就是赞叹下。"

"绰哥，加油！"

顾明绰意外亲民，Maple Leaf 还未上场，场内已经火热。

坐在前排的沈熙松听到声响，面色微沉。凯瑟琳约莫是感觉到了他的情绪波动，侧眸瞥了他一眼。

"冷着脸做什么？"话说出口时，她忽然意会过来，眸中漾起难以置信，"沈熙松，你不至于吧？"

沈熙松一脸冷冽，回道："我都不知道你在说什么。"

凯瑟琳打量了他一眼，旋即轻笑一声，说："那算了，当我什么都没说。"之后当真没再理他。

沈熙松心里不舒坦，也闷闷不说话。

顾明绰和胡燃走近第二排，发现他们的位置竟紧挨着凯瑟琳和沈熙松。

顾明绰不知不觉地缓下脚步，胡燃的低语也于这时跌落他的耳边："沈先生沈太太在那边，过去打个招呼？刷个存在感都好。"

就算胡燃没说，顾明绰也打算这么干，不过不是为了刷什么存在感，而是感激。那一张巨额支票上，签的就是沈熙松的名字。无论他当时是出于什么考量签发了那张支票，他都实实在在地拉了顾明绰一把。

"嗯。"顾明绰低低地应了声，再次提步往前。

"沈先生，沈太太，晚上好。我是顾明绰，星星的朋友。"片刻过后，顾明绰停在了沈熙松和凯瑟琳身旁不远处，温和有礼地打着招呼。

凯瑟琳和沈熙松循声看去，只见顾明绰微微躬身，朝他们伸出了右手。那是一只十分漂亮的手，肤色冷白，能够清晰看到淡青色的血管。

"你好。"凯瑟琳将手放入他的掌心，温和优雅，"谢谢你能来。"

"我的荣幸。"顾明绰笑着回道。

凯瑟琳眉眼染上笑，转过身，拉了下身旁的沈熙松，动作轻柔细微。

沈熙松知道她的意思，"乖顺"地起身，同胡燃和顾明绰寒暄了几句，虽不是多热络，但也不会让两人在众目睽睽之下失了面子。

接下来的一个小时，整个场馆被 Maple Leaf 主宰。

中场休息后，Maple Leaf 五人换了装再度出现在舞台上，分站在著名主持人刘庭蔚的两侧。

演唱会进入互动环节。

"过去一年，Maple Leaf 取得了很好的成绩，这一切都离不开'枫叶'们的支持。"刘庭蔚的声音透过他手中的麦克风，散落到会场的每一个角落，带起了阵阵掌声。

队长明娅激动地冲着台下喊："又一年了，谢谢'枫叶'。"

话音响起时，Maple Leaf 五人齐齐朝着台下深鞠躬。

回应她们的是整齐划一的喊声，有振奋激动，也有感性哽咽——

"永远陪伴最好的 Maple Leaf。"

"小姐姐，加油！"

满场的浅蓝色荧光晃动，连成了一片海，唯美、壮观、无与伦比。

"太壮观了。"看着这一幕，刘庭蔚由衷地赞叹道，"我什么时候才能有自己的荧光海？"

忽然搞笑，逗乐了一大片。

就着这话题闹了一阵，回归主题。

"今年，小姐姐们给'枫叶'准备了什么福利？"

沈星作为队中 ACE，代表发言："只要不违法犯罪，不违背社会公序良俗，什么都可以。"

这话一出，场内再次哄笑成一团。

气氛大好，刘庭蔚将流程往下推："摄影机动起来，倒数十个数，大屏幕上出现的人儿就是今晚第一个幸运观众。

"各位，准备好迎接幸运了吗？"

回应如雷贯耳："准备好了！"

刘庭蔚笑着说："很好，四号摄影机，转起来。"

话音还未落全，四号摄影机转了起来，场馆内的几方大屏幕不断显现出陌生的面孔。

全场开始倒数，响声震天。

"十——"

"九——"

……

齐声喊出"一"后，场内的目光全部落在几方大屏幕上。

光束晃动的速度越来越慢，停滞时，大屏幕上显露出一张如美玉般清隽无瑕的脸。

全场愣住了！

第一个幸运儿竟然是顾明绰。谁也没想到会是这样的结果，包括顾明绰自己。

整个会场静得犹如冰封，好一会儿，才传出声响。

"啊，我不服！"

"绰哥，我恨你。"

"呜呜呜，真的太可恨了！帅就算了，运气还那么好。"

众人这才回过神来。

胡亚均一直在后台，看到这幕，乐得合不拢嘴。想了想，他给胡燃发了条微信：【跟顾明绰说说，把机会让给粉丝。】

片刻之后，他收到了回复：【你觉得可能吗？】

随着时光静逝，走到沈星面前，早已深植顾明绰的骨血之中，成了他的执念和本能，他没有一丝抵御的能力。

此刻，胡亚均对胡燃话中蕴含的深意一无所知，直到过往被尽数摊在阳光下，他才知道这句"你觉得有可能吗"藏着怎么样的情感。

这些都是后话。

"四号摄影机是'颜控'吧？"台前，刘庭蔚的笑音突然响彻场内，掀起一阵笑声。

顾明绰渐渐回过神来，在刘庭蔚叫到他时淡定地起身，阔步走上了舞台。

还隔着老远，Maple Leaf 五人齐齐朝着他九十度鞠躬："顾老师。"

伴着各种起哄声，顾明绰来到了舞台中央。

明娅连忙将主持人右手边的位置让给他，同时搞笑地感慨："全娱乐圈只有我们 Maple Leaf 是双 C 位的。"

顾明绰一脸惶恐地说："谢谢，我站角落可以了。"

听到这话，慕夏第一个炸了："那怎么行！顾老师来，站我旁边。"粉丝属性展露无遗。

最后，刘庭蔚想了个法子，说道："顾老师是 Maple Leaf 编外 C 位和幸运粉丝是两码事儿，咱一个一个来。

"幸运粉丝先来。顾老师站我左手边，小姐姐们全部站另一边。"

全员同意。

换位置站定后，工作人员抱了一个巨大的色子出来。

刘庭蔚说明规则："顾老师拥有了一次丢色子的机会，丢到几，就能获得相对应的福利。"

伴着他的话，会场中所有的屏幕都显示出六宫格，每一格都标了一个阿拉伯数字。

"有疑问吗？"

顾明绰接过工作人员递来的大色子，笑着说道："没有。"

刘庭蔚说："那开始。"

顾明绰于众目睽睽之下将色子抛到了地面。色子打了几个转，停住，6 朝上。

刘庭蔚说："开六号。"

顿时，所有人的目光凝聚在大屏幕之上。格子翻转，"六号福利"显露于众人的视线之中。霎时间，笑声四起。

"哈哈，这到底是谁给谁福利？"

"我平衡了，哈哈哈。"

"绰哥，冲呀！"

"不愧是 Maple Leaf 的演唱会，永远不走寻常路。"

……

台下的反应同先前完全不同，因为六号格的福利是对任一 Maple Leaf 队员：

（1）用三种方言说我喜欢你；

（2）为她录制起床铃声；

（3）满足她的一个愿望。

无论怎么看，Maple Leaf 的小姐姐们都像收福利的那个。

顾明绰被气笑了："这确定不是我在送福利吗？"

沈星几人跟着笑，完全没料到会出现眼前这么个情况，可细想，又觉得很有趣。

"当然不是。"刘庭蔚还是淡定模样，"对于'枫叶'来讲，小姐姐们的笑就是给她们最好的福利了，也是她们最想要的。"

"是不是？"说着，刘庭蔚将手中的话筒对准了台下的粉丝。

台下齐喊："是！"

顾明绰看了眼台下，深邃冷清的黑眸中漾起了一丝暖意，点头道："既然大家都这么说，那就来吧。"

刘庭蔚扯着嗓子叫道："好。

"选个对象。"

顾明绰无法自抑地爆笑出声，末了，没有任何悬念地说："我选星星。"

无论她在不在，她永远都是他心中爱的第一顺位。


第四节

刘庭蔚好整以暇地看着顾明绰，揶揄道："顾老师这是在用生命证明自己和星星没有不和。"

台下一阵笑。

紧接着，他又转向沈星。

高挑纤瘦的姑娘穿着一身浅紫色的小礼服，点缀着镶钻细链条，在灯光下闪闪发光。

"星星，你怎么看？"

沈星蓝眸染笑，一副霸道总裁上身的模样："还能怎么看？自家的 ACE，含着泪也要宠着。"

慕夏附和道："沈总说得对。"

李羡婷哈哈笑："不是都说一山容不得二虎，怎么到我们 Maple Leaf 这么和谐？"

台下喊声四起：

"双 ACE 冲啊。"

"我们想看双 ACE 比拼。"

"蔚哥，求求您了。"

声响炸裂，跨越过距离，清晰地落在了台上。

刘庭蔚瞥了眼台下，说："必须安排。

"所以两位麻溜点儿。

"福利一，请顾老师用三种以上的方言对星星说'我喜欢你'。来，站近点儿，手拉着手。

"牵手，快点给我牵！！！"

……

声浪太强，顾明绰和沈星不由得朝台下看了一眼，片刻后收回目光，朝着对方踱近，停在了彼此面前，四手相牵。清隽对上明艳，唯美浪漫得就像一幅画。

顾明绰眼中有光，温柔地包裹着沈星的影子，心间充盈，嘴角抑不住地上翘。

沈星迎着他的目光，指间沾染了他的温度，忽然觉得时间太过奇妙。一个多月以前，她怎么样都不会相信她和顾明绰会这么近距离地站着，牵手相对，眉目含笑，心绪柔和。但这种感觉并不差，她甚至和台下的观众一样期待起顾明绰方言版本的表白。

于是，她俏皮地开口："顾老师开始吧。"

目光灼灼，好心情不加掩饰。落在顾明绰眼里，笑意漾开。

"来了！"他应着，下一秒，用粤语直奔主题："我好中意你。"

声线低沉温柔，字正腔圆。不过一句话，便轻易掀起了阵阵声浪，台上众人不淡定了。

刘庭蔚哆嗦了下，直言道："这……谁受得了啊。"

明娅附和："顾老师的感染力太强了。"

慕夏说："声音也好听，声控福音。"

稍顿，她直接冲沈星喊："星星，放开那个小哥哥！让我来！"

霎时间，哄笑声从四面八方传来。

"哈哈哈，夏夏急了。"

"明天视频出了，全国人民都急了。"

"去吧，夏夏子，小姐姐归我了！！！"

……

声浪前所未有的热烈，沈星的心绪被牵动，不自觉地朝着台下看。

可顾明绰似没有听见，保持着最初的站姿注视着沈星，专注得仿佛这个世界只有她一人。

"嘘，安静！"闹了一阵后，刘庭蔚压下了场内的躁动。

声浪渐消，顾明绰又以陕北方言和西南方言对沈星说了"我好喜欢你"！

场馆内尖叫声不断，险些掀翻场馆的屋顶。

顾明绰仍然恍若未觉，只是笑着问沈星："够吗？"

"不够的话，顾老师准备继续？"

顾明绰一本正经地点头，话里却带着笑："我还会很多种。"

沈星被逗笑，一双蓝眸似忽然被江南烟雨淬过泛出潋艳水色。

迷乱了他的眼，黑眸染上黯色。

沈星不知他的心情，只是依从本能，说道："那你继续，到你无计可施为止。"

刘庭蔚端着严肃脸搞笑："说多了演唱会要超时了。"

闻言，沈星根本没有犹疑，冷艳却笃定地回道："没事儿，超时费用我付。"

顾明绰笑开了，面容淬了光，明亮逼人。

"天啦，沈总太宠了吧。"

"我们星星出场自带霸总背景音。"

"星星是霸总，绰哥是什么？"

"小娇夫？"

"哈哈哈，我要笑死了。"

……

舞台上下，喝彩声有，赞叹艳羡也有，一浪接着一浪，如海浪似乎永不会停歇。

最后，顾明绰放弃了再表白。

福利进入第二项——为她录起床铃声。

顾明绰柔声问沈星："你想录什么？"

沈星回说："你随意。"

说话时，叶欣已经拿了沈星的手机来到台前。

沈星接过，解锁找到了语音备忘录，而后递到顾明绰眼前。

顾明绰接过，默了默，说道："那我多给你录几条，你喜欢哪个用哪个。"

沈星怔在当场，没想到顾明绰会这么认真，而且即使是真的喜欢，她也不会用他的录音做起床铃声，不合适也太过暧昧了。

但众目睽睽之下，几个摄影机对着，她只能淡定地点头："好。"

也就是在这一刻，她忽然发现顾明绰的举动明明已经逆了她的心意，她竟没有生出一丝同不喜有关的情绪，仿佛只要那个人是顾明绰，她的接受度会不断放大。底线在哪里，她自己都不知道。

心绪躁动，沈星眸色微沉。

可顾明绰正半敛眉眼盯着录音的图标，大约是在想录些什么，因此错过了他心心念念的人儿为他而生的情绪波动。

"想好给星星录些什么了吗？"给了顾明绰一些思考的时间，刘庭蔚走近他，笑着问道。

顾明绰抬眸，眼底露出一丝不易察觉的柔光。

"想好了。"

"几条？"

"一条。"

"刚你不是说多录几条吗？"

"哈哈，想到了合适的，一条足够了。"

"可以！"刘庭蔚道，跟着调侃，"多了，激发了'星影'们的醋意就不好了。"

顾明绰温柔地浅笑，在刘庭蔚喊了开始后，开了录音。不一会儿，他特有的裹挟着几许清冷的声音响起："星星，起床了，顾明绰五点就起了。"

沈星腹诽：这得亏不是我的男朋友，不然一定会被我打死。

台上笑成一团。

"星星说五点起床？你不如杀死我！"

"星星脸都气绿了，哈哈哈。"

"绰哥这么直的吗？"

慕夏十分好奇地问："顾老师，你真的每天五点起床吗？"

顾明绰收起手机，笑着回道："嗯，习惯了。"

众人皆叹："天啊！"

唯有早已知道"内幕"的沈星保持淡定。

话题被带偏，但顾明绰一点都不介意，如往常一般优雅明亮。今晚他已经得到够多了，实在不该再贪心。

吵吵闹闹，第一轮福利进入尾声。

刘庭蔚对沈星说："星星，你可以让顾老师为你实现一个愿望。"

沈星轻声应了声，思索半晌，目光落在顾明绰明净清隽的脸上，说道："我还没想好，你先欠着？"

顾明绰没有意见："好，什么时候你想好了再跟我说。"

"嗯。"

两人旁若无人地交谈着，虽然是公事公办的客套口气，却诡异和谐。

刘庭蔚的目光从两人脸上掠来掠去，末了，停在了沈星脸上，问道："真没想好，还是放水？"

沈星眸光流转，带出了一丝笑意："真没想好，顾老师帮着实现的愿望可不能随便。"

刘庭蔚没再多说，转身问台下："那……你们满意了吗？"

万千"枫叶"高喊："满意。"

"行吧。"刘庭蔚佯装无奈，"你们就惯着她。"

完了，他转向顾明绰，说："顾老师，福利的环节结束了。接下来，我们结一下其他的账。"

顾明绰知道他是在说 Maple Leaf 编外 ACE 的事儿，故意笑道："行，大家想怎么结？"

刘庭蔚叫了 Maple Leaf 五人一起，远离顾明绰讨论了一阵。

回归原位时，刘庭蔚望着台下朗声道："刚才'枫叶'说想看 ACE 比拼，那接下来的舞台就交给二位好吗？"

"ACE 之间舞蹈比拼。

"顾老师，你敢应战吗？"

刘庭蔚越说越激动，顾明绰被气得发笑。

当他笑时，黑眸被微光点亮，冷清烧尽。

沈星喜欢这样的顾明绰，不禁走近他，微仰着头对上他的视线，在他的眼中清晰地寻到了自己的倒影，蓝眸隐隐泛出火光。

"顾老师，battle（比拼）吗？"

顾明绰深深地睨着她，似想将她的面容一寸一寸刻在心上。

"只要你想。"无论需要付出什么，我都会送到你面前。

Maple Leaf 历年的舞曲旋律响起，台上两大顶流火力全开，献上了史无前例的舞者比拼。

"谢谢顾老师带来的美好时光。"比拼结束后，刘庭蔚朝顾明绰伸出了右手，由衷地说道。

顾明绰微微躬身，同他握了握，说："我的荣幸。"

之后，顾明绰一一同 Maple Leaf 的成员握手道别。

他朝台下走时，刘庭蔚朗声高喊："掌声给顾老师。"

这时，沈熙松的脸已是灰沉沉的。

凯瑟琳不经意瞥到，哑然失笑，随即道："你可别再这样了。"

沈熙松侧过头看她，低声问："怎么？"

"你说怎么？这儿这么多人，你这么冷着脸是想让别人说你不满女儿的事业？"

沈熙松又是一句："胡说八道。"神色却不自觉放柔。

"这还差不多，那些就是舞台效果，你介意个什么劲儿？"

沈熙松听到这话，脸部线条又绷了起来，负气道："我看那个臭小子就是假公济私。他那点小心思，我会看不出来？"

这要不是在外面，凯瑟琳只想抢起手中的荧光棒敲他的头，拗得莫名其妙。

凯瑟琳强压下火气，问道："什么小心思？我怎么看不出来？"

沈熙松恨恨的，几乎一字一顿地说道："拐我乖宝的心思！"

他言语间冒着酸气和想要把某人捏得粉碎的狠劲儿。

凯瑟琳干脆挪开了目光，不想再跟这幼稚的男人多说一句话。

第五节

顾明绰和胡燃坐到了演唱会最后。安可曲过半时，他们才从 VIP 通道离开。两人来到停车场，往座驾的方向走时，胡燃掏出了自己的手机，准备关闭静音模式。

他发现了三个未接电话，其中两个是同一个陌生号码。

显示地区是中国香港。

胡燃随手拨了过去，脚步未停。

嘟嘟嘟响了几声，那头接起。伴着爽朗的笑声，对方努力也掩盖不了蹩脚的港式普通话传至胡燃的耳朵里。

"胡先生您好，我是香港导演钟波。"

对方简单明了地自报家门，胡燃迅速地在脑海中搜索同这个名字有关的信息——港圈大鳄、金羽奖评审团主席、国内外各大电影节常客……绝对称得上是华语影视界响当当的大人物。

"钟导，您好！

"很抱歉，刚在演唱会现场，电话处于静音状态。"

胡燃同钟波寒暄，热络带笑，根本不像初次通话。

钟波也是一笑："没事。"

随后，钟波大概说明了他来电的缘由。

他的新电影《战九龙》筹备已至尾声，拍摄地在香港九龙，双男主角设定，一正一邪，于港岛之上斗智斗勇。邪恶一方，已经锁定了香港中生代最佳男主演裴清辉。

"顾明绰的《体面》我看了好几遍，十分喜欢，想邀他加盟《战九龙》出演港警。如果他有这个意向的话，近几天我和辉哥想飞一趟鹭城，同你们碰个面。"

钟波诚意十足，搭档又是香港地区最有分量的男演员，无论是站在胡燃的立场，还是顾明绰的角度，都没有面都不见就推拒的道理。所以没多想，胡燃便应了下来，还适当放低了姿态。

"能和您合作，阿绰高兴都来不及。

"近几天他在假期之中，您哪天来都行，提前通知我接机就好。"

钟波笑了笑，对胡燃的话十分受用，说："那就明晚吧，咱们速战速决。"

"行啊，航班确定后发给我，我派人过去接您和裴先生。"

"好，那就先这么说。"

电话挂断后，胡燃把钟波的手机号存了下来。

他这才发现自己已经来到了座驾的外侧，顾明绰正站在另一边扶着车门看着他。

"哪个钟导？"顾明绰隐约听到了一个名字，有些陌生。

胡燃回道："进去说。"

两人上了车，坐定。

司机发动车，很快驶出了鹭城体育馆。

路上，胡燃把钟波的邀约同顾明绰说了，并告知他："明晚钟导和裴清辉会到鹭城，想和你碰个面。"

胡燃还不忘感叹："香港本土电影很少找内地男演员，钟波能亲自找过来，这是香港主流影视界对你最大的肯定。把握好机会，绝对双赢。"

香港电影虽比以往没落，但实力始终在那儿，没准儿在哪个节点会再绽芳华。

顾明绰点头，眉眼不由得染笑。作为一个电影人，时机和剧本合适的话，谁也抗拒不了钟波和裴清辉这两个名字。

他也一样。

城市的另一端。Maple Leaf 结束了庆功宴，时间已近凌晨三点。沈星几人换回便装，各自回家。

回到天苑的套间中，沈星已经精疲力竭，连澡都懒得泡，卸妆后，简单冲了个凉就窝进了被子里。

大约是阿姨来过，被子比平日要松软，隐约沁出太阳的味道，抚慰了沈星的疲惫，令她不由得轻叹。

她蹭了蹭，慵懒伸手拍了下床头的开关，伴着"啪"的一声轻响，卧室陡然黯去。接下来，本该是深眠，哪知没过两分钟，"啪嗒"声再次响起。

卧室重归明亮。

沈星抱着软被坐起，蓝眸蒙了水色，头发也毛糙，平日里的冷艳半退，多了几分难见的迷糊软萌。缓了半分钟，她伸手把搁在床头柜上的手机拿到手中，指尖几番起落，顾明绰的声音打破了静谧，于卧室中一寸寸蔓延开来。

沈星就像着了魔似的，一连按了五六遍播放键。

静谧再降临时，她忽然轻声一笑："就不五点起，怎样？

"让你在冷冷清清的语音备忘录里凄凄惨惨戚戚。"

听了六七遍，沈星也没把顾明绰的录音设置成起床铃声。

手机被重新放回到床头柜时，沈星的脑海里忽然冒出一缕莫名其妙的念头：我这样像不像招惹了顾明绰却不愿给名分的坏女人？

不过很快，她就释然了：渣就渣吧，开心就好，只要我愿意，我还能再渣一点，因为顾明绰还欠我一个愿望，让他喝苦瓜和香菜的混合果汁都行。

这个夜，也不知道是太过疲倦，还是心情舒坦，沈星睡得格外沉。

天大亮，叶欣打电话来催时，沈星才从沉睡中转醒。

# 顾明绰 # 和 #Maple Leaf 鹭城站 # 两个话题已经在微博上挂着了。

往拍摄地去时，沈星挑了一个词条点了进去，经叶欣提醒才意识到自己最先点开的竟是顾明绰的单人热搜。

沈星发誓自己没别的意思，也不想解释那么多。但叶欣那眼神活像她和顾明绰有暧昧似的，令她不得不解释："他的名字在最上面，先点开不是很正常？"

"你那是什么眼神？嗯？"沈星尾音上挑，霸总范儿十足。

可叶欣半点不怕，针尖碰麦芒："以前他也经常在第一呢，你怎么不点开看？

"被昨晚的表白打动？

"你敢不敢老实说昨晚听了几遍绰哥的录音？"

叶欣的质问连成了串，气势渐渐凶悍，就像身旁坐着的是自己的仇敌。

沈星原本很淡定，准备把左边耳朵进右边耳朵出进行到底，哪知叶欣意外地点到了"痛处"，令她神色忽而有些不自然。

不过，好在叶欣并没有察觉到。

沈星趁机敛了情绪，熟练地端起冷艳，说道："我都不知道你在说什么！"

叶欣不放弃，还想再说些什么。

这一次，沈星没再给她机会，冷飕飕地威胁："别问，问就是年终奖没了。"

提到奖金，叶欣立马就怂了，大眼水汪汪，就像是说：姐，你不讲武德。

沈星当然看明白了，冲她勾了勾唇，娇贵艳丽。

"下次在提顾明绰前，想想自己干瘪的钱包。"

这话一出，叶欣的头直接歪倒在车窗上。

呜呜呜，这么活着还有什么意思！

"我明天就去投奔顾老师……"

夜幕低垂时，鹭城的风染凉，所过之处，或多或少添了几分凉意。

一身黑色装束，被墨镜和黑色口罩遮得密不透风的顾明绰出现在了鹭城会所，身旁有胡燃相伴。为了避开不必要的关注，这回胡燃也戴上了墨镜。

进入大厅，有人迎了上来。

来人是鹭城会所的副总吴宣，四十出头的年纪，个子不高，圆脸面善，黑色的西装，板寸头，看着格外精神。

"我都大半年没见你了。"他笑着同胡燃和顾明绰打招呼，说话间，右手已熟络地揽上胡燃的肩膀。

胡燃笑着说："这不是来了吗？钟导他们到了吗？"

"还没，上包间等吧。过会儿人来了，我亲自给你送上去。阿绰搁这儿等太招眼了。"

胡燃想想也是，交代顾明绰："你先上去，我在这里等，顺便和宣爷抽支烟，聊几句。"

年轻时，胡燃没少疯，也因此结识了不少朋友，随意耍耍的有，真情实感的也有。吴宣，就是这真情实感中的一个。多少年了，他们虽不常联系，但逢年过节时，问候和礼物总是不缺。

顾明绰朝着吴宣颔首致意后，跟随侍应生朝着二楼而去。

吴宣和胡燃目送他上了楼梯，相携去了会所大厅的休息区，一路说笑不断。

胡燃订的包间在三楼的尽头，顾明绰在侍应生的引领下踩着深灰色的地毯往里走，眼见就要到了，背后忽然传来一个陌生的女声。

"顾老师。"

顾明绰停住脚步，转身望去，只见身段高挑的女人一身红裙、妆容精致，浑身上下似找不到一丝瑕疵。

是倪清虹。

倪清虹自己也没想到会在这里遇见顾明绰，惊喜之下，眼中泛起微弱光亮。但顾明绰并不认识她，神色浅淡，就像在看一个陌生人。

"你是？"

倪清虹款款走近，目光都贴在顾明绰的脸上。

顾明绰因为表演专门学过微表情，对他人的情绪和目光很敏感。他不喜欢这样的目光，对倪清虹这个人也是。

"我是倪清虹，演员。

"不过我演电视剧比较多，顾老师可能不认识。"

自我介绍时，她朝顾明绰伸出了右手，手指白皙纤长。

"你好。"顾明绰避不开，绅士手轻碰，瞬息撤开，"我还有事，先走一步。"说完，即转身。

礼数虽在，但冷清疏离，同面对沈星时完全不同。

倪清虹站在原地，目光追着他的背影。

不知不觉中，她的眸光染上冷意，垂落于身侧的右手紧握成拳。

一刻多钟后，钟波和裴清辉到了。

四个人在包间里开了几瓶好酒，浅酌说笑，氛围大好。

熟悉后，裴清辉拿起红酒杯单独跟顾明绰碰了碰，笑言："我老早就想跟你合作了，怕你没时间。"

顾明绰也笑着说："这怕得没道理，只要能跟辉哥你合作，没时间我也能挤出时间。"

谁都喜欢听好话，裴清辉也一样。

更遑论这些话是从一个极其有才华，且为自己所欣赏的人口中说出的，分量又重了几分。

裴清辉微仰头，几口饮尽了杯中酒。

顾明绰平日里很少饮酒，这次也是一句话没说，跟着喝完了。

胡燃看在眼里，嘴角露出一抹欣慰的笑。

"是不是有种吾家有子初长成的幸福感？"钟波敏感地捕捉到了胡燃的这抹笑，揶揄道。

此话将顾明绰和裴清辉的注意力也给拽了过来。

胡燃低笑出声，指着顾明绰道出了自己方才所想："平时都不碰酒杯的一人，今天一杯干。我之前怎么说的？跟您和辉哥合作，他就算脸冷着，心也是热乎激动的。这会儿好了，一杯酒落肚，脸也没法冷了。"

裴清辉和钟波被胡燃的话逗笑。

其间，钟波亲自替两位演员添了酒。

酒香倾泻而出时，钟波对顾明绰由衷地道："要知道是这样，我早就来了。两年前的《木鲸》，阿辉就跟我推荐过你。那时候，我因为你之前选片的偏好放弃了。

"这次，阿辉再次提及。我才想说试试吧，万一呢？

"真没想到会这么容易。"

可能在许多人眼里，他的影片是极好的资源，但这些人里，从来不包括顾明绰。顾明绰贵为最佳男主演，又站在流量巅峰，不用细问都能想到他手中有多少电影片约，再加上他以前从未拍过商业片。

这番话让顾明绰大受触动，他扬起酒杯同钟导碰了碰，眉眼含笑，哑声道："有些话我说了您可能不相信，我挑剧本时其实从未抗拒商业片。只是一年就两部，想演的太多，只能在里面挑自己当下最想演绎的。"

提及电影，周围又都是让他安心的人，顾明绰眼中清冷不再，眼尾轻挑时，带出了几丝猩红酒意，没有任何惑人的心思，却能轻易晃动人心。

"能接到您和辉哥的邀约，我真挺高兴的。"

胡燃闻言，轻笑了两声，毫不留情地吐槽："只是挺高兴吗？阿伟可不是这么跟我说的。"

顾明绰猝不及防被自己人扎了一刀，怔了怔才道："他怎么跟你说的？"

胡燃如实道："他跟我说你昨晚一宿没睡，导致今天早上五点没能起床。他早上八点打给你，你还骂他了。"

"哈哈哈。"

"阿绰也有起床气？"

两个多小时后，四人一起出了包间。

往会所门口走时，钟波忽然缓下脚步，对顾明绰说道："女主角还没定，你先翻翻剧本，如果有合适的，可以推荐给我。"

顾明绰点头应了下来。

之后，各自散去。

回到家中时，已经临近半夜。

顾明绰简单洗漱后，带着剧本去了书房。《战九龙》中他扮演的角色叫许致远，香港西九龙重案组高级督察，年纪轻轻身居高位，倨傲自负，也确实有狂妄的资本，可这些在他对上国际刑警陈祁连后告一段落。

陈祁连为香港红星社团前大佬的幼子，后遭遇变故远离故土。再回来，他竟彻底变了模样，还拥有了新的身份，在国际刑警香港分局身居高位，屡屡破坏许致远等人的行动。

是巧合，还是刻意针对警队？

因为钟导的话，顾明绰翻阅剧本时专门留意了有关女主角的情节。

女主角陈琦玲，香港珠宝大亨陈年熙的独生女，生来娇贵，不免娇矜傲慢。有一段时间，她屡屡收到恐吓信息，甚至血书。陈年熙向警方求助，重案组派出许致远跟进保护，一段欢喜良缘就此拉开序幕。

戏份并不多，典型的镶边女主，但人设丰满讨喜。

有一幕戏是一只纤长白皙的腿从紫色的迈巴赫中探出，妖娆万分地踩在地面上。顾明绰的脑海中不自觉地浮现出了沈星那张绝美冷艳的小脸。

这样的角色，真的很适合她。

为避免打扰钟导休息，顾明绰第二天早上才给他发信息。告知他自己已经连夜看完了剧本，并向他推荐了女主角的人选。

十多分钟后，顾明绰收到了钟导的回复：【今天还在鹭城，我跑趟创美传媒。】显然他已经搜过沈星的信息了。

顾明绰看完，将手机拢入手心，嘴角无法自抑地向上翘起，心想：这次，星星应该不会再拒绝同我合作了吧？

第六节

顾明绰上午十点有广告拍摄，在城西广袤的山区，德国跑车的广告。

运动完，时间还早，他和肖伟在小区附近的凯撒酒店顶楼吃早餐。他对吃其实没那么多的欲望，但街头巷尾容易被人发现追逐，怕引发混乱，只能避忌。好在凯撒的早餐很丰盛，他能想到的品类基本都有。

一碗热腾腾的萝卜牛腩面、两个水煮蛋、一杯热牛奶。吃完，注定是元气满满的一天。

"阿绰，早啊。"有人进了餐厅，看到了顾明绰，惊喜地招呼道。

顾明绰抬眸，循声望去，来人是《体面》的制作人陈启志，老熟人了。

顾明绰抬手冲他挥了挥，喊道："志哥。"

陈启志和朋友阔步走近，挨着顾明绰和肖伟坐下。

顾明绰停下筷子，说："真巧。"

陈启志显然也觉得巧，眉眼间的惊喜根本掩不住。

"是的，正想晚上约你吃饭。"

顾明绰失笑道："是吗？"

陈启志说："有正事儿同你商量。"

顾明绰问道："什么事儿？"

肖伟贴心地为刚来的两人各倒了一杯柠檬水。

柠檬香气四散时，陈启志开始细说。他手中有个很冷门的本子，一直找不到投资商，磨了两年，他都快放弃了，哪知道昨晚倪氏突然给他打了电话，想投资两个亿参与影视化他手中的这个本子，但有一个要求：男主角必须是顾明绰，而女主角是倪家千金倪清虹。

陈启志想都没想就说试试。

他原本属意的男主角就是顾明绰，倪清虹的样貌和演技也都不差，是有能力达到女主角要求的。

顾明绰安静地听着，神色淡泊，直到听到影片指定的女主角是倪清虹时，黑眸中划过一丝不易察觉的异色。

倪清虹？

是昨晚在会所见到的那位吗？

昨晚才意外碰到，今天就收到了合作的邀约，有没有这么巧？

顾明绰思绪晃动，隐约察觉到了些不对劲。但很快，他就压下了这些波动，因为接下了《战九龙》，他今年已经没有任何闲暇去消化其他电影了。

是巧合还是刻意都同他无关。

思及此，顾明绰朝陈启志歉然一笑，温声解释道："抱歉志哥，这次可能没机会合作了。"

闻言，陈启志的笑容忽然僵住："为什么呢？"

顾明绰实话实说："因为我昨晚才接下钟波导演的新电影，加上既定的，今年再没空隙排别的电影了。

"下次有机会再合作。"

陈启志千万没料到惊喜过后会是这种结果，不由得沉寂，好一会儿才开口："那明年呢？"

顾明绰笑了笑，回道："明年的行程单我还没看过，不了解。今天下午回公司我找燃哥聊聊，晚些再跟您联系？"

就此刻来说，顾明绰的提议已经是最好的做法了。

陈启志只能应下，之后各自吃着早餐，氛围十分和乐。

此时他们谁都没想到，倪清虹想要的并不单单是一部由顾明绰主演电影的女主角。

下午两点时，国内大型综合论坛"碧海星辰"出现爆料帖，内容为：

（1）香港大导钟波新电影即将官宣，顾明绰裴清辉双最佳男主演神仙阵容，女主是倪清虹；

（2）《体面》团队新作品也有眉目了，男女主角分别为顾明绰和倪清虹。

帖子最后还附了一张照片。

照片中，顾明绰和倪清虹在包间外的走廊闲聊。

两部皆是重量级的电影，放到哪一家都是大饼中的好饼。帖子发布后不到一个小时，万丈高楼平地起。

【哇，这倪清虹什么来路，连着两部大戏和最佳男主演搭戏？】

【背靠资本就是这么牛。】

【倪氏的千金，没有资源都能砸出资源。】

【咱们那位星姐危了。】

【确实，"爱豆"在哪一国都不如演员。】

【这两部电影加起来，票房二十亿打底。】

【激动搓手 .jpg】

【悄悄地踏出倪清虹事业粉的脚步。】

......

楼层盖得飞快，核心词都是倪清虹，势头竟压下了另外一个主人公——"碧海星辰"顾明绰，诡异得很。

下午三点许，战火从论坛烧到了微博。

"星影"无处不在，自然不会由得旁人胡乱蹭顾明绰的热度。相较沈星，她们这回凶悍得很，没留一丝情面。

【顾明绰就是块"提咖"的砖，哪里需要就往哪里搬。】

【哈哈哈，笑死了。造了那么多饼给自家，也不怕噎死。】

【有些人只能靠画饼充饥了。】

【顾明绰哭丧脸：我的行程已经很满了，别再给我加工作了行吗？】

【画面感出来了，哈哈哈。】

有些更是直接明说：【请某人离我们哥哥远点，我们高攀不起。】

......

闹得沸沸扬扬时，顾明绰全球粉丝后援会出面呼吁：【专注顾明绰，其他不给热度。】

到此，除了少量的激进派还在撕，热度倾向消减。可不知道为什么，# 顾明绰新电影 # 和 # 顾明绰倪清虹 # 这两个话题还是强势登录热搜，排名以肉眼可见的速度飙升。

工作室施了压，可话题像是被隐秘而强大的力量托起，怎么样都压不下去。

胡燃大概猜到了是谁在作怪，沉吟半晌，他打给了钟波，既然有人花钱送热

134

度上门，他们就借势蹭一轮。

创美传媒的会议室中，钟波和胡亚均、沈星面对面而坐。茶雾袅袅，带起了缕缕茶香，直扑鼻间时，心绪都清净不少。

钟波把剧本推到了沈星面前，道明了来意。

末了，他还特别补充："是阿绰向我推荐了沈小姐，说你是最适合这个角色的人选，我信他。"

顾明绰能走到今天这个高度，除去机缘，他的演技、挑本子和团队的能力都强到让人不信都不行。

胡亚均黑眸微亮，由衷地笑道："能接到钟导的剧本，是我们的荣幸。但星星没受过专业的演技训练，电影方面的经验为零，我担心她……"

钟波却不甚在意，还以顾明绰为例，说道："顾明绰出演第一部电影时不到十八岁，那时候的他也没有受过专门的训练，不是一样做得很好。"

这话说得没毛病，但不是人人都是顾明绰，说句惊才绝艳都不为过。

这话胡亚均没明说，他思量片刻，侧眸看向一旁的沈星，问道："星星，你想去试试吗？"

钟波也看向她，抛出了诱人筹码："有顾明绰和裴清辉两位最佳男主演在，能够学到许多。"

沈星看似镇定自若，其实心绪浮动，心间荡起了一圈圈的细微涟漪。但这些动荡并不是因为接到名导的电影而生的，而是顾明绰觉得她适合，并主动向导演推荐了她，这让她有些诧异。而且经过这段时间的种种，她终究没办法再像以前那样无所谓地拒绝和顾明绰合作的机会。

内心深处一些模糊的想法也在这时变得清晰——她期待和顾明绰合作。

跟其他人一样，想看到顾明绰沉溺剧情的模样、演技同演技的激烈对撞，而且以《战九龙》作为自己的电影初体验，上选无疑。

思量间，沈星的蓝眸染上了莫名的光晕，最后，她一双纤手按住了剧本，说："谢谢钟导的邀约，我一定会全力以赴。"

闻言，钟波欣喜显于眉眼，一旁的胡亚均亦激动难掩。

说实话，胡亚均还真的挺怕沈星会拒绝。这样的团队，这样的演员阵容，错过了是真的可惜。

正事儿解决后，钟波同胡亚均提到了爆料的事儿，继而说了胡燃的想法。

如果这话从其他人嘴里说出来，胡亚均只会觉得疯狂，这合同都没签呢。可现在，他面前坐着的是钟波，提出建议的是胡燃，他竟觉得没什么。

一整日，无论是顾明绰，还是被提及的钟波，皆保持着沉默。

倪清虹因为这一遭出尽了风头。当天晚上，她心情大好，约了姐妹去酒吧庆祝。这时她怎么也想不到会在酒至微醺时收到二堂哥倪煌的短信：【妹，顾明绰那边回绝了陈启志的合作邀约。】

倪清虹脸上的笑容倏然僵住，半晌后才解冻。她发了条语音过去："这么好的本子，他都拒绝？条件任他提说了吗？"

没一会儿，倪煌的语音信息到了。

酒吧吵嚷，倪清虹直接点了文字转换：【顾明绰最不愁的就是本子。这一点，身在娱乐圈的你应该比谁都清楚。】是实话，所以格外扎心。倪清虹的情绪直接从峰头跌至谷底，躁郁地把手机扔到了酒桌上。没收力道，手机撞到黑色的大理石，发出了一记沉闷声响。

姐妹纷纷看向她，有人关切地问："怎么了，清虹？"

倪清虹回过神，收敛情绪，冲姐妹笑了笑，说："没事儿。"然后优雅地俯身拎起了一只高脚杯，朝着姐妹扬了扬，"喝酒，今晚不醉不归！"

另一厢，胡亚均因为沈星即将踏上大银幕心情大好，邀请了 Maple Leaf 五人吃日料。

痛宰经纪人这事儿姑娘们从来不会错过，慕夏和李羡婷原本都约了人，一听说均哥要请吃日料，兴冲冲地全推了，还故意当着他的面。

骚操作气乐了胡亚均，对两人说："不强制出席，以自己的安排为主。"

李羡婷冲他咧嘴笑道："约会常有，均哥请吃日料不常有，聪明人都知道怎么选。"

慕夏强烈响应："是的，我们这么聪明。"

二对一，胡亚均毫无悬念败下阵来。

一行六人，分坐两台车朝着鹭城的米其林日料餐厅田舍而去。沈星同慕夏和李羡婷一起，吵吵闹闹一路。快到时，车厢中才短暂安静了一阵。

"热搜假的吧？顾老师怎么可能连着两部戏同一个人搭？"安静没多时，慕夏的声音再次响起。

沈星和李羡婷循声看去，只见她小脸紧绷，活像自家娇花被人摘了的亲妈。

沈星凑近瞄了一眼，问道："什么热搜？哪个小哥哥？"

慕夏直接把手机杵到她眼前，愤愤地说个不停："倪清虹有什么好？为什么那些人不找我？有顾老师那样的实力派带，我也能演好。"

说到这里，她莫名伤感，像只受伤的小兽"呜呜"了两声。

"我也想和顾老师搭戏。"

李羡婷一个没忍住，伸手推了推慕夏的脑袋，嫌弃地骂道："瞧你这点出息。"

慕夏愤愤地瞪着她，问道："你不想？"

李羡婷嘴硬："我不想。"

慕夏仍旧冷声："你不想我就不能想了？"

她强绷了三秒又颓了，哭丧着脸说："呜呜，好恨，实名嫉妒某倪姓女演员。"

胡亚均为了留惊喜，准备吃饭的时候再同成员们说沈星即将踏上大银幕的事儿，所以看到热搜，慕夏难受了。

趁着慕夏与李羡婷撕扯时，沈星粗略看了下热搜中的留言。真假先不论，她发现自己平静的心湖乱了，带出了莫名的情绪，她竟也像慕夏一般，忍不住拿自己和倪清虹比较。这是她长到二十四岁从未有过的。

不过很快，她便敛下了这种情绪，锁了手机屏幕递给了慕夏，说："给你。"慕夏伸手接过，仍是一副无精打采的模样。

沈星被她逗笑，打趣道："气什么呢？又不是真的！"

"你怎么知道不是真的？"慕夏一下子没反应过来，直到话出口，眸子瞬间绽出光，"是有什么我们不知道的内幕？"

沈星一脸冷清，眸中却堆着笑，故作神秘地说："我当然知道，因为钟波导演下午来过公司了。"

沈星说得委婉，但李羡婷和慕夏已从她眼中的笑意捕捉到蛛丝马迹，再加上胡亚均突然请吃日料的行为，两人顿时猜到了七八分。

慕夏一把抱住沈星，兴奋得嗷嗷叫："星星，不会是你吧？要和顾老师合作电影了？啊！！！我又可以了。"

李羡婷看着疯闹的两人，心急地催促道："是不是？"

被姐妹们这么一闹，原本觉得没多大个事儿的沈星忽然生出了些激昂，蓝眸淬上柔光。她在李羡婷两人灼灼逼视下点了点头，坐实了她们的猜测。

这下，慕夏直接疯了："太好了！开拍后我可以名正言顺地探班了。

"星星，你怎么那么棒？

"以后多多拍电影，霸占顾老师所有电影的女主角。"

她们把任性和"双标"演绎到了极致，欢声笑语也因此持续了一路。

第二天早上十点，钟波所属的香港安乐影业突然官宣了新电影《战九龙》。

安乐影业：【双最佳男主演 @ 裴清辉 @ 顾明绰即将决战西九龙，唯有娇贵的她 @ 沈星添了一抹柔色。】

简简单单的两句话，力量猛烈，才出现便强势攫取各方目光。不过半个小时，三位主演都还没下场，同《战九龙》有关的词条就轮番轰炸热搜。热度最盛时，多达四个之多。

参与主演的三方粉丝都乐疯了，其中反应最大的是沈星的粉丝。因为这次是沈星出道以来第一次踏足大银幕。初次便和两位神格已稳的最佳男主演合作，哪怕是镶边，都叫人欣喜万分。

【终于！！！谢谢钟导，谢谢 @ 安乐影业。】

【这也收得太严实了，但我太喜欢了。】

【我要给创美和均哥点赞。】

【哈哈哈，我都乐疯了，这种惊喜再多我都不嫌多！】

【恭喜姐姐。】

【期待演员沈星。】

一片激昂喜悦中，也有人酸不过是个三番的镶边女主，说不定镜头只有三五帧，但沉浸在快乐中的"繁星"并不在意，因为三番计入实绩。就算不计，沈星的第一部电影，学习大过一切。与好的团队合作和在一部不能保证质量的电影里做一番，稍微有点想法的人都会选前者，更别说一心想沈星走得更远的粉丝了。

之后，三位主演下场，《战九龙》的声势越推越高。

倪清虹被当众打脸，气极了。她铺垫了那么多，甚至缠着父亲出资，结果却只得了个笑话。

# 第六章 ▼

## 我的确暗恋沈小姐好多年

顾明绰贪恋地想将月光搁入手心，
从此星月交缠，再也不要分开。

第一节

日子过得跌宕起伏，沈星也没忘顾明绰邀她去参加陈苟信婚礼的事儿。

眼瞅着日期快到了。五一假期，沈星得到三天假，她终于得空想礼物的事儿。但两位新人她都不熟，反复思量也没想出送什么好。

【顾老师，有空吗？】无奈之下，她发了条短信给顾明绰，想向他打听新人的喜好。

顾明绰可能没将手机带在身旁，半个小时以后，他才回：【有，怎么了？】

中规中矩的回复，看不出任何情绪，任谁也猜不到此刻他正对着手机屏幕笑，好心情不加掩饰。

约莫是嫌弃打字太慢，沈星发了条语音说明。

清甜的声音如水般涌入顾明绰的耳朵里，他嘴角的笑痕越加鲜明，也就是在这一刻，他忽然生出了想逗她的念头。

【可以啊，那你要怎么感谢我？】

沈星一阵无语，心想送礼难道不是为了给顾老师您撑面子吗？怎么还反过来要感谢？过河拆桥这招，顾老师玩得真是溜。

对面的顾明绰像是读到了她的心思，问道：【你是不是又在偷偷骂我？】

沈星被他气笑了，不愿他知道，开始抬手回了信息：【怎么能呢？我这么尊师重道的一人。】

【顾老师晚上有空吗？请你吃烤肉！】

当她的邀约映入眼帘，顾明绰觉得整个世界都亮了，连呼吸都甜了起来。

稍顿，他才压下心头的欢喜，回道：【只要是沈总的邀约，我随时有空。】

沈星一看"沈总"二字就知道他没少在网上冲浪，但她没拆穿，反倒觉得可爱。

她弯着眉眼，输入：【那就晚上八点，鹭宅后门见。】

这话打出来，沈星忍不住在心里吐槽：分明是再正当不过的碰面，却要避忌人群挑后门走，这到底是怎么样的凄惨悲凉？

顾明绰显然已经习惯了走后门，完全没纠结这茬，直接应了下来。

定下约会，沈星立马下楼找母亲，想告知她晚上不用准备自己的晚餐了。

行至大厅时，沈星发现妈妈正笨拙地织着毛线衣，因为太过专注，好一会儿都没发现她的到来。

沈星笑了笑，稍微俯低身，把小脸凑近母亲，同时伸手摸了摸那截织好的黑色毛线块，软着声音问："妈妈，您在织围巾吗？给我的，还是给爸爸的？"

话虽这么问，但沈星其实已经猜到是给父亲的。除了她那个爱吃醋，什么都爱跟别家老公争的老爸，没人能让母亲甘愿花费这么多的时间织毛线。

凯瑟琳这才察觉到沈星来了，抬头看着她，一出口，优雅不再，全是埋怨，一句一句全是冲着沈大佬去的。

"就去年底，你爸爸不知道看谁戴了条手织的围巾就回来闹，说别人有，他没有，我买了几条爱马仕和巴宝莉给他都不消停。后面我烦了，对他冷处理。过了几个月了，我还以为成功了。结果前两天，他又开始叨叨了。我没有办法，就给他织一条吧。男人，真的烦得很。"

沈星坐到她身旁，目光一直粘在那一小截毛线块上。

"听着都烦！

"妈妈，您干脆给我换个爸爸，下一个更香。"

闻言，凯瑟琳瞬间僵住，眸光凝滞，显然是被自家小孩儿的言论给吓着了，半晌后才找回声音："你是不是想被骂到臭头？"

凯瑟琳在鹭城待久了，话音间全是鹭城腔调，俚语不断。

沈星脑海里霎时浮现出一幅画面——沈大佬正面红耳赤地冲着凯瑟琳吼，不禁失笑。

"笑什么？说你要被骂了还这么开心？"凯瑟琳看着自家闺女傻里傻气的样子，没好气道。

沈星止住笑，亲热地搂住妈妈的胳膊，说："没有！我是想到爸爸骂人的样子，觉得很可爱。"

沈星不好把话说得太难听，但能骗得过凯瑟琳？很显然不能。

凯瑟琳睐着她，问得直接："是可爱，还是搞笑？"

被母亲这么一激，沈星才敛下的笑再次溃堤。她稍稍缓过劲儿来后，揶揄道："妈妈，您怎么能说自己老公搞笑？"

凯瑟琳神色自若，不答反问："你能在心里想，我不能明说？虚伪。"

"哈哈哈。"

跟母亲待了一会儿，沈星因长时间密集工作累积起来的疲惫无声无息地消弭了大半。末了，她直接把小脑袋歪在妈妈的肩头，有一搭没一搭地聊着，浑然忘了自己是为什么下楼来的。

最后，还是凯瑟琳提醒她："你不是说睡一会儿，怎么突然又下来了？"

沈星睫毛轻颤，这才想起下楼的正事儿，轻声道："我下来是跟您说晚上别做我的饭，我有事儿要出门。"

凯瑟琳"嗯"了一声，随口问道："什么事儿？"

面对母亲，沈星素来是有什么说什么，从未想过隐瞒。而这些，都要归功于凯瑟琳。凯瑟琳让女儿知道，无论她说了什么，最后得到的都不是指责，而是母亲的陪伴和建议。经年累月，同母亲分享心情和说实话早已成为沈星的习惯，就像呼吸一样自然。

花费了两三分钟，凯瑟琳明白了，直接道："去吧，让霍焱跟着就行。"

沈星笑眯眯地应下，正准备回应，就被妈妈打断："最好不要告诉你爸爸。"

在沈星看来，无论是和顾明绰吃饭，还是出席一场婚礼，都不是什么大问题，没有隐瞒父亲的必要。虽说她也不会主动跟爸爸说及这事儿，但经妈妈这么一说，她觉得必须问清楚，避免踩雷。

"为什么？"

凯瑟琳睇着女儿，眼底掠过一丝不易察觉的笑，淡淡地说："没什么，你爸莫名地不喜欢顾明绰，我觉得他们可能是八字不合，命盘相克！"

沈星被唬得一愣一愣的：不会吧？这么时髦的沈大佬竟还信这个？

母亲这话，沈星是不信的，可又觉得为了保障沈大佬的安全，她还是不要跟他说了，反正今天他也不在家。可她怎么样也没料到，她临出门的那一刻，爸爸从外面回来了。

两人面对面，撞了个正着。

沈星莫名有点慌，杵在大厅进也不是，退也不是。她下意识地看向沙发处，想着妈妈会帮她解围。结果并没有，凯瑟琳连眼皮子都没抬一下。

好吧，母女也是同林鸟，大难来时各自飞。

算了，自己来，正面杠！

沈星压平了躁动的心跳，在沈熙松进屋时，似往日一般甜甜地喊了声："爸爸，您回来啦。要喝水吗？我去给您倒一杯。"

沈熙松瞥了女儿一眼，敏感地觉得有些不对劲儿，但糖衣炮弹谁不喜欢呢？他没能抵抗住，"不安"在心湖上打了个漂儿就消失不见，很快，连带起的涟漪都没影儿了。

"那就倒一杯吧，还是闺女知道心疼爸爸。"沈熙松低头换鞋，嘴角在沈星看不见的地方翘得快要顶破天际了。

沈星阔步去到餐厅倒水。

沈熙松进了大厅，巡视一圈，说："你妈妈……"

"呢"字在他的目光触到凯瑟琳后消音了。

他伸长脖子偷瞄了眼，发现她在织围巾，心里更美了。此时此刻，沈熙松幸福感爆灯，妻女环绕一派和乐，说是世界上最最幸福的男人也不为过。

"爸爸，您的水！"沈星捧着杯水，再度来到他身旁。

沈熙松"嗯"了一声，接过正准备喝，忽然后知后觉地发现女儿一身精致，是要外出的模样，遂停下手间的动作，问道："要出去？这个点，约了人吃饭？"

沈熙松一警醒，压迫感就出来了，毫无遮挡地扑在沈星脸上，她不禁有些心虚。

"是，我约了人吃饭。"沈星借着往常二十几年锻炼出来的心理素质，即便心跳已经开始加速，第一轮沈星还是面不改色地接了下来。

沈熙松说："那去吧。"

沈星丝毫没放松，回道："好的。那爸爸……我先走了，晚上十点前一定回来。"

"好。"

沈熙松看着真挺好说话的，平日里，沈星也不惧怕沈熙松。可这一刻，沈星就跟着了魔似的，心里莫名其妙发虚不说，还哪哪都不自在，连翘起嘴角对父亲笑一笑都很艰难。

"爸爸再见！"沈星故作镇定地半侧过身，冲母亲喊了声，"妈妈，我出门了，爱您哟。"

没等回应，她就急着往前，一溜烟跑到了门口。

沈熙松看她这样，越发觉得不对劲儿。他转过身，目光沉沉地睄着女儿的背影，冷飕飕地喊道："站住。"

沈星像个机器人，僵硬地停下脚步，认命地转身，面对父亲，问道："爸爸，还有什么事儿？"

沈熙松同她无声对峙片刻，到底是舍不得对女儿太凶，冷肃稀释，笑容乍现。

"刚忘了问，跟谁吃饭？男人还是女人？我认识吗？"

男的，怎么了？我都快二十四岁了，还不能跟成年男人单独吃个饭？

沈星在心里凶悍地叫嚣着，也仅限于此。稍稍泄了愤后，她眼睫颤动，冲着父亲笑得明艳艳，回道："女人！"

鉴于沈星从小到大的信用，沈熙松彻底安下心来，说："去吧。"之后，他安心地喝水，洗净了手之后，回到了妻子身边。

"老婆，星星出去和谁吃饭？队里的朋友？"沈熙松以前不太管沈星的交友状况，一是沈星从小就乖，二是她只要出门身后必有保镖跟着，真用不着他操心。可自从知道顾明绰这个名字后，沈熙松整个人就不淡定了，疑心病日渐加重。

凯瑟琳没抬头，回道："不知道。"

沈熙松被噎得心口疼，缓了缓，觍着脸问："你怎么都不关心女儿的交友状况呢？"

凯瑟琳这才抬起视线，反问道："那你说说要怎么关心？咱俩跟着去？"

闻言，沈熙松竟真的凝眸沉吟。

"沈熙松，你不想要自己的这张老脸，我还想要呢！丢人。"

凯瑟琳丢下这话，甩开手中毛线和针起身走人。

"老婆！

"KK！

"Katherine Schulz（凯瑟琳·斯库兹）！"

可无论他怎么喊，凯瑟琳都没有再回头。

沈熙松腹诽：什么狗屁大佬，回家还不是活在食物链的最底层？


第二节

夜幕初临，璀璨灯火蔓延开来，渐渐连成了片。

鹭城美好的细节尽数被点亮，流光溢彩、美轮美奂。鹭城南的天苑住宅区只是城中的一小点，根本不足以被说道。可顾明绰喜欢这里，因为沈星也住在这里。

虽然他并不知道她的具体位置，但能和她生活在同一片天空下，呼吸着相同的空气，他就觉得幸福，曾经也很满足。

可是随着见面的次数越来越多，顾明绰本身也在不断进步，他渐渐变了，变得贪心，夹裹着欲望，甚至还妄想将月光掬入手心，从此星月交缠，再也不要分开。

与此同时，自卑仍旧还在。它就像一个魔物，无论顾明绰再怎么成长，都盘桓在他心里最脆弱的地方，隐秘而强大，不熄不灭，时不时跳出来咬他一口，就像现在。

是时候出门了，顾明绰却还坐在凉台上，任由晚风侵蚀。他英俊的脸庞被夜色晕染，勾勒出了些许摄人心魄的暗黑魅惑。可他浑然不觉，被负面的情绪主宰，时而觉得自己像个小偷，每天都在偷取不属于自己的幸福；时而又担心这些幸福会在未来某一刻瞬间消失殆尽，适应的时间都不给他……

"叮——"

也不知道过了多久，一束微光伴着清脆响声点亮了顾明绰的视线。他循着亮光看去，倏然回过神。

【顾老师，千万别找错地方，不然生蚝和鲍鱼就全归我了。】

简简单单的一句话，强悍地驱散了顾明绰眼底的惘然和郁色，笑意于眼底凝结时，他的心绪趋于平静。至少，现在她即将走到他身边，看起来也很开心。与其忐忑害怕那些不曾发生的，不如和她一起，多制造一些记忆。

思及此，他拿起手机，回道：【收到，立刻出发！】

鹭宅，并不是一座宅子，它在鹭海酒店的最高层，四面全是落地窗，置身其中，可将整个鹭城尽收眼底。顾明绰之前来过几次，可没有一次坐在现在的位置——延伸露台上，独立的包间既隐秘，视野更是前所未有的好。

"老板说，这个包间不对外开放。"顾明绰有些好奇地问。

之前约人吃饭，胡燃想订这个位置，专门找老板问过。老熟人了，老板也没破这个例，只是说这间包间有主的，不对外开放。胡燃好奇了，却也没好多问。后面来的再大牌的人，都选其他位置坐。

沈星正擦手，闻言抬眸，眼底含着一团笑意，回道："对，是不是很厉害？"

她娇俏乍现，和顾明绰以前认为的大不相同。

可之于他，没有什么影响。在他看来，外在形式并不重要，只要沈星是沈星，冷艳也好，娇俏也好，他都会照单全收，并且甘之如饴。

因而，他只是温柔地浅笑，摒除了所有可能唐突她的激昂情绪。

"厉害！多谢沈总了，不然到现在我也享受不到这种待遇。"

沈星笑了笑，眸底漾起绚烂的光影，紧紧地捉住顾明绰的视线，挪开或是停留都由不得他。可都这样了，他的目光仍清澈见底，不见一丝杂质。沈星根本无从探知他的心思，一直自在轻松。

"这间店的老板叫陈宏亦，他是我父亲的老友，特好的那种。鹭宅刚开业时，我跟着爸爸来到这里试菜，坐的就是这个地方。走的时候，我爸突然对陈叔叔说，这间包间我看着挺好，归我女儿了。"

这事儿已经过去两三年了，再次说及，沈星仍觉得有趣，抑不住地轻笑出声。

她问顾明绰："我爸爸是不是很霸道？"

顾明绰点点头。

沈星继续往下说："我当时也这么觉得，但陈叔叔只是看了我一眼就应下了。我以为他只是在说笑，结果之后这个包间真没对外开放过。别人也就算了，爸爸、妈妈和陈叔叔都不来了。"

也许在很多人看来，陈宏亦和沈熙松的做法有些矫情，也没这个必要，但顾明绰能够理解，他也一样，想把能力范围内最好的都给沈星。

这些话他仍旧没能诉诸于口，只是笑道："那我太幸运了，这里的风景和店里的其他地方大不相同。"

"嗯，每回坐在这里往下看，我都会觉得自己很渺小，心境自然而然开阔。"

"还有这作用？"

"是啊。"

"那我以后想不开的时候能不能再来？"

沈星笑道："可以啊。不过得带着我，一个人享受这绝美夜景没有武德。"

"好。"顾明绰被喂了一口可爱，笑声再也抑制不住了。

服务生踩着长长的玻璃栈道朝着他们而来，两人暂停闲聊。

"我来吧。"顾明绰想照顾沈星，即便自己并不是太擅长烤肉。

"嗯。"沈星眼底闪过一丝异色，之后轻轻颔首。

顾明绰看了她一眼，拿起夹子将薄薄的五花肉片一条接一条地放上了烤肉架，"嗞嗞嗞"的声响随即传开。对爱吃肉的人来说，这大概就是世界上最美妙的旋律。男人的右手白皙纤长，骨节分明，在沈星视线里晃动，一股莫名的熟悉感朝她袭来。

"顾老师，你是不是也住在 Fall in 超市附近？"沈星心绪未定，话已经脱口而出。

顾明绰身体微僵。

稍顿，他抬眸对上了沈星的目光，那一瞬的慌乱已经被他藏起。

"你记起来了吗？"顾明绰以开玩笑的口气道，"不久前，我们在 Fall in 为了一盒马卡龙大打出手。你走得太快了，我根本没时间打招呼。"

沈星反驳："哪里有打？我明明让给你了。"

说完，她亮着星眸问顾明绰："你住哪里？"

顾明绰表现得就像不知道沈星住在哪个小区，回道："天苑。"

沈星小脸染上惊讶："我也住天苑，你住哪一栋？"

"16 栋 1606。"

沈星听完，赞叹不已："你住的地方风水也太好了吧？这么多六的楼我怎么买不到？"

顾明绰笑道："那我跟你换。"

沈星拒绝得飞快："不换。"

"为什么？不是喜欢吗？"

"我屋里的包和珠宝加起来，可以买多少套 1606 了。换，太亏了。"

"哈哈。"

"那不换了，你要是喜欢，我送你。"

沈星仍然冷艳地拒绝："不要，你还是先看看肉吧，再不翻就要焦了。"

顾明绰闻言低头，发现还真是，慌忙要翻，哪知道夹子才碰到一块肉就被沈星挡住。

顾明绰一脸茫然地问："怎么了？"

沈星看着他，说："要按照刚才放肉的顺序翻。"

"我不记得刚怎么放的了。"

这到底是什么样的强迫症？

沈星看着一脸蒙的某人，嘴角绽开了一抹透着得意的笑。

"我记得。"

之后的时间，顾明绰就看着沈星快速又不失优雅地烤了一盘又一盘肉，齐齐整整地装盘。

顾明绰成了被照顾的那个，也第一次发觉强迫症可以这么可爱！

他决定从今天开始喜欢强迫症，每天多一点。

第三节

酒足饭饱时，已经时至十点。两人从包间出来，准备去附近的商圈晃晃，吃饭时商量了几样可行的礼品，希望能找到合适的。

沈星来，门店经理已经知道了，不结账也没人在意，但沈星还是带着顾明绰来到前台交代了一声，让他们把账挂在父亲沈熙松的名下才离开。

他们往电梯方向走时，竟迎面撞上了老板纪平桦和他的堂兄纪平西。

沈星坦荡地打了声招呼："老板，纪先生。"

不知道是她的错觉还是怎么的，她觉得两位纪先生在看到她和顾明绰时，眼神都出现了短暂的凝滞，直到她出声，才恢复如常。

纪平西还是像往常一样矜贵冷清，冲她微微颔首后，转向纪平桦，说道："你们聊，我先进去了。"

纪平桦点点头，独自走到沈星面前，看着她，话却是对着顾明绰说的："胆子还真大，明天热搜了，谁负责？"

这句话听着像讨伐，沈星却没有感受到一丝不悦的情绪。思量过后，她决定暂时保持沉默。

顾明绰则淡淡地回道："我负责。"

纪平桦的目光停在他的眉眼之间，忽然勾起了嘴角，点头道："那行，好好玩，我先进去了。"

说完，真走了。

沈星忍不住回头看了纪平桦一眼，发现他步履带风，透着一股莫名的喜意。

沈星不由得走了神。

"走了。"

耳边忽然传来顾明绰的声音，冷冷清清的，瞬间将沈星拉回神。

"好。"

两人离开，闲逛时，已经将这茬忘到了九霄云外。

第二天晚上，纪平桦约沈星单独见面，地点还订在了纪氏旗下的六星酒店——浮生。

没有晚餐，也没有豪华的桌台椅凳。36 楼的高处，空旷的露天天台，摄像头尽数关停，他和她隔着一张黑色长桌而坐，餐点还未上桌，桌面上空荡寂寥。

沈星隐约觉得不对劲，坐定后，直接询问："吃个饭而已，没必要这么隐蔽吧？"

可能连她自己都没察觉到，此刻她的神情同顾明绰在一起完全不同，面容冷艳，气场笃定，发丝上都刻着名媛两个字。

纪平桦直言道："如果只是普通的吃饭，自然是不用。"

果然……

沈星安静地等着他的后续，结果等了个寂寞。

对面的人开始捣鼓桌上的红柑普洱，低头敛目，慢条斯理，寻不到一丝想开口的迹象。

沈星又等了等，主动发问："因为顾明绰，还是工作？"思前想后，沈星也只想出了这两种可能。

纪平桦抬头对上沈星的视线，轻笑一声，饶有兴致地问道："是什么让你以为是顾明绰？"

被他这么一问，沈星倒有些不确定："昨晚的事？如果是，大可不必，普通吃饭而已。我答应过均哥，恋爱了会第一时间告知他。"

纪平桦看着一板一眼的姑娘，突然生出了好奇心。象征性地犹豫了三秒，他低笑问道："你跟顾明绰吃饭，也这么冷艳严肃？"

沈星怔了怔，随即恢复常态，笑言："老板和朋友有放在一起比较的意义？"

纪平桦眼中糅着戏谑，说："没想到顾明绰搁你那儿地位还挺高。"

"他的地位高不高，也不方便跟老板您多聊。"沈星从未同纪平桦单独相处，而且还是在这样的环境里，多少有些不自在，想要快些结束。

纪平桦也看出来了，笑了笑，闷声捣鼓了一阵后，推了杯热腾腾的普洱茶到沈星面前。

这时，他神色已经变得认真："今天叫你来是想请你帮个忙。"

沈星挑眉，问道："什么忙？"

"我想要……顾明绰的几根头发。"

沈星错愕，一时间无法言语。

"要他的头发做什么？还是你怀疑他是纪家流落在外的孩子？"

除了这两种可能性，还有其他吗？也许吧，但那些已经超越她的认知了。

纪平桦来时，其实做足了沈星会三连问的心理准备。可他万万没想到，沈星会这么聪明。

后面的话，沈星没有说出口。她虽同纪平桦相处不多，但是由爸爸同意她签约创美这事儿能看出他是个靠谱的人，再加上他的身份地位，确实不像会做出荒唐事儿的人。

"所以，到底是因为什么呢？"

连番发问，沈星的态度已经很明确了，不说清楚，她是不会插手这件事的。

纪平桦的目光停在她的脸上，眸色晦暗。

沈星也没避开，就这么无声地与其对峙。

半响后，纪平桦败下阵来。他轻吁了口气，做着最后的挣扎："现在这事情还没有定论，我不好同任何人说。你要相信我的为人的话，帮我这一次，我保证不会伤害到顾明绰。"

他的语气很真诚，沈星也相信，但她没法答应。这件事如果出现纰漏，她和顾明绰可能又要回到起点，疏淡冷漠，甚至交恶。

这样的结果不是她想看见的，想想就觉得心口发闷。

"对不起，我不能帮你。你如果坦荡荡，可以直接问顾明绰拿。"心绪几番纠缠，沈星有了决定，"这顿饭，似乎也没有吃下去的必要了。"说完，沈星撑着桌沿站起，而后离开，每一步都走得轻盈而笃定。

她是认真的。

纪平桦看着她越走越远，烦躁地抓了抓头发。

"沈星，我们再聊聊。"

终于，他还是妥协了，在她的身影彻底消失前叫住了她。

沈星回到家中，头脑仍然昏昏沉沉。顾明绰竟真的是纪家人？怪不得他和纪平桦长得那么像。纪家现在知道了，自然是想让他认祖归宗。可他经历了那么多苦痛，会想回去吗？

她不确定。在这种情况下，她如果帮了纪平桦，很可能是朝顾明绰心窝窝上插刀子。就在她的心再一次偏向顾明绰时，脑海里再次响起了纪平桦说的那些话。

"星星，伯父并不知道顾明绰的存在。他如果知道，一定会好好爱他。纪平西和我有的，他也一定会有。

"伯父想补救，纪家也想。

"无论最后是爱还是恨，顾明绰都应该知道自己的父亲是谁。如果不是……这事儿就你知我知，顾明绰的生活一如往昔。"

沈星只开了一盏床头灯，灯光灰暗迷离，一如她的心情。

她该怎么办？

这一夜，沈星辗转反侧，睡得极不安稳。昏昏沉沉间，她做了一个梦，梦里的她只有十几岁的年纪，从沈家老宅回家的路上，隐隐瞧见马路对面的争执。隔着条马路，那块又没路灯，似蒙着一团黑影，她其实看得不是太真切。但那一刻，她像被神秘的力量驱使，唤了副驾驶座的管家伯伯一声。

管家回过头来，问道："星星，怎么了？"

沈星指向黑暗处，说："那里好像有人打架，我们去看看。"一个肯定句，表示她已经想好了，无论有没有争执，她都要去看看。

管家看都没看，直接道："好啊，那就去看看。"

兜了一大圈，他们终于进入到那一团墨影。真的有人在争执，一个纤瘦的少年被按倒在地，周身湿漉漉的，几个痞子样的成年男人正对着他拳打脚踢，狠劲儿十足，看着就觉得疼。可是那少年就似沉睡了一般，一点反应都没有。

沈星动了恻隐之心，说："管家伯伯，你去帮帮他。"

沈星是被电话吵醒的。她下意识地抓起手机，头脑仍旧昏沉，直到看到三个未接来电全是顾明绰的，才突然清醒。

昨夜发生的一切在这时如潮水一般涌入她的脑海，她还隐约记得自己做了一个梦，蹙眉回想，却又什么都记不起，只能作罢，回了条信息给顾明绰：【抱歉，我睡过头了。】

顾明绰很快回了：【没关系，你快好了告诉我，我去接你。】

前天晚上对于顾明绰来说，是近些年最幸福的一个晚上。他不但吃到了女神亲手烤的肉，还知道了她的确切住处。历经了一天一夜，那种幸福感仍未转淡，回复短信时，他嘴角都还噙着笑意。

沈星回"好"，随后放下手机进了浴室，再出来时，浮躁和疲态已经被洗去。她裹着浴巾去到衣帽间，挑了件薄荷绿色的小洋装换上。

她简单化了个淡妆，出门。

沈星走出门厅，顾目四盼，寻找着顾明绰的身影。

"这里……"忽然，温柔含笑的声音响起，牵动了她的视线。

四目相触时，沈星细微地勾了下嘴角，脚步也没停，径直朝着他而去。

沈星第一次坐在男人的副驾驶座，觉得也没什么特别，实在想不明白它为什么会被浪漫甜蜜化。

心念浮动，她不经意瞥见顾明绰随意搭在方向盘上的手，目光停了停，撤回，没话找话："今天你要自己开车？不打算喝酒？"

顾明绰微侧过头，一缕微光之下，轮廓鲜明深邃。他眉眼间的那抹笑，就像清风带来了晚秋，温柔和煦。此情此景，饶是见多了帅哥型男的沈星，心跳都抑不住地漏跳了一拍，也第一次真正理解了顾明绰的帅。

察觉到自己的心思，沈星慌忙敛下眼睫，拨开手袋的锁扣，假装在找东西。

好在顾明绰并未察觉她的心思，笑着接了话："我是逃不了了，但你可以。"

他眨眨眼，长睫闪动，带出了几丝很难在他身上看到的顽皮。

沈星抬眸时，刚好撞见这一幕，立刻意会过来："回程，你想让我开车？"尾音上飘，带出了些难以置信。

顾明绰见状，绷着笑"嗯"了一声："你没有驾照？"

"有啊。"沈星沉默片刻，决定直接说，"你敢坐我开的车？我拿了驾照后从来没自己开过。"

这话说起来，真的羞耻。

沈星觉得自己脸部的温度在上升，面子挂不住，没等顾明绰开口就改了口，依旧是一脸的高贵冷艳："不过你要是求着赶着，我会满足你的。"

就这也没能消气，她暗中恨恨地想：喝，多喝点，喝醉了，我就随意找个垃圾堆把你给扔了，明早各大新媒体头条——惊，著名演员失恋醉酒，与垃圾为伴！

第四节

沈星所想全都幻化成画面，一帧帧从她眼前掠过。她不由得失笑，小情绪随之烟消云散。

顾明绰睨着刚还绷着脸，下一秒又忽然笑出声的姑娘，有些好笑："笑什么？是不是在心里骂我？"

沈星闻言，敛了笑，认真道："怎么可能？我从来不骂人。"

我只是想把你扔垃圾桶而已。

顾明绰打量她数秒，说："我不信。"

心情好了，沈星懒得再同他驳嘴："你信不信跟我无关，而且现在也不是讨论这个的时候，想迟到吗？"

顾明绰看着忽然刁蛮的姑娘，只觉生动灵俏，片刻舍不得挪开眼。只是她说得没错，时间已经很晚了，再耽搁下去，他们一定会迟到。

"不想。"顾明绰回道，随即发动了车辆，朝着名冠酒店而去。

车开动后，顾明绰就像变了个人似的，或者说，他一旦安静专注，就会是现在这般模样，疏离冷清到让人不太敢接近。

沈星看着他，不由自主地拿现在的他和五分钟前的他对比，发现自己更喜欢五分钟前的他。那时候的他或许不够优雅，同清冷高贵也不沾边，但生动明亮，笑时，黑眸会被点亮，璀璨似星，而且她觉得那才是真正的他。

任由着情绪散乱了一阵，沈星收回了视线。

她拿出手机，入定似的盯着屏幕，半晌后，解锁，在她玩的论坛"答非所问"里发起匿名提问——

【一位父亲在不知情的情况下伤害了自己的孩子，现在想弥补。如果大家是那个孩子，会如何抉择？】

不到两分钟，沈星就等到了答案。

【谢邀。就我个人来说要看是什么样的伤害，因为有些伤害是不可逆的，做什么都弥补不了。】

【我也是"那个孩子"，我选择了原谅。】

【先替我抱抱那个孩子，因为我知道那有多苦。我做了同二哥一样的选择，或许在很多人看来有些憋屈，但看到头发染白的老父亲和他默默做出的一切，与他血脉相连的我泪崩了。人生在世，谁能无错？能够在所有人活着时纠正弥补，总比带着缺憾入土好。俗世中的我们，虽然渺小，但谁不想圆满？特别是我们这些原生家庭有缺的孩子，看着再光鲜亮丽再坚强，骨子里还是渴望母爱父爱，渴望一个完整的家。】

【有机会，就试一试吧，结果怎么样，另说。最重要的，不要委屈自己。】

答案中，大多数人都选择了原谅。

沈星看完，心里犯酸，从网友的文字里，她能感受到痛楚不甘，可他们还是努力地同自己和解，修修补补自己那颗残缺不全的心。

顾明绰也是这样吗？

"看了很久了，休息一会儿。"

心绪沉沉，耳边忽然传来顾明绰带着凉意的声音，沈星下意识地抬头，不期然撞入他的黑眸之中。

"好，看到一个笑话，我说给你听。"

顾明绰想都没想就说："不要。"

沈星腹诽：拒绝得这么快，我不要面子的吗？

"为什么？"小情绪又一次不请自来，沈星觉得自己好幼稚，又控制不了。

顾明绰看着她，眼中有犹疑："真要说？"

沈星坚持道："当然！"

顾明绰眼睫闪动，隐约带出了一丝笑，轻声说："那我说了，不准气不准打击报复。不然……胖十斤。"

这人竟然诅咒一个女明星胖十斤，简直是不可理喻、罪大恶极！

心里骂骂咧咧时，沈星用尽了全身的力气挤出了一抹笑，看着还是温和可亲。

顾明绰轻不可闻地应了声，然后开始说理由："因为你刚才的表情，一点都不像看了笑话该有的反应。"

"那像什么？"

顾明绰一字一顿道："鬼故事！"随后极其恶毒地细化了，"就那种……极阴之日，午夜十二点，身着红衣的……"

他的台词功力高强，一开口就把沈星拽到了阴森诡异的氛围之中。

怕鬼的她不禁打了个寒战，制止道："顾明绰，停止！"

她直呼顾明绰的名字，声音失控，带着恼意。

顾明绰见状，立马道歉："对不起对不起，我不说了。"

他这么一道歉，沈星忍不住自我检讨，反思自己的反应是不是太大了？

她正准备说些什么缓和气氛，能跳过这茬最好，结果顾明绰又开口了。

他顶着一张王子面孔，气质卓然，却说着极其欠揍的话："原来我们星星怕鬼啊？鬼有什么可怕的呢？都是杜撰出来的。"

一口一个鬼，气得沈星想抢包砸他的头。

一路吵闹。

没多久，黑色的大奔已经稳稳地停在了名冠酒店门口。

两人下车，很快寻到了一对新人。

陈苟信和妻子苏洁欣喜地迎了上来，特别是新娘，眼眶里都泛出泪光了。

陈苟信见了，笨拙地安慰："别哭了，结婚应该保持笑容。"

说着，他还咧嘴给苏洁做了个示范。

搁平时，苏洁肯定听他的，可这会儿，"爱豆"就在面前，她能保持理智才有鬼呢。她侧过眸子，横了陈苟信一眼，说："我这不是哭，我这是喜极而泣。"

这有啥区别？不都流眼泪了？

可这话陈苟信只敢在心里咕哝，面上全是谄媚。

"对对对，媳妇儿你说得对。

"我语文没学好，不会说话，我对不起我的语文老师。"

几句话下来，成功地把苏洁给逗笑了。

末了，她主动牵起陈苟信，十指相扣时，她由衷地道："老公，谢谢你。能在婚礼时见到星星，我真的很高兴。"

以往，她做梦都不敢想这个。

陈苟信用指腹轻轻摩挲着她的手背，眸光温柔宠溺，轻声说："你的感觉我懂！我做梦都没想到我的好哥们儿会成为大明星，富到给我送婚房的程度。"

都过了一个多月了，陈苟信仍旧记忆犹新。一日，他陪着顾明绰去看房，不间断地看了七八套。每到一处，顾明绰都会问他的意见。当时他以为顾明绰想再置业，一心想给他挑最好的，挑剔得很。折腾了一个下午，才挑了个合适的，面积虽不大，但无论是楼层、朝向，还是交通和周边配套，都是极好的。

顾明绰环顾房间，笑颜明亮，说："没想到我们狗子还挺会挑房子。"

替兄弟做了些事儿，陈苟信心里高兴，骄傲地朝他扬起了下颌，隐约勾勒出少年时的虎气和肆意。

"那当然！我还有很多其他本事儿，改天也让你见识见识。"

"行。"顾明绰随即转身面向房产导购，"准备合同，全款。房主，这位。"

突然被点到名的陈苟信愣了好一会儿才找回声音："不是你买房子吗？"

顾明绰一本正经道："是啊，不过是买来送兄弟的。"

一声"兄弟"触动了陈苟信的心，激昂幸福得忘了言语。

顾明绰看他这般，眸光更暖，说："这是我的一点心意，祝你幸福。"

陈苟信回过神，连声拒绝："不行不行，这太贵了，我不能收。你能来参加我的婚礼，我就已经很开心了，真的。"

话还没说完，人就朝着门口逃去。

结果被察觉他意图的顾明绰拽住，力气跟小时候一样大，任他怎么动也挣脱不了。

"要不要？不要的话我就把你小时候的'沙雕'行径全部告诉苏洁。"

这是不是就是传说中的兄弟不如狗？

苏洁看着因回忆欢喜的陈苟信，由衷地道："很羡慕你们。"经过了现实和时间的磨砺，心却仍然在一起。

陈苟信傻笑道："不用羡慕，从今以后，我的朋友就是你的朋友。"

苏洁说："好。"

两人执手，幸福往前。

和沈星拥抱时，苏洁清晰地感受到了她的温度和香气，自确定婚期以来就惴惴不安的心忽然安定下来，真情实感地说："谢谢星星，你让我成了全世界最最幸福的新娘。"

沈星轻轻拍着苏洁的背，回道："一定会幸福的。"

沈星出席过几次婚礼，都是西式的，海岛、草坪、自助餐……处处精致。这次完全不同，四处都是浓墨重彩的红色和金色，喜气又华丽。

她和顾明绰被安排到主桌，跟两边的家人和外婆闵惠兰坐在一起。

长辈们都没见过这么漂亮精致的人儿，对沈星的喜欢不加掩饰，夸赞声没断过。好不容易停歇下来，外婆又一直拉着她的手，毫不留情地数落顾明绰。

最初，沈星是被迫的，多少有些不自在，但听着听着，竟渐渐放松沉溺，神色虽还是冷清自持，但已经不排斥外婆的碰触，逗趣时，也会跟着笑。

这回，换顾明绰不乐意了，冷冷地道："外婆，能给我留点面子吗？"什么陈芝麻烂谷子的事都给翻出来了，有些他都不确定是不是真的存在。别人也就算了，沈星可是他女神，在他心尖尖上住了那么多年的白月光。

哪知外婆只是懒懒地剜了他一眼，显然是没将他的意见放在眼里。不仅如此，外婆还干脆利落地给了他一刀："这会儿知道丢人了？以前赶着把头发染白的时候怎么不说呢？那时候兜里就没几个钱。"

沈星看过那照片，确实很中二，不由得轻笑出声。

顾明绰心想：算了，偶像包袱已碎得彻底，再怎么救都是枉然，直接躺平，任嘲。

良久后，陈苟信找了个由头把人叫走。

"你呀太尻了，我瞧不起你！"远离主桌，陈苟信立马换了副面孔，正经退得一干二净，"都这么说你了，你不会反击？就算不会，逃总该会吧？现在好了，什么形象都没了，整个一男神经病。"

顾明绰气笑了，骂道："你还好意思说？也不想想我是因为谁才这么难的？狗东西，没良心。"

被骂了一通，陈苟信也没有对顾明绰生出一丁点同情，言辞依旧犀利："这会儿倒是凶起来了，刚才干什么去了？"

顾明绰冷冷地睨着他，决定把今天这茬记在小本本上。等他的蜜月过了，再来收拾他，蹦成这样可行？

陈苟信浑然不知顾明绰的心思，兀自往下说着，越说越带劲儿："说来说去，你就是暗恋人家沈小姐，舍不得说一句重话。这都暗恋多少年了，还没表白吧？说你尻真没冤枉你……啊，你干什么？"

顾明绰忍无可忍，强揽住陈苟信的肩膀，将他带到僻静处，像小时候那样，狠狠教育了一顿。

再出现时，两人皆精神抖擞，脸上都挂着明净得体的笑容。

任谁也想不到新郎官正在心里骂骂咧咧，同时第1001次下定决心：出了这个门，我就和顾明绰绝交，十八匹马都拉不回。

婚礼开场，顾明绰和沈星联袂献唱婚礼祝曲——《Happiness》（《幸福》）。

英文的，在场许多人都听不懂，可甜蜜婉转的旋律人人都有感触。一对新人站在一侧，脸上的幸福难以掩饰。

歌曲唱完，按照流程，顾明绰应该回座位，但他没有，而是朝着新人招了招手。

一对新人甜蜜对看一眼，十指紧扣走向他。

婚礼主持人知道暂时没他什么事儿了，自觉地退到了一边。

很快，两人来到了顾明绰身旁。

陈苟信一来就讨饶："今天是我大喜的日子，求哥轻点拍。"

台下哄笑。

陈妈妈也是笑得合不拢嘴，对身旁的闵惠兰说："从小就是个皮脸的，结了婚，希望能让我省点心。"

闵惠兰由衷地笑，说："会的，以后就等着享福吧。"

陈妈妈不知怎么的，眸中忽然泛起了晶莹。她伸出双手包裹闵惠兰的右手，感觉粗糙却温暖，安慰道："您也是，好好保重身体，等着阿绰生个胖嘟嘟的重孙给您带。"

一缕笑意点亮了老人家的眸子，照出了里面的期待。

"我舍不得死，我要是死了，阿绰就真的一个人了。"

"您能这么想是最好的。为了阿绰，您也要好好保重。"

"阿绰这么帅，孩子该有多漂亮啊，我们家……估计又是个胖子。"

"呵呵……"

台上，顾明绰伸手揽住了陈苟信的肩膀，笑着问："怕我打你？"

陈苟信斜睨他，说："不该怕吗？你刚还打我了，就在前面那个大柱子后面。"

新娘闻言爆笑。

沈星也轻声问顾明绰，蓝眸潋滟透出难以置信，问道："你真打他了？"

"没有。"顾明绰转头看了她一眼，否定得飞快，"联络感情而已。"

联络感情？

陈苟信听着这话，抽了抽嘴角，心里狂骂：不要脸，我现在胳膊还疼着呢！

"嗯。"沈星捕捉到陈苟信嘴角的抽搐，嘴角向上翘，"两位联络感情的方式一定很特别。"

新娘因这话笑得越发大声，没有显露出一丝想要安慰老公的意思。

陈苟信有些受伤，问道："是不是亲老婆？"

新娘直接说："过了今天，就是了。"潜台词很明显：今晚，我就是个没有感情专门看热闹的工具人。

现实残酷，刺痛了陈苟信，他眼巴巴地瞅着顾明绰的模样，像极了自家才出生的小奶狗。

"哥……"陈苟信喊着，头还抵着顾明绰的肩膀狂蹭。

顾明绰及时看穿了他的意图，避退两步，用手抵住了他的脑袋："别乱蹭，坏我清白。"

"哈哈哈。"这下不止台下了，连总是克制优雅的沈星都忍不住爆笑出声。随着熟悉程度加深，她不止一次地觉得她以前认识的是一个假的顾明绰。

"就要。"陈苟信仍不依不饶，蹭不到肩膀，改在顾明绰的手心乱蹭。

闹了一阵，两人终于都消停了。

顾明绰这才开始进入正题，敛了笑的他看起来温柔又诚挚。

"这是我最好的朋友。"他再次揽住陈苟信的肩膀，黑眸亮似星，"我最穷困潦倒的时候，被所有人看不起，只有他，一直跟在我身后，一只鸡腿都要掰扯成两份，留一份给我。我虽不怎么爱搭理他，但其实我心里是高兴的，那种背后有人的感觉，安定又稳妥。

"后来，我走出了永寒里。因为职业的特性，我特意疏远了这里的人和事儿，怕他们被打扰。日子久了，我习惯了。当时我是真的以为自己习惯了，不觉得有什么，毕竟亲兄弟姐妹长大了各自成家立业都会疏远。直到外婆告诉我二狗子要结婚了，我才惊觉自己错失了什么……"

二狗已经成为大人，即将成家立业。不久的将来，他会成为小崽崽的爸爸。而他在得到那么多陪伴和爱后，一样都未参与。甚至给他添了很多惆怅和难过。

"我做错了。

"今天来到这里，除了祝福他和小洁，我还想告诉全世界，陈苟信是我最好的兄弟。"

话的最后，两兄弟热烈拥抱，眼角有泪。

时光静逝，他们已经长大，变得前所未有的强大，也学会了珍惜和守护。

永寒里是冷僻，常年不见阳光，但那又怎么样呢？

心若向阳，他们迟早能碰触到光。

就像现在这般。

这一晚，顾明绰完全放开了节制。白酒一杯又一杯，就跟喝白开水似的。长辈们熬不住，陆续走了。

外婆走时，有些不放心地拉着沈星的手说："会不会太麻烦你？要不我请赵叔留下陪着。"

沈星清婉地笑笑，说："没事儿的外婆，我会安全地把他送回家。"

外婆睨着她，眼中满是慈爱，说道："我不担心他，我是担心你。醉了，人沉得很，行为也不受控。女孩儿都娇贵得很，不能任由这些混账东西胡来。"

沈星心中微暖，也为顾明绰感到开心。有一个这样的外婆，他怕是想长歪都难。

"放心吧，外婆，我练过的，他失控我就揍他。但他真不会，我相信他。"

"真练过？"

"嗯，而且我还有保镖。"

说着，沈星四处指了指。

外婆循着她的指尖看去，发现还真是，终于安心离开。

外婆走后，沈星回到主桌。

顾明绰还在不远处同陈苟信和永寒里的朋友瞎闹，平日里的冷清和高贵全都消失不见。

"真是吵死了。"沈星轻声骂道，话音里藏着她自己都不曾察觉的无奈，还有纵容。

"星星，鲜奶炖燕窝。"苏洁也不知道什么时候来了，手上还端着一盅汤。

沈星撤回视线，有些诧异地问："怎么会有这个东西？"

苏洁把汤盅放到她面前，笑着说道："绰哥让狗子专门定的，说你喜欢。赶紧趁热吃，这可都是绰哥的心意。"

说着，苏洁热情地替沈星挪走了汤盅的盖子。

霎时间，淡淡的蛋白香气扑鼻，沈星不禁垂下视线，嘴角若有似无地翘起。

这人还挺贴心。

怎么他对她的喜好这么了解？偷偷上网搜的？

思绪浮动，搅乱了她平静的心湖，荡起了几缕涟漪。仍然微弱，但已被沈星切切实实地感受到了。

"怎么了？不喜欢这样的吗？"

苏洁看沈星愣愣看着燕窝不说话，轻声询问道。

沈星回过神，说："不是，就有些感慨。不久前，他还在跟我闹不和呢。"

说完，她握着瓷勺送了一口燕窝到嘴里，细细品尝。

"味道还不错，你要不要也来一碗？"

苏洁摆摆手，说："不用，我爱吃各种重口味的，燕窝和牛奶都吃不惯。"

沈星笑了笑，没再多说什么，专心喝着自己的汤。

第五节

再离开酒店时，已经是深夜一点。

顾明绰看着还算清醒，从酒店到车里，都没有烦扰到他人。

沈星心想：这人酒量还挺好，喝了那么多还能保持清醒。

哪知一上车，某人就靠着椅子睡着了，安全带也没绑。

没办法，沈星只能稍稍倾身，想抽出被他压在身下的安全带，心中不停腹诽：没点儿酒量，还学别人死命喝，醉得跟只胖猪仔似的。真想把你现在的样子拍下来发到网上，看大家不笑死你。

但她再怎么腹诽，顾明绰都没点反应。

沈星费了好大力气才把安全带从侧边扯了出来。

正锁着，她忽然听到顾明绰的低喃："星星……"

他的语气太过亲昵柔软，沈星有些不敢确认。

锁紧安全带后，她轻声问道："你在喊谁？"

顾明绰乖顺地回道："星星。"

音量比刚才大了些，沈星听清楚了，心脏像被柔羽撩拨了一下，应激轻颤。

"讨好也没用，明天必须整你。"

放了狠话，沈星仍觉得不够。她拿出手机，打开摄像头对准顾明绰，被醉红激得越发惊心动魄的盛世美颜挤入了镜头之中。她愣了愣，将镜头拉近，青鸦色的长睫和卧蚕被放大……

"睫毛比我还长？还有卧蚕？为什么我没有？"伴着"咔嚓"一声轻响，沈星有些嫉恨地说道。

等她理智回笼时，右手已经碰触到顾明绰的睫毛。她被吓了一跳，猛然收回手。

沈星，你在干什么？想拔他睫毛？

就算真的嫉恨，你也不能拔他的睫毛，知道吗？

这不是你应该做的事情，也太过暧昧。

虽然没有人给沈星提过要求，但她早已习惯了优雅克制，而这种习惯已经牢固到她自己都无法破碎，自然得就像呼吸、吃饭和睡觉。可就在刚才，她生出了一个极度幼稚的念头，而这样的事情，自从她有意识开始就不曾存在过。

思绪越来越乱，沈星挪开了目光，本能地抗拒深入。

当车开出名冠酒店时，她全部注意力都在开车这件事情上。这是她拿到驾照后第一次开车，身边还坐着个人，莫名有点激动。

车速缓慢，后面不断有车超上来，但沈星浑然不在意，稳稳当当地往天苑而去。不到十千米的路程，沈星用了大半个小时。她成就满满，可身旁的男人还在沉睡，呼吸像海浪一般规律而深沉。

沈星替他松了安全带，凑近时，温热的气息拂过她的侧脸。

他的背脊忽然一僵，稍顿，摸到锁制，使劲地往下一按。伴着"啪嗒"一声轻响，安全带开了。沈星替他拽开，坐正，不期然地对上后视镜中的自己。

小脸染红，蓝眸中蒙上了一层薄薄的水色。

沈星当下就觉得顾明绰这人太过妖孽，下次绝对不能再和他单独待在一个密闭的环境里了。

一秒下定决心，沈星的手搭上车门把手。就在这一瞬间，她记起了纪平桦的话，回头看向了顾明绰。


第二天，创美传媒。

走廊尽头的会议室，沈星把手中的黑檀木盒子推到了纪平桦面前，神色冷清，看不出一丝情绪。

纪平桦由衷地道了声"谢谢"。

沈星同他对视，直言道："我做这些不是为了你。"

纪平桦被完全不给面子的姑娘给气笑了："那我替顾明绰谢谢你。"

"你站在什么立场替他谢我？即便他真的是纪家血脉，他也未必想认祖归宗。"

给顾明绰温暖和陪伴的，是外婆，是陈荀信，是那些住在永寒里的邻里。他是真的爱他们，也离不开他们。这一点，经由昨晚，沈星已经看得清楚明白。

纪平桦感到了沈星对他或者更应该说是对纪家的敌意，而类似这种激烈的情绪，他认识沈星多年，从未见过。

"既然如此，你为什么还要把他的头发给我？"

"因为……"这个问题沈星已经想过无数遍，"他有权知道他的父亲是谁，属于他的，他不要就算了，想要的话，都应该属于他。"

沈星的声音很轻，小脸上也寻不到过多的情绪。但纪平桦清楚，如果有一天纪家和顾明绰站在了对立面，她一定会站在顾明绰那一边。

沈星不在乎纪平桦怎么想，也不想同他多待，正事儿办完后，她道别准备离开。撑着桌沿站起时，她犹疑了片刻，终是说出了自己的惦记："纪先生，如果可以，结果出来了告诉我一声。我向你保证，会守住这个秘密。"

纪平桦没多想便应下："好。"

同一时间，城市的另一端。

一沓沓有关沈星和顾明绰的照片送到了倪清虹面前。她花了50万，请了两家私家侦探分别跟着两人，不分昼夜，甚至找人混进了 Maple Leaf 的演唱会和陈苟信的婚礼。

一路跟下来，发现沈星和顾明绰的交集还真不少。演唱会甜蜜同台、约饭逛街、参加素人的婚礼……最后竟还同处一车。

倪清虹垂眸冷笑，喃喃道："日子这么无趣，给二位来点乐子好吗？"

当晚，微博流量鼎盛时，金 V 营销号"菜鸡娱记"发布了顾明绰和沈星同框的九宫格，张张甜蜜，一眼看过去，真有恋爱那味了。

配文：【热拿铁 CP 这是要成真的节奏？】

就着两位当事人超高的人气，这条微博很快引发众多关注和热议。

【不要诱惑我嗑 CP。】

【甜是甜，但是这么不避忌，应该没什么吧？】

【本来就没什么，演唱我在现场，顾老师是幸运观众，"被迫"上台的。】

【被迫？哈哈哈，合着摄像机也喜欢帅哥呗。】

【喜欢也正常？我也喜欢！】

【就算是也没什么，绰哥是演员，可以单扛票房的那种，犯不着拿"爱豆"的那套规矩往他身上套。星星就更不用说了，红与不红，她都没差，人家又不差娱乐圈赚的那几个钱。】

【说穿了，有底气才能硬气。】

【一直都是呢，只是有人搞不清楚。吃了粉丝的红利，又不想粉丝掺和太多，世上哪有那么便宜的事情。】

【这要真在一起了，就两位的盛世美颜，娃娃得有多漂亮？】

【"绝绝子"，被你说得心都痒了。】

【二代，我可以！！！破壳即顶流。】

……

两边粉丝集体噤声对广大网友没有丝毫的影响，情绪高昂，疯狂热议。词条 # 顾明绰沈星恋情 # 跟挂在火箭上似的，一飞冲天。经流量冲刷下，片刻加沸，离爆只有一步之遥。

网络上闹得沸沸扬扬时，两家经纪人的手机差点被打爆，有代言商、记者，也有纯八卦的圈中好友。

接了几个，胡亚均烦了，直接把手机关机塞到了抽屉里，世界总算是安静了。哪知道没到半分钟，座机又响了。

胡亚均烦得很，最后把电话线给拔了。

这下，总能静静了吧？

胡亚均瞪着从座机脱落的电话线，缓了两分钟，他拿了保温杯起身，准备给自己装些水。

水声哗哗时，耳边传来了敲门声。他没多想，说道："进来。"

进来的是创美公关部总监明潇，三十出头的女人，一身正装，妆容精致。

胡亚均远远地看着她，轻笑道："怎么了？问星星的事儿？"

明潇仍然站在门口，似乎没打算进来，说："不是，顾明绰的经纪人胡燃找不到你，电话打到我那儿去了。"

说话时，明潇的目光转向，落在被胡亚均扯落的电话线上，不禁嘴角上翘，问道："手机也关了？"

没等胡亚均回应什么，明潇又道："您这烦了就拔电话线、关手机的习惯什么时候能够改改？外面都在等您回应呢。"

就在刚才，热搜已经爆了，再不是装不知道就可以解决的了。这一点，胡亚均比谁都清楚，刚才也就是被电话吵烦了。

他这会儿冷静下来，回道："知道了，我马上回电给胡燃。"

十分钟后，创美传媒率先发布微博。

创美传媒：【网传的恋爱传闻，不是事实。谢谢各位对沈星的爱护和关注，未来她会用更多的作品回报大家。感恩。】

一分钟后，顾明绰工作室跟进。

顾明绰工作室：【有人的地方，就会有社交，无须过多解读。谢谢各位对顾明绰的爱护和关注，《越界》coming soon。（马上就到）】

一前一后，高速否认。

双方粉丝皆松了口气，可习惯了到处抠糖的广大网友仍未消停，两边评论区就跟炸锅似的。

【不回应都不回应，一回应都回应，中间还只隔了一分钟，商量过了？】

【瞎说什么大实话呢！】

【嘘，老祖宗不是说过了吗？看破别说破。】

【你觉得我们会不会信呢？】

【不管你们信不信，反正我不信。】

【只要我活得够久，我就能等到我嗑的CP官宣的那天。】

【排，我已经在热拿铁CP的坑底躺平了。】

【一起躺！】

【我跟你们就不一样了，我在等二代。】

【哈哈哈，笑死了。】

……

各大商家经此看到了两人同框的威力，代言邀约不断飞向两家。

除此之外，杂志邀约也不少，其中最知名的，是国内顶级时尚杂志 Elsa。

# 第七章 ▼

### 星星，我一直在你的背后

只要终点是你，即使中间隔着千山万水的距离，
沿路刀山火海，我也义无反顾。

第一节

鹭海咖啡馆藏于幽深的巷道尽头，青砖白瓦，勾勒出的素雅沉静与古色古香像极了江南古镇。容涵站在高耸古朴的木门外，袅袅檀香透过窗飘入她的鼻间，是她喜欢的气息。可此时此刻，她无心赞叹欣赏，因为她深知倪清虹邀她到这偏僻的地方绝对不只是喝茶闲聊这么简单。

她不喜这种形式的会面，但有些人有些事情，从她做了那个决定开始，注定无法避开。

在原地踌躇了一阵，容涵暗自深呼吸，推门进入。伴着风铃摇曳，她往里，步履轻盈绰约，即使穿着三寸细高跟鞋，亦平稳得如履平地。

鹭海咖啡馆地处偏远，又是工作日，容涵随着侍应生走了一路，客人稀寥，坐得极散。倪清虹专门挑了个偏僻的角落，背面靠墙，三面两米内桌台皆是空落。

容涵稍稍安下心来，但坐定后，她仍未摘下口罩和墨镜。

倪清虹睨着她，眼中闪动着莫名的笑意，问道："这样说话不累吗？"

容涵没吱声。

倪清虹也不在意，兀自笑道："放松下不妨事儿，这片我已经包下了，没人会过来。"

两次过后，容涵不好再拒绝。

她轻笑一声，随即摘下了自己的口罩，妥帖地放到一边，问倪清虹："怎么有空约我喝咖啡？什么时候进组？"

"快了。"说着，倪清虹从包里掏出了一个牛皮文件袋，缓慢地推到容涵面前，"打开看看！"

容涵垂眸看了眼，问道："是什么？"

倪清虹没再接话，气氛忽然变得沉闷。

默了半晌，容涵伸手拿起纸袋，将僵滞打破。她撕开了牛皮纸袋的封条，抽出了里面装的东西。

全是她和倪南焱约会的照片，拥抱和亲吻的都有，虽然照片大都模糊，但每一张都照出了她手腕上的那只卡地亚手环，招眼的玫瑰金，她出道至今从未离身的。那是她最喜欢的饰品，情侣款的，另外一只在倪南焱那里，但他从未戴过。

看到最后，容涵的眼底闪过一丝冷冽，问道："这是什么意思？"

倪清虹睇着她，仍是温婉柔丽模样，声音语态也是，可出口的话刻薄而直接："Maple Leaf 的 Maindancer（主舞）、万千宅男眼中的性感女神，竟是鹭城阔少倪南焱私藏的一只金丝雀。你猜爆出去会怎么样？ Maple Leaf 会不会直接毁在你手里？

"靠出卖身体挤下了其他人进入 Maple Leaf，你会不会心中有愧？

"我想你肯定没有，不然怎么会做出这样的事情呢？"

面对这些近似绞杀的质问，容涵的神色不见一丝变化。等倪清虹说完，她才出声，不答反问："你来同我说这些话，倪南焱知道吗？"

倪清虹的脸上显露出些许错愕，旋即恢复如常："重要吗？"

容涵勾了勾唇，溢出一丝冷笑，回道："你说呢？而且谁跟你说我是倪南焱养的金丝雀？我爱他，忠于自己的心待在他的身边，仅此而已。"

倪清虹不喜欢这种被人占上风的感觉，近乎下意识地抢起了手中的刀子，恶狠狠地说："开什么玩笑？倪家人除了我，没有人知道你的存在，没有一个男人会这样对待自己心爱的女人。"

听到这样的话，容涵说不心痛是假的。但事关 Maple Leaf 的未来，她再痛再难，都不会向倪清虹露怯，失了先机。一步踏错，她就会成为亲手毁掉 Maple Leaf 的罪人。

思及此，她敛了心神冲着倪清虹笑，美艳妖娆，淡淡地说："那是他的事情，同我无关，我睡个男人而已。而且，现在他什么看法都不重要了，因为……"

经倪清虹这么一搅和，容涵被爱情蒙蔽了三年的视线反而骤然清明。她卑微不计后果地爱了倪南焱三年，最后仍没能焐暖他的心，还给了别人一把扎向她的刀。如果这一刀扎的是她，或许她还会忍，会继续催眠自己倪南焱有看到她的一天。

但这次明显不是。

倪清虹针对的是整个 Maple Leaf。

事情由她而起，她一步都不能退，也舍不得退。

她身后是陪伴了她多年的均哥和小姐妹，还有 Maple Leaf 不败的荣耀。

"我现在就甩了他。"话出口时，容涵才意识到曾经以为的不可能其实并不是什么难事，不要倪南焱，她是可以做到的，也没有想象中的痛不欲生。

倪清虹的杏眸染上了惊诧，短暂失了言语。

因为她设想过许多容涵可能会有的反应，但没有一个是像现在这般的霸道而且荒唐。

半晌后，她端起咖啡杯轻啜了一口，企图掩饰内心的慌乱。

伴着一声冷嗤，她再度开口："甩掉倪南焱？你可别忘了当年是你主动勾搭他的。"

容涵竟在这个当口摘下了墨镜，将自己眼中的情绪毫不遮掩地摊在了倪清虹面前，挑衅的意味十分明显。

"勾搭？倪南焱像是那么容易被勾搭上的人？倪南焱要是知道在你眼里他是这样的人不知道是什么感受？"

容涵从来都是个强势有主见的人，以往忍让倪清虹，任其予取予求，不过是看在倪南焱的面子上。现在，她连倪南焱都不要了，就没必要维持她和倪清虹之间脆弱虚伪的和谐了。

想怎么就怎么吧，最重要的是自己不想再受委屈。

倪清虹果不其然被激怒，小脸染上冰霜，一时语塞："你……"

"我什么？"容涵眉眼弯弯，嘴角上扬，娇媚横生。此刻的她就像个祸国殃民的绝世妖姬，放肆任性光芒万丈，任谁也无法压制。

倪清虹怔然，也第一次体会到了容涵的美。

"你做这些是针对我，还是 Maple Leaf？"容涵把倪清虹的情绪忽略得彻底，兀自往下说着，言辞犀利，没留一丝情面。

"我们跟你根本两个……"话到此处，容涵忽然想起那日倪清虹问她沈星的造型的事儿，猛地意会过来，"你想捆绑沈星？"

这话一出，倪清虹脸上的镇定现出裂痕。

"捆绑沈星？容涵，你会不会太看得起她？"

倪清虹傲慢地反驳，气息却露了端倪，明显被戳到了痛处。

容涵了然，笑容越发妖艳，喃喃道："果然……"

"果然什么？"

"半桶水就爱晃荡。论成就，你能高得过顾明绰？他的名字和沈星绑在一起多少年了，我也没见他说什么。"

"那是他贱，美色当前，骨头都软了。"

现今的娱乐圈，顾明绰堪称新生代最强势的存在。十八岁获奖，二十五岁手握近五十亿票房，微博粉丝近亿，无论是实绩还是热度都是天花板级且持续增长。也就是这样的一个他，和沈星的名字绑在一起几年，直到今天，提起顾明绰，人们最先想到的两个词条都是电影和沈星。

沈星现在是当红不让。

但最初的时候呢？她和 Maple Leaf 能走到今天，顾明绰功不可没。

所以倪清虹不服，把沈星现在拥有的一切大半归功于顾明绰。

可容涵并不这么想，也把自己的想法直截了当地说了出来。

"倪清虹，你就是个彻头彻尾的失败者，有钱长得漂亮有什么用，还不是个思想低能儿？"

"容涵，你……"倪清虹被扎得差点喘不过气，声音似是从喉咙中挤出来的，细而突兀，引来几道探究的视线。

这种情况，容涵不可能没察觉到。可她恍若未觉，继续直白地说道："生气？可你就是啊。你和倪南焱一样，忍受不了别人悖于你们的意志。可大家都是人，凭什么要按你们的来呢？顾明绰和沈星的名字绑在一起，是他们两个人和两家经纪公司的选择，谁也管不着，也羡慕不来。我要是你，我就努力压两人一头，而不是像你这样使手段拆CP。"

容涵发挥出八成吵架的功力，长这么大第一次，激烈到她自己都觉得诧异。也就是在这时，她清楚地意识到除了倪南焱，自己还有在乎的东西——Maple Leaf。

均哥曾经说过："姑娘们会像枫叶，惊艳一整个秋。即使有天凋落了，所有人都仍念念于心。"

时间真是个好东西，磨灭了她对倪南焱的爱，也把Maple Leaf这个简单的单词和均哥说的话融进了她的骨血之中。她想成为更好的人，有能力爱自己并且守护心头所爱。

心绪浮动，容涵的目光越加坚定，也不愿再浪费时间同倪清虹耗。她现在要做的就是同均哥坦白这件事儿，为自己赢得先机。再难，她都想要争取一次。

"倪小姐，我还有事儿，先走一步。"

没等倪清虹回应什么，容涵扶着桌沿站起身来。

倪清虹也没拦她，直到她走了两三米远说道："容涵，我给你最后一次机会。

"我也没想你怎么样，只是让你在最后一轮竞演中'失误'。"

倪清虹的语气软了许多，但再迷惑不了心明眼净的容涵。

容涵连头都没回，冷冷道："倪清虹，你想做什么随便吧，我不在乎。"

走出这个门，她的生活中再无倪南焱。

祸福自担。

第二节

回到创美时，已经是下午四点。

容涵径自去了Maple Leaf专属的会议室，给胡亚均和Maple Leaf其他四人打了电话，结果只有胡亚均和明娅在公司。

意料之中的事情，却让容涵大大松了口气。她这才知道自己并不如想象中坚强笃定，她仍然会怕。她怕今天就是她职业生涯的尽头，她荒唐的行径不仅会毁了自己，还会给Maple Leaf蒙上污点。

她还怕均哥会震怒，队长会失望，还有星星、夏夏和羡婷……

胡亚均和明娅来时，容涵已经被忐忑绞杀数遍，那双总是含着春意的媚眼蒙上了一层薄薄的水雾。

"哭什么？"明娅连忙坐到她身边，拿过抽纸盒抽了几张面纸递给她。

哭了吗？

容涵被明娅的话惊醒，凝眸时，不期然撞进了胡亚均的黑眸，鼻子又是莫名一酸。

"怎么回事儿？闯祸了？"胡亚均没看过容涵这副模样，眼皮子猛跳了几下，心生不安，但他没有表现出来，生怕再给容涵添心理负担。

容涵看向胡亚均，深呼吸，决然地"嗯"了声："均哥，娅娅，对不起，真的对不起。"

愧疚被宣泄，伴随而来的，是容涵的泪。

胡亚均和明娅凝视她，安静地等待她平复情绪，继续说接下来的话。

"我和倪南焱同居了近四年。"

简简单单的一句话，粉碎了胡亚均和明娅脸上的从容。

胡亚均声音压抑，难以置信地问："你……说什么？"

她到底是怎么样在密集的行程和狗仔队近乎贴身的盯防中做到与他同居了近四年的？

事到如今，容涵已经做了最坏的打算，自然也不会再瞒着胡亚均，于是哑声重复："我和倪南焱同居了四年。"

胡亚均沉默，良久之后，只是问道："你瞒了这么久，为什么现在又突然提及？发生了什么事情？"

容涵直面他的目光，把倪清虹来找她的事情详细说了，还彻底坦白了心迹。

那时候，她很爱倪南焱，她想拥有名气地位和万众瞩目，认为有了这些，她就能紧紧锁着倪南焱的目光。后来，她真的做到了，她碰触到了倪南焱，比任何人都亲密。

最初，她很幸福，虽然偶尔会生出双脚踩在云端的不真实感。可是渐渐地，她的心被扯偏了，她工作，不再是为了锁住倪南焱的关注。她喜欢和小姐妹们待在一起，安慰拉筋拉到哭的小可爱慕夏，和羡婷一起抢她的辣条……

经年日久，耳濡目染，她变成了同她们一样的人，健康、上进、能量充盈，她开始意识到自己的错处。

"我来时，已经和倪南焱说分手了，后续我会尽力补救。均哥，我知道现在说什么都晚了，给 Maple Leaf 带来的伤害也难以估算，所以无论公司做出什么样的决定我都会认。"

天价赔偿也好，无期限退出娱乐圈也好，人总要为自己的错误付出代价。

说出这些话后，容涵整个人都轻松了，鼻间的酸楚也渐渐消散。

胡亚均看着她，静默良久后深深地叹了口气，说道："你们先坐会儿，我出去抽支烟。"

没等明娅和容涵反应，他便起身出了会议室。

他走后，会议室再次陷落沉寂。

过了一会儿，容涵再度开口："为什么不骂我呢？"话是对着明娅说的，却又虚又弱地避开了她的目光。

"呵……"回应容涵的，竟是明娅柔婉的笑声，"我为什么要骂你呢？你是出卖了身体博上位？还是为了嫁入豪门才和倪南焱在一起？"

以明娅对容涵的了解，肯定不会是因为这些，所以，即便容涵做错了些事情对 Maple Leaf 造成了伤害，她都舍不得骂容涵。这个时候，如果想保容涵，并把对 Maple Leaf 的伤害降到最低，她们必须前所未有的团结冷静。

"可我……"容涵这才看向明娅，被压下的泪意再一次在眼中凝结。

明娅这次将整个纸巾盒塞到她的手中，揶揄道："我以前怎么没发现你这么爱哭？高冷御姐范儿都是装出来的？"

容涵听她这么说，哭着哭着就笑了："胡说八道。"

"怎么呢？"

"我只是在嫌弃过去的自己太蠢笨。"

竟然对倪南焱那样的男人心存幻想和期待。

后面的话，容涵没有说出口，但明娅懂她。明娅抬起手，第一次像对待慕夏和李羡婷一样，温柔宠溺地揉了揉她的头。

"倪南焱那样的男人，爱上，并不是什么稀奇的事儿，更何况那时候你还那么小。"

二十岁左右的年纪，经历不多，看什么都是粉色的，哪里抗拒得了倪南焱的魅力。

"但这些，并不能抹杀你隐瞒了这件事的事实。

"后续会产生什么样的影响，我们谁也不知道，只能说，Maple Leaf 会陪你去撑。"

明娅一贯理智冷静，此刻更甚，出口的每一个字都是冷静笃定的，不回避现实，也不见惧怕。落在容涵耳畔，忐忑被强势绞杀，退到了心底最微不足道的角落。

"涵涵，你既然已经做出了决定，就得坚定地往前看。"

容涵笑笑，点头道："我知道了。"之后，由衷地道谢，"谢谢你，娅娅。"

明娅为她打气："打起精神来，一切终会过去。"


当天夜里，当 Maple Leaf 其他成员结束了行程纷纷往公司赶时，傅海屿又一次找到了顾明绰。两人置身于茶香袅袅之间，对盏无言。茶水染了冷意时，傅海屿兀自打开了自己带来的牛皮纸袋，抽出里面的照片，在顾明绰眼前铺开。

顾明绰垂眸，一眼认出照片中的女人是容涵。

他眸色倏冷，抬头时，仍然未见收敛。这是他第一次毫不遮掩，想明明白白地叫傅海屿看见。

"傅先生觉得我是照片里的男人？"

傅海屿拿起其中一张照片，状似细看，若有所思道："我当然知道不是你。"

你都把星星装心里多少年了，又怎么可能爱上别的女人呢？

"照片里的男人是倪南焱，听说过吗？"

顾明绰不出声。

傅海屿也不指望他说话，径自往下说着："容涵同倪南焱同居了近四年，也就是说，她在进入 Maple Leaf 之前就同倪南焱在一起了，而倪南焱从未承认过她的身份。"

如果这些照片流到外面，容涵和 Maple Leaf 必定会被重创，而顾明绰你可以帮她们避开这些。

这些卑劣的话，傅海屿并未诉诸于口。

可顾明绰听明白了，他轻微勾了勾唇，带出了一丝讥诮的意味。

"是又怎样？和我有什么关系？还是你觉得我会因容涵这事儿被你要挟，答应你从此远离沈星？"

"傅海屿，多少年了，你当真是除了钱多了，毫无长进。"

　　傅海屿这种天之骄子，永远无法体会顾明绰心头所想。顾明绰是可以给沈星所有，包括他的这条命，但这些给予的大前提是他不能失去她。一旦失去，他长久以来的信仰和坚持就会崩塌，到时别说给予了，他连自己的路都找不到了。

　　所以无论如何，顾明绰都不可能接受任何割裂他和沈星牵绊的提议。

　　他会用自己的方式守护沈星。

　　傅海屿杀人诛心："你对她的爱就这么些？她热爱的事业，可能会被重创，她在乎的人，一直在骗她。"

　　"你不也爱吗？为什么不直接毁掉这些照片？"顾明绰心至坚，无论傅海屿说什么，都不愿往后退一步，"而且我的爱跟你认定的不是一回事，混为一谈没有任何意义。"

　　再次谈崩。

　　顾明绰离开后不久，倪清虹推门进入了茶室，坐到了顾明绰刚刚坐的位置上。

　　"一口茶都没喝？"倪清虹轻笑，"又是个硬骨头。"

　　傅海屿心里烦着，没好气道："这些照片缓缓再处理。"

　　他妄想拿这些照片诛顾明绰的心，其实诛的也是自己。

　　他和顾明绰一样，不想任何人任何事伤害到沈星。

　　倪清虹嘴角的笑却倏然艳丽，说道："晚了。"

　　先是沈星，后是容涵，她现在就想看 Maple Leaf 是怎么死的。傅海屿也好，倪南焱也好，还能杀了她不成？再说了，她又没有无中生有。要怪，就怪容涵自己行为不检点。

　　当晚，倪清虹手中的这些照片就通过论坛"碧海星辰"传播开来，不到半小时，千层高楼平地起。之后全网联动。

　　流量鼎盛时，热搜上前排有三个同容涵有关的词条。

　　# 容涵倪南焱 #

　　# 容涵恋情曝光 #

　　#Maple Leaf#

　　其中容涵和倪南焱的那个，晚十点后，直接加爆，带着话题随便打个标点符号，就能收获近百万阅读量，入场浑水摸鱼的因此越来越多。

　　就在这时，有疑似倪南焱方的知情人士现身微博爆料：

　　鳄鱼宝宝：【以前别人都说女明星削尖了脑袋想嫁入豪门我是不信的，直到我遇见了涵姐。旧问题是没了，可新的问题又来了，你们说她那么一个白富美又有才华，为什么要作践自己，没名没分地跟着倪南焱四年？】

　　一个没认证的号，粉丝不超过两千，最初时，没人当个事儿。

　　可是一刻钟后，疑似倪清虹的小号点赞了。这一下，无论她是手滑，还是真情实感，都成功地把网友的注意力带到了容涵和倪南焱的关系上，亦给了黑粉激情狂欢的理由，霎时间，各种丑图和刻薄尖锐的话语蔓延各处。

　　【娱乐圈，果然只是个跳板，只有傻粉丝真情实感。】

　　【代入了一下"枫叶"，拳头瞬间硬了。】

【四年前就在一起了，该不会进 Maple Leaf 的资格也是开后门来的吧？】
……

容涵不认识他们中的任何一个人，却被他们用世间最恶毒的话语攻击。

同一时间，隐退多年的老牌明星公关林晗突然现身鹭城。

第三节

夜深了，倪氏大楼仍是灯火通明。

倪氏新的卖场即将大推，倪南焱作为公司总经理忙得脚不点地是常态。恋情上热搜的事儿，早几个小时倪南焱就知道了。当时他就错愕了一瞬，犹如平静的湖泊上被蜻蜓带起的涟漪，不易察觉转瞬即逝。

情绪散了后，他对着助理陆朝微微颔首，示意自己已经知道了，之后再无话。陆朝跟了倪南焱五年，对他的脾性和为人处事甚是了解，看他这般模样，没再问，放任着热搜高挂。

等忙得差不多，工作以外的事儿割裂了他的理智涌出，夜色已经深沉，倪南焱拿起了手机，第一次起了去微博看看的念头。

【倪南焱，以后我不会再去你那里了。】

手机屏幕亮起时，容涵的短信息突兀地闯入了他的视线，瞬间打散了他想去微博看看的念头。

屏幕的光照出了他微黯的眸色。

默了半晌，他找到容涵的手机号码拨了过去。这是他的习惯，嫌发信息效率太低。

提示音响了几声，对面传来了容涵的声音，和平日里没有什么不同。

倪南焱淡淡地说："这些新闻，我会处理。"

容涵是公众人士，这样的新闻爆出去，对她会有影响，但这种影响在倪南焱看来，并不是什么大事情。因为在他的认知里，容涵是他的女人，要什么没有？即便现在就退出娱乐圈，她也能衣食无忧，能拥有私人飞机、头排看秀。也正是因为这种认知，让他对容涵产生共情成了奢侈。

以前，容涵等着盼着他的了解和体贴，可现在，她伤了累了，也不稀罕了。

容涵从来不是个会吃亏的主，相反的，她比任何人都强势通透，想得到就全力以赴。退开时，有仇报仇有冤报冤，绝不委屈自己。

"处理？好，那我现在就告诉你这些照片是谁拍到放出去的。"

倪南焱眉峰微拢，问道："谁？"

"倪清虹，她昨天带着这些照片来找我、羞辱我。"

容涵以为自己会哭，至少会委屈吧，可她没有，心湖平静，不见一丝波纹。她这才意识到放下倪南焱竟是这么轻易的事情。

"倪南焱，在昨天之前，我从未想过从你身边走开，因为我爱你，也以为自己对于你而言是特别的，但倪清虹打醒了我。我自甘下贱，所以所有人都能以贱这个字鞭笞我。"

倪南焱不喜欢容涵现在的态度，一口一个"贱"字戳痛了他。

他低唤："容涵。"声线已经染上了压抑的怒气。

容涵怎么会听不出来，但她不在意了，心底甚至涌出了一丝莫名的、有些变态的快感。

"你在生气吗？倪南焱。不喜欢别人骂你的所有物下贱？可我就是贱啊。而你，是帮凶。"他的漫不经心和不在意，已经尽数幻化成尖刀，落到不同的人手中，一刀一刀地剐着她。

"倪南焱，从今往后，我不想再下贱了，懂吗？

"不想了。

"怀着爱意等个没心的人动心太伤了。"

说着说着，容涵的声音里已经不可避免染上了些不甘和悲切。

倪南焱罕见地有耐性，安静地等着容涵发泄完后，说道："你先冷静两天，我后面去接你。这件事和倪清虹，我会处理。"

他还是冷静，不用面对面，容涵就能想象出他此刻的模样，不禁冷笑。

沉默半晌，她再度开口，声线中的情绪已经退得干干净净，冷清到可怕。

"接我？我现在跟你有什么关系？你凭什么来接我？还有，请你清楚地告诉倪清虹之流，倪南焱我不稀罕了，以后别再来烦我。下一次，我不会再客气。

"搁你那儿的东西麻烦你帮忙扔掉。保洁的费用，寄账单给我即可。

"到此为止了，倪南焱。"

为自己的心动画上了句号之后，容涵单方面结束了通话，再没像以前那样，根本舍不得先于倪南焱挂电话。

倪南焱听着忽然响起的忙音，不由得愣了一下，缓过神来后，眼中闪过怒气。

容涵这个女人，竟然挂他电话，跟他曝光恋情有那么让她难堪吗？气成这样？

倪南焱想不通，想打回去说清楚，但几番犹豫，还是放弃了。这事儿如果深究，确实是他理亏。倪清虹同他再不亲，也是他的堂妹。

"阿朝，备车。"默坐半晌，倪南焱拨通了陆朝的分机。


新联大厦的天台，冷风呼呼地吹。

Maple Leaf 五人和经纪人围坐在一起，围出的圈中摆着各种各样的酒，杂得很。只因五个姑娘爱好各不相同，有只喝白酒的，有偏爱红酒和香槟的，也有爱喝啤酒的。

胡亚均从来不愿意委屈她们，即便只是随便喝喝，都会备齐她们喜欢的。时间久了，姑娘们早已习惯成自然，对他的依赖和团魂也在时光静逝中渐渐养成、壮大。

容涵同倪南焱的事儿，沈星三人也已经知晓了。她们的反应同明娅大概一致，除了性格使然的差异。

就像现在，两罐啤酒下肚后，慕夏顶着一张红彤彤的苹果脸，语带嫌弃地"质问"容涵："涵涵，你到底喜欢倪南焱什么呀？跟座冰山似的，看着就没劲儿。"

最初的震惊过后，慕夏心里只有一个念头，那就是自家的白菜给猪拱了。这会儿被酒意一激，想她说什么好话，更是不可能的事儿。

"我也想问，倪南焱一看就是那种眼睛长在头顶的公子哥儿，装酷是日常。"话音才落全，李羡婷就抢着赶着接下话。

眼见着女神的包袱要被抛到九霄云外了，胡亚均赶忙轻咳了两声，示意收一收。可姑娘们被酒意和愤怒裹挟，根本没人搭理他。慕夏还越说越大声，一副要跟倪南焱拼了的架势。

胡亚均觉得自己太难了，家里有五个孩子的苦，谁能懂？说起来，全是鼻涕和泪。

容涵瞥了眼一脸苦相的经纪人，抑不住地勾了勾嘴角，随后，忆及过去，竟有些恍惚地说："可能是因为帅？"

姐妹们都惊呆了，这么肤浅草率可还行？

容涵看着她们的呆样，轻声失笑，再开口时，眉眼间染上了浅淡而罕见的温柔："还记得第一次竞演吗？那时候，他就坐在观众之中，视野最好的位置。那么多人，我一眼就看到他了。当时只是觉得眼前一亮，可回去后，我整个人就像着魔了一样，不断在搜索栏中输入他的名字……"

容涵毫无遮掩地剖开自己，诚实面对过去的自己，一寸一寸剥离，最后放下。

沈星双手握着一支香槟，看似沉溺在听，其实心绪已经被拉扯到老远。

她好像也在重复容涵所做的一切。

而那个对象，是顾明绰。

在这一瞬，沈星眼前接连晃过一帧又一帧画面——顾明绰耐心地为她磨咖啡，酣睡时温柔宠溺地喊着星星……全是他，异样清晰。

酒意渐渐沉郁，胡亚均像是忽然想到了什么，目光亮了亮，问道："你们还有没有别的事儿瞒着我？今天一次说个明白，我保证不打死你们。"

他话音才刚落，慕夏倏然举起手中的啤酒瓶，说："我有！"

暗暗给自己做了很多心理建设后，胡亚均沉声道："你说。"

"我讨厌纪平桦，要是早知道他是创美的老板，我绝对不来。"

慕夏任性稚气的话逗笑了众姐妹。

胡亚均屈指敲了敲她的额头，直言："你那是爱不自知好吧。"

慕夏冷噗一声："我爱谁都不会爱他那样的。"

胡亚均懒得再跟她拗，转向其他人，问道："你们呢？有就说，均哥我撑得住，我就想看看还有谁有胆偷我养大的'白菜'。"

酒意上头，胡亚均失去了平日的精英范儿，唠叨得像一个为孩子操碎了心的老父亲。

李羡婷和慕夏分坐在他左右，看他这般，哭笑不得，齐齐伸手揽住他的肩膀，说："没了，真的！"

胡亚均"嗯"了声，目光从沈星和明娅的脸上掠过，问道："你俩呢？"

沈星淡淡地说："没有！"

明娅侧眸瞥了她一眼，转向胡亚均，代表全员做出保证："均哥，我们保证以后再不会出现这样的事情，我们要努力守护彼此，守住 Maple Leaf 的荣耀。"

说着，她伸出了自己的右手，掌心向下。

沈星跟进，接着是容涵、慕夏……

当 Maple Leaf 五个人的手叠在一起时，胡亚均竟感到一阵鼻酸。好一会儿，他才从汹涌的情绪中抽身，伸出了自己的手，像一把大伞，隔出了一片安全地带给 Maple Leaf，作为她们信赖的坚实防线。

"我们是 Maple Leaf。"

她们也是平常人，会迷失方向，也会犯错，但她们无惧，勇敢面对，扛起一切，然后阔步往前。

"Maple Leaf 最强！"

只要她们不放弃，任何人想成为最强都要从她们身上踏过。突发意外磨砺了 Maple Leaf 的团魂，五个姑娘的心紧贴，严丝合缝。

胡亚均看着，心中一阵欣慰，甚至有点感谢这次的热搜。

"哎，我突然记起自己还有个秘密没有说。"

氛围一片大好时，慕夏忽然出声打破，吓得胡亚均瞬间清醒。

"什么秘密？"

这死丫头就是见不得他好过，他到底是造了什么孽，摊上这几个丫头！

慕夏支支吾吾的，小脸罕见地显露出愧色。

李羡婷快被她急死了，拧了下她腰，催促道："说啊。"

慕夏眨巴眨巴眼，一副受虐小可怜的模样，小声说："凌均远是我爸爸。"

"噗……"

"扑哧……"

台商大佬凌均远？小可爱的爸爸？

第二天一早，纪平桦现身创美传媒，准备和胡亚均商讨处理方法。他怎么也想不到会在会议室里见到熟悉的面孔——隐退了多少年的公关之神，林晗。

纪平桦不禁又惊又喜："林先生，好久不见。"

做娱乐传媒这一行的，很少有人不认识林晗，就算没见过，也或多或少听过他的事迹。十五年前，他曾经把一个所有人都认为死定了的艺人带回到安全线内，三年后，那人东山再起，成为了五十代的一个符号。直到今天，这个案例都被明星公关界津津乐道。

之后，纪平桦坐定，有些好奇地问胡亚均："你请林先生出山的？"

胡亚均笑道："我要有这本事，昨晚就不会愁得睡不着觉了。"

林晗望着两人，直接坦陈："别猜了，我是受顾明绰之托来看看的。"

答案完全出乎胡亚均和纪平桦的意料。

"您和他熟识？"纪平桦问。

这些年来，各路资本揣着重金排着队请林晗出山，他都懒得动，这回竟因为顾明绰的委托火速出现在鹭城。

林晗笑着说："是，最主要的是他答应事成之后给我做全鱼宴。"

这些话，真假难辨，但林晗是因顾明绰而来这件事已经确定。

胡亚均对顾明绰的好感不禁又添了几分。

【舆情重点：容涵和倪南焱是两情相悦，还是容涵另有所图。】

在小黑板上写下重点后，林晗睨着胡亚均，直言："想全身而退，倪南焱的态度至关重要。但就你刚才提供的信息，容涵不可能再去同他谈。而他，百分之九十九点九九不会配合我们。所以你们打算怎么赢？"

胡亚均脸上笑容不再，因为林晗说的都是事实。

纪平桦想了想，插话道："我可以出面跟他谈，他说不定会看在……"

林晗循声望向纪平桦，没等他说完，轻笑抢白："看在什么？你的面子？如果我的消息没有出错，明黎继承人黎诚简现在已经在去倪氏的路上了，身上带着倪南焱最想要的鹭城西开发案的合同。是什么让你觉得一心扑在事业上的倪南焱会为了一个女人和面子放弃垂涎许久的利益？纪二，你们这次的敌人不只是舆论，还有几方资本。"

林晗显然是有备而来，一开始就火力全开，把主轴和难点全部推到了纪平桦和胡亚均面前，并且大都是他们没有料到的。

"黎诚简？他图什么……"疑问出口时，纪平桦的思绪倏然清明，"不是黎诚简，是傅海屿！"

他的语气很肯定，胡亚均却越来越蒙。

林晗眼中却掠过一丝赞赏，问道："想明白了？"

纪平桦摇头："为什么呢？伤害了容涵，沈星得不到任何好处不说，或多或少都会被影响。"

林晗替他解惑："我想大概是因为顾明绰。"

这个答案，纪平桦并不意外。

这两人之间牵着沈星，针尖对麦芒真不是什么稀奇的事儿，他只是没想到傅海屿对顾明绰的胜负心已经强烈到这种地步，为了给顾明绰一场震撼教育，不惜将沈星拖入局中。

"因为星星？"胡亚均在这时隐隐碰触到了答案，只是不敢确定。如果真是，傅海屿真就是个人渣。这样的人，拿什么配星星？

林晗点头，说："所以现在我们要做的就是收集他们私下操作的证据，这一点，只能交给纪二你了。除了你，也没人有这个本事。

"在这之前，把容涵推出去，赌倪南焱对她的真心。"

倪南焱生性凉薄，骄矜倨傲，这么多年来，身边有过不少女人。但容涵之后，他过得就像一个有家室的人，进退皆有度。四年的时光，除了容涵的爱，绝对也有倪南焱的妥协和维护。

下午三点，容涵在四名队友和经纪人胡亚均的陪伴下，现身星海国际酒店召开记者发布会，直面媒体。大厅被里三层外三层堵得水泄不通，镁光灯不断闪烁，点点亮光连成了片，照得容涵娇艳逼人，即使她一身黑衣，脸上不带一丝妆。

"容小姐，那些照片上的人是你吗？"

"容小姐，你对这次新闻有什么想说的吗？"

"容小姐，对于网络上有关你是靠着倪南焱先生才得以进入 Maple Leaf 的传闻，你有什么想回应的吗？"

"对于你和倪南焱先生的恋情，你有什么想说的吗？"

……

媒体的问题尖锐不断，胡亚均出声制止："请大家稍稍静静，先听容涵说完好吗？"

现场的媒体人顿时安静了不少。

没一会儿，容涵朝着观众席深鞠躬，语气真挚："对不起。

"对不起公司和队友，还有一直爱护信任着我和 Maple Leaf 的大家。

"但我和他在一起，绝不是因为想嫁入豪门。从头到尾，我都没有借用倪南焱先生的关系做任何事，包括进入 Maple Leaf。我喜欢就想得到，并为此付出是我一贯的做事态度，有关这一点，我无愧于心。"

这些话后，媒体火力掉转，对准了倪南焱。

"那倪先生的看法呢？网传你们在一起四年，他都没向朋友圈和家人承认过你。"

容涵的目光落到声音传来的地方，自出现在大厅起，她第一次勾起嘴角，绽出了一抹笑，虽细微，但也切切实实让众人感受到她很平静，由内而外的。

"他的看法重要吗？爱情，从来都是一个人的事情。"

最初，她根本没有想过未来，所以那时候的她快乐自在，对倪南焱也没有任何要求。只是后来，心和眼被幻影迷惑，渐渐开始对倪南焱心存幻想和期待，这就注定了她今天不堪的结局。

谁也没料到容涵会给出这么个答案，也不敢相信，但容涵此刻太过笃定与平静，以一己之力把全场带进了沉寂之中，好一会儿后才有人打破。

"容小姐，你说从未借助倪南焱先生的财势做任何事，那双生系列珠宝呢？"

双生系列珠宝价值上亿，一直是倪氏旗下臻熙珠宝的镇店之宝。容涵和倪南焱的关系曝光时，部分媒体收到了匿名爆料，直指容涵收了倪南焱上亿珠宝。

容涵的神色仍旧冷清，仿佛有关倪南焱的一切再伤不到她。

"那套珠宝一直放在鹭城银行的金库之中，我从未碰过，现在可能已经回到了倪南焱先生的手中。各位要是有兴趣，稍后我会安排发布相关收据。"

全场哗然。

数十秒后，有人诧异地问道："为什么？"

容涵回答："因为我从一开始就做好将一切物归原主的打算。"

一片静谧中，容涵直面镜头，黑眸澄清。

"未来，祝倪先生幸福。

"最后，向陪伴了 Maple Leaf 多年的'枫叶'道歉，姐姐让你们失望了。"

下午四点许，容涵亲自发布微博。

Maple Leaf 容涵：【对不起，姐姐让你们失望了。以后我们之间，再无秘密。】

该说的，容涵在记者发布会上已经说得很清楚了，很快就会传遍全网。这件事情受伤最深的也是"枫叶"，她们是容涵心中除了队友和胡亚均，化不开的愧疚。

半个小时后，Maple Leaf 全球粉丝后援会和容涵全球粉丝团同时发文，内容一致。

【姐姐的爱情姐姐自己守护，Maindancer 容涵我们来守护。再难，也想齐齐整整地走下去，不负 Maple Leaf 之名。】

她们之后，团队众人纷纷现身力挺。

无论是团粉还是其他四人的粉丝，在危机时，皆毫不犹疑地原谅聚拢，只为守护她们心中最好的 Maple Leaf。

随着记者招待会的细节曝光，路人也加入声援。

【涵姐飒气人设永不落空，看上了就追，有什么呢？】

【说真的，我还挺羡慕。】

【人家小姐姐又不是出卖身体搞权色交易，犯得着那样攻击人家吗？一口一个贱人的都是打定主意一辈子不恋爱的？】

【没有对不起谁，只要粉丝和队友能接受，合同也允许。】

……

虽也有不同的声音，诸如指责容涵偶像失格之类，但已经无法主宰形势。

创美传媒的会议室，林晗一直在关注网上舆论。见走势喜人，他松了口气，由衷地对胡亚均说："你把几个孩子教得很好，'枫叶'也好。"

真应了枫叶之名，色彩绚丽绝美却没有任何攻击性，像和煦深邃的秋，可以安然衔接炎热和冷冽。

听到这话，胡亚均的脸上无法自抑地显露出骄傲，可出口的话还是谦虚克制："还行吧。"

"呵……"林晗轻笑出声，回归正题，"现在就看倪南焱了，如果他能站出来说明，容涵这次可以全身而退。"

别的公关，不退圈就是成功。

但对于林晗来说，全身而退，不染一丝尘埃才是。

胡亚均听到这话，恨恨地冷嗤了一声："希望他担得起涵涵过去四年的喜欢。"

二十到二十四岁，花样年华，事业如日中天，容涵拿前路去赌倪南焱的爱情。对于这样的行径，胡亚均可能永远无法认同，但他无法说出重话。法理之外，尚有人情，他的姑娘们不是机器人，也没经历过万丈红尘，他无法苛求她们事事完美，做到极致。

也不想。

正如林晗所说，黎诚简亲自上倪氏同倪南焱见面，出手就是鹭城西的合作案。

会议室的灯大亮，照出了倪南焱脸上的凉薄。

他垂眸，瞥了案卷一眼，抬眸，目光森冷，问道："谁的主意？"

黎诚简散漫地笑，反问道："谁的主意重要吗？想要的案子到手才是重点。"

倪南焱望着他，嘴角微动，说："确实是。"

172

黎诚简嘴角的痕迹渐深。

谁知倪南焱接着说道："但我倪南焱永远不会靠着女人获取利益。"

这是一种深植在血脉里的倨傲，或许还有一些陌生的情绪，倪南焱暂时还看不明，也不愿细想深究。

"从今天开始，倪氏正式退出城西合作案。"

黎诚简猝不及防，愣了片刻才讶异地问道："你疯了？"前期投入了那么多，他竟说放弃就放弃了？

"为了容涵？犯得着吗？"

倪南焱迎着黎诚简的目光扶着桌沿站起，隔着桌台冲他笑道："回去告诉傅海屿，他想做孬种就自己做，别扯上爷爷我。"说完，倪南焱扯松了颈间的领带，拢起文件转身往外。

"倪南焱……"

无论黎诚简怎么叫他，他都没有再回头，一丝犹疑都没有。

回到办公室，倪南焱随手锁了门。

在位置上闷坐了许久后，他从办公桌柜桶里拿出了容涵退回的双生系列珠宝。他三年前就把这套珠宝送给容涵了，可他从未见她戴过。他偶尔记起，想问，却没有一次问出口，所以直到今天，他才知道这套珠宝一直躺在鹭城银行冰冷的金库里。

他的女人，是剥离了希望来到他身边的。

心念躁动，倪南焱心里有些不是滋味，深植于身体之中的骄傲被催化发酵，主宰了他的意志，也碾碎了他想立刻走向容涵的念想。最后，他收起了珠宝，登录到自己荒草丛生的微博。

【脑子有坑的人才会把传家之宝给金丝雀。请合理发声，部分偏激失实的已经保留证据，媳妇儿要是没了我就挨个提告。】

字里行间透露着余情未了，强势碾碎了容涵靠出卖身体上位的言论。

至此，所有的一切都照着林晗设想的路线运行，让人不服都不行。

纪平桦好不容易拿到手的证据全都沦为摆设，可他服气，由衷地朝着林晗竖起了大拇指，说："晗哥，以后还能找您吗？每年给您100万保底，有案子另算。"

林晗开玩笑道："我看着像那种缺钱的人？"

"当然不像，是创美和我需要您。"

林晗闻言，伸手拍了拍纪平桦的肩膀，笑着祝愿道："我倒是希望未来创美和你都不再需要公关，顺遂平安。有空和顾明绰一起去我那里坐坐，顺便尝尝他做的全鱼宴，真的米其林水准。"

纪平桦应下。

一场风波渐渐平息。

沈星稍晚才知晓林晗是因为顾明绰的关系出山的，几许疑惑之余，全是感激，

再加之受了胡亚均的嘱托，她发了条信息给顾明绰：【顾老师，想请你吃个晚餐，有空吗？】

才发出去，她就开始期待他的回应，心跳渐渐加快。

顾明绰似乎永远舍不得她等，不到两分钟，铃声响起，带来了他的回应：【只要是沈老板的邀约，我随传随到。】

沈星才不信，嘴角却不受她的约束，不断往上翘。

【真的假的？你要是这会儿正在香港拍戏，还能回来吃个饭再走？】

沈星很少发这种长信息，但她不见生疏，眉眼间隐约藏着欢喜。她清楚，一切改变都是因顾明绰而生的。而顾明绰无时无刻不在回应她，虽有压抑克制的痕迹，但她能切切实实地感觉到。

就像现在这条回信：【有什么不可以呢？不过七百千米的距离。】

只要终点是你，即使中间隔着千山万水的距离，沿路刀山火海，我也义无反顾。

千千万万遍，永远不会犹疑。

因为，你不仅是星创的公主，也是我的！

第四节

三天后，风投大佬钱昆和太太明曦在环海酒店设宴款待老友新朋。凯瑟琳同明曦私交甚笃，招架不住老友的死缠硬磨，叫了沈星一块去。

两人到时，明曦便和先生钱昆亲自迎了上来，只差把"着重"两个字写在了脸上。

"星星真是越来越漂亮了，像妈妈。"

沈星的行程单当真就跟爸爸沈熙松说的那样，密密麻麻的，圈子里的局她很少来。隔段时间就和凯瑟琳聚聚的明曦都很少见到沈家的这位娇贵人儿。

沈星一脸乖顺地喊道："叔叔阿姨，好久不见。"

钱昆笑着点头道："好久不见。"

明曦则亲昵地牵起沈星的手，说："以后多和妈妈出来，想见你，真的比登天还难。你妈妈也是，这次要不是我不断地磨，她也不会带你出来。"

沈星替妈妈说话："这事儿都怪我，以后妈妈来见明曦阿姨，我一定多跟来。"

明曦轻笑出声："女孩儿就是柔软贴心。"

说到这里，她话锋忽然一转："不像我们家那两个，无趣得像两座冰雕，还有这……"

钱昆眼见着火就要烧到自己身上，连忙找了个借口离开，那速度是要多快有多快。

"呵……"沈星见状，抑制不住地轻笑出声。

凯瑟琳睨了女儿一眼，说道："明曦阿姨准备了很多你爱吃的甜品，去看看吧。"

"好，谢谢阿姨，那我先过去了。"沈星说完，提步离开。

明曦的目光追着沈星的背影，有些羡慕地说道："这么漂亮的女儿，我怎么没有呢？"

凯瑟琳没好气道："这么想要，可以再生一个。"

明曦被这话气笑，收回目光，看着凯瑟琳的蓝眸，说："那还是算了，我有两个儿子，总不会一个都不娶妻吧？只要娶，我就能拥有贴心小棉袄。"

"要都不娶怎么办？现在的年轻人，时髦前卫得很。"

"那我就打断他们的狗腿。"

沈星径直走到甜品区，有侍应生经过，递给她一个餐碟。

沈星接过，礼貌地说："谢谢。"

"不客气。"

沈星开始挑点心，目光缓缓掠过，最后停在了五颜六色的马卡龙上。轻盈、松脆、蓬松刻在了它们的骨子里，令人尝过就难忘。她走近，脑海里忽然浮现出那日顾明绰在晚宴中丢了个马卡龙给她的画面，嘴角轻轻翘起。

当一个粉色的马卡龙置于餐盘中央时，沈星做了一件她以前从来不会做的事儿——给马卡龙家族拍了张照片，发给了顾明绰。

【顾老师，你喜欢什么颜色？】

顾明绰：【问了不送，就是耍流氓。】

沈星眼睫轻眨，带出了几分笑：【谁说不送了？选，沈总亲自给你送。】

稍顿，顾明绰回道：【黄色，还有巧克力棕。】

沈星见他又一次挑中了自己喜欢的口味，十分惊奇，由衷地感叹：【顾老师，你喜欢的东西跟我好像。】咖啡是，马卡龙也是。

稍长的沉默，顾明绰简短地回道：【嗯。】

之后，他把话题挑开：【今晚要是没有马卡龙，我就把对话挂到微博，指控沈总耍流氓。】

沈星心头微弱的异样被顾明绰揉碎，蓝眸亮着火光，回道：【好人就是因为这样才越来越少的。】

【对不起，我换个说法。】

【嗯哼。】

【请问，人美心善的沈总，您什么时候能给小的送马卡龙？】

这下沈星才满意，说：【大概晚上十一点吧，酒会才刚刚开始。】

知道沈星还在酒会，顾明绰没再同她多聊，就怕影响到她。

沈星端着少量的甜品，朝着妈妈和明曦的位置而去。行进间，门厅处传来了声响，她下意识地循声望去，竟看到了倪家人，倪清虹也在其中。

沈星记起容涵同她说的一切，渐渐停下脚步。

四目相对时，倪清虹眼中已有避忌，停了数秒，随即撤开。

沈星站在原地，沉眸思索，竟于众目睽睽之下主动走向了倪清虹。

"找个地方聊聊？"

沈星的眸光冷清，不见一丝情绪。

倪清虹怔了怔，应道："嗯。"

两人一前一后，寻了张靠角落的僻静桌台。

沈星把甜品碟搁在桌面上，双手优雅地置于两侧。

她看着倪清虹，口气一贯冷冷清清："我听容涵说你找过她，那些照片也是你找人拍了放出去的？"

事情早已大白，再没有做戏的必要了。

倪清虹直接承认："是，原因她告诉你了吗？"

沈星点头，但她其实不太明白，说道："我们并不熟，资源也没有大冲突。你犯得着劳心费力做这么多，甚至不惜把自己的亲人拉入局中吗？"

"嚇……"倪清虹看着对什么都冷冷淡淡，却总能轻易获得一切的沈星，强掩下的不甘死灰复燃，"是这样没错，但我就是看不惯你。"

情绪兜头，她的声音尖锐了许多："同样的努力，你收获的是其他人的几倍，凭什么？就因为你漂亮？还是因为你姓沈？

"无名时，就有顾明绰牵着你走，一出道，就占据了制高点，有穿不完的高定、刷不完的封面……

"沈星，你拥有的那些，就算砸在了一个废物身上，她也能红透半边天。"

说来说去，倪清虹就是不服气。

但沈星觉得这些都跟自己没关系，于是神色平静地直言道："这些都是你的想法，我尊重你，但你有什么资格把你的不甘宣泄在我的朋友身上？这个世界本来就没有绝对的公平，我也不否认我是既得利益者，但我一没偷二没抢三没有伤害人，我该感到罪过吗？或者因此付出什么代价？

"倪清虹，你不觉得自己的想法霸道而且莫名其妙吗？如果有一天，有人拥有得比我更多，做得比我更好，我祝福她。"

可是说了那么多，倪清虹眼中的沉郁没有散淡半分。

沈星开始知道有些人是叫不醒的，或者说她们根本不是一个世界的人，强融不了，于是直接道："以后有什么，直接来找我，别再碰我身边的人。下一次，我会一次性抽掉你的所有资源。"

听到这话，倪清虹忽然冷笑。她想着自己都不好过了，其他人也都别想好过。

"没看出来，还挺护短？那如果我跟你说，这次的事儿傅海屿也参与了呢？他甚至拿着这些照片找过顾明绰。

"他是因为你才针对顾明绰的。

"沈星，你能活得跟个不食人间烟火的仙女，不过是因为周围的人都护着你什么都是默默地受着。可笑的是，你根本什么都不在意。"

这些，沈星并不知道。

因为傅、沈两家的交情，再加之顾明绰并未受到实质性的伤害，纪平桦便做主拦下了这些消息，所以初听到时，沈星心中诧异，但她没有在倪清虹面前表现出分毫。

淡淡地道别后，沈星端着自己的甜品碟离开。

沈星心里装着事，在酒会待不到半个小时就离开了。临走时，她仍不忘为顾明绰打包了一盒马卡龙。

在回天苑前，她向傅海屿确定了他的所在，去了趟鹭城会所。餐厅的一角，她和傅海屿面对面而坐。

傅海屿眼中有笑，带出了些许沈星熟悉的温柔，问道："不是去了酒会，这么快就结束了？

沈星没立即回话。

傅海屿了解她，很快察觉到她的异样，低声问："怎么了？"

沈星这才出声："屿哥，你去找过顾明绰？为什么？"

傅海屿一阵错愕，回过神来，眸光微冷，问道："谁跟你说的？"

"这不重要。"

傅海屿沉默片刻，坦白地说："是，可是星星……"

他想解释，结果却被沈星截断，她的蓝眸中亮着灼灼火光。

"为什么？"女孩儿的眉眼染上了怒气，仍然美得摄人心魄。

落在傅海屿眼里，他更加不想告诉她实情了，如果她知道顾明绰是她当年救助过的少年，知道少年一直没有放弃靠近她，以自己对她的了解，顾明绰一定会成为她心中特别的存在。

而他不想顾明绰成为这个特别。

思及此，傅海屿随意找了个借口："我只是想敲打敲打他，他离你太近了。"

沈星气笑了，怒气不加遮掩地说："傅海屿，我是你的私人产物，还是我给了你什么错觉？你现在是站在什么立场做这些事？敲打？你在圈子里多少人捧你，多少人愿挨你的棒子我不管也不想管，从今往后，不要碰我的朋友。"

沈星一想到傅海屿在顾明绰面前各种高姿态，心里就跟装了只猫儿似的，被挠得哪儿哪儿都不舒服，罕见怒气显于外。

但这些落在傅海屿眼里，全都幻化成了嫉恨。他一直以为沈星就是冷冷清清的性子，此刻他才知道，不是的，她心里其实藏着火种，只是从不显现于人前，今天却为顾明绰燃起，甚至划破了冷清迸发而出。

而他，没法容忍那个脱困的顾明绰。

顾明绰那贱种凭什么？

心绪躁动，不甘爬上了傅海屿的眉眼，为沈星伪装出来的温柔彻底消散。

他冷笑一声："朋友？沈叔叔和KK阿姨知道你交了这样的朋友吗？"

停了停，他手指无意识地捻动，继续问道："你觉得他只是把你当朋友吗？"

傅海屿比谁都清楚顾明绰对沈星怀着什么心思，他打心眼里憎恶这种心思。如果可能，他真的很想把顾明绰的脸踩在地上，冷声将"不配"两个字甩在顾明绰的脸上。

这话一出，沈星对傅海屿的不喜瞬间被推到了历史巅峰，眸光越加冷淡："他们知不知道没什么影响，也跟你没关系。

"傅海屿，你是富有是优秀，可这些都是你的事情或是你家里的事情。你的家人和朋友愿意捧着你护着你，那是他们的选择，其他人没有这个义务，彼此尊重和有距离地交往是必须的，你踩过界了。

"另外，顾明绰是我的朋友。"沈星加重了"我"字上的语气，"他配不配是不是真心，我说了算。其他人高不高兴，不在我的考虑范畴。

"希望你能明白。

"同时，也希望这是最后一次。"

到这里，沈星话中的情绪已经散得一干二净。

傅海屿心里清楚，他和沈星已经走到了尽头，她以后连应付他的心思都不会有了。

"慢用。

"我还有事儿，先走一步。"

沈星稍稍推移开椅子站起身，冷淡地同傅海屿道别，临走时还不忘小心翼翼地拿走自己的马卡龙。

傅海屿的理智被绞杀，他忽然伸手，拽住了沈星纤细的手腕。

沈星猝不及防，也不喜旁人碰触，一挣扎，甜品盒子往地面上跌去。她想救，结果却是徒然，只能眼睁睁地看着甜品盒子撞到地面上。纸盒裂开，里面的马卡龙滚落一地。

目光在深棕色的马卡龙上停了停，沈星撤回目光看向傅海屿，蓝眸冷艳，寻不到一丝温度。

"下次再动手，焱哥他们就不会再客气了。"

事实上，在不远处暗中保护沈星的霍焱等人已然来到她的身后。如果不是知道傅海屿同沈星的关系，刚才傅海屿出手时，他的手腕定会被折断。

"男女有别，望你自重。"沈星离开，同霍焱错身而过时，她轻声吩咐道，"地上的东西通知餐厅处理一下。"

其中一人接到霍焱的眼神，朝着不远处的侍应生招了招手。

沈星走后，黎诚简等人来到了傅海屿身旁。

红酒一瓶接一瓶地开，傅海屿喝到面红耳赤，情绪上头时，直接将餐厅里外砸得稀烂。从头到尾，没有一个人出来拦他。这是一种默许，对傅海屿而言习以为常的。

无论傅海屿做什么，都会有傅家的财富兜底。鹭城会所，是权贵的销金窟，但那又怎么样呢？不过是个消遣的地儿，砸了就砸了，十倍百倍地赔就是了。后面的人，不会跟钱过不去，也不会为了一个餐厅同傅家过不去。

傅家放纵、奢靡，寻常人努力几辈子都无法碰触到，但这些同沈星没有关系了。

离开了傅海屿，她的情绪便松懈下来，步履往前，心里惦念的就只有她可怜的马卡龙，还有正等着马卡龙的顾老师了。

这可怎么办？空着手去见某人？

不好吧？也太丢脸了。可这会儿都晚了，Fall in 也肯定没了。

越走，沈星越烦，小脸越发冷肃，上了车，也半天没说话。

司机透过后视镜偷瞄了她几次，总算是问出了声："小姐，接下来去哪儿？"

"啊……"沈星这才从愣怔中抽身，"直接回天苑吧。"

话出口时，她的情绪也松懈了些。

178

等车平稳开动，她拿出了手机，给顾明绰发了条信息：【顾老师，你的马卡龙被坏蛋打翻了，今晚没得吃了。】

顾明绰只关心她：【你还好吗？】

沈星看着这些，眼睫颤动，露出了自从知晓倪清虹和傅海屿的所作所为之后的第一抹笑，可她不自知。

【还行，改天再请你吃吧。】

对话框静默了半分钟后，顾明绰的回应跳入沈星的视线：【撩了不给吃，就是要流氓。】

沈星就知道这事儿没那么容易过，问道：【那你想怎么样？】

这回，顾明绰没让她多等：【想吃夜宵吗？我知道一个好地方。】

夜宵？

沈星嘴角细微地抽了抽。

【顾老师，你知不知道夜宵两个字对于女明星来说就是自杀？】

顾明绰开始嫌弃打字慢，直接发来一条语音，伴着低哑的笑声："没那么严重吧？大不了明早你五点起来跟我一起跑圈儿。"

沈星想都没想，无情地拒绝：【不要！】

【偷女明星的睡觉时间，等同于谋杀她。】

顾明绰又问："女明星这么多规矩的吗？"

【对啊，不然怎么说这世界就普通人和女明星两类人呢？】

顾明绰拗不过，回道："沈总，你赢了，今天不约了，早点睡。"

沈星对着屏幕笑得眉眼微弯，她脑补了一下顾明绰说这些话无可奈何笑着的样子，理智还没彻底回笼，指尖已经在动了。

【那就去吧，不好吃的话，你就死定了。】

对话框沉默了许久，久到沈星忍不住想顾明绰是不是放下了手机去到了别处。事实上并不是，他只是不敢置信。邀约是他的心意，他无力抵抗，但他没想过沈星会同意。两人的身份特殊，再加之当下时间已晚，理智来讲，他的提议说是疯魔都不过分。

可她答应了，字里行间透出的尽是轻松和欢快，就好像她喜欢和他待在一起。

【不好吃，我交给你处置。】

顾明绰终于找回了理智，可他不敢发语音了，因为他清楚地知道自己心里有多欢喜，一旦再出声，他卑微贪婪的心思就会显露。

【好，半个小时后，天苑四号门见。】

天苑的四号门对着另外一个小区，路窄僻静，夜深人静时更加，在那里碰头是最安全的。

顾明绰回了"好"，之后再无话。

他握着手机来到凉台，遥望夜星，总觉得这一夜有些不真实。他甚至被这种感觉驱使，微抬手机凑到目光所及之处，把方才自己同沈星的对话又看了一遍，心跳渐渐安稳，翘着嘴角坐回了原处。他准备再翻翻剧本，翻了好久，字个个都认识，可拼凑在一起说了些什么，他完全没有印象，最后只能放弃，起身去到了浴室，准备冲个凉一身清爽地见她。

　　沈星的黑色宾利如约而至。
　　还未下车，她便透过车窗看到了顾明绰。他穿着黑色的连帽卫衣和长裤，帽子松松垮垮地搭在了头上，和口罩一起将他俊逸的脸庞遮了大半。
　　裹得连亲妈都不敢认，可沈星还是一眼就认出了，甚至觉得这一幕似曾相识。
　　恍惚时，司机的声音在她耳边响起："小姐，四号门到了。"
　　沈星猛然回神，轻声应道："我知道了，辛苦了。"
　　沈星解绑安全带时，顾明绰发现了她的车，阔步朝着她而来，亲手给她拉开了车门，右手还贴心地挡住了门楣，像是怕她擦碰到头。
　　沈星看在眼里，不由得微笑着说："没想到顾老师这么绅士贴心。"
　　顾明绰的黑眸染笑，轻声道："我一直都这么绅士贴心，只是你不了解而已。"
　　沈星下了车，司机把车开走，两人像一对背着家人偷偷谈恋爱的小情侣，面对面站在四号门外。
　　"你说的好吃的店在哪里？"沈星问道，心间晃动着莫名的期待。但这真不能怪她，因为从小到大，除了工作和有父母陪同的酒会，她从未在这个点在外面晃荡。
　　此刻感觉新奇又刺激。
　　顾明绰回道："两千米外。"
　　沈星看着他，问道："怎么去？陈哥都走了。"
　　顾明绰眼睫轻颤，带出了一丝莫名的神采。
　　沈星不明所以，说："你想怎么样？怎么感觉你没安好心呢？"
　　顾明绰低笑，发自内心的愉悦晕染生动了夜色。
　　沈星因而越加放松，像个骄纵乖张的孩子，得意地说："你笑什么？被我看穿了，想糊弄过去？我告诉你，不可能，我可是……"
　　"聪明绝顶的人儿"几个字还没来得及出口，沈星就被顾明绰倏地握住了手腕，却不带一丝暧昧。
　　他指腹微凉，贴在她的肌肤上，却灼烫了她的心。
　　沈星心猛地瑟缩，凝眸看向他，说："你干什么？"像是质问，声线中却寻不到一丝早前面对傅海屿时的排斥和冷然。
　　顾明绰的目光落在她的脸上，笑道："开车。"
　　沈星在心里嫌弃地暗忖：还以为要去干什么了不起的大事，结果就这？
　　"怎么了？"顾明绰严重怀疑沈星正在心里暗骂他，"骂我呢？"
　　沈星忽然就笑了，她抽回手，甩开了顾明绰往前走，坦荡地承认："是啊！"
　　顾明绰阔步跟了上去，追问："为什么骂我？"
　　沈星分给他些许眼神，没说话，但顾明绰读懂了——因为你欠骂。
　　他不由得爆笑出声。
　　沈星眼中饱含着同情，就像在看隔壁地主家的傻儿子。

从四号门进去，经过两三栋就是顾明绰所在的 16 栋。他往门厅里走，沈星不远不近地跟在他身后。看他停在一辆单车旁，沈星的蓝眸中抑不住地涌出难以置信。

她停住脚步，冲他轻喊："你说的车就这……你不会让我坐着这个去吧？"

两千米的路程，踩单车可以理解，但就一辆真的好吗？他这架势是想载着她去吗？

她不行！

要是被拍到了，他们两个明天都会被经纪公司训得狗血淋头。

顾明绰循声瞥了她一眼，手间的动作也没停，开了锁往外推时才笑着问道："害怕吗？"

沈星没好气地呛他："这是害不害怕的问题吗？你就不怕等会儿出去被拍到？"

顾明绰不仅淡定，歪理还一堆："不怕，谁能想到顾明绰和沈星会在大半夜骑自行车出去吃夜宵呢？"

也不知道是不是他的台词功底太强，沈星竟然觉得他说的有几分道理。

"那就去？"

沈星不想承认自己被说服，但躁动不安的心跳不间断地朝她叫嚣：沈星，你别骗自己了，想去就去，没什么大不了的。

几番犹疑，她的眼神变得笃定，说道："去。"

顾明绰伸手拍着车后座，示意沈星坐上去，同时信誓旦旦道："放心，我专门练过。"

沈星向着他而去，揶揄地笑道："你练这个做什么？讨女孩子欢心？"

她说话时，缓慢而笨拙地坐到了车后座上，有些凉，是她从来没有体会过的感觉。

"你之前也骑单车出门？"

"偶尔，上次在 Fall in 碰到你，就是骑着单车去的。

"坐稳。"

"嗯。"

确定沈星坐稳后，顾明绰双脚踩动踏板，自行车稳稳地跑动起来。他还专门挑了四号门出去，方便沈星的保镖跟着。

这一幕落在霍焱眼里，他抑不住地低笑出声，内心疯狂膜拜顾明绰："这臭小子还真行，直接把仙女拽进凡尘。"

须臾后，他摁灭了烟，让前面的兄弟开车，这才发现个个都呆若木鸡。欣赏了片刻，他失笑地调侃："怎么的，魂都没了？"

坐在驾驶座的哥们儿愣愣地说："那是沈小姐吗？"

他们这些人做沈星的保镖都不少于五年，就没见过今晚这样的稀奇事儿。沈星在私下跟舞台上基本没差，认真说起来，私下甚至更冷漠女神范些。这样的她，怎么可能做出穿着高定洋装坐在单车后座出行的事儿？

霍焱舌尖抵着后牙槽笑，跟着给了那哥们儿一巴掌，没好气道："不是她是谁？赶紧给我开车，跟丢了我看你找谁哭去。"

这话一出，那哥们儿一秒恢复冷峻，发动了车辆跟上了顾明绰和沈星。

不过就这，他也没能消停，一路都逮着霍焱和身旁的弟兄说。

霍焱烦了，又是狠劲儿十足的一巴掌。

"你想不通是对的。

"你一'母胎单身'懂个啥？"

182

# 第八章 ▼

**顾老师，你真的是木头！**
在他没说喜欢她之前，
她是绝对不会告诉他她的心意的。

第一节

纪家大宅，幽深冷寂的祠堂里气压降至冰点，燃香滚滚，也没能消解半分。矜贵顺遂了大半辈子的纪钜维跪在圆薄的蒲垫上，任由着老爷子的拐杖一棍接着一棍地抽打在他的身上，棍棍到肉。

疼吗？

定然的，但他心里除了酸楚和愧疚，还有欢喜。他和怡佩的孩子长大了，生得比谁都好看，是国内最好的演员。这段时间，他已经看过了顾明绰所有的电影，仿佛透过那些由稚嫩到老练的演技就能回望顾明绰的所有过去。

祠堂里有很多人，老太太许敏、纪钜维的胞弟纪钜鸿一家、纪平西、梁咏书。大家看着心都疼，但没人敢劝，因为所有人心知肚明，对两位老祖宗而言，孙辈才是最重的。因为纪钜维的疏漏和梁咏书从中作梗，让原本该顺遂的孩子遭受了那么多的苦痛，如今还是因为顾明绰的名气才瞒不住的。

打了好一阵，老爷子气力都跟不上，停下改骂了，这回，带上了梁咏书一起。

"你们两个，简直是混账东西！

"你们作了大半辈子了，我都是睁一只眼闭一只眼。这回，直接作到我孙子身上了？

"我还没死呢。"

"你们打算怎么处理？想好了再说话，你们两个的那点破事儿你们爱打打爱杀杀，我乖孙不能受委屈。平西和平桦是，顾明绰也是。"

搁老祖宗眼里，乖孙千般万般好，谁让他们受委屈了他就跟谁急，而且他老早就对纪钜维和梁咏书两口子有意见了，但碍于纪平西，他一直忍着。这一忍，就忍了十几年。现在踩到了原则问题，新仇掺杂着旧恨，只想劈了两个没有长辈样的东西。

"爸……"

纪钜维才唤了一声，就被老爷子阻断："在这件事儿圆满解决之前，别喊我爸，我纪鹏凯生不出你这样的混账东西。"

纪钜维不敢再激怒老爷子，只能省去称呼，直击重点："明天，我会先去趟永寒里，给阿绰外婆赔个不是，谢谢她这么多年对阿绰的照顾。"

所有人都清楚，没有闵惠兰，就不可能有今日一身清正的顾明绰，留给纪家的，只有遗憾和无法弥补的痛楚。

老爷子没说话，脸色倒是缓和了些。

纪钜维暗自松了口气，连忙往下说："我还想去见见阿绰，跟他细说当年的情况，祈求他的……"

"原谅"两个字还没来得及出口，老爷子又是一棍过来。歇了口气，他的力道强劲，狠过最初，而且好巧不巧地敲在了纪钜维的伤处。纪钜维猝不及防，嘶了一声。

下一秒，老爷子的厉声训斥劈头盖脸而来："原谅？你也配！我要是阿绰，这辈子都不想再看见你。你可别去戳他的心了，我和你妈会去。就没见过你这样的父亲，只生不养，畜生都干不出的事儿。"

纪钜维心中愧疚更深，可他还是想去见见阿绰，以父亲的身份，无论能不能得到阿绰的原谅。

"爸……"

老爷子又是一棍，冷然道："嗯？"

纪钜维记起老爷子先前的话，再次略去了称呼："我也想跟去看看。"

老爷子睨着他，语气是前所未有的强悍："在得到我的许可前，你和咏书都不准接近顾明绰。

"外面再有什么对他不利的闲言碎语，你必须第一时间给我处理了。我纪家的孩子，可不能被人戳脊梁骨。"

"是的，爸！"

又是狠劲儿十足的一棍子。

之后，老爷子就拄着拐杖走了。

许敏在纪平桦的搀扶下起身，缓缓踱到了纪钜维面前，她虽没像老爷子那般上手，言语剜割却没少。

"这次我觉得你爸没打错。"全世界都知道老太太护短，可这次她从头到尾都没替纪钜维说一句话，"原本可以护着阿绰避开苦难的，可你们……他的苦，是你们三个大人给他的，这是你们造下的孽。"

纪钜维和梁咏书同时开口："妈……"

老太太叹了口气，眼底氤氲着淡淡的悲伤和心疼，说："你们仔细想想怎么补偿吧。最怕的是，孩子已经长大，做什么都晚了。"

顿了顿，她转向一直站在一侧安静如石雕的纪平西，轻声唤道："平西，陪奶奶喝个下午茶。"

纪平西抬眸，奶奶慈爱如初的笑映入他的眼帘，鼻腔蓦地一酸。他缓了缓，提步走向奶奶，于另一侧搀扶着她。

纪平西随着老太太和叔父出了祠堂，从头到尾，都没回头看父母一眼。

春末夏初的花廊，葱茏馥郁，处处皆是景。祖孙三人围着圆形石桌而坐，桌面之上摆着一壶清茶，几碟水果和点心，样式简单，却皆是时令食材，味鲜又健康。

事儿闹成这样，除了纪平桦，没人有心思吃东西。

"平西，知道奶奶为什么叫你出来？"半晌过后，许敏放下茶盏，柔和地开口。

纪平西望着奶奶，费力地挤出一抹笑，极帅的，看似与往日并没有不同，但老太太看着他长大，哪里看不出他笑中藏着的苦涩。

老太太心中一阵疼，如果可以，她希望所有人都顺遂安乐一生。但这世间的事儿，不到最后谁也猜不透结果会是怎么样，又有谁能真的顺遂一辈子呢？

再开口时，许敏的声音又软了几分，沁着柔和的笑："平西，奶奶知道你心里不好受，但事情已经发生了，我们所有人都要接受，然后继续往前走。这件事中，顾明绰最无辜，也受了最多的苦，奶奶很心疼，也会试着去弥补。可这些并不是你的错，明白吗？"

纪平西端方、正直、敏感，这点，看着他长大的许敏比谁都清楚。事情闹到这个地步，很容易掀起他自厌的情绪。如果不是他，顾明绰才是纪家老大；如果不是他的母亲，顾明绰不会经历那么多不堪和苦痛，到了今时今日都不知道父亲是谁。

"无论是人祸或造化，你和顾明绰都是无辜的。"

"奶奶……"纪平西艰涩地出声，心间却暖成一片，从知道这事儿的那刻就横亘在他心头的自厌和沉郁被挪走大半。

许敏睨着他，眼中满是慈爱，轻声说："如果你还是觉得愧疚，就尽全力去弥补，像待平桦一样善待顾明绰。

"换个角度想，多了个弟弟陪你撑帮你扛，天大的幸福。

"是不是？"

老太太的几句话扫尽了纪平西眼中的灰霾，光亮隐约绽出，渐渐浓烈。

"是。"

由衷之言，隐约透出释然。

老太太看他这般，提起的心渐渐回到原位。

"唉！"哪知还没舒坦几秒，耳边忽然传来了纪平桦重重的一声叹息，霎时间，拽走了纪平西和老太太的目光。

老太太话里透着宠溺："你叹什么气？还有你愁的事儿？"

纪平桦一脸哀恸："奶奶，让我说这件事儿里我最惨。"

老太太不明所以地问："你怎么惨了？"

纪平桦嚷着："我好好的纪二变纪三，外面的人肯定都三儿三儿地喊，您说说，都这样了我能好吗？"他原本只是想缓和一下气氛，可越说越觉得是这么回事儿，真郁闷上了。

"扑哧……

"咳……咳咳……"

正在喝茶的纪平西被纪平桦的胡言乱语呛到，咳得满脸通红，矜持丢了大半。

老太太好笑地睨着小孙子，说道："那有啥呢？现在二儿二儿地叫也没见多好听，外面不是有句不好听的话嘛！"

纪平桦一下没意会过来，问道："什么不好听的话？"

老太太嘴角噙着莫名的笑，一字一顿道："二货！"

"奶奶，您骂我？还有您打哪儿听到这话的？告诉我，我捞那人出来捶一顿。"

"哈哈哈。"

纪平西插话了："捶什么？恼羞成怒？你可不就是二货一个吗？"

"纪平西，你不说话没人当你哑巴。"

花廊幽深，清风无声拂过，带出了温馨笑音无数，随着落花蝴蝶，浮沉四散。

老太太坐了一会儿回宅子里午睡了，只剩下纪平桦和纪平西面对面而坐。此时此刻，纪平西的情绪已经缓和不少，整个人看起来慵懒温润，似极了被水淬过的玉石。

"哎，哥。"气氛温馨时，纪平桦忽然唤了他一声。

"嗯？"纪平西凝眸看向他。

纪平桦犹疑片刻，还是决定实话实说："之前托沈星帮忙时，答应过她结果出来知会她一声。"

纪平西不由得怔了怔，说道："答应了就告诉她，不妨事儿。"

是感谢，也放心，只是沈星从来就不是个爱掺和事儿的人，这次怎么会？

"她倒是挺关心顾明绰。"

顾明绰的身世在纪家爆出之前，母亲曾跟纪平西提过沈星，从头到尾全是夸赞的话，少见得很。纪平西自然是知道母亲的意思，之后他也见过沈星几次，确实如母亲说的那样精致出尘，即便矜持，也少有男人能够逃脱她的魅力。只是，还没来得及开始，她已经和顾明绰有了牵扯。

有失落吗？

有的，但事情闹到这个地步，他连争的机会都没有。

"何止是关心，那天谈这个事儿的时候，沈星眼神里全是冰碴子，扎得我浑身都疼。认识她多少年了，我就没见过她那么冷漠的样子。就我看，她对咱们家这位很特别。"

纪平桦对纪平西的想法一无所知，兀自说得带劲儿。

"是吗？"纪平西轻笑，本该是开心的事儿，他竟破天荒地尝到了苦涩的滋味。

沈星在忙，看到消息的时候已经是晚上七点许。此时她坐在舒适的车厢中，温度适中，她的手脚和背脊却骤然发凉，眼神落在手机屏幕之上，渐渐发怔。

叶欣察觉到，一脸关心地询问："星星，你怎么了？"

沈星下意识地看向她，蓝眸氤氲着恍惚。

"啊……"听到自己的声音，她猛地缓过神来，"没事。"

本该回家的人儿转向司机，说："陈哥，还是送我回天苑吧。"

陈司机应道："好。"

叶欣有些好奇："一时这儿一时那儿，这可是以前没见过的事儿。都这样了，你还敢说没事儿，骗谁呢？"

"千万别跟我说是突发奇想，我不会信的。"

186

没其他人的时候，在沈星面前没大没小就是叶欣的常态。

沈星彻底清醒了，将手机拢入手心，小脸冷艳，淡淡地说："就是突发奇想。"

预料叶欣还想发难，她提前撂出杀招："别再问，问就扣奖金。"

叶欣往后瘫倒，嫌弃地嚷嚷："沈老板，我说您能不能有点儿新招？多少年了，来来去去都是这句。"

沈星睨着她，一本正经地说："管他旧招新招，管用就是好招。记住，别再问，问就扣钱。"

为了小房子努力奋斗的叶欣顿时收声了。为了表示自己的诚意，她还对着沈老板做了个封口的动作。

沈星心中有事儿，一路再无话。

离天苑还有三四千米时，她再度解锁手机，给顾明绰发了条信息。

【在哪儿？】简简单单的一句话，同她因震惊而躁动的心绪完全不同。

顾明绰就跟守在手机旁似的，没到半分钟就回复了：【在沙漏咖啡馆看剧本。】

沈星看着，不禁暗道：还挺悠闲？白瞎了我担心了一路。

可她到底没舍得拿话割他，只是道：【等着，我马上就到。】

顾明绰也没多想，直接回了声"好"。

在去沙漏咖啡馆之前，沈星专门去了趟 Fall in 买了一盒马卡龙，挑的全是顾明绰喜欢的馅料。

沙漏咖啡馆里是北欧式的风格，暗色的手工沙发，连成片的玻璃幕墙，各式颜值超高的水培植物……

沈星是第一次来到这里，却也不妨碍她的喜欢。她在侍应生的引领下来到顾明绰所在的包间。包间在走廊尽头，三面玻璃幕墙，坐拥无敌的园景。

"顾老师还挺会享受。"包间的门合上时，沈星对着来迎接她的男人戏谑道，"专门开了家咖啡馆看剧本。"

顾明绰眉眼间沁着笑，回道："最初确实是想给自己找个合心意的地方看剧本。后来燃哥说闲置太浪费，就开始对外营业了。"

说话时，两人已经走近桌台处。

沈星的目光从桌面掠过，上面摆着《战九龙》的剧本，还有一杯清茶。茶水还热着，烟雾袅袅，带出了几分禅意。

"这么晚了还喝茶，不会影响睡眠吗？"沈星眉头微蹙却不自知。

"不会，我已经习惯了。"顾明绰往水吧方向走，错过了她脸上因他而生的情绪，背对着她问，"想喝点什么？"

沈星循声看向他，回道："温水或者橙汁。"这个点了，她还真不敢像他这么放肆。

顾明绰轻笑道："那就各来一杯。"说着，他已经手势熟练地从冰箱里拿出了几个橙子，细致地冲洗着。

沈星看他忙活，不禁笑道："顾老师这又是磨咖啡又是榨果汁，是打算息影后专心经营这间咖啡馆？"

顾明绰抬眸，视线笔直地撞入那抹蓝，幸福到恍惚。但有些话，现在仍不是说的时候，他只能压制深埋。

"别说，我还真这么想过。"

只不过，客人有且只有一个。他所学所做，除了让外婆过得好些，其余皆为走到沈星面前。

沈星被他的话气笑了，没再揪着这茬不放，说："我带了马卡龙，你要吃吗？"

顾明绰低眉敛目，手间的动作没停，打趣道："这么晚投喂甜食，是想我胖吗？"

沈星轻嗤一声，没留情面地回去："你不是吃什么都不胖吗？"

"呵……"顾明绰笑出声，愉悦再藏不住。不过很快就被榨汁机转动的声响掩盖，踪迹难寻。

"有些凉，放一会儿再喝，或者先喝点温水。"妥帖地把水和果汁送到沈星面前时，顾明绰不忘贴心地嘱咐。

这话落在沈星耳畔，她若有似无地弯了弯嘴角，调侃道："我以前怎么不知道顾老师这么的……"

顾明绰回位置，笑着接话："什么？"

沈星一字一顿："啰……唆。"

"这就啰唆了？"

"对啊，你不觉得吗？"

"不觉得！"

"行吧，你高兴就好。"

嘴里说嫌弃，沈星还是按照他的嘱咐做了。之后的时光，两个人一人翻时尚杂志，一人看剧本，氛围说不出的安宁静谧。

顾明绰偶尔抬头，沈星次次都在他目光所及之处，一颗心被莫名的情绪塞得满满的，贪恋无处可躲，悄悄蔓延开来。

如果时间可以定格在这一刻该有多好？

他可以为此付出一切。

时间如水滑过，沈星一本杂志翻到了最后。

她抬眸，目光不由自主地落在了顾明绰的身上。他似乎沉溺在剧情里，她盯着他看了半晌，他一点反应都没有。

帅是真的帅，沈星却莫名觉得有些不是滋味：剧本就那么有意思？看得都忘记我的存在了？我是来陪他的好吧？

想着想着，沈星有些恍神。

顾明绰像是感觉到她的小情绪，从剧本中抽身，笑意盈盈地看着她，说："又在骂我？"

"没有。"沈星猛地回神，小脸因心虚发烫，"我没事儿骂你干什么？"

"是吗？那是我的直觉出错了。"

"勇于承认错误是极好的。"

说完，片刻冷场。

沈星又试着开口："顾老师……"

安慰人，沈星并不擅长，可如果不做点什么，她的心老不安稳。几次深呼吸，她终于下定决心，说道："我们拍张自拍吧？"

询问的语气，软软的，带着些许期待。

顾明绰以为自己听错了，问道："什么？"

沈星心跳加剧，面部表情却管理得极好，镇定自若地说："我们自拍，以后再有人传我们不和，我就把自拍拿出来拍他脸上。"

她话到这里，话锋一转，冰蓝眼眸糅进凶悍："说来说去这事儿都怪你，我受了多少人身攻击。"

顾明绰哭笑不得，但自拍对于他而言，就是幻梦成真，又怎么会舍得推拒？

他压了压疯狂上翘的嘴角，说："沈总说得都对。拍，现在就拍，用你的手机还是我的？"

沈星看了他一眼，心里暗自松了口气，回道："我的。"

顾明绰没有意见，点头说："好，你想怎么拍？"

沈星被他狗腿的样子逗笑了，情绪渐渐放松，说："你坐过来，我背后那个景不错。"

"好。"

顾明绰表现得就像一个只会说"好"的机器人，其实心里早已乐开了花，绽出的全是糖蜜。

接下来的时间，沈星再次强迫症上身，调整再调整，严苛过大刊拍摄。

顾明绰由着她，全程眉目含笑。

"就这样了。"沈星总算是满意了，"三……二……一……西瓜甜不甜？"

结果，顾明绰因为这句笑得不行，最后直接歪倒在沈星的肩头。

沈星没想到会这样，拍摄键按下，里面的他和她都像傻子。

美惯了的沈星受不了这打击，愤怒地把手机丢到一边，而后揪着某人暴打，边打边骂，前所未有的凶悍。

"笑什么啊？拍得跟个傻瓜似的。

"顾明绰，你是不是成心的？

"就这表现力，还最佳男主演，买来的吧？"

顾明绰看她真气了，想哄，笑却怎么样都收敛不了。

沈星倏然起身，一只手拎起包，小情绪毫不遮掩地显露在外。

近乎下意识地，顾明绰伸手拉住了她的手腕，情急之下力道没控制住，沈星一个趔趄，跌坐到顾明绰的怀中。霎时间，他的体温包裹住她，茶香和橙香若似无地渗进她的鼻间。

眼前一张玉颜，干净白皙，寻不到一丝瑕疵。

第二节

一阵恍惚。

顾明绰显然也被吓到了，半晌没有动作，任由着温香软玉撞满怀。

"对不起，有没有弄痛你？"他终于回过神来，松开了双手，仓皇失措得像个孩子。

沈星的眸光渐渐凝固，却不知道该怎么面对眼前的境况，只能冷肃着小脸说："没有。"说完，起身退开，"时间晚了，我先走了。"

顾明绰跟着她起身，想说好，喉间却像堵了沙石，无论他怎么尝试，都发不出一丝声音。他不想让她走，想她的气息围绕在他的四周。当她来到触手可及的地方，他的自控力就像一块满是水分的豆腐块，轻轻一捏就会粉碎，像过去那样远远地守着看着已经成了他的无能为力。

"好，我送你出去。"他艰难地找回了声音，真实的心意又一次被他隐忍私藏。

"不用了，你忙你的。"沈星说完，走了出去，那抹澄澈迷人的蓝避开了顾明绰。

顾明绰站在原地，目光追寻着她的背影，安静到冷寂，眼中的那缕微光也被她带走，恢复了往常的深邃幽冷。

沈星走出咖啡馆，夜风恰巧拂过，带来些鹭城特有的因海而生的苦咸味道，不太好受，但微凉沁骨，把她从旖旎的情绪中拽出，情绪渐渐平静，唯有心跳仍在躁动，强势地提醒着她刚才发生了什么。

她被顾明绰抱在怀中，肌肤亲密相贴，呼吸间尽是他冷冽干净的气息。而她竟忘记了要即刻走开，失了防备，也没有任何不适，仿佛只要那个人是顾明绰，热烈的拥抱并不是不可接受的事情。

从小到大，她冷淡疏离，从未与哪个成年男子靠得如此之近，也从未想过想靠近甚至贪恋他的温度。

原来，她已经在不知不觉中陷落到一张叫作顾明绰的网中。

思绪清明时，沈星抬头望天，漫天星星闪耀，明亮皎月不语。

她忽然笑了，眼中的澄清被欢喜破开，荡起一圈圈细微的涟漪，光亮潋滟。

半响后，她拿出了手机，重新翻出了惹恼过她的自拍。也不知道是心境改变了还是怎么的，此时细看，她竟觉得这照片拍得还不错。顾明绰大笑着，眉舒眼展，瞳仁之中的寂寥被烧尽，热情破出，明亮晃动。

她喜欢这样的顾明绰。

沈星不是普通的女孩儿，当迷惘破开，她虽还不知道她和顾明绰未来的路在哪里，但顺着心意守护他这件事，她不会避忌。她把这张照片发给了顾明绰，终是将今晚来找他的真正目的诉诸于口。

【顾老师，以后无论发生什么事情，都要记得你会这么笑。】

咖啡馆之中，顾明绰的情绪被拯救。他睨着照片和沈星的信息，瞳孔中闪动着莫名的情绪。他隐隐觉得有些怪异，又想不出沈星的用意，只能说好。只要是她想要的，即使前方是刀山火海，他也会取来给她。

第二天一早，沈星出现在创美传媒。在休息室和姐妹们碰了个头后，她独自去到了胡亚均的办公室。

"坐。"胡亚均招呼她坐。说话时，他伸手将桌面右上角的一大沓文件推到了她的面前。

"什么？"沈星垂眸瞥了眼，最上面竟是 *Elsa* 的拍摄企划案，不禁记起那日沐烟对她说过的话，"都是合作案？"

"是，你看到的这些都还是过滤后的。"

沈星笑笑，拿了拍摄企划案放到自己面前，随意翻动了几页后对胡亚均道："烟姐上次跟我提过。"

企划案的主题：偏爱。同那日闲聊时，没有任何偏差。

"她说我和顾明绰其实是一类人，被偏爱的那种。"

胡亚均点点头，说："她说得没错，除却那无法选择的出身，你和顾明绰确实算得上是同类人。拥有着令人艳羡的美貌和才华，却比谁都清醒冷静，被流量冲刷，仍能保持最真的自我。如果我是资方，也会想要抢占流量的高地。"

"嗯。"沈星神色平静地应了声，常年沉静的心湖上荡开了细长的波纹。而她没有一次比现在更清楚，这些异动是因顾明绰而生的。

她合上 Elsa 的企划案，放到一边。接下来的时间，她细致地翻了其他的企划案，从中挑了两项——

Elsa 的金九和幼芽救助基金与鹭城商会联袂举办的慈善义卖活动。

胡亚均望着她笑道："我以为你会选更多。"这些企划案都是他亲自过滤的，留下的，都是在外人看来顶级的资源。

沈星莞尔，流露出一种说不出的清丽，说道："这次，均哥你想错了。不管什么时候，我都只挑我有兴趣的。"

资源这东西，对于沈星来说没有任何意义。说她清高也好，矫情也罢，干净纯粹随着自己的心意活着大过一切。

"嗯，这事儿你决定就好。"胡亚均多少觉得有点可惜，却也没多劝说。沈家家大业大，也真是不差这点儿，"义卖在下周日，刚好你休息，也不用特别调整行程。"

"辛苦了，均哥，没事儿的话我先出去了。"

"去吧。"

胡亚均有多忙沈星是知道的，所以正事儿说完后，她便拎起两份企划案离开。走到门口时，沈星像是想到了什么，脚步渐缓。

"怎么了？"当她转过身时，胡亚均温声问道。

沈星的目光停在他的脸上，沉默片刻，轻声说："如果我恋爱了，会对 Maple Leaf 带来不好的后果吗？"

搁以前，沈星不会问这样的问题，因为在她看来，恋不恋爱都是自己的事儿，谁也无权置喙。可经过容涵的事儿，她的心境变了，她不想 Maple Leaf 和周围的人因为她受到侵扰，想尽力双赢。

胡亚均猝不及防，显然是被她的问题问蒙了，微张着嘴发怔，看起来就像个傻瓜。

沈星看着他，不禁失笑："我……"

她想说自己就随口问问，可什么都还没来得及说，就听胡亚均一声吼："你跟谁恋爱了？"

沈星没敢继续刺激自家可怜的经纪人，小声说道："均哥，冷静，我就是好奇问问。"

胡亚均一副你少唬我的表情："好奇问问？你以前从来不问这种问题。"

沈星的心被戳了下，却还是神色镇定自若地说："我真的就是好奇问问。

"均哥你慢慢忙啊，我先走了。你安心吧，我假如恋爱了一定第一时间知会你。"

话音还未落全，房门已经合上，沈星的影子他都看不着了。

胡亚均顿时失了工作的兴致，拿起手机怔怔地看了半天，给胡燃发了条短信。他觉得，这个问题只有胡燃才能回答他，也只有胡燃能最大限度地共情他。

【如果阿绰忽然跟你说他谈恋爱了，你怎么办？】

两分钟后，胡燃回复了，同胡亚均所想大相径庭。

【我会替他高兴，由衷地祝福他。在这世界上，有什么比梦想照进现实更加幸福呢？】

胡亚均反复看了几遍，烧尽了脑细胞也没能意会胡燃在说什么。他只能跳过，再次发问：【不计代价？】

胡燃回道：【对，不计代价。】

数秒后，他又补充：【为了那个人，阿绰没有什么不能放弃的。而我，在这件事情上无条件地支持他。】

胡燃不止一次在想：沈星之后，顾明绰还能不能爱上别的女人？

每一次答案都是不能。

少年将皎月藏在心里近十年，已经与骨血同在，想要割舍早已是不可能的事儿。强行割裂，只有颓败凋零一条路。

"那个人"三个字戳中了胡亚均的心，他好像隐约碰触到什么。

【顾明绰有喜欢的人？】

胡燃直言不讳：【是，八年了。】

好家伙！

胡亚均恍若被雷劈中，傻愣了半天才记得回应。

【也不知道是哪家姑娘，好福气。】

胡燃像是一直在等他这句话，回得飞快。

【要是你家星星，你还会这么想吗？】

像极了玩笑话，胡亚均也当成了玩笑话。他不假思索，回得极度不正经：【如果是顾明绰的话，我会考虑考虑。】

胡燃回了个微笑。

之后，两人再无话。

当天下午，沈星结束了广告拍摄，叶欣拿着披肩和保温杯来到了她的身旁。

保温杯上画着战衣在身的蜘蛛侠，被导演瞧见，不由得望着沈星笑："漫威迷，最爱蜘蛛侠？"

沈星说："那倒没有，都很喜欢。"

叶欣解释："同样的杯子她有好多，换着宠幸，花心得很。"

导演被她的话逗笑，话题就此揭过。

沈星接过水杯，任由着叶欣将披肩绕到她的肩头。

她正要喝水，叶欣说："刚你的手机响了几声，是短信，你要看看吗？"

"嗯，等会儿就看。"

沈星喝完水，从叶欣手中拿回了自己的手机。

三条短信，都是来自小堂哥沈廷烨的。

【星星，哥回来了，今晚你要是有空的话一起吃个饭。】

【想你了，不是天塌下来的急事儿我不接受拒绝。】

【地址是鹭城会所迷迭房，让老陈送你过来。】

沈星看着，嘴角若有似无地翘起。

她想了想，目光微抬，叮嘱叶欣："通知陈哥，结束后送我去鹭城会所，你们都不用等。"

"知道了。"叶欣稍顿，弯着眉眼问，"顾老师？"

沈星轻掀手机敲了敲她的额头，说道："不许八卦。"

叶欣按着痛处嗽了声，难得乖顺地没再多问。


夜间，鹭城会所被低调奢华的暖色笼罩，细微处的精致与打磨被清晰勾勒，宛若错置时空的中世纪古堡。沈星还没到，迷迭包间里已经声浪迭起，热闹不已。

"小星星怎么还没来，我等得心都快碎了。"

说话的是沈廷烨的发小，国内电子产业大鳄鼎新的继承人李昀泽。

谁知话音未落全，沈廷烨斥骂的声音便传了过来："她来了就来了，没来你就给我乖乖等着，横竖也不是为了你来的。"

李昀泽循声看过去，发现沈廷烨头都没抬，非常嚣张，顿时火从心起，开始骂骂咧咧："你有妹妹了不起？"

沈廷烨这才抬起头，一脸散漫浪荡道："别说，还真挺了不起的。"

他的这副模样，在座的早已见怪不怪了，沈家两位兄弟"妹控"的事儿搁鹭城可以说是人尽皆知的秘密。

李昀泽气得沉下脸，除了骂人再不想干别的事儿了。

其他人也不帮他，戏谑声不断。

"泽儿，这都多少次了，你怎么就没点儿长进呢？"

"承认吧，你就是嫉妒他，这没什么可耻的。"

"爷要是有个妹妹，她要天上星星都给摘来。"

声浪阵阵时，沈廷烨在美国求学时结识的朋友苏正清一脸兴味地看着他，说："大伙儿对你的怨念很深啊。"

苏家是港城首屈一指的富豪之家，产业遍布银行、金行、地产。之前苏正清在美国碰巧撞见沈廷烨，这次是受他之邀来到鹭城游玩。

沈廷烨眉眼染笑，拎起红酒杯和苏正清碰了碰，说："皮脸闹着玩儿的。"

李昀泽忽然哧了一声，显然是不同意沈廷烨说的。

"泽儿，注意措辞，有女士在。"有人拿牌扔他，低声提醒道。

"有女士在，我也要骂这只不要脸的老狗。"

"呵，那你继续骂，星星来……"

话还没说完，清脆有规律的敲门声传来。众人循声望过去时，房门从外面被推开，一道纤柔的身影显现。

"哥！"沈星显然没料到包间里这么热闹，怔了怔才绽开笑颜，"大家晚上好。"

"星妹，你可算是来了。"沈星哥哥粉李昀泽成功地抢在所有人之前冲向沈星，言行克制，激动难掩。

沈星对他印象不差，冲他笑道："泽哥，好久不见。"

一声泽哥让李昀泽心里美滋滋的，一脸嘚瑟地回头拿眼神剜沈廷烨。

第三节

沈廷烨半点不在乎，于众人目光中散漫又不失优雅地起身，阔步来到沈星身旁，亲昵地揽住她的肩膀，把人往里带。

沈星跟着他，言行举止皆克制，寻不到一丝瑕疵。

"星星，这位是苏正清，你爱逛的豪雅百货就是他们家的。"

苏正清站起身来，朝着沈星伸出手，说："你好，沈小姐。"

他虽然眼神沉静，但心里清楚，沈星进来的时候，他总是平静的心湖上漾起了层层波纹，动静虽然细微，但已经能为他自己清楚地感知到。

港城混血的名媛不少，美国也是，可他从未见过一位像沈星这样精致白皙，像从深海走出的美人鱼。

沈星对苏正清的想法一无所知，把手放入他的手心，温婉地打招呼："你好，苏先生。"

苏正清一身简单的黑衣，仍然难掩其清贵，气息凉薄却不冷冽。

沈星脑海里忽然浮现出顾明绰的面容。那晚，他刚从浴室出来，气息热烫，染了柠檬香气，那似乎才是她喜欢的味道。

心绪无声缠绕，沈星眸中的清冷被软化，暖意乍现，衬得那抹冰蓝深邃悠远，足以让人一秒沦陷。

苏正清的目光被牵扯，微微怔了下。

李昀泽强行把沈星带走去打麻将，火急火燎的模样，气得沈廷烨直发笑。

沈星和李昀泽去到棋牌区后，酒桌旁只剩下沈廷烨、苏正清和平海实业的齐心。

三人推杯换盏，天南地北地聊着，突然，苏正清状似无意地把话题带到沈星身上："明天晚上的酒会，沈小姐要是有空，你可以带她一起过来。"

沈廷烨扬睫看向他，眼中掠过一丝笑，意味深长地说："这不像你啊。"

苏正清神色淡淡，佯装不明白，问道："哪里不像？"

沈廷烨定定地打量了苏正清一番才说道："什么时候都没见过你关心这样的小事。"

沈廷烨语气笃定，因为这就是铁一般的事实。以苏家今时今日的地位和财富，苏正清已经不需要应酬任何人，即使对象是他和沈星。而以往，苏正清也一直是这么做的，对任何人任何事都冷淡客套，挑不出瑕疵，也寻不到热情。

闻言，苏正清没有接话，眸色仍旧淡淡的。

沈廷烨也不在乎，兀自往下说着："喜欢我妹妹？这很正常，从小到大喜欢她的男人手牵着手的话，可以围着鹭海转好几圈。不过，说实在的，就你现在这态度，想打动俘获星星，太难了。"

苏正清眼中的平静被破开，绽放出一丝异色。

他正准备说话，谁知被齐心抢了先："这话一点都不假，从幼儿园开始，我们哥几个就开始跟着廷烨给星妹杀桃花，杀了多少，我都不记得了，情书和礼物都是一堆堆烧。以前我们性子暴躁，有几次还当着送礼物的男人面烧了，就这都没能挡住他们无怨无悔地前赴后继。

"一个字，就是绝；两个字，就是很绝；三个字，就绝绝子。"

齐心的话非常逗趣，沈廷烨眉眼染笑，抬起右手，捶他一拳，说："打哪儿学那么多骚话，绝绝子都出来了。"

齐心瞥了沈廷烨一眼，嫌弃道："这算什么骚话？真正的骚话我还没开始说呢。"跟着温柔一刀，"一看就是少上网冲浪的，你都不上网关注星星的状况的吗？"

"质问"来得猝不及防，可沈廷烨半点不在意，脸上漾开得意的笑。

齐心顿时有种不祥的预感，问道："笑什么？"

问题出口的那一瞬，齐心忽然意会到沈廷烨的想法，想要阻止。

可惜为时已晚，沈廷烨已经开始了新一轮的炫耀："那可是我亲妹妹！她的状况我需要去网上了解吗？需要吗？"

齐心被他气得直发笑，骂声不断："你可闭嘴吧。就你现在这模样，真不怪昀泽天天骂你。"

这话还没落全，不远处传来沈星冷冷清清的一声"碰"，声音不大，却近乎强势地将沈廷烨三人的目光拽到了那一处。

沈廷烨顿时没心思闲聊了，从酒桌上拿了瓶红酒，随即站起身。临走时，他的目光从齐心和苏正清脸上掠过，说道："你们慢慢喝，我过去看看我们家星星拿了什么好牌。"

对他的这类行径早已见怪不怪的齐心说："滚，下次可别找我喝酒了，看到你这样就想吐。"

沈廷烨忽然耳聋，故意问道："啊，你说什么？我听不见。"

见他的模样痞贱浪荡，气得齐心突然蹿起，巴掌也挥出去了，大吼一声："滚！"

声音没收住，四散开来。

沈星循声看了过来。

齐心正好侧过脸，撞进那抹熟悉的蓝，声音不由得放轻："星星，看好你哥，别让他出来讨嫌，真的很讨人嫌。"

沈星的目光转向，落在了哥哥的身上，宠溺破出，独一份的，因而格外招人嫉恨。

"二哥，你过来吧，别在那儿讨嫌了。"

"来了来了。"沈廷烨加快了脚步，谄媚不已。

看到这一幕，李昀泽又不满意了，随手拎起一枚麻将砸向他，气势比齐心还要冷横，没好气道："滚，这地儿不欢迎你。"

其他人也纷纷帮腔：

"哥，凉台最合适你，去吧，不送了。"

"星星来了，这里就没你什么事儿了。"

一轮一轮的挤对，似巨浪滔天、排山倒海。

沈廷烨给气笑了，骂道："如果我没记错，今天这局是我攒的吧？星星也是我叫来的吧？怎么她人一来你们都翻脸不认人了？过河拆桥，你们真是玩得很溜啊。"

"拆的就是你这种豆腐渣工程……"

"说真的，没有星妹，老子多看你一眼都嫌费事儿。"

几个男人闹成了一团。

对此，沈星早已见惯不怪了，也不觉得烦，全程淡定，像极了橱窗中精致高贵、毫无情绪波动的人偶。

苏正清的目光被紧紧拽住，半天也没能收回。

齐心也是个人精，几乎第一时间察觉到，微微笑道："喜欢？"

苏正清的目光从不远处撤回，和齐心四目相对时，他的脸上忽然绽开了一抹笑，回道："是啊。"喝过两轮，酒意上头，收敛已经成了奢侈。

这一次，他答得干脆利落，毫不遮掩。

可就这，齐心也没表现出一丝讶异，只是扬起手中的红酒杯同苏正清碰了碰。

伴着清脆悦耳的碰撞声，他笑道："没看出来，你还挺直接。"

感叹完，他浅酌了几口，接着又说道："但是星妹是真的难追，从小到大，我就没看过她对哪个男人另眼相看过。"

苏正清神色不见波动，可他知道自己的心跳在躁动。他和其他男人没什么不同，喜欢美人，尤其是像沈星这样美得惊心动魄的，而且他觉得她不对别的男人另眼相看是极好的，因为那代表他有机会成为第一个，运气好的话，也会是最后一个。

思及此，他朝齐心笑了笑，说："也许，我就是那个例外呢？"语气仍旧冰冷克制，但神色举止之中，跃跃欲试与野心再难彻底掩饰。

齐心是男人，对这种心态太过了解。

苏正清也确实有这个资本，但齐心并不看好。沈星也算是在齐心眼皮子底下长大的，她什么没尝过，又什么没见识过？在她眼中，一亿跟一千亿没什么区别。也就是说，身价过千亿的苏正清如果没有其他的吸引她的特质，就和普通人也没什么区别。

但想归想，齐心终究没将这些话说出口。他把酒杯扬起，祝福道："那就祝你好运。"

苏正清笑纳了这祝福，将杯中红酒一口饮尽，难得豪爽。

说沈廷烨是"妹控"，当真是半点没冤枉他。

平日里自己的夜场十点才开始，今天沈星在，九点刚过半他就开始嚷嚷，说什么沈星熬不得夜，得早点回家休息。

"这才几点？沈廷烨，你护着妹妹也该有个度。星星已经大了，不是当年你抱在手心的娃娃了。"

"我不答应，难得星星陪我打麻将，不说大战到天明，怎么样都得到十一点吧？"

"九点半就催人睡觉，真的也没谁了。"

"星星每次熬夜工作怎么没见你跳出来纪平桦？"

兄弟们个个都跟机关枪上身似的，哗哗哗把沈廷烨骂得狗血淋头。可这货呢，脸皮厚得跟墙砖似的，面不改色不说，眼中还盈着笑，慢悠悠地挑衅："这就是我，和你们不一样的烟火。想怎么样吧？"

"怎么样？揍你呗。"一帮兄弟，牌都不打了，一窝蜂冲向沈廷烨，乱哄哄地打成一团。

沈星腹诽：这都多少年了，怎么就没见这群人有点儿长进呢？

一阵打斗一阵骂，也没能改变沈廷烨的想法，缓过气后，他亲自把沈星送到了在包间门外等候的霍焱身旁。

"那我先走了，周末记得回老宅吃饭。"沈星站在昏黄迷离的灯光下，冷艳的容颜染上柔色，轻声细语地叮嘱着沈廷烨。

平日里骄纵跋扈的金贵少爷，这会儿看着就像一只乖顺的金毛，说什么都点头哈腰，看似浓墨重彩，渗透而出的却是安宁与祥和，还有对彼此的信赖与宠溺。

这一幕落到不知何时跟了上来的苏正清眼里，心间破天荒地生出了艳羡。他愣愣地站在原地，忘记了自己因何出来，直到沈星眼角的余光不经意扫到他。

"苏先生。"沈星朝他笑了笑，再次转向沈廷烨，"有人找来了呢，我先走了。"

沈廷烨低声应着："嗯，周末一起回老宅看爷爷奶奶。"

沈星点点头，没再多说。

同苏正清点头致意后，她提步往外而去。

霍焱几人跟了上去，还没走两步，身后传来苏正清矜冷的声音："沈小姐。"

沈星停下脚步，眸中有诧异一闪而过，问道："苏先生还有事？"

沈廷烨好整以暇地打量着老友，大概猜出了他的想法，决定保持沉默。因为苏正清是什么人沈廷烨比谁都清楚，清冷倨傲，但人确实有本钱。这么多年，也没见哪个女人入得了他的眼，更别说暧昧了。

这回他这么反常，当着沈星的面，沈廷烨也不好说什么。

心绪浮动时，苏正清已经提步往前，停在了沈星面前。距离很近，他甚至可以感受到她的呼吸，还有她身上淡淡的甜香，隐约裹挟着咖啡豆的味道，是令人愉悦的味道。

苏正清抑不住笑，说："是有点事情。"

沈星轻声道："你说。"

苏正清如实道："明晚我在鹭海别院有个酒会，你有空吗？"他的声音淡淡的，但企图毫无遮掩地摊在了沈星的面前，带着被无尽财富磨砺而出的笃定和压迫力。

他是无意识的，却又能被人切切实实感受到。但沈星千娇百宠长大，对这些并不敏感，无论何时撞见，无论对面站着的是谁，她总能专注自我，神色和心绪皆恬淡。

"我还不确定，如果有的话，明天中午十二点前给你答案好吗？"

苏正清点头道："好。"

沈星离开。

等她的背影再看不见，苏正清才转过身，不期然瞥见沈廷烨对着自己笑得莫名。

苏正清淡定地走向他，问道："笑什么？"

"追着赶出来就为了邀请我妹妹参加你的酒会？跟我说了还不够？怎么，怕我不告诉她？"

苏正清勾了勾唇，说："我以前怎么没看出来你的话这么多？"

说着，他伸手推开了包间的门，甩开沈廷烨先进了包间。

沈廷烨追了上去，说道："请你直面我的问题，不要顾左右而言他。"

苏正清这才缓缓收停脚步，侧眸看向已经追到他身侧的沈廷烨，嘴角微翘，勾勒出一抹透着愉悦的笑痕。

"希望有一天，能随着星星喊你一声哥。"

还真是！

虽已隐约猜到，可真正从苏正清嘴里说出时，沈廷烨还是觉得有点不真实，第不知道多少次在心里感叹起自家妹妹的魅力。

沈廷烨心绪飘忽，俊脸看起来有些呆。

苏正清被他逗乐，低声问："你这是什么表情？不情不愿还是给吓傻了？"

沈廷烨被苏正清的话拽回神，没好气地睨着他，说道："这事儿怪谁？万年不开花的铁树来我大鹭城才一天就春心萌动了，说出去也没几个人信。"

苏正清收回目光，再度往前。乌木香散落在空气里时，他的话音坠落在沈廷烨的耳畔——

"其他人信不信无妨，我自己知道就好。

"还有你这位未来二舅哥。"

这声哥沈廷烨可不敢乱应，哪怕对方是港城的顶级豪门。他家星妹搁家人眼里太金贵，想娶走她，必定要通过层层关卡，从大哥到老爷子，一关比一关修罗。他这个二哥，连个卒子都算不上，只配在外头横！

第四节

假期如水流逝。

周一时，顾明绰在海宁商城 Kranky（克蓝奇）精品店担任一日店长。他和其他店员一样，穿着黑色的制服，衬得人越发白皙明净。

早间，人还不多。顾明绰得了闲，和门店经理和店员说了会儿话，之后各自散去。

顾明绰坐在高脚椅上，长腿随意地搭在地上。他从制服前袋拿出手机，垂眸盯着手机屏幕，脑海里再次浮现出那晚沈星跌落他怀中时的一幕幕。

星星她生气了吗？

这周恰逢《云上之战》暂停拍摄给全员休整，所以从那晚起，顾明绰再没能看见沈星。他以前只是远远看着，也没觉得怎么样，现在走近了，感受过她的气息和温度，贪恋渐生夯实，强势得足以碾压他的理智。

【星星，今晚……】

思绪凝固，顾明绰的指尖终是触到手机屏幕，想再次见到沈星的渴望压倒了一切。

哪知道短信还没写完，耳边传来了店员的喊声："店长，有客人。"

顾明绰循声望了过去，看到一个穿着精致汉服的老太太，面善得很，不禁眉舒眼展，回道："来了。"

起身时，他把手机塞回到了制服的口袋里。

许敏是偷偷来这里的，家里没有一个人知道。她很早就知道顾明绰这个人了，第一次看他的电影时，她就觉得这个孩子生得和丈夫纪鹏凯很像。有一次，她同纪鹏凯开玩笑，问他是不是背着她在外面养了另一房人，不然断不会有一个孩子同他生得那么相似。

纪鹏凯当时气得面红耳赤，后面还跟她冷战了好几天。

她其实从未怀疑过丈夫，只是觉得两人太过神似了，以至于她每次看到顾明绰，心都会变得柔软，没想到顾明绰竟然是她和纪鹏凯的孙子。偌大一个纪家，百年的荣耀与财富也没能护住一个孩子，让他受尽苦楚，跌跌撞撞长大。

她满心愧疚，已经很久没睡一个好觉了。今早睁开眼睛，她终于决定抛开所有顾忌来看看他，说几句话都好。

"您好，我是 Kranky 海宁城店店长顾明绰。"许敏还来不及敛压心头纷乱，顾明绰已阔步来到她的面前，明朗而客气地同她打着招呼。

许敏回神，视线也在这时变得清晰。

真是个好孩子。

终于见着了，本该是件开心的事儿，许敏的鼻子和眼眶却泛起了酸，汹涌澎湃，费尽了力气才强压了下去。

"你好，我叫许敏，是你的铁杆粉丝。"两只手交握时，许敏介绍自己，"你的所有电影，我都看过了。"

有些是这些天和老头子一起看的，最初纪鹏凯表现得极其不情愿，慢慢地，他沉溺于其中，偶尔被剧情触动，还会眼眶湿润。

"呵。"顾明绰对许敏心里的兜转伤感一无所知，兀自笑得开心，俊容明净，"谢谢您的喜欢。我带您进店看看好吗？看看有没有喜欢的。"

顾明绰小心地扶着许敏，把她往店里带。

许敏心情平复了些，面容被笑意点亮，应道："好。"

接下来的大半个小时，顾明绰陪着老太太，给她推荐了好几款适合她的包袋。老太太非常开心，累积了好些时间的沉郁顿时消失了大半。

"买。

"买。

"这个也买。"

"哈哈哈。"顾明绰和店员被老太太豪气的表现给逗乐了，纷纷发笑。

顾明绰温声地劝道："奶奶，挑喜欢的买就好了，多了也是浪费。"

一句奶奶，宛若牛奶融了巧克力直直浇在了许敏的心上，有些腼，无所遁藏，许敏却照单全收，任幸福压弯了眉眼。

"不浪费，我都要用的。不用，也可以送朋友。再给我推荐几个男款的，我拿回家送给我家老头子。"

老头子要是知道是亲孙子给选的，心里肯定美死了。

顾明绰闻言失笑道："可以是可以，但我不清楚爷爷的喜好，选了他要是不喜欢多不好意思。要不这样……"

顾明绰想劝，结果什么都还没来得及说，就被老太太打断了："你选的，他肯定喜欢。"

话一说出口，许敏顿时清醒，怕顾明绰察觉什么，连忙补充道："你的品位我放心，刚你挑的那些包我都很满意。"

话都说到这个份上了，顾明绰也不好再说什么。毕竟他代表的是商家，怎么说都没有把生意往外推的道理。于是，他带着老太太一起选。他们身后，随着许敏而来的保镖田鸿宇拿手机拍了张照片发给了纪老爷子。原来，老太太的行踪一直在纪鹏凯的掌控之中，只是他睁一只眼闭一只眼罢了。

末了，田鸿宇补了句话：【明绰先生在给您挑包呢。】

两分钟后，田鸿宇收到老爷子的回复，傲娇不屑的一句：【就知道烧钱。】

田鸿宇看着，嘴角若有似无地翘起，又回道：【老夫人很开心。】

纪家虽坐拥无尽财富，其实和普通家庭无异。在纪老和老夫人眼中，一家人齐齐整整平安顺遂比什么都重要。过往过错丛生，也自知亏欠良多，可血脉相连，仍想找回自己的血脉。

老太太沉闷多时，直到今天，才寻回过往的明亮同轻松。孩子虽未长在她跟前，她却本能地知道怎么爱他。

纪家老宅依着鹭山而建，从老爷子的书房推开窗，尽是葱郁山景。早晨山风冷凉，从隔着书桌而坐的纪平西和老爷子脸上拂过，让他们想不清醒都难。

老爷子放下手机时，冷肃被软化。

纪平西看着他，不由得展开笑颜，问道："奶奶发来的？"

老爷子低声道："不是，是鸿宇发来的。你奶奶去看顾明绰了，买了一堆他代言的包。"

老爷子说这些话时，目光一直停在纪平西的脸上，观察着他的反应。而纪平西当真如他所想，心神被牵动，黑眸被茫然侵占，虽然收敛得极快，但还是没能逃过老爷子的眼。

"是吗？"

老爷子看纪平西这般，重重地叹了口气，准备将心中的沉郁全部吐尽："平西，你是爷爷的骄傲，一直都是。"

事情闹到今天这个地步，两个孩子最无辜，手背手心都是肉，纪鹏凯一个都舍不得伤害。

"不需要钻牛角尖，顾明绰遭受的这一切不是你的错。"

　　面对爷爷，纪平西的坚强与防备尽数卸下，将最真实的自己摊在了他的面前。

　　"爷爷，我不知道该怎么面对顾明绰，我只要一想到他受的苦大半是妈妈造成的，我就愧疚。"

　　纪平西越愧疚，就越不敢见顾明绰，这些日子他一直避着同顾明绰有关的人和事情走。

　　"明明都是纪家的孩子，明明他才是最……"

　　"名正言顺"四个字，老爷子替纪平西说了，可他并不认同纪平西的话："平西，他是你也是。你爸爸爱你胜过一切，所以他宁愿自己背负愧疚，也想给你一个幸福完整的家。但你是哥哥，是纪家的长子嫡孙，这个时候，你必须比所有人都坚强笃定。顾明绰是你的弟弟，同你血脉相连。如果连你都放弃了修补，纪家的这个缺口永远没有弥补的可能。

　　"就算顾怡佩不向你父亲提要求，我也要接顾明绰回家，高调给予他该有的一切。

　　"因为他也姓纪，同你和平桦一样。"

　　纪老爷子一生骄矜张扬杀伐果断，头发染白时，仍逃不过骨肉亲情，余生所图不过是一家人齐齐整整，平安顺遂。

　　"平西，你能理解爷爷吗？"

　　反复思量，犹疑多日，老爷子总算是将自己的决定诉诸于口。但他的这个决定，同顾怡佩的威胁无关，他只是心疼顾明绰，同样是纪家子孙，顾明绰在过去的二十五年独自苦痛，野蛮成长。

　　而这些迟来的给予，原本就该属于顾明绰。

　　老爷子专门找来纪平西，只是不想日后两人生出嫌隙，兄弟反目成仇。

　　"纪家百年，兄弟皆友爱。爷爷希望到了你们这一代，也能很好地延续下去。你是哥哥，要看管好他们。

　　"累当然是累的，可谁让你是哥哥呢？"

　　"哥哥"两个字肩负着责任，古往今来都是，即便时代进步到今天，也逃不过。

　　"一周后爷爷会亲自去趟永寒里，你想一起吗？"

　　纪平西显得很沉闷，话也少，可老爷子明白他，也不逼他，兀自说完，最后把决定权交到他手上："以你的情绪为大，我想奶奶也对你说过了。一共就你们三个孩子，偌大一个纪家有能力也会尽力一碗水端平，知道吗？"

　　纪平西睨着爷爷，由衷地应道："知道的，还有时间，我先想想。"

　　许敏在门店整整待了两个小时，直接买空了半家店，豪气得令人咋舌。后来她在几个便衣保镖的簇拥下离开后，顾明绰又是一阵忙碌。临中午时，他才得了闲暇，店面经理和店员全都围了上来。

　　"顾老师，以后有空多来。就这么一会儿，我们这个月的奖金妥了。"说话的是一个高挑貌美的妹子，眉眼间笑意掩不住。

　　顾明绰闻言低笑，说道："好的，一定。"

　　经理紧跟着接话："老太太我认识，纪家的主母，纪家在鹭城甚至全国，都是顶级的富豪。"

顾明绰眼中闪过一丝诧异，由衷道："挺和善的。"

经理笑着说："可能是比较投缘。"

顾明绰点头时，经理又补充："鹭城富豪云集，但最负盛名就是这个纪家，底蕴深厚，不管内里是怎么样，外面看起来都是和善有礼的，对谁都是。纪平西听过吧，纪家老大，全国男人的情敌。"

顾明绰安静地听着，思绪飘远，回到了他和沈星吃烤肉那天。那晚是他第一次见纪平西，确实是天之骄子，可说全国男人的情敌有些过，因为撞见纪平西，沈星眸中没有显露出一丝异样的情绪。

猝不及防，"沈星"二字又一次在顾明绰的脑海之中攻城略地，他完全没有抵御的能力。闲聊结束后，他退到了僻静的一角，再次拿出了自己的手机，想顺从自己的心意与渴望，约沈星一起用餐。

在这一瞬，他把胡燃的叮嘱忘得干净，也不想再理横在他和沈星之间的沟壑，一心只想见到沈星，做什么都好。但他没想到，手机来到目光所及之处时，第一眼看到的是胡燃的信息。

【上微博看看，热搜第一。】

顾明绰没多想，转到微博看了眼。当热搜第一清晰凝实于他的视线，他的黑眸瞬间蒙上了沉郁。

# 沈星 苏正清 #

当她的名字和别的男人绑在一起出现时，顾明绰心里很不是滋味，是他从未体会过的感觉，类似咬了柠檬，又似生吃了一整根苦瓜，苦酸交缠充斥于他的心和唇齿间。他点了进去，话题置顶的是一则网友评论。

爱吃草莓的圆滚滚：【鹭海别苑，公主与王子。啊，我死了！】

文字底下配了三张图，清晰度很高。沈星站在甜品台旁，苏正清相伴在侧，眉目皆温柔。

发布不到一个小时，点赞量已经过十万，评论区宛若炸了锅。

【啊啊啊，苏正清，我可以。】

【借楼敲黑板，豪雅继承人，港城首屈一指的贵公子。】

【啊，好登对！无论哪一方面。】

【在一起，求求了……】

【我们沈总无论站在什么样的大佬身旁，都没带娇羞的。】

【哈哈哈，给沈大佬敬茶。】

【你以为沈总是白叫的？】

【这从侧面说明，沈家是真豪门，星姐是真名媛，真犯不着舔谁。】

紧跟着的是几条热门，全是同沈星和苏正清有关的，让两人看上去非常合衬。这是顾明绰用尽力气都未必能做到的。

一股沉闷的无力感击中了顾明绰，他忽然觉得疲惫不堪，只能任由负面情绪不断发酵：看，沈星并不需要你。没有你的烦扰，她甚至可以过得更好。她值得更好的生活，苏正清那样的男人才是她的良配……

心绪乱成一团，顾明绰收起了手机，也藏起了想见沈星的念想。

另一边，沈星也看到了热搜。

同胡亚均说明后，她打给了堂哥沈廷烨，直接道："二哥，这事儿因你而起，交给你解决不过分吧？"

在沈星看来，如果不是沈廷烨，她不会和苏正清有任何接触，也不会闹出这事。

沈廷烨失笑，不一会儿压了笑试探："你想我怎么处理？"

沈星没想到他会这么问，被噎了一下。再开口时，她声音里带着一丝莫名的笑："你说呢？还是你想爷爷召你回老宅谈话？"

"爷爷"两个字一出，才被训过一通的沈廷烨禁不住一哆嗦，慌忙道："不想，哥这就给你处理，处理得干干净净。"

"这还差不多。先这么说了，拜。"

从头到尾不到一分钟，沈廷烨有些委屈，冲沈星嚷嚷："妹，你怎么能这么对哥哥？多说几句话的工夫都没有？"

沈星冷淡道："还想说话？你不马上给我把热搜处理了，我就跟你断绝兄妹关系。"

得，还威胁上了。

沈廷烨给气笑了："处理，哥一定处理！"

不过笑归笑，他也没忘替好友探探口风："星星，这会儿只有哥哥和你，你实话实说，对苏正清有没有感觉？一丁点都要说。"

沈星实话实说："没感觉，一点都没有。"

特别是在她听过爱情萌芽的声音以后。

"哥，你别乱掺和了，我有喜欢的人了。"

她对一个叫顾明绰的男人动了心，喜欢他身上微凉的气息和温暖的柠檬香，想霸占他的怀抱和温柔的笑……

沈星的视线和心绪因提到喜欢的人变得清晰，蓝眸染笑。

沈廷烨却被吓得不轻，连话都没法顺畅地说清楚："妹，你……你喜欢上谁了？"

现在时机尚不成熟，沈星自然不会告诉他，只是道："迟些再告诉你，我还有事儿，先挂了。"

沈廷烨想知道，太想了，觍着脸说："星星，告诉哥！求求你了！"

沈星拒绝："不要。"

说完，直接挂了电话。

忙音传过来时，沈廷烨忽然觉得心口疼。没多久，有电话过来，他垂眸一看，是李昀泽。晾了他半分钟，沈廷烨才接起。

接通的下一秒，李昀泽响雷似的声音传来："该下班了，中午去哪里吃？"

李昀泽在隔壁大楼上班，每天临下班，只要没其他约会，他就会叫沈廷烨一起。两个"单身狗"结伴，就算去西餐厅也不会太过尴尬。

沈廷烨约莫也是这么想的。两三年了，一直默许着李昀泽的催饭电话，就算不成，也都是和和气气的。

可是这次，他把一串冷冽尖厉的骂声直接拍在了李昀泽脸上："吃吃吃，就知道吃！"

猝不及防，李昀泽受了全部。

李昀泽气极，正准备骂回去，结果什么都还没来得及说，沈廷烨又来了句："妹妹都快没了！"

李昀泽顿时顾不上生气了，低声问道："什么妹妹没了？"

这话一出，沈廷烨像是找到了发泄口，喋喋不休，语速飞快，不到半分钟就把事儿详说了一遍。

李昀泽听着，淡定渐渐不见踪影。

"真的假的？

"哪个男人这么好的运气？

"啊，恨啊！我这么帅，星妹为什么不喜欢我？"

一句接着一句，竟比沈廷烨还要激动。

沈廷烨被他气笑了："我妹妹有喜欢的人，你搁那儿气什么？她喜欢的人，我未来妹夫。你呢，从头到尾就是个外人。"

兄弟之间放刀子，格外扎心。李昀泽气得哇哇叫："我今天算是知道了，沈廷烨你这人没有良心。老子是外人，老子不配与你为伍。"

不带停顿地连骂了大半分钟，沈廷烨耳朵都被炸疼了。他正想阻止，又是"啪嗒"一声响，随后一阵忙音。

短短时间内，连着被两个人挂了电话，沈廷烨气不打一处来。他冷着脸拨了回去，准备臭骂李昀泽一顿，可试了几次，都是无人接听，最后直接提示："您拨打的号码无法接通……"

沈廷烨拗上了，转到微信准备发信息骂，结果对话框里出现一排黑字：【对方开启了好友验证，你还不是他好友，请先发送好友验证请求。】

李昀泽竟然还把他拉黑了。

那边沈星心情也不平静，手机早已恢复沉寂，她的视线仍没能从上面挪开。自从那晚过后，她和顾明绰再未见过面，两个人似乎又回到了从前，冷淡疏离。这么想着，沈星的蓝眸忽然一沉，小声恨恨道："我不理你，你就不知道来哄哄我？果然是不能对直男心存期待。看我不把你晾成鱼干……"

心中有情的两个人，一个吃醋心灰，一个生闷气强绷着，僵持不下。

周末再次来临，两个人按照既定行程现身为幼芽基金筹款的慈善义卖会。

"水。"没见着人，顾明绰还能忍着不联系。见到了之后，他的理智瞬间被碾灭成灰，怕她晒怕她渴，操碎了心。

沈星垂眸看了眼顾明绰递过来的水，暗自娇气腹诽：不是很高冷吗？干吗跟我说话？

我沈星就算渴死，也不喝你顾明绰碰过的水。

可她面上却是艳光灼灼，说道："拧开过的，我不要，不安全。"

顾明绰眉峰微拢，小声说："抱歉。"

他只是想为她多做一些事情，哪怕是拧瓶盖这种她力所能及的。

"我去换一瓶给你。"

他说完，没等沈星反应，转身离开。

沈星目送他离去，清楚意识到刺痛他并不能让自己舒坦。

"星星，你……和顾老师吵架了？"原本避开了些的叶欣看到顾明绰离开，赶忙跑回到沈星身边，压低了声音问道。

沈星负气道："没有，跟一根木头生气，我又不傻。"

这还叫没生气？骗谁呢？

顾老师那样的木头，她也想要一根。

叶欣看着蓝眸亮着火光的沈星，心中暗忖，可面上她只敢顺着沈星的话讲。

"星星说得对，没必要跟木头生气。

"来笑一个，美美地营业！"

叶欣说完，咧开嘴给沈星做了个示范。

"吵死了。"沈星话虽是嫌弃，但语气已经软化。

不多时，有个穿着官方制服的志愿者过来，递一瓶未拆封的水，说道："沈小姐，你好。这瓶水是顾老师让我送过来的，他被主席绊住了走不开。"怕她不信，志愿者半侧过身，指向远处。

沈星循着他的指引看过去，顾明绰正在那里同人闲聊，沐浴在晨阳之中，即使只是一身简单黑衣、脸上无妆仍俊朗似王子。以前她不懂，为什么一个出身穷困的人会有那样卓然的气质，由内而外，浑然天成，再专业的仪态气质训练都无法达到的程度。

现在她才知道，有些特质是融在骨子里的，是苦痛和贫穷无法抹杀的。看着看着，沈星的眸子似蒙上了一层薄薄的水雾，有些恍惚。

叶欣察觉到，代她接过了志愿者手中的水，说道："辛苦了，也替我们谢谢顾老师。"

"好嘞。"完成了嘱托，志愿者笑着跑开。

"你想什么呢？魂都飞了。"等沈星彻底回过神，叶欣把水拧开递到她的面前，小嘴却没这么贴心，不停地剌人，"人家小哥都被你吓着了。"

沈星接过水，白了叶欣一眼。

"有那么夸张？我就短暂恍了下神。"

"嘿嘿。"叶欣听她亲口承认恍神，坏笑了两声。

沈星没情绪地睖着她，问道："笑什么？"

"笑你呀！"叶欣直白道，又一次踩着危险的边缘跳舞，"看着顾老师恍神，嗯？"

叶欣说这些话时，已经做好了扣奖金的准备了。哪知道，并没有。

不仅没有，沈星还冲她绽开了绚烂过钻石的笑容，说道："是啊。"

沈星竟然承认了，热烈又坦荡。

喜欢一个人又不是什么难以启齿的丑事，犯不着遮遮掩掩。

叶欣直接傻掉了。

不一会儿，她缓过神来，一脸大写加粗的感叹号。不过，她仍保有一丝理智，知道压低声音说话："星星，你不会……真的喜欢上小哥哥了吧？"

之前的每一次，叶欣都是在开玩笑，因为笃定，才敢闹。这回，她没有那么笃定了，只敢试探地询问。

沈星低眉敛目，把玩着手中的水，回道："不知道呢。"

但她心里真实的想法却是：在他没说喜欢我之前，我是绝对不会告诉他我的心意的。

叶欣睨着沈星，没有再问。

因为叶欣心里门儿清：就这矫情娇气劲儿，说没陷入爱河我是不信的。


慈善义卖在鹭城西的明清街举行，街道两侧的建筑古色古香，联排大树参天。沈星和顾明绰各自负责一个摊位，相邻，间隔不到五米。

上午十点多时，街道入口的路障被撤走，预先登记过的访客陆续进来。

刚开始时，沈星微有些不自在，因为她很少跟人群这么近距离接触，后面卖出了几样物件，再加之身旁有顾明绰，安保也到位，她渐渐放轻松，笨拙地连卖带送之外，时不时还主动吆喝。人美，声甜，带来的物件也都是精挑细选的，她从头到尾都是整条街最受欢迎的那个，阵势一如每一次有她的舞台。

顾明绰在一旁看着她，眼中泛起柔软。

一个多小时后，慈善义卖顺利地接近尾声。主办方鹭城商会闵会长过来，挨个同义卖嘉宾聊了几句。闵会长同沈星的父亲有旧，看到她，忍不住拉着她多说了几句。

顾明绰的注意力也被幼芽基金会的高层引开。

"老婆……"忽然，一个沉闷的声音响起。

顾明绰下意识地看去，看到一个敞开衣扣的壮汉疯狂地撞开人群，朝着沈星而去。

他不禁发怔，等回过神来，那人已经蛮力撞开最先围了上来的两个保安，离沈星的摊位只有一米之遥。

那一刻，顾明绰的脑袋空了，他来不及思考，也忘了沈星身后还有像霍焱那样的特种兵级别的保镖，依着本能冲出，挡在了她的摊子前。等壮汉贴近时，他一把锁住壮汉的手，狠戾地将人撂倒在地。

第五节

一切来得太过突然。

霍焱等人从沈星身后奔出时，顾明绰已经挡在她的摊位前。

冲过来的男人比顾明绰壮实许多，面色疯狂，可顾明绰的脸上不见一丝惧色，只有冷戾，还有一些她看不懂的急躁同紧张。

沈星怔怔地望着骚乱处,心绪纷乱:他在怕那个男人冲撞到我吗?怕到忘记了我身边有人保护?他其实也像我在意他一样在意我吗?

沈星置身其中,笑意一点点破开了眼中的怔然。

身旁的闵会长没有察觉,即使危机已经解除,仍下意识地横过身,将娇贵的人儿挡在了身后。这可是沈家的掌上明珠,真碰了伤了,老沈铁定饶不了他。

但很快,沈星就笑不出来了。顾明绰在那壮汉被安保和霍焱等人完全压制住后仍未收手,他转身,甚至都没看沈星一眼,像被抽走了灵魂的傀儡,随手捞起了一瓶红酒,狠戾地敲向摊位的边沿。酒瓶破碎时,猩红的酒液四溅,沾湿了他的衣裤,也惊醒了沈星,心脏猛地瑟缩了一下。

他想干什么?

不可以的,不可以!这一抡下去,顾明绰由正当防卫变防卫过当,演艺生涯必定会受到影响。她不允许,也接受不了这种结果。

情绪激烈时,沈星冲霍焱喊,声音难掩焦虑:"焱哥,拦住顾明绰。"

霍焱循声转头,顾明绰距离他们只有不到一米的距离,手中握着破碎露尖的红酒瓶,他眉心一跳,禁不住低骂了声,然后赶忙冲上前,出手,牢牢地锁住了顾明绰的右手。

身体相撞时,霍焱压低了声音安抚道:"顾老师,没必要,真的。这种垃圾伤不到星星,别为了这种人脏了手。"

顾明绰眼睫颤动了一下,眼中的戾气却没有消解半分:"让开。"

顾明绰不想承认此刻的自己疯了,但他确实疯了,只要一想到沈星有可能被磕碰到,还是以这样一种不堪的方式,他就满心躁戾,压都压不住。

"让开。"再开口时,顾明绰的声音冷然。他开始挣扎,应激情绪主宰下,竟硬生生地把霍焱撞开了。

霍焱往后踉跄了两步,终于意识到此刻的顾明绰是个危险分子,说道理是行不通的。他再次上前,动真格了。

这注定是一场实力悬殊的较量,没多时,顾明绰被彻底压制。可他仍牢牢地握着手中的酒瓶,任霍焱怎么掰他的手指都不愿松开。

好在沈星再也克制不住心里的担忧,慌忙越过闵会长来到他们身边。

霍焱同沈星对了对视线,退开。

顾明绰约莫是感受到了沈星的气息,怔怔地站在原地,忘记了继续往前。

沈星绕到他面前,伸出手,循着他的手腕而下,同他一起握住了红酒瓶颈。

"给我,好吗?"沈星的声音很轻,像是怕刺激到他一样。

顾明绰凝眸,盯着她看了片刻,缓缓松开了手指。

沈星松了口气,朝他绽开笑,说道:"这就对了。"

她试着缓和气氛:"我是不是要谢谢你?请你吃饭?还是给你买台……"

"啊……"在未出口的话被一声惊叹碾碎时,沈星撞进了熟悉的怀抱。

顾明绰竟在众目睽睽之下抱住她。

沈星的脸被迫搁在他的肩胛骨处,瞳仁不自觉地僵滞了一下,然后她就听到周围传来细碎压抑的议论声:

"这是什么情况？顾老师和星星……"

"天哪，有偶像剧那味了。"

……

　　谁也没想到好好的一个筹款义卖会会以这样的方式收场。好在闵会长等人都是见惯了大场面的，短暂停滞过后，他远远地冲沈星喊："星星，你把顾老师带到一边安抚一下。"

　　随后他还给顾明绰的行为定了性，状似不经意、留有余地地说："好朋友碰到这些，谁都没办法淡定。各位放心，这人我们会交给警方。相关负责人安排退场，今天就到此结束，谢谢大家对孩子们的爱护。"

　　闵会长有条不紊地安排着后续，顾明绰从浑噩惊惧中醒来，无声无息地松开手。他的神色冷清，寻不到一丝意外抱了沈星后的慌张和窘迫，对周遭的议论也是充耳不闻。

　　他只是看着沈星，柔声对她说："走吧。"说完，伸出手想拿走沈星手中的那半截红酒瓶。

　　沈星下意识地藏到身后，眸中布满防备，问道："你想干什么？"

　　顾明绰被她气笑了："你以为我要干什么？拿瓶子砸他的头？"

　　沈星眼中泛出凶光，压低了声音他："难道不是吗？你刚就准备拿着瓶子打他。你有没有想过，打了之后你要怎么收场？以后不想拍戏了？"

　　她前所未有的凶悍，像只炸毛的娇贵猫儿。这些落在顾明绰眼里，一颗被吊高的心终是安稳地回落到原处，嘴角抑不住上翘，说道："我保证不拿这个酒瓶打任何人，刚是情绪上头。"伴着承诺，他右手绕到她的身后再次握住瓶颈，执意要拿走酒瓶，动作却是小心翼翼，生怕酒瓶伤到她。

　　沈星睨着他，问道："你拿什么保证？"

　　顾明绰想了想，回道："我要是骗你，以后都接不到好本子，或者胖五十斤？"

　　胖五十斤？

　　太狠了！

　　怎么有人能对自己这么狠心？

　　代入了下自己，沈星瞬间信服。她松开了手，一句话都没再啰唆。

　　顾明绰拿了红酒瓶，径自走开，找了个垃圾桶扔了进去。

　　沈星睨着他的背影，心中疑惑丛生：顾明绰刚才会不会反应太过了？

　　对于这个问题，沈星的答案是肯定的。现场除了保安和霍焱等人，不是吓蒙了，就是下意识避开冲突。唯有顾明绰，他明明知道她身后有保镖，还是孤勇地冲了出去，以瘦削之躯对上了比他壮硕许多的男人。

　　危机解除后，他周身的戾气都没淡化半分。

　　沈星从来没有见过这样的顾明绰，仿佛她是他的逆鳞，不可碰。可是为什么呢？他和她从陌生到熟悉，不到两个月的时间。即使喜欢，也不可能到为对方拼命的程度。如果她的感知没有错，那他身上就藏着什么她不知道的秘密。

　　他可能早就喜欢上我了？

　　当这个念头出现在沈星的脑海中时，心跳渐渐失控。

沈星在霍焱等人的陪伴下离开了明清街，发生了这样的事儿，闵会长一定会知会沈熙松。就算他不说，亚均哥也会说。所以今天，沈星必须要回一趟家，亲自让父母安心。

离开前，她和顾明绰没再过多的互动。

避嫌，也是心乱。

上了车，沈星显得比往常沉闷许多。

叶欣不放心，握着她的手，柔声地安抚道："都结束了，别再想了。警察叔叔已经把那猥琐男带走了。"

沈星看向她，眼睫颤动，回道："我没有想那事儿。"

没有人比沈星更知道霍焱团队的实力，即便前方是受过专业训练的武者，他们也能带着她全身而退，更何况只是个单凭力气和恶念冲撞的莽汉。

叶欣闻言，怔了怔："那你发什么呆？魂都被抽走了似的……"

她正说着，忽然尖锐地"啊"了一声。

沈星心一惊，睨着她，问道："你这一惊一乍的到底想干什么？"

叶欣眨眼眨得跟抽了似的，语气激昂："我知道了！"

"你知道什么？"

被问及，叶欣的情绪越加激动，手上的力道也加重。

沈星的手饱受摧残，她不由得开口："有话好好说，先松手，我的手都要被你捏断了。"

叶欣听了立马松开了手，看着沈星纤白莹润的手背上多了几条红印，顿时心疼不已。

"怎么就红了呢？疼不疼啊？啊！我以后不碰你了，真的！呜呜呜，'繁星'要是知道了，能把我撕成碎片……"

熟悉的啰唆，不出声阻止绝对没完没了的叨念。

这点，沈星比谁都清楚。

"不疼，就是红了。"沈星扛不住，只能开口制止，之后不动声色地将话题带回到原处，"刚才你要说什么？"

叶欣断片了，思索半晌，圆润的黑眸再次被异彩点亮。她眼巴巴地瞅着沈星，以一种特别八卦特别轻的口气说："你刚说没想那事儿我是相信的，真的信。"

沈星睨着叶欣，目光沉静地说："我不是太在意你相不相信。"

都这样了，叶欣能看不见吗？

自然是看得见的，但沈星早已练就出一身装瞎的本事，专注自己。

"因为我知道你刚在想谁了？"

"那你说说？"

"说对了你可不能否认。"

"只要你说对了，我就不否认。"

基于自家沈总过往的信用，叶欣信了，说出了心头所想："你是不是在想顾老师？觉得他很苏？那锁手，那侧摔……啧，帅就一个字。"

叶欣此人最擅长的就是喋喋不休，开了话匣子，就不可能轻易关上。

"还有那爱的抱抱，呜呜呜，太遭人羡慕了。

"星星，我跟你说，顾老师刚抱你的时候，旁边好多女生都显露出生吃柠檬的表情，酸得哟。"

沈星听着，心里又一次生出了叶欣不去说相声真是可惜了的念头。

"停止。"

叶欣似被控制，一秒骤停，然而神色仍旧活泼，笑容亮到诡异。

沈星睓着她，又是一阵无言。

叶欣开口问："沈老板，请正面回答：是或不是？"

对话至此，沈星只觉叶欣被惯坏了，不点就能蹿上天，再纵容下去，偌大一个地球都不够她翻腾的。

于是乎，沈星淡定地否认："不是！"

叶欣睁大眸子，明显不相信，问道："怎么可能？那你刚才发什么呆？"

沈星漫不经心地拨了拨自己的头发，说道"可能是困了？夏天到了，宜午睡。"片刻后，她迎着叶欣的目光补充："等我到了家，你也回家睡会儿。"

叶欣不想睡觉，只想吃瓜。呜呜呜，给口柠檬吃也行啊。

第六节

沈星回家"灭火"时，顾明绰被胡燃叫回了工作室。

两个人隔着偌大的办公桌面对面坐着，神色皆冷肃。沉默对峙半晌，胡燃的叹气声破开了冷寂，也让一直似冰雕端坐的顾明绰眼睫轻轻颤动了下。

"你怎么那么冲动？冲动就算了，还抄起了家伙，想干什么？砸烂那渣滓？

"你有没有想过，烂了他你也活不了，不死也要把牢底坐穿。"

约莫是说得太急气有些不够，胡燃停顿了会儿又继续："而且真需要你冲上去？人家可是沈星，这座城里最娇贵的明珠。她身后跟着的那四个人，都是经过实战的高手。他们保护不了沈星？我实话跟你说，同时来十几个那样的猥琐男，他们也没机会靠近沈星。"

"用用你的脑子吧，顾明绰，能不能别碰到与沈星相关的事，就跟个傻子似的。"胡燃说了很多，言辞前所未有的激烈。

顾明绰自知有错，一直安静受着。他的样貌本就生得精致，闷声不说话时像极了一个漂亮脆弱的瓷娃娃，叫人看两眼心就软了。

意识到自己的软化，胡燃在心里把自己痛骂了一阵，沉默因此蔓延开来。

半晌后，胡燃再度开口，情绪已经和缓许多："你打算怎么处理？"

顾明绰毫无避忌地看入胡燃的眼底，若有似无地弯了弯唇。他没有直接回答胡燃的问题，兀自剖开了自己："燃哥，你骂的都对，但……"

当时，他真的被吓到了。他可以忍受自己被人按在地上一身脏污，但沈星不行。她是牵引自己走到今天的光，那样的珍贵，怎么能染上脏污呢？他现在的隐忍与努力也只是想她一直站在神坛上，一直像公主一样惹人艳羡。他的这种想法或许病态，或许偏执，但他已经无力改变。

这些话不用明说胡燃也知道，正因为知道，他才更心疼眼前的孩子，不想他好不容易得来的一切毁于一旦。

"你的想法我能理解，但有些事情不是你能碰的。任你再怎么愤怒，即使事出有因，防卫过当都是违法行为，明白吗？

"今天你是护住了沈星，但你也让她担心了。照你的逻辑，你是不是该拿着破酒瓶砸自己两下？"

话到这里，胡燃的言语之间只剩语重心长："阿绰，沈星不是瓷娃娃，她强悍得超越你的想象，无论哪个方面。你可能不知道，她学过格斗术的，这种小场面，她能轻松地保全自己。想配得上她，钱和地位从来都不是最重要的，你需要由内而外的强大，而不是一碰到事儿就被戾气操控。"

胡燃的一番话，将处于应激情绪中的顾明绰彻底拉了出来，他郑重地许下承诺："燃哥，我保证以后不会再出现类似的情况，一次都不会再有。"

胡燃从顾明绰眼中看到了释然和感激，心不由得一松，说道："知道就好。阿伟跟我说的时候，我当时就在想，再见面一定砸烂你这没脑子的臭小子。"

顾明绰被他的话逗乐，低哑笑了两声，由衷道："对不起，燃哥。这些年，让你费心了，以后我一定……"

他本想卖个乖，然而什么都没来得及说就被胡燃掐断，把已经岔到老远的话题带回到原处："你还当众抱了沈星？"

顾明绰失笑："阿伟还跟你说了什么？"

"他还说闵会长下令对这件事封口。"说到这里，胡燃的话锋突然一转，"但这么多人，想彻底控制太难了。如果热搜见了，你打算怎么处理？你和沈星讨论过没有？"

顾明绰神色轻松地说："没有。"

胡燃没再说什么，定定地睨着顾明绰，大有一副你今天不说清楚咱俩就没完的架势。

顾明绰知道逃不过，当着他的面凝眸沉吟。

时间有些久，但胡燃神色温淡，表现出极大的耐心。事实上，他对顾明绰这只潜力股一直很有耐心，这点从他甘愿花七年等着顾明绰以不显山露水的方式成长起来就能看得出来。

"如果事情真的曝光……"顿了顿，顾明绰才沉慢地开口，"我会全部揽到自己身上。"

胡燃挑眉，饶有趣味地盯着顾明绰瞧，问道："怎么个揽法？"

顾明绰回望胡燃，黑眸之中多了些胡燃没见过的决然同笃定。

"我会向所有人坦承，沈星是我心中所爱，我想追求她。"

经历了惊吓和后怕，顾明绰终于知道，谁也没有办法预测未来会发生什么，说不定哪个拐角会遭遇意外，连反应的机会都没有，空余遗憾。

"我不想给自己留遗憾。"顾明绰想为自己的喜欢努力一次，不问前路不计代价。

这些话触动了胡燃，眸光微怔。

他回过神来后，嘴角翘起，勾勒出欣慰。

"早这样多好？人不轻狂枉枉少年。"

顾明绰闻言，有些惊讶地问："哥，你会不会怪我？"

如果真的那样做了，也许腥风血雨，谁也无法预料舆情最终会走向何处。

胡燃说："怪你什么呢？心中有爱是好事儿，是大幸福。"

"搁哪个圈，作品才是成王的支撑。"

沈星到家时，父母都在。

两人都在沙发旁，一个安静地织着毛线，一个百无聊赖地翻着书，眉眼间隐约可见烦躁。但烦归烦，沈熙松到底是没发作，费力地维持着和谐与安静。

然而这一切，在父女两人目光相接时瞬间破灭。

"啪"的一声，沈熙松把手中的书沉沉地拍在了茶几上，用了几分力，生怕沈星感受不到他的火气一般。

"沈星。"

沈星眨眨眼，一副无辜的模样，问道："怎么了，爸爸？"

"怎么了？"沈熙松被她的回应给气笑了，"你给我过来。"说话都靠吼的，这也是他第一次将脾气毫不遮掩地摊在女儿面前。

凯瑟琳坐得近，被音浪侵扰，不自觉地蹙眉。

弧度细微，可沈熙松就像在她身上装了感应器似的，半侧过脸。好巧不巧，凯瑟琳也抬起头，两人目光撞到一起。

凯瑟琳轻声说："收着点儿。"简简单单的四个字，裹挟着强大的力量，一落进沈熙松耳朵里，他消停了，就像一片特效药，药到病除。

"嗯。"他神色虽然还是冷肃，但到底是应下来。

其间，沈星走近沙发，凯瑟琳回头看了她一眼，温柔地笑道："看着状态还不错，跟妈妈说说上午的事儿好吗？"

沈星点头，绕过沙发坐到了妈妈身旁，把义卖会上的事儿简单说了一遍，也足够了，因为从爸爸方才的反应，他和妈妈应该都知晓了。

"嗯，有没有被吓到？"凯瑟琳抬手揉了揉沈星的头，一直到头顶毛毛糙糙才停止。

沈星想抗议，但碍于老父亲正处在火头上，识时务地闭了嘴。

她只是道："没有，我反应过来的时候，那个人已经被制伏了。"

这句话不假，但有些话，沈星没敢说。

她没被猥琐男吓到，反倒是被顾明绰吓了一跳。他握着酒瓶抢向摊台的一刹那，她的心被冷冽的力量高高吊起，呼吸都忘记了。

"那就好。"凯瑟琳彻底放下心来。

沈熙松踩着点插话："顾明绰那又是怎么回事？他发什么疯？抱我女儿，信不信我卸了他的一双手。"

正如沈星所料，沈熙松什么都知道了，包括顾明绰失了理智的行为。

沈星怔了怔，回道："我也没想到他会冲出来。"

"是没想到还是跟爸爸装傻充愣？"沈熙松看着她，语气隐约带着一丝酸气。

沈星感受到了，顿时想起那日妈妈对她说的那些话——"没什么，你爸莫名地不喜欢顾明绰，我觉得他们可能是八字不合，命盘相克。"

当时她以为妈妈只是在说笑，没想到还真是。她有些想笑，但是不敢，只能强装正经地说："当然是前者。"同时，不忘卖乖，"我怎么可能对爸爸装傻充愣呢？"

这话不说还好，一说沈熙松直接炸了："你确实没有装傻充愣，直接说谎骗上了。拿着我的钱请顾明绰那个臭小子吃烤肉，沈星你真的是好样儿的。吃的时候，他烤的还是你烤的？"

质问如浪扑来，凶猛得很，沈星却只想笑。但这时候笑无异于跳万丈深坑，她没那么傻，于是，一脸嫌弃模样地说："他烤的，都焦了，形同嚼草，和爸爸比起来，差太远。"

神迹般地，沈熙松的神色开始缓和。

沈星看到了全身而退的曙光，不动声色地加大了力度："而且他看起来傻傻的，知道我有保镖还冲过来，差点没被他吓死。"

经沈星这么一忽悠，沈熙松的心火去了大半。他虽然脸还绷着，但说话时的气势已经弱了许多："你给我带句话……不，不要你，我找胡亚均。"

眼见就要成功跳过这个话题，沈熙松神色又是一凛。

沈星的心一秒被吊高，问道："带什么话？"

沈熙松冷飕飕地说："从今往后，顾明绰必须离你五米开外，不然我亲自敲断他的双腿。"

沈星傻了，问道："那工作怎么办？"

"你缺那点儿工作？"

沈星腹诽：这是缺不缺工作的问题？

第七节

结果如胡燃所料，当天晚上就有爆料流出。

爆料地点还是在"顾明绰"三个字一出必定炸锅的"碧海星辰"论坛。

id 夏 mina：【挖坑，明年回来看。】

【我嗑的 CP 必成，顾明绰和沈星，热拿铁 CP。】

一楼，楼主自己占了。

【那一揽一抱，是克制不住的情绪，也是再也遮掩不了的爱意。】

因为基金会和商会的介入，没有照片流出明清街。楼主没什么影响力，说得也隐晦，初衷只是想找个地方安放自己激昂的情绪，但她低估了顾明绰和沈星这两个名字绑在一起的威力。不到一个小时，回帖过千，火速成为加沸。

【今天我也在现场，陪你一起等。】

【呜呜呜，下意识的反应骗不了人的。虽还不确定他们之间是什么关系，但有一点可以确定：顾老师可以为了星星拼命。】

【虽说一脸蒙，但本热拿铁 CP 粉抵抗不了我嗑的 CP 必成真这句话。】

【这两位官宣那天，我在微博狂撒十万抽奖庆祝。】

【这两位官宣那天，鹭城塔顶的灯幕将以热拿铁 CP 为名亮起。】

【两位官宣那天，"碧海星辰"首页置顶祝福帖。】

......

十点许，有人冒着被论坛告的风险把帖子内容和热门回帖的截图搬到了微博，末了还添加了 # 热拿铁 CP 成真 # 和 # 顾明绰 沈星恋情 # 两个话题。

没多时，两个话题强势蹿至热搜前三。

至此，全网的目光短时间内第二次聚焦两位顶流的恋情。

【冲吧，恋爱之光。】

【照例放个屁股。】

【第二次了，可以放心嗑了吗？】

【我已经嗑了一阵了，贼甜。】

【@ 创美传媒 @ 顾明绰工作室，出来营业了二位。】

......

路人闹得沸沸扬扬时，两人的超级话题中也不甚淡定了。

画风由水帖唠嗑变成了：

【真有情况？】

【是义卖会上发生的事儿吗？】

【抱了吗？嘤嘤嘤。】

【急死了，怎么闹成这样了，连张糊图都没有。】

【连张图都没有就喊我认恋情，这一届的营销号都是猴子派来搞笑的吗？】

......

俊男靓女谁都喜欢，再加上顾明绰和沈星绑在一起多年，粉丝们习惯成自然，面对热度炸裂的绯闻热搜淡定得令人发指。

双方后援会也是。

晚上十点多时，沈星全球粉丝后援会忽然发了条消息：【我这里起风了。】

十一点准点，顾明绰全球粉丝后援会疑似隔空回应：【我这里没下雨。】

粉丝：【有点蒙。】

路人纳闷：【正主秀恩爱就算了，后援会都秀起来了？】

"看看，看看，我就知道！"沈熙松自虐似的翻了两页评论，气得面红耳赤。本来他和凯瑟琳已经回到卧房准备睡觉了，这下好了，不仅睡不着，还差点被气中风。

"这臭小子不安好心，一门心思地想拐我乖宝。

"哪有那么容易。

"当我死的吗？"

凯瑟琳嫌他吵，问道："你又怎么了？"

沈熙松猛地将手机杵到她面前，怒道："又上热搜了，坏我女儿名声。"

其实也不怪沈熙发怒，在他的印象里，沈星从未闹出绯闻，出道至今，仅有的两次全跟顾明绰有关。

凯瑟琳瞥了他一眼，拿过手机粗略地看了一番。看完后，她把手机丢回给沈熙松，以纯正的鹭城腔调训斥道："动不动就爹，你原身是个冲天炮精吗？"

沈熙松一愣：什么玩意儿？

凯瑟琳的眼神之中饱含着嫌弃，说道："星星不是都详细解释过了？顾明绰的行为是冲动了点儿，但出发点是好的，也确确实实护住了星星。你不感谢就算了，还骂他？什么道理？"

凯瑟琳真搞不懂眼前的男人，看着虽骄矜张扬，但实则进退有度惹人信赖，可怎么一撞到女儿和顾明绰有关的事儿，就幼稚得连幼儿园的孩子都不如。

"两个孩子这么红，上热搜不是很正常的事儿？每条你都气，你气得过来吗？"

"要不，你让星星回来。在娱乐圈工作，真避不开这些事儿。"

沈熙松听完，再不敢吱声，就怕激怒了夫人，晚上只有睡客房的份。

凯瑟琳发泄了一通后，终于发现了沈熙松的异常，眯着眸子睨着他，问道："怎么不说话了？刚不是很能吗？是不是又在想什么坏主意？"

见夫人真的气了，沈熙松连忙敛下对顾明绰的不满，觍着脸哄道："哪儿能呢，我是在听老婆大人您的教诲。"

凯瑟琳一脸不相信的表情。

没法，沈熙松只能接着来："真的，听完之后我顿悟了。"

凯瑟琳这才开口："顿悟什么了？"

沈熙松笑着回道："儿孙自有儿孙福，我们这些做长辈的，不好干预太过。我以后尽力控制情绪，也保证不会去找顾明绰的麻烦。"

这些话一出，凯瑟琳的脸色好看了许多，但她还是盯了沈熙松许久，像是在确定他是真的顿悟了，还是怕睡书房战略性地退让妥协。

沈熙松被她盯得头皮发麻，举起双手投降讨饶："老婆信我，我刚说的字字肺腑之言，有一句假的，我今晚……"

眼瞅着他就要发毒誓证清白了，凯瑟琳终究不忍心，说道："毒誓就算了，但你要记得自己今晚说的话。"

沈熙松忙不迭连连点头。

对话到这里，凯瑟琳甚是满意。她掀开被子，白皙纤长的脚踩在了拖鞋上，起身朝着洗手间而去。

走了几步，她忽然又停下脚步，转身。

沈熙松眉心猛跳，莫名心惊："老婆？"

凯瑟琳透着蓝的目光落在沈熙松的脸上，淡淡地说："我在微博上看到一句话，觉得很有必要和你分享。"

"什么话？"

凯瑟琳嘴角微翘，溢出一丝笑，语气淡淡地说："拆人 CP，天打雷劈。"

沈熙松确实没针对顾明绰，也没再生气。

他只是安排人撤掉了沈星和顾明绰相关热搜，无论是微博还是"碧海星辰"，速度快得让所有人叹为观止。

胡燃本来怀揣着激动等自家傻小子公开坦白心迹，结果等了个寂寞。

情绪兜头，他立马打给了胡亚均。

电话接通后，他的第一句话是："你整的？"

胡亚均也正纳闷呢，回说："不是。"

胡燃怔在当场，数秒后，沉声问道："不是你是谁？"

胡亚均沉吟片刻，说："不是沈家人，就是傅海屿之流。"

处理手法迅猛，又这么彻底，他刚专门去搜了一下，连搜索页都干干净净的，这不是一般财力的人有能力干得出的事儿。但到底是谁，他还不太确定，因为就着以前的经验，这两方都干不出这样的事儿。

胡燃听完，有些怀疑道："星爸？他一……"

胡燃原本想说"他一全国范围内都叫得出名字的大佬，掺和小辈们的恋情，这是有多闲呢"，结果被胡亚均提前看穿。

"涉及星星，沈家人什么事儿都干得出来，你是不知道，沈星刚刚出道那阵，一隔壁城市的二代仗着家里有几个钱，天天大张旗鼓地给她送贵重礼物，还故意闹得人尽皆知。

"那事传到沈星的大伯耳朵里，金贵内敛了大半辈子的男人专门录了条短视频托《鹭城日报》发布，说沈星是沈家千金，海岛、古堡多得是，不缺任何人的礼物，请某一些人自重，少做些无用事儿，妨碍到她工作了，话说得极重。

"自那之后，哪个都不敢再拿钱砸沈星。"

"所以，一切皆有可能。"胡燃听完，心都灰了，不禁脱口而出，"那我家孩子怎么办？"

"什么怎么办？就是个热……"胡亚均一下没反应过来，话过半时，一个念头忽然击中了他。

他停了停，试探性地问："顾明绰喜……喜欢星星？"

胡燃不答反问："你说呢？"

胡亚均一阵无言："他又不是我家孩子，我哪儿知道？"

胡燃轻笑一声。

隔着遥远的距离，胡亚均都能感受到他的好心情，于是不由得多问了句："是不是喜欢？喜欢的话也没事儿，顾老师我觉得可以。"

这回，胡燃没再遮掩，说道："确实喜欢。

"他本来还打算当着全网坦白心迹。"

胡亚均蒙了，也想不到说什么了。许久过后，他大脑才正常运转，艰难地开口："什么时候的事儿？"

心跳仍在疯狂躁动。

他的这支团还真是牛，成绩吊打同期就算了，姑娘们也是一个比一个虎，前有容涵甩了倪南焱，慕夏杠上纪平桦，现在顾明绰又陷落到沈星的情网之中。

前两个真的还好，毕竟是圈外人士，热度过了就过了。但顾明绰不同，他是当今最热、实力最强的顶流，再加上沈星，一个风吹草动都能在微博引发堪称核爆炸的连锁反应。

当着全网坦白心迹，顾明绰怎么敢？

他也就算了，胡燃这个经验丰富的经纪人竟也跟着他疯。

这么一闹，胡燃想着反正都睡不着了，便问道："这事儿说来话长，你现在有空吗？我们出来找个地儿喝两杯，详细聊聊。"

胡亚均想都没想就应下了。

这惊天大瓜，他这个做经纪人的必须先吃为敬！

胡燃原本还想安慰下自家小孩儿，但跟胡亚均"勾搭"上后，顿时把他抛到了九霄云外。

此时，顾明绰正窝在放映厅看电影。他已经知道了，心绪却没有太大波动。他发现刺激真的是个好东西，让他幡然醒悟，也让他坚定。他想沈星知道自己的心意，不会因为这次热搜没有了就停止。只要他还活着，只要沈星还没爱上别的男人，他就能找到机会。也许在她的生日那天，也许就在明天。

放映厅中，光影幻化而出的影像不断刺激着他的眼。可事实上，他一点都没看进去，眸光迷离散乱。

也不知道过了多久，他从思绪中抽身，再没有看电影的兴致。

他伸手拿过手机，屏幕因为他的碰触亮起，显露出沈星发来的信息。

【顾老师，热搜没了，我厉害吗？斜眼笑.jpg】

顾明绰生生地给气笑了，回道：【你怎么能那么厉害呢？】

【那你要怎么感谢我？】

其实沈星也是才知道这事儿。明明不是她的功劳，但她很想跟顾明绰说说话，反复犹疑，拿这事儿做敲门砖。

效果还不错。

顾明绰像以前的每一次一样，根本舍不得沈星多等，只想把所有她想要的推到她的面前。

【你想我怎么感谢，我就怎么感谢。】

【这一看就是没诚意道谢。】

【怎么呢？】

【哪有人让他人索要感谢的？都是自己想的。】

【好，那我自己想。】

一番沟通教育后，两人的对话框短暂地沉默了两分钟。

之后，手机屏幕被顾明绰的语音信息点亮。

沈星点开，熟悉的声音传来："时间晚了，早点睡，周末带你去个地方。"

顾明绰的声音像是裹着一层薄薄丝绸的低音炮，低醇又温柔。每一个字都能轻易撩动她的心弦，带出的全是欢喜。

【好，好吃的吗？】

【秘密。】

【好吧。】

【顾老师，晚安。】

【沈总，晚安。】

同顾明绰聊完后，沈星心绪安稳。

　　时间已经很晚了，她却没有感受到一点儿睡意，抽了本书翻了几页，完全没办法静心，只能重新拿起手机消磨时间。

　　她先是去网上搜索了顾明绰的名字，搜索页里再没有与自己相关的内容，心里碎碎念：大佬，您这清得也太干净了吧？小哥哥那么帅，不仅演技好，还会跳女团舞，为什么不喜欢他呢？没有沈星名字的顾明绰搜索页是不完整的，知道吧？

　　没意思！

　　沈星微嘟着嘴，负气地退出了微博。

　　放下手机前，她习惯性摸去小仙女群组瞧了眼。

　　好家伙，又99+了，开始爬楼，绝大多数都是冲着她来的。

　　【总，出来。】

　　【星，出来。】

　　【被顾老师抱在怀中什么感觉啊？为什么没有小哥哥抱抱我？！】

　　【为姐妹，不吃到第一手瓜合适吗？】

　　【顾老师太苏了！娶他，沈总，娶他！】

　　……

　　沈星先前的小情绪顿时消失得无影无踪，嘴角抑不住地上翘。

　　最后，她连着发了三条信息到群里：

　　【小哥哥的怀抱很温暖呢！】

　　【侧捧也帅！】

　　【他要是点亮鹭城全城跟我表白，我可以考虑娶他！】

　　全是感叹句，将沈星的好心情毫无遮掩地摊到了众姐妹面前。但这些话，同沈星以往的风格是相悖的，对小姐妹们来说，被鬼打了都没这么惊悚，对话框也因此陷入沉寂。

　　半晌过后，慕夏率先回过神。

　　其他人也被炸醒，顿时整个屏幕都被感叹号占据，女神包袱全员破碎。

　　而引发这一切的沈星只是发了一条晚安到群里——

　　【困了，先睡了，明天见宝们，晚安。】

　　说完，退出了对话。

　　被她"残忍"抛弃的小姐妹腹诽：这是想明天被群殴的节奏？

# 第九章 ▼

### 少年虔诚地写下他们相遇的故事

愿我如星卿如月，夜夜相伴共皎洁。

第一节

第二天回公司的途中，沈星意外收到了苏洁的短信。苏洁想跟沈星约个时间见面，说是陈苟信有个东西想要亲手交给她。

沈星对两个人的印象挺好的，再加上顾明绰的关系，没多想就应下了。时间定在了当天中午，沈星在公司旁的一间私房菜馆订了位置。她离得近，先到了。

陈苟信和苏洁来晚了些，连连解释："抱歉，下班点路上有些堵车。"

沈星朝着两人笑了笑，宽慰道："就多等了几分钟，不是什么大事儿。我怕你们饿，先点了几样菜，现在就可以上了。你们看看还有什么爱吃的。"

说着，她朝不远处的侍应生招招手，示意可以上菜了，随后把菜单递给了苏洁。从头到尾，她的态度亲和，贴心周全。

苏洁点菜时，陈苟信从自己的包里抽出了一个黑色的笔记本，约莫有些历史了，边角处有磨损的痕迹。

"这是？"当陈苟信把本子推到沈星面前时，她问，蓝眸中盈着疑惑。

陈苟信笑着回道："这是外婆托我带给你的，说你可能喜欢这个礼物。她老人家还特别交代，不喜欢也没关系，真的没关系。这只是一个外婆的私心，成不成，看天。"

陈苟信把外婆的话一字不落地说给了沈星听。

沈星敏感地抓到了重点，问道："这是顾明绰的东西？"

陈苟信"嗯"了一声，紧接着又莫名其妙笑出声。

沈星有点蒙。

苏洁侧眸，冷眼剜他："好好说话不行？非得笑得跟个二愣子似的？也不怕沈小姐笑话你。"

老婆大人都发话了，陈苟信就算再想笑，也只能艰难地敛下。

虽然费力，但到底是成功了。

他正色，重新开口："是绰哥的日记本。"

沈星闻言，下意识地垂眸看了眼那素净老旧的本子，再抬头时，蓝眸中尽是难以置信。

"外婆为什么要把顾明绰的日记本给我？"

"因为……"陈苟信本想透露些，但想了想，还是把话咽了回去，改口道，"原因都在这个日记本里。"

沈星心里疑惑渐深，但她没再多问，应了声"好"，把笔记本小心翼翼地装进自己的包里。

这顿饭氛围是极好的，结束时，接近下午两点。

陈苟信和苏洁下午都要上班，沈星就没再多留他们，结账后，送了两人到餐厅门口。

"星星，拜拜！"

"拜，下次有机会再约。"

"嗯。"

简单道别，陈苟信和苏洁相携离开。

沈星看了一会儿，也准备走。不料才转过身，她身后忽然传来陈苟信的声音："沈小姐。"

沈星转身，看到陈苟信一个人朝着她而来。很快，陈苟信在她面前站定。

沈星温和地笑着问："怎么了？"

陈苟信没多犹疑，说道："没什么，只是想拜托沈小姐，好好爱惜这个本子。如果看完之后不想要了，通知我拿回就好。"

陈苟信猜不透沈星的心思，他怕顾明绰的心意最后被当成一个垃圾被置于不起眼的地方。

闻言，沈星怔了怔，旋即由衷地轻笑道："你放心，我一定会好好爱惜它，无论里面写的是什么。"

这可是顾明绰的日记本呢，里面藏着顾明绰的过去，现在来到她的手中，她惊喜幸福都来不及，怎么会不想要呢？

沈星眼中的那抹蓝，有一种治愈人心的力量。

对视一笑，陈苟信稍稍安下心来，说道："那就不妨碍沈小姐了，拜拜。"

"拜拜。"

这一次，沈星等到陈苟信和苏洁的身影彻底消失不见了才转身离开。

一整天的忙碌过后，沈星回到天苑。

卸妆，泡澡，速度比平时快了许多，因为她已经迫不及待想翻看顾明绰的日记了。

当她坐到书房，双手搁在了笔记本两侧，心跳忽然躁动，让她有些不舒服。她长呼一口气，试着平复心跳。半晌后，她掀开了日记本，目录页居中的位置写着一排字——

【愿我如星卿如月，夜夜相伴共皎洁。】

沈星看着，弯着眉眼暗道：字还不错。

220

她接着往后翻，看到第一页就蒙了。

【这世界荒谬得很，晚上九点前，我一心寻死，一秒钟也不想多活。

几个小时后，我想活出个人样的心至坚，只因有人对我说，你并没有什么过错，不该承受那么多。

很简单的一句话，对我而言，就像风，吹走了满心的不甘和委屈。也让我知道，不是所有人都是冷漠寡淡的，总有些人会温柔地对待他人的痛楚，即便这些痛楚她永远不会经历。

我还得到了一张支票，活到十八岁，我从未想过以这样的方式成为富翁。

而这一切信赖和温暖都来自一个人，我还不知道她的名字，但总有一天，我会走到她的面前，还掉那钱，同时由衷地说声谢谢。】

最后新添了一句，时间比前文晚一个月：【星创公主——沈星。】

少年似乎很欢喜，画了一个大大的爱心将这一句框了起来。

过了许久，沈星才从震惊中醒来，那一晚的梦也在这一刻变得清晰：令我起了怜悯心的少年就是顾明绰吗？他说的那个好心人，就是我吗？

想到这些，沈星的鼻子莫名其妙发酸，眸中涌起一层薄薄的水雾。等她情绪平复了些，她拨通了老宅司机薛齐的手机。

时隔八年被问及这事儿，薛齐仍然印象深刻，还不禁感慨："那时候，我真没想到这小子能走到今天。"

沈星佯装平静地应了声，嘴角却忍不住翘起。

隔着电话，司机看不见她的表情，问道："他联系你还钱了？"

沈星有些心虚，但又不能跟他说事实，只能顺着他的话往下说："是啊。"

闻言，司机欣慰一笑："不错，不枉你在危难时拉他一把。前些年，我还就这事儿气了一阵，想着这人都这么富了，怎么还不还钱呢，还装不熟。"

沈星忍不住在心里暗骂：顾明绰你给我等着，明天就开始收拾你！

司机对她的想法一无所知，兀自说着："这下好了，他终于可以告别过去，好好地生活了，挺不容易的一孩子。见面的时候，帮我带句问候。"

"知道了，伯伯。我先挂了，您早些休息。"

"嗯，你也别熬夜，别仗着年轻乱来。"

"好好好，听您的。"

结束了通话，书房重归静谧。

沈星的视线重新落到日记本上，她一页一页地往后翻，逐句细读，一个字都舍不得错过。

她知道了顾明绰曾去圣安高中外找过她，结果没见着，还被傅海屿泼水羞辱；她知道了他曾无数次想走到她面前，还钱并对她说声谢谢，但每一次他都自卑退缩了；她也知道了顾明绰为什么喜欢马卡龙和加五分之一糖的热拿铁，原来根本不是什么巧合，那一直是少年的爱情，他喜欢的，从来是沈星的喜欢。

卑微吗？

卑微的。

但她不在意，甚至庆幸，庆幸自己当时把顾明绰从无边的幽暗中拉了出来，并在他心里留下了微弱的火种。

不然今天……

随意设想一个后果，都令她呼吸困难。

除此之外，全都是欢喜，心里疯狂地冒出粉红色的泡泡。她初动心的男人，竟偷偷暗恋她七八年了，试问这世界还有什么比这个更甜蜜更浪漫？

沈星被某人的日记甜齁了，合上本子站起身，带着它踮起脚，跳起华丽的芭蕾。披散的头发随着她的动作飘起，除了淡淡发香，还有蠢蠢欲动的欢喜与爱意。

第二天一早，沈星的闹钟五点就响了。她起床，第一件事情就是给顾明绰打电话。

还窝在床上看书的顾明绰表情跟撞见鬼似的。

没多久，他敛下微乱的心绪，接了起来。

"你怎么这个点起来？吓我一跳。"

顾明绰也才醒不久，声音低沉沙哑，能够轻易地撩动人心。

沈星心里又开始冒粉色的泡泡，一团团的，把整颗心塞得满满当当。缓了缓，她才压下躁动的情绪，佯装自然地开口："顾老师，你今天有空吗？"

顾明绰想都没想，回道："有。"

"那你能帮我一个忙吗？"

顾明绰依旧回答得干脆："没问题。"

沈星笑得眉眼舒展，声音还是镇定自若："我突然好想吃平记的提拉米苏，但它限量，每天十点前必定会卖完。而我今天要从早上工作到晚上。"

说到工作，沈星竟真的嫉恨起工作量精而少的顾明绰。

"我为什么不是演员？"

顾明绰成功地被她逗笑了，音量也忘记了要收敛。

沈星怒问："你笑什么？"

她声音中的娇嗔刺了顾明绰一下，他瞬间回神，求生欲飙升，说："没笑什么，沈总你虽然不是演员，但你有演员跟班。提拉米苏是吗？我去给你买！"

沈星翘起嘴角，心里却在冷哼：顾明绰，装，继续装！

她面上却说："早点出发哟，要是没了，我今天一天心情都不会好。"

顾明绰不是没感觉到沈星的变化，但此时此刻，他根本没有办法深入思考。对向他骄蛮任性的沈星，他没有一丝抵御的能力，只有顺从。

"知道了，我现在就出发。"

沈星心满意足地说："辛苦了，顾老师。"

顾明绰一本正经道："沈总的事儿，就是我的事儿。"

挂了电话后许久，顾明绰仍觉得不真实。

克制优雅惯了的沈星怎么会向他提出这样唐突又亲昵的要求？如果她想，有许多人能替她办到，可她只打给了他。或许卑微，可这样的认知切切实实地让顾明绰生出了幸福感，眉眼间密布欢喜。他放下手机和书，从床上起来，速度快得什么金贵冷清劲儿都没了。

顾明绰洗漱完换好衣服，刚刚六点。

沈星提及的平记他没去过，临出门时，拿出手机搜了搜，结果出现了五六个同名的。

无奈之下，顾明绰只能拍了照发给沈星确认。

【沈总，平记有点儿多，你喜欢的是哪个？】

两分钟后，沈星回复：【最后那个。】

顾明绰点开照片一看，生生给气笑了，最后那个竟在三十五千米外。

第二节

导出了路线，顾明绰开车离开了天苑。行至一半时，搁在支架的手机开始闪烁，肖伟的名字显露而出。

顾明绰按下免提键时，肖伟的声音传来："哥，要给你带早餐吗？"

顾明绰这才想起上午九点钟他有一个访问，于是回道："不用，我出门了，九点直接去鹭海酒店。"

访问地点定在了 CBD 的鹭海酒店，离沈星工作的地方只隔了两千米。

肖伟回了"好"，但心里难免有些奇怪，又问："这么早，你去哪儿了？"

"买吃的。"

"什么吃的那么好吃，值得你天还没亮跑出门？我记得你以前……"

肖伟本想说你以前对吃可没这么大的热情，能不饿死就行，但这些话并没能说出口。

顾明绰出声阻断："那是以前，我现在改变了。"

或者应该说，他更了解沈星了。他知道了更多她的喜好和习惯，生活也随之丰富起来。

肖伟心想：你这活得也太草率了，多少年的习惯说改就改，还翻天覆地般地改。但一转念，又觉得自家哥哥活得有激情点儿好，过往稍显沉闷无趣。

"改吧改吧，九点鹭海酒店见。"

"嗯。"

顾明绰一路顺畅地开到远郊的平记时，仍不到早上七点，来得太早，店面才开门，并未见预想中的长队。

老板娘正拿抹布四处擦灰，看到顾明绰诧异地笑了，问道："小伙子，你怎么这么早？我这才开门，什么都还没有。"

顾明绰微囧，说："是吗？我第一次来，没问清楚。大概什么时候有提拉米苏？"

老板娘说道："我去问问，都是老头子在弄。"

说完，进了烘焙室。

没一会儿老板娘出来，对顾明绰说："大概还有一个小时。你要是急的话，可以先尝尝我们的鸡蛋糕，马上出炉。"

顾明绰笑道："不着急，鸡蛋糕也给我来几个，有鲜牛奶吗？我边吃边等。"

"有，还有热朱古力，我们平记的热朱古力远近闻名，给你来一杯？"

"好啊，那就一杯牛奶、一杯热朱古力。"

老板娘听他这么一说，忍不住揶揄："这小身板，多吃点儿是对的。"

顾明绰低笑出声，在老板娘的热情招呼下，他很快吃上了早餐。地方虽偏远，味道确实不错。不知道是不是老板知道有人在等加快了速度，不到四十分钟，顾明绰就拿到了两盒提拉米苏。

知道他从城中心来，老板娘还贴心地帮他用冰袋装了起来，递给他时，说："这么早，还等这么久，给女朋友买的吧？"

顾明绰因"女朋友"三个字怔了怔，缓过神来后，轻笑道："不是。"

老板娘明显不相信："你说不是就不是？但我跟你说，我们平记的提拉米苏就是脱单圣品，买了送给心上人，很快就会恋爱。"

顾明绰眉眼微弯，问道："真的假的？"

老板娘睨着他说："你可别不信，这话可不是我胡乱说的，是多少对情侣回头再来时对我说的。"

说话间，老板娘抬手指向一方墙壁，上面贴满了许多情侣合照，每一张都是笑容洋溢，幸福满点。大多数照片上面都留了字，都是写给平记的祝语。

可爱，由衷。

顾明绰看完，忍不住心存期待地说："那就借借他们的喜气，如果真的脱单了，我会带她来这里。"

像那些情侣一样拍一张甜蜜自拍，留在平记，向更多的人传达幸福。

小清柑咖啡馆，沈星早晨在这里为代言的潮牌 KQLING（克林）拍摄宣传图。

一组照片过后，店长来到拍摄区，客客气气地询问品牌高层张平："张主任，刚有位顾先生下单了咖啡和面包餐，什么时候上呢？"

张平闻言，不禁问道："哪个顾先生？"

在一旁休息的沈星对"顾先生"三个字太过敏感，侧眸看了过来。她正想说话，咖啡馆门口出现了一道熟悉的身影。还是一身黑的简单装束，连口罩都是，帽檐也压得极低，但沈星还是一眼就认出了他。

"是我！"店长正准备说明情况，顾明绰已经在服务生的引领下靠近拍摄区，伸手摘下了黑色的鸭舌帽，那双澄净幽深的黑眸霎时间映入所有人的视线。

"阿绰？"张平认出他来，惊喜地上前，一脸的不敢置信，"你怎么来了？"

顾明绰曾在三年前代言过这个品牌，那时候品牌日子不好过，没什么流动资金请代言人。但张平为了盘活企业，仍不死心，四处发邀请，最后顾明绰接下了，仅象征性地收了一点代言费。

老板曹显很是感激，事后赠予顾明绰 2% 的公司股份，想有朝一日公司东山再起，顾明绰能够共享红利。三年过去了，曹显再次成为国货之光，顾明绰也因此收获了过亿回报，但这份雪中送炭的情谊，并不是钱能够衡量的。

进到拍摄区时，顾明绰连口罩都摘下了，一张无瑕俊颜毫无遮掩地显露于人前。

"听星星说要给你们拍宣传照，我刚好有空，就说过来看看，好久没见了。"

张平笑道："那就谢谢了。"

说完，他转向店长："那就现在上吧。"

店长回了声"好"，离开张罗去了。

张平将顾明绰带到休息区，聊了会儿，被造型师叫走。

长桌旁只剩顾明绰和沈星二人，面对面而坐。顾明绰这才把放在身侧的冰袋放到沈星面前，笑颜明亮地说："沈总，您要的提拉米苏。"

沈星拉了过来，关心的却是另外的问题："你认识张主任？"

"嗯，我以前代言过 KQLING。"简单解释过后，他把话题带回到提拉米苏上，"快吃吧，再晚就融了。"

沈星点点头，动手开冰袋。

顾明绰原本想多坐会儿，至少等沈星吃完一块提拉米苏。哪知沈星才将提拉米苏摆在面前，他的电话就响了。

手机放在桌面上，一亮起，沈星的目光也被牵引了过去。她看到了熟悉的名字，停了停，睨着顾明绰，问道："有工作？"

顾明绰如实道："嗯，上午九点。"

沈星一阵无言："顾老师，很快就九点了，您怎么还在这儿坐着呢？"电话响起前，他甚至没有表现出一丝想要离开的意思。

顾明绰的脸色略不自然地说："这就去了，离得近，所以没太在意时间。"

他的情绪依然克制，有压制过的痕迹。搁以往，沈星肯定看不出来，但现在，她看得清清楚楚明明白白，面上娇靥含笑，心里却在冷哼：装得可真好，真没见过你这样喜欢女孩子的，演技果然不同凡响。

看沈星睨着自己却不说话，顾明绰莫名心虚，顿时坐不下去了。

"那你吃吧，我先走了。"说着，他双手碰到了桌沿。

沈星若有似无地"嗯"了声，顾明绰如同获得大赦，拉上了口罩就起身往外走。

"顾老师……"结果还没走到五步，耳边再次传来沈星清清冷冷的声音。

顾明绰一秒定住，回眸看向她，问道："沈总，还有什么吩咐？"

沈星蓝眸微眯，轻声重复："还？顾老师这是对我有意见？"

顾明绰答得飞快："没有！"

沈星笑了，眉眼微弯的模样，像极了一只娇贵的猫儿。

"那就好。那顾老师大概几点结束？"

"中午一点前，可能会和杂志方吃个午饭。"

沈星"嗯"了声，接着道："那下午三点半怎么都吃完了，我想喝你亲手磨的热拿铁，可以吗？"

都这样了，顾明绰哪里不知道沈星是在故意针对他。他有点蒙，可仍舍不得拒绝，问道："好，还在这里吗？"

沈星似漫不经心地说："还不确定，三点过了再告诉你。"

顾明绰应下，随后离开，整个过程还没有十分钟。

不久后，张平忙完回到沈星身边，浅啜了两口清咖，开始埋汰某人："说什么来探望我，待了有十分钟吗？"

沈星顺着张平的话说："就是。"话音还没落全，她忽然想起顾明绰刚说的，岔开话题，"我都不知道顾老师也代言过 KQLING。"

张平的记忆被沈星带回到过去，眼中温热，说道："是的，如果不是阿绰，KQLING 可能熬不过三年前的那次经济危机。"

三年前，顾明绰已经站在流量之巅了，广告代言都是以千万计，但他还是从海量的代言邀约中选了 KQLING 和另外一个运动鞋品牌 Screen，几乎免费代言了两年，扶着他们走过了难熬的时光。

"Screen，听说过吧？"

闻言，沈星点头，神色温淡，心里却起了波澜。

她的顾老师，还真是人美心善。

张平对她的想法一无所知，兀自往下说着："跟捐赠幼芽基金一样，他总是默默在做。圈子里的实业大佬对他印象好着呢，所以他从来不缺代言。

"上次碰到 Screen 的叶总，他看到网络上嘲踩顾明绰凉了的言论，笑着对我们说，他倒是希望顾明绰凉，凉了就有机会还人情了。不像现在，送钱上门顾明绰都不接。

"还骂顾明绰怪咖一个，要破产时接代言，钱多了不接了！"

"呵……"沈星笑，尝了蜜般地愉悦，"他不就是个怪咖？"

可她就是喜欢这样的怪咖。

纯真、热血、善良……每一个特质都精准地踩在她的喜好上。

第三节

鹭海酒店顶楼的鹤林中餐厅，知名男士杂志《风尚》编辑陈冉和顾明绰靠着落地窗相对而坐。阳光灿烂，照在两人的身上和脸上，折射出一缕缕令人目眩神迷的光亮。

摄影师屈指朝陈冉比了个"OK"。

陈冉点头，转向顾明绰，说："顾老师，我们开始好吗？"

这时，顾明绰已经换了一身衣衫，简约精致的白衬衣和黑裤子，勾勒出阳光帅气。

"好。"

陈冉笑了笑，进入到采访："来之前，我们就这次专访在网络上征集了些问题，挑出了点赞最高的三个，顾老师想看看吗？"

"好。"

陈冉随即放了三个信封到他面前，说道："打开看看。"

顾明绰垂眸瞥了一眼，看到信封上分别标着一二三，于是问道："随意拿吗？"

"随意，也可按照从三到一的顺序，一号问题是点赞率最高的。"

顾明绰随口一问："最高是多少？"

"现在应该破十万了。"

顾明绰低笑出声："那先看这个吧。"伴着话音，他的手已经碰触到一号信封，拎在手中拆开。

纸张被抽出推展开来，上面的字迹渐渐呈现于他眼中——【问题一：顾老师

的理想型？】

　　顾明绰不禁失笑："这个问题我记得我在《云上之战》回答过了。"

　　陈冉一本正经地说："是的，但大家普遍认为你那是在做节目效果。"

　　"是吧。"顾明绰看着陈冉，"那怎么确定我这次就不是瞎说的呢？"

　　陈冉开玩笑道："这就是纸媒的魅力，自带让人信服的力量。顾老师，需要跳过这个问题吗？你拥有一次跳题的权力。"

　　顾明绰摇头，说道："不用。"

　　紧接着，他没有任何犹疑地给出了答案："我的理想型是沈星。"

　　陈冉来之前，设想过许多种顾明绰可能给出的答案，一一想出了对应之法，但没有一个像现在这样，直接劲爆，炸得她差点晕厥。

　　瞠目结舌半天，她才勉强找回声音："顾老师，你认真的？"

　　顾明绰笑，一如往常地优雅明亮，反问："不然呢？"

　　陈冉明显还没从震惊中彻底走出，感慨道："谢谢顾老师给的独家。"

　　话落，她又追问："以前就是了，还是因为《云上之战》的合作？"问完，约莫是觉得有些唐突，连忙加了补丁，"如果不方便，可以不回答。"

　　"没关系。"顾明绰低声，隐约透着温柔，"很早以前了。"

　　陈冉不禁有些好奇地问："那为什么以前没听你提及过？我记得之前营销号都在传你和星星不和。"

　　顾明绰的思绪浮动，全都同沈星有关，嘴角难以抑制地上扬，回道："是，那时候不知道怎么表达自己的喜欢，都是避着她走，连多看一眼都怕唐突佳人。"

　　顾明绰越说越深入，细节频出，陈冉除了不断在心里暗叹"好家伙"，已经不知道该如何舒缓自己的震惊了。

　　顾明绰明白的，但经过上次的意外，他已经不想再藏着自己的心意了，他想全世界都知道自己的理想型是沈星，访问出街后，再没有人能借不和传闻攻击她了。这件事儿因他而起，理应由他亲手结束。

　　"你已经藏了这么久了，为什么选在这个节点坦白呢？有什么特别的考量吗？"陈冉是个经验丰富的记者，自然不会放过这种送上门的热度，抽丝剥茧，问题一个接着一个。

　　顾明绰也不回避，回道："一是彼此间熟悉了，这些话，不会让她觉得尴尬唐突；二是我个人的一些想法发生了改变。"

　　"方便详说吗？"

　　这次，顾明绰摇了摇头："这个，暂时还不方便分享。"

　　"好的。"

　　光理想型这个话题，就足以让这期《风尚》话题和销量爆灯了，陈冉犯不着冒着惹顾明绰不快的风险探询更多。

　　她把话题转向别处："那就说说星星身上让你喜欢的特质吧！"

　　听到沈星的名字，顾明绰的眉眼染上了几分温柔，几乎下意识就给出了答案："漂亮、自律、有才华，她的心是暖的，比任何人都温暖。"

　　如果没有沈星，他可能已经死在了那一团黑影中，与脏水为伴，带着不甘与仇恨。更不可能坚强笃定地走进光亮，收获她的娇嗔与笑颜。

　　大半个小时后，专访结束。顾明绰心里惦记着要给沈星磨咖啡的事儿，婉拒了陈冉的午餐邀约。

　　陈冉也没多留，只是在送他出门时多问了一句："刚聊的内容，可以照实放出去吗？"

　　顾明绰看着陈冉，笑着说："放吧，我很清醒，也和燃哥打过招呼了。"

　　"那行。"陈冉这才放下心来，"我刚都快被你吓死了。"

　　顾明绰看着她，眼中堆满了笑，说："冉姐，接下来就拜托你了，今天很愉快。"

　　陈冉拍了拍他的手臂，说道："别客套了，你有事儿就先忙，咱们有机会再约。"

　　"好。"

　　"哥，今天我必须为你点个赞。

　　"喜欢就该大声说出来，扭扭捏捏就不像样。"

　　访问肖伟听了全程，也暗暗激动了全程，一上车就叨叨个没完，比顾明绰这个当事人还要兴奋。

　　顾明绰淡淡一瞥，收回目光，对着前排的司机说："送我回趟咖啡馆。"

　　司机回了"好"，随即发动汽车。

　　被漠视得彻底的肖伟腹诽：这是"单身狗"不配说话的意思？

　　沉默片刻，他心有不甘，再度发声："哥！"

　　他唤了一声，也仅限于此。

　　顾明绰像是察觉到他的意图，先发制人："别再问，问就是'单身狗'不配发言。"

　　肖伟气得险些岔气，缓了缓，发现缓不了，说："哥，据我所知到这一刻为止，你也只是一只卑微可怜的'单身狗'。"

　　他音量飙高，还刻意加重了"卑微可怜"四个字，打击力度不小，羞辱的意味极强。

　　然而顾明绰半点不在意，甚至掀起嘴角笑了笑，说不出的英俊潇洒意气风发，一张俊容，似被光吻过。

　　"是这样没错，但我已经决定做行动上的巨人，不像某些人，只会逮着别人叨叨。"

　　这话一出，两人之间的塑料感情彻底破碎。

　　肖伟受到猛烈打击，问道："沈小姐还没同意，你就这么嘚瑟合理吗？"

　　闻言，顾明绰嘴角的笑意没有淡化半分，笃定地放话："存在即合理！而且我这么帅，胜率比其他人总会高点儿。"

　　"臭不要脸，人家沈小姐看着就不是那么肤浅的人。"

　　"不试试怎么知道呢？"

　　下午三点时，沈星的短信息如约而至。

　　她三点半结束电台活动，让顾明绰带着咖啡去接。

　　顾明绰自然没意见，带着咖啡往城南的海天大厦而去。抵达后，他停好车，车窗半开，拿出手机准备给沈星发条短信告知自己已经到了。

　　顾明绰正输入着，眼角的余光扫到他的公主一身白裙款款地从大楼厅门走出，裙纱摇动，带出的全是仙气。他远远地看了片刻，加快速度把短信发了出去。

　　【沈总，你的咖啡已经送达，楼梯的尽头等你。】

　　片刻后，他就看见沈星朝着楼梯的尽头看了过来。明知道她看不见他，他却还是禁不住微笑。

　　顾明绰的短信点亮了沈星的眉眼，美得惊心动魄。

　　"小叶子，我先走了，陈哥送你回家。"

　　叶欣"啧"了一声，凑近沈星，以只有两个人能听到音量问道："顾老师？"言语间，戏谑不加掩饰。

　　沈星小脸冷艳，说道："别管。"

　　叶欣见她不否认，笑得眼睛都快没了，说："不管不管，去吧去吧。代我向顾老师问声好，顺便告诉他那一撑可太帅了。"

　　沈星拿手机敲了敲她的头，佯装抱怨："真的啰唆！"

　　"沈总，请珍惜愿意跟您啰唆的这个我！"

　　"好的好的，我走了。"

　　"嗯，拜拜。"

　　告别了叶欣，沈星沿着层层阶梯而下。还是通勤时间，整个阶梯就她一人，像一只落单的蝴蝶，孤勇地奔赴夏天，脆弱却绝美。

　　这一幕落在顾明绰眼里，他再不满足在车里等，用口罩稍作遮掩便下车迎向她。

　　一上一下，眼见着就要碰头了，沈星的脚忽然"扭了一下"，伴着一声低弱的呼痛声，跌坐在地。然后她就如愿看见顾明绰眼中的笑意瞬间敛尽，略显慌忙地来到她的面前，问道："哪里疼？"

　　沈星近距离地看入他的黑眸，里面焦急密布，一颗心被浓稠的甜攻陷，但小脸还是绷着，话音里隐约带着甜腻的娇气："脚扭了一下，疼。"

　　顾明绰没见过她这样，以为她是真的疼，担忧不自觉地写在脸上。他不承想他越是这样，沈星心里就越甜蜜，就越想逗他。

　　"哪里？"

　　"这里。"

　　纤细莹润的脚踝当真红了些，顾明绰想碰，但觉得太过亲密暧昧，只能避忌。

　　"还能走吗？"他小心翼翼地扶着她站起，低声询问道。

　　沈星看着神色紧绷的他，忽然心软，但装都装了，再难都要演到底，于是，她敛下长睫，藏起了眼中的情绪，说道："能。"

　　"嗯。"顾明绰扶着她往下走，缓慢却稳妥。

　　在这一瞬，一个荒谬的念头忽然击中沈星：如果身边的人是顾明绰，她不介意这些阶梯多些再多些，走一辈子都可以，只要他守着她就好。

　　"啊……"思绪晃动时，沈星的双脚忽然悬空，惊惧感催动本能，伸出手抱住了顾明绰的脖颈。

　　须臾，她缓过神来，情绪有些失控，问道："顾明绰，你干什么？我快被你吓死了。"

　　顾明绰神色波澜不惊地说："你会疼。"

　　经他提醒，沈星总算是记起自己是个"伤病号"，又蔫了，把小脸埋起来，闷闷不说话，等顾明绰下了五六级阶梯才再次开口："顾老师，我重吗？"

　　顾明绰再直，都知道这题该如何作答，还必须由衷真诚："不重，你再多五十斤我也能抱动。"

　　沈星气都没劲儿了，说："你这到底是夸我，还是咒我？"

　　顾明绰笑得眉眼生动，说道："很明显是夸，你要是担心，以后清晨五点跟我下楼跑圈儿，保证脂肪去无踪。"

　　沈星尬笑两声，再次埋进他的颈窝，一个字都不想再跟这直男多说。可是当他的气息充斥她的呼吸，她的心跳似乎都和他的同步了，那纯粹炙热的爱意让她再舍不得生气，眉眼在他看不到的地方偷偷弯起。

　　算了，看在公主抱的份上原谅他吧！

　　把沈星稳妥地放进副驾驶座位，顾明绰俯低身，贴心地帮她绑好了安全带。

　　沈星被他忽闪的长睫扰得有些心烦意乱，不禁拿话刺他："就顾老师这架势，我都以为自己伤的不是脚，是手。"

　　顾明绰抬眸，撞入那抹蓝，问道："不喜欢吗？"

　　沈星神色未变，眼神也没避忌，问道："这和我喜欢有关系吗？重点难道不是顾老师你这么做合适吗？"

　　她小嘴利得很，却红润软馥吐气如兰，勾惹得顾明绰的目光垂落。片刻后，他挪开目光，说道："不合适的话，沈总准备怎么处理呢？"

　　顾明绰的笑还是温和明亮，但沈星总觉得里面多了些什么，像是轻佻，又多了些少年气。总之，是她喜欢的，抑不住地勾了勾唇，说："我想想再告诉你。"

　　"嗯。"顾明绰伸手拿起安置在储物格上的咖啡，塞到了沈星手中，"您的热拿铁。"

　　沈星心里甜滋滋地接过："谢谢。"

　　顾明绰终于退出了这片空间，回到了驾驶座。

　　他坐定准备发车时，忽然听到沈星问："放糖了吗？"

　　顾明绰垂眸看向储物格，说："带了糖包，需要我代劳吗？"

　　沈星"嗯"了声，尾音傲娇地上飘。

　　顾明绰闻言，收回搁在方向盘上的手，拿了糖包熟练地撕开，往杯里抖落。

　　"顾老师？"沈星盯着他的动作，突兀地打破了静谧。

　　"嗯？"顾明绰没太在意。

　　"你是从什么时候开始喜欢喝热拿铁的？"

　　"热拿铁"三个字一出，顾明绰手一抖，糖量没控制住，倒入了一半不止。

　　沈星注意到了，心中暗笑："顾老师，你糖放多了。"

　　顾明绰猛然回神，尴尬不已。他把剩余的糖拢入手心，莫名忐忑心慌。这些情绪十分微弱，甚至可以说若有似无，但再也瞒不过知晓了一切秘密的沈星了。不过，她没打算再刺激他，主动将话题带开：

"一整杯半糖的咖啡，也太美了吧。

"谢谢你啊，顾老师！

"为了感谢你，我决定奖励你。"

又是骄横的语气，顾明绰被逗笑了，问道："沈总准备怎么奖励我？"

沈星拢着咖啡杯，笑着说："秘密，晚点告诉你。"

一路再无话。

第二天傍晚时分，沈星在叶欣的陪伴下现身青沐工作室。晚间，她将要出席德国高奢腕表 Kelanda（克兰达）的八十周年晚宴。作为品牌中国大使，她需要盛装，不被任何人艳压的程度。

原本带了礼服，D 家高级定制，国内独一份的，也是她喜欢的优雅别致。然而穿上身后，她对镜走神了。

"你怎么了，星星？"叶欣最先发现她的异样，轻声询问。

正半蹲整理裙纱的徐沐洋闻言站了起来，看着沈星。

沈星回过神来，朝两人绽开了一抹笑，优雅半退，娇气狡黠乍现，说道："我不想穿这个了。"

叶欣腹诽：得，那股娇情娇气劲儿又来了！

徐沐洋怔了怔，掩唇低笑道："有什么想法？春夏的高定款店里基本都有。"随后，又补充，"时间还早，还有你施展的空间。"

沈星嘴角的笑痕加深，直接说出了自己的想法："深 V，露背，大开衩。"

"扑哧……"从没见过自家沈总这般的叶欣一个没忍住，笑出了声。

徐沐洋也跟着笑："挺好的，还有没有？"

沈星继续道："小众些的，独一份的。"藏了些私心，也不能误了正事儿。

徐沐洋想了想，说："有几个牌子新一季的设计性感出挑，一起去看看？"

沈星点头，随着徐沐洋去了服装陈设室。

晚七点时，创美传媒例行发布活动定妆图。

创美传媒：【今天也是星星营业的一天。性感女神，biu！】

文末，配了整整九张沈星的高清图，张张高级，透着性感冷艳，手上的百万钻表，炫亮灼眼。晚装图发布后，瞬间攻占流量高地。不到半个小时，话题＃沈星性感女神＃已经挂顶热搜由热转沸，话题内部，热如炸锅。

【我……血槽空了。】

【星姐是不是女团之王先不说，红毯之王板上钉钉了。只要出山，从不失手。】

【星妹这张脸太适合这种冷艳性感风了。】

【是的是的，再来几次，我人要没了！】

【这位姐有颜有胸有钱有大长腿还有才华，怕什么哦。】

……

此时，顾明绰正和胡燃一块儿和人吃饭。气氛正好时，他的手机屏幕忽然亮了起来。他拿起看了眼，是肖伟发来的信息。

【哥，快去看微博。】

没具体说内容，字里行间却透着诡异的激昂。

顾明绰原本不想理，手机也放回到了餐桌上。半分钟后，他像是察觉到了什么，再次拿起了手机，登到微博看了一眼。

他点进话题，粗略地扫了下评论，顿时醋火烧心。但他能怎么办呢？这是她的工作，而他到现在这一刻为止都不是她的什么人，没权利也没有理由不高兴或是吃醋。

盯着手机心绪浮动半晌，顾明绰退出了微博。

正准备放下手机，恰巧有新的微信进来。顾明绰下意识地点开，竟是沈星发来的一张微博里没有的背影图。纤长的天鹅颈，莹润白皙的美背，足以让所有男人瞬间血脉偾张。

她还没心没肺地问：【好看吗？】

顾明绰气得心口疼，情绪稍稍平复时，别扭地回复：【布料太少，会冷。】

第四节

"阿绰，看什么呢？一晚上抱着手机不撒手。"席间有老总问道。

顾明绰循声看过去，还没来得及说什么，就听胡燃轻笑一声："还能什么？和心上人闲聊呢！"

"哈哈哈，真的吗？"

"孩子大了，有心上人也正常。"

"阿绰，稳定了带给大伙儿见见。"

……

包间里瞬间炸了锅，闹得顾明绰再没心思顾及其他。

另一厢，沈星收到了顾明绰的信息，笑得眉眼弯弯，喜悦和甜蜜再藏不住。

叶欣见她这样儿，笑道："啧，腻得我都没眼看了。搞出这么多事儿，就为了让顾老师吃醋呗？顾老师真的惨，撞上了你这么个妖精。"

沈星把手机锁定丢给了叶欣，朝她甜腻地笑笑，说："并不。"

"为什么？"

"因为他爱我，朱砂痣那种。"

叶欣听完一哆嗦。

这也太肉麻了。

这样"哆甜哆甜"的星妹，谁扛得住？顾老师，你就自求多福吧！

沈星一直待到晚宴临结束才离开，出了宴会厅，手机重回她的手中。

她解锁看了眼，这才发现顾明绰半个小时前发了信息过来：【我在酒店后门。】

她的蓝眸瞬间染了笑。

她佯装讶异：【顾老师怎么也在这里？】

顾明绰：【路过，想着你可能没怎么吃东西，顺道带你去吃点儿。】

装，你就继续装！

沈星仿佛能透过这些字看到顾明绰，蓝眸亮着潋滟水光。

【女明星晚上都不怎么吃饭的呢，不过你要是求我的话，我会考虑考虑。】

没多等，顾明绰的回复过来了，简简单单的三个字：【我求你。】

沈星的心顿时就软了，她说"好"，随后在霍焱等人的暗中护送下去往后门。

黑色的座驾，没有一丝张扬的气息，可沈星还是一眼就找到了。

"焱哥，你们下班了。"离去前，沈星转身对站在她身后一米处的霍焱笑道，"他……可以保护我。"

是期待，也是笃定。有关这点，经历过上次的霍焱半点不怀疑。

"行，有事儿给我打电话。"

"嗯。"沈星点头，"辛苦了，焱哥。"

"去吧，我看着你上车就走。"

沈星同他道别，拎着裙摆朝着黑色的座驾而去。

没多久，车里有人下来，虽然全副武装，但霍焱还是认出了他。视线交会的那一瞬，顾明绰远远地朝霍焱挥挥手。

霍焱点头致意，随后离开。

两人先后上了车，才坐定，沈星的安全带都没锁好，眼前蓦地一黑。

这男人怎么敢拿衣服丢她？

"你干什么？"拽下顾明绰的牛仔外套时，沈星愤怒地朝他吼，蓝眸灼灼似星。

顾明绰侧眸望向被怒气衬得越加艳丽的姑娘，无辜地眨巴眨巴眼，说道："穿这么少，你不冷吗？"

沈星缓了缓才开口："顾老师，你知道今天多少度吗？快三十度了，夏天到了，怎么会冷呢？"

顾明绰神色未变，淡淡地说："我觉得你会冷。"

沈星被他的话气笑了："合着有种冷叫顾老师觉得我冷，由不得我的？"

顾明绰笑了笑，没再说话，之后发动了车，稳妥地开出了酒店区。

沈星盯着他瞧，被口罩捂得严严实实的，实在没什么好看的。

唯有眼尾上翘，好心情藏不住。

"看着我变丑你那么高兴？"嘴上虽在抱怨，可沈星终究没舍得扔开对她而言有些宽大的牛仔外套，因为上面有他的味道，拢在怀中，就像那日跌落到他怀中一样，温暖极了。

顾明绰没看她，话却十分好听："你穿什么都好看，不会丑的。"

沈星顿时像被顺了毛的猫儿，眉舒眼展，拢着他的衣衫偷着乐。

顾明绰载着沈星往天苑的方向而去，时间晚了，路况是极好的。

途经繁华的鹭海路时，沈星不经意瞧见了一间奶茶店，门口人烟寥落，难免动了些心思。

"顾老师。"沈星从来不知道自己这么能搞事儿，但碰到顾明绰，她就是忍不住，当真是应了那句特宠生娇。

顾明绰看向她，低声问道："怎么了？"

沈星指了指窗外，直言："我想喝奶茶，有芋圆冻冻的那种。"

顾明绰怔了怔，旋即失笑："这回不怕死了？"

话虽这样说，但他的目光已经从她身上挪开，四处搜索着临时停车位置。

沈星察觉到他的意图，一颗心如裹了蜜糖，甜滋滋的，气势却还是骄蛮，说："怕啊，但你不是跟我说过五点起来跑圈儿就不会胖吗？"

说话时，她定定地睄着顾明绰，眼睫颤动："还是骗我的？"

"骗沈总，我怎么敢？"顾明绰笑着卖乖。

沈星心想：你骗我的事儿还少吗？装不熟这招谁玩都不过你。

车稳妥地停泊后，顾明绰解开安全带，捞起随意塞在侧边储物格的鸭舌帽戴上，压低，下车前，叮嘱沈星："你在这里，我很快回来，想喝什么？"

沈星伸手拉了拉他的帽檐，动作显得暧昧又亲密。顾明绰的黑眸中闪过一丝错愕，可沈星恍若未觉，认真在想自己要喝什么。

不一会儿，她的目光于顾明绰脸上凝实，说道："芝士莓果，芋圆和芝士都要double（双份）。"

顾明绰眼中的微弱暗影被她的话打散，笑意破出，说道："沈总好胆识。"

沈星端着最淡的神色，说着最掚的话："那是当然，想要一个女明星死，哪有那么容易。"

"是是是，沈姓女明星，小的这就去给你买。"

沈星满意地"哼"了声。

顾明绰随即开了车门，一只脚踩在地面上时，耳边再度传来沈星清澈的声音："顾老师。"

顾明绰回头，问道："怎么了？"

沈星看入他的黑眸，想从里面找到日记本中藏着的那种炽热和浓情。

"如果有人发现了你怎么办？"

顾明绰没立刻答复，直到他下车，车门彻底合上的那一瞬才说道："我就说女朋友要喝。"

顾明绰走了，车厢里恢复静谧。可沈星仍然觉得吵，因为她的心跳在躁动，每一下都沉且快，像悦耳的旋律，清晰地落在她的耳边。

女朋友……

她喜欢这三个字。

顾明绰女朋友这个位置，她要收割了。

从此私藏，不准旁人觊觎。

人确实少，但顾明绰那么招眼一帅哥往那里一站，即便裹得密实，也引来了诸多注目和窸窸窣窣的议论。

奶茶店旁是间叫作"十里香"的素卤店，正排着队的姑娘伸手拉了拉身旁的同伴，说："哎，看那哥哥像不像顾老师？"

同伴懒懒地随她看了眼，不以为意道："遮得这么严实……"话到一半，终于意识到了不对劲儿，"说不定真是呢？那顶帽子，是顾老师最爱的牌子。"

两个姑娘顿时兴奋不已：

"是呢，是呢！我们过去问问？"

"走走走。"

两人连素卤都不买了，朝低调排在队伍最后的顾明绰走去。

她们有些忐忑地喊了一声："顾老师，是你吗？"贴心地压低了声音。

顾明绰微侧过脸，长睫在帽檐下悄然闪动。

片刻后，他亲和地笑道："晚上好。"

逃不过，不如干脆地认。

话落，他把手指放到唇边，做了个嘘的手势："别声张，我等着这杯奶茶救命。"

两个女孩被他逗笑。

最早发现他的那位姑娘回他说："顾老师，已经晚啦，大家都发现你了。"

顾明绰下意识地往四周看看，目光所过之处，风华正茂的少男少女不是冲他眨眼就是挥手致意。

队伍前面的两对情侣纷纷让了位置出来，说："顾老师你先吧，保命要紧。"

"哈哈哈。"

"笑死了。"

风趣的言语逗乐了一片。

"哥，你咋混成这样了呢？人家帅哥都是刷脸保命，你还得靠奶茶。"

"顾老师，能合影吗？"

横竖都被逮着了，顾明绰干脆拽下了帽子，有求必应。

好在都是知情懂理的人儿，闹了一通后，放了顾明绰去买奶茶。

"老板，芝士莓果，芋圆和芝士都要双份。

老板是个小年轻，潜藏在人群中的"星影"。

看到顾明绰，他的眉眼被彻底点亮。

"绰哥，我是你的'星影'。

"未来再难，我都会陪你一起走下去。"

顾明绰看着听着，心间微热。他抬手握拳，老板会意过来，欢喜地伸出手同他碰了碰。两个拳头相撞时，周围有灯闪起，留下了这平凡温情的一幕。

顾明绰重回车里时，俊脸似被冷风淬过有些紧绷。沈星拢着他递过来的奶茶，轻声询问："你怎么了？看起来闷闷的。"

顾明绰侧眸，直面那抹治愈人心的蓝，回道："没有，就是突然觉得自己也是个幸运的人。"他有外婆的爱，在困难之时得遇沈星，想发展事业时有田导和燃哥一路相扶，他还有万千"星影"，走到哪里都可能碰到。

不知不觉中，他再不是孤军奋战，也免于了孤单。他说这句话时，神色和语气皆淡，却割疼了沈星的心。

情绪兜头时，沈星忽然倾身抱了抱顾明绰。数秒后，她退开，以一种近乎笃定的语气对他说："因为你值得，未来，你还会更幸运。"

一身艳光燃起，牵扯着顾明绰的目光和心跳，再不由他。

双倍的芝士和芋圆甜蜜了沈星一整夜，明明知道不安全，还是克制不住自己的情绪，发了一张奶茶的图上传微博。

沈星：【偶尔适度地放纵一下，是为了继续道貌岸然地生活。】

才出山活动，紧接着又是原创微博，"繁星"兴奋得如同过年。

【来都来了，敢不敢来张自拍？】

【强排，小姐姐，你已经 366 天没有发自拍了！】

【啊啊啊，姐姐，我们不要奶茶要自拍！】

【小姐姐同款奶茶。】

【恨，大晚上诱人犯罪。】

【都准备睡了，看到这条，又摸出手机下了单。】

【哈哈哈，我就不一样了，我在大声朗诵静心咒。】

本来只是条普通日常，评论区不是催自拍就是展示同款奶茶、同款指甲彩绘。这时候谁也不知道，第二天上午十点，短短时间内已经拥有 50 万粉丝的热拿铁 CP 官微发布了网友投稿，是一张顾明绰在奶茶店前和年轻的店老板碰拳。

同时配文：【甜茶最出名的就是芝士莓果，沈星的选择。】

这下好了，整个 CP 粉圈都炸了。

【大半夜的给女朋友买奶茶。顾老师啊，你想甜死我吗？】

【接女朋友下班，还给买加了双份芋圆和芝士的奶茶，我酸了！！！】

【你不是一个人，啊啊啊。】

【今天又是吃柠檬的一天。】

【而且星星很反常了，她以前从不发这些东西。】

【是的，不然怎么叫她"精灵攻"呢！】

几轮过后，# 顾明绰沈星恋情 # 第三次引爆了热搜。

距离上一次，才过了两天。

# 第十章 ▼

**"我想要顾明绰的爱情。"**

真正的沈星, 娇情、清高,
渴望纯真热烈的爱情, 坚信有情饮水饱。

第一节

沈熙松难得空闲在家, 接到电话后气得差点晕厥。

凯瑟琳看在眼里, 不仅没有同情他, 还坏心眼地嘲笑: "我说什么了来着? 逮着这事儿气, 你气得过来吗? "

沈熙松的一颗心被扎得稀碎, 说道: "你……"话音也破碎, 一个完整的句子都无法说全。

就这, 凯瑟琳也没放过他, 扎人的话没断: "我看那小伙子不错的, 你怎么就特别针对人家呢? 再说了, 感情的事儿, 只有当事人自己说了才算, 懂吗? 你一长辈, 瞎掺和也不嫌掉价。

"我嫌弃你! "

这些话一出, 沈熙松连面子都碎尽了, 丢下手机, 负着气去了书房。

凯瑟琳也不哄他, 继续自己的织围巾大业。

城市的另一端, 这么大的动静, 沈廷烨不可能不知道。吃瓜吃得津津有味时, 他收到了苏正清的电话, 犹豫片刻, 接起。

苏正清的声音传来, 省去了寒暄, 开门见山: "星星喜欢的人是他? "

顾明绰的资料已经摆在了苏正清面前, 一个成绩和风评都还不错的演员, 也仅限于此, 看不出什么特别。

沈廷烨从吃瓜的激昂情绪中抽身, 如实地回道: "不清楚, 那天星星不愿提及。"

他稍顿, 终是决定劝苏正清两句: "正清, 有些话我必须直说, 因为我是真把你当朋友。"

苏正清低低地应了声。

沈廷烨接着往下说: "星星看着娇娇美美的, 但个性上并不是。她受她妈妈影响颇多, 独立且有主见, 从不轻易做决定, 做了就笃定, 雷厉风行谁也拦不住。"

这样的她一旦意识到自己的喜欢, 那就是真的喜欢, 不撞破南墙绝对不会回头的。换句话说, 沈星只要还喜欢那人, 她的眼里和心里就再容不下别人, 就算是苏正清这样的天之骄子也一样。

"歇歇吧，你的芳草不在鹭城。"

苏正清轻笑一声，心里却莫名不是滋味，他从未想过自己的初次动心竟会以这样的方式终结。

"唉，我为什么不多一个妹妹？"见苏正清稍显沉寂，沈廷烨故意说笑搞气氛。

然而苏正清并不领情，言语直白："我喜欢的是沈星，跟是不是你妹妹没关系。"

"你犯得着这样伤我的心？"沈廷烨气得心口疼，"我这真是好心没好报！"

苏正清根本不在意他伤没伤，沉吟片刻，低声道："今晚我想请星星吃个晚餐。"

沈廷烨眉毛挑动，问道："想干什么？表白？我跟你说……"

沈廷烨是真想劝他不要再做无用功，他家妹妹对不在意的人那真是冷冷清清，没有一丝红尘气。

结果他什么都没来得及说，就被苏正清的话阻断："我已经决定了，先就这样，明天过来找你吃饭。"

"行吧。"话都说到这个份上了，沈廷烨也不好再多说什么，决定由着他去。钉子碰多了，他自然会放弃。

挂了电话后没有两分钟，沈廷烨收到了亲哥沈廷泽的短信。

【半小时内，我要顾明绰的所有资料。】

一句话简简单单，同往日无异。沈廷烨却只想他，也真的了。

【霸总当傻了吧，威风到少爷我头上了？】

【你那一屋子的秘书是摆设？】

沈廷烨气势凶悍得很，可对面的人好似出现了感知障碍，丝毫没有感觉到，仍然冷淡且直接：【有关星星，我得慎重。】

沈廷烨还在骂：【慎重你不会自己去查？】

【我没空。】

【我也忙得很。】

两兄弟又一次不欢而散。

可事儿远没有完，五分钟后，沈廷泽的特助陈响来到了沈廷烨面前，站姿笔直神色冷肃，活像一座人形冰雕。

沈廷烨没好气地问："干什么？老子现在气儿不顺，看到跟沈廷泽相关的人就想揍，懂吗？"

陈响点头道："懂，所以带完话我就走。"

沈廷烨懒懒地垂下眼睫，多看一眼与沈廷泽相关的人都觉得费事。

陈响不管不顾地往下说："沈先生说你如果不按他说的办，他明天就飞香港，鹭城的一切就劳烦你了。"

沈廷烨猛地抬头，满眼火光，咬牙道："威胁小爷我？"

陈响睨着他，淡淡地说："如果您一定要这么理解，也不是不可以。"

沈廷烨被这冷血二人组气得说不出话了，但在陈响看来并不妨事儿，因为他的任务已经达成。

"话已经带到，我就不妨碍您休息了，有缘再见。"

说完，他转身走了。

来去皆如风，除了刮疼了别人，自己屁事儿没有。

午餐时分，沈星收到了苏正清的信息。斟酌半晌，她回复：【不了，我舍不得他不开心。】是事实，也是想苏正清知道她的态度。

苏正清保持绅士风度到了最后，回了"好"，没再多言。

"沈星星，你可以啊，才过了两天，又把热搜给爆了。"

"胆儿够肥的啊？惹了姐妹之后还敢回公司？"

"昨晚还尺度大开，为了刺激顾老师？"

"说吧，这次又是怎么回事儿？"

沈星一回到 Maple Leaf 的休息室，姐妹们就围了上来，合力把她按在沙发上，你一言我一语，凶悍得不行。

可沈星半点不怕，神色冷淡道："热搜而已，爆得还少吗？"

众姐妹腹诽：这丫头片子还挺蹿？

沈星挨个瞥了她们一眼，忽然妖娆一笑，说："而且它要爆，我能拦得住？"

李羡婷一听这话，"哟"了一声："这话怎么听着有点'凡'呢？"

其他三人煞有其事地点头。

沈星嘴角笑意犹在："是呢，怎么呢？"

"哟。"这回连队长明娅都忍不住笑了，轻轻地捏住她的小脸蛋，"这是我们星星吗？被妖怪附身了吧？"

"就是呢！"容涵面容冷艳，眼中却难掩笑意。

笑闹过后，沈星单独被胡亚均叫到了办公室。

她才坐定，胡亚均便忙不迭问道："你跟顾明绰什么情况？你怎么打算的？"

看到桌上的电话线又一次被他拔掉了，沈星莫名想笑，虽克制了没笑出声，但眼中的笑意却再藏不住。

她的反应自然瞒不过胡亚均，冷眼睨着她，没好气道："想笑？还有脸笑？我过得这么苦，都是谁搞出来的？"

听出他言语间都是委屈，沈星还真不忍心，轻声道："均哥，抱歉。"

胡亚均本就没生气，见沈星这般，心顿时软成了一摊水，只能强绷着脸说："对不起没用，说重点。你没事儿发什么微博，嫌你们两个不够有热度，还是 CP 粉不够疯？"

沈星笑笑，随后剖开内心，直面带她出道、亦哥亦友、为她信赖的胡亚均。渐渐地，她艳丽的眉眼沾染了温柔。

"那样的爱情，我没有能力对抗。

"错过了，我不知道还能不能得到，也不确定未来自己还能不能动心。"

以前常听人说女人不要太早碰到太惊艳的人，否则余生都无法安宁度过。那时她不识动心滋味，总觉得这话言过其实，笃定这世界没有谁离不开谁。直到她对顾明绰动了心，知道了他是怎么样艰难却笃定地走到她的面前时，她开始相信宿命，相信有些东西是驾驭在常识和理论之上的。

"所以均哥，我不会因为任何事、任何人放弃顾明绰。

"未来福祸，我和他共担。"

听到这些话，胡亚均心里泛出莫名的情绪。那种感觉就好像在自己眼皮下长大的小仙女一脚踏进了万丈红尘，虽不知道前路如何，仍然怀揣期待和热忱。

想到这，胡亚均忽然轻笑一声，脸上的冷肃散尽。

沈星云里雾里，蒙蒙地轻唤道："均哥……"

胡亚均睨着她，面容含笑，神色轻松，跟方才完全像两个人。

"按你自己想的办吧，我没意见。"

"均哥。"沈星有理由怀疑均哥是给自己气着了，觉得她们一个比一个不省心。

胡亚均心知她是顾及自己的感受，心间微暖，坦承道："我和顾明绰的经纪人胡燃碰过面了。"

沈星眼中闪过一丝讶异，问道："你们聊什么了？"

"工作，还有你和顾明绰的过去和未来。"胡亚均笑道，"有了那段过去打底，就算公开了，你也不会遭到大范围的攻击，焦点很容易打散。"

救赎与被救赎，顶流CP，恋爱之光……

随便挑出一个，就能分散舆情的焦点，带着他们安全着陆。

"所以……"胡亚均由衷地道，"等你和顾明绰都觉得合适的时候再公开，提前几天通知我和胡燃即可。

"均哥会祝福你们，比谁都不会少。

"其实成团的第一天，我就已经做好了心理准备。"

姑娘们会长大，会遇见自己喜欢的男人，甚至可能在某一天同那人共赴婚姻，以契约为名，执手到老。

"均哥，谢谢你！"一番话下来，饶是从小理智冷清惯了的沈星都禁不住鼻酸，她放软了声音，像极了对着哥哥撒娇的小女孩儿，"即使有了爱情，我也会好好工作。"

胡亚均欣慰一笑，说道："好姑娘，无论什么时候都要记得均哥对你说过的话。"

沈星像是读懂了胡亚均的想法，和他异口同声：

"永远要记得怎么做一个ACE。"

无论在生活中，还是舞台之上。

之后他们相视一笑，心绪皆安稳笃定。

这次网友们从早晨等到日落，都没能等来创美传媒和顾明绰工作室的回应。时间久了，话题虽由爆转沸，仍没有新的话题能够撼动它第一的位置，同以往完全不同的处理方式引发了诸多揣测。

【什么情况这是？大半天了，一点动静都没有。】

【专门摸到热拿铁CP的官微转了圈，直接嗑晕了。】

【不管成不成，热拿铁CP是我心中永远的神。】

【这热度真的羡慕不来，一杯奶茶就能引爆热搜。】

【制片人大大看看这边，恋爱真人秀走起。】

【嗑到了！】

顾明绰早间已经知道了，但他没出面。

出乎意料的是，沈星这次也齐齐保持了沉默。

傍晚时，顾明绰给沈星发了条信息，邀她一起吃晚餐。其实是他一早包下了城西的游乐场，想和她一起去玩。

几分钟后，沈星回复：【不好意思，顾老师，今晚已经有约了。】

像是怕他不信，沈星紧接着发了张照片给他。

照片里的她穿着浅紫色的碎花一字肩短衫和白色的短裤，露出一截雪白莹润的纤腰，脚上踩着与上衣同色系的小高跟，精致甜蜜到细节，像极了沉浸在爱情中的人儿。

顾明绰的心被刺了下，真实的心意再难隐藏，问道：【和谁？】

问题略显唐突，显露于对话框时，顾明绰就已经意识到。有机会撤回，可他放弃了，任它进入到沈星的视线。

但是沈星似并未察觉到他的情绪，坦荡直接地回道：【苏正清，二哥的朋友，一起去烤肉。】

顾明绰看着，心里酸泡泡直冒。

沈星可能会带苏正清去鹭宅的想法不断地啃咬着他，力度虽微弱，但他能清楚地体会因啃咬而生的痛感。他想叫她不要去，可无论他怎么努力，这话都无法说出口，喉间似堵塞了巨石，手指也再不由他。

他知道自己在害怕，害怕做过了会彻底失去沈星。以他对沈星的了解，他只有一次机会，输了他就再没有了。她会避嫌，会远离他，到时候，他偷来的一切全都会被她收回，他不确定自己是否扛得住。

沉默，久到沈星都以为顾明绰不会再回复了。

有那么一瞬间，她心软了，但也仅限于那一瞬。她清楚地知道顾明绰要从过去走出来，得他自己想通，否则即便在一起了，也无法彻底驱散他心中的忐忑与自卑。

顾明绰，快来吧，我在等你！

沈星对着沉暗的手机屏幕轻声道，声音柔软，透着期待和欢喜。

这一等，就是大半个小时。

沈星耐心渐失，正准备打电话骂人时，手机响了。她拿起，当新进的信息在她眼中时，嘴角不受控制地上翘。

【下来，我在楼下等你。】

怀着忐忑等了这么久，沈星心里有气，即使会下去，也不想让顾明绰那么容易如愿。

【顾老师，我说过我有约了，很快就要出门了。】

【我不会耽误你好久，说几句就走。】

沈星拖怠了片刻，回道：【好，我马上下来。】

几分钟后，沈星的身影出现在门厅。

本想就地谈，但两个人实在太过招眼，现在又是下班人流高峰期，为避开不必要的麻烦，顾明绰征得沈星的同意后，相携去往沙漏咖啡馆。

一进到上次那个包间，旖旎的记忆迅猛冲进沈星的脑海之中，烫了她的血液，也融软了她的心。但她刺激了他这么久，不愿在这一刻前功尽弃。

沈星强压下想抱他的冲动，状若无事地笑道："顾老师，什么事儿，现在可以说了吧？"

稍顿，她用玩笑口气补充："我觉得我们以后还是保持距离比较好，连着出绯闻就不说了，这会儿都还在热搜上挂着呢。"

然而顾明绰像是没有听到她的话，兀自睨着她说："想喝什么？我去弄。"

"不用麻烦了，今天时间赶。"

"嗯。"一逼再逼，顾明绰眼中闪过一丝决然。他走近沈星，停在了离她一步远的地方，两个人能够清楚地感受到彼此的呼吸和心跳。

他居高临下地凝视着沈星，她不闪不避，那抹高贵神秘的冰蓝毫无遮掩地映入他的眼帘，是他贪恋，拼了性命也不想失去的。

"星星，有件事情我必须跟你坦白。"

"嗯？"明明已经知道他的心意，但这一刻，沈星的心跳还是剧烈地躁动起来。她费力地压制，生怕他察觉到。

"我喜欢你，很喜欢。"

"你愿不愿意试试和顾明绰在一起，做他的女朋友，让他照顾你爱你？"

沈星的心都被甜齁了，疯狂叫嚣着"我愿意"。

可面上演技大爆发，她像只受到惊吓的猫儿，懵懂地眨巴眨巴眼。

"怎么会？"

顾明绰扯了扯嘴角，问道："为什么不会？"这一笑，心头的忐忑和紧张神迹般消失了大半。

"抱歉，我只是……有些惊讶。"到了这时候，沈星也没忘翻旧账，"毕竟我们在不久前还在传不和。"

顾明绰眼睫闪动，急忙说道："从来没有不和，我喜欢你，你愿不愿……"

他急切地想得到答案，但沈星显然不这么想，打断道："这事儿太突然了，我得认真想想。"

"嗯。"失落与怅惘从顾明绰心里掠过，但他不愿勉强沈星，有些事儿也勉强不来，"我等你。"

沈星点点头，说："那我先走了。"

"好，我送你出去。"

沈星同上一次般拒绝了："不用了，焱哥他们在外面，你忙你的。"

说完，她阔步离开，再没有给顾明绰挽留的机会。

她穿着三寸的细高跟，步履轻盈优雅，稳妥得如履平地。这样的她怎么可能会狼狈摔倒，又怎么可能靠在一个男人的胸前柔弱示人？

不过是因为爱情。

可沉浸在失落和沉郁之中的顾明绰看不穿，即便隐约看穿了，他也不敢相信。

242

沈星迂回兜转，只为让他印象深刻：沈星要的，只是顾明绰这个人。在她心中，他珍贵得无法比拟，万金不及。

沈星又一次从沙漏咖啡馆走出，抬头望天，繁星已经爬满夜空，而她和顾明绰的愿望皆将实现。

两人重回冷淡疏离的状态，绯闻热搜也因为迟迟没有回应热度渐退，直到寻不到踪迹。

顾明绰看似如常，有工作工作，没有就窝在沙漏咖啡馆研读剧本。

胡燃和肖伟隐约看出了异样，但没人敢问。这时候的顾明绰看起来就像一只不断膨胀的气球，一戳就会爆。

表白后的第三天，凌晨五点，顾明绰意外收到了沈星的短信息：【今晚十一点前，我想要收到九千九百九十九只你亲手折的千纸鹤、蓝钻比勒陀利亚之心、点亮鹭城外环所有的大厦灯幕。】

【三个缺一不可。】

一个比一个高难度，顾明绰只是看就知道达成的概率渺茫，但他还是振奋起来，想为自己试一试。

"哥，你买这个做什么？还买这么多？"早上九点，跑了好几个文具店才买齐了折纸材料的肖伟来到了顾明绰住处，一见到人，就忙不迭追着问，"店员说了，我买的这些够折几万只千纸鹤了。

"折这么多干什么？追求沈小姐？"

"这都什么年代了，你咋还用这老掉牙的招数呢？"

房间的静谧因他散尽。

顾明绰没说话，按照打印出的教程清点了材料才道："给燃哥带个话，今晚的局我不去了。"

肖伟回"好"，仍没忘记问自己惦记的："哥，你这几天到底怎么了？看着太不对劲了。你今天不准备出门了？就待在家里折千纸鹤？"

顾明绰低低地"嗯"了一声，随后抽了张粉红色的长条纸，按照教程的指引折起千纸鹤。

那手势笨拙得连肖伟都没眼看了。他也抽出了一张纸，问道："要多少？我帮你一起折。"

话落时，一只漂亮的千纸鹤已经折成了。

"怎么样？"肖伟扬了扬手中的千纸鹤，冲顾明绰炫耀。

顾明绰瞥了眼，没好气道："走！"

肖伟气得心口疼，抓狂地骂道："你这就是嫉妒，明晃晃的嫉妒。"

骂完，他看顾明绰连眼皮子都没掀一下，气极走人，结果才走了几步，又被顾明绰给叫住了。

"怎么样？需要我的帮助吗？"肖伟回头，眉眼间得意难掩。

顾明绰视线微抬，睨着他，淡声说："忘了说，今天我不处理任何工作，应酬也是。"

肖伟脸上的得意瞬间被粉碎。

他就不该回头！

接下来的时光，顾明绰搬着材料去了书房，笨拙缓慢地折起了千纸鹤。他清楚地知道以自己现在的速度，不眠不休三天三夜，都未必折得出九千九百九十九只千纸鹤。但他不管不顾，沉浸其中，从早晨到日落西山。

直到手机响起，将他拽回到现实。

是胡燃的信息，彻底粉碎了他的妄念，也将他打回原形。

【灯幕已经安排好，晚上十一点会准时亮起，但蓝钻比勒陀利亚之心在港城苏家，找人问过了，苏家的传家宝，向来只传长媳。】

港城苏家，苏正清吗？

星星，你是在告诉我，你想要的只有苏正清能给你是吗？

想到这些，顾明绰心里涌起一阵苦涩，回复：【我知道了。】

他随即放下了手机，继续折起千纸鹤，像是失了灵魂，缓慢而僵硬。

当鹭城电视塔上古老的时钟指向十一时，鹭城外环所有大厦的灯幕同时以沈星为名亮起，可她爱的人终是没能走到他面前。

顾明绰，你就是天字第一号的大傻瓜。

为什么一定要按照我说的做呢？为什么对自己那么没有信心呢？

沈星站在家中的落地窗前，遥遥看向16栋的方向，莫名鼻酸眼热。而她再也舍不得他难受了，只想把他想要的一切尽数推到他面前，哪怕他想要的是自己。

她开始武装内心，临出门前，还将顾明绰的牛仔外套穿在了身上。

十分钟后，她找到了16栋1606，伸手按响了门铃，连着按了三次，门才开。四目相对时，顾明绰的情绪来不及收敛，一脸错愕。

沈星佯装没瞧见，越过他进到屋子里。

顾明绰关上门，阔步跟上她。

沈星随意地看了一圈，目光回到顾明绰身上时，一一摘下了口罩和墨镜。小脸深邃，妍丽娇艳，如同过去的每一次，轻易占据了顾明绰的视线。以往，他一定会冲她笑，但此时此刻，他真的笑不出来。

两人相对无言。

半响后，沈星忽然走近他，伸手紧拽他的衣襟，像是质问，又像是埋怨地说："你为什么不来？"

顾明绰的心恢复知觉，刺痛感传来，漆黑的瞳眸中染上淡淡的猩红色，小声道："我意识到，你要的无论我怎么努力都给不了。"

沈星睨着他，问道："那你有没有想过，那其实不是我真实的想法，是你和很多人强加给我的？"

真正的沈星，矫情、清高、渴望纯真热烈的爱情，坚信有情饮水饱。

她只是想借此告诉顾明绰不是那样的，就算苏正清拥有蓝钻比勒陀利亚之心，她也不会爱他。

顾明绰听出些眉目，眸底燃起微弱的光。

"那……你想要什么？"

沈星捕捉到他眼中的光，心一阵抽疼。

她松开了他的衣襟，亲昵地环住他的腰，小脸顺势靠在他的胸前，深呼吸，鼻间全是柠檬的清香。

"我想要顾明绰的爱情。

"想一直和顾明绰绑在一起。

"想人们提及顾明绰时，最先想到的永远都是电影和沈星。"

她的声音很轻，但顾明绰听清楚了，空落的心瞬间被充盈，忐忑和伤感再没有容身之地，全部被挤出他的身体。他一直垂落在身侧的双手缓缓抬起，来到她的腰间，紧紧回抱她。

半晌无言，可沈星一点都不介意。这么暖的怀抱，她待到天荒地老也不会嫌烦。

当然，也不可能到永久。

等顾明绰缓过来，他托抱起怀中的人儿，往书房的方向而去。

沈星伸手搂着他的脖颈，看他俊脸紧绷，故意闹道："还没盖章呢，就想着下一步了？"

顾明绰眼中总算是漾开了一丝笑，问道："要怎么盖章？"

沈星红唇微嘟，娇羞道："顾老师，这么有意义的晚上，你不打算亲吻你的女朋友吗？"

经她这么一说，原本没有这个想法的顾明绰眸色微黯。但他没说话，抱着沈星去了书房，把她放在书桌上后，将半罐子的千纸鹤送到了她的手上，说道："再给我点时间，我一定能折够，也一定能找到比比勒陀利亚之心更好的蓝钻。"

沈星垂眸看了眼，罐中的千纸鹤并不是太好看，但这些并不妨碍她喜欢和感动。

看向顾明绰时，她的蓝眸似被江南烟雨淬过，温柔旖旎。

"我等你呀。"

耳边响着的是她如水的声音，呼吸间都是她身上的甜香，顾明绰直到此刻，才真切地意识到自己不是在做梦。

他小心翼翼地伸出手，抚上她的脸庞，温柔地说："我爱的，沈星。"

"沈星"两个字消失在贴近的唇瓣间。辗转斯磨，绵长温柔，仿佛永远不会觉得烦腻。再往后，他和她皆沉溺陷落。他的舌尖从她微启的唇间挤进去，执意勾着她一起纠缠。情浓时，水声微漾，一抹红晕从沈星的耳根悄然荡开，蔓延，但她并不排斥这种亲密，甚至可以说是欢喜。

是了，她喜欢清隽而隐忍的顾明绰因她颓靡放纵，肌理淬火。

从开始到最后，只为她。

第二节

在顾明绰的套间里待了一阵，沈星带着新的身份离开。同时带走的，还有顾明绰的心。他舍不得放她离开，但深植在骨子里的对她的在乎把他的行为禁锢得死死的。他宁愿自己死千千万万次，也想尊重她体贴她。只是这一次，不短的一程，他一直牢牢地扣着她的手，手心渗汗，他都没想过放开。

沈星由着他，到了自己的住处楼下才笑着揶揄道："顾老师，牵这么紧，你不热吗？"

顾明绰闻言，不仅没放手，还抬高交缠的手，低头亲吻她的手背，睨着她的黑眸光影潋滟，说道："不热，要这么牵一辈子。"

数秒后，他忽然问她："你想反悔吗？"

沈星挣开手搂着他的腰，微仰着头看他，笑眯眯道："反悔？我又不傻。"

这话取悦了顾明绰，抑不住地低头封缄她的红唇深吻。

半晌后，他放开了怀中人，催促道："晚了，快回去睡吧。"

沈星眸中漾起不舍，但明早还有工作，她得休息了。

"那我走了，明天见。"

顾明绰点头，说："去吧，我看你房间的灯亮了再走。"

"嗯，晚安。"

"晚安。"

沈星转身离开，步履一如往常，轻盈优雅。

可她自己知道，她舍不得，她想在确认关系的第一天和她的顾老师多待一会儿。这些不舍在她走到门厅时冲破了她的理智，她竟在顾明绰错愕的目光中原路返回，扑进他的怀里，踮着脚吻过他的嘴角。

"我爱你，顾明绰。"

闹了一整晚，这才是她真正想说的。之后，她跑开了。来去匆匆，快得顾明绰都没机会反应。

这次，沈星真正离开。

几分钟后，她套间的灯亮起，顾明绰才踏上回程，一颗心前所未有的安稳充盈。

第二天一早，Maple Leaf 出席商台的明星访谈节目。化妆间里，线上新晋的剧花陈莲心忽然拉着身旁的慕夏闲聊。两个人在不同的场合见过几次，年纪也相仿，渐渐熟络。

"夏，给你看个刺激的。"

慕夏微侧脸，杏眸含笑地问："什么？"

陈莲心说："热搜。"随后把自己的手机递给了她。

慕夏花了点时间看完，由衷地赞叹："啧，还真挺刺激。"

"是吧，只是看，就面红耳赤。"

早晨的热搜第三，是线上最强演员们的吻戏动图剪辑，帧帧苏到让人断腿。

慕夏也赞同："就是……"

陈莲心睨着她，追问："就是什么？"

慕夏回道："就是这线上最强演员们的吻戏，怎么没有我们顾老师呢？"

陈莲心不由得沉吟，发现还真是，问道："顾老师拍过吻戏吗？我看了几部他的电影，牵手都没有。"

"所以我说这热搜有缺憾。"

"那可能这辈子都不会完整了。"

"为什么？"

"因为我感觉顾老师现在接戏都在往大男主无 CP 上靠。"

"哈哈哈，瞎说什么，那《战九龙》是什么？这儿还坐着位顾明绰的女主角呢。"

慕夏说着，目光扫向沈星。

沈星突然被点到，只是优雅地笑笑，心里却因为脑补了一下顾明绰和别的女人拥吻的画面狂冒酸泡泡。

当众人的目光挪开时，她从手袋里拿出手机，给顾明绰发了条信息：【顾老师，请问你拍过吻戏吗？和谁？】

虽然克制了又克制，她言语间还是难掩酸气。

如果真的有，她嫉妒，竟然有人先她一步得到顾明绰的吻。一想到他曾像昨晚吻她那样吻别的女人，即便只是工作，她都想抓狂尖叫。

此时，顾明绰正在工作室和胡燃开会。

星影传媒即将挂牌成立，成立那天，几个重磅大项目会同时宣发，有一些需要顾明绰亲自扛旗。这就意味着《战九龙》之后，顾明绰需要密集营业，为星影传媒造势。他这次同胡燃碰面，就是敲时间和细节。

看到短信，他清隽的眉眼忽然染笑。

他还没来得及做下一步动作，就听胡燃轻笑。

他轻掀眼睑，见胡燃一脸戏谑的表情。

"星星发来的？"胡燃问，其实早已笃定答案。在这世界上，再没有人能像沈星那样近乎轻易地牵动顾明绰的情绪了。

"不闹别扭了？"

顾明绰把手机拢入手心，睨着胡燃，如实道："燃哥，我们昨晚在一起了。"

胡燃的眼中闪过一丝讶异，瞬息之后，笑意充斥眼底。

他给予了由衷的祝福："恭喜啊，阿绰，等了这么久，终于得偿所愿。"

"谢谢燃哥，这一路真的要多谢你和田导。"

胡燃却开始训人："高兴的日子，说这些矫情的话干什么？我们乐意的，而且也收获了许多，不是吗？"

顾明绰笑着"嗯"了声，没再多说。

倒是胡燃，紧接着又问了几个问题。

顾明绰同他细聊，几分钟后，才得闲回复沈星：【回沈总，没有，小的接戏都是无 CP 那挂的，昨晚是实打实的初吻。】

收到回信的沈星心里甜丝丝的：【初吻就这么熟练的吗？】

顾明绰先是发了个斜眼笑的表情，紧跟着一句：【只要诱惑够大，没有什么是做不到的。】

【顾老师，你这是在夸你的女朋友吗？】

【这很明显不是夸，是事实！】

【很好，你成功取悦了你的女朋友。我要上节目了，要抱抱！】

看着沈星撒娇讨抱的信息，顾明绰的一颗心软到稀巴烂。

缓了缓，他才回：【中午几点收工，我去接你吃午饭好吗？】

【你订好地方，我直接过去。接，目标太大。】

【好。】

聊完，对话框重归安静。沈星将手机锁定交给了叶欣，和姐妹们步入演播大厅。她妆容依旧冷艳，眉眼间却藏匿着一抹温柔，似被春风吻过。

"欢迎大家来到《时尚说》，我是节目主持人廖凯。"摄影棚的灯光大亮，照得场内纤毫毕现。主持人廖凯出现在舞台中央，笑着对分坐于他两侧的嘉宾和观众微鞠躬致意。

掌声雷动。

稍歇时，他开始介绍嘉宾。末了，才说到 Maple Leaf。

"漂亮小姐姐们来了！

"大家以最热烈的掌声欢迎她们。"

话音没落全，掌声已经轰响，热情如浪一般扑向 Maple Leaf。

主持人的目光也落在她们身上，说道："知道节目组发了多少次邀请吗？请 Maple Leaf 上节目，比廖凯被五大杂志推封都难。"

"哈哈哈。"

"凯哥委屈死了。"

"不不不，凯哥是在喊话五大杂志看看他，封面走起。"

"也不是不可以，凯哥当年就是商台第一小鲜肉，一出山万人空巷的存在。"

"可不是，到现在都是叔叔阿姨杀手！"

主持人一撩拨，场内的气氛瞬间炸了。

明娅代表 Maple Leaf 回应："对不起凯哥，先前准备演唱会，还要消化既定的行程，实在是抽不出时间。以后只要得空，就来《时尚说》坐坐，凯哥可别嫌吵。"

廖凯看向场外，一本正经地对节目导演说："把这段专门截出来存档，胡亚均再拒绝你时，直接甩他脸上。"

霎时间，笑声连成片。

廖凯任由着场内闹了一阵，随即将节目往下推。

"时尚说，说时尚。

"今天就请几位顶级大明星为大家推荐他们眼中性价比最高的单品，大家想先看谁的？"

场内声浪四起，各种答案都有，仔细听，沈星的呼声最高。

廖凯说："那就请……星星出列。"

沈星笑着从座位起身，走到长长的案几前。

廖凯站在她身旁，垂眸看着案几上的物件，问道："哪些是你带来的？"

沈星抬手指向一块，说："这些。"

里面有面膜、零食、眼罩……有一件稍显突兀，竟是那日在华宵森林公园顾明绰送给她的藏银细手镯。

廖凯有些印象，问道："这个手镯你在 Juliet 晚宴戴过吧，和 Sky Fall 初雪系列一起？"

沈星颔首，笑着说："是，我很喜欢中国风的东西，深藏底蕴，万年不败的时尚元素。"

说到兴奋处，沈星的眸中似聚集了星河，光影灼灼："关键，它的价格也不高，普通人都可以消费得起。"

廖凯发笑，有点儿不相信："你说的价格不高和普通人的认知可能有些不同。"

沈星看着他，强调道："我说的不高就是字面上的意思。"

"多少？"

"和其他几个小件加起来，六百块。"说完，沈星自己先笑了。

以前，她从未想过自己会用这么低廉的首饰，最后她不仅用了，还视若珍宝。

主持人也被她逗笑："那确实不贵。为什么喜欢它呢？无论手工还是材质，都是无法同你的那些古董珠宝相比的。"

"是，但我还是喜欢。第一眼看到的时候，我就很喜欢了。我总是觉得有些东西不能用金钱衡量的，不该被量化。"

真正了解顾明绰之前，沈星只是心善，即使帮了救助了，也很难对一些人一些事产生共情。但此时此刻，她可以了，她会因为他曾经历过的一切鼻酸眼热，学会了憎恨，也学会了爱，不求任何回报。就像他对原生家庭有缺的孩子和濒临倒闭的国货品牌所做的那样。

"这个手镯来自华宵森林公园，那里虽未开发完全，但风景是极好的，大家有空可以去看看。"

廖凯听完，不由得戏谑道："星星这是来推荐时尚单品的，还是作为华宵推广大使来的？"

沈星对着镜头，眸中亮着笑意说："推荐单品，但如果华宵有这个需要，只管来找我，免费的。"

场下掌声雷动。

主持人笑道："看来星星真的喜欢那个地方，华宵森林公园的相关负责人如果看到这个节目，请尽快同创美传媒联系。"

之后，他转到节目本身，问道："几件加起来六百，星星当时有没有犹豫？还是看到就决定买？"

沈星闻言，怔了怔才道："有犹豫的。后面有朋友看我喜欢，硬买来送我，说是圣诞礼物。那时候，刚刚四月份。"

"那人肯定是个男的。"场中一位男性观众忽然高声喊。

沈星和廖凯的目光皆被牵引到那一侧。

廖凯笑着发问："何以见得？"

男观众说："用广大女性同胞的话说，只有你们这些男人才能干出这样的事情。"

顿时，哄笑声四起。

廖凯他："你还挺有自知之明的。"完了，话锋又一转，"不瞒大家说，我媳妇儿也经常这么骂我。"

"哈哈哈！"

"直男真的无处不在。"

"凯哥，那嫂子骂完了会让你跪榴梿或者搓衣板吗？"

面对戏谑，廖凯一脸幸福模样地说："跪啊，没有跪过榴梿或者搓衣板的男人，人生是不圆满的，懂吗？"

话落，他兀自将话茬推回到原处，睨着沈星："星星，他说对了吗？是男人送的吗？"

笑容破开了沈星的冷艳，美得不可方物："是。"

"真的是！"

"谁？"

"小姐姐笑起来太好看了。"

迭起的声浪中，廖凯好奇地追问："那一定是很特别的男人吧？"不然以沈星的为人，她怎么样都不可能接受一个男人价值六百元的礼物。

沈星直面镜头，眼中有光，回道："是，一个对于我来说特别珍贵的男人。"

上午十一点许，录制结束。

沈星独自来到了沙漏咖啡馆，这是第三次来了，沈星不再需要服务生引路，独自一人来到包间门外。她抬手敲了敲门，没人应，便试着拧门，稍稍用力，还真开了。

"顾老师……"沈星往里踱，轻喊着。

就在这时，一道暗影忽地从背后罩住她，等她反应过来时，人已经被抱坐到冰凉的料理台上。

熟悉的俊脸就在她面前几厘米处，喉结滚动，性感得让沈星有些恍惚。

顾明绰也没等她回神，不管不顾地吻了下去，从嘴角到贝齿，一寸一寸，热情也放肆。

沈星渐渐迷糊，直到锁骨处传来微弱的刺痛感。她微恼，伸手推开眼前的男人，说："怎么能亲那里，留印了怎么办？我下午还有工作。"

她的声音不复清冷，娇柔得就像一团粉色的棉花糖，没有任何威慑力。

顾明绰再次低头，轻声说："我有分寸，不会留印。"

"不会也不给亲。"沈星再次抵开他的脸，"还有，我同意给你亲了吗？"

顾明绰闻言，埋在她深凹的脖颈失笑。

热而潮的气息拂过沈星的肌肤，扰得她内心烦躁。

"顾明绰，你给我起来，好好说话！"

这回，顾明绰听话了，站直面对她，只是双手还搁在她的两侧，将她牢牢地禁锢在自己的双臂间。

"行，好好说话，沈总想我说什么？"顾明绰一本正经地道，眸底却燃着令人目眩神迷的光亮。过了这么久，他终于可以把对沈星的企图心毫无遮掩地摊在她的眼前，拥抱她深吻她，再也不会惧怕她在某一个时刻从他的世界里彻底消失。

沈星伸手拽住他的黑衫，小脸凶悍，质问道："说，你为什么要亲我？"

顾明绰无辜地眨巴眨巴眼，说："不是沈总早上说要抱抱的吗？"

沈星冷哼一声："你都知道我说的是抱抱了，你这是抱抱吗？"

"是啊。"

"不要脸。"

"冤枉，网上不是说了拥抱、接吻、滚床单一条龙吗？我以为……"

话到这里，沈星气极反笑："就顾老师你这说法，我们今天还得滚一下床单？"

"想滚吗？嗯？"沈星说着，忽然伸出手，抚到他藏在衣衫下的腹肌，精瘦，没有一丝多余的赘肉。

沈星细致地征伐，媚眼如丝，问道："梦到过？"

顾明绰视线直勾勾的，坦承道："梦到过。"

沈星没料到他会这么诚实直白，怔了片刻，嘴角微翘，勾勒出一抹愉悦的笑。

爱情真的是个很奇妙的东西，但凡跟它沾了边，就会变得浪漫甜蜜，哪怕那件事由另外一个男人做了绝对会被她视为冒犯和不堪。

"怎么梦的？"她像个妖精，勾惹他，指尖轻缓地从他的腰腹刮过，"一个小时，够你复刻那个梦吗？"

沈星本意是想逗他，但话出口，她也没觉得羞怯或是惧怕，一丝都没有。在她看来，爱与欲望本就相伴而生，而欲望本身也没有高尚和卑鄙之分，差别唯有分寸而已。

这时候她怎么也想不到，顾明绰的梦竟是把她抱在怀中看了一个小时的《冒牌天神》。

沈星负气地窝在他的怀里不说话，要离开了，才伸手揪住他的脸，问道："我好看，还是金·凯瑞好看？"

顾明绰亲吻她的长发，声音透着因午后困倦而生的暗哑："当然是我女朋友好看。"

"那你为什么做梦都梦到他？你就不能梦点别的？"

沈星蔫了，叫嚣也是软弱无力的。

顾明绰收紧双臂，将人抱得更紧，脸庞靠在她的肩胛处，说："清醒时，这些已经是我的妄念了。"所以它们只敢在梦里出现。

又一次，沈星身体里为数不多的温柔被勾起，她伸手勾住顾明绰的脖子，主动深吻。

缠绵之后，她眉眼明亮地对他说："顾老师，请牢记一句话。"

"什么话？"

"你的心有多大，这世界就有多大。"

第三节

周五傍晚，顾明绰开车载着沈星去往远郊的平记，想完成那日对老板娘的承诺。

沈星忙碌了一天，上了车同顾明绰说了会儿话，就渐渐陷入沉睡，再醒来时，暮色已经深沉。

车停了，身旁的男人正百无聊赖地玩她的手，神色恍惚，也不知道在想些什么。

沈星睨着他，蓝眸似覆着一层薄薄的水雾，问道："怎么不叫醒我？"

顾明绰凝眸，绝美的娇靥让他不由得朝她微笑。

"你累了，想让你多休息一会儿。"

深眠珍贵，他不想破坏，而且她这么不设防地在他身旁安睡，对他而言就是天大的幸福。

沈星的一颗心被这个男人生生地揉成了水，她伸手勾近他，主动献上香吻，将他曾施加到她身上的爱意全部还给了他。

温柔、爱意不加掩饰，顾明绰渐渐情动，伸手扣住了她的腰，隔着单薄的衣料摩挲。

缠绵过后，两人的气息热烫，于密闭的空间纠缠，带出了几分微淡的旖旎和暧昧。

顾明绰给沈星戴上了口罩，末了，伸手抚平她微乱的发丝。

他一认真起来，就像油画中的王子，一身清隽，红尘艳色似近不了身。

可越是这样，沈星就越想撩拨他。她睨着他，嘴角勾出一抹莫名的笑，问道："怎么不往上了，怕沈大佬敲断了你的手脚？"

情浓时，顾明绰的手在那块薄料外不断徘徊，可他还是将克制守到了最后，没有越过雷池一步。

沈星感受到了珍视，伴随而来的，是心疼。眼前的这个男人从少年时就开始爱她，视她如珠宝怕是已经深植在他的骨髓与血液之中，足以碾压欲望。而她根本抗拒不了这样的爱意，只想给予更多，再多点。

顾明绰的手停在她的长发上，俊脸隐约泛起红潮。

看他这般，沈星脸上笑意加深，不怕死地继续挑衅："顾老师，您这是不是就叫有贼心没贼胆？"

沈星承认自己有点儿恶趣味，但她就是忍不住，每回看到他正经禁欲的模样就想搞破坏。她以为这刺激足够了，没想到顾明绰将她的言语忽略得彻底，兀自推门下了车。

沈星恨恨地盯着合上的车门，腹诽：这男人能不能按照常理出牌，哪怕一次？

"下来。"没一会儿，顾明绰拉开了副驾驶座的车门，居高临下地对她说道。

沈星不理他，目视前方，一脸冷艳。

顾明绰见了，只觉可爱，以拳抵唇，低笑两声。

沈星仍是一动不动。

顾明绰只好俯低身将她从车里抱了出来。

被熟悉的气息包裹，沈星什么气都没了，把下巴搁在他的颈窝，轻轻软软地喊道："顾老师。"

"嗯？"将她抱下了车，顾明绰放下她，随手关了车门，将她困在自己与车之间。

沈星靠在车门上，抬手食指，若有似无地刮过他的喉结，如愿看见喉结微滚，性感与欲念破出。沈星满意了，笑得像只吃饱了的猫儿。

"没什么。我们走吧，买提拉米苏去了。"

沈星说着，笑眯眯地牵起他的手。

可这回，顾明绰没有放过她，反扣住她的手将人抵回车门，低头在她的唇齿之间放肆，所过之处皆是颓靡水色。从来深邃幽冷的黑眸欲念暗涌，近距离地看着，沈星禁不住心颤。

"顾老师……"

她也不知道自己为什么要喊他，可这一声，对顾明绰威力巨大。

他的动作缓了下来，最后，薄唇抵在她的嘴角，以只有她能够听到的音量哑声道："沈星，我能死在你身上，你信吗？"

意识到他在说什么的沈星小脸淬了火，越加娇艳。下一瞬，她猛地推开了身前的男人，羞窘地嗔骂："顾明绰，你这个死色狼。"

阔步往前时，沈星心里不禁想：还是清雅禁欲系的顾老师比较合我的心意，色狼顾明绰还是算了吧，分分钟想把他拽到垃圾桶扔掉。

顾明绰笑着跟了上去，想伸手牵她，结果才碰到就被狠狠甩开。

他只能哄道："不要生气了，我保证以后不乱说话了，而且……"

沈星脚步渐缓，侧眸睨着他，问道："而且什么？"

顾明绰眨眨眼，长睫颤动，带出的全是乖顺和无辜："不是沈总您跟我说心有多大，世界就有多大？"

沈星被这话噎得心口疼，也深知是说不赢了，只能祭出女朋友特权，拽紧某人的耳朵就是一顿拳打脚踢。

其间，她的小嘴也没停。

"顾明绰，你长进了是吧？敢回嘴了？

"我知道了，你就是想气死我。气死了，你就可以换一个女朋友了，是不是这样？

"我告诉你，这你就别想了。你这辈子，不，是接下来的三生三世都归我沈星所有。"

精灵凶悍起来，似乎都比普通人更凶。

可顾明绰只想笑，空落的心充盈饱满，因为这或火热或生动或温馨的一幕幕无一不在告诉他：沈星爱他，沈星愿意留在他的身边。

这个认知，让他拥有了对抗世界的力量。

伴着朗月疏星，顾明绰和沈星找到了平记。

小镇的住户关门闭户早，才过晚上八点，老板娘和老板就在收拾准备关门了。

"老板娘，还有提拉米苏吗？"还没进店，顾明绰就朝里面喊。

老板娘循声看了过来，很快认出他来，看到他与沈星紧扣的手，她的眼中漾起笑意："小伙子，阿姨是不是没骗你？"

沈星不明所以，逮着顾明绰问："阿姨跟你说什么了？"

顾明绰眼中盈满了笑，说道："阿姨跟我说，给心上人送平记的提拉米苏就能'脱单'，然后我就真的'脱单'了。"

伴着话音，他稍稍用力带起了两人交握的手，俊朗的眉眼染了无边春意。落入沈星眼里，舍不得再闹他不说，还禁不住跟着他笑，幸福洋溢。

寒暄过后，老板娘从冰箱里拿出了最后两个提拉米苏。

当巧克力粉的浓香冲进沈星的鼻间时，她由衷地喟叹："这也太好运了吧。"

那日她真的没有骗顾明绰，平记的提拉米苏，绝大多数时候早上十点就没有了。这次这个点来，不过是不想破坏顾明绰的兴致，她没想过能吃到自己喜爱的提拉米苏。

老板娘还站在桌旁，笑着搭话："可不是？有个男孩子订了两个，一刻钟前才说不来了，让我送给有缘人。

"然后你们就来了。

"吃吧，不收钱。"

留了话，老板娘暂时离开，给他们张罗喝的去了。

沈星用勺子挖出一块，末了却递到了顾明绰的嘴边，说道："第一勺，给沈星最爱的顾老师。"姑娘眉眼温软，蕴着甜蜜，寻不着一丝人前的矜持。

顾明绰张嘴，被喂了一口甜。

细品时，他有样学样，递了一勺到沈星嘴边，说道："第一勺，给顾明绰最爱的仙女星。"

沈星毫不客气地张嘴吃掉。

甜涩交缠的味道蔓延开来时，顾明绰忽然对她说："沈总，我们来张自拍吧。"

"不要。"沈星想都没想就拒绝了。上次的自拍她记忆犹新，才不想跟个傻子自拍，拉低了仙女星的颜值。

顾明绰微囧，沉默片刻，问道："为什么？"

知道缘由，才能找方法解决。

沈星从提拉米苏中抽出几分注意力，定定地睨着他，说："你真想知道？"

"嗯。"

沈星拿起面前的温热柠檬水喝了两口润了润嗓子，才说道："那我告诉你，我不想跟个傻子拍照知道吧？"

随后，她解锁手机打开相册，找出了上次的那张自拍摊在他的眼前。

隔了有段时间了，沈星仍旧意难平，说："这种自拍，我这辈子都不想再拍第二次了，我堂堂仙女星受不了这打击。"

沈星一脸认真的表情，却把顾明绰逗得爆笑不止。

"您这种呢，就只适合揣着张单人照孤独终老。"沈星说完，敛下眼睫懒得再看他。

顾明绰笑够了，开始补救："沈总，我跟您保证这次再不会这么笑了，一定好好营业！"

沈星不信，眼皮子都没掀动一下。

顾明绰没法子，只能接着哄。他压低放缓了声音，声音撩人，就像裹着柔软丝绸的低音炮发出的："老婆，你再给我个机会，再笑，你以后再不和我自拍，回家我自己准备榴梿。"

他的求生欲旺盛，连着说了一长串，气都不带喘的。

可沈星只听进去了"老婆"两个字，之后的全部自动消音了。

"你刚……叫我什么？"等顾明绰唠叨完后，沈星也从怔然中回神，睨着他问，眸中亮着微弱的光。

"啊？"这问题是顾明绰没想到的，一下子没反应过来，看着有些蒙。

沈星却不在意，耐心地诱哄："顾老师，你刚喊我什么？"

顾明绰这才意会过来，霎时间，黑眸被笑意点亮。

他又喊了一声："老婆，请和我拍张自拍吧。"

熟悉的优雅明亮，沈星顿时兵败如山倒，说道："那就再给你一次机会，给我好好拍，再乱笑我一定揍你。"

顾明绰连连保证。

笑容这才回到沈星的脸上："那来吧。"

闻言，顾明绰起身，坐到了沈星的身旁，手像是有自我意识一般揽住她纤瘦的肩膀。

沈星睨了他一眼，眸光冷冷，吓得他赶忙收回了自己的手。

他赔笑脸道："沈总，您说怎么拍，我配合。"

"嗯。"沈星若有似无地哼了声，开了手机摄像头递他，"你的头不可以越过我。"

顾明绰接过，说："好的，沈总，这里面有什么讲究吗？"

"人往后面些，脸会显得小点儿。"

话一出口，沈星莫名心酸，紧接着而来的是无边愤怒："说来说去，这事儿就怪你，做个女明星已经很辛苦了，再摊上个美颜盛世的男朋友，人生艰难。"

这是沈星的"真情实感"，落进顾明绰耳朵里，他只想笑。同时也知道这时候笑等同于把自己的膝盖推向榴梿，所以他冒着憋出内伤的危险，把即将迸发的笑声强压了回去，一脸恍然地顺着她的话哄："原来是这样，那以后拍照，我在前面，我不在意脸大。"

沈星没好气道："你当然不在意，你本来就脸大。"

得，她还真气着了。

顾明绰深知不能招惹跟美貌拗上的女明星，笑着略过了这个话题："来来来，我们拍照。我的技术不错的，保证把沈总照得美美的。"

这次没等沈星反应，他机警地补充："再说了，我女朋友美颜盛世，再渣的像素和技术都挡不住。"

明明知道他在耍嘴皮子，沈星的嘴角还是抑不住地往上翘，望向他的蓝眸欢喜藏不住，问道："你真的觉得我漂亮？"

顾明绰忽然凑近，薄唇轻轻擦碰她的嘴角。

"当然，梦中情人呢。"

一句话悄无声息地融软了沈星的矫情劲儿，只剩甜蜜。

"顾老师眼光真好！"

哄好佳人后，顾明绰一手拥着沈星，一手举高手机。

这次换他喊：

"三……二……一……

"西瓜甜不甜？"

当他说甜时，怀中的人儿却突然侧脸，软馥的红唇贴向他的脸颊。伴着"咔嚓"一声轻响，这浪漫甜蜜的一帧被永久记录。

第四节

顾明绰看向永远不按照常理出牌的姑娘，她也在看他，蓝眸灼灼。

"看什么？我亲吻自己的男朋友还得打报告？"

顾明绰伸出手，轻抚她的脸颊，宠溺笑道："不用，沈总只要高兴，可以予取予求。"

沈星笑弯了眉眼，随即从他手中抽走了手机，细致地看了一番，满意地喟叹："真好！"

顾明绰对她说："发到我微信上，现在。"

沈星说："好。"发送后，睨着他，眼中有疑惑，"你那么急干什么？"

顾明绰拿起桌上的口罩戴上，起身时，叮嘱沈星："你在这儿等我，我很快就回来。"

沈星云里雾里，但还是应了下来。

顾明绰走近老板，说了几句，出了平记。

等老板娘来送饮品时，沈星轻声问："您知道他在搞什么吗？"

老板娘回道："去前面的照相馆洗照片去了。"

沈星不太明白，但她没再问，打算等顾明绰回来再细问。

老板娘的话却没停，把那日和顾明绰的对话全给抖了出来。

沈星难以置信地说："您说他洗照片，是想贴这墙上？"

其实也难怪沈星震惊，她向来在有选择的情况下，都会避开人群。在她的认知里，顾明绰应该也差不多，因为就过往看，他比她还要低调神秘，哪里知道他会做出这么幼稚且疯狂的举动。

老板娘却笑道："多半是。你们两个长得这么好看，照片挂上去，我这店的生意肯定还好些。"

老板娘平日里很少去影院，也不刷新媒体，叫得出名字的明星都停留在五十代，因而沈星和顾明绰来这儿几次了，她也不知道他们是线上最夯最热的明星，拥有一夜之间让平记扬名全国的威力。她只是单纯觉得合眼缘，心生欢喜。

沈星不由得失笑。

老板娘说："我说的可是真心话，一丁点儿假都没掺。"

话题告一段落后，她还热情地吆喝："这是我们店招牌，牛奶朱古力。你慢慢喝，照相馆近得很，他很快就回来了。"

"知道了阿姨，您忙您的。"

沈星悠闲地翻着时尚杂志，一杯冷冻朱古力喝掉大半时，顾明绰回来了。

同样一张照片，洗了三张。

他坐到沈星对面，用桌台上常备的金色油漆笔写下了一句话：【顾明绰只爱沈星，从最初到最后。】

写完，他将照片反转，推到了沈星面前，黑眸凝视着她，隐约沁出期待。

沈星本想骂他幼稚，话也到嘴边了。可最后，她终究没有把这些话诉诸于口，像之前的每一次一样，败给了顾明绰的喜欢。热情似火，足以焚尽所有的克制与犹疑，只想随着他疯，以最绚烂的方式在这万丈红尘中走一遭。

【沈星心甘情愿地选择顾明绰。】

最后，沈星握起笔，如他所愿写下了一句话。

顾明绰看在眼里，黑眸被喜悦点亮，灼灼逼人。

沈星被他感染，红唇微扬，问道："幼不幼稚？"

顾明绰握住她的手，送到唇边，温柔地亲吻。

"谢谢。"谢谢你愿意爱我，谢谢你愿意陪我一起幼稚。

后面的话他没说出口，但沈星明白，嘴角的笑痕加深，艳光破出。

"走吧，我们一起把照片贴上去。"她不喜顾明绰沉浸于伤感之中，一秒都无法容忍，主动拉起了他，推向白墙。

顾明绰回头看她，一脸的孩子气，说："贴了，很快就有人知道我们在一起了，你不怕吗？"

沈星把他心里的小九九看得一清二楚，却仍想他得偿所愿。

她缓缓勾唇，模样任性张扬，说："我沈星的字典里就没有怕这个字。"

一段久远的过去把两个人紧紧地绑在一起，明明相熟不久，却像老夫老妻一般。

甜蜜相爱，安心依赖。

但就此一帆风顺了吗？

并不。

周六早上，两个人约好要一起吃早餐，赶在所有人起床前的那种。

沈星被爱意驱使，艰难地从床上爬起来，细致地梳妆。满心欢喜地收拾完了，她拿起手机准备告知顾明绰可以来接了，结果对话框里面已经躺着三条信息了。

【我吃醋了，哄不好的那种！】

【早餐不吃了，喝醋喝饱了。】

【未来十几天都不吃饭了，饿死了给人腾位置！】

每隔五分钟一条，看样子吃醋有好一会儿了。

沈星沉吟片刻，摸去微博看了眼，想来想去，也只有那里可能出现顾明绰吃醋的诱因。

果不其然，#人间理想型沈星#正高挂在热搜第一。这会儿时间还太早又是假期，公司估计都还不知道。

沈星点进去，粗略看了置顶的三条微博。原来是苏正清搞出来的事儿，他的一则专访昨日出街，杂志官微放出了一些细节和花絮，其中包含了理想型的话题。之后，约莫是热度上来了，几个事儿精带了话题推波助澜。几个来回下来，又给沈星造出了个热搜。

娱乐圈常态，但她也是真的冤。

但冤归冤，男朋友还是得哄的。而且有一说一，她家顾老师醋意兜头的时候还怪可爱的。心念浮动也没能延缓沈星打给顾明绰的速度，可拨通后，一直没人接听。

得，醋得还不轻。

一次过后，沈星就没再试，转身去了衣帽间。十几分钟后，沈星来到顾明绰的套房外，抬手按响了门铃。没一会儿，两个人见面，顾明绰冷清的目光落在沈星身上。她今天的装束极为简单，一件及膝浅棕色风衣和一双裸色细高跟，谈不上性感，就素人来说都是不甚出彩的穿搭，可就这也无法淡化旁人的目光。精致深邃的容颜，不盈一握的腰肢，还有那双又长又直的腿，都散发着致命的吸引力。

顾明绰喜欢，其他男人也会喜欢。

以前他从未思考过这个问题，这回猝不及防碰到，醋意直接兜头，让他很难保持理智和淡定。明知道这事儿跟沈星没关系，但他还是将情绪显露于她眼前，幼稚得像个孩子。

好在沈星并不介意，进了屋后，就主动靠在他的怀中，亲昵地抱住他的腰。

"原来顾老师还会吃醋呀？"沈星微仰着头看他，如海一般深邃的蓝眸中水光摇曳，荡出的全是他的脸，"失敬失敬。"

顾明绰睨着她，还是不说话。

沈星失笑，停歇时，又道："用我二哥的话说，喜欢沈星的男人手牵着手的话，能绕鹭海好几圈儿。每次你都吃醋，你忙得过来吗？"

至此，顾明绰总算是明白怀里的姑娘不是来哄他的，而是来扎他心的，于是气愤地拨开她的手，一个人踱向沙发。

哪知才坐定，沈星就跟来，跨坐到他腿上，双手亲昵地搂住他的脖颈，在他的发尾处交缠。

她像是没瞧见他脸上密布的阴沉，没心没肺地笑着说："顾老师，你还没回答我的问题呢，怎么就跑了？还是你没听清楚，要我重复一遍？"

顾明绰生生给气笑了，当下只想让她不要再说些他不想听的话。念头蹿起时，他伸手禁锢住她的腰肢，将人按向自己，张口含住她的下唇，用力咬了一下，留下了一道浅红的牙印之后，撬开她贝齿长驱直入，寻不到一丝之前的温柔。

沈星逃不开，眼帘之中除了他那张过分贴近，也过分俊朗的脸再无其他。柔和的灯光打在他的脸上，却也没能溶掉那层薄薄的沉郁。

沈星蓦地心软了，小幅度地回应他。

顾明绰察觉到，动作一顿，眸光也显出凝滞。

沈星却没停，缠绵地吻他，直到覆在她腰间的力道开始消减才停下。

软馥的唇瓣亲昵地抵在他的嘴角，轻声哄着："嘴长在别人身上，我们还能控制别人说什么？你要是真的在意，我现在就发文说明。或者我们公开。以后谁再说喜欢你女朋友，你就警告他，就拿你刚才吃醋的劲儿。"

这么一安抚，顾明绰的脸色总算是好看了些。

他轻轻吻着沈星，问道："我是不是好幼稚？"

沈星轻轻地"嗯"了声。

顾明绰一脸认真地说："如果可以，我真的很想把你藏起来，隔开所有男人的视线。"

258

"真巧，我也是！我就想把顾老师关家里，不叫别的女人看见。"沈星回道，还有样学样狠咬了下他的下唇。

顾明绰喊疼时，沈星凑近，把红唇贴在他的耳侧，吹气胜兰："要不……"

顾明绰顺势埋进她的颈窝，问道："要不什么？"

"要不我们今天就别出去了。"最后，她近乎呢喃，满是诱惑，"我今天穿了新买的内衣，浅紫色的，你想不想看？"话落，她明显感觉顾明绰身体一僵，心中暗笑。

谁知顾明绰没一会儿就抬起头来，黑眸中的沉郁已经散尽，清澈见底。

"不想。"

沈星的本意是逗他没错，但他真的拒绝了，她又觉得不是滋味，恨恨地发问："为什么？"

顾明绰正经起来那是真的正经，谪仙一般的清冷孤高："我女朋友饿了，我要带她去吃早餐了。"

沈星有被甜到，笑得眉眼微弯，说："那走吧，再晚人就多了。"

"好。"

顾明绰细致地为沈星整理了衣服和头发，牵着她往门口走。

沈星准备穿鞋时，他忽然说："等等。"

"干吗？"

然后就见他开了鞋柜，从里面拿出了一双白球鞋，看着是她的尺码。

她怔了怔，顾明绰已经蹲在她面前，专心地解着鞋带。

等沈星回过神，顾明绰已给她穿上了鞋，正熟练地系着鞋带。沈星整个人都快甜化了，缓了缓，问题三连："你什么时候买的？你怎么知道我的尺码？怕我穿高跟鞋累？"

顾明绰只是"嗯"了声，接着给她穿另一只。

一刻钟后，他们一前一后地现身茶楼，中间隔着十几米的距离，心却严丝合缝。

一顿早茶，用时一个半小时。

结束后，沈星才拿起手机，习惯性地点进微博，看到了新的热搜第一，不禁盯着顾明绰冷笑了两声。

顾明绰忽然背脊发凉，生出不好的预感。

定了定神，他决定问个明白："怎么了？"

沈星把手机砸进顾明绰怀里，他拿起来看了看：

【我吃醋了，哄不好的那种！】

【午餐不吃了，喝醋都喝饱了。】

【未来十几天都不吃饭了，饿死了好给人腾位置！】

沈星把刚才顾明绰发给她的话原封不动地砸到了他的脸上。

顾明绰拿起手机一看，现在的热搜第一：#女神理想型顾明绰#

这……能给他留条活路？

# 第十一章 ▼

**沈星终会见证她的少年成王**

顾老师，请你相信，
我一定能妥帖护你的爱情周全。

第一节

早晨，凯瑟琳应梁咏书之邀来到城际酒店。两个人靠窗而坐，鹭海沿线美景可尽收眼底，波澜壮阔，美不胜收。

"你不问我为什么找你出来？"红茶染了凉意时，梁咏书切入话题。她气色看着还算好，以前的清冷霸道也没淡化半分，仍习惯性地主控一切，即便对面坐着的凯瑟琳是一个样样不输她的人。

凯瑟琳放下手中的瓷杯，透过淡寥的茶雾望向梁咏书，说道："你都找我来了，迟早会说，我又何必多此一问？"

梁咏书眼中浮出笑，说："凯瑟琳，你有没有想过星星的婚姻大事？"

"我家平西可把我愁死了。"

梁咏书看似在闲话家常，却瞒不过凯瑟琳。从沈星成年开始，这样的试探、这样的会面她已经记不起经历过多少回了，答案也从未改变过："从未。"

简单到近乎冷冽。

梁咏书睬着凯瑟琳，不由得怔了怔。

凯瑟琳稍顿，等她缓过神来才接着道："梁小姐，我大概知道你今天找我来的意思，但这事儿，我是真的无能为力。撒开星星自己的想法，这事儿也不是我一个人能说了算的。"

几句话，把凯瑟琳和梁咏书的不同清晰地勾勒出来。

在凯瑟琳的认知里，沈星成年了，她就是绝对独立的个体。她有权享受成年人的权利，苦累也应自己扛，父母只能从旁建议，而这种建议，必须由父母理智协商，最后达成一致。她代表不了沈星，也代表不了沈熙松。

"无论是你，还是沈熙松都该明白，孩子不是你们的附属品。"

孩子们的人生，是孩子们自己的。

梁咏书来之前，想法很乐观，毕竟沈、纪两家家世相当，两个孩子无论学历还是模样皆万般合衬，成不成先不说，碰面了解下总是好的。万万没想到凯瑟琳会是这么个态度，理智到近乎不通情理，噎得她半晌不知道该说些什么。

"如果纪平西有心，他该自己打电话去约星星去讨她的欢心。今天若是星星坐在我面前，答案也一样。两个母亲为这事儿聚到一起，不合适。"

明说了，凯瑟琳觉得没必要多待了。

她睨着梁咏书，客气地笑了笑，说道："梁小姐，如果没有别的事儿，我就先离开了。你慢用。"

话都说到这个份上了，梁咏书的骄傲也不允许她再出声留人，对着凯瑟琳轻轻颔首："你忙你的。"

凯瑟琳优雅地离开，步出餐厅时，便从包里掏出手机给沈星发了条短信：【宝宝，你在哪儿呢？有空的话陪妈妈去做头发护理。】

几分钟后，她收到回复：【啾啾大美人，半个小时后到家。】

沈星活泼俏皮的回复逗笑了凯瑟琳，深邃的蓝眸中，宠溺和喜爱不加掩饰。

回家的路上，沈星心间充斥着欢喜，幸福感满满。才和男朋友吃完早餐，马上又要见到爸爸妈妈，还能美美地做个 SPA。

但她怎么也没想到，她走后没多久，顾明绰就接到电话，急匆匆地赶回永寒里。

顾明绰穿过密布的禁制来到自家小楼前，门口坐着不少人，有些他是认识的，比如许敏，又比如纪平西和纪平桦。他们的衣衫都简单，清冷仍难藏，置身于这终年见不得光的永寒里，显得格格不入。

定了定神，顾明绰望着许敏笑笑，之后收回目光，看向外婆，显然没太把眼前的阵仗当个事儿。

四目相接时，外婆站起身，慢慢地踱向他。

顾明绰伸手揽住她的肩，故意搞笑："怎么回事啊？这么多大人物。"

外婆斜睨他一眼，说："找你的。"

顾明绰眼中闪过惊讶："找我的？"

他话音还没落全，纪鹏凯就起身，径自走到他面前。

压迫感陡然袭来，可顾明绰早已过了惧怕的年纪，面对任何人都能镇定自若。

他对着老爷子笑笑，语气不冷淡也不见热络："纪老您好，找我有事儿？"

纪鹏凯用目光勾勒他的眉眼，半晌轻笑道："是。"

"您说。"

"平桦。"老爷子的目光忽然转向左侧，沉声唤了一声。

纪平桦循声来到两人身旁，把一个封着口的牛皮袋递到顾明绰面前。

顾明绰云里雾里，没立刻接，问道："这是什么？"

纪鹏凯在，其他人不敢说话。

"这里面装的是一份 DNA 检验报告，结果证明你是纪家人，是我纪鹏凯的孙子。"

即使心中有愧，但常年居于上位养成的习惯使得纪鹏凯言语直接，神色也未现波澜。唯有回头看向许敏时，他眼中多了几分柔意。

"那是你的奶奶，许敏。上次她没忍住，背着所有人偷偷去你工作的地方看你。

"这位是你的亲叔叔，平桦是他的孩子。

"他你认识吗？你的哥哥纪平西，你们相差不到半岁。"

老爷子一一为顾明绰介绍本该在他的生命中占据重要位置，最后却集体缺席的亲人，话到最后，眼中的冷静和克制被莫名的晶莹破开。

"阿绰，事到如今，你做出什么样的选择都是正常的。爷爷只是想你知道，如果一早知道你的存在，爷爷就算拼了纪家百年的声誉和财富不要，也会护你周全，哪怕是我和你的奶奶亲自教养。"

纪鹏凯心知这些话说来空泛，对现在的顾明绰而言也没有半点用处，但这些确确实实是他此刻最真实的想法。

两人面对面，血液无声躁动。

纪鹏凯再骗不了自己，这些日子他的冷静和理智都是伪装出的。明知道很难，他仍幻想能抹平过去，无论顾明绰愿不愿回纪家，他都想认回这个孙子。可这一切，终归只是他个人的想法。

"纪老……"顾明绰已经从最初的震惊中抽身，恢复到平日里的优雅明亮，或者更应该说，以他今时今日对表情控制的能力，只要他不想，没人能知道他真实的心情，"您说的事情我已经知道了。"

纪鹏凯的心忽然被吊高，他知道宣判的时刻到了。

顾明绰有些不忍心，因为错不在长者，但一想到那些剥离亲情的痛苦岁月，他的心顿时又硬了起来，淡淡地说："但是我没办法回应您什么。很早以前，我就在一次又一次的失望和打击中明白了一件事：只要我降低期待，我就永远不会受伤。所以我把父母两个字从我的生命里彻底剥离，我只是我自己，什么也没享受过，自然也无须背负什么。

"回去吧，这样围着永寒里会影响到邻里。"言尽于此。

顾明绰转头睨着外婆，绽出了一抹温柔宠溺的笑，问道："中午吃什么呀？"他表现得一如往常。

可他越是这样，外婆越心疼，没再像以前那样骂他，哑声道："早上买了把新鲜芦笋，炒个蛋，再烧个糖醋排骨。"

"好，现在就去吧。"

外婆心知顾明绰是不想再面对纪家人，点点头，在他的搀扶下越过纪鹏凯，朝屋里走去。

纪鹏凯笔直地站在原地，眼中却难掩伤痛。

"顾明绰。"一直沉默的纪平西却在这时站起了身，拦在了顾明绰的面前。

外人眼中云泥之别的两兄弟，终于碰面。

顾明绰的情绪仍未见波动，问道："什么事儿呢，纪先生？"

纪平西眼中沉郁难掩，眼周隐约有灰影，比上次顾明绰见到他时颓败了些，但仍旧清贵无双。无论什么时候，他都担得起纪家之光这四个字。

面对顾明绰的冷淡，他费力地勾出一抹笑，说道："没事儿，只是想跟你说几句话，几分钟就好。"

外婆说："你跟他聊聊，我先进去烧水。"

顾明绰点点头，松开手放外婆离开。

外婆往里走时，许敏忽然起身跟了上去，亲热地挽起了她的手臂，说："我跟你一起。"随后满眼期待地询问，"中午我能留在这里吃饭吗？我很爱芦笋和糖醋排骨。"

到底是顾明绰的血亲，而且是长者，真的有什么错呢？

就像她，摊上了顾怡佩这么个女儿。

外婆在心里沉沉地叹了口气，侧眸看着许敏，笑道："你要是不嫌弃，就留下来吃。阿绰最爱吃我烧的糖醋排骨。"

许敏笑着说："怎么会嫌弃？下次我来烧，让你和阿绰都尝尝。"

两位女士离开后，气氛忽然冷冽。

等两人的身影彻底消失，纪平西才开口："过往的事儿，三个大人皆有错，他们活该背负。你怎么恨他们没关系，包括我，但爷爷奶奶有什么错？

"他们也是受害者，血脉相连，知道了自己的孙子受苦受难，他们不难受吗？你以为他们今天为什么要亲自来？你又知不知道他们最近都是怎么过来的？

"奶奶把你为她挑的那些包四处炫耀，快乐得像个孩子。"

纪平西从来没有见过那样的奶奶，记忆里的她总是优雅慈爱的，即使笑着，也大都克制。

"顾明绰，我知道我没资格要求你做什么，只是想请求你，不要无差别地推拒所有的爱意和善意。

"爷爷奶奶对你，不是弥补，是因为他们爱你。"

顾明绰安静地听完，忽然笑了，言语也变得犀利："纪平西，你这是在教我做事？

"爱？迟来的爱就跟草芥没什么两样。我几次割脉差点死在永寒里的时候，纪家人在哪儿？我一次一次背负巨额债务的时候，我的爷爷奶奶又在哪里？你这位天之骄子的哥哥又在哪里？

"我知道的，你们所有人都在享受锦衣玉食，受人尊重。只有我，被人看不起，被泼脏水，被人把脸按在地上摩擦。

"他们确实没错，你也没错，只是这世界不如意之事十有八九，我们所有人都得学会接受，就像我必须接受我有一个破败的原生家庭一样。"

很小的时候，顾明绰也曾经幻想过爸爸的来到，抱抱他，替他撑起一片天。但等着等着，他心灰意冷了，几次生出了死念。最后没死成，不过是因为心中还有惦念，先是外婆，后是沈星。

借着一缕微光，他就能野蛮生长。

可悲的是，他从未从除外婆以外的亲人手中获得过。

"你们走吧。"话到这里，顾明绰忽然觉得没意思了。以前他受过多少苦，现在他的心就有多冷硬，根本不是一张 DNA 检验报告和亲人找上门来能改变的。

"我不送了。"留下这话以后，顾明绰越过纪平西，朝着屋内走去。

第二节

纪家人走了，层层禁制撤走，唯独纪平桦还在。

顾明绰来到门前收凳子时，看到纪平桦，眼中掠过一丝波澜。不过瞬息，他便敛下眼睑，想当纪平桦不存在。但他没料到，纪平桦就是个不要脸的，在他进屋时，拎着两个小板凳跟了上来。

顾明绰察觉到，转过身挡住了他，毫不客气地问："你跟着我干什么？"

纪平桦一脸认真地说："进去吃饭啊，奶奶还在里面呢，老爷子让我守着她。"

顿了顿，他笑着补充："你不会那么小气吧，请弟弟吃个饭都不愿意？我都把纪二那个位置让给你了。"

顾明绰觉得这人不可理喻，骂了句神经就想走。

纪平桦仍然跟着他，嘴里话不断："做了我的饭没有？哎，你怎么不说话啊？就算你不把我当弟弟，我也是你老友沈星的老板，怎么样都得给几分面子吧？"

"沈星"两个字一出，按停了顾明绰继续往前的脚步，这让纪平桦看到了留下来蹭饭的希望，沈星甚至可能成为修补纪家和顾明绰关系的关键人物。

可谁知，顾明绰的反应跟他想象的大不相同，他没头没尾地问了句："你们拿我的什么去验 DNA 的？"

"头发。"理智回笼前，答案已经从纪平桦口中脱出。

纪平桦你是猪啊。

等他反应过来咒骂自己时，顾明绰已经再度转过身，眸光幽冷地睨着他。

"你们从哪儿弄到我的头发的？又怎么确定那是我的头发？"

纪家可不能这么草率，毕竟涉及家族名誉，甚至是产业的分割。

而他深居简出，行程隐秘，他们怎么弄到他的头发的？

纪平桦张张嘴，想找个合适的理由搪塞过去，结果脑子里一片空白，根本无法思考。

顾明绰看着他，一个念头倏然蹿出，下一秒脱口而出："是不是沈星？"

只有她能神不知鬼不觉地从他这里取走头发，又为纪家信任。

"顾明绰，你听我说……"顾明绰的问题直直地抢在了纪平桦的头上，他猝不及防，难得有些慌乱。

顾明绰看他这般，什么都明白了，说道："你走吧，今天就不留你吃饭了。"

说完，他转身朝屋里走去。

纪平桦睨着他的背影，敛了玩笑的模样，朝他喊了一声："顾明绰。"

这一次，纪平桦没能阻住顾明绰往前的步伐，只能追着他的背影往下说："别怪她，从头到尾，她都在为你着想，甚至朝我撂狠话。当时除了沈星……"

没有人能为纪家信任，又能靠近顾明绰。

纪平桦说了很多，顾明绰也都听进去了，脑海里不禁浮现出那日和沈星一起去参加二狗子婚礼时的画面。去程时，她眼中类似心疼的情绪和被他闹得没能说出口的话就是因为这个吧？

顾明绰勾了勾唇，很想对纪平桦说他想多了。

顾明绰永远不会怪沈星，即便她拿着刀捅向他的心脏，更别说她一心为他。

他现在只想把她抱在怀中，抵死深吻。

也是时候告诉她过往的一切，感谢她赠他一缕微光，护着他走出泥泞，最终活出个人样。

　　纪平桦几番犹疑，还是给沈星发了两条语音信息，一条说明情况，另外一条向她表达了歉意。

　　沈星在做 SPA，临近中午拿到手机才看到。看完后，她并未慌乱，只是心疼顾明绰。

　　【顾老师，你在干什么？】她给顾明绰发了条信息，等待回复时，凯瑟琳也结束了头发护理。

　　沈星睨着母亲，忽然说："妈妈，我们聊聊好吗？"

　　凯瑟琳怔了一瞬，随即笑道："好啊，这旁边有个挺不错的素食馆。"

　　沈星应下后，母女两人一起去了美容会所旁的"莲说"私房菜馆。一进入，天然幽淡的莲香悄无声息地飘入沈星的鼻间，令她不由得放松。

　　"这么雅致的地方，我都不知道。"沈星侧过脸，笑睨着妈妈。

　　凯瑟琳说："你那么忙，不知道是正常的。"

　　沈星忽然没头没尾地问了句："妈妈，您会觉得我进娱乐圈是很疯狂的行为吗？"

　　凯瑟琳沉吟片刻，以她惯有的语调笑道："那倒没有，妈妈始终认为你的人生是你自己的，你只要不违法犯罪，不伤害自己和他人，我都会支持。"

　　这些话沈星其实已经听过很多遍了，但无论听多少次，她都会觉得自己很幸运。

　　"妈妈，谢谢您，做您的女儿是一件特别特别幸运的事情。如果有下辈子，我还想做您的女儿。"

　　凯瑟琳满眼柔光地说："那就这么说定了。"

　　两人进到包间，坐定。

　　一壶莲花茶上桌时，凯瑟琳主动问沈星："想跟妈妈聊什么？"

　　说话间，执盏拢入手心，她的目光落在了沈星身上，不带一丝压迫。

　　沈星看着妈妈，直言道："妈妈，我爱上了一个男人。"

　　意料中的事，所以凯瑟琳没有显露出一丝同惊讶有关的表情，只是问道："顾明绰吗？"

　　见妈妈这么轻易说出了心上人的名字，沈星的蓝眸染了笑。

　　"您怎么知道？我表现得有那么明显？"

　　女儿是自己生的，凯瑟琳自然比任何人都了解她，回道："是呢，很明显。"

　　沈星不太相信，追问："怎么明显了？"

　　凯瑟琳轻抿了口茶，意外地说起了从前："我记得你刚刚出道时……"

　　有次凯瑟琳和沈星做完指甲彩绘，一时兴起，去了影院。

　　恰逢顾明绰的电影《南浔》上映，热度鼎盛，影院大部分的排片都是它。她本想看，可她的小姑娘拒绝了，伸手点了点另外一部极为小众的动画片。

　　凯瑟琳当时只当沈星是童心未泯，也就随她去了，后来想想才发现不对。

　　"当一个女人区别对待一个男人时，那代表着那个男人已经住到了她的心里。"无论是爱是恨，他总归是和其他人不同，而这种不同，能够轻易牵绊女人的心绪。

就像她初见沈熙松，就觉得这男人不仅浑，而且霸道到离谱。可后来呢，这些她眼中的缺点全都成了拽着她陷落爱情的诱因。

沈星也是一样。

她生来娇贵，集万千宠爱于一身，身边的追求者一直就没断过。这种时候，出现了一个不喜欢她的顾明绰，她难免好奇，难免待他不同。时间久了，他的名字就刻在了她的心上，这就是为什么之后两个人会走得这么顺利。

他们根本一早就"相熟"了。

妈妈的话把沈星敲蒙了，眸光怔滞了片刻，她才道："妈妈您的意思是说，我从那时就喜欢上了顾明绰？怎么可能，那时候我们一句话都没说过。"

凯瑟琳被女儿不敢置信的表情逗笑，说道："那倒也不是，只是说从那时候开始，顾明绰对于你而言，就是个特别的人。"

特别？

沈星喜欢这两个字，抑不住地笑弯了眉眼。

凯瑟琳看沈星这样，眸底漾起欣慰和欢喜。

她曾护在怀中的"小萝莉"真正长大了，开始体会成年人的快乐。

"或许你在更早时，就已经特别待他了。

"你爸爸前两天知道当年你找他拿的那张支票是给顾明绰的，气得晚饭都没吃。"

"谁告诉他的？！"

"廖司机，还向他猛夸顾明绰。"

"这几天我要不要先避避？"

午饭结束后，已经是下午两点，沈星也收到了顾明绰的回复。

【在永寒里陪外婆吃午餐。】

【你晚上想来这里吃饭吗？】

这个邀约里，藏着顾明绰的私心和浪漫。

他想在他们初遇的地方，将心里藏了多年的秘密向他的公主剖开，从此告别过去，开始新的生活。

沈星回复：【好。】

为了避开不必要的麻烦，沈星夜幕沉沉时才来到永寒里，自己开的车，一台从未显露于人前的车。停稳时，顾明绰来到车旁，敲开了她的车窗。

被墨镜和口罩遮得密不透风的姑娘侧睐睨了他一眼，问道："这么急着看到我？不怕被狗仔拍到？"

她熟悉的骄横逗笑了顾明绰："我顾明绰的字典里就没有怕这个字。"

不出意料地收获了沈星的质问："你为什么学我？"

顾明绰没立即答复。

沈星从车上下来，他伸出双臂，将她困在怀中，说道："因为我爱你。"

沈星心里美滋滋的，可面上嘟起嘴佯装委屈，问道："爱吗？那你以前为什么讨厌我？每次碰面，都恨不得避着我走？"

她没想到顾明绰会忽然垂下头，温热的薄唇落在她的额间，以一种温柔得令人叹息的声音对她说："那不是讨厌，是太喜欢了，所以自卑、克制，生怕一个不小心唐突到你，惹你讨厌。"

"你……"沈星的大脑直接空了，一时不知道该如何回应。

顾明绰牵着她来到她当年短暂停留过的地方，缓缓说道："你还记得吗？八年前，你曾经来过这里。那时候，我正被人按在地上拳打脚踢，周围全是腥臊的脏水。

"当时我就想着死了一了百了，结果你出现了，还给了我一张支票。

"别人都是王子拯救公主，到了我这里，变成了公主拯救了一个混混。而那个混混，还对公主动了任谁看来都是低廉的心思。"

顾明绰说这些话时，情绪很平稳，再寻不到往日的悲伤。

可沈星仍旧无法容忍，恨恨地出声："你可闭嘴吧顾明绰，你再说我顾老师是混混我饶不了你。而且什么叫低廉的心思？顾明绰的爱情，对沈星来说就是全天下最珍贵的古董珠宝，万金都不换。听清楚了吗？"

沈星真的凶悍，却把顾明绰心中最后的灰影打散，他眉眼间漾开笑意，明亮得足以驱散沉沉暮色。

"你听清楚了。"

"那你重复一遍。"

"顾明绰的爱情，对沈星来说是最珍贵的古董珠宝，万金不换。"

沈星这才满意，她抬手，细致地勾勒他的脸部线条，轻声说："没有经过你的允许拿走你的头发，我很抱歉，我只是觉得你有权知道自己的父亲是谁。"

顾明绰侧脸亲吻她的指尖，"嗯"了一声。

"现在知道了，你做出什么样的决定我都会支持你。"

"嗯。"

"今天彻底说开了，过去就真的成为过去。我们一起去前面看看，好吗？"

"好。"

"很好，那现在我们去找外婆吧？她老人家都等急了吧？"说着，沈星拉着顾明绰往窄巷深处走。

顾明绰乖顺地跟着她的脚步，直到他的情绪平静，才察觉到了一些异样。

"星星。"

"嗯？"沈星循声看向他。

顾明绰犹疑片刻，还是问了："我刚说的那些，你怎么……"

顾明绰不知道该怎么说，但沈星的表现太过淡定，就好像她早已知晓了一切。

沈星瞬间意会，蓝眸染笑，问道："你想问我为什么这么淡定是吗？"

顾明绰略显不自然地点了点头。

认真说起来，那种感觉并不好。那段过往，是支撑他走到今天的能量源，也是他心里最珍贵的记忆。他以为告知沈星后，她会震惊、欣喜，会在镇定以后热烈地拥抱他亲吻他。

结果什么都没有。

沈星似读懂了他心里的想法，没再舍得闹他，如实道："那是因为我一早就知道了，已经震惊、甜蜜过了。"

顾明绰一阵诧异，问道："你怎么知道的？"

沈星摘下墨镜，让他能够清楚地看到她眼中的笑意，说："我一字不落地读了你的日记，里面几乎每一篇都与我有关。"

顿了顿，她感叹似的"啧"了一声："原来顾老师这么爱我。我思前想后，无以为报，只能以身相许了。摊上个纯情少年也是苦恼，但你真的挺好运的，我沈星不是那种撩了不负责任的人。"

顾明绰听着，只觉荒唐脸热。

"谁给你的？"

这种时候，只能优先保全自己了。

沈星心一横，把二狗子给卖了："就是你最好的兄弟呢，他怎么拿到的我就不知道了。"

几句话把锅甩得一干二净。

顾明绰当下心里就只剩一个想法：揪出陈苟信，把他暴打一顿，然后把他小时候的那些黑料全部抖给苏洁。

第三节

顾明绰彻底向沈星坦白心意后，两人的感情就像蜜里调了油，有时候甜到嗜甜的沈星都会发齁。但因为齁，就让她放弃和亲爱的顾老师腻来腻去，她也是做不到的。

时间踏入六月，整个鹭城犹如火烤。沈星贪凉，除了工作和回家，就窝在沙漏咖啡馆，看书、煲剧、背剧本，时不时还能得到顾明绰的指点，对电影有了更深刻的认识。

六月初，《云上之战》在鹭城国际体育馆迎来终极舞台。旧曲新唱，由导师助力挑战全新风格。

各队都铆足了劲想赢，轮番把舞台炸翻了天。

最后一组，Maple Leaf，助力导师顾明绰。主持人许珉和陈先和分站在团队两侧。

许珉笑着问："现在紧张吗？前面的三队舞台都很炫。"

回话的是明娅："这么重要的舞台，说不紧张，肯定是假的。但是我们对自己有信心，一定能交出不逊于任何团队的答卷。"

"掌声献给自信的小姐姐们。"许珉为 Maple Leaf 加油打气，"期待你们的表演。"

许珉话落时，陈先和正拢着麦克风一脸似笑非笑地瞧着顾明绰。

"顾老师这回准备干什么？跳舞？"

戏谑时，他还搞笑地做了个撕衣服的动作，逗得台上台下爆笑不止。

顾明绰说："我可以撕，你能播吗？"

陈先和一阵无言，台下却声浪四起：

"顾老师，别管能不能播，撕了再说！！！"

"顾老师，腹肌秀出来，我们送你 C 位出道。"

"哈哈哈。"

……

顾明绰看着台下，眉眼染笑地说："我终究是错付了。"

许珉替他说了接下来的话："我把你们当朋友，你们却觊觎我的腹肌！"

台下有人喊："珉哥你错了，我们觊觎的是绰哥的腹肌，不是你的。"

许珉气道："我不知道吗？"

下一秒，他指着台下说："保全，把那边那个杠精给我请出去。"

"哈哈哈。"

"珉哥急了。"

"急有什么用，要跟绰哥一样五点起来练腹肌才行！"

和之前的每一次录制一样，只要有顾明绰在的地方，永远不会缺话题和声浪。他似乎天生属于舞台，只要站上去，就没人能够忽略他的存在。

沈星偷偷地看他，抑制不住地微笑。

这抹笑被镜头捕捉到，投放到场内的几方大屏幕上，清晰地映入了所有人的视线中，引来诸多赞叹声——

"哇，仙女星好漂亮。"

"小姐姐，看这里！！！"

"沈总的眼神好宠啊！"

"宠是对的，热拿铁 CP 永远的神。"

顾明绰听到了些声音，看向沈星，回以一笑，淡淡的。

可是沈星知道，他是真的开心。

主持人许珉看向了沈星，笑着道："星星，听到台下的声音了吗？"

沈星笑着说："听到了。"

许珉问："刚那眼神，真的是宠溺吗？还是跟大家一样，想顾老师脱衣服欣赏他的腹肌？"

沈星心说：才不想！我要想欣赏随时都可以，还能亲吻的那种！

不过这仇恨，什么时候都是不可以结的。

所以她对着许珉摇了摇头，说道："不是，是顾老师太帅了，让我的视线不由自主。"

是真心话，也是情话。

可落在许珉和其他人耳朵里，就是句完美又官方的场面话。

许珉笑了笑，顺着她的话说："这点确实，看到他，我的视线也不由自主……"

他作势深呼吸，才补齐了后面的："燃起愤怒的火花，太招人恨了有没有？"

最后一句话，指的是观众。

可观众没一个买账的，齐声喊：

"没有。"

"顾老师永远的神。"

"双 ACE 冲呀！！！"

"你们……"许珉伴装气到说不出话。

陈先和笑着瞥了他一眼，接过话茬："别搁这儿你们我们了，我都迫不及待地想看到王者舞台了！"

许珉闻言，瞬间恢复精气神，说："那来吧。"

Maple Leaf 几人围成了圈，队长明娅最先伸出了自己的手，手心朝下。

容涵和李羡婷等人纷纷跟进，最后是沈星和顾明绰。

队长明娅温润理智，她的存在奠定 Maple Leaf 的风格，温柔却沉稳有力。ACE 沈星颜值和业务能力双天花板，开疆拓土的时候总是顶在最前面的。

两人一前一后，安稳地撑起了 Maple Leaf，不负最强之名。

"我们是 Maple Leaf，Maple Leaf 最强！"

"我们是 Maple Leaf，Maple Leaf 最强！"

几道声音交缠冲起，带起了满场的声浪。

这一幕在台下坐着的胡亚均眼中，眼眶微红。而这时，一号摄像机忽然对准了他，将他的表情定格在了几方大屏幕之上。姑娘们看到，冲着他的方向抛出飞吻。

胡亚均，Maple Leaf 创始人，他应当永远与 Maple Leaf 同在。

终极舞台，Maple Leaf 挑选了三年前几乎横扫了各大排行榜年度金曲《Silent》。原本是欢快的舞曲，为了这次终极舞台，将它改编成了轻爵士。

无论唱腔，还是舞姿，都非常温柔、妖娆。

而导师顾明绰一直没有出场，直到快结束时，场上灯光忽然灭尽，旋律变得紧凑轻快。灯火再亮起时，舞台中央的人已经换成了顾明绰和沈星，他们都是一身黑色装束，头上戴着同款鸭舌帽，帽檐压低，掩盖住他们的眉眼，周身气息冷酷魅惑，宛若从暗夜中走出的王子和公主。

当顾明绰的 b-box 响起时，两人同时迈开了左脚，为 Maple Leaf 的舞台收尾。

决战之夜，Maple Leaf 再次用实力证明了任何女团想要成为最强就要从她们身上踩过去。在那之前，无论服不服，Maple Leaf 都是女团天花板。

但脱离工作状态的沈星并不在意这些，和队友们吃完夜宵后，她和顾明绰分车一前一后地回到了天苑。

顾明绰送她到了楼下，时间已过了深夜十二点，她也已经很累了，可她仍舍不得离开她的顾老师，将小脑袋抵在他的胸膛，娇气轻喃："怎么又要分开呢？呜呜呜，不想离开顾老师。"

恋爱了，沈星才知道一日不见如隔三秋这话一点不夸张。就她这样一个自认理智懂事儿的人，都时常想抛下一切和心上人腻在一起，做什么都无所谓，只要两个人能在一起。

顾明绰伸手覆住她的纤腰，把人按进怀中，隔着口罩轻吻她的发丝。

"去睡吧，明天醒来，你就能见到我了。"

沈星拒绝："不要。"

顾明绰无奈地失笑，心却被幸福塞得满满的，劝道："乖，去吧，我在这里等你上楼再走。"

沈星好气，隔着衣衫咬他的胸膛，真用了几分力，衣衫上显露出潮湿的牙印。

之后，她从他怀中抬头，忽然指控道："你为什么不说跟我上去？为什么你总是很冷静？"

午夜梦回时，有些念头也曾从沈星的脑海中掠过——

或许是顾明绰搞错了，他根本不爱我，他爱的其实是我曾给予他的那缕光亮，他只是下意识地追逐，但那并不是爱情。

爱意越深，就越容易患得患失，天之骄女沈星也没能成为例外。她曾以为过去和现在无缝黏合，她和顾明绰的爱情就再没有问题。后来发现并不是，他就像一座孤岛，寂寥且疏离。她看到的可能只是他想让她看到的，其他的，她碰触不到。

话出口时，同顾明绰有关的美好记忆如水般涌入沈星的脑海中，无声地提醒她不要钻牛角尖，不要在困倦时想重要的事情。

她顿时清醒了几分，从顾明绰怀中退出，由衷地说道："抱歉，我可能是太累了，胡乱说话。我现在就回去睡觉，你也早点回去休息吧。"

她说完，没等顾明绰回应，就匆匆转身。

这一幕落在顾明绰眼里，给了他一种沈星急欲逃离他的错觉，黑眸沉郁似深海。

在沈星行至门厅时，他阔步跟了上去，先她一步按下了电梯的上升键。

沈星看向他，问道："你跟来干什么？"

他却一手覆住她的纤腰，一手绕到她的腿弯，轻松稳当地将她打横抱起，目光淡淡地睨着她，说道："登堂入室。"

沈星没什么情绪地看着他，说："可我现在不需要你了。"那一瞬的崩溃，已经败给了沈星的理智，再无法影响到她。

这时，电梯门开了。

顾明绰抱着沈星进入才再度开口："可我需要你。

"我也永远不会因为恩情以身相许。"

沈星刚才的反应让他惊觉他们之前的相处模式可能有些问题，但这些，他可以解释，可以修正。对于他而言，唯一不能接受和妥协的是失去沈星，哪怕只是一丝可能性。

沈星太累了，被熟悉的气息裹住后，再没有抗争的力气。

回到家后，各自洗漱。

凌晨两点许，沈星才如愿地躺在顾明绰怀中睡去，临睡前，轻声对他说："晚安，顾老师。"

她想要的其实就这么简单，疲累时睡在他的怀抱中，呼吸间有他的气息。

顾明绰的吻落在她的额间，喃喃道："晚安，宝贝。"

伴着亲昵交谈，房间里的最后一盏灯熄灭。

这个夜晚，顾明绰拥有了一个珍贵的深眠。他也再不用介怀沈星是否入梦，因为沈星就在他的怀中，亲密相贴，呼吸交缠。

第四节

沈星在旁，顾明绰获得一段珍贵的深眠，甚至改变了生物钟，早上七点过后才悠悠转醒。他小心翼翼地侧过身，借着从窗帘缝隙渗入的微弱光亮，抬起手，若有似无地勾勒着她优越的脸部线条。

他渐渐情动，凑近她，微张的唇瓣覆上她的。

温热软糯，隐约带着甜香，勾惹得顾明绰沉溺，再也不满足浅尝辄止，力道不自觉加深，吮疼了睡梦中的人儿。沈星下意识地睁开眼，蓝眼似蒙着一层薄薄的水雾，柔媚得足以绞碎人心。

"顾老师，你……"沈星被强制唤醒，记忆断片，忽然看到顾明绰那张俊脸，像只懵懂的小猫咪，娇软可欺。

落在顾明绰眼里，眸光染上了暗影。喉结上下滚动时，他加深了吻，封缄了她未说完的话和思绪。

湿意蔓延时，沈星依着本能伸手抱住他的脖颈，两道身影紧密相贴，严丝密合。

"星星……"顾明绰的身体像着了火，连带着理智都被焚尽。

顾明绰推高了那层纤薄柔软的丝料，低头埋入。

需索太过，碾碎了沈星的困顿和迷茫，蓝眸清明破出。她终于看清了顾明绰眼中的欲，还有因动情泛红的眼尾，忽然轻笑一声，抬起手，手指穿过他的发间，问道："喊我做什么？我又没法子变出个安全套给你。"

她声音轻轻的，却轻易阻停了顾明绰的动作。

他抬起头，怔了怔，黑眸中的沉暗散去，之后躺平，勾着她的手平复躁动的心跳。

彻底醒了的沈星暗笑，坏心眼地趴在他的胸膛闹他："准备强忍？不会不舒服吗？"

顾明绰睨着她，提醒道："早上的男人很危险，别搞事！"

怎知，沈星轻嗤一声："你把我弄醒了，一句别搞事儿就完了？我沈星看着这么好欺负？"

顾明绰被她气笑了："那沈总想怎么样？"

沈星没说话，小手贴着他的腹肌往下，隔着柔软的布料若有似无地勾勒那清晰的隆起，笑得像个勾人的妖精，提议道："早起不容易，我们玩点别的。"

当天早上十点，知名狗仔队倪科团队官微忽然发布预警，称手中已经握有线上顶流恋情的实锤。最早没细说，范围很广，无论是微博还是各大论坛都只是猜，有人提及热拿铁 CP，但也就是其中之一，火力极其有限。

两个小时后，倪科团队放出剪影和关键词。

二十代、双顶流、"神颜爱豆"和顶级演员……

一击便将舆情带到了顾明绰和沈星身上，热度开始蹿升，评论区吵吵嚷嚷：

【就差把顾明绰和沈星的名字写在剪影上了吧？】

【有实锤就赶紧爆料，别搁那儿整些虚的。】

【我等这一天已经很久了。】

【我嗑的 CP 要成真了吗？激动搓手 .jpg】

……

有人猜中了倪科方的意图，他们确实是放风出来给创美传媒和顾明绰工作室的。胡燃和胡亚均没多久都知晓了，但两个人像没事一样，一个现身平澜高尔夫球会所悠闲地打着高尔夫球，一个约了林晗赴远郊垂钓。

倪科工作室等到了下午，仍然没有收到任何答复。

周一早上，第一次放出了视频，两条时间线剪辑而成的。前半段，Kelanda晚宴结束后，沈星在保镖的护送下现身酒店后门，顾明绰下车接她。

沈星高定晚装在身，性感美艳，同那日创美放出的活动图如出一辙，直接锤死。

男主角虽用口罩和帽子遮掩，但身形气质，确实像极了顾明绰。

后半段，凌晨时分，两人在人群簇拥下从酒店出来，最后上了同一台车。认真来讲，这段视频仍不算实锤。倪科放出也只是为了告诉两方他手中确实有料，并且留下了公关的可能性。

【我等了半天，你就给我看这个？】

【就这？就这？倪科你是不是不行？】

"这些狗仔队吃饱了撑着了？成日就知道跟在人后面拍拍拍！"星创地产总经办内传出愤怒的声音。

沈熙松按照特助姜年的指引，看到顾明绰和沈星新一轮热搜后，眉眼间立刻染上怒意。他把iPad拍到桌子上，凝眸沉吟片刻，睨着姜年说道："找倪科，我要他手中其他的料。如果只有这些，叫他赶紧给我撤回，活腻歪就找个远点儿的地方死，别碍我的眼。"

事关沈星，沈熙松有这个反应，姜年一点都不觉得奇怪。

他神色自若地点点头，应道："好的，沈先生。您要是没有别的事儿，我现在就去办。"

沈熙松心烦，直接挥手让他走。

姜年伸出手拿回自己的iPad，转身离开。

他走到门口时，手还没来得及碰触到门把手，身后再度传来沈熙松的声音："姜年。"

"沈先生？"姜年停下脚步，转过身。

"帮我找顾……"沈熙松原本想见顾明绰，话也已经到了嘴边了，最后却被凯瑟琳的叮嘱生生碾碎，改口道，"没事儿了，你出去做事吧。"

姜年朝他笑笑，开门离开了总经办。

总经办陷入静默，不久，沈熙松拿起手机，拨通了沈家太子爷沈廷泽的电话。

"阿泽，去见见顾明绰。"

沈熙松没明说干什么，但沈廷泽明白，因为他自己也正有此意。

"绰哥，会议室有位沈先生想见你，但他没有预约。"

顾明绰早早到了公司，原是想同胡燃聊公开的事儿，却不想迎来了一个贵客。

姓沈？

虽还不知道来的是哪位沈先生，但绝对是和沈星相关。

想到沈星，顾明绰的嘴角不自觉地翘起，勾勒出一抹笑痕。

他对着行政轻轻颔首道："我知道了，谢谢。"

走到走廊尽头的会议室时，隔着透明的玻璃窗，他看到了一身通勤装扮，坐得笔直端正的沈廷泽，眉目精致，气质清隽孤高，无论何时都是有礼有节。

"沈先生，久仰大名。"走近时，顾明绰朝沈廷泽伸出了右手。

沈廷泽站起身来，目光落在顾明绰身上，半晌，嘴角隐约微笑，他缓缓抬起手。

交握时，他也道："久仰大名，顾明绰。"

顾明绰笑笑，两人面对面坐定后，他没有兜转，直接问道："沈先生专门跑这一趟，是为了星星？"

其实不用问，顾明绰也知道。

他将沈星安放在心尖多时，她身边有些什么人，大概是些什么脾性，他很清楚。再加上沈家两位公子妹控的事儿在鹭城真的可以说得上是无人不知无人不晓。

沈廷泽两只手随意地搁在桌面上，笑着说："是啊，顾先生喜欢我妹妹？"

顾明绰深睨着他，坦承道："是啊，很喜欢，从很多年前就开始喜欢了。"

认真、诚挚，让人很容易生出好感。

沈廷泽开始意识到妹妹为什么会待眼前的男人与他人不同，但有些话，无论是作为哥哥，还是受叔父所托，他都必须说。

"顾明绰，你的很多电影我都看过，你的为人我也很欣赏，但你拿什么喜欢她？你知道她从小到大过的是什么样的生活？一出生就拥有自己的海岛和以她的名字命名的矿山，五岁开始稳坐各大秀场头排看秀，出入都是私人飞机，高定还没出街就整个系列往她的衣帽间送。"

"说这些，并不是为了炫富，只是想告诉你，有些东西已经刻在了她的血液里，就像呼吸和到点了要吃饭睡觉一样自然，稍微有些落差，她就能感受到。"

而沈家人皆希望她这辈子都不要感受到这种落差。

"恕我直言，以你现在的程度远远不够。"为了沈星，沈廷泽不惜出面做恶人。

言语直接，也残酷，但对顾明绰而言，这些话由沈廷泽说和其他人说，意义完全不同。因为沈廷泽完全是为了沈星，言语之间也没有讥诮和看低，他只是就事论事，和普通人家担心妹妹，想谋取更多保证和安全感的哥哥本质没有任何分别。

这也代表，扫除这个问题顾明绰就有可能得到沈家的认可，避免沈星左右为难。

一刻钟后，沈廷泽离开了顾明绰工作室，顾明绰送他下楼。

临上车时，沈廷泽忽然转身，再度面对顾明绰，嘴角绽开一抹由衷的笑，说道："期待两年后。"

顾明绰睨着他，说："谢谢，希望那时候能喊你一声大舅哥。"

沈廷泽闻言，只是一笑，随后上了车。

车上路后，他给沈熙松发了条短信：【二叔，我想，顾明绰值得您给些时间让他成长。】

原来，顾明绰在很久之前就在布局了。他请沈家给他两年时间，两年后，他会让所有人看到一个强大到沈家放心地将沈星交由他照顾的顾明绰。

而沈廷泽选择了相信。

花有重开日，沈星终会见证她的少年成王。

第五节

"星星……"临近中午时，姜年竟亲自来到了创美传媒。

正准备和慕夏外出用餐的沈星诧异地望向他，问道："年哥，你怎么来了？"

姜年笑着说："沈先生让我来接你，他中午得闲，想和你，还有沈太一起吃个午餐。"

沈星闻言，蓝眸漾开笑，显然是知道没这么简单。但她没再说什么，和身旁的慕夏说了句抱歉，就跟着姜年离开了公司。

大半个小时后，沈星来到鹭城郊区的红房子餐厅，这是个依山傍水，置于宁静山谷的私房菜馆。进到包间时，沈熙松和凯瑟琳已经到了，正相依商量着点菜，室内不见一个服务生。

沈星顿下脚步，远远地看了会儿才走近，喊道："爸，妈。"

沈熙松和凯瑟琳同时抬头。

凯瑟琳笑着打招呼："乖宝，来，今天有你爱吃的酱汁鲍鱼。"

"那太好了。"沈星坐到妈妈身旁，说完看向爸爸，眸中含笑，"多来几只，反正爸爸请客。"

沈熙松冷声道："吃饱点儿是对的，因为马上就要被我揍了。"

倪科那边的料沈熙松全都拿到了，他随便挑了两段看，气就不打一处来。他说过什么来着，那狗东西就是居心叵测，还敢大半夜骑着自行车带他的乖宝吃夜宵。

"自行车坐得舒服吗？脸被风刮，不疼吗？"到最后，沈熙松终是没能憋住话，愤怒迸发，越说越不明白。

"你到底怎么想的，沈星？他有好到让你摒除自己习惯和舒适的程度？"

这次，凯瑟琳专注地点菜，罕见地没有向他施加压力。

沈星看他这般，心里什么都清楚了。她敛了笑，神色变得认真，以成年人的姿态同父亲对谈："爸爸，我爱他，虽然他在很多人眼里不够有钱，也没资格做沈家的女婿。

"很多年前，我就在一团黑影中发现他了。那时候根本没有人知道谁是顾明绰，其中也包括我，但他凭借自己的力量走到我面前，令我心跳加速。而这些，仍不是他所能做的全部。谁也不知道他下一个八年能走到哪里，我也是。

"但下一程，我想陪他一起走。"

沈星从未有一天像此刻这么欢喜和庆幸。她当初的无心之举把她和顾明绰紧紧绑在一起，让她从未在他的成长中缺席。今日她爱上他，并且知道了所有，更加不可能让他孤军奋战了。

"爸爸，我请求您给他些时间。假以时日，他不会逊于鹭城任何一个同龄人，哪怕他的起点在终年见不着光的永寒里。"

沈星知道有些事情只能靠实绩，多说无益，也不会幻想父亲这么快能认可顾明绰。但她能坚定地站在他的身旁，微光都好，也想为他照亮前面的路。

她说这些话时，几缕艳光破开了冷清，没入沈熙松眼中，不由得让他一阵恍惚。

一旁的凯瑟琳，在父女两人看不到的地方悄悄地翘起嘴角。

她以前说过什么来着？

只要她的"小萝莉"认真了，沈熙松算个什么？

因为沈熙松的强势介入，爆料戛然而止。网络上各种声音都有，其中最多的是——

【@倪科，你是不是不行？被公关了的话，出来吱个声，大伙儿都等着呢。】

【就知道没那么容易，不过没关系，只要我活得够久，我总能等到我嗑的CP官宣的那天。】

【感觉快了快了快了，再一次的事儿。】

【说不定就是在等契机。】

【这届的狗仔队不行，民间的高手就靠你们了。】

一次又一次，不止网友，连Maple Leaf的小姐妹们都不淡定了。

几天后，慕夏和李羡婷合力把沈星按倒在休息室的沙发上，轮番威胁："说，到底恋上了没？

"不说的话，我现在就扒了你的衣服。"

明娅和容涵抱胸站在一旁，兴致勃勃地看着。

沈星眨眨眼，忽然弯唇笑了，弧度细微，却满是风情。

李羡婷轻佻地伸手，揪了把她的脸，说："笑什么呢，妖精！"

沈星却在这时说："恋了。"

简简单单的两个字，把休息室的其他四个人炸蒙了。

半晌后，静默才被慕夏的尖叫声打破。

她伸手拽起了沈星，摇晃着问："和谁？"

沈星有些蒙，回道："还能有谁？不就是顾明绰？"

这话一出，连明娅都不淡定了。她凑到沙发旁，俯低身平视沈星，说："不就是？天啊，星星，你可真会拉仇恨。"

沈星心想：不是，我拉什么仇恨了？

"我的意思是说除了他还能有谁。"

这不解释还好，一解释众姐妹的眼神全变了，戏谑声四起：

"哦，我知道了，弱水三千，我们星星只取顾老师这一瓢饮。"

"呸，这狗粮太酸，我不吃。"

"啧啧啧……"

一人一句，火力强劲，沈星想再说什么，张张嘴，却发现脑海一片空白，根本无法思考。

顾明绰和沈星已经商量好了，等人发现平记的那张合影就公开。可那里地点实在太偏远了，去了，也未必有人专门去看墙面。等了十数日，才被一个昵称叫作"我嗑的CP今天必官宣"的网友曝光，小姑娘洋洋洒洒地写了一长段。

【早上六点，被暗恋了许久的男生邀去远郊的平记，说是去买网红提拉米苏。

276

当时就觉得这孩子神经了吧？但碍于喜欢，我还是艰难地从床上爬了起来。去了之后，我才知道，这就是命运的指引。

命运说：你暗恋的男孩子他也爱着你，收了他的提拉米苏，你们就能幸福地在一起，就像我最爱的热拿铁 CP。最后，我要踮起脚三百六十度旋转尖叫：嗑的 CP 成真了！！！热拿铁 CP，我祝你们幸福。】

长文的末尾，附上了那张甜蜜满溢的照片。

倾城绝艳的姑娘靠在顾明绰的怀中，趁他不注意，淘气地吻过他的嘴角。

照片上还留了两行字：

顾明绰只爱沈星，从最初到最后。

沈星最心甘情愿地选择顾明绰。

不到半小时，# 顾明绰沈星恋情 # 再度空降热搜。出现即第一，十分钟后，热爆，话题内部和原文的评论区顿成疯狂之境。

【这次我可以安心地等官宣了吧？】

【激动搓手 .jpg】

【借楼等一个！】

【我们星妹太甜了，人间蜜糖诚不欺我。】

【还有没有，还想要！】

……

沈熙松出面后，有料的狗仔队和爱蹭热度的营销号都不敢动，确实清静了不少。他怎么也想不到，两人跟魔怔了一样，主动放了一点就爆的引线在街尾深巷。

这才几天？

秀什么秀？宣什么宣？

沈熙松气得直接拍碎了 iPad 的屏幕，没缓过气就冲着姜年吼："给我找顾明绰过来。不过来就打断他的腿拖过来！"

姜年低声应道："是的，沈先生。"

等了多少年，终于等到这一天，顾明绰眉眼间的喜悦再也藏不住。他拿出手机，想给沈星发条信息，发现自己的手指都在轻轻颤抖，一个不留神，手机就会跌落。缓了许久，他才成功地发了条信息给沈星：【沈星，请你相信，我给的爱值得你爱。】

一分钟后，他收到了沈星的回复。

【顾老师，请你相信，我一定能妥帖护你的爱情周全。】

顾明绰看着那一排黑色的小字，整个人由内而外地明亮。

他开始庆幸自己能来到这个世界，到今天还健康地活着。他该感恩，该惜福，也许未来某一天，他能完全修复，同那段破败的过去握手言和。

【星星，我们公开吧。】

【好啊。我算过了，13:14 是个好时间。】

【呵，那就 13:14。】

第六节

下午一点十分，顾明绰现身微博发布手写信。

【To "星影"：

进入娱乐圈已经很长一段时间了，一直没能同你们剖开心聊聊。一是我心中有缺，不敢同任何人靠得太近，一直认为只要放低期待，我就不会受伤，至少能安稳地活在这世界上；二是，没遇到什么合适的契机。

今天，这个契机终于来了，而我心里的空缺也正在被修补。以前，我曾对所有人说，顾明绰能走到今天，除了沿途遇见的贵人（田导、燃哥、阿伟、晗哥和万千星影），还有一个好心人，她不图回报借我重金，护着我从泥泞中走出，告诉我出身不是原罪，自甘堕落才是。而这些，就像一缕微光，照亮了我往前的路。随着时光静逝，走到她面前对她说声谢谢已经成为我的执念，与呼吸同在。

而今，我做到了。

我也终于能向家人们坦承心里唯一，也是最后的秘密。

沈星，就是牵着我走出泥泞的好心人，也是我心中所爱。能走到她的面前，并为她所爱，是顾明绰今生最大且最幸福的成就。

过去，没付出什么就得到了"星影"的爱与包容，我千般忐忑万般不安，觉得无以为报。现在，我终于明白，家人就是这样付出不求回报，只求安稳齐整地走下去。

所以我提笔写下这封信，只为郑重地告知"星影"，我有了爱的人。

下一个八年，也想跟你们走。

愿繁华落尽时，我们仍旧是当初模样。】

"星影"看到了这封手写信，顿时泪如雨下。尘封了多年的秘密被揭开，谁也舍不得再说顾明绰半句。她们甚至有些感激沈星，如果不是她，她们大概率见不着演员顾明绰，也无法遇见心都被伤得千疮百孔了还勇敢逐光的小哥哥。

两分钟后，顾明绰三大粉丝后援会火线现身力挺：

【哥哥，过去辛苦了。未来，我们会和你爱的人共同守护你。繁华落尽时，我们仍会在一起。】

粉丝亦纷纷响应：

【哥，过去辛苦了。未来，祝你幸福。繁华落尽时，我们仍会在一起。】

霎时间，场面十分壮观感人。

五分钟后，#顾明绰手写信#热爆，高挂热搜第一。话题内部，评论以秒激增。

【这也太浪漫了！沈总一手养成了未来顶流？】

【沈总@沈星，快来认领小哥哥。】

【再晚，我就领走了。】

……

13:14分，沈星上线，高调地回应顾明绰。

沈星：【想和你谈个甜甜的恋爱。@顾明绰】

铺垫许多了，"繁星"还是炸了，画风同"星影"完全不同。

278

【啊，我老婆没了！】

【呜呜，顾明绰抢我老婆。】

【夺妻之仇，不共戴天。】

【@顾明绰，拔刀吧，今天不是你死就是我活。】

【妈妈，顾明绰抢我老婆。】

……

沈星约莫是看到了，没一会儿又补了一条。

沈星：【要像我爱他一样爱他哟，拜托了宝宝贝贝。】

顿时，"繁星"心碎了一地，又搁评论区闹了起来。

【沈星，你没有心！】

【星宝变活泼了好多，哈哈哈。】

【这大抵就是爱情的力量。】

吵嚷间，也有真路人和其他家粉丝。

【羡慕，这一看就是个省心的姐夫。】

【多来点儿糖吧，我不嫌腻。】

【果然嗑什么都不如嗑真的香。】

……

沈星的两条微博，以不可逆的趋势把＃顾明绰 沈星恋情＃再度推上了热搜。一出即沸，数秒后加爆。

13:14分，顾明绰转发了沈星的微博。

顾明绰：【无论你想做什么，我都会在你身边。@沈星】

可有人欢喜，就注定有人愁。

官宣后半个小时，凯瑟琳收到了梁咏书的短信。

【凯瑟琳，你真的放心自己的宝贝跟着一个私生子？舍得她一辈子被人戳脊梁骨？】

顾明绰是纪家人的事儿一直不被外人所知，因而凯瑟琳初看到短信时，着实有些惊讶。

她没回复，转而给沈熙松打了个电话。

沈熙松说他知道了，这会儿正在老宅跟顾明绰的家人喝茶，并且叮嘱她不要搭理梁咏书，晚些时候一切自有定论。

凯瑟琳还有疑惑，但她心知现在不是多问的时候，于是应了声，随后收了线。

沈家老宅，清幽静谧。

偶尔几声蝉叫，很快，又消失不见。

二楼的书房中，茶香袅袅。

纪鹏凯将那一段往事全部说给沈老和沈熙松听，放下了姿态，言语间皆是对顾明绰的愧疚和到现在都无处安放的爱。

"专门来这一趟，一是想谢谢星星当年在危难时拉了阿绰一把；二是怕星星因为阿绰的身世被人说闲话，想和你们商量一个解决的办法。

"阿绰能走到今天不容易，我这个为人阿爷的，也想为他做点什么。"

沈老望着老友，笑道："没想到，纪、沈两家还有这样的缘分。"

说完，他转向沈熙松，说道："女儿是你的，想怎么样，你说吧。"

沈熙松此刻心绪莫名，他怎么也没想到星星当年救助的男孩子会是纪家流落在外的孩子，两个孩子最后还因此结缘。可事情发展到现在这个地步，两个孩子家世相当，彼此深爱，他这个做父亲的，还能冒着伤女儿心的风险强行棒打鸳鸯不成？

他只能强敛情绪，为女儿铺路："鹏叔，我就星星这一个女儿，我和KK毕生所愿不过是想她顺遂安康。她喜欢顾明绰，她想向全世界昭告她的爱情，这些在我看来都是小事儿，我生气归生气，最后都会由着她。但我容不得她因为顾明绰受委屈，而顾明绰现在的境地她避不开。就在刚才，梁咏书发了信息给凯瑟琳，说的就是顾明绰这事儿。"

纪鹏凯闻言，眸色顿时冷了下来，严肃地说："这事儿，我回去会处理。我也向你们保证，日后若是星星因为阿绰的身世受到攻击，纪家会出面，不管阿绰他愿不愿意。"

当天深夜，网络仍在狂欢。

有一股强大的力量忽然袭来，结果却出乎沈熙松等人的意料，是直接冲着顾明绰来的。拥有千万粉丝的时尚号，长文带图直指顾氏母子是一路货色，跪舔豪门，妄想一步登天。

一切全应了胡燃之前所说，弱是原罪。在一些人眼里，权和钱永远在金字塔的顶端，所有人都必须向其卑躬屈膝，低下高贵的头颅。

喜欢？梦想？不过是无病呻吟，矫情无用的玩意儿。

顾明绰一个人他不会介意，也不需要。可他爱沈星，毕生所愿也不过是骄傲地站在她的身旁。所以，他只能战，强大到所有人都无话可说。

凌晨三点，随着胡燃一声令下，顾明绰工作室发布微博。

顾明绰工作室：【今天是小室最后一天营业，从明天开始，想了解顾明绰相关事宜请移步 @星影传媒】

晚睡的粉丝战"黑酸"正起劲儿，突然收到巨礼，幸福到晕乎。

【哥哥这是开公司了？还偷我们的名字？】

【这是偷？这不是对我们满满的爱吗？】

【火速关注！】

【呜呜呜，虽然平时也没少骂小室，突然没了，心里还怪舍不得。】

【我也是。】

【恭喜哥哥解锁新的职位。】

【顾总，冲呀！】

……

这时候她们怎么也没想到，这才是幸福的开始。星影传媒在一天内宣布了六个项目，个个重磅，其中有三个由顾明绰亲自扛旗。最令人瞩目的是，顾明绰接下了他人生的第一部玄幻大剧——《九天之上》。

大男主，无CP，从街头流民到九天至尊。

百年风雨，昔日少年终成王！

以杀止杀，八年过后，胡燃才将他的铁腕显露于人前。

当天亮起时，纪氏旗下核心公司时纪忽然关注了星影传媒。

几分钟后，发布原创：

时纪：【无论你在哪里，想做什么，时纪与你同在。@顾明绰 @星影传媒】

之后，有人疑惑地在评论区询问纪家和顾明绰的关系。

时纪回复：【时纪长子。】

纷纷扰扰，如浪，来了又走，可能过不了多久，又会死灰复燃。可这一切，同顾明绰和沈星都没有关系了，他们想要的已经安稳地落入他们的手心，心间充斥着喜悦和能量，即使对抗全世界，也无惧。

"我们要去哪里？"网络上闹得不可开交时，顾明绰竟驾着重型机车载着沈星在无人的长街疾驰。

天还未亮，只有几缕微光相伴。

顾明绰回头看了她一眼，笑得满是少年气，回道："天涯海角！"


第七节

六月，进入到消费旺季。为了助力品牌销售，沈星自恋情公布后第一次履行代言人义务，在天苑家中搞了一次直播，首次公开了住宅内景。

两面墙的名牌包袋、数不清的高跟鞋和洋装。层层抽屉半开，墨镜、珠宝、手表，分门别类摆放得整整齐齐。

弹幕渐渐疯狂。

【哈哈哈，星星诚不欺我。】

【是的，整齐就不说了，一缕尘都看不到。】

【啊啊啊，我酸了！我也想要这样的衣帽间！！！】

【啊啊啊，这还只是她的一处住所，我听人说老宅和家里更多。】

【真美，也是真富贵！】

【忽然嫉妒起顾老师怎么破？】

【哈哈，我也是！！！】

【星妹，衣架下面的那些花盒子是什么？】

【我也看到了！！！】

【拆箱，强烈要求拆箱！】

有人注意到衣架下的几个花盒子，留言闹不停。

沈星看都没看，回道："那是顾老师送的生日礼物，但现在不给拆。"

【顾老师怎么回事儿啊？以前是四月送圣诞礼物，现在六月送十月的生日礼物，还不让人拆。】

【星妹，别怕，直接拆！】

【这么多，都是吗？】

【想看！小姐姐看这里！】

沈星微嘟着小嘴说："我也想看呢，但我已经放了狠话说能坚持到十月，否则胖十斤。"

十斤啊，盒子里就算装着的是天上的星星她也不想拆。

【哈哈哈，太狠了。】

【星星，你为什么要对自己这么残忍？】

【小姐姐冲了，胖了再减，女明星不带怕的。】

【冲呀，沈总！！！】

【拆拆拆，顾明绰算什么！】

评论哗哗哗飞掠而过，沈星有点上头了，终是没忍住回过头看了那些盒子一眼。

静默半晌，她对着镜头说："那就拆？"

本来还在犹豫，留言再度猛蹿，给她灌了一吨的鸡血。

她终于下定决心，说道："拆，大不了每天早上五点起来跑圈儿。"

还能和男朋友约会，不要太浪漫。

这么一想，沈星迫不及待地去搬盒子，一共八个，有轻有重。

【八份礼物？顾老师真的豪！】

【顾老师是什么神仙男朋友？】

【这样的男朋友我也想要一个！】

【小姐姐，快拆！！！】

【迫不及待了。】

【先拆那个花的，小姐姐最喜欢的中国风。】

沈星扫到了这条弹幕，当真拿起了网友说的那个长方形的花盒子。

"别说，还挺沉。"她喃喃自语，"是什么呢？"

拆开包装纸后，里面的长盒显露出来，盒盖上印画着品牌Logo（标志）——Borgezie（布格泽）。

沈星说道："这个牌子很贵，超级贵，顾老师这是给我送了一双高跟鞋吗？"

说着，她当着直播间几百万观众打开了盒盖。

华丽而惊艳的"公主星座"系列高跟鞋显露于所有人的眼前，鞋面镶嵌着1290颗钻石。

沈星认得，观众中也有行家，静默不过数秒，弹幕再次炸了。

【真钻石吗？我酸了！】

【别人家的男朋友！】

【你们为什么要诱惑她拆？找虐？】

【哈哈哈，一拆就虐废了。】

【怕什么？拆，星妹继续拆。】

弹幕蹿得飞快，沈星却没心思再看了。因为她发现鞋子之间夹着一个素净的信封，伸手抽了出来。伴着满屏的问号，她撕开信封，里面装着一张折得齐整的信纸。推展开来，熟悉的字迹在沈星的目光中凝实。

282

【祝我的公主殿下十八岁生日快乐。

天天开心，永远做自己的公主！】

折痕很深了，隐约泛着黄，显然经历了一段不短的岁月。

沈星看着，脑海里不自觉地浮现出二十岁的顾明绰写下这些字的样子，眼眶微热，很快泛出了红。

粉丝看她这般，弹幕动了起来。

【小姐姐，你怎么了？】

【哎，别哭啊！】

【怎么回事呢？】

【抱抱你！】

过了一会儿，沈星才平复心情，抬头面对镜头道："抱歉。都怪某顾姓男明星。"

弹幕再度飞蹿，气氛归于热烈。

【顾老师：又是我的锅？】

【小姐姐，顾老师写什么了？想看！】

【我也想看！】

沈星想了想，终究藏起了他的信。

"不给看，是我一个人的宝贝。"

顿时满屏的"啊啊啊"。

有人问：【那我换个问法，小姐姐刚才为什么哭？】

沈星顿了顿，轻缓道来："这是二十岁的顾老师送给沈星的成年礼物。"

直播间炸得彻底。

沈星没再看，专注地拆着其他礼物。八年，八份礼物，从知道有她这个人开始，顾明绰就把满腔的热情和爱意全都给了她。

最初可能连他自己都没有意识到。

她沈星何德何能收获这些？又该拿什么回报？

十八岁的他一穷二白，给她做了一个树叶标本和一个他亲手雕的书签。技术真的不怎么样，但沈星看到后再舍不得放开。

十九岁，他开始了顶流之路，远赴瑞士给她拍了件古董珠宝猫。

二十岁，他送了 Borgezie "公主星座"钻石高跟鞋。

像是受到了神明的牵引，沈星最后才拆到今年的生日礼物。

她的心被莫名的情绪塞得满满的，动作也变得沉缓。而这一次，她仍没有猜中。

因为盒子里只有一封信。

沈星打开，上面写着：【祝我的公主殿下二十四岁生日快乐。今年，我把自己送给你做生日礼物。八年了，每年给你写生日信，我都从你那里偷取一点幸运，经年日久，我的愿望真的实现了。

星星终于安稳地落在我的手心。

心甘情愿，满心欢喜！】

下午三点许，沈星结束了超长的直播。

惊喜交加，情绪透支有些严重，她冲凉后眯了会儿，换了衣服，准备去接自家顾老师下班。这么好的男朋友，真是怎么宠都不为过。

人还未到，下午茶就先到顾明绰工作的地儿了。

十几个外送员，每个人手中都是大包小包，壮观得很。

"哇，凯撒的袋子，六星级，导演你也太豪了吧。"

导演张立有点蒙，说道："不是我订的，老侯你订的？"

这日，顾明绰在拍快消饮品的广告，老侯是品牌方负责人。

老侯也纳闷地说："不是，我准备的是晚餐呢！阿绰是不是你？"

除了他们几个，普通工作人员也负担不起这么奢侈的下午茶。

顾明绰回道："不是我。"

哪知声音才落，有位外送员突然吆喝起来："请问哪位是顾先生？帮我签一下签收单。"

顾明绰有些疑惑，走到外送员面前，在签收单上签下了自己的名字，问道："谁送的？"

外送小哥闻言，从一个袋子里抽出了一张留言纸，递给了顾明绰。

顾明绰接过垂眸一看，上面写着：【男朋友工作辛苦啦，喝口下午茶休息一下吧。】

他眉眼瞬间染了笑，说道："谢谢，我知道了！"

外送员离开后，顾明绰回到导演身边，同他商量："休息会儿再拍？"

导演点头，招呼众人，之后注意力又回到顾明绰身上，问道："谁送来的？"

顾明绰眉舒展，轻声说："星星。"

导演一听，乐笑了："那你可得多吃点儿，那可都是爱！"

顾明绰点头道："嗯。"

这就完了？

并没有。

一刻多钟后，沈星亲临拍摄现场。

现场的工作人员看到她，直接疯了。

有个年轻的场务太过兴奋，冲着导演嘶吼："啊——我见到星星本人了。立哥立哥，给我五分钟，后面我甘愿加班一整年。"

导演被她气笑了："去去去，别吓坏人家星星。"

得到许可后，小年轻一窝蜂拥到沈星身旁，把她团团围住。

"我死了，真的好漂亮啊！"

"星星，能给我签个名吗？我是 Maple Leaf 团粉，每一场演唱会都会去看。"

"星星可以合影吗？"

沈星表现亲和，几乎有求必应。

等搞完了，顾明绰又要拍下一组镜头了。

"你在这儿等我一会儿。"临走时，顾明绰搂住沈星的纤腰，在她的额间烙下了一个吻，黑眸中的喜悦再藏不住。

沈星连忙说："嗯，去吧。"

顾明绰离开后，沈星让肖伟提前下班。

肖伟连连说好，兴奋过了，记起什么，问道："哥晚上还有活动呢，得整理妆发，真不需要我跟？"

沈星说："嗯，交给我，我保证把你哥哥整得帅帅的，谁明天都不会挨批！"

嫂子都把话说到这个地步了，肖伟还能说什么呢？

简单交代了几句，他背起包走人了。结果才转了个身，他又被沈星喊住。

"怎么了，嫂子？"肖伟回到沈星面前，睐着她问道。

沈星笑笑，从随身的包里拿出了两个 C 家的表盒，递给了肖伟。

"顾老师说你谈恋爱了，每天都开心得不得了。"

"嘿嘿……"闻言，肖伟有些不好意思地挠了挠头。

沈星接着说："这对表送给你们，祝你们甜蜜长久。"

肖伟跟着顾明绰工作几年了，对各大品牌如数家珍，一眼就认出了这个品牌。

高奢、价格昂贵，两只加起来没有十来万打不住。

"嫂子，这个我不能收！"

沈星却笑道："怕顾明绰骂你呀？我送的，他不敢，我们家，都听我的。"

肖伟被逗笑，笑完，还想推拒。

沈星却没再给他机会，硬塞到他怀里就开始赶人："快走吧，我还得看着顾老师呢！"

"嫂子……"

现场人也多，再扯真不好看，肖伟只能先收下，打算等明儿个再交还给顾明绰。

"那我先走了，嫂子。"

"拜！"

肖伟走后，沈星就坐在顾明绰休息的地方，看着他对着镜头演绎各种剧情，无论哪种，他都能轻松驾驭，帅到发光。

沈星心想：这得亏自己定力好，不然分分钟变花痴。

沈星实打实地等了一个钟头，顾明绰才结束拍摄。

他回到沈星身边，伸手轻抚她的脸，说道："对不起，让你等这么久。"

片刻后，他发现肖伟不见人，问道："阿伟呢？"

沈星笑了笑，说道："我让他先下班了。"

顾明绰确定自己没听错后，失笑道："沈总，小的晚上还有活动，你把我助理弄走了，我怎么办？"

沈星挑眉，不以为意地说："一个助理是走了，另外一个助理还在呢。有什么事儿，只管交给我办，包圆。"

顾明绰盯着她看了半响，说："别闹了。"

"谁闹了，我今天就是顾总的小助理。你可别看起我，精通四国语言的那种。"

顾明绰越听越不对劲儿，下意识问："沈总，小的是不是哪里做得不好，惹你不高兴了？"

沈星却咧嘴一笑："不是，是我爱你爱得无法自拔。"

第八节

顾明绰胆战心惊地跟着自家小助理，总觉得哪儿不对，但细想，又想不出个所以然来，毕竟昨晚分别时还好好的，不至于睡个觉天就变了。

看着沈星这兴奋劲儿，顾明绰心知问不出什么了，只能由着她，所幸这些都是他的心之所向，以往拼尽全力想要得到的。

两人来到位于鹭城CBD的米其林餐厅。才到门口，餐厅经理就迎了上来，姿态客气地招呼："沈小姐，顾先生。"

顾明绰朝他微微颔首。

沈星则笑道："你好，陈经理。"

陈经理回道："好久不见，星星。今儿个赶了巧，Paul（保罗）在。"

Paul Beca（保罗·贝卡）是这间米其林餐厅的老板，著名的美食家。他时常各地飞，偶尔兴致来了才会亲自动手。想法无拘无束，创意总是惊艳众人，渐渐地，声名远播。明明知道碰到不容易，还不断有人来碰运气，乐此不疲。

沈星惊喜难掩，说道："那太好了，上次这么幸运还是两年前，茸菌瑶柱炖鲜鲍。"

陈经理不禁笑开了："Paul要知道你对他做的菜印象这么深刻，一定会开心的。"

"能再次品尝到他的手艺，我也很开心。"

"那以后多多来，碰到的概率会大很多。"

"一定。"

顾明绰的黑眸中浮出浅浅的笑意：这就是我喜欢的女孩儿，无论在什么样的场合，都能进退有度，游刃有余。

招呼两人入座后，陈经理离开。

服务生给两人斟水时，沈星忽然问顾明绰："你刚笑什么？"

顾明绰轻笑道："你刚不是一直在和陈经理说话，怎么知道我笑了？"

沈星眼睫轻颤，情话信手拈来："我是在说话没错，但是我眼角的余光一直锁着你。"

顾明绰不解地问："因为帅？"

沈星一本正经地摇头，说："不。"

"那是什么？"

"因为你是我的命中注定，一团黑影中我都能一眼锁定你，从此，眼神再也挪不开。"

"感动吗？"

情话就像糖豆豆一般，一颗接一颗地从沈星的嘴里蹦出，顾明绰觉得甜，又想笑。

"感动。"

"现才哪儿跟哪儿？今晚才刚刚开始呢。"沈星眸中堆满了笑，似乎随时都有可能溢出，像极了撞到什么天大的喜事儿。

顾明绰有些好奇地问："今天很开心？能跟我分享分享吗？"

沈星的甜美一秒退去："不行。"

顾明绰呆住了。

他们随意地闲聊了会儿后，Paul Beca 亲自过来了，身后跟着两个身着黑色制服的侍应生，托盘里放置的是餐前小菜。

"星星，好久不见。"Paul Beca 旅居中国多年，中文说得字正腔圆，不带一丝口音。

沈星站起，同他握手，说："好久不见。"随后为他介绍顾明绰，"这是我的男朋友，顾明绰。"

话落，Paul 忽然笑了起来，他有些激动地握住了顾明绰的手，说："我知道，super star（超级巨星）。我有在香港看你的电影，《体面》，刺激！"

欧式幽默在 Paul 身上体现得淋漓尽致，成功逗笑了顾明绰和沈星。

"谢谢。"

热络地寒暄过后，餐碟上桌，Paul 开始介绍今天的前菜。

末了，他还细心地询问了两人的喜好和对主食的想法。

沈星笑着说："就是要米饭，其他您随意。"说着，她瞥了眼顾明绰，"因为顾先生无米不欢。"

Paul 笑道："OK，稍等！"

等了一阵，主食上桌。

服务生把一碟炒饭放到了顾明绰面前。米粒颗颗分明，混着细碎的葱花、坚果、蛋粒和龙虾肉，酥香少油，光看都觉得胃口大开。

沈星的是大块且鲜嫩的和牛，裹着朴叶炙烤，搭配各种香料腌过的茸菌。

一切都很完美。

顾明绰忙碌了一整天，正准备吃，结果还没来得及握起匙羹，眼前的炒饭忽然被沈星抽走。

在一旁的服务生察觉到她的意图，当即走了过来，把和牛换给了顾明绰。

沈星客气道："谢谢。"

服务生回应："不客气。"随后退回原处，距离不远不近，能很好地服务客人，又不会让他们觉得局促。

"这……不是给我的吗？"干饭人顾明绰眼巴巴地看着沈星优雅地拿起匙羹，舀了一口饭送到嘴边，到底是没忍住问出了心中疑惑。

沈星睫毛轻颤，微扬，细嚼慢咽后才道："是给你的呢！"

"那……"虽然女朋友比炒饭重要千万倍，顾明绰仍想死个明白。

沈星笑，像极了单纯无害的精灵，问道："给你的，不就是我的？"

这话一出，顾明绰顿时兵败如山倒，别说一碟炒饭了，命都能给她。

"而且……"顾明绰还想说点什么，沈星的补丁接踵而至，"我也想喜欢你的喜欢。"

就像顾明绰喜欢她的喜欢一样。

她也想他体味她曾体味过的那些快乐和幸福。

顾明绰没想到会听到这些话，不由得怔了片刻，回过神来后，眸中蕴着光，因幸福而生的。简简单单地回了"好"，顾明绰拿起刀叉，开始吃自己餐碟中的食物。

晚上的活动是顶级时尚杂志cos的周年晚宴，顾明绰和沈星皆在受邀名单之上。之前因为顾明绰的拍摄工作打算分开去会场，到了再碰头一起走红毯，这会儿倒省去了许多麻烦。

一路上，顾明绰表现得十分淡定。

沈星睨着他，笑眯眯地问："认命了？还是认可了本助理的能力？"

顾明绰侧眸，对上她的视线，问道："有区别？"横竖也不能反抗，也舍不得。

沈星说："没有！"

顾明绰失笑，伸出手揉了揉她的头顶，宠溺道："那你问什么？逗我玩儿呢？"

沈星任由着他揉，话也甜腻："玩儿，我也只和你玩。"

有外人在，顾明绰没好接这话，心间却充斥甜蜜。

他喜欢"只和你"三个字，独一无二的、排他的，尤其是当这份偏爱来自沈星。

下一站，两人的目的地是青沐工作室。

进到店里，顾明绰发现里面除了他俩再没有任何客人，正想问时，两个造型师模样的男人推了移动衣架出来，上面挂着的全都是男士西装，各种颜色都有，再加上一侧的玻璃台上摆满了男士鞋履和胸针、袖扣，齐活了。

顾明绰不由得望向"助理"星，低声戏谑："这又是什么戏码？霸道总裁和她的小娇夫？"

沈星一听便知这人没少上网冲浪，尤其是跟她有关的。

"你没少在我的超话里溜达吧？"

顾明绰一本正经道："还行吧，也就一天一次。"

沈星眼中的欢喜不加掩饰，但她没再说什么，从自己的包里掏出了一个复古表盒，打开一看，赫然是WEMPEB-UHREN古董手表，历史追溯到二战时期。

徐沐洋以为自己早已习惯沈星不经意的豪气，看到这个表后也不禁咋舌。

可对于沈星而言，只是应了沈廷泽所说的那句"有些东西已经深刻在她的血液里"。她习惯了最好的，当她把顾明绰放在心里了，自然而然地想给予他所有最好的，事事贴心、细致。

顾明绰睨着表盒，清隽的眉眼染了笑，问道："这一套套的，都是打哪儿学的？说说，我也去学习学习。"

沈星问："真想知道？"

"嗯。"

"《帝少在上，娇妻你别跑》。"

话落，周遭响起笑声。

顾明绰哑然失笑："你这都是看的什么书？"声音里透着三分戏谑，七分无奈。

可沈星不在乎，还振振有词："你甭管我看的什么书，能哄好顾老师就是好书！"

　　末了，她忽然笑了，问道："要看吗？我有实体书，可以借给你，学学帝霸总怎么哄老婆的？"

　　顾明绰想都没想，拒绝道："不要，我会自行开创适合我老婆的哄妻秘籍。"

　　"真不要？"

　　"真不要。"

　　"那算了，这等好书我自己收着藏着挺好的。"

　　临近晚上八点时，两人十指紧扣走上红毯。

　　红毯末端两个主持人乐疯了，隔着老远，就冲着两人喊：

　　"阿绰，星星。"

　　"我们的顶流CP正十指紧扣朝我们走来！"

　　"哇，真没想到两个人会十指紧扣走红毯。"

　　"Tom Ford vs Elie Seab（汤姆·福特对艾莉·萨博），把登对打在公屏上！"

　　红毯两侧的围栏后，媒体和粉丝也纷纷叫响了他们的名字，场面瞬间火热起来。

　　伴着欢呼声，顾明绰和沈星来到红毯的尽头，顾明绰也终于名正言顺地把自己的名字签在了沈星的旁边。

　　看着两个名字并列一排，他抑不住地弯唇浅笑。

　　沈星签完，下意识地看向他，瞧见他嘴角的笑痕，蓝眸忽然一亮。

　　"顾老师？"

　　笑来不及收敛，顾明绰便循声望去，问道："怎么了？"

　　沈星稍稍凑近他，以只有他们两个能听到的音量问道："Juliet晚宴那次，你是不是故意把名字签在我的名字旁边的？"

　　第九节

　　晚宴内场，酒香馥郁，衣香鬓影。

　　主办方贴心地把顾明绰和沈星的位置安排在了一起，他们俩往座位走时，时不时会遇见熟人，一路上寒暄与祝福不断。

　　周遭压抑的议论声也没少，大都冲着沈星去的："星姐真的好命，随便救助的一个少年，就是坐拥纪家三分之一家产的贵公子。"

　　"是的。"

　　"有钱有地位就算了，还一心为她，拍戏都会避忌亲密戏。这种男朋友，我怎么碰不到？"

　　"别说了，我开始酸了。"

　　"这回报率，绝了！"

　　没什么恶意，酸也没少。

　　沈星的朋友梁烟尘经过时，隐约听了个大概，勾起嘴角笑了笑。

　　回自己位置前，她专门绕到沈星身边。恰逢顾明绰被影视界的几个大佬叫走，梁烟尘从后面攀着沈星的肩膀，轻声戏谑道："不声不响俘获了纪家的公子，怕

不是要成为女人的公敌了，怕不怕？"

沈星侧眸看向她，双眸含笑，说："怕，怎么不怕？"

梁烟尘笑了。

下一秒，沈星又说："怕也要紧紧拽住顾老师。"

"你哟……"梁烟尘哑然失笑，拍了下她的肩，"气人的一把好手。"

沈星没再说话，目光落在被黑色的西装衬得湛然的男人身上，嘴角不由得勾勒出一抹弧度。

她可没气人。

她只想好好守护顾明绰的爱情，为此可以付出常人难以想象的代价，一点嫉妒又算什么？

第二天一早，cos 官微发布了海量酒会内景图，里面有一张是顾明绰和沈星的。两人正相拥轻舞，全程视线相接，嘴角噙笑，隔着屏幕都能感受到两人之间的化学反应。这张照片没在照片海中，可也没能逃过长期在夹缝中抠糖的 CP 粉和吃瓜群众。

没多久，这张照片就被 @ 热拿铁 CP 拎了出来：【我嗑的 CP 全世界最甜，不接受任何反驳。斜眼笑 .jpg】

末了，还制造了一个可可爱爱的话题——

# 今天，你抠到热拿铁 CP 的糖了吗？#

霎时间，评论区热成了一片：

【抠？咱们热拿铁不用抠，时不时塞满嘴。想齁死，绝对能如愿。】

【老顾和星妹就是热拿铁 CP 的粉头。】

【哈哈哈，笑死，嗑这对真的舒适。】

【主要是两家粉丝也不撕，时不时还会隔空秀个默契，这种感觉真的很好。】

【这说明什么？只要情绪疏导得好，粉丝也是能理解接受的。】

【这对还是情况特殊，如果没有年少的那些牵绊，说不定也撕得腥风血雨。】

除去这些，有 CP 粉真的把自己抠到的糖带图发到了评论区。

【啥都不说了，看图。】

这位网友也不知道是哪方高人，竟然拍到了顾明绰在 Juliet 晚宴内场丢马卡龙给沈星的画面。

首次发布，炸出了一群潜水嗑糖的 CP 粉，楼中楼很快垒起来。

【天啊，我们顾老师这么浪漫的吗？】

【这说明什么？直男也是可以很浪漫的。】

【直男，你对顾老师有什么误解？文艺青年，好吧。】

【哈哈哈！】

最后，这一层被三万点赞和两千多条评论拱上了热门。

这还远没完，后面各方抠糖牛人先后现身。深夜骑着自行车去吃云吞面、在华宵买下六百块的首饰、现身 Fall in 超市买沈星最爱的马卡龙、从十八岁开始就给沈星准备生日礼物……

一条条热评挂起，给了营销号大量素材，为了流量结伴冲出。

十点时，＃今天，你抠到热拿铁 CP 的糖了吗？＃冲到热搜，从热到沸，就只用了十分钟。

星创大楼二十八层，气压又一次降到了冰点，只因姜年把热搜的事儿告诉了沈熙松。自沈熙松知道顾明绰这个名字开始，这已经不知道是第多少次上热搜了，可他仍觉得扎心，甚至觉得这回的打击力度最大。

"嗑嗑嗑，也不怕嗑死！

"甜？我真没看出哪里甜，矫揉造作。

"我就说这人早对我乖宝居心叵测，你们还都不信！"

冤？分明就是沈太太不相信好吧。但这些话，姜年也就敢在心里叨叨，明面上还是淡定沉闷的模样。

"给我弄掉，看着心烦。"

这回，姜年没有即刻答应。

沈熙松察觉到异样，抬起头来，清晰地捕捉到姜年神色间的犹疑，更烦躁了，问道："什么事儿？"

姜年只能直言："沈太太特别叮嘱过了，以后您只要起了打扰星妹和顾老师的心思，就得通知她。"

沈熙松气到险些心梗：这到底是不是亲老婆？

他缓了一会儿，说："跟她说了又怎么样呢？她还能把我吃了？"

姜年闻言，眼睫轻眨，隐约带出了一丝笑："那也不至于，就是……"

沈熙松微眯起眼，追问道："就是什么？"

沈熙松的压迫力是极强的，可姜年见多了，杀伤力减弱了不少，他不仅能面对，嘴角的笑痕还隐隐加深。

"就是您可能会睡几天沙发，也没人送下午茶了。"

多少年了，只要凯瑟琳得空，她就会拎些亲手做的点心来公司。他这个特助沾了老板的光，也吃过不少。

这话一出，沈熙松的脸面都快被扎碎了，不耐烦道："出去出去，我暂时谁都不想见，烦！"

"好的，沈先生。"姜年一脸淡定，实则暗笑在心，"我先出去做事了。"

说完，转身朝门口而去。

哪知没走几步，他忽然折返。

沈熙松躁得很，问道："你又要干什么？"

姜年伸手指了指桌面上的 iPad，说："那是我的！"

"拿走拿走，再回来，我今天就炒了你！"

姜年闻言，拎起自己的 iPad 离开，脚步似飞。他不是怕，而是笑意快绷不住，再不走，笑出声，有被杀的风险。

沈熙松把自己关在办公室一个小时，临近中午出来，神色已经恢复如常。

姜年看到他，问道："沈先生，要外出吗？"

沈熙松低低应了声："十分钟后，让老徐在楼下等。我约了人吃饭，两点过后才会回公司。"

"好的。"说及公事儿，姜年比谁都冷静专业。

吩咐完，沈熙松提步朝着洗手间而去。

几步后，他忽然缓了下来，稍许犹疑，转过身。

"沈先生？"姜年以为他还有事儿要吩咐，认真地凝神。

沈熙松低缓地开口："联系顾明绰，让他帮我做件事儿。"

姜年下意识地问："什么事儿？"

沈熙松淡定地解释："今晚香港有个拍卖会，我看中了一支玉如意，打算拍下送给天建侯老贺寿。他要是有空，烦请他替我跑一趟。"

"这……"姜年一听就知是老丈人气不顺找未来女婿磕呢。就沈熙松的人脉关系，拍个东西，哪里需要自己的人亲自去？但有些话不能说，毕竟要活命。

思及此，姜年摒除了对顾明绰的同情，回道："好的，沈先生，我等会儿同顾先生联系。"

一刻钟后，顾明绰收到了姜年的来电，他找出行程翻了翻，下午还真没什么事儿。没多想，他就应承下来，难得有机会讨好未来老丈人，傻瓜才会放过。

不仅要办，还得好好办。他让阿伟订下午出发的机票，自己则给沈星发信息报备行程。

【宝，我下午要去趟香港，可能明早回来。】

很快，沈星回复：【好的，干什么去呀？】

顾明绰也只是说：【今晚嘉德有个拍卖会，想买点东西。】

这条信息发送没几秒，沈星的电话就过来了。攻防不到两分钟，顾明绰败下阵来，决定带着"小拖油瓶"去香港。

下午两点许，两人现身鹭城国际机场，遮得那叫一个密实，可依旧没逃过粉丝的眼睛。

"啊啊啊，星星！"

"去香港吗？《战九龙》要拍了吗？"

"呜呜，这也太幸运了吧，星星能和你自拍吗？"

"太喜欢你们了。"

他们很快被人围住，但大都是正儿八经的粉丝和路人，行为克制有礼。两人表现亲和，几乎有求必应。

两人登机后，有人把顾明绰和沈星的合照放上网。

胖也要嗑糖：【接机时偶遇热拿铁CP，神仙情侣！星妹，冲呀，永远都爱你！】

感叹号连成串，惊喜难以掩饰。

就着双顶流的热度，这则路透在短时间内以不可逆的趋势火出了圈，#顾明绰 沈星#没有什么阻碍地攻占热搜第一。

沈熙松又一次被姜年告知，气到没脾气。缓了会儿，他睨着姜年，低冷地问道："我让他去香港拍个东西，他就带着星星一块去，挑衅我？以为我真拿他没办法？"

姜年心中疑惑：这不得吧？是个人都知道老丈人是这世界上最不能招惹的生物，顾老师看着也不像个傻子呀。

"可能是星星也有想买的东西？"

这话一出，沈熙松的眼神霎时冷到冰点。

姜年瞥见，心一颤，飞快地改口，气都不带喘的："那必须是顾老师没处理好啊！两个公众人物这么高调合理吗？

"小年轻，为人处事就是问题多多，不靠谱！"

沈熙松听着，觉得有点舒坦。

第十节

等沈廷烨反应过来时，妹妹已经成了别人的女朋友，后来在得知大哥沈廷泽已经见过顾明绰，并为他开了绿灯，气得要死，冲到沈廷泽的办公室就是一阵。

"就没见过你这么没用的哥哥，他说几句好听的你就信了？

"为了娶老婆，狗男人什么话说不出？能信？

"去见他怎么不叫我？我不配？啊？星星也是我妹妹！

"啊，气死我了。顾明绰有什么好？除了那张脸帅点儿。"

沈廷泽任他发泄了一通，懒懒地掀起眼睫，说道："说完了没，说完出去，我忙得很。"

沈廷烨一腔怒气打在了棉花上，眼中的不甘就像尖刀剐着沈廷泽，没好气道："妹妹都没了，还忙个屁。这破烂公司，老子不伺候了。"

话音还未落全，人已从位置上蹿起，咋咋呼呼地来，咋咋呼呼地离去，一声砰响过后，办公室恢复静谧。

沈廷泽拿起了手机，给沈星发了条短信：【你家二傻子生气了，有空哄哄。】

几分钟后，他收到了沈星的回复：【好的，大哥你要哄吗？】

沈廷泽眉眼染上了笑，顿了顿，回道：【不需要，大哥只想你幸福。】

如果顾明绰做不到，他会接回星星，让一切归零重置。他为顾明绰开绿灯，也不过是因为沈星爱顾明绰，想让她得偿所愿。就算顾明绰是一摊烂泥，他也要推顾明绰上墙。

沈廷烨还真翘班了，临走时，还去了隔壁大厦把李昀泽拐走了。两个人找了个地儿喝下午茶，唉声叹气骂骂顾明绰，一个下午就这么过去了。

两人起身，准备去往前台结账。经过书架时，沈廷烨不经意瞥到了新一期的《风尚》，封面人物顾明绰。

仇人见面，分外眼红。沈廷烨盯着看了一会儿，轻慢地拎起，站在书架旁就这么翻看了起来。

"你搞什么……"李昀泽走着走着，发现兄弟不见了。

他踱回来，正想发难，意外看到顾明绰的专访，顿时收了声，凑在沈廷烨身边一起看了起来。

看到理想型时，他由衷地赞叹："这哥们儿还挺浪漫，我要是女孩儿，肯定也会感……"

"动"字还没来得及出口，李昀泽就被沈廷烨冰冷的眼神给剐碎了。他连忙抿起嘴，跟着抬起手，做了个封嘴的手势。

看完这则专访，沈廷烨好不容易散了些的不甘又一次死灰复燃，而且烧得比之前还要猛烈。他负气地放下书，写了条微博，专门@了顾明绰。

堂堂正正沈廷烨：【@顾明绰，别高兴得太早，我还没同意。】

吃瓜网友看到，笑疯了，纷纷给他留言。

【我说"妹控"怎么没动静呢？这不就来了！】

【哈哈哈，事关星妹，发难有可能会迟到，但永远不会缺席。】

【打起来，打起来。激动搓手.jpg】

【二舅哥来了，岳父还会远吗？】

【蹲一个沈廷泽。】

【烨哥：你管老子，老子就是这鹭城最不一样的烟火。】

官宣后，热拿铁CP粉无处不在，数量惊人。再加上看热闹不嫌事儿大的吃瓜群众和营销号的推波助澜，晚餐时分#二舅哥的怒吼#已经被送上了微博。

全网都在帮他@顾明绰，衍生而出的段子和搞笑图满天飞。

顾明绰知道时，正和沈星在鹭宅吃烤肉。公开后，他们再不用避忌，想去哪儿去哪儿，想什么时候出门就什么时候出门，去到哪儿都是祝福不断。

"怎么办？二哥在微博召唤我呢。"顾明绰看完后，睇着专注烤肉的姑娘，笑着问道。

沈星没抬头，说："他又没@我，我怎么知道？"

态度很明显：这是你的事儿，我不管。

顾明绰的目光在她微垂的长睫上停了停，终于决定自力更生。他登录微博，现身响应全网召唤。

【哥，我会努力得到你的认可！】他转发了沈廷烨的微博，态度坦荡端正。

沈廷烨就不明白了，侧过脸看向身旁的李昀泽："他在喊谁哥？"

李昀泽惊颤地说："你吧？"

沈廷烨闻言，眼中倏地燃起火，又发了一条微博：【我只有一个妹妹，名字叫@沈星。】潜台词很明显：你这声哥我受不起，也不想受。

顾明绰看看，气笑了，他又一次召唤了女朋友："这回，轮到你了。"

沈星把肉和菜装好碟，递给他时，说道："是吗？"

"谢谢沈总的投喂。"

"不客气。"

沈星说完，拿起手机，摸到微博看了眼，眉眼染了笑。

沈星跟着转发了沈廷烨的微博，配字：【就算有了喜欢的人，我哥也永远是我哥！谁也无法取代的存在。】

熟悉的甜，似温柔细雨扑灭了沈廷烨心里的愤意，顿时变身为一只被顺了毛的猫儿。

最后一次，他发了三个斜眼笑的表情，嘚瑟不加掩饰。

哄好了，沈廷烨就消停了吗？结果证明，并没有。

自那天开始，他就跟个无所事事的二流子一般，每日接送沈星上下班，小两口只要约会，一准儿能偶遇他。

顾明绰无奈，又不能捉着他揍，只能强忍或是偷偷摸摸与沈星见面，明明是有名分的正牌男朋友，却活得像个见不得光的第三者。

一日，顾明绰开车把沈星带到了几十千米外的临城，困坐在浴室的大理石上。沈星的双腿和背脊被迫紧贴大理石和镜面，夏日衣衫单薄，冰凉的感觉不断地刺激她。

沈星皱了皱眉，勾起腿缠在他的腰间，双手也像藤蔓一般，紧紧地搂着他的脖子，一心想摆脱冰冷。

"你干什么呀？我冷！"

顾明绰黑眸中藏着委屈，哑声道："我也冷。"

但他到底没舍得把她继续困在冰凉的大理石上，而是托着她的臀，把人抱到了床上，之后负气地躺到床上，双手枕着头。

沈星像只猫儿，乖顺地趴在他的胸膛，把话题带到了原处："你又没贴着石面，为什么会冷？"

顾明绰盯着天花板，简简单单地道："心冷。"

"是吗？"沈星笑笑，忽然伸手推高了他的衣衫，手指贴着他的肌肤轻轻抚动，摸索着心脏的位置，然后低下头，在那里烙下一个湿吻，"亲亲就不冷了。"之后，指尖轻缓刮过。

顾明绰被刮到战栗，那感觉并不好受，抽出手按住了她的动作。

沈星却没放过他，覆上他，把整个身体的重量全都交予他。低头时，她蕴着甜香的气息落在顾明绰的耳侧，似猫崽的爪子在挠。

"小哥哥，接吻吗？"沈星睨着他，双眸清澈，映出诱惑。

顾明绰无力抵抗，特别是在两人公开关系日渐亲密后。

他伸出手，抚上她裸露在外的那一截纤腰，摩挲按压，清澈的眸色忽然染上了晦暗，出口的话却是："不。"

沈星不管不顾，头俯低，软馥贴上了炙热。水色渐渐蔓延，所过之处，留下了一道道深浅不一的印记。等她感觉到男人的滚烫蓄势，她的吻忽然停了，直起身，纤长的指尖从他手背上淡青色的静脉掠过。

"真的不要吗？"她在询问，上翘的眼尾带出的全是妩媚，似浓墨重彩勾勒而出。

这些落进顾明绰眼里，眸色越暗。忽然，他哂笑了声。

沈星正想问他笑什么，人就被抱住反压，不过眨个眼的工夫，两人已经掉换了位置。

被压在底下，有点儿处于弱势的味道，可沈星没有显露出一丝退却或是犹疑，眉眼似淬上了春光，明媚勾人，甚至勾着他的手在她裙摆的边沿徘徊。

"真的不要吗？"她又问了一遍，誓要融尽顾明绰心里的沉郁与委屈。

而顾明绰再也无法忍受这种若有似无的擦碰，受本能驱使在她的唇间辗转。湿意氤氲时，他撬开了禁制，强势地勾着她一同沉溺深陷，让她再无游刃有余的可能。

过了几天，沈星都还记得自己被抵在浴室墙面时的感觉，热水氤氲了整个浴室，叫她看不真切他的脸。在那一瞬，她只能凭借落在身上的力道和沉重的喘息确认他在，同她一样陷落。

恍神时，沈星放在桌上的手机忽然振动起来，带出了一串嗡嗡嗡嗡的声响。

屏幕显示：【二哥。】

沈星暗自深呼吸，随后拿起了手机按下了接听键。

沈廷烨的声音急匆匆地传了过来："星星，下午茶时间了，有没有什么想吃的，哥给你送过去。"

沈星回道："二哥，不用了，我这些时候都快被你喂成猪崽了。"

沈廷烨正想回"猪崽好啊，猪崽有福气"，结果什么都没来得及说，就听沈星说："二哥，未来两周你要是闲时多呢，就去老宅帮奶奶种菜浇花。"

潜台词没明说，但已经很明显了——去哪儿都好，别来烦我就对了！

沈廷烨一颗心被扎得稀烂，不解地问："为什么？是不是……"

这次，他仍没机会把话说完。

沈星说："因为男朋友太难哄。"

几日后，沈廷烨和纪平桦在夜场碰巧撞见。

原本就相熟，这会儿又多了层牵绊，纪平桦客客气气地拿了两瓶红酒找上了沈廷烨，想说一起喝两杯，结果脚都没来得及踏上卡座的台阶，就见沈廷烨直直地盯着他，目光灼灼，像是要把他盯穿。

纪平桦一脸蒙。

"起开。"沈廷烨咬牙切齿，一字一顿，"纪家就没一个好东西。"


第十一节

《九天之上》是由星影传媒和大导吴添团队联合制作的，也是顾明绰人生中的第一部电视剧。

大男主，无 CP，经风雨家破人亡，冲破万难，最终封神九天，怎么看都像是为他量身定做的。

宣布了没两个星期，《九天之上》官微忽然在微博通知第二日上午十点会出主演定妆图。

粉丝乐疯了，毕竟谁都爱事业心满点的哥哥，而且是古装呢！

【哥哥美滋滋，终于可以演古偶了！】

【顾明绰：没人请我是吧？我自己制作！】

【哈哈，笑死，我感觉有了嫂子以后，哥哥画风有点儿偏。啊，没有任何不好的意思呢，我个人十分喜欢这种偏。】

【是呢，虽有些酸，但嫂子为哥哥做了那么多又那么好，我们连嫉妒的理由都没有。】

【摸摸楼上，换个角度想啊，哥哥以后不会再孤单。】

【无 CP，又是无 CP，我没疯！】

【疯啥疯，无 CP 我们想怎么嗑怎么嗑。】

【我就不一样了，我只嗑热拿铁，五分之一包糖了解一下。】

296

【也是，哈哈哈，等我沈总派糖。】

......

此时，沈星正和 Maple Leaf 的姐妹拍新的专辑封面。

入行几年了，几个人对镜头早已习惯，拍摄时尽显专业，或冷艳或阳光，高难度动作不断。中间休息时，慕夏拿手机刷到了 # 顾明绰《九天之上》# 的热搜，眉眼霎时间被点亮。

他点进去一看，看了个寂寞。

她有些不高兴地抱怨："现在的人太不实诚了，还以为有定妆照呢！结果是在吊胃口。"

沈星一听到"定妆照"三个字就望向了慕夏，水都不喝了。

"什么定妆照？"

慕夏挤开李羡婷坐到沈星身边，把手机送到她的目光所及之处，说："你家顾老师的定妆照呢，《九天之上》，听说里面有很多花美男小哥哥，我想看。"

沈星蓝眸微徵，随后拿过慕夏的手机粗略看了一番，眉眼间笑容馥郁。

明天上午十点是吗？她也想看。

"瞧你笑得，一股浓浓的酸腐味。"睨着沈星眉眼间的笑，慕夏觉得自己生吃了一口柠檬，那叫一个酸爽。现在就这样了，未来可怎么办哦？她是不是该去找个花美男小哥哥谈个恋爱？

沈星抬眼，把手机塞回给她，反驳道："这不叫浓浓的酸腐味。"

慕夏下意识地问："那叫什么？"

沈星笑得越发艳丽，得意地说："这叫……爱情。"

慕夏直接夸了："沈星星，你一天不秀恩爱就不能活？还是会让你胖十斤？"

沈星眨眨眼，无辜地说："恋爱的人就是这样的，原谅一下？"

慕夏茫然过后，望向队长明娅，说："娅娅，她都这样了，你不管管吗？"

明娅循声看了过来，笑意盈盈地说："管不了呢！

"这样的情况，只能你自己反杀回去。"

慕夏一时没反应过来，众人已经在哈哈大笑。

第二天上午十点，《九天之上》定妆图如约而至。当真如网传的那样，花美男云集，赏心悦目。沈星一直守在微博，成了第一批欣赏到的人。尽管演员们造型精致颜值炸屏，可她的眼中只有顾明绰。

顾明绰一身玄色衣衫，神色淡漠，想来是历经风雨一步步断情绝恨，可还是帅。沈星亦庆幸早早在他心中种下一缕光，让现实中的他不至于走和《九天之上》中的角色同样的路。

沈星没多犹豫，指尖挪到文章右下角，公开点赞。

爱得大方、坦荡。

没多时，微博就炸了，话题 # 沈星点赞《九天之上》# 也被拱上了热搜。

【啊啊啊，星妹点赞顾老师相关微博了！！！】

【热拿铁 CP 横空出世，说明 CP 粉也能有春天。】

【两人真的好甜，呜呜呜。】

【啧，力撑男友新剧，沈总还是那个沈总！】

【女友力满格。】

【嗑完花美男，又嗑糖，老子血槽都空了！】

沈星出乎意料地现身，撒了狗粮，也让原本就火热的剧集为更多人所知。顾明绰正在参加剧本研读会，手机静音，中场休息时才拿过手机看了眼。

有几条短信，分别来自胡燃、肖伟和陈苟信，说的却是同一件事儿。顾明绰摸到微博扫了眼，＃沈星点赞＃的话题还在热搜上挂着，紧紧跟着＃顾明绰《九天之上》＃。

其实两个人的名字在热搜一上一下真不是什么稀奇事儿，可无论多少次，顾明绰都觉得幸福，胸腔满满的，令他觉得安稳。但他没能做什么，短暂的休息后继续投身工作。

回程时，暮色已沉。

理智告诉他，时间晚了，他不该再去打扰沈星，他们都需要休息。可是最后，他终是没能控制住自己，把车开到了沈星的住处楼下。他也终于明白沈星为什么会在极度困倦之下发脾气，因为她需要他，需要他的温柔亲吻，相拥而眠。

伴着心绪浮动，顾明绰下了车。

他抬头望去，她的住处窗帘紧闭，黑漆漆一片。

他靠在车旁，给她发了条信息——

【睡了吗？我在你楼下。】

几分钟后，沈星才回：【抱歉，刚在忙。我在你这里呢，快回来吧。】

顾明绰看到，嘴角抑不住地上扬，下一秒，疾步朝16栋跑去。

顾明绰回到家，开了门，急切地进入。可是，视线所及，并未发现那道熟悉的身影。忽然，一道纤柔的身影从门口蹿了出来，跳到了他的背上。

顾明绰下意识地托住她，指尖传来微凉滑腻的触感。

他还来不及生出任何想法，背上的女人就像个高傲的女王命令他："先去衣帽间。"

"好的，公主殿下！"说完，顾明绰背着她稳妥向前。

等他看清楚衣帽间的一切，直接怔住了。

沈星从他背上下来，来到他身旁，亲昵地握着他的手摇晃，说道："黑白灰虽然经典，但每天穿显得有点儿单调无趣。我家小哥哥盛世美颜，浪费了多可惜。"

沈星下午没有工作，拉着小姐妹扫荡了鹭城各大卖场，为顾明绰添购换季的衣衫，直接塞爆了他的衣帽间。

"喜欢吗？"解释完，她笑眯眯地看着顾明绰问道。

顾明绰这才回过神，目光转向，落在她的脸上。

"喜欢，但是……"

沈星眸光一滞，下意识问："但是什么？"

顾明绰伸出手将懵懂的人儿带进怀中，低头看着她的额头，笑得妖孽极了，轻声说："但是，我最喜欢的永远是沈星。"

齁甜的一颗糖，沈星猝不及防吞了下去。

霎时间，甜味蔓延，从唇齿到心间，迅猛得她无力抵抗。

她弯着眉眼说："恭喜顾老师，你成功取悦了你的女朋友。"

她笑时，蓝眸就像星辰，明亮灼人眼。

顾明绰受不住这诱惑，薄唇下移，温柔地啄吻着她的眼睛和长睫。

有些痒，沈星烦躁地推开他。

顾明绰也终于看清楚沈星的装束，她套上了他的白色衬衣，花蕾隔着白衫绽放，若隐若现，能够轻易勾拽出男人的窥探欲。

他的自制力又一次在崩溃的边沿徘徊。

他敛下眼睫，深呼吸，强压下想要抚摸亲吻的念头。

"欣赏完了吧？我可以去洗澡了吗？"他急着想逃离，洗个冷水澡是个不错的选择。

沈星点头："嗯。"

顾明绰如获大赦，随手捞了件换洗的衣服就往衣帽间外冲。

沈星睨着他的背影，终于察觉到不对劲，红唇微翘，透出愉悦，她喜欢自己对他有这么大的影响力。

"站住！"理智回笼前，她出声叫住了他。

顾明绰背脊泛起凉意，但转过身面对她时，佯装淡定地问道："沈总，还有事儿？"

沈星睨着他，说："嗯，我忙了一下午了，也要洗。"

顾明绰想了想，说道："那你去主卧的浴室，我去客房的。"

沈星看着他，没有说话，明显不太满意他的提议。

顾明绰沉吟片刻，提议道："那……沈总去客房？"

沈星这才道明自己的想法："不要，我要跟你一起洗。"

顾明绰想都没想就说："不行。"

浴室那种地方太容易出事儿。同沈星亲密，他是感觉幸福，但他也在怕，怕幸福太过会失了理智，破了禁制。他想给她所有最好的，而不是唐突草率。

沈星知道他的想法，不然他不会一次又一次在最后关头刹车。但她不想理，她又不是没用的瓷娃娃，碰碰就会碎。

"那我也不行！"认识至今，沈星第一次跟顾明绰拗上了，容颜艳丽，大眼水意氤氲，裹挟着无辜和执拗。

顾明绰生生被气笑了："沈星，你是不是欠收拾？"

沈星长睫颤动，冷嗤一声："谁收拾谁还说不定呢。"

根本没带怕的。

是个男人都受不了这种挑衅，顾明绰直接扔了手中的睡衣，伸手抱起沈星，朝着主卧的浴室而去。

就这，沈星的挑衅也没停，她轻咬他的下巴，喃喃道："我今天买了那个呢。"

这种时候，顾明绰自然知道她说的那个是什么。

"买了多少？"

沈星被他逗笑："你问这个做什么？你还能一晚上用个几包……"

话还没说完，男人的吻就像疾风劲雨激烈涌落。等到她的蓝眸被水雾迷蒙，他顶着一张清隽的脸耍着流氓，说道："只要诱惑够大，没有什么不可能。"

## 第十二章 ▼

**"未婚夫你好，以后请多多指教。"**

一生一世一双人，守一城终老。

第一节

八月，顾明绰和沈星为 *Elsa* 拍金九大刊封面，是为了报答沐烟的知遇之恩，这也是两人公布恋情后的第一封。

鹭城的夏天炎热湿重，沐烟把拍摄团队带到了四季如春的茗城。两天一夜的行程，对行程满当的顾明绰和沈星来说就是休息良机，天大的恩赐。

茗城客栈多，沐烟挑了个隐僻且环境好的，包了一晚。

顾明绰和沈星的房间连着，能让沈星安心，小两口见面也方便。

下午抵达，短暂休整过后，摄制组外出寻找合适的拍摄地点。

顾明绰和沈星得了闲，相携外出。

茗城，城如齐名，处处雅致，透着茶香。古朴的街道两侧有许多卖茶包、香囊的小摊位。

沈星看到后由衷地感慨："真没想到茶还有这种妙用，香味很好闻。"

顾明绰笑着说："喜欢就买几个，放家里或者车里。"

一提到买买买，沈星顿时来劲儿了："好，妈妈肯定也喜欢，再给爷爷奶奶带几个……"

沈星想到了许多人，也没忘外婆和纪家二老。不过话音才出，她就意识到不对，声音骤停，望向顾明绰。

他的神色如常，可沈星还是说了声："抱歉。"

顾明绰不在意地笑笑，说："他们并不是什么不能提的禁忌。"即使是，他也不会怪沈星。

沈星忽然失去了买香包的兴致，挽着顾明绰的胳膊往古道深处走去。

远离了人群，她才再次开口："顾老师……"

虽然确定了恋爱关系，沈星还是喜欢喊顾明绰"顾老师"，总觉得这个称呼很亲昵浪漫。

"嗯？"

"你想过认回爷爷奶奶吗？毕竟他们……年纪已经很大了。"

谁也无法预测他们的人生终点是何时，她不想顾明绰留下无法弥补的遗憾，再加上爷爷奶奶在这件事上，也是完全不知情的。

远离了鹭城的人和事儿，又是不经意提起，顾明绰来不及设防，不得不面对。

"我也不知道。"漫长的沉默过后，顾明绰回道，声音里透着茫然。

沈星看他这般，心被割了一下，生出了微弱的痛感。

她攀紧他的胳膊，小脸在上面蹭了蹭，轻声说："不知道也没关系，慢慢走，总有一天你能找到答案。"

她声音软软的，轻轻的，却似有魔力一般，抚平了顾明绰心中突兀而敏感的情绪。

顾明绰对着她笑，"嗯"了一声。

两老为他做的他看在眼里，人心都是肉做的，说不伤感不心疼都是假的，但要他再往前，他又做不到。说到底，他还没有同过去的自己握手言和。但他相信，总有一天他会真正释然，有能力去消解、接纳。

沈星似感受到了他的放松，红唇微翘，说道："我会一直陪着你的。"

"嗯。"

一路轻声细语，夕阳拂过他们的背脊，勾勒出两道影子，始终亲密相依。

夏天，茗城不到六点就天光大亮。全员早起，来到了茗城远郊的湿地公园。这次拍摄有三套造型，造型师却准备了五套服饰，风格各不相同，摆满了一整张欧式拼接长台。

造型师叫了顾明绰和沈星过来，问道："五选三，想先拍哪套？"

顾明绰走近一看，不禁笑了："为什么星星这么多，我就这么点儿？"

他除了黑色西装，就一套藏青色的唐装和一套休闲装。少就少，颜色还都暗沉，和沈星的一比，就寒碜二字。

闻言，全员爆笑。

"别说，还真是！"

"阿绰，你知道这说明了什么？"

顾明绰睨向说话的人，问道："说明了什么？"

那人正准备回答，不料被沐烟抢了先："说明这次拍摄你就是块背景板。"

"哈哈哈。"

"顾老师心都被扎碎了。"

顾明绰也跟着笑："做媳妇儿的背景，是我的荣幸。"

笑闹渐歇时，沈星开始挑选衣服。顾明绰自己没什么好看的，就跟在沈星身后，美其名曰免费给她做顾问。

沐烟笑他："你媳妇儿搁时尚圈也是 C 位呢，品位出了名的好，她还需要你做顾问？"

顾明绰闻言，眼睫轻眨，一脸无辜样地说："那我也要跟着。"

沐烟怔了怔，旋即失笑。

沈星也觉得好笑，揪住他的手臂，说道："顾老师，你已经是个大人了，再不能露出刚刚那种表情了呢！"

虽然是真的可爱，看到了就想揉。

顾明绰一秒恢复常态地说："好呢，我们开始吧。"

两人开始认真地挑起来。

沐烟和摄影师在不远处睨着两人。

摄影师李仁是各大杂志常用的摄影师，无论是和顾明绰还是沈星，皆合作过多次，可以说是老熟人了。

看到这有趣却陌生的一幕，他由衷地感慨道："阿绰跟变了个人似的，以前真没想过他可以这么活泼，而且毫无违和感。"

沐烟看向他，说道："可能这才是真正的他，过往只是无处安放他的小脾气和小任性罢了。"

所以认真说起来，顾明绰其实是个幸运的人。过去确实不幸，但后来的每一个重要节点他皆得遇贵人，护他安稳走到今天，连心的裂痕都有概率被修复。现下的这种状态，已经是不幸中的万幸了，是多少心中有缺的人求都求不来的。

"这件好有设计感，我喜欢，但我以前没穿过，感觉外形不太搭。"沈星一眼就选中了一袭刺绣旗袍，立领开衩，瘦窄贴身。

顾明绰循着她的话看了眼，脑海里不自觉想象着沈星穿上这件旗袍的样子，说道："那就换一件。"这话来得突兀，隐约透出情绪。

沈星看向他，不解地问："你那么激动做什么？吓我一跳。"

顾明绰回过神来，场面顿时有点尴尬，可他到底是个演技老到的演员，成功避开了窘态，说："对不起，我只是看到了件更合适的。当然这也只是我的个人意见，最终决定权在你。"

口舌生花，说得就跟真的一样。

沈星狐疑，但心中又被他的话勾出了些许波澜，想看看顾明绰眼中适合她的造型是怎么样的。

"那你说说。"沈星问道。

顾明绰见沈星当了真，只能硬着头皮说："这个……"

他指向了一条复古印花连衣裙，一字肩，胸前大面积的蕾丝，颇具年代感。

沈星瞥了那裙子一眼，接着问他："你喜欢它什么？"

顾明绰心想：只要不是刚才那件，哪件都好。

但这话他怎么也不够胆说给沈星听，暗自调整了一番，朝她绽开笑颜，那模样看着要多端方就有多端方，任谁都捉摸不透他此刻的幼稚心思。

"设计别致，不滥街，一字肩，可以显露出锁骨。沈总的锁骨……"

话到这里，顾明绰朝着女朋友竖起了大拇指，由衷地赞美："全世界最美，号称能够养鱼的存在。"

一句压一句，求生欲不加掩饰，成功逗笑了一片。

沈星睨着他，笑意破开冷艳倾泻而出，似嗔非嗔，柔光缱绻，说道："那就这个吧。"

一锤定音后，她开始挑选搭配裙子的饰物。

顾明绰站在一旁，长长地舒了口气，同时在心底暗忖：这么看来，买几本哄妻秘籍回来学习精进是对的，不然次次都即兴发挥，我有九条命都不够死的。

沈星造型复古甜美，顾明绰则是白T恤加上九分西装裤，外搭了一件米色的Bomber Jacket（紧腰短夹克）。柔美对上绅士，一对璧人。

"可以开始了吗？"摄影师李仁已经调整好设备，抬起头朝两人的方向喊。

顾明绰回道："随时可以。"

李仁笑着说："那到这边来，看到那几只白鹤了吗？想邀它一起入镜。"

顾明绰和沈星齐齐看向他指着的方向，还真看到了几只白鹤安然漫步，时不时低头啄食。

李仁看到这幕，补充道："稀有的鹤种，全球也只有几百只了，碰到了就是幸运。"

沈星轻笑，说道："那就和它们一起。"说完握起顾明绰的手，走向鹤群。

他们到了指定的地点后，按照摄影师的要求摆出各种姿态表情。两个人对镜头都再熟悉不过了，表现得专业又不失灵气，一组一组，高质量速度也快。

临近结束时，李仁建议："既然是情侣特辑，来个亲吻镜头吧。"

两人对了个眼神。

沈星朝着摄影师比了"OK"的手势。

李仁笑道："需要酝酿吗？还是直接来？"

顾明绰的手贴在沈星的腰侧，稍稍用力，就把人带到了怀中，说："直接来。"他急切而嚣张的模样逗笑了一片。

沈星也跟着笑，问道："你这算不算假公济私？"

顾明绰眼睫轻颤，看起来无辜又脆弱，回道："不是呢，我这么专业。"

"嗯，那来吧。"顾老师的硬照初吻，她收割了。

"3……2……1……Action（开拍）。"

话落时，顾明绰和沈星皆进入状态。

顾明绰伸出手，温柔地用指尖勾勒着沈星的脸部线条，触到下巴时，稍稍挑起。

沈星下意识地合上眼睛……

一切都很完美。

结果临吻时，传说从不重拍的顾明绰笑场了。

一如那次自拍，笑得像个傻子。

沈星腹诽：今天又是想打死顾明绰的一天！


第二节

十一月的第一个周二，《恋爱动力学》首次录制。别处已陷凛冬，鹭城仍旧温暖如春，树绿风暖，令人愉悦的好光景。

第一站的录制地点：鹭城远郊的平澜高尔夫球场，草地广袤，配套完善，吃喝玩乐一应俱全。

主持人是明空台台柱子许珉和老搭档侯欣然。

一共八位嘉宾，已经揭晓七位了。

许珉说：“最后一位是谁呢？应该是个男的。”

慕夏拿话戳他：“谁不知道呢？四队 CP，现在就差一小哥哥了。”

全员大笑。

许珉则循着这话眯着她，二度合作了，明显熟络过旁人：“这么聪明，那你猜猜最后这个男嘉宾是谁？猜对了我送你一张免战卡。”

诱惑是极大的，但也是真的难猜。

慕夏放弃了：“猜不到，而且这一场我有灯罩子，不怕。”

许珉知道慕夏说的是顾明绰和沈星，说：“那确实，战力强悍得很，我怀疑没有什么是他们不会的。”

慕夏得意得就像许珉夸的是自己，弯着眼笑，说道：“是吧，所以我不需要免战卡，特别是这一战。”

“这……也太招人恨了。”另一位主持人侯欣然接了她的话，“跟热拿铁 CP 做朋友是什么感觉？”

慕夏想都没想，赞叹三连：“一个字，爽；两个字，很爽；三个字，非常爽！”这时的她像极了一只得到了满筐胡萝卜的兔子，成功逗笑了所有人，将氛围推入火热之境。

许珉于这时说：“让我们欢迎最后一位男嘉宾。”

黑色的迈巴赫从不远处的丛林中缓缓开出，伴着如浪的惊叹声，纪平桦开了车门下来，姿仪潇洒优雅，白衫搭黑裤的简单装束也没能减淡他的俊朗半分。

看到他，慕夏直接惊呆了，小嘴微张，看起来像个小傻子。

其他人却疯了：“天啊，珉哥，你们怎么办到的？”

后面的话没说，但许珉明白，撇开纪家的财势，纪平桦也是传媒行业响当当的人物，单一个 Maple Leaf，就够他和创美吹一辈子了。在大多数人眼里，这样级别的大佬应当高冷，实在不该出现在这里，但纪平桦来了，还是以一种极度亲和的姿态。

“啊，真的好帅。”

“对，走路都带风的。”

“珉哥，一个阿绰就算了，又来个纪三，我们还活不活了？”

“哈哈哈，肖哥急了。”

声浪中，许珉看向男嘉宾肖凯，说道：“等会儿你就该感谢纪三来了。”

众人一愣。

许珉一本正经地说：“顾老师那么凶，有个人给你们分担火力不好？”

这么一想，还真是！

肖凯顿时喜笑颜开。

这时，慕夏也缓过神来，目光冰冷似刀剜着越来越近的纪平桦。

“珉哥，欣然……”纪平桦挨个同人打着招呼，明朗热情，跟个小太阳似的，轻易俘获了众人的心。

除了慕夏。

然而纪平桦就像没看出来她对他的不喜似的，走到她面前，朝她伸出了手。

"你好，我是纪平桦。过往，有诸多没有做好的地方，这次借由这个机会，从头来过。"

他的眉眼和话音皆温柔，而且是前所未有的温柔。慕夏给整蒙了，迟迟没有伸出手。

纪平桦看她这般模样，勾了勾嘴角，七分温暖三分宠溺缠在一起氤氲而出，是校草最最最正确的打开方式。

慕夏的心跳无法自控地乱，烦躁渐生。但节目录制中，老祖宗也说了伸手不打笑脸人，在这里给他难堪实属不妥。

"你好，我是慕夏。"慕夏到底是伸出了手。

纪平桦垂眸，目光停在了她指尖的那抹浅蓝上，嘴角渐渐压不住。

顾明绰没骗他！！！

眼下的境况，唯有温柔和贴心可破。果真傲娇一时爽，只会一直碰壁一直爽。

他绅士地碰了碰她的手，说道："第一次参加综艺录制，请夏姐多多指教。"

一句"夏姐"逗笑了一片，各种怪叫不断。

慕夏当时没说什么，等旁人的注意力转开，悄悄地问道："你……搞什么鬼？吃错药了？"

不然怎么会这么反常？

纪平桦渐入佳境，或者说优雅温柔本就是他的常态，唯对慕夏反常。

"没呢，可能是成长升华了。"

慕夏被这话噎了下，嫌弃地睨了他一眼，径自走开。

纪平桦也没追，盯着她的背影，笑得宛若四月花盛放。

纪平桦带起的声浪还未完全消停，又一辆黑色座驾从丛林中开出。

"啊，顾老师和星星来了吗？"新晋剧花陈莲心的一声轻喊，把众人的注意力全部带走。

慕夏也是，星眸微亮。

纪平桦看着如果不是正在录节目可能随时奔上去的姑娘，只觉可爱。按照以往的互动模式，这会儿他一定会拿话臊她，逗得她愤怒多毛。但现在，他不会了，而是低沉温柔地安抚道："别着急，很快就来了。"

慕夏"嗯"了一声，数秒后，侧眸看向他。

四目相对时，她直言："你现在的样子还挺讨喜的，继续保持。"

纪平桦抬手屈指，做出了"OK"状。

慕夏满意地挪开了目光，嘴角在她看不见的地方悄然翘起。

车门大开时，先下来的是顾明绰。他还是万年不变的黑色装束，俊脸清爽不带一丝妆。落地后，他的手伸向车内。数秒后，沈星的那张混血神颜显露于众人眼前，尖叫声四起。

"啊，我要死了！！！星星好美。"

"哈哈哈，热拿铁 CP 给妈妈冲。"

"一期，为什么就一期？一人血书求顾老师和星星常驻。"

许珉毫不留情地扎刀子："你血就算流干了，他们的行程单都塞不进去了。"

笑闹间，顾明绰和沈星走进人群，一路都是十指紧扣，甜蜜满溢。

许珉的目光在两人交缠的双手上停了停，忽然朗声道："二位知道今天是干什么来的吗？"

顾明绰超大声说："知道！"

回应他的是一阵哄笑。

许珉睨着他，说道："不用那么大声，你哥还没聋，能听见。那你跟大家说说，你和星星来这儿干什么的？"

"这题我媳妇儿会，交给她。"

顾明绰的"媳妇儿"三个字似抽掉了引线的炸弹，一秒引爆全场：

"啊，我牙没了！！！"

"我酸到起了鸡皮疙瘩，你看看……真的。"

"我就好这口，哈哈，夏夏子，你呢？"

慕夏回道："我啊，早已习惯成自然，现在这种就是不值得被说道的小场面。"

呜呜呜，顾老师亲手折的那一万只千纸鹤才是真"柠檬"。只是看看，就能酸到掉牙。

"哈哈。"

"来来来，麦克风递给夏夏子。"

许珉任由嘉宾团闹了会儿，稍歇时，他才叫到沈星："那星星你来答。"

沈星笑了，蓝眸似于星河中淬过，说道："我们是来发狗粮的。关爱单身狗，人人有责。"

"啊，我这心……都被扎碎了。"

"深……深地感受到了世界对'单身狗'的恶意。"

声浪中，许珉忽然说道："这才哪儿跟哪儿，你们就叫成这样。来，顾老师，当着全国的观众给你媳妇儿表个白。"

顾明绰开腔唱道："对你爱爱爱不完，我可以天天月月年年到永远……"

周遭还来不及反应，许珉紧接着提了沈星："星星！"

沈星看了顾明绰一眼，轻声吟唱："为何未够好，请听我预告，就算跟你未游尽花都，可给你的都会做到，并未求什么，唯一志愿想你安好。"

默契、甜蜜，成功炸翻全场。

许珉把话筒对准了其他嘉宾，问道："就问你们服不服？"

众人大笑，齐齐地吼叫："服！"

许珉又说："服就照着这个甜度，这就是我和电视机前的观众想要的量。明不明白？"

众嘉宾齐声道："明白。"

明空台的综艺总能玩出新花样。别家综艺做菜、旅行甜甜蜜，明空台的"沙雕"逗趣，激烈对抗。

当全员来到平澜生态园的稀土泥潭旁时，直接惊呆了。

男嘉宾舒野望不解地问："哥，节目组到底怎么想的？泥坑里能培养出爱情？"

“哈哈，笑死。”

“也许是想患难与共？”

“夏夏，你想跟泥人患难与共吗？”

“不想。”

“哈哈哈，就是啊，哥，我们可是女明星。”

许珉昧着良心说瞎话：“女明星的潜力无可限量，相信自己，你们可以的。”

随后，他发布任务：“全员入泥潭混战，被按倒在地者出局。胜者第二轮免战，同时还能获得优先献花的权力。”

嘉宾肖凯问道：“优先献花是什么了不起的福利？反正都是要献的。”

许珉循声望向他，沉沉地叹了口气，随后以一种恨铁不成钢的语气对他说：“知道你为什么到现在还单着吗？”

“为什么？”

“因为……”许珉停了停，加重语气，“太直。”

拍档侯欣然附和道：“生活需要仪式感，小仙女优先得到花会开心。”

这话一出，男士们瞬间精神抖擞。

肖凯开始撂狠话：“那我必然撂倒所有。”

许珉失笑，坏心眼儿地拿话刺他：“别成为第一个被撂倒的就好！”

嘉宾们先后下了泥坑，顾明绰和沈星作为踢馆 CP 这轮免战。可顾明绰就跟不知道似的，跟在纪平桦身后准备下泥潭。

“哈哈哈，老顾，你干什么呢？”许珉喊他。

顾明绰回过头，脸上笑容似骄阳，回道：“我也想我媳妇儿成为最先收到花的人。”

沈星轻笑出声，眉眼间欢喜甜蜜藏不住。

## 第三节

一片混乱中，顾明绰和纪平桦留到了最后，兄弟即将互掐。

众人看戏不嫌事儿大，不断吆喝推波助澜——

“顾老师，撂倒三哥，星星就能优先收到花了。”

“打起来，打起来！”

“搞快点，电视机前的观众都等不及了。”

“哈哈哈，是全国的观众等不及了，还是你等不及？”

“观众！”

……

喧闹声中，两兄弟首度对上。

许珉快笑死了：“开摔前，给对方撂句狠话。”

一身泥的纪平桦冲顾明绰咧嘴笑，露出了一口洁白的牙齿，说道：“哥，请手下留情！”他面上㞞得不要不要的，成功激起了骂声一片。

顾明绰睇着他，俊脸上没有过多的情绪，只是幽深的黑眸有点笑意闪烁。

“那你现在躺倒，我放过你。”

308

纪平桦不肯，说："那怎么行？老太太要看的，同室操戈的戏码她最爱了。"

话到这里，许珉接了话："既然谈不拢，那就战吧。其他人给两位加加油。"

话音还未落全，阵阵掌声响起。

之后的时间，顾明绰和纪平桦陷入扭打，泥水溅高，扑到他们身上。他们灰头土脸，再寻不到一丝贵公子的气韵。渐渐地，他们的动作因为疲倦变得沉缓，可顾明绰没能从纪平桦的脸上寻到一丝想要放弃的迹象。

在两人身体又一次撞到一起时，顾明绰忽而压低了声音问："那么喜欢她？"

猝不及防，纪平桦不由得怔了几秒，回道："也就比你喜欢沈星少了那么一点点吧。"差了些时间，也没有那么深远的意义。纯粹男女之间的爱意，热烈而甜蜜，尝过就想得到。

顾明绰轻声说："知道了。"

纪平桦正准备问他神神道道干什么呢，结果……顾明绰忽然一个跟跄朝后跌去，还故作可怜地冲着场外的沈星扯着嗓子喊："对不起，媳妇儿，我顶不住了，快来扶扶我！"演得那叫一个逼真。

纪平桦心想：可我根本没用力啊！而且他要真那么容易撂倒，我们至于缠斗到现在？

纪平桦能看出来，泥潭旁其他人自然也能看得出来。

然而那些人就跟没看出来似的，发疯似的冲着纪平桦喊：

"纪三，你赢了！！！你赢了顾老师。"

"三儿，你怎么那么厉害！！！那可是顾老师呢。"

"惊，竟然赢了踢馆大神。"

"就是，太给我们'单身狗'长脸了。"

纪平桦腹诽：这节目真的好假！还有我家这位哥也好假！

伴着怨念而来的是缕缕细微的暖意，因哥哥顾明绰而生的。

默默地站了片刻后，纪平桦踩着厚重的湿泥走向顾明绰，朝他伸出手……

洗净后休整了一刻钟，全员再度集结。

全员瞩目之下，一身清爽的纪平桦拿着一枝娇艳欲滴的火红玫瑰走向了慕夏。

"慕夏……"他叫了她的全名，神色郑重认真，"你愿意做我的搭档吗？"

西装对男人而言就是神物，一上身气质和风度"噌噌"往上飙，更别说纪平桦这种早已将风度和克制深刻在骨子里的人，真正担得起翩翩公子温润如玉这八个字。

"啊。"

"天啊，纪三他好懂。"

"夏夏子，答应他，答应他。"

最后这句是肖凯喊的，话音还没落全，许珉就作势抢高话筒要敲他的头，说："答应什么？就算答应，也得按流程走。"

纪平桦循声看向许珉。

四目相对时，许珉再度补充："心急连热豆腐都吃不上，又怎么可能能抱得美人归。"

约莫是想增加他这话的可信度，许珉以顾明绰为例，说："这点，阿绰做得比你好。放长线钓大鱼，懂吗？"

顾明绰面上只是笑，手却在众人没注意的地方加重了力道，紧紧扣住沈星的手。

沈星心中一甜，嘴角微微翘起，话却是冲着许珉说的："珉哥，我是鱼吗？我怎么不知道？"

许珉反应极快，回道："你是深海美人鱼呀，不知道是因为你还没有觉醒前世的记忆。"

他的神回应逗得沈星轻笑出声，周遭的其他嘉宾由衷地感慨：

"星星要是有条银色鱼尾，她就是美人鱼本身。"

"哇，珉哥好会说。"

"那是必须的，台柱子三个字可不是台风吹来的。"

声浪猛烈时，慕夏也来了几分兴致，她故意挑事儿："那我是什么鱼？"

许珉盯着她看了数秒，笑着说："小河豚，生气就鼓成一团，可爱着呢。"

慕夏听完，当真噘嘴鼓腮，超凶超可爱。

许珉任由着众人闹了一会儿，细化了献花要求："献花，列举出五个以上夏夏的闪光点，自己又有些什么优势，并且要等别的男嘉宾都做出选择，女神才会进行最终的选择。"

纪平桦听明白了，问道："如果有其他人选了'小河豚'怎么办？"

"小河豚"三个字引出了笑声一片。

慕夏被气到心梗，直接冲他喊："纪平桦，出局。"

"哈哈，笑死我了。"顾明绰看着这幕，笑到飙泪。

"不是，我的意思是我很喜欢河豚。多可爱呀，河豚……"纪平桦赶忙补救，但成效少得可怜，约等于没有。

慕夏"哼"了一声。

许珉笑得声音都在颤抖："纪三，你选择出局还是继续？"

纪平桦睨着他，说道："当然继续。"不然他来这破烂节目做什么？是搁家里躺着不香，还是约兄弟打高尔夫、钓鱼不好玩？

许珉："那你来。"

慕夏仍不理他，小脸半侧，连视线都避开了。

纪平桦却很是认真地说："慕夏就像夏末的太阳，明艳却不灼人，特别是她笑的时候。她热心，遇到不平就想拔刀。她敬业，平时看着冲动娇气，工作时却严谨又专业，经常连轴转也没听她喊过一声苦……"

纪平桦说得温柔又真挚，很容易让人信服。渐渐地，慕夏发现自己的心火灭了，神色也不自觉松软了几分。

"我可能不是最好的，甚至有许多臭毛病，但我愿意修正提高，越来越好。"

气氛忽然变得温柔，偏寂静。

结果没持续半分钟，顾明绰忽然吼了一声"好"，随之而来的是一串激动热烈的掌声。好了，好不容易制造出的一点儿气氛全给打散了。有这样的哥？

路边随便捡一个都比这个靠谱。

纪平桦怨念连连时，许珉好笑地看着顾明绰，问道："老顾，你给说说好在哪里？"

顾明绰一本正经地说："口才好，态度诚挚，我要是个女士，可能会被打动。"

听到这里，纪平桦对哥哥的怨念轻了些，正准备说两句，忽而听见许珉说："你就算是个女士也是他姐，怎么样都轮不到你。换言之，你说的话没半点用途。"

紧接着，许珉扯着嗓子喊："顾明绰，出局！"

顾明绰撇撇嘴，委屈得哭倒在沈星的肩头，说："沈总，有人欺负我。"

沈星宠溺爱怜地拍了拍他的头，安慰道："没事儿没事儿，剩下的路我替你走。"

被他连着戳了几刀的纪平桦趁机说："哥，您就安心 out 吧。"

蓦地，哄笑声四起，于半空中撞在一起，迅猛蔓延开来。

最后，纪平桦如愿和慕夏组了 CP。

节目中，纪平桦的嘴角一直朝上翘着，好心情遮都遮不住。

慕夏觉得他笑得太油腻，搁平时她绝对揍他了，可这次不知道怎么的，话到喉间好几次了都没能说出口。

沈星瞧见这别扭又莫名和谐的一幕幕，忍不住握起顾明绰的手轻晃。

顾明绰侧眸，问道："怎么了？"

沈星眸中有笑，说："你说我和夏夏以后能成为妯娌吗？"

"这……"顾明绰失笑，目光下意识地飘到纪平桦和慕夏的方向，"别说，没准还真能成，你要是……"

"顾老师，赵导找。"

闻言，顾明绰回头，说道："好的，就来。"而后对沈星说，"我过去一趟，很快回来。"

"嗯。"

目送他远去后，沈星准备去休息区找叶欣。

没走几步，身后忽然传来了一个熟悉的声音："嫂子。"

沈星停下脚步，转身面对纪平桦，看他一个人走近，眼中现出淡淡的讶异，问道："怎么了？"

几个阔步，纪平桦停在了沈星的面前，直接道明了来意："可不可以请你帮个忙？"

沈星没多想，回道："你说。"

"今天节目录完后我想邀请慕夏去家里吃饭，但她一个人肯定不想去，如果你和哥能去的话……"纪平桦稍顿几秒，"爷爷奶奶虽没明说，但我知道他们很想哥，每晚还翻来覆去地看他的电影和综艺。"

沈星听完，没多想便应道："那就去。"

"你不问问哥的意思？"纪平桦来时真没想到沈星会应得这么轻易。毕竟身世大白已经有段时日了，无论是爷爷奶奶还是顾明绰，都没能再往前一步，小心翼翼，生怕再行差踏错。

沈星大抵是猜到了纪平桦心里的想法，勾唇笑了笑，说道："不用，这事儿我可以做主，你只要能说服慕夏就行。"

纪平桦就此安了心，同沈星道谢后离开，脚步带风，透着欢喜。

顾明绰虽在远处，一部分注意力仍停留在沈星身上，自然没有错过纪平桦停在沈星面前的那一幕。

几分钟后，顾明绰回到沈星身边，问道："你们聊什么了？"

"他说爷爷奶奶想我了，想邀我今晚去老宅吃晚餐。"

有了沈星以后，顾明绰在外婆和爷爷奶奶那里的地位全线下降，什么事儿都是直接跳过他，活得就像个工具人。

他不禁轻笑出声，问道："你怎么回答的？"

"当然是答应了。那可是纪家老祖宗，我这做人孙媳妇的，肯定要供着哄着。你要是没做好准备可以不去的，不勉强。反正你不在鹭城时，我也经常一个人去。"

顾明绰被这话戳得心口疼，半晌才憋出一句："那我怎么办？"面容极其哀怨可怜，活像被主人抛弃的小奶狗。

沈星绷着笑说："你想去的话，可以跟我一起呢。其他的，我就爱莫能助了。"

顿了顿，她伸出手揉了揉顾明绰的头，说："不过没关系，一个人也能很快乐。我待会儿给你打点钱，今晚随便你怎么用。"

顾明绰腹诽：沈总哄我这架势怎么那么像哄家里那只大金毛？

因这"夺妻之恨"，接下来的录制顾明绰再未给纪平桦好脸色。几次纪平桦专门看过来，他都飞快地避开了目光，正眼都吝于给纪平桦一个。

纪平桦有点蒙，没忍住，问了身旁的慕夏："你偶像怎么回事儿？看都不愿意看我一眼。"

慕夏听完乐了，想都没想就是一刀子："那是必须的。

"面目可憎的你要学会习惯别人不愿意看你。我偶像涵养素质顶天，才目光避着你走。"

纪平桦气极而笑："还真是肤浅！"

慕夏理直气壮地说："肤浅怎么了？我肤浅我快乐，每天严谨中正多累。像我爹……"

慕夏本想说那严苛了大半辈子，最后老婆都没了，专门坑女儿的多几句，话到嘴边时忽然觉得再不好那也是亲爹，于是换了个说法："做人呢，底线之上，让自己轻松快乐点儿没毛病。关于这点，你得……"

"全员集合。"慕夏说得正上头，主持人的吆喝声伴着几声口哨响起。

慕夏一秒进入到营业状态："来了。"随即朝着许珉走去，就像是忘了纪平桦这号人。

纪平桦接受不了自己又一次被抛下，提步跟了上去，追着问："我得什么？你还没说完呢？"

慕夏刚开始不理他，后面被问烦了，停下脚步，凝眸看着他，说道："你得买几本书看看，站在巨人的肩上……错了，是规避狗男人犯的错，你才能安稳抵达幸福彼岸。"

末了，她又丢出致命一刀："怎么同为纪家人，顾老师比你靠谱讨喜那么多？

312

从你们身上，我清楚地感受到了世界的参差。不过，你也别太伤心，老祖宗不是传下来一个词嘛……"

"什么词？"

慕夏睨着他，一字一顿道："身残志坚！"

第四节

第一期录制的最后，对战升级。

五组 CP 全部出战，胜者将获得声名远播的成衣设计师唐从洛专门为节目设计制作的唐装，真真正正的高级定制，市面上独一份的。

奖品一公布，众嘉宾直接炸了。

"唐从洛？我感受到了台里的诚意。"

"唐装，我可太喜欢了。"

"开场就玩这么大了吗？这么下去，后面还了得？"

哄闹中，顾明绰望向了沈星，眉眼含笑地问："喜欢吗？"

沈星轻轻地"嗯"了声："喜欢顾老师为我赢来的。"

唐从洛独一份的设计，虽说珍贵，但对于她而言，想要仍然可以轻松得到。但顾明绰为她赢回来的，意义就完全不一样了，那是他的爱情和义无反顾的孤勇，她想私藏一辈子。

顾明绰的瞳仁被欢喜点亮，说道："那就赢来给你。"

沈星被他逗笑，故意拿话戳他："能赢吗？别又像早前那样被人按在泥坑里。"

顾明绰笑得志得意满："那是我让着他，这次，我必赢他。"

沈星看着笑容一日比一日明亮的他，觉得世界都亮了。

稍后，许珉发布了对战任务。

五个男士背着自己的拍档跑向前方花田，折取一枝玫瑰花后折返，最先带着花回来的 CP 获胜。

"听明白了吗？"许珉的目光从众嘉宾身上掠过。

"明白。"众人大喊。

"很好。玫瑰花有刺，一定要小心。"稍许温情后，许珉又开始搞事情，"顾老师，依照惯例给劲敌纪三撂句狠话。"

顾明绰巴不得，目光和纪平桦对上了，说道："劝你趁早放弃，毕竟我是每天早上五点起来跑圈的人。"

"哈哈哈，五点起床这哏是过不去了。"

"每天五点起来，顾老师真的自律。"

"是呢，不自律也不行，高清镜头能逼死演员。"

许珉望向纪平桦，问道："纪三，你有什么想对顾老师说的？"

纪平桦咧嘴笑，有一种说不出的明朗清贵，但是出口的话却完全不是这么回事儿："那我也劝你趁早放弃，免得白受累，毕竟我从五岁开始就被老祖宗罚负重跑。"

全场因这话笑翻天。

　　许珉笑得尤其大声："我感受到了纪三的胜负心了，为了撂狠话，自插十刀也在所不惜。"

　　"哈哈哈……"经许珉这么一搅和，纪平桦没绷住情绪，爆笑出声，缓了缓，他顺着许珉的话道，"是的，一定要赢，纪平桦的字典里就没有输这个字。"

　　一句压一句，节目的气氛逐步冲向高点。

　　"来吧，预备……"

　　伴着许珉一声喊，男嘉宾皆稳稳地背起了自己的拍档。

　　沈星搂着顾明绰的脖颈，把小脸靠在他的肩头，说道："你要感谢我！"

　　顾明绰轻轻松松地说："感谢什么？你再胖五十斤我也能背得动。"

　　潜台词很明显：公主殿下你想太多，这次，我不接受被讹。

　　当然，也成功地惹恼了公主殿下。

　　"五十斤？你可闭嘴吧，顾明绰。"

　　"哈哈哈。"

　　慕夏和纪平桦就在隔壁那一跑道，把他们的聊天听得清晰完全。

　　慕夏嘀咕道："顾老师胆儿可真肥，敢在女明星面前提胖五十斤这样的事儿。"

　　纪平桦想不明白了："开个玩笑都不行？"

　　"当然不行！"慕夏答得飞快，"有些话说出来真的很残忍，胖五十斤对于艺人来说，无论男女，都会是很大的打击，对事业影响很大的。"

　　"那你为什么还要做这行？"有时候慕夏甚至拼到纪平桦难以理解的程度，而她原本可以避开这些辛劳。

　　慕夏想都没想，回道："哪行都累，只是我们不知道而已，没必要过于放大呢。我想得到我就付出，这很正常，你说是吧？"

　　温热的气息从纪平桦的肌肤拂过，融软的却是他的心。

　　"是，你说得没错。加油，夏姐，你一定能成为国内最红的歌手之一。"

　　这话说到慕夏心坎上了，不由得笑得眉眼弯弯，说："那必须的！等着，我一定让你躺着赢，下半辈子什么都不干就能吃鲍鱼、喝稀有年份的拉菲。"

　　"哈哈哈，好。"

　　哨音响起时，五位男士全力往前，争先恐后。都是运动惯了的人儿，五百米的距离真的很难分出高下，几乎同时冲进了花田。玫瑰花梗布满了刺，尖利带劲儿，一不小心就会刺破手。

　　见有人放下了拍档，沈星也准备下来了，顾明绰却笑着开口："别动。"

　　下一秒，他右手已经贴着花枝，收紧折断。

　　等众人反应过来，一抹娇艳已经在他手中。

　　纪平桦垂眸看了眼花枝上的尖刺，无奈地想：这……能给我们这些"单身狗"留条活路？

　　"啊，顾老师好苏！自己疼着也要给星星赢得奖励。"

　　"呜呜呜，是的是的。"

　　"虽说有点莽，但是……我的好喜欢啊！！！"

　　很快，女士们透着艳羡的赞叹声传出。

纪三和众男嘉宾小声说："不愧是踢馆 CP，他们来了谁也别想讨好搭档！"

他们没想到的是，顾明绰的下场也没好到哪里去。从他折到花枝的那一刻开始，沈星脸上的笑容就消失了，连唐装到手都没有显露出一丝与开心有关的情绪。

其实顾明绰伤得并不严重，他长年拍戏，擅于避开伤害，只是留下了一些刮痕。可沈星仍然很难接受，那感觉就好像被自己放在心尖尖上呵护疼爱的珍宝不被人珍惜。她想克制情绪，也试了，可效果甚微。

这也是恋爱至今，沈星第一次对顾明绰冷脸。

爱情模范生意外出现矛盾，堪称突发，但对节目组而言，这就是噱头，是收视率。

许珉经验丰富，自然知道眼前的这一幕意味着什么，他点破了沈星的情绪："老顾，你把星妹给惹生气了。"

这一声突如其来，沈星怔了怔。回过神来后，她干脆顺水推舟，继续绷着脸不说话。沈星的五官深邃艳丽，不笑的时候，周身散发着生人勿近的冷艳气息。

这一幕幕落在众人眼里，有人默默在心里为顾明绰点了根蜡烛，有人给他提建议："刚顾老师确实太莽撞了，我都吓一跳。快给星星赔个不是，这事儿就翻篇了。"

"是的，给媳妇儿服个软不丢人。"

"星星多好脾气的一妹子，都能给你整生气。服！"

顾明绰第一时间就感受到了沈星的情绪波动，本想等节目结束后再详聊，不料被许珉当场点破。不过，也不是什么坏事，他和沈星本就是一对普通的情侣，再相爱，也有可能出现意见相悖的时候。无须被美化，也不用被神化。

"对不起。"他在众人的注视下面对沈星，由衷地道歉，眉眼温和。说话时，他伸出手想拉沈星的手，结果才触到就被她负气甩开。

顾明绰也不在意，继续往下说："我刚用的是右手，这只手因为拍戏进行过时间不短的剑术训练，虎口磨出厚茧，我刚用那里对撞花刺，只要够快，伤害就能降到最低，完全在可接受的范围内。如果再来一次，我的做法仍然会是这样，我也想为你赢。"

谁也没想到后续会是这么个走向，原来顾明绰不是莽撞，而是在那短暂的时间里，他已经评估了形势，做出了自己认为值得的判断。

"但我仍然有错，下一次，我会同你商量，提前告知你我所有的想法。"

这一幕下来，在场众人除了叹服还是叹服。做到顾明绰这种程度，有几个女人能扛得住？他们之所以还单着，不用怀疑，就是还没做到位。

话说到这个份上，沈星说不感动是假的。她本就是心疼，再被这么一搅和，哪里还舍得冷脸对着他。

沈星盯着他默了默，轻声开口："没做到怎么办？"

顾明绰心知危机解除，咧嘴笑得开怀，回道："没做到我胖五十斤。"

顿时起哄声四起。

"哈哈哈，老顾，你这为了哄媳妇儿真的拼。"

"胖五十斤的顾老师，哈哈哈，画面感太强了。"

"星妹，看在大伙儿的面上这次就原谅他吧。我们老顾是个好孩子，说了就一定能改。"

沈星没说话，主动将手送到顾明绰的面前。

顾明绰迅速拉住，继而十指紧扣，意外而来的小插曲终是烟消云散。

许珉的目光在两人甜蜜紧扣的双手上停了停，随后掠过众人，为这期录制作结："爱情模范生，不等于在爱情里没有矛盾，碰到了也不用慌，只要心意给够，始终以积极正面的态度面对，矛盾万难皆可破。欢迎大家收看本期的《恋爱动力学》，下期见。"

录制结束后，慕夏凑到沈星身边，亲昵地搂着她的胳膊，问道："你和顾老师今晚会回纪家老宅吃饭？破冰了？"

慕夏压着声音，生怕顾明绰听到心情受影响。

沈星一本正经地说："我要去，顾老师……我不知道。"

慕夏的杏眸染上了些许讶异，问道："那可是你心尖尖儿上的宝贝，你怎么能不知道呢？瞧你刚才那娇情劲儿，镜头正对着都收敛不住。"

"具体问题具体分析，混在一起说道没有任何意义。纪平桦跟你说这个干什么？是不是邀请你去老宅做客？要的话，我们一起。纪家光厨子就有八个，脆皮鸭，人间极品。"

家有演技派，又经过了一部电影的磨砺，沈星的演技不说多好，唬一个慕夏还是绰绰有余的。近乎轻易地，小姑娘的关注点就被带偏了。

"真的假的？"脆皮鸭，就是慕夏的最爱啊！而且八个厨子，这也太炫了吧？

"这话问得，我什么时候骗过你？"

慕夏想想也是，再加上有沈星和顾老师做伴，没多犹豫就有了主意，说道："那去！空着手不好吧，要不要去买点礼物？买什么好？"

沈星仍旧冷静地说："没事儿，我车后备箱里有很多东西，你看着合适的挑几件。"

经沈星这么一忽悠，慕夏最后的担忧也给碾碎了，满眼满心只有脆皮鸭和数不清的美食。

但她怎么也想不到，沈星趁她不注意时给纪平桦发了条信息。

【纪三，礼品钱和忽悠费请你得空时结算。】

很快，纪三回复：【可以，直接说个数。】

沈星若有似无地勾了勾唇：【也就五后面跟了好几个零吧。】

第五节

四人回到老宅时，夜幕微沉。山风像一道屏障隔离了咸湿的热气和城市的喧闹，静谧、悠远，宛若一幅浅勾色色淡的山水画。

慕夏站在古风韵味深重的宅院前，对纪平桦的怨念都少了几分。四人通过幽深的走道往里走时，慕夏忽而搂住沈星的胳膊，低了声音说："我现在总算是知道为什么那么多人削尖了脑袋想进豪门了。"

沈星循声看向她，问道："为什么呢？"

316

慕夏答："这就是一本万利一劳永逸的买卖呀。寸土寸金的鹭城有这样古老的宅子，还有八个厨师，谁不想过这样的生活？"

沈星盯着她，一阵沉默。

慕夏不明所以地问："你盯着我做什么？"

沈星这才开口："那你为什么不努力点？一步而已，你就能拥有鹭城的老宅和八个厨师。"

闻言，慕夏的眼睫毛颤动，带出了几分娇柔脆弱的美感，可态度却通透而坚定。

"从我妈妈身上，我知道女人的归宿不一定是婚姻。甚至可以这么说，剥离了男人和婚姻，女人大概率能走得更远。没有边际的妥协和隐忍，足以抹杀一个女人所有心气。如果那样的话，爱情与婚姻之于我没有任何意义。"

"我们夏夏……"沈星还真没想过会从自家小可爱嘴里听到这样的一番话，眼底荡起笑意，一层一层，渐渐深浓，"真的长大了，说得很对。"

慕夏的星眸因为沈星的表扬亮了几分，哪知仅过了十数秒，沈星接着说："但并不是所有的男人都是这样，比如我爷爷、我爸和顾老师。剥离所有的滤镜，他们仍尊重伴侣，认同家庭是夫妻双方共有，需要共同努力的。不说你可能不知道，我家老太太直到今天还每天去她的手工作坊上班，多少年了，一直坚守着自己的喜欢和事业。爷爷淡出家族事业后，经常跟着去，一待就是一整天。

"关键要自己坚定，以及不要在垃圾桶里捡男人。"

话到这里，沈星停了停，像是在给慕夏时间消化。

见差不多时，她补充道："路都是走出来的。现阶段你只用想纪平桦这个男人值不值得你往前一步走向未知的世界。如果答案是肯定的，就去试试。"

沈星的话拂走了慕夏眼前的迷雾，她的心绪因此变得轻松了些。

她轻轻"嗯"了一声，表示自己会细想这事儿。

沈星宠溺地揉了揉她的头顶，之后再无话。

许敏从收到纪平桦的短信就开始不淡定了，忙活了一整个下午，到了傍晚没事儿干了，坐在沉香苑里眼巴巴地望着走廊。

老爷子陪着她等，刚开始还挺有耐心，后面被她扰烦了，沉声道："你可别晃来晃去，我都快被晃晕了。他们说来，就一定会来。"

许敏顺着声音看向纪鹏凯，一脸的不乐意，说道："晕？晕就回房躺着。今天是阿绰第一次回家，我能不激动吗？此时不激动，我要什么时候激动？抱重孙？那还不知道猴年马月呢。"

老太太之前一直压着激动，这会儿找到了发泄口，噼里啪啦就是一长串，炸得纪鹏凯一句可能惹恼她的话都不敢再说。

"行行行，你晃你晃。当我没说，没说！"

可就这，许敏也没放过他，埋汰没停："就你这种人呢，搁外面就是人家说的那种杠精，明知道这话别人听了会不高兴还偏说。说了有用？我要是能克制住，我犯得着这么一直晃来晃去？不瞒你说，我也挺晕的。"

老爷子给生生气笑了，说："晕就别转了，等会儿出了什么事儿几个小的该担心了。"

"呸，说什么呢？成日不说人话。"许敏仍然没好话，但纪鹏凯的话她听进去了，试着平静。

几分钟后，院落外传来声响。仔细听，隐约能捕捉到顾明绰和纪平桦的说话声。

这下不止许敏，纪鹏凯也不淡定了。事实上，他也似许敏一般，只是他习惯收着藏着。

"奶奶，看看谁来了？"

纪平桦和顾明绰在家里用人的引领下走近沉香苑，还隔着段路，纪平桦就迫不及待地扯着嗓子喊。

几乎同时，许敏绕过院落的门廊出来了，眉眼之间尽是喜悦和激动。

顾明绰看到这一幕，眸底染上了柔意。

纪平桦看到老太太朝着自己而来，热情似火，受宠若惊地张开双臂准备抱抱她。结果走近后，她老人家直接越过了他和顾明绰，抱住沈星还有慕夏，嘴里还在不断念叨："星宝，可把奶奶想死了，又变漂亮了，奶奶的眼睛都快装不下你的美貌了。这是夏夏吧，奶奶看过你的舞台哟，太炫了。下次你们的演唱会，我一定会现场支持。

"你们怎么那么棒！"

沈星见惯了这种场面，开心之余勉强能保持淡定。

第一次来的慕夏直接给夸得晕晕乎乎，只能被动地接受老太太的热情。

双手空落的纪平桦十分尴尬，他望向顾明绰，自虐似的问道："合着是我自作多情了？"

顾明绰强忍着笑，说："自信点儿，你这就是自作多情。"

纪平桦的一颗心都快被扎碎了，正巧看到纪鹏凯出来，一时悲从心来，冲着爷爷喊："爷爷，奶奶怎么能这样？差别待遇不利于我的心理健康。"

纪鹏凯冷冷地睨着他，说道："这个家她最大，她想怎么样就怎么样。别说你了，你爷爷我刚都被涮了一顿。"

"这……"神迹般地，纪平桦觉得没那么难受了。连老爷子这种级别的大佬都得忍着，他这种虾米也只配忍着，忍忍更健康。

"阿绰，让她们先聊会儿，你陪爷爷走走。"在纪平桦忙于说服自己时，纪鹏凯的目光已经转向了顾明绰。

顾明绰说："好。"

两人相携走进了走廊深处，并排而行，前所未有的靠近。

默默地走了很长的一段，纪鹏凯停下脚步，望着园中的那棵古老银杏对顾明绰说："爷爷很高兴你能回家看看。"他的声音不复冷肃，掺杂着欢喜，根本瞒不住顾明绰。

顾明绰的心蓦地一软，伸手揽住爷爷的肩膀，说："这有什么好谢的？爷爷奶奶的家不就是我的家吗？"

走到今天这一步，顾明绰只想减少哀伤，尽可能让更多的人收获幸福。

纪鹏凯深知这简简单单的一句话对于顾明绰来说有多难说出口，鼻腔莫名一酸，说："没错，爷爷奶奶的家就是你的家。"

顾明绰的笑渐渐变得自然，回道："所以爷爷奶奶要多多保重，看着我往前走。"

"好。"

凉风习习，吹动了银杏枝叶。树下的爷孙终获圆满。

未来，幸福可期。

沉香苑内，两代人围桌而坐，齐齐整整。

吃得差不多时，许敏从身后的手袋里拿出了三个精致的藏青色木盒，挨个摆在了面前。

纪平桦觉得新鲜，想看看里面装的什么。

他伸出手，结果指尖还没碰到盒面，就听老爷子说："又不是给你的，碰什么碰？"

纪平桦白了眼老爷子，目光回到了那三个盒子上，说道："这不刚好三个吗？我们兄弟三个一人一个。"

许敏心情好，一晚上嘴角都挂着笑，对纪平桦比平时还要有耐心。

她解释道："你爷爷说对了，这真不是给你们的。"

说完，她挨个把盒子打开。里面竟放着三个满色的帝王绿手镯，纯正饱满，一眼看过去就知道是横货中的横货。

"很多年前，老头子在瑞士拍了一块帝王绿原石。那时候，我就想着等平西和平桦大了做两个玉镯送给未来孙媳妇儿当见面礼。后来总觉得你们还小，就把这事儿给搁下了，直到阿绰和星星公开恋情，我才惊觉孩子们已经长大，到了可以谈婚论嫁的年纪。所以顾明绰和沈星公开恋情的第二天，我就飞抵平城，把这块原石交给了珠宝大师胡听海。"

"来，星星，奶奶给你戴上。"简单说明后，许敏抽出中间的那一个，套进了沈星纤细的手腕，"这是爷爷奶奶的祝福，你和阿绰一定会幸福的。"

沈星温柔得拢住奶奶的手，轻声保证："奶奶放心，我一定会好好照顾顾老师的。"

许敏笑道："有你在，奶奶放心。"

紧接着，许敏又拿出了一个，看向慕夏。

意识到奶奶想法的慕夏愣愣地解释："奶奶，您听……"她下意识地看向纪平桦，不期然捕捉到他眼中的期待，似轻羽挠了下她的心。

鬼使神差地，她忘了拒绝，等她反应过来，过亿的帝王绿手镯已经松松垮垮地在她手腕上挂着了。

这可如何是好？她还没跟纪平桦谈判呢！

慕夏原本还想挣扎下，结果被不知道缘由的许敏揉了两下脑袋，心顿时软得一塌糊涂。她扑腾不动了，只能在心里暗骂纪平桦。

这个晚上，纪平西一直竭力淡化着自己的存在感。因为他清楚，稍有不慎奶奶就会注意到他，从此同清净割裂。他自认做得很好，也安稳地磨到了最后。结果最后关头，老太太的注意力还是落在了他的身上，还把最后一个装着帝王绿手镯的盒子推到了他面前。

霎时间，满室的目光都停在了他身上。

纪平西稍稍组织了一下语言，开口道："奶奶，您先帮我保存着。等我有了爱人我就带她来，您亲自给她。"

这话说得十分到位，可许敏拒绝了："这个你必须自己保存。"

纪平西正想问为什么，老太太忽然一记软刀子，没见多疼，羞辱性却极强："没事儿多拿出来看看，提醒自己别让纪家之光沦落成拖后腿的那个。长子嫡孙，该拿点长子嫡孙的样子出来不是？"

"哈哈哈。

"哥，你也有今天！"


两年后的深秋，星影传媒通过港交所聆讯，三周后于主板挂牌上市。

首站路演在香港，顾明绰一身黑色西装，面对投资人进行了一场长达十多分钟的演讲。期间他回答了投资人的提问，无论温和的还是刁难的，他皆淡定专业。

没多时，星影传媒忽然发布了一张顾明绰身穿西装的高清照片。

星影传媒：【今天也是在努力工作的小哥哥。西装绰，就问你们帅不帅？】

粉丝见着，顿时乐疯了。

【啊，新鲜绰！！！这也太帅了吧，终于精致到了发丝。】

【哈哈，你们的要求已经低到这样了吗？头发好好搞搞就呼天喊地了。】

【那不是，主要我们除了这个也没啥好操心的。】

【就是，很快咱就是拥有上市公司的粉丝团了！】

【嘤嘤嘤，血热了，哥哥冲呀！】

【这是在路演吧，放个屁股在这里等小哥哥解锁新职位。】

【霸道总裁！】

……

散落在各处的星影被突如其来的照片炸出了水面，渐渐地，点点星光连成了片，# 顾明绰香港路演 # 轻轻松松被拱上热搜。

恩师田明火线转发：【终于来了，通行证已经就位，静待赴港敲钟的那天。】

接下来，是微博早已生草的胡燃，他意外现身转了田明那条：【可算是把这个死孩子拉拔长大了。】

他们之后，时纪官微发声：【多谢二位过去的付出，三周后，时纪做东宴客。】

反应热烈，又不失温情。

在网友兴致高昂地蹲着各方大佬现身助力时，沈熙松走哪儿都能撞见向他道恭喜的人。

最初他还能保持风度，眉眼含笑耐心地寒暄。多了，他便有些烦了，逮了没人的时候问姜年："很牛？值得每个人见到我都说道一遍？"

沈星和顾明绰的恋情公布至今已近三年，姜年早就摸清楚了沈大佬的心理模式，还坚定了老丈人和女婿永远无法和谐共处这件事儿。

姜年笑答："牛肯定是牛的，一个从永寒里走出的少年能走到今天，除了运气和周围人的抬爱，他本身的实力毋庸置疑。"

姜年这话半点不假，众所周知，各路投资人都是人精，想从他们的口袋里抠出钱来堪比登天。但顾明绰从未担心过这个，只要他一天不凉，星影传媒就能一直站在巅峰。更何况还有德国神秘财团迦罗一直坚定地站在他身后为他兜底，没人知道这交情是什么时候结下来的。

"但……"姜年的话锋忽然一转，"他们表现得确实有点儿夸张，可能是嫉妒老板您吧。"

随后他拿城中富豪姚鹤年举例："您刚看到没，姚总看到您时笑容有多假。可能也不是假，只是笑不出来。他女婿前段时间酒驾被抓，当时副驾还坐了个电影学院的女学生。"

不得不说，姜年太了解沈熙松了，几句话就把大佬的心火给浇熄了，甚至开始觉得自己这女婿还不错，当真是应了那句"成功跑出全靠对家帮衬"。

第二天晚上和太太、女儿吃晚餐时，沈熙松忽然提及等顾明绰路演结束请他来家里吃个饭。

沈星手一抖，以为男朋友又哪里没做好，开罪了未来老丈人。

沈熙松瞧见了，冷着脸说："你那是什么表情？我还能吃了你男朋友？"

沈星笑道："怎么会？就是惊喜来得太突然，我一时间不敢相信。"

这会儿确定是真的，沈星来劲儿了，眸子灼灼似星，说道："爸，您是不是决定跟顾老师来个世纪大和解？"

"呵……"沈熙松被女儿的措辞气到冷笑，不答反问道，"我什么时候跟他结过仇？没有仇，哪来的世纪大和解？"

没等沈星反应，他又说道："叫你干什么就干什么，哪里这么多的废话？还是架子已经大到需要我亲自去请？"

这话就严重了，沈星听了连连摇头，连忙说道："不用不用，我去就行了。不瞒您说，他早就想来我们家吃饭了，见面礼都备了好几年了。"

沈熙松睨着她冷嗤。

第六节

星影传媒正式挂牌上市的那天，Maple Leaf 出席绿荫慈善拍卖晚宴。场内陈设简单，以绿色为主基调，清新而温馨。

顾明绰已经成功解锁了新的职位，沈星一路收获了不少祝福，一直优雅和煦地笑着，由衷地致谢。

小姐妹们看在眼里，不禁失笑。

逮着只有她们五个人时，容涵故意闹沈星："你一直这么笑，嘴角不酸吗？"

慕夏瞥了沈星一眼，代为回答："她不累。这会儿她心情好，谁来了她都能温柔以待。是吧，星星？"

没想到，沈星竟点头了，说："没错，夏夏，你可真是个小机灵鬼。"

姐妹们纷纷笑出声，慕夏眼中的欢喜再藏不住，说道："那请问顾太，这么值得庆祝的夜晚，请客吗？"

沈星望着她，眼睫轻眨，说："请的，今晚我做东，不醉不归！"

"好，不愧是星星。"

"那就不醉不归。不怕告诉你们，我等这一天已经很久了。"

"那么问题来了，我们都醉了，谁压阵？"

"均哥呗！"

"哈哈，均哥说他也想醉呢！"

……

这次慈善晚宴设置了拍卖环节，拍卖的物件来自各方捐赠。事先没有出拍品清单，因而拍品展出前谁都不知道会是什么。

沈星拍了两瓶Petrus（皮特鲁斯）的红酒和著名书法大家阎海先生的一幅字画，助力慈善，没带手软的。但她也知道，这些就够了。她无意出风头，特别是在这种场合。

哪知道临近结束时，主办方拿出了《九天之上》剧组捐赠的顾明绰曾使用过的雪寂剑。众所周知，这柄剑是由青城山著名的手工匠人徐涛专门为剧组打造的，真材实料，剑柄上的琉璃成色都属上乘。

主持人介绍道："这柄长剑由《九天之上》剧组捐赠，也就是顾老师饰演的男主角叶长生一直随身携带的那柄剑，名为雪寂。"

拍卖师接着说："底价五十万，每次举牌底线十万，开始。"

因为同顾明绰有关，一些人的目光落到了沈星身上。可她神色自若，没有显露出一丝异样，还不如身旁的慕夏兴奋。

"顾老师的剑，星星你要不要？不要我冲了。"

没等沈星说话，慕夏紧接着又说："不管你要不要，我都冲了！必须拿下，叶长生的剑在手，我就是头号'星影'。"

而后，她第一次举起了出价牌。

"一百万。"

一个人演完一整出戏，根本没旁人什么事儿。

慕夏开了头，其他有喜欢的，纷纷跟进。很快，这柄剑的卖价被推到了近两百万。

"一百八十万一次，一百八十万两次……"

眼见着就要落槌了，沈星再次成为全场的焦点。

她忽然一笑，无限清艳，然后第三次举牌，说道："五百万。"一击把价格定在了无人再会碰到的高度。

这一幕后来以小道消息传出，在"碧海星辰"论坛掀起热度。

众人皆叹沈星实力宠夫，一把佩剑都撒巨资较真。再不就是强强的爱情就是这么张力十足，平时不怎么显山露水，一出现就惊心动魄。

这些话后面大都传到沈星耳边，但她听过就忘，唯一记得的只有顾明绰收到这份礼物时似被星光裹挟的黑眸，还有他的那些话。

"沈总真'豪'无人性。"

"五百万，给我做私房钱不香吗？"

这些都是后话。

晚宴结束时，已经到了晚间十点许。

沈星依循承诺把姐妹们带到了城西会所，在坐拥二百七十度海景的包间里耍，皆打定主意将不醉不归进行到底。

刚开始，只有 Maple Leaf 五个小姐妹和胡亚均。

封闭安全的环境，周围又都是自己信赖的人，姑娘们一开场就玩开了，一杯接一杯，后来直接拿瓶子喝。其中，还包括了总是清润如水的明娅。

胡亚均看得目瞪口呆。

缓过神来后，他冲着姑娘们喊："你们可悠着点儿，就算要不醉不归也不是这么个玩法。"

明娅看向他，长睫颤动，笑着问道："那哥你说说，该怎么玩儿才对？"

胡亚均被这话噎住了，片刻后，说："你怎么也跟着胡闹？"

胡亚均甚至觉得明娅下场了，其他几个才敢这么疯的，最后一层禁制都没了，能不疯吗？

"均哥你这话我就不爱听了。"不料他的话音还没落全，护短的慕夏就炸了，"跟姐妹们聚聚喝点儿酒算什么胡闹呢？就算是，凭什么我们都能闹，我们娅娅不能闹？"

容涵也说："就是，看我们娅娅脾气好，所以欺负她？"

李羡婷也接话了："这就是均哥你不对了，怎么能看我们娅娅脾气好就欺负她呢？"

胡亚均气笑了："一个个想造反是吧？是不是觉得我拿你们没办法？"

一直很安静的沈星忽然开口："是呢，今晚也别不醉不归了，改放倒均哥怎么样？"

明娅轻轻一笑，说道："好啊！"

慕夏和李羡婷一脸的跃跃欲试。

唯有容涵保有微弱的理智，问道："都醉了怎么办？"

沈星不以为意道："不怕，我妈和你妈很快就来了。"

容涵还能说什么呢，只能朝着从来不按常理出牌的沈总竖起了大拇指。不过，还真是让人心安呢。

之后，容涵转向胡亚均，说道："来吧，均哥。今天 Maple Leaf 和你总有一个要横着出去。"

胡亚均心都碎了，说："合着我养了一群白眼儿狼。"

慕夏听完，朝他眨眼放电："不是狼，是性感小野猫。"紧接着竖起小爪爪，"嗷呜。"

胡亚均心想：我上辈子到底造了什么孽，这辈子要做牛做马伺候这几个小祖宗？！

夜深了，包间里的人却越来越多，不过都是熟人，沈星也没太在意。这么开心的晚上，不用计较太多，只是可惜顾明绰不在。

三年了，顾明绰似乎一直在忙，为了得到认可，为了骄傲地站在她的身旁，一直在拼在打，累得贴到床板就睡着是常态。她时常以指尖勾勒他的睡颜，每一次胸腔都被莫名的情绪塞得满满的。庆幸、感恩……甚至稚气地祈求下辈子、下下辈子能够再相遇。那时候，她一定要早早地来到他的身边，再不让他一个人孤寂哀伤。

一如此刻。

酒意上头时，沈星拨通了顾明绰的电话。

几声轻响后，电话接通，没等顾明绰开口，沈星就软软地说："我想你了。"

很想，想到想要把他私藏的程度，一方小世界里，只有他和她。

电话那头因这话沉寂数秒，随后顾明绰低哑开口："往门口看。"

沈星的手机还贴在耳侧，人已下意识地看向门口。只见紧闭的雕花木门开了一半，三道熟悉的身影正立在那里，长身玉立，气质卓然。其中一个，竟是她心心念念的顾明绰。

沈星心里的沉郁一扫而空，笑容于小脸绽放。下一瞬，她拢着电话奔向顾明绰，失了名媛的优雅与克制。可她不在乎，只想抱住他把脸埋在他的胸前。

沈星跑动时，场内的目光不免被她牵动。

本来温情浪漫，忽然有人朝着胡亚均深鞠躬，高喊："岳父！"

顿时哄笑声四起。

胡亚均给气笑了："我可算是体会到了家有白菜的苦，好不容易拉拔大了，成日被一帮狗崽子盯着。"

纪平桦闻言搂住他的肩膀，笑着安慰道："你要这样想，多了五个女婿，还个个都是精英，赚大发了。"

纪平桦说这些话纯属好心，比 24K 金还纯。

结果胡亚均不仅不领情，还当众骂道："不要脸。"

纪平桦愣了愣。

胡亚均睨着他，攻击没停："别人说这话就算了，你一觊觎我家白菜的贼怎么有脸说出这种话？就我看，你的情况比张棕和顾明绰之流还要恶劣。"

"怎么？"

"监守自盗！"

"哈哈，纪三老脸红了。"

"那是黑了。"

"红到极致就是黑，没毛病。"

"哈哈，老子都快笑吐了。"

……

324

闹到半夜，顾明绰忽然拎了个酒瓶站起身，背靠星光，眼前是他最爱的沈星。

周围的人像是感应到了什么，倏然安静下来。

"今天很幸福，或者说，从心里装进沈星两个字开始，幸福就一直伴着我。虽说有时候我会钻牛角尖，但她赠予的那缕星芒一直都在，等我想通了，我仍能精准地找到往前的路。

"以前，我只能知足常乐，不失去就已经是大幸了，又怎么敢奢求更多呢。可现在不同了，我变得贪心，想要的越来越多。所幸，周围的人都纵我爱我，陪着我一路向上，获取想要的一切。

"第一杯，敬兄弟。"顾明绰把酒瓶往前推，从纪平西、纪平桦、张棕等人面前掠过。

最后，他也没忘提及陈苟信："还有我们二狗子。各位给我做个见证，我怕他明天知道了找我碴。"

几个被点到的，都直接捞起了酒瓶，豪迈对饮。

酒瓶见底时，顾明绰的目光从胡燃和胡亚均的身上掠过，说："第二瓶，敬两位爸爸。我和星星给你们添麻烦了。"

胡燃笑着说："继均哥之后，我也升级做爸爸了？"

胡亚均侧眸，睨着他说："我和你不一样。"

"怎么？"

"你是爹，我是岳父，能一样吗？而且你就一个儿子，我有五个女儿，那种撕心裂肺的悲怆我要体验五遍。五遍，懂吗？"

胡燃顿时没话说了，伸手搂住老友，说道："老哥，你可别说了。再说下去，我都要替你飙泪了。"

胡亚均作势抹了把泪，说道："不说了，来，跟咱孩子喝一瓶。"

"哈哈哈，我真要笑吐了。"

"我以前怎么不知道我们均爸戏这么多？"

"宠爱太过，就会有恃无恐，他就是仗着我们宠他！"

喧闹声中，顾明绰的第二瓶酒空了。

他明显在一种应激状态中，失了平日的清雅克制，可没人出声阻止他。走到这一步他付出了多少，别人不知道，他们还能不知道？这一晚，再怎么放飞再怎么疯都不为过。

可顾明绰之后再未拿酒，目光锁住沈星，黑眸水光潋滟，温柔到犯规。

出乎所有人意料，他什么也没说，忽然轻轻唱起：

风吹动窗吹动叶声响，
梦在游荡去更远地方，
天上的月露出半只角，
看地上有个人还睡不着，
……

我知道你在听我怎么讲，

*我想说我会爱你多一点点，*
*一直就在你的耳边，*
*相信你也爱我有一点点，*
*只是你一直没发现，*
*我想说我会爱你多一点点，*
*一直就在你的耳边，*
*相信我会爱你永远不变，*
*知道你一定会发现……*

声音低哑，却掩不住他的爱意。

沈星的心被裹挟，渐渐软化成了一摊水。

"沈星，你愿不愿意和顾明绰组建一个小家，相信他会爱你到永远，也愿意像现在这样一直爱他？"歌声停落的同一瞬，顾明绰已经单膝跪地，将被他焐热的戒指递到了沈星面前。

不说嫁娶，只提家。

以最平等的姿态，以爱情为名，执手度过这一生。

包间内就此陷落静谧。

沈星伸出自己的手，轻声道："我愿意。"

虽然知道沈星会答应，可是当"我愿意"三个字经她口中说出，顾明绰仍激动到手都在颤抖，将戒指套到她手中，都是沉缓笨拙的。

这一幕击碎了一室的温馨浪漫，有人直接冲顾明绰喊："顾老师，你是不是不行？"

"哈哈，手抖成这样，做兄弟的都没法昧着良心说你行。"

"确实不行。"

"滚蛋，不懂就别瞎嚷嚷。"

"就是，求婚成功都是这样的，我哥那时候直接哭了。"

"哈哈哈，我看顾老师也差不多了。"

……

闹得前所未有的狠，但顾明绰不在意，终于用戒指套住了沈星，并在钻石上落下了一个吻，虔诚又温柔，并悄悄将心愿放了进去。

这时，忽然有人喊："顾老师，你可以亲吻你的未婚妻了。"

顾明绰笑了，他喜欢未婚妻三个字，也喜欢这个提议。

结果他还没来得及反应，沈星已经俯低身，红唇落在了他的额间。

"未婚夫你好，以后请多多指教。"

第七节

第二天一早沈星有工作，顾明绰转醒时她已不在。他伸手抚过她的枕头，余温都散了，想来已经走了多时，他难得地多赖了会儿才缓慢起身。

行至客厅时，顾明绰看了眼挂钟，十点一刻。

他正准备去水吧给自己整杯咖啡时，门铃响了。

他去开门，看到门口的人后，眼中闪过诧异。

"先生，您的外卖。"

听到外送员的话后，顾明绰不禁失笑，随即伸手接过，说："谢谢。"

合上门往里走时，顾明绰看了眼外卖单，一杯热拿铁和一份牛排沙拉，来自他喜欢的甜匠餐厅，那里的手磨咖啡一绝。

拿了手机，顾明绰来到餐桌旁，准备给沈星发条信息。

不料他才摸到微信，她的信息就来了。

【睡得好吗，顾老师？早餐你还满意吗？】

顾明绰笑着回：【满意的，沈总是装了监控吗？我刚准备去给自己冲杯速溶咖啡。】

沈星迅速发来个斜眼笑的表情：【在我的目光所及之处，我必不可能让你喝速溶。】

紧接着，她又发来一条：【我下午四点收工，你到时候来接我，我们一起去看看外婆。】

没说干什么，但顾明绰明白。沈星尊重外婆，爱她，想第一时间把好消息分享给她。

顾明绰蓦地心软，回道：【好。】

在那之前，他还有时间跑趟星创地产，以最郑重虔诚的姿态请求沈熙松将女儿交给他。

中午时，顾明绰和沈熙松碰面。

两人于星创的创意餐厅临窗而坐，餐点还未上桌，唯有两杯热茶热气袅袅，氤氲了他们的视线，情绪似乎都温和了些。

"叔叔，我知道即使到现在为止我都不是您心中最适合星星的男人。"相顾无言半晌，顾明绰开口道，"同金钱地位无关，从小那样长大，心理是否健康都无法确定，更别说守护了。"

沈熙松睨着他，目光复杂。

沈熙松确实有过这样的担忧，但这种担忧，现在已经很淡了，一是沈星表现得很强悍，也很快乐，三年了，都没有淡化半分；二是顾明绰从未放弃过进步，敢打敢拼，似乎只要沈星在他身边，他就永远有烧不尽的能量。

他们让沈熙松看到了爱情。

沈熙松得到了，体会过其中的美好，所以他怎么样也不可能阻碍女儿获得它。即便不到最后，谁都无法确定结果会是怎么样。

"我能理解您的担心，如果我有一个女儿，我的担心或许比您更盛。"沈熙松心绪悸动时，顾明绰的话还在继续，"但我仍想请求您给我一个机会证明我对沈星的喜欢，除了我的死亡，没有什么可以动摇。"

沈星之于顾明绰，不仅仅是爱人那么简单。

她是星芒，是信仰，是他护在心间的一粒火种，一旦剥离，他所有的过去都会崩塌。心中空出的那一块，他根本不知道该如何修补。

谁也没法拒绝愿意舍命去搏的诚恳和孤绝，沈熙松也是一样。可他是沈星的父亲，他是她最后一道防线，有些话虽然狠，但他必须说，也必须由他来说。

"阿绰，你要知道如果不是沈星爱你，任你身家百亿出身显赫在我看来都算不得什么。她被千娇百宠长大，要什么都有，不需要男人，也能娇贵顺遂过完这一生。"

当她拥有得越多，能够打动她的东西就越少。一旦出现，就能紧紧抓住她的心和视线，她会不由自主地在意。失去时，受到的打击也会强过所有。他知道一切终会过去，可哪个做父亲的愿意看到自己娇宠长大的女儿遭受伤痛和求而不得？

"对你有要求，同虚荣心无关，只是想借由你的行动消除对未来的不确定和不安。迄今为止，你做得还不错。但你要知道，不错两个字放在哪里都只是个及格线。

"其实你不用请求我，只要你足够自信，自信能让沈星一直像现在幸福笃定，所有人都会为你让步。这里面，也包括我。

"所以顾明绰，你有没有这个自信？"

顾明绰沉吟片刻，点头道："我可以。"

这种自信，来自沈星明艳的笑颜和早上的那杯热拿铁和牛排沙拉。

沈熙松盯着他看了半晌，再一次妥协，认真地说："顾明绰，希望你不要让我失望。"

下午四点时，顾明绰接到了沈星。

回到车中，沈星绑好安全带后就定定地盯着顾明绰。

顾明绰察觉到，也不急着发动车，微侧过脸回应她的注视。

"未婚妻，有何指教？"

"未婚妻"三个字就像一罐温热的蜜糖淋在沈星的心上，迅猛蔓延至四肢百骸，眉眼也被喜意压弯。

"指教不敢当，就是觉得顾老师的心情似乎不错，是碰到什么好事儿了吗？"

顾明绰"嗯"了声，回道："是呢，极好的。"

沈星忽然凑近顾明绰，两个人的呼吸交缠在一起，问道："什么好事儿？我也想知道。"

顾明绰笑得痞痞的，说："你亲我一下或者叫一声老公，我就告诉你。"

"这才升级为顾总，就这么油腻了？"

"这不是油腻，是夫妻情趣。"

"顾老师，容我提醒你，我只是同意嫁，但还没嫁。"

顾明绰笑颜明亮地说："快了快了，岳父大人都亮绿灯了，离我抱得美人归还会远吗？"

沈星总算是知道顾明绰为什么那么开心了，幼稚得很，但是可可爱爱，叫人根本不忍心生他的气，她笑道："所以顾老师是在为保住了双腿高兴？"

顾明绰一本正经地说："不是，我是为了即将踏入人夫行列高兴。"

他约莫是觉得高兴二字还不足以表达出他的心情，又补充道："贼高兴，发疯那种。"

沈星不禁失笑："神经！"

去到永寒里时，已是傍晚时分。

外婆竟然没准备晚餐，悠闲地躺在躺椅上，眯着眼睛听京剧，手里还拿着把古风纸扇，扇面大开，有一下没一下地扇着。

顾明绰和沈星看到这一幕，相视一笑，随后出声，提醒了自己的到来。

顾明绰还故意嚷嚷："今晚没饭吃？"

外婆睁开眼，睨着两人，满是皱纹的脸瞬间被笑容点亮，可话没见好："你去做不就有了？再不就是叫个外卖，只要有钱，六星级的都能叫。我昨天吃了个脆皮叉烧，很不错。"

顾明绰佯装讶异地问："您现在还挺潮，都知道点外卖了？"

外婆说："对，还是六星级的。"

沈星乐坏了，不由得轻笑出声。

顾明绰把东西拿到屋里，出来时，手中多了两个小矮凳。

两人倚着外婆的躺椅而坐，同她唠嗑闲聊，热闹又温馨。

见到了外婆，沈星又在身旁，顾明绰累积了多时的疲惫散了大半，嘴角一直微微翘着。

"外婆，我昨天和星星求婚了，她答应了，我们很快就会结婚。"闲聊过后，顾明绰握着外婆的手说道。

这事儿外婆日盼夜盼，一朝成真了，反倒不敢相信了。

她望向沈星，问道："星星，这狗崽子说的是真的吗？"

狗崽子？

沈星看着顾明绰，一副强忍着笑的模样。

顾明绰只能卑微地祈求："外婆，能在您外孙媳妇儿面前给你外孙我留点面子吗？我这都奔三了，就别再叫狗崽子了吧？"

外婆冷漠无情地拒绝了："多少岁，你搁我这都是个狗崽子。我在跟星星说话，你别插嘴。"

顾明绰说不赢，只能收声。

沈星看着他吃瘪，心里都快笑翻了。谁能想到清隽如仙业务能力一流的顾明绰在家会是这种画风呢？跟她爸一样，生活在食物链的最底层，但她面上还是优雅自持，给她家顾老师保留了最后的颜面。

"外婆，顾老师说得没错，我们决定结婚了。"

沈星的话总算是让外婆有了些踏实感，她不由得咧嘴笑道："结婚好，结婚好，我等这一天很久了。星星，你放心，他会对你好的。他要是做不好，我就拿藤条抽他。"

沈星心间微暖，回道："好。"

顾明绰知道自己就是个工具人。

"生不生小孩，什么时候生都由你们自己说了算，外婆不是那种老古板，别有压力。"

"知道了，外婆。小朋友顺其自然，有了就生。我们忙的时候，就送来给您带。"

沈星的话像温柔的风从外婆的面前拂过，令她身心舒坦，笑得像个孩子。

后面她像是想到了什么，忽然从躺椅上起来，说道："星星，你等等。"

留了话，她径自转身，健步如飞。

顾明绰不明所以，冲着她的背影喊："外婆，您干什么去？"

外婆头也不回地说："把传家宝传给我外孙媳妇儿。"

沈星觉得新鲜，睨着他问："传家宝是什么？能让我从此咸鱼躺走向人生巅峰吗？"

顾明绰回望她，说道："沈总，你醒醒，这里可是永寒里。"

沈星一本正经地说："永寒里怎么了？这里可是鹭城二环，很快，你就是拆二代了。"

这……

顾明绰又一次被噎到无言以对。

几分钟光景，外婆搬着个木箱出来了。

顾明绰起身迎了上去想要帮她老人家搬，结果手还没碰到，就被外婆挥手拍开，嫌弃道："手拿开，又不是给你的。"那劲头，跟爷爷昔日喝止纪平桦如出一辙。

顾明绰气笑了，说道："我知道不是给我的，我是怕您累，想帮您拿。"

外婆秒回："不用，我力气大着呢。"

顾明绰蔫了，忽然意识到自己在这个家里的生存空间越来越窄了。

沈星看他这副模样，"扑哧"笑出声来。

外婆根本不管他，走回躺椅旁坐下，小心翼翼地把箱子放在顾明绰原先坐的那张小矮凳上打开，从里面拿出了一串龙凤镯，共六对，金光灿灿，华丽非常。

"外婆，你什么时候弄的？"顾明绰的眼睛都快被闪瞎了。

外婆眼里只有外孙媳妇儿，说道："星星，这些东西本该由阿绰的父母准备的，可你知道他的情况，即使他们愿意给，阿绰也不会想要。所以，外婆替他做这件事。

"这些是用我以前工作攒下的钱添置的，虽说不是阿绰孝顺我也攒不下来，你们也不会在意，但外婆还是想保有这个仪式，希望你们能够幸福惜福，不要再走阿绰父母的老路。"

沈星听到这些，鼻腔莫名一酸。她握着外婆的手，软着声音道："外婆，谢谢您。我和顾老师一定听您的，好好过日子，绝对不瞎折腾。"

家有一老，如有一宝。

或许他们已经虚弱到无法再为后辈做些什么了，但他们的存在就是底气，就是支撑，毫无私心地把爱与经验传承。

外婆眼中盈着欣慰，还有对沈星的喜欢，又说："还有这个……"

话落时，外婆已经从中翻开，全都是顾明绰的照片。彼时，他还是少年模样，眉眼间隐约聚着一抹不耐烦。

沈星倚着外婆，同她一起欣赏。照片张张稀有珍贵，从未在任何场合曝光过。

当沈星看到那张白头发的照片，不禁感慨："这可真是传家宝。以后崽崽们叛逆期，就把这几张照片拿出来给他们看！"

听到这话，忍了又忍的顾明绰决定不忍了，凝视沈星，问道："白头发不帅吗？是什么反面教材？"

没等沈星回，外婆就是一句："这是什么帅？这叫哗众取宠，中二。"

中二？

顾明绰忽然觉得自己太低估自家外婆了，问道："中二，您搁哪儿学的？"

"二狗子说的，还说以后你儿子看到这些照片，都不想认你这个爹。"

沈星听完，一阵爆笑。

顾明绰被气得咬牙切齿：陈苟信，我宣布你死了。

婚礼定在了第二年的四月天。

婚礼前两天，顾明绰和沈星相携去了鹭城西民政局。两人穿上了情侣款的白色衬衣，口罩遮面也没能遮掩住周身喜意。他们像普通人一样排队、登记。

很快，有人发现了他们，祝福没断。

稍晚时，肖伟和叶欣带着糖过来了，见人就发，脸上的喜悦不加掩饰。

正午时，顾明绰登录微博，率先展示出婚戒和结婚证。

顾明绰：【我太太，@沈星】

数秒后，沈星跟进。

沈星：【我先生，@顾明绰】

婚讯一发布，#顾明绰 沈星婚讯#直接登顶热搜，出现即热爆。

【终于！】

【莫名有点想哭怎么回事儿？】

【我也是，眼泪就这么掉下来了。】

【哥哥，祝福你，未来一定要幸福。】

【呜呜呜，我的青春落幕了，但我不后悔。顾明绰，你值得！】

【始终勇敢坦荡。祝福你们，我最爱的热拿铁CP。】

【谢谢你们让我看到爱情最好的模样，平淡却不平凡。】

【余生很长，一定一定要将幸福进行到底。】

【这……难道只有我在盼望二代吗？混血"小萝莉"和小王子。】

【哈哈，你不是一个人！】

【哥哥是不是即将迎来"一家四口，顾明绰最丑"的时代？】

……

那日，两家公司透过粉丝后援会向各地粉丝团派发了大量的喜糖和伴手礼套装，感谢粉丝长久以来的支持。

两日后，婚礼在纪家于鹭海畔的庄园举行。

早上七点才过，顾明绰带着兄弟团出现在了沈家老宅。

纪平西、纪平桦、张棕，加上陈苟信，每个人的手中都握着厚厚一沓红包，中不中用还不知道，看着反正是人模狗样，豪气冲天。

"里面的亲人，新郎官来接新娘了，来个人接应下？"沈家高墙大院，里面不开门，他们是没法进去的，只能死命敲门，扯着嗓子朝里头喊。

没多久，门开了。容涵和沈廷烨出现，身后跟着一个摄像师和一群等着看热闹的小鬼头。

沈廷烨一脸轻佻欠揍的样儿，搁平时，纪三大概率会喷他。但今天，不行！为了哥哥嫂子，忍到心里呕血都要忍。

"说吧，烨哥，要怎么样才能放我们进去？"最先开口的纪三笑眯眯的。

沈廷烨也笑着说："进去的事儿后面再说，先上点红包打点打点，看到身后那些小鬼头了吗？还有屋里的兄弟姐妹。"

顾明绰和张棕两大顶流出动，小鬼头倒戈倒得飞快……

"姐夫，小姐姐穿婚纱太漂亮了！"

"哥哥加油冲，我们支持你。"

"我还知道她们把小姐姐的高跟鞋藏哪儿了。"

……

沈廷烨转过头，冷冷地睨着一帮小鬼头，没好气地说："帮哪边的？是不是姓沈的？"

好了，姓沈的全都收了声。

"二哥哥，我姓苏。"

门槛外，顾明绰一行人都快笑死了。

稍歇时，纪三冲着里面的小鬼头喊："哥哥可太喜欢你们了，必须红包上。"

说着，他用力地甩出手中所有的红包。

一时间，欢乐的笑闹声蹿起，直冲天际。

沈廷烨看着，嘴角不自觉勾起。停了停，他再度转过身面对顾明绰等人，话却是对着容涵说的："涵姐，出题吧。"

容涵笑得一脸纯善无害，但顾明绰等人知道这是表象。整个 Maple Leaf，除了明娅，就数眼前的这位最难对付了。

顾明绰一把交出了所有的红包，撒娇道："小姐姐，红包您收好。我们哥几个都是玻璃人，您下手轻点行吗？"

不止兄弟团，连沈廷烨都惊呆了。

可容涵对这个早已免疫，红包全接了，态度却没有软化半分："求我没用，你们能不能进这道门得看纪平西。"

忽然被点到的纪平西脑中缓缓打出一个问号。

他还没来得及说话，纪平桦就替他接下了活："说吧，涵姐，他可以的。"

容涵眼中满是笑意，说道："迎亲的通关任务都是亲友准备的，后来投票，纪平西撒娇卖萌人气最高。

"所以……请纪平西先生对着镜头扮性感小野猫，用娃娃音喊口号：全世界我最爱105度的你，滴滴清纯的蒸馏水。"

众人愣住了。

半晌后，纪平桦第一个找回了声音："哥，为了兄弟，冲了。"

纪平西冷冷地睨了他一眼，随即往前两步，停在了摄像机面前。下一秒，他勾起了嘴角，明知道镜头会同步传到大宅里，仍强势地挑衅道："这都不算事儿，看好了。"

说完，自己打了响指。

三，二，一……

他的双手握空拳抵在脸颊，可爱眨眼，伴着一声嗷呜，纪平西式的娃娃音响起，可可爱爱，堪称杀器。

"我起鸡皮疙瘩了，太……娇了！"纪平桦看得目瞪口呆，浑身的毛孔都在颤动。

楼上，沈星的卧房，姐妹团看到这一幕幕笑得东倒西歪。

"纪平西为了弟弟真的拼了。"

"别说，还怪可爱的。"

"是呢，完全抵抗不住这种总是清贵温柔的男孩子忽然可爱，简直犯规。"

热闹非凡，沈星的注意力却一直在顾明绰身上，因他眼中的笑。

在兄弟团强势助攻下，顾明绰一行人一路势同破竹，没半个小时，已经攻到沈星的房间外。

这次不用他们喊，慕夏和李羡婷已经搁门外守着了，站在离沈星只有一门之隔的地方。

顾明绰的情绪染上了激昂，主动地开口："有什么招只管放出来，我急着进去。"

"哟，这是杀疯了？"可这种急切半点软化不了小姐妹，李羡婷目光慵懒地睨着他们，态度冷淡。

纪三觉得很有必要为兄弟解释一下："这不是杀疯了，这是娶妻心切。"

李羡婷轻轻"嗯"了声，再次开口："心急，也得走流程不是？不确定他的爱意，我们怎么放心把我们的 ACE 交给他？什么时候都要互相理解不是？"

攻势渐渐凌厉，顾明绰和兄弟团皆无言以对。

稍顿，顾明绰改变了战略，把姿态放到了最低，说道："请两位小姐姐出题，我必定尽力而为。"

守在门口的两位小姐姐这才满意，笑意于眼底荡开。

慕夏从手中的信封里抽出一张信纸，摊开后，上面密密麻麻全是字。送到顾明绰眼前时，她笑眯眯地揭晓终极任务："连续俯卧撑，同时回答问题。新娘能听到，她喊停时任务终止，你们就可以进去啦。简不简单？"

简单是简单的，就是这问题的数量，是要逼死新郎官的节奏啊。

纪三护哥心切，问道："那要是新娘一直不喊停咋办，答到最后一题？"

李羡婷忽然轻嗤一声："那就……向新郎官献上由衷的同情，时长三秒钟。"

兄弟几个听到这话，皆默默于心底为未来的自己点了几根蜡烛：媳妇儿，真是不一般的难娶。

顾明绰却是一脸冷淡，说道："那来吧，迅速的。"只要熬过了今天，老婆就是他的了。

说话间，顾明绰已经动手脱了西装扔向陈苟信。牵住众人目光之时，他解开了袖扣，把衣袖撸到手肘处原地趴倒，说不出的轻松潇洒。

慕夏朝他竖起了大拇指，说："不愧是我偶像，炫！"

下一秒，她话锋忽转："先来五十个俯卧撑。"

兄弟团腹诽：真是怀疑什么都不能怀疑女人变脸的速度。

顾明绰仍旧没说什么，平稳又迅猛地将身体下压，而后抬起，如此反复五十次后，他的额间已经渗出汗珠。

挑战就此开始。

慕夏提问："请问，初动心是什么时候？对象是谁？"

顾明绰想都没想："二十一岁，沈星。"那时候，他才第一次见到沈星，少女站在 Maple Leaf 的海选舞台上，伴着音乐轻唱，他懵懵懂懂的喜欢终于有了归处。之后种种，不过是身不由己越陷越深。

"很好，下一题，请问星星的三围多少？"

顾明绰轻喘，说道："过。"

李羡婷追问："不知道？"

顾明绰笑，隐约带出几许挑衅："知道，单纯不想告诉你们。"

这话气笑了一片，问题如浪般砸到他的头上。

随着时间的推移，他的气息开始不畅，动作也不如之前平稳，可沈星一直没有喊停。

慕夏又问："如果你们只有一个孩子，姓沈还是姓顾？"

在这个默认孩子随父姓的社会，这个问题在绝大多数人看来或多或少带着些刁难的意味，说是任性不懂事儿都不为过。可顾明绰不在乎，几乎是脱口而出："如果真是这样，我想他跟妈妈姓。他应当知道妈妈孕育他付出了什么样的代价，将感恩和珍惜两个词刻在姓氏里，日日相伴。"

"啪嗒……"

顾明绰的话音还未落全，最后一道门开了，明娅的身影顿时映入众人的眼帘。

"恭喜你，顾老师，你可以进去接你的新娘了。"

顾明绰本该立刻站起来，他心里也是这么想的，但太累了，狼狈地在地上趴了会儿，才借着兄弟的力量站起，缓缓踱向沈星。

他的公主殿下一身洁白，如记忆中一般清艳动人。唯一的不同，是她眼中的冷清融尽了。她正冲着他微笑，蓝眸中的爱意与欣喜毫不遮掩。

他终是走近，蹲跪在床边仰头看她，目光灼灼地说道："星星终于落到我掌心了。"

"嗯。"沈星伸出手，指尖轻轻拂过他额间的湿发，"看在你这么辛苦的份儿上，我告诉你一个秘密。"

顾明绰笑开了，说："沈总，请说。"

"我们家以后会有两只小团子，一个姓沈，一个姓顾。"

她亦想这世界上有一个小天使冠以她爱人的姓氏。

男与女都无所谓，健康快乐就好。

"以后再说。"顾明绰说不感动是假的,可这种感动不足以撼动他对沈星的在意。如果真要有孩子,一个足矣,那种苦痛他死也不想沈星经历两遍。

"嗯。"沈星把他心里的小九九看得一清二楚,感动也不屑,看死了顾明绰在她手心翻不出浪来。

"哎,你们腻歪够了没?够了的话麻溜地找鞋呢,吉时大过天。"气氛正好时,慕夏忽然出声提醒道。

顾明绰和兄弟团顿时警醒,满屋子找鞋,犄角旮旯都找遍了,影子都没见着。

顾明绰回头冲沈星笑,透出些许谄媚地问:"老婆,鞋子在哪儿?"

沈星无辜地眨巴眨巴眼,说道:"不能说,说了胖十斤。"

顾明绰腹诽:这毒誓谁想出来的,这么绝。

眼见着就要走上绝路了,他忽然想起先前小鬼头喊出的话,开了窗冲着在院子里玩闹的小破孩儿们喊:"楼下有没有喜欢顾明绰或者张棕的朋友?"

小破孩儿军团争先恐后举手:

"我!"

"我!"

"顾明绰勇敢飞,'星影'永相随。"

童稚的话音逗笑了一片。

顾明绰的眉眼被沉沉笑意压弯,说:"妹妹眼光不错,你知道小姐姐的高跟鞋藏哪儿了吗?"

小姑娘颇为得意道:"当然知道,藏在小姐姐的白纱……"

话音还未落全,沈廷烨"愤怒"的低吼声陡然传出:"苏苏子,你完了,明天起床你就要胖十斤了,你怕不怕?"

苏苏朝他做鬼脸,说:"不怕,我带了张反弹符,肥肉全部反弹给二哥哥。"

"哈哈哈。"

"老子笑得眼泪都飙出来了。沈二,孩子缘差成这样可还行?"

"由此可见沈二的家族地位,垃圾都比他高阶段。"

外面闹得鸡飞狗跳,顾明绰却直接冲向沈星,压起她的裙纱将人打横抱起,银色闪亮的细高跟鞋无所遁形,显露于众人的视线之中。

顾明绰深深地睨着沈星,人间四月天都不及他的笑容绚烂。

"沈星,下一程我们一起走。"

沈星的目光温柔,不闪不避,回道:"好啊。"

三千大世界浮华热闹,诱惑良多。世人多少慌张忐忑,皆道爱情不过是海市蜃楼,风浪之下,不过帧帧幻影。

可她和顾明绰仍想为彼此一试,以一腔孤勇和热情战一个未来。

一生一世一双人,守一城终老。

# 番外一 ▼

**蜜月 & 婚后二三事**

婚礼流程走完后，夜已深，沈星和顾明绰宿在了纪家庄园。

主楼专门布置过，环境也好，实在没必要两头跑受累。

"太累了，想泡澡。"回到套间中，沈星把自己撺进沙发里，眯着眼睛，向来清冷的嗓音染了哑意。

顾明绰走近沙发，垂眸睨着她妩媚明艳的娇颜，说："好。"而后弯下腰，"我背你去浴室。"

沈星睁开眼睛，眸子湿漉漉的，睨着顾明绰瘦削的背脊怔了稍许。她笑了，由内而外的愉悦，没有人能抗拒心上人的温柔，她也一样。

"老公，你真好。"她倾身往前，趴到顾明绰的背上，小脸亲昵安稳地埋进他的颈窝。

顾明绰站起身，沉稳缓慢地往前走。他没说话，眼中却似盈了日月光亮灿然，因幸福和满足而生的。他的性格，沈星自然是知道，可每逢这种时候，她都会生出恶趣味，想要击碎他的冷清与自持。

"老公……"她又唤了一声，贝齿轻轻厮磨着他颈间的肌肤，若有似无地引诱着他。

顾明绰的脚步稍顿，幽黑的瞳仁泛起层层涟漪。再度提步往前时，他低语警告沈星："累了就乖点。"

沈星的眼睫忽地闪动，带出了一丝笑，问道："不乖会怎样？"

此刻的沈星似妖，呼吸都是诱惑，足以粉碎顾明绰所有的自制力。

顾明绰以最快的速度回到了卧室，压低手臂，把沈星困在了洗漱台上，借着灯火，将独属于他一人的艳色糅入眼底。

晚间酒会，她换下了婚纱，穿了件渐变色的小礼服，一字肩鱼尾设计，清晰地勾勒出凹凸有致的身段，锁骨深凹，天鹅颈修长。目光垂落，白皙饱满似花迷了他的眼。什么自制力什么疲倦，在这一刻全部崩坏成灰。

他扛不住这诱惑，俯下身，虔诚深入地取悦他的女王。

沈星的冷艳也终于被柔媚的吟咛声破开，脚背绷直，纤细的手指从他的发间穿过……

本就疲累，再给顾明绰这么一闹，躺进浴缸时，沈星连手指都不想动了。

顾明绰站在浴缸外，居高临下地睨着她，低哑戏谑道："还招惹我吗？"

声音落至沈星耳畔时，她记起方才的荒唐事儿，顿觉耳根微热，不想理人，双眼紧合。

"哎……"顾明绰见状，半蹲在浴缸旁，痞笑，"怎么不说话了？睡着了？"

沈星仍然沉寂，似陷入了沉睡。

顾明绰看她这般，没舍得再闹她，伸出手，想给她按按。

结果还没贴到肌肤，沈星忽然扣住他的手腕，使劲把人反压进浴缸。

沈星拿回了主动权，跨坐于顾明绰腰间，不着一缕，艳光馥郁。泡沫之下，是最原始而趋于极致的亲密。

顾明绰的气息陡然一窒，沈星察觉到，红唇微微翘起，妖娆乍现。她倾身往前压，含住他的耳尖，问道："还招不招我了？"

一点亏都不愿吃。

顾明绰眼中的欲色被笑意冲淡，抬起手擦掉溅到她脸上的白色泡沫，缓慢到磨人。

沈星沉下眸子，似霸道总裁上身，说："我看你就是欠收拾！"

之后种种，不过是泡沫四溅，爱与欲渐浓渐烈。

一夜疯狂，转醒已是晌午。

沈星侧眸看去，顾明绰仍在沉睡，睡颜清隽安宁，当真如王子一般。沈星不堪诱惑，伸出手，若有似无地轻捻，一点一点，心间爱意渐浓。以前她从未幻想过爱情，如今体会到，只觉神妙，冷淡如她竟也会遇爱化火，烧尽为止，从头到尾，满心欢喜。

那天下午，沈星以一条黑纱掩了顾明绰的视线，将他带到了圣安中学。立于校内的那棵百年古树下时，她才笑着对他说："可以解开了。"

顾明绰拽下黑纱，视线一片清明。等他意识到自己在哪儿，不由得怔了怔，而后睨着沈星问道："怎么想到来这里？"

蜜月行程是由沈星安排的，顾明绰以为不是海岛就是北欧，结果……难免诧异。

沈星望着他笑，灼灼明艳。

"你好，我是沈星。"她避开了他的问题，朝着他伸出右手。

顾明绰睨着她纤长白皙的手指默了默，握着她手回应："你好，我是顾明绰。"

时光似回到了顾明绰十八岁那一年，这一次，没有针对和看低，也没有傅海屿和其他任何人，就只有沈星和顾明绰。

一缕缕甜从顾明绰的心底涌起，眉眼之间喜意难掩。

沈星睨着他，忽然一个阔步靠进他的怀里，微仰着头，浓艳也纯真地问："小哥哥，约会吗？"

顾明绰敛了笑，说不出的端方正直："不可以。"

"为什么？"

"我这么乖，早恋不约。"

别的就算了，他乖这事儿她是绝对不信的，并且有理有据。

"乖？染发、打架、考试交白卷……"

黑历史被一一抖出，顾明绰再装不下去，低低笑出声来。

他把人扣在怀中时，说："那也不能祸害你。"

沈星顺势吻了他的嘴角，轻轻软软道："如果那一天我见到了你，我也一定会爱上你。

"全世界最好的顾明绰。"

顾明绰的心被击中，下意识地抱紧怀中的人儿，力度大得似想将她揉碎嵌在身体里。

半晌后，他轻声呢喃道："谢谢，谢谢你在一团污糟中发现了我，予我善念和爱意。"

沈星毫无保留地回抱他，直到他情绪缓和才又开口："抱完了吗？抱完了把欠的账结一下。"

伴着话音，沈星小幅度地推着他。

顾明绰松手，退开两步，四目相对时，他眼中的情绪已经散尽。

他笑着问沈星："什么账？"

明知故问。

故事的最初，他万万不敢想巨额的债务会衍化成浪漫。

沈星伸出手，一脸冷艳地说："我借你的钱，不打算还了？"

"还，怎么能不还呢？"顾明绰从裤子口袋里掏出了钱包，毫不犹疑地搁到沈星的掌心，"全副身家都搁这儿了，这些还本金。"

沈星被他的话逗笑，问道："那利息呢，你打算怎么还？"

顾明绰忽然凑近，将薄唇抵在她的耳侧，气息温热，说道："拿自己还……"

一辈子，牵绊不断。

同年十二月，沈星入围金唱片最佳女歌手。

出道首次，也是婚后第一次出席颁奖礼，对沈星而言，意义深重。

刚开始，她表现得极为淡然，可是随着颁奖礼渐近，她竟破天荒地感受到了紧张。她并未对任何人说及，但还是没能瞒过顾明绰。

一天晚上，顾明绰送了罐亲手折的千纸鹤给她。这非年非节非纪念日的，沈星难免好奇，问道："为什么送我千纸鹤？"

顾明绰痞笑着说："一定要有原因才能送礼物？"

"当然，无事献殷勤，非奸即盗。"

一腔爱意被按进尘埃的顾明绰顿时笑不出来了，可沈星仍没放过他，抱着罐子扑到他怀中，继续追问："你是不是背着我干了什么坏事，所以拿千纸鹤哄我？"

这真的冤过窦娥，再不明说，明年六月必定飞雪。思及此，顾明绰决定坦承："沈总，这次您可冤枉小的了。"

"嗯？"

"我看你有点心神不宁，想着送个礼物让你开心开心。"

沈星心间微甜，仰头，缠绵吻他，气息染了热意才慢慢停了下来。

"顾老师，你怎么那么好！"

顾明绰失笑："刚你可不是这么说的。"

"此一时彼一时，能一样？这件事再次证明，有事你得直说。即使是夫妻，遇事靠猜也是不行的。"

顾明绰听得认真，待她说完，忽然来了句："沈总说得甚是，那我就全说了，送这千纸鹤还有一个原因。"

"什么？"

"就拿奖这件事来说，谁的运气能有我强？我……愿意给我媳妇儿蹭蹭。"

沈星不敢置信地看了某人半天才憋出一句话："你'凡'不'凡'？"

顾明绰一脸无辜地说："不烦，可爱着呢。"

又是这套，沈星生气地扑倒他。

"做人要低调知否？见过嚣张的，没见过你这么嚣张的。"

"你是瞧不起我吗？嗯？后天我要是拿了奖怎么办？你叫我爸爸？"

顾明绰说："不用等后天了。"

"嗯？"

"爸爸。"

沈星腹诽：我家顾老师不要脸起来，方圆百里之内无人能敌。

十二月中，一年一度的金唱片颁奖典礼在鹭城国际会展中心拉开帷幕。

Maple Leaf 团体和个人皆有入围，五人一起现身。稚嫩随着时光渐渐退去，每个人都似浓墨重彩勾勒而出的，艳极沉稳。

开场一个多小时后，颁奖礼迎来了重头戏——年度最佳女歌手。

主持人黄旭南依着惯例走下舞台，来到了观众席前排，挨个采访了年度最佳女歌手的入围者，最后才到沈星。

沈星拿到麦克风后，黄旭南的第一个问题来了："第一次个人入围吧？紧张吗？"

沈星的红唇微微翘起，容颜艳丽不见一丝瑕疵，回道："是，入围名单刚出来那阵，我没什么感觉，直到前两天。"

黄旭南笑着接话："你这反射弧恁长了。"

顿时笑声四起。

黄旭南又问："今天看着还好，你是怎么消解紧张情绪的？"

沈星把那天顾明绰做的事儿简单说了一遍，末了，笑着道："被他这么一闹，我只想打他，紧张什么的也顾不上了。"

顶流夫妇的日常一曝光，大伙儿都乐坏了。

黄旭南伴着笑声道："其实我觉得吧，这话由顾老师说出来不算'凡'，毕竟实力摆在那里。"

话到这里，他话锋突然一转："但他敢这么跟媳妇儿说话，怕不是想死哦？"

"是的。"沈星配合演出,一脸高贵冷艳。

全场因这一幕笑成一片,最后,沈星自己也没能绷住,"扑哧"笑出声来。

氛围大好时,黄旭南又问了她一个问题:"如果你没拿到这个奖,会失落吗?"

闻言,沈星敛了笑,场内的声浪也弱了许多。

片刻沉吟后,沈星答道:"会吧,但这种失落都会转变成往前的动力。这只是一个开始,只要我不放弃,终有一天我会成为最佳女歌手。"

沈星还是那个沈星,总是正面笃定,或许会短暂失落和彷徨,但这些并不能阻拦她走正确的路。她为成为歌手踏进这个圈,就想去最高点看看,一路汗水一路歌也是幸福。

话音落定时,掌声雷动。

会场后排,"繁星"和 Maple Leaf 团粉全员高喊:"星星,冲呀!我们能做的不多,只能一直相陪,只要你回过头就能看见万千'繁星'。"

沈星回过头,抬手冲着后排挥了挥。

黄旭南亦往声浪传来的方向看去,问道:"你有什么想对'繁星'说的?"

沈星嘴角的那一抹笑艳过蔷薇,说:"希望她们能乖,在自己的世界努力。这样的话,我们才能在顶峰相见。"

黄旭南对着"繁星"道:"你们听到了吗?"

"繁星"们又是齐齐高喊:"听到了。"

她们也想随着那缕璀璨夺目的光去顶峰看看,也愿意为此付出努力。

"很好。"黄旭南朗声道,互动就此告一段落,"下面的时间交给涟漪。"

镜头回到舞台之上,主持人涟漪笑着说:"无论今晚结果如何,你们都是我心目中最佳女歌手,歌谣界有你们真好。"

话音被掌声淹没时,她又说道:"让我们欢迎今晚的颁奖嘉宾,去年金唱片歌王江旭尧,还有……"

涟漪的声线倏然染了些许激动。

台下众人的好奇心被彻底挑起时,她揭晓谜底:"最佳男主演,顾明绰——"

"天哪……"

"今年的颁奖嘉宾太强了。"

"顾老师真的好宠呀。"

……

江旭尧和顾明绰于迷雾中现身,迎着声浪而行,西装革履,容颜英俊气度不凡。

沈星的目光落在顾明绰身上,蓝眸中似落了星星,亮得不可思议。

身旁的慕夏忽然凑近她,轻声戏谑道:"是不是幸福到眩晕?"

沈星答得干脆又嚣张:"是啊。"

慕夏翻了个白眼,说道:"你就不能收着点,这么多人看着呢。"

沈星笑了笑,灼灼明艳地回答:"不能!"

她想回应顾明绰,每一次都竭尽全力。

舞台之上,涟漪正在和两位颁奖嘉宾对话。

到了顾明绰时,涟漪问了个很多人好奇的问题。

"专门为了星星而来吗？"

顾明绰立于光华之中，清隽得宛若九重天上的神仙。因为主持人的问题，他看向沈星的方向，笑道："不是。在工作上，我们两个人是绝对独立的个体。今晚，我为了颁奖而来，想同大家一起见证最佳女歌手的诞生。"

还有一个原因，顾明绰并未提及，那就是他不愿错过沈星的每一个重要时刻。哪怕只有万分之一的可能，哪怕他行程满当，他都会陪在她的身边，千千万万遍都没有例外。

涟漪听完，笑着说道："今天也是认真营业的顾老师，那两位开奖吧！"

江旭尧把信封递给了顾明绰，笑道："顾老师，你开吧。"

"行。"顾明绰伸手接过，当众拆了信封，缓慢展开来。

江旭尧凑近，开始念："第二十六届金唱片奖年度最佳女歌手……"

"沈星。"顾明绰看向台下，眼中的笑意满得似乎有可能会溢出。

江旭尧激动地说："恭喜仙女星。"

十年了，从豆蔻少女到最强女团 ACE，再到最佳女歌手，沈星的梦想终于实现。

朋友、爱人、粉丝皆在旁，是她不承想却刚刚好的幸福，可抵余生岁月漫长。

# 番外二 ▾

**容涵和倪南焱平行世界的生活**

倪南焱忽然变得清心寡欲，兄弟们觉得他可能病了。

有人想或许是他偷偷藏了女人，于是借着酒意闹他："为谁守身呢？"

倪南焱于灯火之下抬眸，瞳仁墨黑，深邃而安静。

守身？他有吗？

他因这问题短暂恍惚，缓过神来，嘴角轻轻扬起，说："胡说八道什么？"

那人轻嗤一声，窝到倪南焱身边，长腿浪荡地搁在酒桌上，红酒入喉时，又说道："我胡说八道？今天兄弟们都在，你跟大家说清楚怎么回事。"

倪南焱睨向那人，稍顿，眼尾微挑，说不出的轻佻，说："你们对我的私生活那么感兴趣？晚上请你们看看？"

一上来就这么重口味，兄弟们都惊呆了。

短暂的静默过后，兄弟们轮番问候他，话自然是不好听，但倪南焱半点不介意，或者更该说，他的心绪被兄弟之前的问题占满，再无余地顾及其他。

倪南焱意识到自己确实许久没有交女朋友了，甚至对生活都兴致缺缺。如今试着理清，心间影影绰绰，叫他看不真切。

正恍神，有人拿了几张演唱会门票搁到了酒桌上，动作间，话音已经响起："Maple Leaf 演唱会的门票，投了一千多万广告全在这儿了，以后可别说老子不讲义气。"

"Maple Leaf"似一盏明灯照亮了卡座所有人的眼，都是年轻人，谁能逃过 Maple Leaf 的魅力？

抢似的分了票，唯有倪南焱没有动。

他的目光怔怔，笔直地贴在票面之上，思绪被一股不可逆的力量带到了大半年前的某一日。年轻的姑娘对着他轻轻挥动水袖，姿容艳丽曼妙，以一己之力将舞台带入古风的世界。爱意缠绵，即使有伤，仍是一步三回头，不愿割舍……

他这才记起，那一日他的目光被紧紧拽住，悲喜皆被她主宰。

"哎，这要是再说没事儿我是不信的。"

"就是，以前几时看过焱哥发呆啊？真是稀奇。"

"哥，看什么呢？眼睛都直了。"

倪南焱陡然清醒，目光从票面上撤回。稍稍整理情绪后，他小幅度扬起酒杯，而后一饮而尽，喉结随之滚动。

将酒杯倒置桌面时，倪南焱说："今天就到这里，走了。"

说完，他双手扶着膝盖起身。

站定时，他伸出手捞起了自己的西装。

兄弟们也没人拦，只是问他："票要不要？要就带走。"

倪南焱循着声音看向仅剩下的那一张门票，沉眸看了半响后，低哑开口："要……"

那天晚上，倪南焱居然失眠了，吃了颗褪黑素，才渐渐入睡。浅得很，始终被香艳荒诞的梦桎梏……

他站在女人身后，炙热一寸寸深入却不见疏解，动作越发狠。伴着"刺啦"的声响，脆弱柔美的轻纱尽数在他手中破碎，跌落在地，开出了一朵朵纯白却靡丽的花。

被牢牢箍住的人儿似受不住这力道，转过身，轻拧着眉头对他说："倪南焱，你轻点儿。"

这时，倪南焱终于看清楚怀中女人的脸，竟然是容涵，正当红的 Maple Leaf 舞后。

倪南焱惊醒……


"我们是 Maple Leaf。

"Maple Leaf 最强。"

五个似枫叶般纤柔绝美的女孩子，却拥有着比谁都强烈的胜负欲。她们聚在一起，只为成为国内最强的女团，其他团队想成为最强，必须从她们身上踩过去。

"记住，你们就是最强的。

"今晚的目标，炸掉这个舞台。"

经纪人胡亚均站在不远处，睨着姑娘们，话音冷肃，眼中却含着笑与宠溺。

姑娘们齐齐看向他，傲娇地抬起了下巴。

接下来的两个小时，Maple Leaf 五人彻底掌控了这片空间。

倪南焱置身其中，目光一直随着容涵在动，这一次，他清晰地意识到了什么。

安可曲结束后，倪南焱离开。

出了场馆，一直在外等候的保镖重回他身边，夜风袭来，他晃动的情绪才渐渐清晰。

"倪南焱……"

走到车前，他身后忽然传来清澈含笑的女声，似是容涵的。

倪南焱不由得想起那晚的梦，稍顿才转过身，问道："容小姐，有事儿？"

"自然是有的。"容涵的香气离倪南焱越来越近，给他造成的影响也越来越强，他不喜这种被控制的感觉，不耐烦地拧起眉。

容涵像是没有瞧见，径自停在了他的面前，艳色融了夜色也没有淡化半分，说道："我想问问倪先生你有没有女朋友或是老婆？如果没有的话，我想领个号码牌。"

容涵说这些话时很是镇定，唯有明净的大眼隐约泄露了紧张，还有对倪南焱的喜欢。

倪南焱眼中闪过一丝错愕，他怎么也没想到容涵追出来是为了向他表白。缓过神来，他只觉荒唐，拒绝的话瞬间在脑海中浮现。正欲出口，对他来说也很容易。因为同样的场景，他曾经历过无数遍。

可是容涵再近一步，两个人的呼吸亲密纠缠，他垂下眸，甚至能看到她脸上细微的绒毛，可爱又脆弱，同她在舞台上完全不同。

他似着了魔，怔怔地注视着她，半晌后，他听到自己说："没有。"

容涵闻言，不敢置信地眨了眨眼，愣愣地问道："那……那我可以领个爱的号码牌吗？"

倪南焱意识到眼前的状况有些失控，但他似乎无力控制。较真深究，不过是他不想纵容容涵的靠近。

之后的日子，倪南焱发现自己完全抗拒不了容涵，她像是他身体的一部分，不知何时遗落，只有嵌于怀中，他才会觉得安稳。那种感觉太诱人，他恨不得能时时腻在她的身边。只是两个人的工作都忙，时常分隔两地，只能靠短信慰藉。

以前，倪南焱从不发短信。可是现在，他时不时会拿起手机看，就怕错过容涵的信息。

他不知道自己为什么会变成这样，但感觉还不赖，他想念容涵，急切让她知道。

【凌晨三点半，仍旧在想你。】

失眠的夜里，倪南焱将手机拢入手心，一条短信输入又删除再输入，反复好几遍，终于点下了发送，心跳一点一点染了激昂。疯魔了，十八岁都不曾这样。

两分钟后，容涵以甜赠他：【我也想你，贼想。】

那一瞬，倪南焱觉得拥有全世界也不过如此。

热恋的日子如水滑过。

又一年人间四月天，容涵跨入二十代，生日的晚上计划和倪南焱一起过。她开心又期待，泡了个花瓣澡穿上了性感的内衣，将小心思藏在了细节。

容涵踩着点到餐厅，没坐几分钟，倪南焱到了。

看到她，男人眉眼间的冷肃骤然淡化。入座前，他将容涵揽入怀中，细密地吻了一阵后，将薄唇抵在她的额头，说："对不起。"

容涵问道："怎么了？"

倪南焱说："美国那边的新项目有了进展，我得过去一趟，晚上九点的飞机。"香香软软的人儿在怀中，倪南焱明知道什么是对的事情，仍旧难以迈开腿。这么重要的日子，他想和容涵一起过。烟花、蜡烛，凌晨一点的落地窗，他所有的安排在这一刻付诸东流。

容涵却不是很在意，问道："那你还不赶快？怕我生气？"

倪南焱说："不是，是我自己舍不得去，小祖宗的二十岁，不想缺席。"

容涵被他的话和他匆匆赶来只为见她一面的行径取悦，伸手拽紧他的领带，拉低他的脸，轻轻吻过他的唇，说："你这不是来了吗？怎么就缺席了呢？去忙吧，以后有的是时间。"

末了，她还坏坏地补充："放心，我不嫌你老。"

倪南焱因这话恼了，困着她，咬了她的唇，并用了几分力。

"啧，果然是土豪。"倪南焱走了，他留下了给容涵的生日礼物——一套珠宝，名为双生。

容涵在空无一人的包间打开，一一试戴，心中爱意充盈。

随着 Maple Leaf 爆红，爱慕容涵的人与日俱增，视她为理想型的男人各个圈子的都有。

这事渐渐被倪南焱知晓，他开始觉得没什么，容涵的人和心都是他的，其他男人根本不足为惧，只配想想。可后来，他发现不是这么回事儿，想，他都容不下。特别是那个叫作张棕的男人，比他年轻，还经常在容涵身边停留。

更可恨的是，他一直叫容涵"小姐姐"，亲昵中透着暧昧。

必须驱离！

当这个念头在倪南焱心里生根后，淡定和理智彻底离他远去了。

阴雨的周末，他把容涵困在料理台上，冷肃地说："公开。"

容涵觉得这男人疯了，但再疯，也是自己选的，只能哄，于是她伸手捧住他的脸，问道："你怎么了？"

熟悉的温度贴面时，倪南焱脸上的冷肃不再，再开口，话音里竟糅了些许委屈："吃醋了。"

他不想再活在地底下，想名正言顺地接她，同她约会，驱离觊觎她的男人。

没有女人能抗拒自己喜欢的男人的爱意，容涵也一样，眉眼染了甜蜜，想着明日同亚均哥说及此事商量着解决。

当下，她却在逗他："你吃醋和我有什么关系？"

倪南焱睨着她，问道："要怎么样才公开？"

容涵微微勾唇，有一种说不出的妖娆，说道："你哄哄我呀，哄好了，我们就公开。"

"怎么哄？"

"你问我，我问谁去？不会哄，要不要我买几本书给你学习学习？"

倪南焱听着，气极而笑："不用，哄祖宗，我有经验。"

那个晚上，倪南焱化身裙下臣，存在只为取悦怀中人。爱意随着她的轻吟声蔓开，馥郁，暖了夜色。

翌日早晨，容涵转醒，侧眸望过去，倪南焱已不在。

他那侧的床头柜上放着两张便笺纸，容涵伸手拿起，倪南焱的字迹在她的视线出现。

第一张：【祖宗，昨晚伺候得好吗？好的话，别忘了履行诺言。】

第二张：【如果没伺候好，今晚继续。】

容涵想起昨晚的疯狂，小脸微热，戳着便笺纸骂道："臭流氓。"

胡亚均知晓恋情后，反应不太大。从组团的那一刻始，他就没想过姑娘们能跳出三界五行外。谈恋爱，迟早的事儿。

他同倪南焱见了个面，密谈半个小时，出来之后，对容涵说："顺其自然，哪天被拍到了，就认。"

容涵说："好。"

可是不知道怎么的，那之后两三个月，约会不少，但是一直没人爆。

倪南焱的脸渐渐灰沉，有一天，他抓着已经知晓恋情的好友问："我不配得到一个热搜吗？"

好友睨着他片刻，说道："可能是觉得你这种'老腊肉'配不上小仙女，自己都不愿相信，怎么爆？"

倪南焱骂道："滚！"

相差六岁，很多吗？很多吗？

倪南焱素来是个有心机的，山不就他，他便去就山——他找了个相熟的媒体，做了局让他们跟拍。

第二天，＃容涵 倪南焱＃终于如他所愿热搜挂顶。

此时他还在开会，当着一众集团高管，给容涵发了条信息：【终于拍到了。】

容涵问道：【是拍到的，还是你让人拍到的？】

倪南焱：【有什么差别？反正就是拍到了。】

容涵见过不要脸的，但倪南焱这种程度的连边儿都没沾过。一时间，她也不知道该如何应对，倒是对"人不要脸天下无敌"这句话有了深刻的理解。

她回了句"随便"，没再理他。

倪南焱想公开的心至坚，但为了保护容涵，他全程同胡亚均商量着处理。

晚间八点许，倪南焱当着全网表白，告诉所有人自己喜欢容涵，正在热烈地追求。

过了这么久，终于活在了阳光下，他莫名地生出了扬眉吐气的感觉，即便现阶段容涵还没公开回应他。

那个晚上，倪南焱热情忘我。

事后，容涵忍不住笑他，但他一点都不介意，两个人的名字绑在一起的感觉比他想象中更好。

也就是在那个晚上，倪南焱再次入梦。这一次，梦是悲伤的。在那里，他迟迟没能看清自己的心，将爱着他的容涵一步步逼退。等他意识到，她的爱意已经被耗尽，任他怎么努力，她都不愿再回头。后来，她走向了张棕，并且爱上他。

足以灭顶的恐惧袭来，倪南焱惊醒，背脊和额间冷汗密布。

容涵似感受到，迷迷糊糊地拿手拍他，像哄孩子似的，问道："怎么了？做噩梦了吗？"

346

　　倪南焱侧过身，面对她，呼吸还是冷的："嗯。"

　　容涵没睁眼，错过了他眼中的惊惧，只是哑声安抚道："没事，梦都是反的呢。快睡吧，我拍拍你。"

　　倪南焱睨着她，良久，心跳才归于安稳。

　　他颤颤地伸出手，将容涵搂进怀中，固执地向她讨要承诺："容涵，要一直爱我。"

　　容涵轻轻"嗯"了一声："一直爱你，只爱你。"

　　"你"字落定的下一瞬，他的吻落于她的唇齿间，猛烈如骤雨疾风。欲被挑起，呼吸纠缠，濡湿炙热。平息时，一缕微光已经破开了暮色，倪南焱的唇贴在容涵的耳侧，喃喃道："我也是。"

　　他终归不是梦中慢了三年的倪南焱，他会牢牢守住容涵身侧的位置，第一时间回应她的爱意，竭尽全力，倾注所有。